I0748505

ТОЛСТЫЙ И ТОНКИЙ

Рассказы и юморески

АНТОН АВЛОВИЧ ЧЕХОВ

1860—1904

Антон Чехов

Толстый и тонкий

Толстый и тонкий

Рассказы и юморески

АНТОН АВЛОВИЧ ЧЕХОВ

Знаменитый Антон Павлович Чехов (1860–1904) первые шаги в русской литературе делал под псевдонимами Антоша Чехонте, «Человек без селезенки», Брат моего брата, как автор юмористических рассказов и фельетонов, которые издавали в юмористических московских журналах «Будильник», «Зритель» и др. и в петербургских юмористических еженедельниках «Осколки», «Стрекоза», а впоследствии вошли в первые книги начинающего автора. Именно первые сборники и книги А. Чехова – «Шалость», «Сказки Мельпомены», «Пестрые рассказы» включены в эту книгу, раскрывающую юмористический талант признанного в мире писателя.

ISBN: 978-1-7637479-0-6

ТОЛСТЫЙ И ТОНКИЙ

Рассказы и юморески

Шалость

Письмо к ученому соседу

Село Блины-Съедены

Дорогой Соседушка

Максим (забыл как по батюшке, извените великодушно!) Извените и простите меня старого старикашку и нелепую душу человеческую за то, что осмеливаюсь Вас беспокоить своим жалким письменным лепетом. Вот уж целый год прошел как Вы изволили поселиться в нашей части света по соседству со мной мелким человечиком, а я все еще не знаю Вас, а Вы меня стрекозу жалкую не знаете. Позвольте ж драгоценный соседушка хотя посредством сих старческих гиероглифоф познакомиться с Вами, пожать мысленно Вашу ученую руку и поздравить Вас с приездом из Санкт-Петербурга в наш недостойный материк, населенный мужиками и крестьянским народом т. е. плебейским элементом. Давно искал я случая познакомиться с Вами, жаждал, потому что наука в некотором роде мать наша родная, все одно как и цивилизацыя и потому что сердечно уважаю тех людей, знаменитое имя и звание которых, увенчанное ореолом популярной славы, лаврами, кимвалами, орденами, лентами и аттестатами гремит как гром и молния по всем частям вселенного мира сего видимого и невидимого т. е. подлунного. Я пламенно люблю астрономов, поэтов, метафизиков, приват-доцентов, химиков и других жрецов науки, к которым Вы себя причисляете чрез свои умные факты и отрасли наук, т. е. продукты и плоды. Говорят, что вы много книг напечатали во время умственного сидения с трубами, градусниками и кучей заграничных книг с заманчивыми рисунками. Недавно заезжал в мои жалкие владения, в мои руины и развалины местный максимус понтифекс отец Герасим и со свойственным ему фанатизмом бранил и порицал Ваши мысли и идеи касательно человеческого происхождения и других явлений мира видимого и восставал и горячился против Вашей умственной сферы и мыслительного горизонта покрытого светилами и аэроглитами. Я не согласен с о. Герасимом касательно Ваших умственных идей, потому что живу и питаюсь одной только наукой, которую Провидение дало роду человеческому для вырытия из недр мира видимого и невидимого драгоценных металов, металоидов и бриллиантов, но все-таки простите меня, батюшка, насекомого еле видимого, если я осмелюсь опровергнуть по-стариковски некоторые Ваши идеи касательно естества природы. О. Герасим сообщил мне, что будто Вы сочинили сочинение, в котором изволили изложить не весьма существенные идеи на щот людей и их первородного состояния и допотопного бытия. Вы изволили сочинить что человек произошел от обезьянских племен мартышек орангуташек и т. п. Простите меня старичка, но я с Вами касательно этого важного пункта не согласен и могу Вам запятую поставить. Ибо, если бы человек, властитель мира, умнейшее из дыхательных существ, происходил от глупой и невежественной обезьяны то у него был бы хвост и дикий голос. Если бы мы происходили от обезьян, то нас теперь водили бы по городам

Цыганы на показ и мы платили бы деньги за показ друг друга, танцуя по приказу Цыгана или сидя за решеткой в зверинце. Разве мы покрыты кругом шерстью? Разве мы не носим одеяний, коих лишены обезьяны? Разве мы любили бы и не презирали бы женщину, если бы от нее хоть немножко пахло бы обезьяной, которую мы каждый вторник видим у Предводителя Дворянства? Если бы наши прародители происходили от обезьян, то их не похоронили бы на христианском кладбище; мой прапрадед например Амвросий, живший во время оно в царстве Польском, был погребен не как обезьяна, а рядом с абатом католическим Иоакимом Шостаком, записки коего об умеренном климате и неумеренном употреблении горячих напитков хранятся еще доселе у брата моего Ивана (Маиора). Абат значит католический поп. Извените меня неука за то, что мешаюсь в Ваши ученые дела и толкую посвоему по старчески и навязываю вам свои дикообразные и какие-то аляповатые идеи, которые у ученых и цивилизованных людей скорей помещаются в животе чем в голове. Не могу умолчать и не терплю когда ученые неправильно мыслят в уме своем и не могу не возразить Вам. О. Герасим сообщил мне, что Вы неправильно мыслите об луне т. е. об месяце, который заменяет нам солнце в часы мрака и темноты, когда люди спят, а Вы проводите электричество с места на место и фантазируете. Не смейтесь над стариком за то что так глупо пишу. Вы пишете, что на луне т. е. на месяце живут и обитают люди и племена. Этого не может быть никогда, потому что если бы люди жили на луне то заслоняли бы для нас магический и волшебный свет ее своими домами и тучными пастбищами. Без дождика люди не могут жить, а дождь идет вниз на землю, а не вверх на луну. Люди живя на луне падали бы вниз на землю, а этого не бывает. Нечистоты и помои сыпались бы на наш материк с населенной луны. Могут ли люди жить на луне, если она существует только ночью, а днем исчезает? И правительства не могут дозволить жить на луне, потому что на ней по причине далекого расстояния и недосягаемости ее можно укрываться от повинностей очень легко. Вы немножко ошиблись. Вы сочинили и напечатали в своем умном сочениении, как сказал мне о. Герасим, что будто бы на самом величайшем светиле, на солнце, есть черные пятнушки. Этого не может быть, потому что этого не может быть никогда. Как Вы могли видеть на солнце пятны, если на солнце нельзя глядеть простыми человеческими глазами, и для чего на нем пятны, если и без них можно обойтиться? Из какого мокрого тела сделаны эти самые пятны, если они не сгорают? Может быть по-вашему и рыбы живут на солнце? Извените меня дурмана ядовитого, что так глупо съострил! Ужасно я предан науке! Рубль сей парус девятнадцатого столетия для меня не имеет никакой цены, наука его затемнила у моих глаз своими дальнейшими крылами. Всякое открытие терзает меня как гвоздик в спине. Хотя я невежда и старосветский помещик, а все же таки негодник старый занимаюсь наукой и открытиями, которые собственными руками произвожу и наполняю свою нелепую головешку, свой дикий череп мыслями и комплектом величайших знаний. Матушка природа есть книга, которую надо читать и видеть. Я много произвел открытий своим собственным умом, таких открытий, каких еще ни один реформатор не изобретал. Скажу без хвастовства, что я не из последних касательно образованности, добытой мозолями, а не богатством родителей т. е. отца и матери или опекунов, которые часто губят детей своих посредством богатства, роскоши и шестиэтажных жилищ с невольниками и электрическими позвонками. Вот что мой грошовый ум открыл. Я открыл, что наша великая огненная лучистая хламида солнце в день Св. Пасхи рано утром занимательно и живописно играет разноцветными цветами и производит своим чудным мерцанием игривое впечатление. Другое открытие. Отчего зимою день короткий, а ночь длинная, а летом наоборот? День зимою оттого короткий, что подобно всем прочим предметам видимым и невидимым от холода сжимается и оттого, что солнце рано заходит, а ночь от возжения светильников и фонарей расширяется, ибо согревается. Потом я открыл еще, что собаки весной траву кушают подобно овцам и что кофей для полнокровных людей вреден, потому что производит в голове головокружение, а в глазах мутный вид и тому подобное прочее. Много я сделал открытий и кроме этого хотя и не имею аттестатов и свидетельств. Приежжайте ко мне дорогой соседушко, ей-богу. Откроем что-нибудь вместе, литературой займемся и Вы меня поганенького вычислениям различным поучите.

Я недавно читал у одного Французского ученого, что львиная морда совсем не похожа на человеческий лик, как думают ученыи. И насщот этого мы поговорим. Приежжайте, сделайте милость. Приежжайте хоть завтра например. Мы теперь постное едим, но для Вас будим готовить скоромное. Дочь моя Наташенька просила Вас, чтоб Вы с собой какие-нибудь умные книги привезли. Она у меня эманципе, все у ней дураки, только она одна умная. Молодеж теперь я Вам скажу дает себя знать. Дай им бог! Через неделю ко мне прибудет брат мой Иван (Маиор), человек хороший, но между нами сказать, Бурбон и наук не любит. Это письмо должен Вам доставить мой ключник Трофим ровно в 8 часов вечера. Если же привезет его пожже, то побейте его по щекам, по профессорски, нечего с этим племенем церемониться. Если доставит пожже, то значит в кабак анафема заходил. Обычай ездить к соседям не нами выдуман не нами и окончится, а потому непременно приежжайте с машинками и книгами. Я бы сам к Вам поехал, да конфузлив очень и смелости не хватает. Извените меня негодника за беспокойство.

Остаюсь уважающий Вас Войска Донского отставной урядник из дворян, ваш сосед

Василий Семи-Булатов.

За двумя зайцами погонишься, ни одного не поймаешь

Пробило 12 часов дня, и майор Щелколобов, обладатель тысячи десятин земли и молоденькой жены, высунул свою плешивую голову из-под ситцевого одеяла и громко выругался. Вчера, проходя мимо беседки, он слышал, как молодая жена его, майорша Каролина

Карловна, более чем милостиво беседовала со своим приезжим кузеном, называла своего супруга, майора Щелколобова, бараном и с женским легкомыслием доказывала, что она своего мужа не любила, не любит и любить не будет за его, Щелколобова, тупоумие, мужицкие манеры и наклонность к умопомешательству и хроническому пьянству. Такое отношение жены поразило, возмутило и привело в сильнейшее негодование майора. Он не спал целую ночь и целое утро. В голове у него кипела непривычная работа, лицо горело и было краснее вареного рака; кулаки судорожно сжимались, а в груди происходила такая возня и стукотня, какой майор и под Карсом не видал и не слыхал. Выглянув из-под одеяла на свет божий и выругавшись, он спрыгнул с кровати и, потрясая кулаками, зашагал по комнате.

– Эй, болваны! – крикнул он.

Затрещала дверь, и пред лицо майора предстал его камердинер, куафер и поломойка Пантелей, в одежонке с барского плеча и с щенком под мышкой. Он уперся о косяк двери и почтительно замигал глазами.

– Послушай, Пантелей, – начал майор, – я хочу с тобой поговорить по-человечески, как с человеком, откровенно. Стой ровней! Выпусти из кулака мух! Вот так! Будешь ли ты отвечать мне откровенно, от глубины души, или нет?

– Буду-с.

– Не смотри на меня с таким удивлением. На господ нельзя смотреть с удивлением. Закрой рот! Какой же ты бык, братец! Не знаешь, как нужно вести себя в моем присутствии. Отвечай мне прямо, без запинки! Колотишь ли ты свою жену или нет?

Пантелей закрыл рот рукою и преглупо ухмыльнулся.

– Кажинный вторник, ваше в<ысокоблагороди>е! – пробормотал он и захихикал.

– Очень хорошо. Чего ты смеешься? Над этим шутить нельзя! Закрой рот! Не чешись при мне: я этого не люблю. (Майор подумал.)

Я полагаю, братец, что не одни только мужики наказывают своих жен. Как ты думаешь относительно этого?

– Не одни, ваше в-е!

– Пример!

– В городе есть судья Петр Иваныч... Изволите знать? Я у них годов десять тому назад в дворниках состоял. Славный барин, в одно слово, то есть... а как подвыпимши, то бережись. Бывало, как придут подвыпимши, то и начнут кулачищем в бок барыню подсаживать. Штоб мне провалиться на ентом самом месте, коли не верите! Да и меня за конпанию ни с того ни с сего в бок, бывало, саданут. Бьют барыню да и говорят: «Ты, говорят, дура, меня не любишь, так я тебя, говорят, за это убить желаю и твоей жисти предел положить...»

– Ну, а она что?

– Простите, говорит.

– Ну? Ей-богу? Да это отлично!

И майор от удовольствия потер себе руки.

– Истинная правда-с, ваше в-е! Да как и не бить, ваше в-е? Вот, например, моя... Как не побить! Гармонийку ногой раздавила да барские пирожки поела... Нешто это возможно? Гм!..

– Да ты, болван, не рассуждай! Чего рассуждаешь? Ведь умного ничего не сумеешь сказать? Не берись не за свое дело! Что барыня делает?

– Спят.

– Ну, что будет, то будет! Поди, скажи Марье, чтобы разбудила барыню и просила ее ко мне... Постой!.. Как на твой взгляд? Я похож на мужика?

– Зачем вам походить, ваше в-е? Откудова это видно, штоб барин на мужика похож был? И вовсе нет!

Пантелей пожал плечами, дверь опять затрещала, и он вышел, а майор с озабоченной миной на лице начал умываться и одеваться.

– Душенька! – сказал одевшийся майор самым что ни на есть разъехидственным тоном вошедшей к нему хорошенькой двадцатилетней майорше, – не можешь ли ты уделить мне часок из твоего столь полезного для нас времени?

– С удовольствием, мой друг! – ответила майорша и подставила свой лоб к губам майора.

– Я, душенька, хочу погулять, по озеру покататься… Не можешь ли ты из своей прелестной особы составить мне приятнейшую компанию?

– А не жарко ли будет? Впрочем, изволь, папочка, я с удовольствием. Ты будешь грести, а я рулем править. Не взять ли нам с собой закусок? Я ужасно есть хочу…

– Я уже взял закуску, – ответил майор и ощупал в своем кармане плетку.

Через полчаса после этого разговора майор и майорша плыли на лодке к средине озера. Майор потел над веслами, а майорша управляла рулем. «Какова? Какова? Какова?» – бормотал майор, свирепо поглядывая на замечтавшуюся жену и горя от нетерпения. «Стой!» – забасил он, когда лодка достигла середины. Лодка остановилась. У майора побагровела физиономия и затряслись поджилки.

– Что с тобой, Аполлоша? – спросила майорша, с удивлением глядя на мужа.

– Так я, – забормотал он, – баааран? Так я… я… кто я? Так я тупоумен? Так ты меня не любила и любить не будешь? Так ты… я…

Майор зарычал, простер вверх длани, потряс в воздухе плетью и в лодке… o tempora, o mores!..[1] поднялась страшная возня, такая возня, какую не только описать, но и вообразить едва ли возможно. Произошло то, чего не в состоянии изобразить даже художник, побывавший в Италии и обладающий самым пылким воображением…

---

[1] О времена, о нравы! *(лат.)*

Не успел майор Щелколобов почувствовать отсутствие растительности на голове своей, не успела майорша воспользоваться вырванной из рук супруга плетью, как перевернулась лодка и…

В это время на берегу озера прогуливался бывший ключник майора, а ныне волостной писарь Иван Павлович и, в ожидании того блаженного времени, когда деревенские молодухи выйдут на озеро купаться, посвистывал, покуривал и размышлял о цели своей прогулки. Вдруг он услышал раздирающий душу крик. В этом крике он узнал голос своих бывших господ. «Помогите!» – кричали майор и майорша. Писарь, не долго думая, сбросил с себя пиджак, брюки и сапоги, перекрестился трижды и поплыл на помощь к средине озера. Плавал он лучше, чем писал и разбирал писанное, а потому через какие-нибудь три минуты был уже возле погибавших. Иван Павлович подплыл к погибавшим и стал втупик.

«Кого спасать? – подумал он. – Вот черти!» Двоих спасать ему было совсем не под силу. Для него достаточно было и одного. Он скорчил на лице своем гримасу, выражавшую величайшее недоумение, и начал хвататься то за майора, то за майоршу.

– Кто-нибудь один! – сказал он. – Обоих вас куда мне взять? Что я, кашалот, что ли?

– Ваня, голубчик, спаси меня, – пропищала дрожащая майорша, держась за фалду майора, – меня спаси! Если меня спасешь, то я выйду за тебя замуж! Клянусь всем для меня святым! Ай, ай, я утопаю!

– Иван! Иван Павлович! По-рыцарски!.. того! – забасил, захлебываясь, майор. – Спаси, братец! Рубль на водку! Будь отцом-благодетелем, не дай погибнуть во цвете лет… Озолочу с ног до головы… Да ну же, спасай! Какой же ты, право… Женюсь на твоей сестре Марье… Ей-богу, женюсь! Она у тебя красавица. Майоршу не спасай, черт с ней! Не спасешь меня – убью, жить не позволю!

У Ивана Павловича закружилась голова, и он чуть-чуть не пошел ко дну. Оба обещания казались ему одинаково выгодными –

одно другого лучше. Что выбирать? А время не терпит! «Спасу-ка обоих! – порешил он. – С двоих получать лучше, чем с одного. Вот это так, ей-богу. Бог не выдаст, свинья не съест. Господи благослови!» Иван Павлович перекрестился, схватил под правую руку майоршу, а указательным пальцем той же руки за галстух майора и поплыл, кряхтя, к берегу. «Ногами болтайте!» – командовал он, гребя левой рукой и мечтая о своей блестящей будущности. «Барыня – жена, майор – зять… Шик! Гуляй, Ваня! Вот когда пирожных наемся да дорогие цыгары курить будем! Слава тебе, господи!» Трудно было Ивану Павловичу тянуть одной рукой двойную ношу и плыть против ветра, но мысль о блестящей будущности поддержала его. Он, улыбаясь и хихикая от счастья, доставил майора и майоршу на сушу. Велика была его радость. Но, увидев майора и майоршу, дружно вцепившихся друг в друга, он… вдруг побледнел, ударил себя кулаком по лбу, зарыдал и не обратил внимания на девок, которые, вылезши из воды, густою толпой окружали майора и майоршу и с удивлением посматривали на храброго писаря.

На другой день Иван Павлович, по проискам майора, был удален из волостного правления, а майорша изгнала из своих апартаментов Марью с приказом отправляться ей «к своему милому барину».

– О, люди, люди! – вслух произносил Иван Павлович, гуляя по берегу рокового пруда, – что же благодарностию вы именуете?

Папаша

Тонкая, как голландская сельдь, мамаша вошла в кабинет к толстому и круглому, как жук, папаше и кашлянула. При входе ее с колен папаши спорхнула горничная и шмыгнула за портьеру; мамаша не обратила на это ни малейшего внимания, потому что успела уже привыкнуть к маленьким слабостям папаши и смотрела на них с точки зрения умной жены, понимающей своего цивилизованного мужа.

– Пампушка, – сказала она, садясь на папашины колени, – я пришла к тебе, мой родной, посоветоваться. Утри свои губы, я хочу поцеловать тебя.

Папаша замигал глазами и вытер рукавом губы.

– Что тебе? – спросил он.

– Вот что, папочка... Что нам делать с нашим сыном?

– А что такое?

– А ты не знаешь? Боже мой! Как вы все, отцы, беспечны! Это ужасно! Пампушка, да будь же хоть отцом наконец, если не хочешь... не можешь быть мужем!

– Опять свое! Слышал тысячу раз уж!

Папаша сделал нетерпеливое движение, и мамаша чуть было не упала с колен папаши.

– Все вы, мужчины, таковы, не любите слушать правды.

– Ты про правду пришла рассказывать или про сына?

– Ну, ну, не буду... Пампуша, сын наш опять нехорошие отметки из гимназии принес.

– Ну, так что ж?

– Как что ж? Ведь его не допустят к экзамену! Он не перейдет в четвертый класс!

– Пускай не переходит. Невелика беда. Лишь бы учился да дома не баловался.

– Ведь ему, папочка, пятнадцать лет! Можно ли в таких летах быть в третьем классе? Представь, этот негодный арифметик опять ему вывел двойку... Ну, на что это похоже?

– Выпороть нужно, вот на что похоже.

Мамаша мизинчиком провела по жирным губам папаши, и ей показалось, что она кокетливо нахмурила бровки.

– Нет, пампушка, о наказаниях мне не говори... Сын наш не виноват... Тут интрига... Сын наш, нечего скромничать, так развит, что невероятно, чтобы он не знал какой-нибудь глупой арифметики. Он все прекрасно знает, в этом я уверена!

– Шарлатан он, вот что-с! Ежели б поменьше баловался да побольше учился… Сядь-ка, мать моя, на стул… Не думаю, чтоб тебе удобно было сидеть на моих коленях.

Мамаша спорхнула с колен папаши, и ей показалось, что она лебединым шагом направилась к креслу.

– Боже, какое бесчувствие! – прошептала она, усевшись и закрыв глаза. – Нет, ты не любишь сына! Наш сын так хорош, так умен, так красив… Интрига, интрига! Нет, он не должен оставаться на второй год, я этого не допущу!

– Допустишь, коли негодяй скверно учится… Эх, вы, матери!.. Ну, иди с богом, а я тут кое-чем должен… позаняться…

Папаша повернулся к столу, нагнулся к какой-то бумажке и искоса, как собака на тарелку, посмотрел на портьеру.

– Папочка, я не уйду… я не уйду! Я вижу, что я тебе в тягость, но потерпи… Папочка, ты должен сходить к учителю арифметики и приказать ему поставить нашему сыну хорошую отметку… Ты ему должен сказать, что сын наш хорошо знает арифметику, что он слаб здоровьем, а потому и не может угождать всякому. Ты принудь учителя. Можно ли мужчине сидеть в третьем классе? Постарайся, пампуша! Представь, Софья Николаевна нашла, что сын наш похож на Париса!

– Для меня это очень лестно, но не пойду! Некогда мне шляться.

– Нет, пойдешь, папочка!

– Не пойду… Слово твердо… Ну, уходи с богом, душенька… Мне бы заняться нужно вот тут кое-чем…

– Пойдешь!

Мамаша поднялась и возвысила голос.

– Не пойду!

– Пойдешь!! – крикнула мамаша. – А если не пойдешь, если не захочешь пожалеть своего единственного сына, то…

Мамаша взвизгнула и жестом взбешенного трагика указала на портьеру… Папаша сконфузился, растерялся, ни к селу ни к городу запел какую-то песню и сбросил с себя сюртук… Он всегда терялся и становился совершенным идиотом, когда мамаша указывала ему на его портьеру. Он сдался. Позвали сына и потребовали от него слова. Сынок рассердился, нахмурился, насупился и сказал, что он арифметику знает лучше самого учителя и что он не виноват в том, что на этом свете пятерки получаются одними только гимназистками, богачами да подлипалами. Он разрыдался и сообщил адрес учителя арифметики во всех подробностях. Папаша побрился, поводил у себя по лысине гребнем, оделся поприличнее и отправился «пожалеть единственного сына».

По обыкновению большинства папашей, он вошел к учителю арифметики без доклада. Каких только вещей не увидишь и не услышишь, вошедши без доклада! Он слышал, как учитель сказал своей жене: «Дорого ты стоишь мне, Ариадна!.. Прихоти твои не имеют пределов!» И видел, как учительша бросилась на шею к учителю и сказала: «Прости меня! Ты мне дешево стоишь, но я тебя дорого ценю!» Папаша нашел, что учительша очень хороша собой и что, будь она совершенно одета, она не была бы так прелестна.

– Здравствуйте! – сказал он, развязно подходя к супругам и шаркая ножкой. Учитель на минуту растерялся, а учительша вспыхнула и с быстротою молнии шмыгнула в соседнюю комнату.

– Извините, – начал папаша с улыбочкой, – я, может быть, того… вас в некотором роде обеспокоил… Очень хорошо понимаю… Здоровы-с? Честь имею рекомендоваться… Не из безызвестных, как видите… Тоже служака… Ха-ха-ха! Да вы не беспокойтесь!

Г-н учитель чуточку, приличия ради, улыбнулся и вежливо указал на стул. Папаша повернулся на одной ножке и сел.

– Я, – продолжал он, показывая г. учителю свои золотые часы, – пришел с вами поговорить-с… Мм-да… Вы, конечно, меня извините... Я по-ученому выражаться не мастер. Наш брат, знаете ли, все спроста... Ха-ха-ха! Вы в университете обучались?

– Да, в университете.

– Так-ссс!.. Н-ну, да... А сегодня тепло-с... Вы, Иван Федорыч, моему сынишке двоек там наставили... Мм... да... Но это ничего, знаете... Кто чего достоин... Ему же дань – дань, ему же урок – урок... Хе-хе-хе!.. Но, знаете ли, неприятно. Неужели мой сын плохо арифметику понимает?

– Как вам сказать? Не то чтобы плохо, но, знаете ли, не занимается. Да, он плохо знает.

– Почему же он плохо знает?

Учитель сделал большие глаза.

– Как почему? – сказал он. – Потому, что плохо знает и не занимается.

– Помилуйте, Иван Федорыч! Сын мой превосходно занимается! Я сам с ним занимаюсь... Он ночи сидит... Он все отлично знает... Ну, а что пошаливает... Ну, да ведь это молодость... Кто из нас не был молод? Я вас не обеспокоил?

– Помилуйте, что вы?.. Очень вам благодарен даже... Вы, отцы, такие редкие гости у нас, педагогов... Впрочем, это показывает на то, как вы сильно нам доверяете; а главное во всем – это доверие.

– Разумеется... Главное – не вмешиваемся... Значит, сын мой не перейдет в IV класс?

– Да. У него ведь не по одной только арифметике годовая двойка?

– Можно будет и к другим съездить. Ну, а насчет арифметики?.. Ххxe!.. Исправите?

– Не могу-с! (Учитель улыбнулся.) Не могу-с!.. Я желал, чтобы сын ваш перешел, я старался всеми силами, но ваш сын не занимается, говорит дерзости... Мне несколько раз приходилось иметь с ним неприятности.

– М-молод… Что поделаешь?! Да вы уж переправьте на троечку!

– Не могу!

– Да ну, пустяки!.. Что вы мне рассказываете? Как будто бы я не знаю, что можно, чего нельзя. Можно, Иван Федорыч!

– Не могу! Что скажут другие двоечники? Несправедливо, как ни поверните дело. Ей-ей, не могу!

Папаша мигнул одним глазом.

– Можете, Иван Федорыч! Иван Федорыч! Не будем долго рассказывать! Не таково дело, чтобы о нем три часа балясы точить… Вы скажите мне, что вы по-своему, по-ученому, считаете справедливым? Ведь мы знаем, что такое ваша справедливость. Хе-хе-хе! Говорили бы прямо, Иван Федорыч, без экивок! Вы ведь с намерением поставили двойку… Где же тут справедливость?

Учитель сделал большие глаза и… только; а почему он не обиделся – это останется для меня навсегда тайною учительского сердца.

– С намерением, – продолжал папаша. – Вы гостя ожидали-с. Ха-хе-ха-хе!.. Что ж? Извольте-с!.. Я согласен… Ему же дань – дань… Понимаю службу, как видите… Как ни прогрессируйте там, а… все-таки, знаете… ммда… старые обычаи лучше всего, полезнее… Чем богат, тем и рад.

Папаша с сопеньем вытащил из кармана бумажник, и двадцатипятирублевка потянулась к кулаку учителя.

– Извольте-с!

Учитель покраснел, съежился и… только. Почему он не указал папаше на дверь – для меня останется навсегда тайной учительского сердца…

– Вы, – продолжал папаша, – не конфузьтесь… Ведь я понимаю… Кто говорит, что не берет, – тот берет… Кто теперь не берет? Нельзя, батенька, не брать… Не привыкли еще, значит? Пожалуйте-с!

– Нет, ради бога…

– Мало? Ну, больше дать не могу… Не возьмете?

– Помилуйте!..

– Как прикажете… Ну, а уж двоечку исправьте!.. Не так я прошу, как мать… Плачет, знаете ли… Сердцебиение там и прочее…

– Вполне сочувствую вашей супруге, но не могу.

– Если сын не перейдет в IV класс, то… что же будет?.. Ммда… Нет, уж вы переведите его!

– Рад бы, но не могу… Прикажете папиросу?

– Гранд мерси… Перевести бы не мешало… А в каком чине состоите?

– Титулярный… Впрочем, по должности VIII класса. Кгм!..

– Так-ссс… Ну, да мы с вами поладим… Единым почерком пера, а? идет? Хе-хе!..

– Не могу-с, хоть убейте, не могу!

Папаша немного помолчал, подумал и опять наступил на г. учителя. Наступление продолжалось еще очень долго. Учителю пришлось раз двадцать повторить свое неизменное «не могу-с». Наконец папаша надоел учителю и стал больше невыносим. Он начал лезть целоваться, просил проэкзаменовать *его* по арифметике, рассказал несколько сальных анекдотов и зафамильярничал. Учителя затошнило.

– Ваня, тебе пора ехать! – крикнула из другой комнаты учительша. Папаша понял, в чем дело, и своею широкою фигуркой загородил г. учителю дверь. Учитель выбился из сил и начал ныть. Наконец ему показалось, что он придумал гениальнейшую вещь.

– Вот что, – сказал он папаше. – Я тогда только исправлю вашему сыну годовую отметку, когда и другие мои товарищи поставят ему по тройке по своим предметам.

– Честное слово?

– Да, я исправлю, если они исправят.

– Дело! Руку вашу! Вы не человек, а – шик! Я им скажу, что вы уже исправили. Идет девка за парубка! Бутылка шампанского за мной. Ну, а когда их можно застать у себя?

– Хоть сейчас.

– Ну, а мы, разумеется, будем знакомы? Заедете когда-нибудь на часок попросту?

– С удовольствием. Будьте здоровы!

– О ревуар! [1] Хе-хе-хе-хмы!.. Ох, молодой человек, молодой человек!.. Прощайте!.. Вашим господам товарищам, разумеется, от вас поклон? Передам. Вашей супруге от меня почтительное резюме... Заходите же!

Папаша шаркнул ножкой, надел шляпу и улетучился.

«Славный малый, – подумал г. учитель, глядя вслед уходившему папаше. – Славный малый! Что у него на душе, то и на языке. Прост и добр, как видно... Люблю таких людей».

В тот же день вечером у папаши на коленях опять сидела мамаша (а уж после нее сидела горничная). Папаша уверял ее, что «сын наш» перейдет и что ученых людей не так уломаешь деньгами, как приятным обхождением и вежливеньким наступлением на горло.

Тысяча одна страсть, или Страшная ночь

(Роман в одной части с эпилогом)

Посвящаю Виктору Гюго

На башне Св. Ста сорока шести мучеников пробила полночь. Я задрожал. Настало время. Я судорожно схватил Теодора за руку и вышел с ним на улицу. Небо было темно, как типографская тушь. Было темно, как в шляпе, надетой на голову. Темная ночь – это день в

---

[1] До свидания! (от *франц.* – Ou revoir.)

ореховой скорлупе. Мы закутались в плащи и отправились. Сильный ветер продувал нас насквозь. Дождь и снег – эти мокрые братья – страшно били в наши физиономии. Молния, несмотря на зимнее время, бороздила небо по всем направлениям. Гром, грозный, величественный спутник прелестной, как миганье голубых глаз, быстрой, как мысль, молнии, ужасающе потрясал воздух. Уши Теодора засветились электричеством. Огни Св. Эльма с треском пролетали над нашими головами. Я взглянул наверх. Я затрепетал. Кто не трепещет пред величием природы? По небу пролетело несколько блестящих метеоров. Я начал считать их и насчитал 28. Я указал на них Теодору.

– Нехорошее предзнаменование! – пробормотал он, бледный, как изваяние из каррарского мрамора.

Ветер стонал, выл, рыдал... Стон ветра – стон совести, утонувшей в страшных преступлениях. Возле нас громом разрушило и зажгло восьмиэтажный дом. Я слышал вопли, вылетавшие из него. Мы прошли мимо. До горевшего ли дома мне было, когда у меня в груди горело полтораста домов? Где-то в пространстве заунывно, медленно, монотонно звонил колокол. Была борьба стихий. Какие-то неведомые силы, казалось, трудились над ужасающею гармониею стихии. Кто эти силы? Узнает ли их когда-нибудь человек?

Пугливая, но дерзкая мечта!!!

Мы крикнули кошэ. Мы сели в карету и помчались. Кошэ – брат ветра. Мы мчались, как смелая мысль мчится в таинственных извилинах мозга. Я всунул в руку кошэ кошелек с золотом. Золото помогло бичу удвоить быстроту лошадиных ног.

– Антонио, куда ты меня везешь? – простонал Теодор. – Ты смотришь злым гением... В твоих черных глазах светится ад... Я начинаю бояться...

Жалкий трус!! Я промолчал. Он любил *ее*. *Она* любила страстно его... Я должен был убить его, потому что любил больше жизни ее. Я любил *ее* и ненавидел его. Он должен был умереть в эту страшную ночь и заплатить смертью за свою любовь. Во мне кипели любовь и ненависть. Они были вторым моим бытием. Эти две сестры, живя в одной оболочке, производят опустошение: они – духовные вандалы.

– Стой! – сказал я кошэ, когда карета подкатила к цели.

Я и Теодор выскочили. Из-за туч холодно взглянула на нас луна. Луна – беспристрастный, молчаливый свидетель сладостных мгновений любви и мщения. Она должна была быть свидетелем смерти одного из нас. Пред нами была пропасть, бездна без дна, как бочка преступных дочерей Даная. Мы стояли у края жерла потухшего вулкана. Об этом вулкане ходят в народе страшные легенды. Я сделал движение коленом, и Теодор полетел вниз, в страшную пропасть. Жерло вулкана – пасть земли.

– Проклятие!!! – закричал он в ответ на мое проклятие.

Сильный муж, ниспровергающий своего врага в кратер вулкана из-за прекрасных глаз женщины, – величественная, грандиозная и поучительная картина! Недоставало только лавы!

Кошэ. Кошэ – статуя, поставленная роком невежеству. Прочь рутина! Кошэ последовал за Теодором. Я почувствовал, что в груди у меня осталась одна только любовь. Я пал лицом на землю и заплакал от восторга. Слезы восторга – результат божественной реакции, производимой в недрах любящего сердца. Лошади весело заржали. Как тягостно быть не человеком! Я освободил их от животной, страдальческой жизни. Я убил их. Смерть есть и оковы и освобождение от оков.

Я зашел в гостиницу «Фиолетового гиппопотама» и выпил пять стаканов доброго вина.

Через три часа после мщения я был у дверей ее квартиры. Кинжал, друг смерти, помог мне по трупам добраться до ее дверей. Я стал прислушиваться. Она не спала. Она мечтала. Я слушал. Она молчала. Молчание длилось часа четыре. Четыре часа для влюбленного – четыре девятнадцатых столетия! Наконец она позвала горничную. Горничная прошла мимо меня. Я демонически взглянул на нее. Она уловила мой взгляд. Рассудок оставил ее. Я убил ее. Лучше умереть, чем жить без рассудка.

– Анета! – крикнула *она* . – Что это Теодор нейдет? Тоска грызет мое сердце. Меня душит какое-то тяжелое предчувствие. О, Анета! Сходи за ним. Он, наверно, кутит теперь вместе с безбожным, ужасным Антонио!.. Боже, кого я вижу?! Антонио!

Я вошел к ней. Она побледнела.

– Подите прочь! – закричала она, и ужас исказил ее благородные, прекрасные черты.

Я взглянул на нее. Взгляд есть меч души. Она пошатнулась. В моем взгляде она увидела все: и смерть Теодора, и демоническую страсть, и тысячу человеческих желаний... Поза моя – было величие. В глазах моих светилось электричество. Волосы мои шевелились и стояли дыбом. Она видела пред собою демона в земной оболочке. Я видел, что она залюбовалась мной. Часа четыре продолжалось гробовое молчание и созерцание друг друга. Загремел гром, и она пала мне на грудь. Грудь мужчины – крепость женщины. Я сжал ее в своих объятиях. Оба мы крикнули. Кости ее затрещали. Гальванический ток пробежал по нашим телам. Горячий поцелуй...

Она полюбила во мне демона. Я хотел, чтобы она полюбила во мне ангела. «Полтора миллиона франков отдаю бедным!» – сказал я. Она полюбила во мне ангела и заплакала. Я тоже заплакал. Что это были за слезы!!! Через месяц в церкви Св. Тита и Гортензии происходило торжественное венчание. Я венчался с *ней. Она* венчалась со мной. Бедные нас благословляли! *Она* упросила меня простить врагов моих, которых я ранее убил. Я простил. С молодою женой я уехал в Америку. Молодая любящая жена была ангелом в девственных лесах Америки, ангелом, пред которым склонялись львы и тигры. Я был молодым тигром. Через три года после нашей свадьбы старый Сам носился уже с курчавым мальчишкой. Мальчишка был более похож на мать, чем на меня. Это меня злило. Вчера у меня родился второй сын... и сам я от радости повесился... Второй мой мальчишка протягивает ручки к читателям и просит их не верить его папаше, потому что у его папаши не было не только детей, но даже и жены. Папаша его боится женитьбы, как огня. Мальчишка мой не лжет. Он младенец. Ему верьте. Детский возраст - святой возраст. Ничего этого никогда не было... Спокойной ночи!

Перед свадьбой

В четверг на прошлой неделе девица Подзатылкина в доме своих почтенных родителей была объявлена невестой коллежского регистратора Назарьева. Сговор сошел как нельзя лучше. Выпито было две бутылки ланинского шампанского, полтора ведра водки; барышни выпили бутылку лафита. Папаши и мамаши жениха и невесты плакали вовремя, жених и невеста целовались охотно; гимназист восьмого класса произнес тост со словами: «О tempora, o mores!»[1] и «Salvete, boni futuri conjuges!»[2] - произнес с шиком; рыжий Ванька Смысломалов, в ожидании вынутия жребия ровно ничего не делающий, в самый подходящий момент, в «самый раз» ударился в страшный трагизм, взъерошил волосы на своей большой голове, трахнул кулаком себя по колену и воскликнул: «Черт возьми, я любил и люблю ее!» - чем и доставил невыразимое удовольствие девицам.

Девица Подзатылкина замечательна только тем, что ничем не замечательна. Ума ее никто не видал и не знает, а потому о нем - ни слова. Наружность у нее самая обыкновенная: нос папашин, подбородок мамашин, глаза кошачьи, бюстик посредственный. Играть на фортепьяне умеет, но без нот; мамаше на кухне помогает, без корсета не ходит, постного кушать не может, в уразумении буквы «G» видит начало и конец всех премудростей и больше всего на свете любит статных мужчин и имя «Роланд».

---

[1] О времена, о нравы! (*лат.*)

[2] Да здравствуют будущие добрые супруги! (*лат.*)

Господин Назарьев – мужчина роста среднего, лицо имеет белое, ничего не выражающее, волосы курчавые, затылок плоский. Где-то служит, жалованье получает тщедушное, едва на табак хватающее; вечно пахнет яичным мылом и карболкой, считает себя страшным волокитой, говорит громко, день и ночь удивляется; когда говорит – брызжет. Франтит, на родителей смотрит свысока и ни одну барышню не пропустит, чтобы не сказать ей: «Как вы наивны! Вы бы читали литературу!» Любит больше всего на свете свой почерк, журнал «Развлечение» и сапоги со скрипом, а наиболее всего самого себя, и в особенности в ту минуту, когда сидит в обществе девиц, пьет чай внакладку и с остервенением отрицает чертей.

Вот каковы девица Подзатылкина и господин Назарьев!

На другой день после сговора, утром, девица Подзатылкина, восстав от сна, была позвана кухаркой к мамаше. Мамаша, лежа на кровати, прочла ей следующую нотацию:

– С какой это стати ты нарядилась сегодня в шерстяное платье? Могла бы нонче и в барежевом походить. Голова-то как болит, ужасть! Вчера лысая образина, твой отец то есть, изволил пошутить. Нужны мне его шутки дурацкие! Подносит это мне что-то в рюмке… «Выпей», говорит. Думала, что в рюмке вино, – ну, и выпила, а в рюмке-то был уксус с маслом из-под селедок. Это он пошутил, пьяная образина! Срамить только, слюнявый, умеет! Меня сильно изумляет и удивляет, что ты вчера веселая была и не плакала. Чему рада была? Деньги нашла, что ли? Удивляюсь! Всякий и подумал, что ты рада родительский дом оставить. Оно, должно быть, так и выходит. Что? Любовь? Какая там любовь? И вовсе ты не по любви идешь за своего, а так, за чином его погналась! Что, разве неправда? То-то, что правда. А мне, мать моя, твой не нравится. Уж больно занослив и горделив. Ты его осади… Что-о-о-о? И не думай!.. Через месяц же драться будете: и он таковский, и ты таковская. Замужество только девицам одним нравится, а в нем ничего нет хорошего. Сама испытала, знаю. Поживешь – узнаешь. Не вертись так, у меня и без того голова кружится. Мужчины все дураки, с ними жить не очень-то сладко. И твой тоже дурак, хоть и высоко голову держит. Ты его не больно-то слушайся, не потакай ему во всем и не очень-то уважай: не за что. Обо всем мать спрашивай. Чуть что случится, так и иди ко мне. Сама без матери ничего не делай, боже тебя сохрани! Муж ничего доброго не посоветует, добру не научит, а все норовит в свою пользу. Ты это знай! Отца также не больно слушай. К себе в дом не приглашай жить, а то ты, пожалуй, чего доброго, сдуру… и ляпнешь. Он так и норовит с вас стянуть что-нибудь. Будет у вас сидеть по целым дням, а на что он вам сдался? Водки будет просить да мужнин табак курить. Он скверный и вредный человек, хоть и отец тебе. Лицо-то у него, негодника, доброе, ну, а душа зато страсть какая ехидная! Занимать денег станет – не давайте, потому что он жулик, хоть он и тютюлярный советник. Вон он кричит, тебя зовет! Ступай к нему, да не говори ему того, что я тебе сейчас про него говорила. А то сейчас пристанет, изверг рода христианского, горой его положь! Ступай, покедова у меня сердце на месте!.. Враги вы мои! Умру, так попомните слова мои! Мучители!

Девица Подзатылкина оставила мать свою и отправилась к папаше, который сидел в это время у себя на кровати и посыпал свою подушку персидским порошком.

– Дочь моя! – сказал ей папаша. – Я очень рад, что ты намерена сочетаться с таким умным господином, как господин Назарьев. Очень рад и вполне одобряю сей брак. Выходи, дочь моя, и не страшись! Брак это такой торжественный факт, что… ну, да что там говорить? Живи, плодись и размножайся. Бог тебя благословит! Я… я… плачу. Впрочем, слезы ни к чему не ведут. Что такое слезы человеческие? Одна только малодушная психиатрия и больше ничего! Выслушай же, дочь моя, совет мой! Не забывай родителей своих! Муж для тебя не будет лучше родителей, право, не будет! Мужу нравится одна только твоя материальная красота, а нам ты вся нравишься. За что тебя будет любить муж твой? За характер? За доброту? За эмблему чувств? Нет-с! Он будет любить тебя за приданое твое. Ведь мы даем за тобой, душенька, не копейку какую-нибудь, а ровно тысячу рублей! Ты это понять должна! Господин Назарьев весьма хороший господин, но ты его не уважай паче отца. Он прилепится к тебе, но не будет истинным другом твоим. Будут моменты, когда он... Нет, умолчу лучше, дочь моя! Мать, душенька, слушай, но с осторожностью. Женщина она добрая, но двулично-вольнодумствующая, легкомысленная, жеманственная. Она благородная, честная особа, но... шут с ней! Она тебе того посоветовать не может, что советует тебе отец твой, бытия твоего виновник. В дом свой ее не бери. Мужья тещей не обожают. Я сам не любил своей тещи, так не любил, что неоднократно позволял себе подсыпать в ее кофей жженой пробочки, отчего выходили весьма презентабельные проферансы. Подпоручик Зюмбумбунчиков военным судом за тещу судился. Разве не помнишь сего факта? Впрочем, тебя еще тогда на свете не существовало. Главное во всем и везде отец. Это ты знай и одного его только и слушай. Потом, дочь моя... Европейская цивилизация породила в женском сословии ту оппозицию, что будто бы чем больше детей у особы, тем хуже. Ложь! Баллада! Чем больше у родителей детей, тем лучше. Впрочем, нет! Не то! Совсем наоборот! Я ошибся, душенька. Чем меньше детей, тем лучше. Это я вчера читал в одной журналистике. Какой-то Мальтус сочинил. Так-то... Кто-то подъехал... Ба! Да это жених твой! С шиком, канашка, шельмец этакой! Ай да мужчина! Настоящий Вальтер Скотт! Пойди, душенька, прими его, а я пока оденусь.

Прикатил господин Назарьев. Невеста встретила его и сказала:

– Прошу садиться без церемоний!

Он шаркнул два раза правой ногой и сел возле невесты.

– Как вы поживаете? – начал он с обычною развязностью. – Как вам спалось? А я, знаете ли, всю ночь напролет не спал. Зола читал да о вас мечтал. Вы читали Зола? Неужели нет? Ай-я-яй! Да это преступление! Мне один чиновник дал. Шикарно пишет! Я вам прочитать дам. Ах! Когда бы вы могли понять! Я такие чувствую чувства, каких вы никогда не чувствовали! Позвольте вас чмокнуть!

Господин Назарьев привстал и поцеловал нижнюю губу девицы Подзатылкиной.

– А где ваши? – продолжал он еще развязнее. – Мне их повидать надо. Я на них, признаться, немножко сердит. Они меня здорово надули. Вы заметьте… Ваш папаша говорили мне, что оне надворный советник, а оказывается теперь, что оне всего только титулярный. Гм!.. Разве так можно? Потом-с… Оне обещали дать за вами полторы тысячи, а маменька ваша вчера сказали мне, что больше тысячи я не получу. Разве это не свинство? Черкесы кровожадный народ, да и то так не делают. Я не позволю себя надувать! Все делай, но самолюбия и самозабвения моих не трогай! Это не гуманно! Это не рационально! Я честный человек, а потому не люблю нечестных! У меня все можно, но не хитри, не язви, а делай так, как совесть у человека! Так-то! У них и лица какие-то невежественные! Что это за лица? Это не лица! Вы меня извините, но родственных чувств я к ним не чувствую. Вот как повенчаемся, так мы их приструним. Нахальства и варварства не люблю! Я хоть и не скептик и не циник, а все-таки в образовании толк понимаю. Мы их приструним! Мои родители у меня давно уж ни гу-гу. Что, вы уж пили кофей? Нет? Ну, так и я с вами напьюсь. Пойдите мне на папироску принесите, а то я свой табак дома забыл.

Невеста вышла.

Это перед свадьбой… А что будет после свадьбы, я полагаю, известно не одним только пророкам да сомнамбулам.

Жены артистов

(Перевод… с португальского)

Свободнейший гражданин столичного города Лиссабона, Альфонсо Зинзага, молодой романист, столь известный… только самому себе и подающий великие надежды… тоже самому себе, утомленный целодневным хождением по бульварам и редакциям и голодный, как самая голодная собака, пришел к себе домой. Обитал он в 147 номере гостиницы, известной в одном из его романов под именем гостиницы «Ядовитого лебедя». Вошедши в 147 номер, он окинул взглядом свое коротенькое, узенькое и невысокое жилище, покрутил носом и зажег свечу, после чего взорам его представилась умилительная картина. Среди массы бумаг, книг, прошлогодних газет, ветхих стульев, сапог, халатов, кинжалов и колпаков, на маленькой, обитой сизым коленкором кушетке спала его хорошенькая жена, Амаранта. Умиленный Зинзага подошел к ней и, после некоторого размышления, дернул ее за руку. Она не просыпалась. Он дернул ее за другую руку. Она глубоко вздохнула, но не проснулась. Он похлопал ее по плечу, постукал пальцем по ее мраморному лбу, потрогал за башмак, рванул за платье, чхнул на всю гостиницу, а она... даже и не пошевельнулась.

«Вот спит-то! – подумал Зинзага. – Что за черт? Не приняла ли она яду? Моя неудача с последним романом могла сильно повлиять на нее...»

И Зинзага, сделав большие глаза, потряс кушетку. С Амаранты медленно сползла какая-то книга и, шелестя, шлепнулась об пол. Романист поднял книгу, раскрыл ее, взглянул и побледнел. Это была не какая-то и отнюдь не какая-нибудь книга, а его последний роман, напечатанный на средства графа дон Барабанта-Алимонда, – роман «Колесование в Санкт-Московске сорока четырех двадцатиженцев», роман, как видите, из русской, значит, самой интересной жизни – и вдруг...

– Она уснула, читая мой роман!?! – прошептал Зинзага. – Какое неуважение к изданию графа Барабанта-Алимонда и к трудам Альфонсо Зинзаги, давшего ей славное имя Зинзаги!

– Женщина! – гаркнул Зинзага во все свое португальское горло и стукнул кулаком о край кушетки.

Амаранта глубоко вздохнула, открыла свои черные глаза и улыбнулась.

– Это ты, Альфонсо? – сказала она, протягивая руки.

– Да, это я!.. Ты спишь? Ты... спишь?.. – забормотал Альфонсо, садясь на дрябло-хилый стул. – Что ты делала перед тем, как уснула?

– Ходила к матери просить денег.

– А потом?

– Читала твой роман.

– И уснула? Говори! И уснула?

– И уснула… Ну, чего сердишься, Альфонсо?

– Я не сержусь, но мне кажется оскорбительным, что ты так легкомысленно относишься к тому, что если еще и не дало, то даст мне славу! Ты уснула, потому что читала мой роман! Я так понимаю этот сон!

– Полно, Альфонсо! Твой роман я читала с большим наслаждением… Я приковалась к твоему роману. Я… я… Меня особенно поразила сцена, где молодой писатель, Альфонсо Зензега, застреливается из пистолета…

– Эта сцена не из этого романа, а из «Тысячи огней»!

– Да? Так какая же сцена поразила меня в этом романе? Ах, да… Я плакала на том месте, где русский маркиз Иван Ивановитш бросается из ее окна в реку… реку… Волгу.

– Ааааа… Гм!

– И утопает, благословляя виконтессу Ксению Петровну… Я была поражена…

– Почему же ты уснула, если была поражена?

– Мне так хотелось спать! Я ведь всю ночь прошлую не спала. Всю ночь напролет ты был так мил, что читал мне свой новый, хороший роман, а удовольствие слушать тебя я не могла променять на сон…

– Аааа… Гм… Понимаю! Дай мне есть!

– А разве ты еще не обедал?

– Нет.

– Ты же, уходя утром, сказал мне, что будешь сегодня обедать у редактора «Лиссабонских губернских ведомостей»?

– Да, я полагал, что мое стихотворение будет помещено в этих «Ведомостях», чтобы черт их взял!

– Неужели же не помещено?

– Нет...

– Это несчастие! С тех пор, как я стала твоей, я всей душой ненавижу редакторов! И ты голоден?

– Голоден.

– Бедняжка Альфонсо! И денег у тебя нет?

– Гм... Что за вопрос?! Ничего нет поесть?

– Нет, мой друг! Мать меня только покормила, а денег мне не дала.

– Гм...

Стул затрещал. Зинзага поднялся и зашагал... Пошагав немного и подумав, он почувствовал сильнейшее желание во что бы то ни стало убедить себя в том, что голод есть малодушие, что человек создан для борьбы с природой, что не единым хлебом сыт будет человек, что тот не артист, кто не голоден, и т. д., и, наверное, убедил бы себя, если бы, размышляя, не вспомнил, что рядом с ним, в 148 номере «Ядовитого лебедя», обитает художник-жанрист, итальянец, Франческо Бутронца, человек талантливый, кое-кому известный и, что так немаловажно под луной, обладающий уменьем, которого никогда не знал за собой Зинзага, – ежедневно обедать.

– Пойду к нему! – решил Зинзага и отправился к соседу.

Вошедши в 148 номер, Зинзага увидел сцену, которая привела его в восторг, как романиста, и ущемила за сердце, как голодного. Надежда пообедать в обществе Франческо Бутронца канула в воду, когда романист среди рамок, подрамников, безруких манекенов, мольбертов и стульев, увешанных полинялыми костюмами всех родов и веков, усмотрел своего друга, Франческо Бутронца... Франческо Бутронца, в шляпе à la Vandic и в костюме Петра Амьенского, стоял на табурете, неистово махал муштабелем и гремел. Он был более чем ужасен. Одна нога его стояла на табурете, другая на столе. Лицо его горело, глаза блестели, эспаньолка дрожала, волосы его стояли дыбом и каждую минуту, казалось, готовы были поднять его шляпу на воздух. В углу, прижавшись к статуе, изображающей безрукого, безносого, с большим угловатым отверстием на груди Аполлона, стояла жена горячего Франческо Бутронца, немочка Каролина, и с ужасом смотрела на лампу. Она была бледна и дрожала всем телом.

– Варвары! – гремел Бутронца. – Вы не любите, а душите искусство, чтобы черт вас взял! И я мог жениться на тебе, немецкая холодная кровь?! И я мог, глупец, свободного, как ветер, человека, орла, серну, одним словом, артиста, привязать к этому куску льда, сотканному из предрассудков и мелочей... Diablo!!![1] Ты – лед! Ты – деревянная, каменная говядина! Ты... ты дура! Плачь, несчастная, переваренная немецкая колбаса! Муж твой – артист, а не торгаш! Плачь, пивная бутылка! Это вы, Зинзага? Не уходите! Подождите! Я рад, что вы пришли... Посмотрите на эту женщину!

И Бутронца левой ногой указал на Каролину. Каролина заплакала.

– Полноте! – начал Зинзага. – Что вы ссоритесь, дон Бутронца? Что сделала вам донна Бутронца? Зачем вы доводите ее до слез? Вспомните вашу великую родину, дон Бутронца, вашу родину, страну, в которой поклонение красоте тесно связано с поклонением женщине! Вспомните!

– Я возмущен! – закричал Бутронца. – Вы войдите в мое положение! Я, как вам известно, принялся по предложению графа Барабанта-Алимонда за грандиозную картину... Граф просил меня изобразить ветхозаветную Сусанну... Я прошу ее, вот эту толстую немку, раздеться и стать мне на натуру, прошу с самого утра, ползаю на коленях, выхожу из себя, а она не хочет! Вы войдите в мое положение! Могу ли я писать без натуры?

– Я не могу! – зарыдала Каролина. – Ведь это неприлично!

---

[1] Дьявол! (*исп.*)

– Видите? Видите? Это – оправдание, черт возьми?

– Я не могу! Честное слово, не могу! Велит мне раздеться да еще стать у окошка…

– Мне так нужно! Я хочу изобразить Сусанну при лунном свете! Лунный свет падает ей на грудь… Свет от факелов сбежавшихся фарисеев бьет ей в спину… Игра цветов! Я не могу иначе!

– Ради искусства, донна, – сказал Зинзага, – вы должны забыть не только стыдливость, но и все… чувства!..

– Не могу же я пересилить себя, дон Зинзага! Не могу же я стать у окна напоказ!

– Напоказ… Право, можно подумать, донна Бутронца, что вы боитесь глаз толпы, которая, так сказать, если смотреть на нее… Точка зрения искусства и разума, донна… такова, что…

И Зинзага сказал что-то такое, чего умному человеку нельзя ни в сказке сказать, ни пером написать, – что-то весьма приличное, но крайне непонятное.

Каролина замахала руками и забегала по комнате, как бы боясь, чтобы ее насильно не раздели.

– Я мою его кисти, палитры и тряпки, я пачкаю свои платья о его картины, я хожу на уроки, чтобы прокормить его, я шью для него костюмы, я выношу запах конопляного масла, стою по целым дням на натуре, все делаю, но… голой? голой? – не могу!!!

– Я разведусь с тобой, рыжеволосая гарпигия! – крикнул Бутронца.

– Куда же мне деваться? – ахнула Каролина. – Дай мне денег, чтобы я могла доехать до Берлина, откуда ты увез меня, тогда и разводись!

– Хорошо! Кончу Сусанну и отправлю тебя в твою Пруссию, страну тараканов, испорченных колбас и трихины! – крикнул Бутронца, незаметно для самого себя толкая локтем в грудь Зинзагу. – Ты не можешь быть моей женой, если не можешь жертвовать собою для искусства! Ввввв… Ррр… Диабло!

Каролина зарыдала, ухватилась за голову и опустилась на стул.

– Что ты делаешь? – заорал Бутронца. – Ты села на мою палитру!!

Каролина поднялась. Под ней действительно была палитра со свежеразведенными красками… О, боги! Зачем я не художник? Будь я художником, я дал бы Португалии великую картину! Зинзага махнул рукой и выскочил из 148 номера, радуясь, что он не художник, и скорбя всем сердцем, что он романист, которому не удалось пообедать у художника.

У дверей 147 номера его встретила бледная, встревоженная, дрожащая жилица 113 номера, жена будущего артиста королевских театров, Петра Петрученца-Петрурио.

– Что с вами? – спросил ее Зинзага.

– Ах, дон Зинзага! У нас несчастье! Что мне делать? Мой Петр ушибся!

– Как ушибся?

– Учился падать и ударился виском о сундук.

– Несчастный!

– Он умирает! Что мне делать?

– К доктору, донна!

– Но он не хочет доктора! Он не верит в медицину и к тому же… он всем докторам должен.

– В таком случае сходите в аптеку и купите свинцовой примочки. Эта примочка очень помогает при ушибах.

– А сколько стоит эта примочка?

– Дешево, очень дешево, донна.

– Благодарю вас. Вы всегда были хорошим другом моего Петра! У нас осталось еще немного денег, которые выручил он на любительском спектакле у графа Барабанта-Алимонда… Не знаю, хватит ли?.. Вы… вы не можете дать немного взаймы на эту оловянную примочку?

– Свинцовую, донна.

– Мы вам скоро отдадим.

– Не могу, донна. Я истратил свои последние деньги на покупку трех стоп бумаги.

– Прощайте!

– Будьте здоровы! – сказал Зинзага и поклонился.

Не успела отойти от него жена будущего артиста королевских театров, как он увидел пред собою жилицу 101 номера, супругу опереточного певца, будущего португальского Оффенбаха, виолончелиста и флейтиста Фердинанда Лай.

– Что вам угодно? – спросил он ее.

– Дон Зинзага, – сказала супруга певца и музыканта, ломая руки, – будьте так любезны, уймите моего буяна! Вы друг его... Может быть, вам удастся остановить его. С самого утра бессовестный человек дерет горло и своим пением жить мне не дает! Ребенку спать нельзя, а меня он просто на клочки рвет своим баритоном! Ради бога, дон Зинзага! Мне соседей даже стыдно за него... Верите ли? И соседские дети не спят по его милости. Пойдемте, пожалуйста! Может быть, вам удастся унять его как-нибудь.

– К вашим услугам, донна!

Зинзага подал жене певца и музыканта руку и отправился в 101 номер. В 101 номере между кроватью, занимающею половину, и колыбелью, занимающею четверть номера, стоял пюпитр. На пюпитре лежали пожелтевшие ноты, а в ноты глядел будущий португальский Оффенбах и пел. Трудно было сразу понять, что и как он пел. Только по вспотевшему, красному лицу его и по впечатлению, которое производил он на свои и чужие уши, можно было догадаться, что он пел и ужасно, и мучительно, и с остервенением. Видно было, что он пел и в то же время страдал. Он отбивал правой ногой и кулаком такт, причем поднимал высоко руку и ногу, постоянно сбивал с пюпитра ноты, вытягивал шею, щурил глаза, кривил рот, бил кулаком себя по животу... В колыбели лежал маленький человечек, который криком, визгом и писком аккомпанировал своему расходившемуся папаше.

– Дон Лай, не пора ли вам отдохнуть? – спросил Лая вошедший Зинзага.

Лай не слышал.

– Дон Лай, не пора ли вам отдохнуть? – повторил Зинзага.

– Уберите его отсюда! – пропел Лай и указал подбородком на колыбель.

– Что это вы разучиваете? – спросил Зинзага, стараясь перекричать Лая. – Что вы разу-чи-ва-ете?

Лай поперхнулся, замолк и уставил глаза на Зинзагу.

– Вам что угодно? – спросил он.

– Мне? Гм... Я... то есть... не пора ли вам отдохнуть?

– А вам какое дело?

– Но вы утомились, дон Лай! Что это вы разучиваете?

– Кантату, посвященную ее сиятельству графине Барабанта-Алимонда. Впрочем, вам какое дело?

– Но уже ночь... Пора, некоторым образом, спать...

– Я должен петь до десяти часов завтрашнего утра. Сон нам ничего не даст. Пусть спят те, кому угодно, а я для блага Португалии, а может быть и всего света, не должен спать.

– Но, мой друг, – вмешалась жена, – мне и ребенку нашему хочется спать! Ты так громко кричишь, что нет возможности не только спать, но даже сидеть в комнате!

– Коли захочешь, так заснешь!

Сказавши это, Лай ударил ногой такт и запел.

Зинзага заткнул уши и как сумасшедший выскочил из 101 номера. Пришедши в свой номер, он увидел умилительную картину. Его Амаранта сидела за столом и переписывала начисто одну из его повестей. Из ее больших глаз капали на черновую тетрадку крупные слезы.

– Амаранта! – крикнул он, хватая жену за руку. – Неужели жалкий герой моей жалкой повести мог тронуть тебя до слез? Неужели, Амаранта?

– Нет, я плачу не над твоим героем…

– Чего же? – спросил разочарованный Зинзага.

– Моя подруга, жена твоего друга-скульптора, Софья Фердрабантеро-Неракруц-Розга, разбила статую, которую готовил ее муж для поднесения графу Барабанта-Алимонда, и… не перенесла горя мужа… Отравилась спичками!

– Несчастная… статуя! О, жены, чтобы черт вас взял, вместе с вашими всезацепляющими шлейфами! Она отравилась? Черт возьми, тема для романа!!! Впрочем, мелка!.. Все смертно на этом свете, мой друг… Не сегодня, так завтра, не завтра, так послезавтра, твоя подруга, все одно, должна была умереть… Утри свои слезы и лучше, чем плакать, выслушай меня…

– Тема для нового романа? – спросила тихо Амаранта.

– Да…

– Не лучше ли будет, мой друг, если я выслушаю тебя завтра утром? Утром мозги свежей как-то…

– Нет, сегодня выслушай. Завтра мне будет некогда. Приехал в Лиссабон русский писатель Державин, и мне нужно будет завтра утром сделать ему визит. Он приехал вместе с твоим любимым… к сожалению, любимым, Виктором Гюго.

– Да?

– Да… Выслушай же меня!

Зинзага сел против Амаранты, откинул назад голову и начал:

– Место действия весь свет… Португалия, Испания, Франция, Россия, Бразилия и т. д. Герой в Лиссабоне узнает из газет о несчастии с героиней в Нью-Йорке. Едет. Его хватают пираты, подкупленные агентами Бисмарка. Героиня – агент Франции. В газетах намеки… Англичане. Секта поляков в Австрии и цыган в Индии. Интриги. Герой в тюрьме. Его хотят подкупить. Понимаешь? Далее…

Зинзага говорил увлекательно, горячо, махая руками, сверкая глазами… говорил долго, долго… ужасно долго!

Амаранта два раза засыпала и два раза просыпалась, на улицах потушили фонари и взошло солнце, а он все говорил. Пробило шесть часов, желудок Амаранты ущемила тоска по утреннем чае, а он все говорил.

– Бисмарк подает в отставку, и герой, не желая долее скрывать своего имени, называет себя Альфонсо Зунзуга и умирает в страшных муках. Тихий ангел уносит в голубое небо его тихую душу…

Так кончил Зинзага, когда пробило семь часов.

– Ну? – спросил он Амаранту. – Что скажешь? Не находишь ли ты, что сцену между Альфонсо и Марией не пропустит цензура? А?

– Нет, сценка мила!

– Вообще хорошо? Ты говори откровенно. Ты женщина, а большинство моих читателей – женщины, потому мне необходимо знать твое мнение.

– Как тебе сказать? Мне кажется, что я твоего героя где-то уже встречала, не помню только, где именно…

– Не может быть!

– Право. С твоим героем я встречалась в одном романе, и, надо тебе сказать, в глупейшем романе! Когда читала этот роман, я удивлялась, как это могут печатать подобную чушь, а когда прочла его, то решила, что автор должен быть, по меньшей мере, глуп как пробка… Чушь печатают, а тебя мало печатают. Удивительно!

– Не припомнишь ли хотя название этого романа?

– Названия не помню, но имя героя помню. Это имя врезалось мне в память, потому что имеет в себе четыре «р» подряд… Глупое имя… Карррро!

– Не в романе ли «Сомнамбула среди океана»?

– Да, да, да, в этом самом. Как хорошо ты помнишь нашу литературу! В этом самом… Твой герой очень похож на Карррро, но твой, разумеется, умней. Что с тобой, Альфонсо?

Альфонсо вскочил.

– «Сомнамбула среди океана» – мой роман!!! – крикнул он.

Амаранта покраснела.

– Значит, это мой роман глупейший, мой? – крикнул он так громко, что даже у Амаранты заболело горло. – Ах ты, безмозглая утка! Так-то вы, сударыня, смотрите на мои произведения? Так-то, ослица? Проговорились? Больше меня уж вы не увидите! Прощайте! Гм... бррр... идиотка! Мой роман глупейший?! Граф Барабанта-Алимонда знал, что издавал!

Бросив презрительный взгляд на жену, Зинзага нахлобучил на глаза шляпу, хлопнул дверью и вышел из 147 номера.

Амаранта вздохнула, но не заплакала и в обморок не упала. Она знала, что Альфонсо Зинзага воротится в 147 номер, как бы сильно ни был сердит. Оставить навсегда 147 номер для романиста значит то же самое, что начать жить, а следовательно, и писать и иметь даровую переписчицу на лиссабонских бульварах, под голубым португальским небом. Это знала Амаранта и не сильно волновалась по уходе супруга. Она только вздохнула и принялась утешать себя. Обыкновенно после частых ссор с мужем она утешала себя чтением старого газетного листка, который хранился у нее в жестяной коробочке из-под монпансье, рядом с крошечной бутылочкой из-под духов. Старый газетный листок между объявлениями, телеграммами, политикой, хроникой и другими рук человеческих делами заключал в себе перл, известный в газетах под именем смеси. В этой смеси, под рассказом о том, как американец перехитрил американца и как известная певица мисс Дубадолла Свист съела бочку устриц и прошла, не замочив ботинок, Анды, помещался рассказец, весьма годный для утешения Амаранты и других жен артистов. Привожу дословно этот рассказ:

«Вниманию португальцев и их дочерей. В одном из городов Америки, открытой Христофором Колумбом, человеком крайне энергичным и отважным, жил-был себе доктор Таннер. Этот Таннер был более артистом в своем роде, чем ученым, а потому известен земному шару и Португалии не как ученый, а как артист в своем роде. Будучи американцем, он в то же самое время был и человеком, а если он был человеком, то рано или поздно он должен был влюбиться, что и сделал он однажды. Влюбился он в одну прекрасную американку, влюбился до безумия, как артист, влюбился до того, что однажды вместо aquae distillatae[1] прописал argentum nitricum[2], – влюбился, предложил руку и женился. Жил он с прекрасной американкой на первых порах весьма счастливо, так счастливо, что медовый месяц[3] тянулся, вопреки естеству этого месяца, не месяц, а шесть месяцев[4]. Нет сомнения, что Таннер, будучи человеком ученым, а следовательно, и самым уживчивым, прожил бы с женой счастливо до самой могилы, если бы не усмотрел за нею одного страшного порока. Порок madame Таннер заключался в том, что она ела по-человечески. Этот порок жены кольнул Таннера в самое сердце. «Я перевоспитаю ее!» – задал он себе задачу и начал развивать m-me Таннер. Сперва отучил он ее завтракать и ужинать, потом чай пить. Через год после свадьбы m-me Таннер приготовляла к обеду уже не четыре, а только одно блюдо, через два же года после подписания свадебного контракта она умела уже довольствоваться баснословным количеством пищи.

А именно, в одни сутки поедала и выпивала она следующее количество питательных веществ:

1 gr. солей

5 gr. белковых веществ

2 gr. жира

7 gr. воды (дистиллированной)

$^{1}/_{23}$ gr. венгерского вина.

---

1 Дистиллированная вода *(лат.)*.

2 Ляпис *(лат.)*.

3 Медовый месяц меньше лунного. Содержит он в себе 20 дней, 5 часов, 15 минут, 16 секунд. – *Примеч. переводчика* .

4 Невероятно! – *Примеч. переводчика* .

Итого $15^1/_{23}$ гран.

Газов мы не считаем, потому что наука еще не в состоянии точно определять количество потребляемых нами газов. Таннер торжествовал, но недолго. На четвертый год его брачной жизни его начала терзать мысль, что m-me Таннер поедает много белковых веществ. Он еще с большей энергией принялся за дрессировку и, пожалуй, достиг бы сокращения 5 гран до одного или нуля, если бы не почувствовал, что он разлюбил свою жену. Будучи эстетиком, он не мог не разлюбить своей жены. M-me Таннер, вместо того чтобы до глубокой старости быть американской красавицей, вздумала ни с того ни с сего обратиться в подобие американской щепки, лишиться своих прекрасных форм и умственных способностей, чем и показала, что она хотя и годится еще для дальнейших дрессировок, но стала уже совершенно негодной для супружеской жизни. D-r Таннер потребовал развода. Явились в его дом ученые эксперты, осмотрели со всех сторон m-me Таннер, посоветовали ей ехать на воды, делать гимнастику, прописали ей диету и нашли требование своего уважаемого коллеги вполне законным. D-r Таннер дал своим коллегам-экспертам по доллару, угостил их хорошим завтраком и… с этих пор Таннер живет в одном месте, а жена его в другом. Печальная история! Женщины, как часто вы бываете причиною несчастий великих людей! Женщины, не вы ли виновницы того, что великие люди очень часто не оставляют после себя потомства? Португальцы, на вашей совести лежит воспитание ваших дочерей! Не делайте из ваших дочерей разорительниц домашних очагов и гнезд!! Мы кончили. Завтрашний номер, по случаю дня рождения редактора, не выйдет. Португальцы! Кто из вас не взнес подписных денег сполна, тот пусть поспешит доплатить!»

– Бедная m-me Таннер! – прошептала Амаранта, пробежав этот рассказец. – Бедная! Как она несчастлива! О, как я счастлива сравнительно с нею! Как я счастлива!

Амаранта, обрадованная тем, что есть на этом свете люди несчастнее ее, старательно сложила газетный лист, положила его в коробочку и, радуясь, что она не m-me Таннер, разделась и легла спать.

Спала она до тех пор, пока не разбудил ее ужаснейший голод в лице Альфонсо Зинзаги.

– Я хочу есть! – сказал Зинзага. – Оденься, моя дорогая, и ступай к своей madre за деньгами. A propos[1]: я извиняюсь перед тобой. Я был неправ. Я сейчас только узнал от русского писателя Державина, который приехал вместе с Лермантофф, другим русским писателем, что есть два романа, совершенно не похожие друг на друга и носящие одно и то же имя: «Сомнамбула среди океана». Иди, мой друг!

И Зинзага рассказал Амаранте, пока она одевалась, один случай, который он намерен описать, сказав между прочим, мимоходом, что описание этого, трогающего за душу и тело, случая потребует у нее некоторой жертвы.

– Жертва, мой друг, будет невелика! – сказал он. – Ты должна будешь писать это описание под мою диктовку, что отнимет у тебя не более семи-восьми часов, и переписать его начисто и между прочим, этак мимоходом, изложить на бумаге и свое мнение относительно всех моих произведений... Ты женщина, а большинство моих читателей составляют женщины...

Зинзага немножко солгал. Не большинство, а всех его читателей составляла одна только женщина, потому что Амаранта была не «женщины», а только всего «женщина».

– Согласна?

– Да, – сказала тихо Амаранта, побледнела и упала без чувств на растрепанный, вечно валяющийся, пыльный энциклопедический словарь...

– Удивительный народ эти женщины! – воскликнул Зинзага. – Прав был я, когда назвал женщину в «Тысяче огней»

---

[1] Кстати *(франц.)*.

существом, которое вечно будет загадкой и удивлением для рода человеческого! Малейшая радость способна повалить ее на пол! О, женские нервы!

И счастливый Зинзага опустился на колено перед несчастной Амарантой и поцеловал ее в лоб...

Такие-то дела, читательницы!

Знаете что, девицы и вдовы? Не выходите вы замуж за этих артистов! «Цур им и пек, этим артистам!», как говорят хохлы. Лучше, девицы и вдовы, жить где-нибудь в табачной лавочке или продавать гусей на базаре, чем жить в самом лучшем номере «Ядовитого лебедя», с самым лучшим протеже графа Барабанта-Алимонда.

Право, лучше!

Петров день

Наступило утро желанного, давно снившегося дня, наступило – урааа, господа охотники!! – 29 июня... Наступил день, в который забываются долги, жучки, дорогие харчи, тещи и даже молодые жены, – день, в который г. уряднику, запрещающему стрелять, можно показать двадцать кукишей...

Побледнели и затуманились звезды... Кое-где послышались голоса... Из деревенских труб повалил сизый, едкий дым. На серой колокольне показался не совсем еще проснувшийся пономарь и ударил к обедне... Послышалось храпенье растянувшегося под деревом ночного сторожа. Проснулись щуры, закопошились, залетали с одного конца сада на другой и подняли свое невыносимое, надоедливое чириканье... В терновнике запела иволга... Над людской кухней засуетились скворцы и удоды... Начался даровой утренний концерт...

К развалившемуся, живописно обросшему колючей крапивой крыльцу дома отставного гвардии корнета Егора Егорыча Обтемперанского подъехали две тройки. В доме и во дворе поднялась страшная кутерьма. Все живущее вокруг Егора Егорыча заходило, забегало и застучало по всем лестницам, сараям и конюшням... Переменили одного коренного. У кучеров слетели с голов картузы, у лакея, Катькина прихвостня, засиял под носом красный фонарь, кухарок назвали «стервозами», послышалось имя сатаны и аггелов[1] его... В пять минут тарантасы наполнились коврами, полостями, кульками с провизией, ружейными чехлами.

– Готово-с! – пробасил Аввакум.

– Пожалуйте! Готово! – крикнул сладеньким голоском Егор Егорыч, и на крыльце показалась многочисленная публика. Первый вскочил в тарантас молодой доктор. За ним вполз архангельский мещанин Кузьма Больва, старичок в сапогах без каблуков, в рыжем цилиндре, с двадцатипятифунтовой двустволкой и с желто-зелеными пятнами на шее. Больва – плебей, но гг. помещики, из уважения к его преклонным летам (он родился в конце прошлого столетия) и уменью попадать в подброшенный двугривенный, не брезгуют его плебейством и берут с собой на охоту.

– Пожалуйте, ваше превосходительство! – обратился Егор Егорыч к маленькому седому толстячку в белом со светлыми пуговицами кителе и с аннинским крестом на шее. – Подвиньтесь, доктор!

Отставной генерал крякнул, стал одной ногой на подножку и, поддерживаемый Егором Егорычем, толкнул животом доктора и грузно уселся возле Больвы. За генералом вскочили генеральский щенок Тщетный и легавый Егора Егорыча, Музыкант.

– М-м-м... того, братец... Ваня! – обратился генерал к своему племяннику, юноше-гимназисту с длинной одностволкой через спину. – Ты можешь сесть здесь, возле меня. Иди сюда! Н-да... Вот здесь. Не шали, мой друг! Лошадь может испугаться!

---

1 Ангелов.

Пустив еще раз в нос коренному табачного дыма, Ваня вскочил в тарантас, отодвинул Больву от генерала и, повертевшись, сел. Егор Егорыч перекрестился и сел рядом с доктором. На козлах, рядом с Аввакумом, примостился длинный и сухой преподаватель математики и физики в Ваниной гимназии, г. Манже.

Первый тарантас наполнился. Началась нагрузка второго тарантаса.

– Готово! – крикнул Егор Егорыч, когда во второй тарантас, после долгих споров и беганья вокруг и около, поместились остальные восемь человек и три собаки.

– Готово! – крикнули гости.

– Ну? Итак, значит, трогать, ваше превосходительство? Господи благослови, – трогай, Аввакумка!

Первый тарантас покачнулся и тронулся с места. Второй, вмещавший в себе самых ярых охотников, покачнулся, отчаянно скрипнул, взял немного в сторону и, очутившись впереди первого, покатил к воротам. Охотники улыбнулись все разом и захлопали от восторга в ладоши. Все почувствовали себя на седьмом небе, но… злая судьба!.. не успели они выехать со двора, как случился скандал…

– Стой! Подожди! Стой!!! – раздался сзади троек пронзительный тенор.

Охотники оглянулись и побледнели. За тройками гнался невыносимейший в мире человек, известный всей губернии скандалист, брат Егора Егорыча, отставной капитан 2-го ранга Михей Егорыч… Он отчаянно махал руками. Тройки остановились.

– Что тебе? – спросил Егор Егорыч.

Михей Егорыч подбежал к тарантасу, стал на подножку и замахнулся на Егора Егорыча. Охотники зашумели.

– Что такое? – спросил покрасневший Егор Егорыч.

– То такое, – закричал Михей Егорыч, – что ты Иуда, скотина, свинья!.. Свинья, ваше превосходительство! Ты отчего не разбудил меня? Отчего ты не разбудил меня, осел, я тебя спрашиваю, подлеца этакого? Позвольте, господа... Я ничего... Я его только поучить хочу! Ты почему не разбудил меня? Не хочешь брать с собой? Я помешаю тебе? Напоил меня вчера вечером нарочно и думал, что я просплю до двенадцати часов! Каков молодец! Позвольте, ваше превосходительство... Я его только раз... смажу... Позвольте!

– Чего вы лезете? – крикнул генерал, растопыривая руки. – Разве не видите, что нет места? Вы уж слишком... позволяете...

– Напрасно ты бранишься, Михей, – сказал Егор Егорыч. – Я не разбудил тебя потому, что тебе незачем ехать с нами... Ты не умеешь стрелять. Зачем тебе ехать? Мешать? Ведь ты не умеешь стрелять!

– Не умею? Не умею я стрелять? – закричал Михей Егорыч так громко, что даже Больва заткнул уши. – Но, в таком случае, за каким чертом доктор едет! Он тоже не умеет стрелять! Он лучше меня стреляет?

– Он прав, господа, – сказал доктор. – Я не умею стрелять, не умею ружья даже держать... Я терпеть не могу стрельбы... Я не знаю, зачем вы берете меня с собой... За каким дьяволом? Пусть он садится на мое место! Я остаюсь!.. Есть место, Михей Егорыч!

– Слышишь, слышишь? Зачем же ты его берешь?

Доктор поднялся с явным намерением вылезти из тарантаса. Егор Егорыч схватил доктора за фалду и потянул его вниз.

– Но... не рвите сюртука! Он тридцать рублей стоит... Пустите! И вообще, господа, я просил бы вас не беседовать со мной сегодня... Я не в духе и могу неприятностей наделать, сам того не желая. Пустите, Егор Егорыч! Садитесь на мое место, Михей Егорыч! Я спать пойду!

– Вы должны ехать, доктор! – сказал Егор Егорыч, не выпуская фалды. – Вы дали честное слово, что поедете!

– Это было вынужденное честное слово. Ну, для чего мне ехать, для чего?

– А для того, – запищал Михей Егорыч, – чтобы вы не остались с его женой! Вот для чего! Он ревнует к вам, доктор. Не езжайте, голубчик! Назло не езжайте! Ревнует, ей-богу ревнует!

Егор Егорыч густо покраснел и сжал кулаки.

– Эй, вы! – крикнули с другого тарантаса. – Михей Егорыч, будет вам ерундить! Идите сюда, нашлось место!

Михей Егорыч ехидно улыбнулся.

– А что, акула? – сказал он. – Чья взяла? Слышал? Нашлось место! Назло поеду! Поеду и буду мешать! Честное слово, буду мешать! Ни черта не убьешь! А вы, доктор, не езжайте. Пусть лопнет от ревности.

Егор Егорыч поднялся и потряс кулаками. Глаза его налились кровью.

– Негодяй! – сказал он, обращаясь к брату. – Ты не брат мне! Недаром прокляла тебя матушка покойница! Батюшка скончался во цвете лет чрез твое безнравственное поведение!

– Господа... – вмешался генерал. – Я полагаю... достаточно. Братья, рродные братья!

– Он родной осел, ваше превосходительство, а не брат! Не езжайте, доктор! Не езжайте!

– Трогай, чтобы черт побрал вас... А-а-а... Черт знает, что такое! Трогай! – крикнул генерал и ударил кулаком в спину Аввакума. – Трррогай!

Аввакум ударил по лошадям, и тройка тронулась с места. Во втором тарантасе писатель, капитан Кардамонов, взял себе на колени двух собак, а на их место усадил ретивого Михея Егорыча.

– Счастье его, что нашлось место! – сказал Михей Егорыч, усаживаясь в тарантасе, – а то бы я его... Опишите-ка этого разбойника, Кардамонов!

Кардамонов послал в прошлом году в «Ниву» статью под заглавием: «Интересный случай многоплодия среди крестьянского народонаселения», прочел в почтовом ящике неприятный для авторского самолюбия ответ, пожаловался соседям и прослыл писателем.

Согласно предначертанному плану действий, решено было ехать прежде всего на крестьянский сенокос, находящийся в семи верстах от имения Егора Егорыча, – ехать на перепелов. Приехавши на сенокос, охотники вылезли из тарантасов и разделились на две группы. Одна группа, имея во главе генерала и Егора Егорыча, направилась направо; другая, с Кардамоновым во главе, пошла налево. Больва отстал и пошел сам по себе. На охоте он любил тишину и молчание. Музыкант с лаем побежал вперед и через минуту согнал перепела. Ваня выстрелил и не попал.

– Высоко взял, черт возьми! – проворчал он. Щенок Тщетный, взятый «приучаться», услышав первый раз в жизни выстрел, залаял и, поджав хвост, побежал к тарантасам. Манже выстрелил в жаворонка и попал.

– Нравится мне эта птичка! – сказал он, показывая доктору жаворонка.

– Проваливайте… – сказал тот. – Вообще я просил бы вас не беседовать со мною… Я сегодня не в духе. Отойдите от меня!

– Вы скептик, доктор!

– Я-то? Гм… А что значит скептик?

Манже задумался.

– Скептик значит человеко… человеко… нелюбец, – сказал он.

– Врете. Не употребляйте тех слов, которых вы не понимаете. Отойдите от меня! Я могу наделать неприятностей, сам того не желая… Я не в духе…

Музыкант сделал стойку. Генерал и Егор Егорыч побледнели и притаили дыхание.

– Я выстрелю! – прошептал генерал. – Я… я… позвольте! Вы во второй раз уж того…

Но не удалась стойка. Доктор от нечего делать пустил камешком в Музыканта и попал между ушей… Музыкант взвизгнул и подскочил. Генерал и Егор Егорыч оглянулись. В траве послышался шорох и взлетел крупный стрепет. Во второй группе зашумели и указали на стрепета. Генерал, Манже и Ваня прицелились. Ваня выстрелил, у Манже осеклось... Поздно было! Стрепет полетел за курган и опустился в рожь.

– Полагаю, доктор, что... не время теперь шутить! – обратился генерал к доктору. – Не время-с!

– А?

– Не время теперь шутить.

– Я не шучу.

– Неловко, доктор! – заметил Егор Егорыч.

– Не брали бы... Кто вас просил брать меня? Впрочем... не желаю объясняться... Я не в духе сегодня...

Манже убил другого жаворонка. Ваня согнал молодого грача, выстрелил и не попал.

– Высоко взял, черт возьми! – проворчал он.

Послышались два подряд выстрела: Больва уложил за курганом своей тяжелой двустволкой двух перепелов и положил их в карман. Егор Егорыч согнал перепела и выстрелил. Подстреленная перепелка упала в траву. Торжествующий Егор Егорыч поднял ее и поднес генералу.

– В крылышко, ваше превосходительство! Жива еще-с!

– Н-да... Жива... Надо предать скорой смерти.

Сказавши это, генерал поднес перепелку ко рту и клыками перегрыз ей горло. Манже убил третьего жаворонка. Музыкант сделал другую стойку. Генерал сбросил с головы фуражку, навел ружье... «Пиль!» Взлетел крупный перепел, но... мерзавец доктор торчал как раз в области выстрела, почти перед дулом!

– Прочь! – крикнул генерал.

Доктор отскочил, генерал выстрелил, и, разумеется, дробь опоздала.

– Это низко, молодой человек! – крикнул генерал.

– Что такое? – спросил доктор.

– Вы мешаете! Черт вас просит мешать! По вашей милости я промахнулся! Черт знает что такое – из рук вон!

– Да вы-то чего кричите? Пфф... не боюсь! Я генералов не боюсь, ваше превосходительство, а в особенности отставных. Потише, пожалуйста!

– Удивительный человек! Ходит и мешает, ходит и мешает, – ангел выйдет из терпения!

– Не кричите, пожалуйста, генерал! Кричите вот на Манже! Он, кстати, боится генералов. Хорошему охотнику никто не помешает. Скажите лучше, что стрелять не умеете!

– Довольно-с! Вам слово – вы десять... Ваничка, дай-ка сюда пороховницу! – обратился генерал к Ване.

– Для чего ты пригласил на охоту этого бурбона? – спросил доктор Егора Егорыча.

– Нельзя, брат! – ответил Егор Егорыч. – Нельзя было не взять. Ведь я ему того... восемь тысяч... Э-хе-хе, братец! Не будь этих проклятых долгов...

Егор Егорыч не договорил и махнул рукою.

– Правда, что ты ревнуешь?

Егор Егорыч отвернулся и прицелился в высоко летевшего коршуна.

– Ты его потерял, молокосос! – раздался громовый голос генерала. – Ты потерял его! Он сто рублей стоит, поросенок!

Егор Егорыч подошел к генералу и осведомился, в чем дело. Оказалось, что Ваня потерял генеральский патронташ. Начались поиски за патронташем, и охота была прервана. Поиски продолжались час с четвертью и увенчались успехом. Нашедши патронташ, охотники сели отдохнуть.

Во второй группе перепелиная охота была тоже не совсем удачна. В этой группе Михей Егорыч был тем же, чем доктор в первой, даже хуже. Он выбивал из рук ружья, бранился, бил собак, рассыпал порох, словом – выделывал черт знает что... После неудачных выстрелов по перепелам, Кардамонов со своими собаками погнался за молодым коршуном. Коршуна подстрелили и не нашли. Капитан 2-го ранга убил камнем суслика.

– Господа, давайте анатомировать суслика! – предложил письмоводитель предводителя дворянства, Некричихвостов.

Охотники сели на траву, вынули перочинные ножи и занялись анатомией.

– Я в этом суслике ничего не нахожу, – сказал Некричихвостов, когда суслик был изрезан на мелкие кусочки. – Даже сердца нет. Вот кишки так есть. Знаете что, господа? Поедемте-ка на болота! Что мы тут можем убить? Перепела – не дичь; то ли дело кулички, бекасы... А? Едем!

Охотники поднялись и лениво направились к тарантасам. Приближаясь к тарантасам, они сделали залп по свойским голубям и убили одного.

– Ваше превосх... Егорыгорч! Ваше... Егорч... – закричала вторая группа, увидев отдыхающую первую. – Ау, ау!

Генерал и Егор Егорыч оглянулись. Вторая группа замахала фуражками.

– Зачем? – крикнул Егор Егорыч.

– Дело есть! Дрохву убили! Скорей сюда!

Первая группа дрохве не поверила, но к тарантасам пошла. Усевшись в тарантасы, охотники порешили оставить перепелов в покое и согласно маршруту проехать еще пять верст – к болотам.

– Я ужасно горяч на охоте, – обратился генерал к доктору, когда тройки отъехали версты на две от сенокоса. – Ужасно! Отца родного не пощажу. Уж вы того... извините старику!

– Гм...

– Каким добряком, шельмец, стал! – шепнул Егор Егорыч доктору на ухо. – Что значит мода пошла дочек за докторов отдавать! Хитер его превосходительство! Хе-хе-хе...

– А просторней стало! – заметил Ваня.

– Да.

– Отчего бы это? Совсем просторно…

– Господа, а Больва где? – хватился Манже.

Охотники посмотрели друг на друга.

– Где Больва? – повторил Манже.

– Должно быть, на той тройке. Господа, – крикнул Егор Егорыч, – Больва с вами?

– Нет, нету! – крикнул Кардамонов.

Охотники задумались.

– Ну, черт с ним! – порешил генерал. – Не ворочаться же за ним!

– Надо бы, ваше превосходительство, воротиться. Слаб уж очень! Без воды умрет. Не дойдет.

– Захочет, так дойдет.

– Умрет старичок. Ведь ему девяносто!

– Пустяки.

Подъехав к болотам, наши охотники вытянули физиономии… Болота были запружены охотниками, и вылезать из тарантасов поэтому не стоило. Немного подумав, охотники порешили проехать еще пять верст, к казенным лесам.

– Кого же вы там стрелять будете? – спросил доктор.

– Дроздов, орлиц… Ну, тетеревов.

– Так-с. Ну, а что поделывают теперь мои несчастные больные? И зачем вы меня взяли с собой, Егор Егорыч? Эх!

Доктор вздохнул и почесал затылок. Подъехав к первому попавшемуся леску, охотники повылезли из тарантасов и начали совещаться: кому идти направо и кому налево?

– Знаете что, господа? – предложил Некричихвостов. – В силу того закона, так сказать, в некотором роде природы, что дичь от нас не уйдет… Гм… Дичь от нас не уйдет, господа! Давайте-ка прежде всего подкрепимся! Винца, водочки, икорки... балычка... Вот тут, на травке! Вы какого мнения, доктор? Вам лучше это знать: вы доктор. Ведь нужно подкрепиться?

Предложение Некричихвостова было принято. Аввакум и Фирс разостлали два ковра и разложили вокруг них кульки со свертками и бутылками. Егор Егорыч порезал колбасу, сыр, балык, Некричихвостов раскупорил бутылки, Манже нарезал хлеба... Охотники облизнулись и возлегли.

– Ну-с, ваше превосходительство! По маленькой...

Охотники выпили и закусили. Доктор тотчас же налил себе другую и выпил. Ваня последовал его примеру.

– А ведь тут, надо полагать, и волки есть, – глубокомысленно заметил Кардамонов, посматривая искоса на деревья.

Охотники подумали, поговорили и минут через десять порешили, что волков, надо полагать, нет.

– Ну-с? По другой? Пропустим-ка! Егор Егорыч, вы чего смотрите?

Выпили по другой.

– Молодой человек! – обратился Егор Егорыч к Ване. – Вы-то чего думаете?

Ваня замотал головой.

– Но при мне можешь, – сказал генерал. – Без меня не пей, но при мне... Выпей немножко!

Ваня налил рюмку и выпил.

– Ну-с? По третьей? Ваше превосходительство...

Выпили по третьей. Доктор выпил шестую.

– Молодой человек!

Ваня замотал головой.

– Пейте, Амфитеатров! – сказал покровительственным тоном Манже.

– При мне можешь, но без меня... Выпей немного!

Ваня выпил.

– Чего это небо сегодня такое синее? – спросил Кардамонов.

Охотники подумали, потолковали и через четверть часа порешили, что неизвестно, отчего это небо сегодня такое синее.

– Заяц… заяц… заяц!!! Держи!!!

За бугром показался заяц. За ним гнались две дворняги. Охотники повскакали и ухватились за ружья. Заяц пролетел мимо, помчался в лес, увлекая за собой дворняг, Музыканта и других собак. Тщетный подумал, посмотрел подозрительно на генерала и тоже помчался за зайцем.

– Крупный!.. Вот его бы того… Как это мы… прозевали?

– Да. Чего же эта бутылка тут того… Это вы не выпили, ваше высокопревосходительство? Э-э-э-э… Так вот вы как? Хо-ро-шо-с!

Выпили по четвертой. Доктор выпил девятую, с остервенением крякнул и отправился в лес. Выбрав самую широкую тень, он лег на травку, подложил под голову сюртук и тотчас же захрапел. Ваню развезло. Он выпил еще рюмочку, принялся за пиво, и в нем взыграла душа. Он стал на колени и продекламировал 20 стихов из Овидия.

Генерал заметил, что латинский язык очень похож на французский… Егор Егорыч согласился с ним и добавил, что при изучении французского языка необходимо знать похожий на него латинский. Манже не согласился с Егором Егорычем, заметив, что не место толковать там про языки, где сидит физико-математик и стоит так много бутылок, добавив, что ружье его прежде дорого стоило, что теперь нельзя найти хорошего ружья, что…

– По восьмой, господа?

– Не много ли будет?

– Ну-у-у… Что вы! Восемь, и много?! Вы, значит, не пили никогда!

Выпили по восьмой.

– Молодой человек!

Ваня замотал головой.

– Полно! Ну-ка, по-военному! Вы так хорошо стреляете…

– Выпейте, Амфитеатров! – сказал Манже.

– При мне пей, но без меня… Выпей немного!

Ваня отставил в сторону пиво и выпил еще рюмочку.

– По девятой, господа, а? Какого мнения? Терпеть не могу числа восемь. Восьмого числа у меня умер отец… Федор… то есть, Иван… Егор Егорыч! Наливайте!

Выпили по девятой.

– Жарко, однако.

– Да, жарко, но это не помешает нам выпить по десятой!

– Но…

– Плевать на жару! Докажем, господа, стихиям, что мы их не боимся! Молодой человек! Покажите-ка пример… Пристыдите вашего дядюшку! Не боимся ни хлада, ни жары…

Ваня выпил рюмочку. Охотники крикнули «ура» и последовали его примеру.

– Солнечный удар может приключиться, – сказал генерал.

– Не может.

– Не может… при нашем климате? Гм…

– Однако бывали же случаи… Мой крестный умер от солнечного удара…

– Вы, доктор, как думаете? Может ли при нашем климате удар приключиться… солнечный, а? Доктор!

Ответа не последовало.

– Вам не приходилось лечить, а? Мы про солнечный… Доктор, где же доктор?

– Где доктор? Доктор!

Охотники посмотрели вокруг себя: доктора не было.

– Где же доктор? Исчезоша? Яко воск от лица огня! Ха-ха-ха.

– К Егоровой жене отправился! – ляпнул Михей Егорыч.

Егор Егорыч побледнел и уронил бутылку.

– К жене его отправился! – продолжал Михей Егорыч, кушая балык.

– Чего же вы врете? – спросил Манже. – Вы видели?

– Видел. Ехал мимо мужик на таратайке... ну, а он сел и уехал. Ей-богу. По одиннадцатой, господа?

Егор Егорыч поднялся и потряс кулаками.

– Я спрашиваю: куда вы едете? – продолжал Михей Егорыч. – За клубникой, говорит. Рожки шлифовать. Я, говорит, уж наставил рожки, а теперь шлифовать еду. Прощайте, говорит, милый Михей Егорыч! Кланяйтесь, говорит, свояку Егору Егорычу! И этак еще глазом сделал. На здоровье... хе-хе-хе.

– Лошадей!! – крикнул Егор Егорыч и, покачиваясь, побежал к тарантасу.

– Скорей, а то опоздаешь! – крикнул Михей Егорыч.

Егор Егорыч втащил на козлы Аввакума, вскочил в тарантас и, погрозив охотникам кулаком, покатил домой...

– Что же все это значит, господа? – спросил генерал, когда скрылась с глаз белая фуражка Егора Егорыча. – Он уехал... На чем же, черт возьми, я уеду? Он на моем тарантасе уехал! То есть не на моем, а на том, на котором мне нужно уехать... Это странно... Гм... Дерзко с его стороны...

С Ваней сделалось дурно. Водка, смешанная с пивом, подействовала как рвотное... Нужно было везти Ваню домой. После пятнадцатой охотники порешили тройку уступить генералу, с тем только условием, чтобы он, приехавши домой, немедленно выслал свежих лошадей за остальной компанией.

Генерал стал прощаться.

– Передайте ему, господа, – сказал он, – что... что так делают одне только свиньи.

– Вы, ваше превосходительство, векселя его протестуйте! – посоветовал Михей Егорыч.

– А? Векселя? Нда-с... Пора уже ему... Нужно честь знать... Я ждал, ждал и наконец утомился ждать... Скажите ему, что протест... Прощайте, господа! Прошу ко мне! А он свинья-с!

Охотники простились с генералом и положили его в тарантас рядом с заболевшим Ваней.

– Трогай!

Ваня и генерал уехали.

После восемнадцатой охотники отправились в лес и, постреляв немного в цель, улеглись спать. Перед вечером приехали за ними генеральские лошади. Фирс вручил Михею Егорычу письмо с передачей «братцу». В этом письме была просьба, за неисполнение которой грозилось судебным приставом. После третьей (проснувшись, охотники повели новый счет) генеральские кучера уложили охотников в тарантасы и развезли их по домам.

Егор Егорыч, приехавши домой, был встречен Музыкантом и Тщетным, для которых заяц был только предлогом, чтобы удрать домой. Посмотрев грозно на свою жену, Егор Егорыч принялся за поиски. Были обысканы все кладовые, шкафы, сундуки, комоды, – доктора не нашел Егор Егорыч. Он нашел другого: под жениной кроватью обрел он псаломщика Фортунатова...

Было уже темно, когда проснулся доктор... Поблуждав немного по лесу и вспомнивши, что он на охоте, доктор громко выругался и принялся аукать. Ответа на ауканье, разумеется, не последовало, и он порешил отправиться домой пешочком. Дорога была хорошая, безопасная, светлая. Двадцать четыре версты он отмахал в какие-нибудь четыре часа и к утру был уже в земской больнице. Побранившись всласть с фельдшерами, акушеркой и больными, он принялся сочинять огромнейшее письмо к Егору Егорычу. В этом письме требовалось «объяснение неблаговидных поступков», бранились ревнивые мужья и давалась клятва не ходить никогда более на охоту, – никогда! даже и двадцать девятого июня.

Темпераменты

(По последним выводам науки)

Сангвиник. Все впечатления действуют на него легко и быстро: отсюда, говорит Гуфеланд, происходит легкомыслие… В молодости он bébé[1] и Spitzbube[2]. Грубит учителям, не стрижется, не бреется, носит очки и пачкает стены. Учится скверно, но курсы оканчивает. Родителей не почитает. Когда богат, франтит; будучи же убогим, живет по-свински. Спит до двенадцати часов, ложится в неопределенное время. Пишет с ошибками. Для любви одной природа его на свет произвела: только тем и занимается, что любит. Всегда не прочь нализаться до положения риз; напившись вечером до зеленых чертиков, утром встает как встрепанный, с чуть заметной тяжестью в голове, не нуждаясь в «similia similibus curantur»[3]. Женится нечаянно. Вечно воюет с тещей. С родней в ссоре. Врет напропалую. Ужасно любит скандалы и любительские спектакли. В оркестре он – первая скрипка. Будучи легкомысленен, либерален. Или вовсе никогда ничего не читает, или же читает запоем. Газеты любит и сам не прочь погазетничать. Почтовый ящик юмористических журналов выдуман исключительно для одних только сангвиников. Постоянен в своем непостоянстве. На службе он чиновник особых поручений или что-либо подобное. В гимназии преподает словесность. Редко дослуживается до действительного статского советника; дослужившись же, делается флегматиком и иногда холериком. Шалопаи, прохвосты и брандахлысты – сангвиники. Спать в одной комнате с сангвиником не рекомендуется: всю ночь анекдоты рассказывает, а за неимением анекдотов, ближних осуждает или врет.

---

[1] Малыш *(франц.)*.

[2] Плут *(нем.)*.

[3] «Подобное лечится подобным» *(лат.)*.

Умирает от болезней органов пищеварения и преждевременного истощения.

Женщина-сангвиник – самая сносная женщина, если она не глупа.

Холерик. Желчен и лицом желто-сер. Нос несколько крив, и глаза ворочаются в орбитах, как голодные волки в тесной клетке. Раздражителен. За укушение блохи или укол булавкой готов разорвать на клочки весь свет. Когда говорит, брызжет и показывает свои коричневые или очень белые зубы. Глубоко убежден, что зимой «черт знает как холодно», а летом «черт знает как жарко...». Еженедельно меняет кухарок. Обедая, чувствует себя очень скверно, потому что все бывает пережарено, пересолено... Большею частью холостяк, а если женат, то запирает жену на замок. Ревнив до чертиков. Шуток не понимает. Все терпеть не может. Газеты читает только для того, чтобы ругнуть газетчиков. Еще во чреве матери был убежден в том, что все газеты врут. Как муж и приятель – невозможен; как подчиненный – едва ли мыслим; как начальник – невыносим и весьма нежелателен. Нередко, к несчастью, он педагог: преподает математику и греческий язык. В одной комнате спать с ним не советую: всю ночь кашляет, харкает и громко бранит блох. Услышав ночью пение котов или петухов, кашляет и дребезжащим голосом посылает лакея на крышу поймать и, во что бы то ни стало, задушить певца. Умирает от чахотки или болезней печени.

Женщина-холерик – черт в юбке, крокодил.

Флегматик. Милый человек (я говорю, разумеется, не про англичанина, а про российского флегматика). Наружность самая обыкновенная, топорная. Вечно серьезен, потому что лень смеяться. Ест когда и что угодно; не пьет, потому что боится кондрашки, спит 20 часов в сутки. Непременный член всевозможных комиссий, заседаний и экстренных собраний, на которых ничего не понимает, дремлет без зазрения совести и терпеливо ожидает конца. Женится в 30 лет при помощи дядюшек и тетушек. Самый удобный для женитьбы человек: на все согласен, не ропщет и покладист. Жену величает душенькой. Любит поросеночка с хреном, певчих, все кисленькое и холодок. Фраза «Vanitas vanitatum et omnia vanitas»[1] выдумана флегматиком. Бывает болен только тогда, когда его избирают в присяжные заседатели. Завидев толстую бабу, кряхтит, шевелит пальцами и старается улыбнуться. Выписывает «Ниву» и сердится, что в ней не раскрашивают картинок и не пишут смешного. Пишущих считает людьми умнейшими и в то же время вреднейшими. Жалеет, что его детей не секут в гимназии, и сам иногда не прочь посечь. На службе счастлив. В оркестре он – контрабас, фагот, тромбон. В театре – кассир, лакей, суфлер и иногда pour manger[2] актер. Умирает от паралича или водянки.

Женщина-флегматик – это слезливая, пучеглазая, толстая, крупичатая, сдобная немка. Похожа на куль с мукою. Родится, чтобы со временем стать тещей. Быть тещей – ее идеал.

Меланхолик. Глаза серо-голубые, готовые прослезиться. На лбу и около носа морщинки. Рот несколько крив. Зубы черные. Склонен к ипохондрии. Вечно жалуется на боль под ложечкой, колотье в боку и плохое пищеварение. Любимое занятие – стоять перед зеркалом и рассматривать свой вялый язык. Думает, что слаб грудью и нервен, а потому ежедневно пьет вместо чая декокт и вместо водки – жизненный эликсир. С прискорбием и со слезами в голосе уведомляет своих ближних, что лавровишневые и валериановые капли ему уже не помогают... Полагает, что раз в неделю не мешало бы принимать слабительное. Давно уже порешил, что его не понимают доктора. Знахари, знахарки, шептуны, пьяные фельдшера, иногда повивальные бабки – первые его благодетели. Шубу надевает в сентябре, снимает в мае. В каждой собаке подозревает водобоязнь, а с тех пор, как его приятель сообщил ему, что кошка в состоянии задушить спящего человека, видит в кошках непримиримых врагов человечества.

---

[1] «Суета сует и всяческая суета» *(лат.)*.

[2] Ради хлеба *(франц.)*.

Духовное завещание у него давно уже готово. Божится и клянется, что ничего не пьет. Изредка пьет теплое пиво. Женится на сиротке. Тещу, если она у него есть, величает прекраснейшей и мудрейшей особой; наставления ее выслушивает молча, склонив голову набок; целовать ее пухлые, потные, пахнущие огуречным рассолом руки считает своей священнейшей обязанностью. Ведет деятельную переписку с дяденьками, тетеньками, крестной мамашей и друзьями детства. Газет не читает. Читал когда-то «Московские ведомости», но, чувствуя при чтении этой газеты тяжесть под ложечкой, сердцебиение и муть в глазах, он бросил ее. Втихомолку читает Дебе и Жозана. Во время ветлянской чумы пять раз говел. Страдает слезотечением и кошмарами. На службе не особенно счастлив: далее помощника столоначальника не дотянет. Любит «Лучинушку». В оркестре он – флейта и виолончель. Вздыхает день и ночь, а потому спать с ним в одной комнате не советую. Предчувствует потопы, землетрясение, войну, конечное падение нравственности и собственную смерть от какой-нибудь ужасной болезни. Умирает от пороков сердца, лечения знахарей и зачастую от ипохондрии.

Женщина-меланхолик – невыносимейшее, беспокойнейшее существо. Как жена – доводит до отупения, до отчаяния и самоубийства. Тем только и хороша, что от нее избавиться нетрудно: дайте ей денег и спровадьте ее на богомолье.

Холерико-меланхолик. Во дни юности был сангвиником. Черная кошка перебежала дорогу, черт ударил по затылку, и сделался он холерико-меланхоликом. Я говорю о известнейшем, бессмертнейшем соседе редакции «Зрителя». Девяносто девять процентов славянофилов – холерико-меланхолики. Непризнанный поэт, непризнанный pater patriae[1], непризнанный Юпитер и Демосфен… и т. д. Рогатый муж. Вообще всякий крикливый, но не сильный.

---

[1] Отец отечества *(лат.)*.

В вагоне

Почтовый поезд номер такой-то мчится на всех парах от станции «Веселый Трах-Тарарах» до станции «Спасайся, кто может!». Локомотив свистит, шипит, пыхтит, сопит... Вагоны дрожат и своими неподмазанными колесами воют волками и кричат совами. На небе, на земле и в вагонах тьма... «Что-то будет! что-то будет!» – стучат дрожащие от старости лет вагоны... «Огого-гого-о-о!» – подхватывает локомотив... По вагонам вместе с карманолюбцами гуляют сквозные ветры. Страшно... Я высовываю свою голову в окно и бесцельно смотрю в бесконечную даль. Все огни зеленые: скандал, надо полагать, еще не скоро. Диска и станционных огней не видно... Тьма, тоска, мысль о смерти, воспоминания детства... Боже мой!

– Грешен!! – шепчу я. – Ох, как грешен!..

Кто-то лезет в мой задний карман. В кармане нет ничего, но все-таки ужасно... Я оборачиваюсь. Предо мной незнакомец. На нем соломенная шляпа и темно-серая блуза.

– Что вам угодно? – спрашиваю я его, ощупывая свои карманы.

– Ничего-с! Я в окно смотрю-с! – отвечает он, отдергивая руку и налегая мне на спину.

Слышен сиплый пронзительный свист... Поезд начинает идти все тише и тише и наконец останавливается. Выхожу из вагона и иду к буфету выпить для храбрости. У буфета теснится публика и поездная бригада.

– Гм... Водка, а не горько! – говорит солидный обер-кондуктор, обращаясь к толстому господину. Толстый господин хочет что-то сказать и не может: поперек горла остановился у него годовалый бутерброд.

– Жиндаррр!!! Жиндаррр!! – кричит кто-то на плацформе таким голосом, каким во время оно, до потопа, кричали голодные мастодонты, ихтиозавры и плезиозавры... Иду посмотреть, в чем дело... У одного из вагонов первого класса стоит господин с кокардой и указывает публике на свои ноги. С несчастного, в то время когда он спал, стащили сапоги и чулки...

– В чем же я поеду теперь? – кричит он. – Мне до Ррревеля ехать! Вы должны смотреть!

Перед ним стоит жандарм и уверяет его, что «здесь кричать не приходится»... Иду в свой вагон № 224. В моем вагоне все то же: тьма, храп, табачный и сивушный запахи, пахнет русским духом. Возле меня храпит рыженький судебный следователь, едущий в Киев из Рязани... В двух-трех шагах от следователя дремлет хорошенькая... Крестьянин, в соломенной шляпе, сопит, пыхтит, переворачивается на все бока и не знает, куда положить свои длинные ноги... Кто-то в углу закусывает и чамкает во всеуслышание... Под скамьями спит богатырским сном народ. Скрипит дверь. Входят две сморщенные старушонки с котомками на спинах...

– Сядем сюда, мать моя! – говорит одна. – Темень-то какая! Искушение да и только... Никак наступила на кого... А где Пахом?

– Пахом? Ах, батюшти! Где ж это он? Ах, батюшти!

Старушонка суетится, отворяет окно и осматривает плацформу.

– Пахо-ом! – дребезжит она. – Где ты? Пахом! Мы тутотко!

– У меня беда-а! – кричит голос за окном. – В машину не пущают!

– Не пущают? Который это не пущает? Плюнь! Не может тебя никто не пустить, ежели у тебя настоящий билет есть!

– Билеты уже не продают! Касс заперли!

По плацформе кто-то ведет лошадь. Топот и фырканье.

– Сдай назад! – кричит жандарм. – Куда лезешь? Чего скандалишь?

– Петровна! – стонет Пахом.

Петровна сбрасывает с себя узел, хватает в руки большой жестяной чайник и выбегает из вагона. Бьет второй звонок. Входит маленький кондуктор с черными усиками.

– Вы бы взяли билет! – обращается он к старцу, сидящему против меня. – Контролер здесь!

– Да? Гм… Это нехорошо… Какой?.. Князь?

– Ну… Князя сюда и палками не загонишь…

– Так кто же? С бородой?

– Да, с бородой…

– Ну, коли этот, то ничего. Он добрый человек.

– Как хотите.

– А много зайцев едет?

– Душ сорок будет.

– Ннно? Молллодцы! Ай да коммерсанты!

Сердце у меня сжимается. Я тоже зайцем еду. Я всегда езжу зайцем. На железных дорогах зайцами называются гг. пассажиры, затрудняющие разменом денег не кассиров, а кондукторов. Хорошо, читатель, ездить зайцем! Зайцам полагается, по нигде еще не напечатанному тарифу, 75 % уступки, им не нужно толпиться около кассы, вынимать ежеминутно из кармана билет, с ними кондуктора вежливее и… все что хотите, одним словом!

– Чтоб я заплатил когда-нибудь и что-нибудь!? – бормочет старец. – Да никогда! Я плачу кондуктору. У кондуктора меньше денег, чем у Полякова!

Дребезжит третий звонок.

– Ах, матушки! – хлопочет старушонка. – Где ж это Петровна? Ведь вот уж и третий звонок! Наказание божие… Осталась! Осталась бедная… А вещи ее тут… Што с вещами-то делать, с сумочкой? Родимые мои, ведь она осталась!

Старушонка на минуту задумывается.

– Пущай с вещами остается! – говорит она и бросает сумочку Петровны в окно.

Едем к станции Халдеево, а по путеводителю «Фрум – Общая Могила». Входят контролер и обер-кондуктор со свечой.

– Вашшш… билеты! – кричит обер-кондуктор.

– Ваш билет! – обращается контролер ко мне и к старцу.

Мы ежимся, сжимаемся, прячем руки и впиваемся глазами в ободряющее лицо обер-кондуктора.

– Получите! – говорит контролер своему спутнику и отходит. Мы спасены.

– Ваш билет! Ты! Ваш билет! – толкает обер-кондуктор спящего парня. Парень просыпается и вынимает из шапки желтый билетик.

– Куда же ты едешь? – говорит контролер, вертя между пальцами билет. – Ты не туда едешь!

– Ты, дуб, не туда едешь! – говорит обер-кондуктор. – Ты не на тот поезд сел, голова! Тебе нужно на Живодерово, а мы едем на Халдеево! Вааазьми! Вот не нужно быть никогда дураком!

Парень усиленно моргает глазами, тупо смотрит на улыбающуюся публику и начинает тереть рукавом глаза.

– Ты не плачь! – советует публика. – Ты лучше попроси! Такой здоровый болван, а ревешь! Женат небось, детей имеешь.

– Вашшш… билет!.. – обращается обер-кондуктор к косарю в цилиндре.

– Га?

– Вашшш… билеты! Поворачивайся!

– Билет? Нешто нужно?

– Билет!!!

– Понимаем… Отчего не дать, коли нужно? Даадим! – Косарь в цилиндре лезет за пазуху и со скоростью двух с половиною вершков в час вытаскивает оттуда засаленную бумагу и подает ее контролеру.

– Кого даешь? Это паспорт! Ты давай билет!

– Другого у меня билета нету! – говорит косарь, видимо встревоженный.

– Как же ты едешь, когда у тебя нет билета?

– Да я заплатил.

– Кому ты заплатил? Что врешь?

– Кондухтырю.

– Какому?

– А шут его знает какому! Кондухтырю, вот и все... Не бери, говорил, билета, мы тебя и так провезем... Ну, я и не взял...

– А вот мы с тобой на станции поговорим! Мадам, ваш билет!

Дверь скрипит, отворяется, и, ко всеобщему нашему удивлению, входит Петровна.

– Насилу, мать моя, нашла свой вагон... Кто их разберет, все одинаковые... А Пахома так и не впустили, аспиды... Где моя сумочка?

– Гм... Искушение... Я тебе ее в окошко выбросила! Я думала, что ты осталась!

– Куда бросила?

– В окно... Кто ж тебя знал?

– Спасибо... Кто тебя просил? Ну да и ведьма, прости господи! Что теперь делать? Своей не бросила, паскуда... Морду бы свою ты лучше выбросила! Аааа... штоб тебе повылазило!

– Нужно будет со следующей станции телеграфировать! – советует смеющаяся публика.

Петровна начинает голосить и нечестиво браниться. Ее подруга держится за свою суму и также плачет. Входит кондуктор.

– Чьи веш-ш-ш... чи! – выкрикивает он, держа в руках вещи Петровны.

– Хорошенькая! – шепчет мне мой vis-à-vis старец, кивая на хорошенькую. – Гм-м-м... хоррошенькая... Черт подери, хлороформу нет! Дал бы ей понюхать, да и целуй во все лопатки! Благо все спят!..

Соломенная шляпа ворочается и во всеуслышание сердится на свои непослушные ноги.

– Ученые... – бормочет он. – Ученые... Небось, против естества вещей и предметов не пойдешь!.. Ученые... гм... Небось, не сделают так, чтоб ноги можно было отвинчивать и привинчивать по произволению!

– Я тут ни при чем... Спросите товарища прокурора! – бредит мой сосед-следователь.

В дальнем углу два гимназиста, унтер-офицер и молодой человек в синих очках при свете четырех папирос жарят в картеж...

Направо от меня сидит высокая барыня из породы «само собою разумеется». От нее разит пудрой и пачулями.

– Ах, что за прелесть эта дорога! – шепчет над ее ухом какой-то гусь, шепчет приторно до... до отвращения, как-то французисто выговаривая буквы *г, н* и *р* . – Нигде так быстро и приятно не бывает сближение, как в дороге! Люблю тебя, дорога!

Поцелуй... Другой... Черт знает что! Хорошенькая просыпается, обводит глазами публику и... бессознательно кладет головку на плечо соседа, жреца Фемиды... а он, дурак, спит!!

Поезд останавливается. Полустанок.

– Поезд стоит две минуты... – бормочет сиплый, надтреснутый бас вне вагона. Проходят две минуты, проходят еще две... Проходит пять, десять, двадцать, а поезд все еще стоит. Что за черт? Выхожу из вагона и направляюсь к локомотиву.

– Иван Матвеич! Скоро ж ты, наконец? Черт! – кричит обер-кондуктор под локомотив.

Из-под локомотива выползает на брюхе машинист, красный, мокрый, с куском сажи на носу...

– У тебя есть бог или нет? – обращается он к обер-кондуктору. – Ты человек или нет? Что подгоняешь? Не видишь, что ли? Ааа... чтоб вам всем повылазило!.. Разве это локомотив? Это не локомотив, а тряпка! Не могу я везти на нем!

– Что же делать?

– Делай что хочешь! Давай другой, а на этом не поеду! Да ты войди в положение...

Помощники машиниста бегают вокруг неисправного локомотива, стучат, кричат... Начальник станции в красной фуражке стоит возле и рассказывает своему помощнику анекдоты из превеселого еврейского быта... Идет дождь... Направляюсь в вагон... Мимо мчится незнакомец в соломенной шляпе и темно-серой блузе... В его руках чемодан. Чемодан этот мой... Боже мой!

Грешник из Толедо

(Перевод с испанского)

«Кто укажет место, в котором находится теперь ведьма, именующая себя Марией Спаланцо, или кто доставит ее в заседание судей живой или мертвой, тот получит отпущение грехов».

Это объявление было подписано епископом Барцелоны и четырьмя судьями в один из тех давно минувших дней, которые навсегда останутся неизгладимыми пятнами в истории Испании и, пожалуй, человечества.

Объявление прочла вся Барцелона. Начались поиски. Было задержано шестьдесят женщин, походивших на искомую ведьму, были пытаемы ее родственники... Существовало смешное и в то же время глубокое убеждение, что ведьмы обладают способностью обращаться в кошек, собак или других животных и непременно в черных. Рассказывали, что очень часто охотник, отрезав лапу у нападавшего животного, уносил ее как трофей, но, открывая свою сумку, находил в ней только окровавленную руку, в которой узнавал руку своей жены. Жители Барцелоны убили всех черных кошек и собак, но не узнали в этих ненужных жертвах Марии Спаланцо.

Мария Спаланцо была дочерью одного крупного барцелонского торговца. Отец ее был французом, мать испанкой. От отца получила она в наследство галльскую беспечность и ту безграничную веселость, которая так привлекательна во француженках, от матери же – чисто испанское тело. Прекрасная, вечно веселая, умная, посвятившая свою жизнь веселому испанскому ничегонеделанию и искусствам, она до двадцати лет не пролила ни одной слезы... Она была счастлива, как ребенок... В тот день, когда ей исполнилось ровно двадцать лет, она выходила замуж за известного всей Барцелоне моряка Спаланцо, очень красивого и, как говорили, ученейшего испанца. Выходила она замуж по любви.

Муж поклялся ей, что он убьет себя, если она не будет с ним счастлива. Он любил ее без памяти.

На второй день свадьбы участь ее была решена.

Под вечер отправилась она из дома мужа к матери и заблудилась. Барцелона велика, и не всякая испанка сумеет указать вам кратчайшую дорогу от одного конца города до другого. Ей встретился молодой монах.

– Как пройти на улицу св. Марка? – обратилась она к монаху.

Монах остановился и, о чем-то думая, начал смотреть на нее... Солнце уже успело зайти. Взошла луна и бросала свои холодные лучи на прекрасное лицо Марии. Недаром поэты, воспевая женщин, упоминают о луне! При луне женщина во сто крат прекраснее. Прекрасные черные волосы Марии, благодаря быстрой походке, рассыпались по плечам и по глубоко дышавшей, вздымавшейся груди... Поддерживая на шее косынку, она обнажила руки до локтей...

– Клянусь кровью св. Януария, что ты ведьма! – сказал вдруг ни с того ни с сего молодой монах.

– Если бы ты не был монахом, то я подумала бы, что ты пьян! – сказала она.

– Ты ведьма!!

Монах сквозь зубы пробормотал какое-то заклинание.

– Где собака, которая бежала сейчас впереди меня? Собака эта обратилась в тебя! Я видел!.. Я знаю... Я не прожил еще и двадцати пяти лет, а уже уличил пятьдесят ведьм! Ты пятьдесят первая! Я – Августин...

Сказавши это, монах перекрестился, повернул назад и скрылся.

Мария знала Августина... Она многое слышала о нем от родителей... Она знала его как ревностнейшего истребителя ведьм и как автора одной ученой книги. В этой книге он проклинал женщин и ненавидел мужчину за то, что тот родился от женщины, и хвалился любовью ко Христу. Но может ли, не раз думала Мария, любить тот Христа, кто не любит человека? Прошедши полверсты, Мария еще раз встретилась с Августином. Из ворот одного большого дома с длинной латинской надписью вышли четыре черные фигуры. Эти четыре фигуры пропустили ее мимо себя и последовали за ней. В одной из них она узнала того же Августина. Они проводили ее до самого дома.

Через три дня после встречи с Августином к Спаланцо явился человек в черном, с опухшим бритым лицом, по всем признакам судья. Этот человек приказал Спаланцо идти немедленно к епископу.

– Твоя жена ведьма! – объявил епископ Спаланцо.

Спаланцо побледнел.

– Поблагодари бога! – продолжал епископ. – Человек, имеющий от бога драгоценный дар открывать в людях нечистого духа, открыл нам и тебе глаза. Видели, как она обратилась в черную собаку и как черная собака обратилась в твою жену...

– Она не ведьма, а... моя жена! – пробормотал ошеломленный Спаланцо.

– Она не может быть женою католика! Она жена сатаны! Неужели ты до сих пор не замечал, несчастный, что она не раз уже изменяла тебе для нечистого духа? Иди домой и приведи ее сейчас сюда...

Епископ был очень ученый человек. Слово «femina» производил он от двух слов: «fe» и «minus», на том якобы законном основании, что женщина имеет меньше веры...

Спаланцо стал бледнее мертвеца. Он вышел из епископских покоев и схватил себя за голову. Где и кому сказать теперь, что Мария не ведьма? Кто не поверит тому, во что верят монахи? Теперь вся Барцелона убеждена в том, что его жена ведьма! Вся! Нет ничего легче, как убедить в какой-нибудь небывальщине глупого человека, а испанцы все глупы!

– Нет народа глупее испанцев! – сказал когда-то Спаланцо его умирающий отец, лекарь. – Презирай испанцев и не верь в то, во что верят они!

Спаланцо верил в то, во что верят испанцы, но не поверил словам епископа. Он хорошо знал свою жену и был убежден в том, что женщины делаются ведьмами только под старость…

– Тебя хотят монахи сжечь, Мария! – сказал он жене, пришедши домой от епископа. – Они говорят, что ты ведьма, и приказали мне привести тебя *туда* … Послушай, жена! Если ты на самом деле ведьма, то бог с тобой! – обратись в черную кошку и убеги куда-нибудь; если же в тебе нет нечистого духа, то я не отдам тебя монахам… Они наденут на тебя ошейник и не дадут тебе спать до тех пор, пока ты не наврешь на себя. Убегай же, если ты ведьма!

Мария в черную кошку не обратилась и не убежала… Она только заплакала и стала молиться богу.

– Послушай! – сказал Спаланцо плачущей жене. – Мой покойный отец говорил мне, что скоро настанет время, когда будут смеяться над теми, которые веруют в существование ведьм. Мой отец был безбожник, но всегда говорил правду. Нужно, значит, спрятаться куда-нибудь и выждать то время… Очень просто! В гавани починяется корабль моего брата Христофора. Я спрячу тебя в этот корабль, и ты не выйдешь из него до тех пор, пока не настанет время, о котором говорил мой отец. Время это, по его словам, настанет скоро…

Вечером Мария сидела уже на самом дне корабля и, дрожа от холода и страха, прислушивалась к шуму волн и с нетерпением ожидала того невозможного времени, о котором говорил отец Спаланцо.

– Где твоя жена? – спросил Спаланцо епископ.

– Она обратилась в черную кошку и убежала от меня, – соврал Спаланцо.

– Я ожидал, предвидел это! Но ничего. Мы найдем ее... Великий дар у Августина! О, чудный дар! Иди с миром и другой раз не женись на ведьмах! Были примеры, что нечистые духи переселялись из жен в мужей... В прошлом году я сжег одного благочестивого католика, который через прикосновение к нечистой женщине против воли отдал душу свою сатане... Ступай!

Мария долго просидела в корабле. Спаланцо посещал ее каждую ночь и приносил ей все необходимое. Просидела она месяц, другой, просидела третий, но не наступало желаемое время. Прав был отец Спаланцо, но месяцев мало для предрассудков. Они живучи, как рыбы, и им нужны целые столетия... Мария привыкла к своему новому житью-бытью и уже начала посмеиваться над монахами, которых называла воро́нами... Она прожила бы еще долго и, пожалуй, уплыла бы вместе с починенным кораблем, как говорил Христофор, в далекие страны, подальше от глупой Испании, если бы не случилось одного страшного, непоправимого несчастья.

Объявление епископа, ходившее по рукам барцелонцев и наклеенное на всех площадях и рынках, попало и в руки Спаланцо. Спаланцо прочел это объявление и задумался. Его заняло отпущение грехов, обещанное в конце объявления.

– Хорошо бы получить отпущение грехов! – вздохнул Спаланцо.

Спаланцо считал себя страшным грешником. На его совести лежала масса таких грехов, за которые пошло на костер и умерло на пытке много католиков. В юности Спаланцо жил в Толедо. Толедо в то время был сборным пунктом магиков и волшебников... В XII и XIII столетиях там больше, чем где-либо в Европе, процветала математика. От математики в испанских городах до магии один только шаг... Спаланцо под руководством отца тоже занимался магией. Он вскрывал внутренности животных и собирал необыкновенные травы... Однажды он толок что-то в железной ступе, и из ступы с страшным треском вышел нечистый дух в виде синеватого пламени. Жизнь в Толедо состояла вплошную из подобных грехов. Оставив Толедо после смерти отца, Спаланцо почувствовал вскоре страшные угрызения совести. Один старый, очень ученый монах-доктор сказал ему, что его грехи не простятся ему, если он не получит отпущения грехов за какой-нибудь недюжинный подвиг. За отпущение грехов Спаланцо готов был отдать все, лишь бы только освободить свою душу от воспоминаний о позорном толедском житье и избежать ада. Он отдал бы половину своего состояния, если бы тогда продавались в Испании индульгенции... Он отправился бы пешком в святые места, если бы его не удерживали его дела.

«Не будь я ее мужем, я выдал бы ее...» – подумал он, прочитав объявление епископа.

Мысль, что ему стоит только сказать одно слово, чтобы получить отпущение, застряла в его голове и не давала ему покоя ни днем, ни ночью... Он любил свою жену, сильно любил... Не будь этой любви, этой слабости, которую так презирают монахи и даже толедские доктора, пожалуй, можно было бы... Он показал объявление брату Христофору...

– Я выдал бы ее, – сказал брат, – если бы она была ведьма и не была бы такой красивой... Отпущение вещь хорошая... Впрочем, мы не будем в убытке, если подождем смерти Марии и выдадим ее тем воронам мертвую...

Пусть сожгут мертвую... Мертвым не больно. Она умрет, когда мы будем стары, а в старости-то нам и понадобится отпущение...

Сказавши это, Христофор захохотал и ударил брата по плечу.

– Я могу умереть раньше ее, – заметил Спаланцо. – Но, клянусь богом, я выдал бы ее, если бы не был ее мужем!

Через неделю после этой беседы Спаланцо ходил по палубе корабля и бормотал:

– О, если бы она была мертвой! Живую я ее не выдам, нет! Но я выдал бы ее мертвой! Я обманул бы тех старых проклятых ворон и получил бы от них отпущение!

И глупый Спаланцо отравил свою бедную жену...

Труп Марии был отнесен Спаланцо в заседание судей и предан сожжению.

Спаланцо получил отпущение толедских грехов... Его простили за то, что он учился лечить людей и занимался наукой, которая впоследствии стала называться химией. Епископ похвалил его и подарил ему книгу собственного сочинения... В этой книге ученый епископ писал, что бесы чаще всего вселяются в женщин с черными волосами, потому что черные волосы имеют цвет бесов.

Исповедь, или Оля, Женя, Зоя

(Письмо)

Вы, ma chère[1], мой дорогой, незабвенный друг, в своем милом письме спрашиваете меня между прочим, почему я до сих пор не женат, несмотря на свои 39 лет?

Моя дорогая! Я всей душой люблю семейную жизнь и не женат потому только, что каналье судьбе не угодно было, чтобы я женился. Жениться собирался я раз 15 и не женился потому, что все на этом свете, в особенности же моя жизнь, подчиняется случаю, все зависит от него! Случай – деспот. Привожу несколько случаев, благодаря которым я до сих пор влачу свою жизнь в презренном одиночестве...

Случай первый

Было восхитительное июньское утро. Небо было чисто, как самая чистая берлинская лазурь. Солнце играло в реке и скользило своими лучами по росистой траве. Река и зелень, казалось, были осыпаны дорогими алмазами. Птицы пели, как по нотам... Мы шли по

---

[1] Моя милая *(франц.)*.

аллейке, усыпанной желтым песком, и счастливыми грудями вдыхали в себя ароматы июньского утра. Деревья смотрели на нас так ласково, шептали нам что-то такое, должно быть, очень хорошее, нежное... Рука Оли Груздовской (которая теперь за сыном вашего исправника) покоилась на моей руке, и ее крошечный мизинчик дрожал на моем большом пальце... Щечки ее горели, а глаза... О, ma chère, это были чудные глаза! Сколько прелести, правды, невинности, веселости, детской наивности светилось в этих голубых глазах! Я любовался ее белокурыми косами и маленькими следами, которые оставляли на песке ее крошечные ножки...

– Жизнь свою, Ольга Максимовна, посвятил я науке, – шептал я, боясь, чтобы ее мизинчик не сполз с моего большого пальца. – В будущем ожидает меня профессорская кафедра... На моей совести вопросы... научные... Жизнь трудовая, полная забот, высоких... как их... Ну, одним словом, я буду профессором... Я честен, Ольга Максимовна... Я не богат, но... Мне нужна подруга, которая бы своим присутствием (Оля сконфузилась и опустила глазки; мизинчик задрожал)... которая бы своим присутствием... Оля! взгляните на небо! Оно чисто... но и жизнь моя так же чиста, беспредельна...

Не успел мой язык выкарабкаться из этой чуши, как Оля подняла голову, рванула от меня свою руку и захлопала в ладоши. Навстречу нам шли гуси и гусята. Оля подбежала к гусям и, звонко хохоча, протянула к ним свои ручки... О, что это были за ручки, ma chère!

– Тер... тер... тер... – заговорили гуси, поднимая шеи и искоса поглядывая на Олю.

– Гуся, гуся, гуся! – закричала Оля и протянула руку за гусенком.

Гусенок был умен не по летам. Он побежал от Олиной руки к своему папаше, очень большому и глупому гусаку, и, по-видимому, пожаловался ему. Гусак растопырил крылья. Шалунья Оля потянулась за другим гусенком. В это время случилось нечто ужасное. Гусак пригнул шею к земле и, шипя, как змея, грозно зашагал к Оле. Оля взвизгнула и побежала назад. Гусак за ней. Оля оглянулась, взвизгнула сильней и побледнела. Ее красивое девичье личико исказилось ужасом и отчаянием. Казалось, что за ней гналось триста чертей.

Я поспешил к ней на помощь и ударил по голове гусака тростью. Негодяю-гусаку удалось-таки ущипнуть ее за кончик платья. Оля с большими глазами, с исказившимся лицом, дрожа всем телом, упала мне на грудь…

– Какая вы трусиха! – сказал я.

– Побейте гуску! – сказала она и заплакала…

Сколько не наивного, не детского, а идиотского было в этом испугавшемся личике! Не терплю, ma chère, малодушия! Не могу вообразить себя женатым на малодушной, трусливой женщине!

Гусак испортил все дело… Успокоивши Олю, я ушел домой, и малодушное до идиотства личико застряло в моей голове… Оля потеряла для меня всю прелесть. Я отказался от нее.

Случай другой

Вы, конечно, знаете, мой друг, что я писатель. Боги зажгли в моей груди священный огонь, и я считаю себя не вправе не браться за перо. Я жрец Аполлона… Все до единого биения сердца моего, все вздохи мои, короче – всего себя я отдал на алтарь муз. Я пишу, пишу, пишу… Отнимите у меня перо – и я помер. Вы смеетесь, не верите… Клянусь, что так!

Но вы, конечно, знаете, ma chère, что земной шар – плохое место для искусства. Земля велика и обильна, но писателю жить в ней негде. Писатель – это вечный сирота, изгнанник, козел отпущения, беззащитное дитя… Человечество разделяю я на две части: на писателей и завистников. Первые пишут, а вторые умирают от зависти и строят разные пакости первым. Я погиб, погибаю и буду погибать от завистников. Они испортили мою жизнь. Они забрали в руки бразды правления в писательском деле, именуют себя редакторами, издателями и всеми силами стараются утопить нашу братию. Проклятие им!!

Слушайте…

Некоторое время я ухаживал за Женей Пшиковой. Вы, конечно, помните это милое, черноволосое, мечтательное дитя… Она теперь замужем за вашим соседом Карлом Ивановичем Ванце (à propos[1]: по-немецки Ванце значит… клоп. Не говорите этого Жене, она обидится). Женя любила во мне писателя. Она так же глубоко, как и я, верила в мое назначение. Она жила моими надеждами. Но она была молода! Она не могла понимать еще упомянутого разделения человечества на две части! Она не верила в это разделение! Не верила, и мы в один прекрасный день… погибли.

Я жил на даче у Пшиковых. Меня считали женихом, Женю – невестой. Я писал, она читала. Что это за критик, ma chère! Она была справедлива, как Аристид, и строга, как Катон. Произведения свои посвящал я ей… Одно из этих произведений сильно понравилось Жене. Женя захотела видеть его в печати. Я послал его в один из юмористических журналов. Послал первого июля и ответа ожидал через две недели. Наступило 15 июля. Мы с Женей получили желанный нумер. Поспешно распечатали его и прочли в почтовом ящике ответ. Она покраснела, я побледнел. В почтовом ящике напечатано было по моему адресу следующее: «Село Шлендово. Г. М. Б-у. Таланта у вас ни капельки. Черт знает что нагородили! Не тратьте марок понапрасну и оставьте нас в покое. Займитесь чем-нибудь другим».

Ну, и глупо… Сейчас видно, что дураки писали.

– Ммммм… – промычала Женя.

– Ка-кие мерр-зав-цы!!! – пробормотал я. – Каково? И вы, Евгения Марковна, станете теперь улыбаться моему разделению?

---

[1] Кстати *(франц.)*.

Женя задумалась и зевнула.

– Что ж? – сказала она. – Может быть, у вас и на самом таки деле нет таланта! Им это лучше знать. В прошлом году Федор Федосеевич со мной целое лето рыбу удил, а вы все пишете, пишете… Как это скучно!

Каково? И это после бессонных ночей, проведенных вместе над писаньем и читаньем! После обоюдного жертвоприношения музам… А?

Женя охладела к моему писательству, а следовательно, и ко мне. Мы разошлись. Иначе и быть не могло…

Случай третий

Вы, конечно, знаете, мой незабвенный друг, что я страшно люблю музыку. Музыка моя страсть, стихия… Имена Моцарта, Бетховена, Шопена, Мендельсона, Гуно – имена не людей, а гигантов! Я люблю классическую музыку. Оперетку я отрицаю, как отрицаю водевиль. Я один из постояннейших посетителей оперы. Хохлов, Кочетова, Барцал, Усатов, Корсов… дивные люди! Как я жалею, что я не знаком с певцами! Будь я знаком с ними, я в благодарностях излил бы пред ними свою душу. В прошлую зиму я особенно часто ходил на оперу. Ходил я не один, а с семейством Пепсиновых. Жаль, что вы не знакомы с этим милым семейством! Пепсиновы каждую зиму абонируют ложу. Они преданы музыке всей душой… Украшением этого милого семейства служит дочь полковника Пепсинова – Зоя. Что это за девушка, моя дорогая! Одни ее розовые губки способны свести с ума такого человека, как я! Стройна, красива, умна… Я любил ее… Любил бешено, страстно, ужасно! Кровь моя кипела, когда я сидел с нею рядом. Вы улыбаетесь, ma chère… Улыбайтесь! Вам незнакома, чужда любовь писателя… Любовь писателя – Этна плюс Везувий. Зоя любила меня. Ее глаза всегда покоились на моих глазах, которые постоянно были устремлены на ее глаза… Мы были счастливы. До свадьбы был один только шаг…

Но мы погибли.

Давали «Фауста». «Фауста», моя дорогая, написал Гуно, а Гуно – величайший музыкант. Идя в театр, я порешил дорогой объясниться с Зоей в любви во время первого действия, которого я не понимаю. Великий Гуно напрасно написал первое действие!

Спектакль начался. Я и Зоя уединились в фойе. Она сидела возле меня и, дрожа от ожидания и счастья, машинально играла веером. При вечернем освещении, ma chère, она прекрасна, ужасно прекрасна!

– Увертюра, – объяснялся я в любви, – навела меня на некоторые размышления, Зоя Егоровна... Столько чувства, столько... Слушаешь и жаждешь... Жаждешь чего-то такого и слушаешь...

Я икнул и продолжал:

– Чего-то такого особенного... Жаждешь неземного... Любви? Страсти? Да, должно быть... любви... (Я икнул.) Да, любви...

Зоя улыбнулась, сконфузилась и усиленно замахала веером. Я икнул. Терпеть не могу икоты!

– Зоя Егоровна! Скажите, умоляю вас! Вам знакомо это чувство? (Я икнул.) Зоя Егоровна! Я жду ответа!

– Я... я... вас не понимаю...

– На меня напала икота. Пройдет... Я говорю о том всеобъемлющем чувстве, которое... Черт знает что!

– Вы выпейте воды!

«Объяснюсь, да тогда уж и схожу в буфет», – подумал я и продолжал:

– Я скажу коротко, Зоя Егоровна... Вы, конечно, уж заметили...

Я икнул и с досады на икоту укусил себя за язык.

– Конечно, заметили... (Я икнул.) Вы меня знаете около года... Гм... Я честный человек, Зоя Егоровна! Я труженик! Я не богат, это правда, но...

Я икнул и вскочил.

– Вы выпейте воды! – посоветовала Зоя.

Я сделал несколько шагов около дивана, подавил себе пальцами горло и опять икнул. Ma chère, я был в ужаснейшем положении! Зоя поднялась и направилась к ложе. Я за ней. Впуская ее в ложу, я икнул и побежал в буфет. Выпил я воды стаканов пять, и икота как будто бы немножко утихла. Я выкурил папиросу и отправился в ложу. Брат Зои поднялся и уступил мне свое место, место около моей Зои. Я сел и тотчас же… икнул. Прошло минут пять – я икнул, икнул как-то особенно, с хрипом. Я поднялся и стал у дверей ложи. Лучше, ma chère, икать у дверей, чем над ухом любимой женщины! Икнул. Гимназист из соседней ложи посмотрел на меня и громко засмеялся… С каким наслаждением он, каналья, засмеялся! С каким наслаждением я оторвал бы ухо с корнем у этого молокососа-мерзавца! Смеется в то время, когда на сцене поют великого «Фауста»! Кощунство! Нет, ma chère, когда мы были детьми, мы были много лучше. Кляня дерзкого гимназиста, я еще раз икнул… В соседних ложах засмеялись.

– Bis! – прошипел гимназист.

– Черт знает что! – пробормотал полковник Пепсинов мне на ухо. – Могли бы и дома поикать, сударь!

Зоя покраснела. Я еще раз икнул и, бешено стиснув кулаки, выбежал из ложи. Начал я ходить по коридору. Хожу, хожу, хожу – и все икаю. Чего я только не ел, чего не пил! В начале четвертого акта я плюнул и уехал домой. Приехавши домой, я, как назло, перестал икать… Я ударил себя по затылку и воскликнул:

– Теперь можешь икать, освистанный жених! Нет, ты не освистанный! Ты не освистал себя, а… объикал!

На другой день отправился я, по обыкновению, к Пепсиновым. Зоя не вышла обедать и велела передать мне, что видеться со мною по болезни не может, а Пепсинов тянул речь о том, что некоторые молодые люди не умеют держать себя прилично в обществе… Болван! Он не знает того, что органы, производящие икоту, не находятся в зависимости от волевых стимулов.

Стимул, ma chère, значит двигатель.

– Вы отдали бы свою дочь, если бы таковая имелась у вас, – обратился ко мне Пепсинов после обеда, – за человека, который позволяет себе в обществе заниматься отрыжкой? А? Что-с?

– Отдал бы… – пробормотал я.

– Напрасно-с!

Зоя для меня погибла. Она не сумела простить мне икоты. Я погиб.

Не описать ли вам еще и остальные 12 случаев?

Описал бы, но… довольно! Жилы надулись на моих висках, слезы брызжут, и ворочается печень… Братья писатели, в нашей судьбе что-то лежит роковое! Позвольте, ma chère, пожелать вам всего лучшего! Жму вашу руку и шлю поклон вашему Полю. Он, я слышал, хороший муж и хороший отец… Хвала ему! Жаль только, что он пьет горькую (это не упрек, ma chère!). Будьте здоровы, ma chère, счастливы и не забывайте, что у вас есть покорнейший слуга

Макар Балдастов.

Летающие острова

Соч. Жюля Верна. Перевод А. Чехонте

Глава I. Речь

– …Я кончил, джентльмены! – сказал мистер Джон Лунд, молодой член королевского географического общества, и, утомленный, опустился в кресло. Зала заседания огласилась яростнейшими аплодисментами, криками «браво» и дрогнула. Джентльмены начали один за другим подходить к Джону Лунду и пожимать его руку. Семнадцать джентльменов в знак своего изумления сломали семнадцать стульев и свихнули восемь длинных шей, принадлежавших восьми джентльменам, из которых один был капитаном «Катавасии», яхты в 100 009 тонн…

– Джентльмены! – проговорил тронутый мистер Лунд. – Считаю священнейшим долгом благодарить вас за то адское терпение, с которым вы прослушали мою речь, продолжавшуюся 40 часов, 32 минуты и 14 секунд! Том Бекас, – обратился он к своему старому слуге, – разбудите меня через пять минут. Я буду спать в то время, когда джентльмены будут извинять меня за то, что я осмеливаюсь спать в их присутствии!!

– Слушаю, сэр! – сказал старый Том Бекас.

Джон Лунд закинул назад голову и тотчас же заснул.

Джон Лунд был родом шотландец. Он нигде не воспитывался, ничему никогда не учился, но знал все. Он принадлежал к числу тех счастливых натур, которые до познания всего прекрасного и великого доходят своим умом. Восторг, который произвел он своею речью, был им вполне заслужен. В продолжение 40 часов он предлагал на рассмотрение господам джентльменам великий проект, исполнение которого стяжало впоследствии великую славу для Англии и показало, как далеко может иногда хватать ум человеческий! «*Просверление Луны колоссальным буравом* » – вот что служило предметом речи мистера Лунда!

Глава II. Таинственный незнакомец

Сэр Лунд не проспал и трех минут. Чья-то тяжелая рука опустилась на его плечо, и он проснулся. Перед ним стоял джентльмен 48 $^1/_2$ вершков роста, тонкий, как пика, и худой, как засушенная змея. Он был совершенно лыс. Одетый во все черное, он имел на носу четыре пары очков, а на груди и на спине по термометру.

– Идите за мной! – гробовым голосом произнес лысый джентльмен.

– Куда?

– Идите за мной, Джон Лунд!

– А если я не пойду?

– Тогда я буду принужден просверлить Луну раньше вас!

– В таком случае, сэр, я к вашим услугам.

– Ваш слуга последует за нами!

Мистер Лунд, лысый джентльмен и Том Бекас оставили залу заседания и все трое зашагали по освещенным улицам Лондона. Шли они очень долго.

– Сэр, – обратился Бекас к мистеру Лунду, – если наш путь так же длинен, как и этот джентльмен, то на основании законов трения мы лишимся своих подошв!

Джентльмены подумали и, через десять минут нашедши, что слова Бекаса остроумны, громко засмеялись.

– С кем я имею честь смеяться, сэр? – спросил Лунд лысого джентльмена.

– Вы имеете честь идти, смеяться и говорить с членом всех географических, археологических и этнографических обществ, магистром всех существовавших и существующих наук, членом Московского артистического кружка, почетным попечителем школы коровьих акушеров в Саутгамптоне, подписчиком «Иллюстрированного беса», профессором желто-зеленой магии и начальной гастрономии в будущем Новозеландском университете, директором Безымянной обсерватории, Вильямом Болваниусом. Я веду вас, сэр, в…

Джон Лунд и Том Бекас преклонили свои колени перед великим человеком, о котором они так много слышали, и почтительно опустили головы…

– Я веду вас, сэр, в свою обсерваторию, находящуюся в 20 милях отсюда. Сэр! Мне нужен товарищ в моем предприятии, значение которого вы в состоянии постигнуть только обоими полушариями вашего головного мозга. Мой выбор пал на вас… Вы после сорокачасовой речи навряд ли захотите вступать со мной в какие бы то ни было разговоры, а я, сэр, ничего так не люблю, как свой телескоп и продолжительное молчание. Язык вашего слуги, я надеюсь, свяжется вашим, сэр, приказанием. Да здравствует пауза!!! Я веду вас... Вы ничего не имеете против этого?

– Ничего, сэр! Мне остается пожалеть только о том, что мы не скороходы и что мы имеем под ступнями подошвы, которые стоят денег и...

– Я вам куплю новые сапоги.

– Благодарю вас, сэр.

Кто из читателей воспылает желанием ближе познакомиться с мистером Вильямом Болваниусом, тот пусть прочтет его замечательное сочинение «*Существовала ли Луна до потопа? Если существовала, то почему же и она не утонула?* » При этом сочинении приложена и запрещенная брошюра, написанная им за год перед смертью: «*Способ стереть вселенную в порошок и не погибнуть в то же время* ». В этих сочинениях как нельзя лучше характеризуется личность этого замечательнейшего из людей.

Между прочим там описывается, как он прожил два года в австралийских камышах, где питался раками, тиной и яйцами крокодилов и в эти два года не видел ни разу огня. Будучи в камышах, он изобрел микроскоп, совершенно сходный с нашим обыкновенным микроскопом, и нашел спинной хребет у рыб вида «Riba». Воротившись из своего долгого путешествия, он поселился в нескольких милях от Лондона и всецело посвятил себя астрономии. Будучи порядочным женоненавистником (он был три раза женат, а потому и имел три пары прекраснейших, ветвистых рогов) и не желая до поры до времени быть открытым, он жил аскетом. Обладая тонким, дипломатическим умом, он ухитрился сделать так, что обсерватория и труды его по астрономии были известны только одному ему. К сожалению и несчастью всех благомыслящих англичан, этот великий человек не дожил до нашего времени. В прошлом году он тихо скончался: купаясь в Ниле, он был проглочен тремя крокодилами.

Глава III. Таинственные пятна

Обсерватория, в которую ввел он Лунда и старого Тома Бекаса *(следует длиннейшее и скучнейшее описание обсерватории, которое переводчик в видах экономии места и времени нашел нужным не переводить)* ... стоял телескоп, усовершенствованный Болваниусом. Мистер Лунд подошел к телескопу и начал смотреть на Луну.

– Что вы там видите, сэр?

– Луну, сэр.

– А возле Луны что вы видите, мистер Лунд?

– Я имею честь видеть одну только Луну.

– А не видите ли вы бледных пятен, движущихся возле Луны?

– Черт возьми, сэр! Называйте меня ослом, если я не вижу этих пятен! Что это за пятна?

– Это пятна, которые видны в один только мой телескоп. Довольно! Оставьте телескоп! Мистер Лунд и Том Бекас! Я должен, я хочу узнать, что это за пятна! Я буду скоро там! Я иду к этим пятнам! Вы следуете за мной!

– Ура! Да здравствуют пятна! – крикнули Джон Лунд и Том Бекас.

Глава IV. Скандал на небе

Через полчаса мистеры Вильям Болваниус, Джон Лунд и шотландец Том Бекас летели уже к таинственным пятнам на восемнадцати аэростатах. Они сидели в герметически закупоренном кубе, в котором находился сгущенный воздух и препараты для изготовления кислорода [1] . Начало этого грандиозного, доселе

---

[1] Химиками выдуманный дух. Говорят, что без него жить

небывалого полета было совершено в ночь под 13-е марта 1870 года. Дул юго-западный ветер. Магнитная стрелка показывала NWW *(следует скучнейшее описание куба и 18 аэростатов)* ... В кубе царило глубокое молчание. Джентльмены кутались в плащи и курили сигары. Том Бекас, растянувшись на полу, спал, как у себя дома. Термометр[1] показывал ниже 0. В продолжение первых 20 часов не было сказано ни одного слова и особенного ничего не произошло. Шары проникли в область облаков. Несколько молний погнались за шарами, но их не догнали, потому что они принадлежали англичанину. На третий день Джон Лунд заболел дифтеритом, а Тома Бекаса обуял сплин. Куб, столкнувшись с аэролитом, получил страшный толчок. Термометр показывал -76.

– Как ваше здоровье, сэр? – прервал наконец молчание Болваниус, обратясь на пятый день к сэру Лунду.

– Благодарю вас, сэр! – отвечал тронутый Лунд. – Ваше внимание трогает меня. Я ужасно страдаю! А где мой верный Том?

– Он сидит теперь в углу, жует табак и старается походить на человека, женившегося сразу на десятерых.

– Ха, ха, ха, сэр Болваниус!

– Благодарю вас, сэр!

Не успел мистер Болваниус пожать руку молодому Лунду, как произошло нечто ужасное. Раздался страшный треск... Что-то треснуло, раздалась тысяча пушечных выстрелов, пронесся гул, неистовый свист. Медный куб, попав в среду разреженную, не вынес внутреннего давления, треснул, и клочья его понеслись в бесконечное пространство.

Это была ужасная, единственная в истории вселенной минута!!

невозможно. Пустяки. Без денег только жить невозможно. – *Примеч. переводчика* .

[1] Такой инструмент есть. – *Примеч. переводчика* .

Мистер Болваниус ухватился за ноги Тома Бекаса, этот последний ухватился за ноги Джона Лунда, и все трое с быстротою молнии понеслись в неведомую бездну. Шары отделились от них и, освобожденные от тяжести, закружились и с треском полопались.

– Где мы, сэр?

– В эфире.

– Гм... Если в эфире, то чем же мы дышать будем?

– А где сила вашей воли, сэр Лунд?

– Мистеры! – крикнул Бекас. – Честь имею объявить вам, что мы почему-то летим не вниз, а вверх!

– Гм... Сто чертей! Значит, мы уже не находимся в области притяжения Земли... Нас тянет к себе наша цель! Ураа! Сэр Лунд, как ваше здоровье?

– Благодарю вас, сэр! Я вижу наверху Землю, сэр!

– Это не Земля, а одно из наших пятен! Мы сейчас разобьемся о него!

Трррах!!!!

Глава V. Остров князя Мещерского

Первый пришел в чувство Том Бекас. Он протер глаза и начал обозревать местность, на которой лежали он, Болваниус и Лунд. Он снял чулок и принялся тереть им джентльменов. Джентльмены не замедлили очнуться.

– Где мы? – спросил Лунд.

– Вы на острове, принадлежащем к группе летающих! Ураа!

– Ураа! Посмотрите, сэр, вверх! Мы затмили Колумба!

Над островом летало еще несколько островов (*следует описание картины, понятной одним только англичанам*)... Пошли осматривать остров. Он был шириной... длиной... (*цифры и цифры... Бог с ними!*) Тому Бекасу удалось найти дерево, соком своим напоминающее русскую водку. Странно, что деревья были ниже травы (?). Остров был необитаем. Ни одно живое существо не касалось доселе его почвы...

– Сэр, посмотрите, что это такое? – обратился мистер Лунд к сэру Болваниусу, поднимая какой-то сверток.

– Странно... Удивительно... Поразительно... – забормотал Болваниус.

Сверток оказался сочинениями какого-то князя Мещерского, писанными на одном из варварских языков, кажется, русском.

Как попали сюда эти сочинения?

– Прррроклятие! – закричал мистер Болваниус. – Здесь были раньше нас?!!? Кто мог быть здесь?!. Скажите – кто, кто? Прроклятие! Оооо! Размозжите, громы небесные, мои великие мозги! Дайте мне сюда его! Дайте мне его! Я проглочу его, с его сочинениями!

И мистер Болваниус, подняв вверх руки, страшно захохотал. В глазах его блеснул подозрительный огонек. Он сошел с ума.

Глава VI. Возвращение

– Урааа!! – кричали жители Гавра, наполняя собою все гаврские набережные. Воздух оглашался радостными криками, звоном и музыкой. Черная масса, грозившая всем смертью, опускалась не на город, а в залив... Корабли поспешили убраться в открытое море. Черная масса, столько дней закрывавшая собою солнце, при торжественных кликах народа и при громе музыки важно (pesamment) шлепнулась в залив и обрызгала всю набережную. Упав на залив, она утонула. Через минуту залив был уже открытым. Волны бороздили его по всем направлениям... На средине залива барахтались три человека. То были безумный Болваниус, Джон Лунд и Том Бекас. Их поспешили принять на лодки.

– Мы пятьдесят семь дней не ели! – пробормотал худой, как голодный художник, мистер Лунд и рассказал, в чем дело.

Остров князя Мещерского уже более не существует. Он, приняв на себя трех отважных людей, стал тяжелей и, вышедши из нейтральной полосы, был притянут Землей и утонул в Гаврском заливе…

Заключение

Джон Лунд занят теперь вопросом о просверлении Луны. Близко уже то время, когда Луна украсится дырой. Дыра будет принадлежать англичанам. Том Бекас живет теперь в Ирландии и занимается сельским хозяйством. Он разводит кур и сечет свою единственную дочь, которую воспитывает по-спартански. Ему не чужды и вопросы науки: он страшно сердится на себя за то, что забыл взять с Летающего острова семян от дерева, соком напоминающего русскую водку.

Сказки Мельпомены

Он и она

Они кочуют. Одному только Парижу дарят они месяцы, для Берлина же, Вены, Неаполя, Мадрида, Петербурга и других столиц они скупы. В Париже чувствуют они себя quasi-дома[1]; для них Париж – столица, резиденция, остальная же Европа – скучная, бестолковая провинция, на которую можно смотреть только сквозь опущенные сторы grand-hôtel'ей или с авансцены. Они не стары, но успели уже

[1] Как бы дома *(лат.)*.

побывать по два, по три раза во всех европейских столицах. Им уже надоела Европа, и они стали поговаривать о поездке в Америку и будут поговаривать до тех пор, пока их не убедят, что у нее не такой уж замечательный голос, чтобы стоило показывать его обоим полушариям.

Увидеть их трудно. На улицах их видеть нельзя, потому что они ездят в каретах, ездят, когда темно, вечером и ночью. До обеда они спят. Просыпаются же обыкновенно в плохом расположении духа и никого не принимают. Принимают они только иногда, в неопределенное время, за кулисами или садясь за ужин.

Ее можно видеть на карточках, которые продаются. Но на карточках она – красавица, а красавицей она никогда не была. Карточкам ее не верьте: она урод. Большинство видит ее, глядя на сцену. Но на сцене она неузнаваема. Белила, румяна, тушь и чужие волосы покрывают ее лицо, как маска. На концертах то же самое.

Играя Маргариту, она, двадцатисемилетняя, морщинистая, неповоротливая, с носом, покрытым веснушками, выглядывает стройной, хорошенькой, семнадцатилетней девочкой. На сцене она менее всего напоминает самое себя.

Коли хотите их видеть, приобретите право присутствовать на обедах, которые даются ей и которые иногда она сама дает перед отъездом из одной столицы в другую. Приобрести это право легко только на первый взгляд, добраться же до обеденного стола могут только люди избранные... К последним относятся господа рецензенты, пролазы, выдающие себя за рецензентов, туземные певцы, дирижеры и капельмейстеры, любители и ценители с зализанными лысинами, попавшие в театральные завсегдатаи и блюдолизы благодаря злату, сребру и родству. Обеды эти выходят не скучные, для человека наблюдающего интересные... Раза два стоит пообедать.

Известные (между обедающими много таких) едят и говорят. Поза их вольная: шея на один бок, голова на другой, один локоть – на столе. Старички даже ковыряют в зубах.

Газетчики занимают стулья, ближайшие к ее стулу. Они почти все пьяны и держат себя весьма развязно, как будто бы они знакомы с ней уже сто лет. Возьми они градусом выше, дело дошло бы до фамильярности. Они громко острят, пьют, перебивают друг друга (причем не забывают сказать: «pardon!»), произносят трескучие тосты и, видимо, не боятся сглупить; некоторые, джентльменски переваливаясь через угол стола, целуют ее ручку.

Выдающие себя за рецензентов менторски беседуют с любителями и ценителями. Любители и ценители молчат. Они завидуют газетчикам, блаженно улыбаются и пьют одно только красное, которое на этих обедах бывает особенно хорошо.

Она, царица обеда, одета простенько, но ужасно дорого. Крупный бриллиант выглядывает на шее из-под кружевной оборочки. На обеих руках – по массивному гладкому браслету. Прическа в высшей степени неопределенная: дамам – нравится, мужчинам – не нравится. Лицо ее сияет и льет на всю обедающую братию широчайшую улыбку. Она умеет улыбаться всем сразу, говорить сразу со всеми, мило кивать головой; кивок головы достается каждому обедающему. Посмотрите на ее лицо, и вам покажется, что вокруг нее сидят одни только друзья и что она к этим друзьям питает самое дружеское расположение. В конце обеда она кое-кому дарит свои карточки; сзади карточки она пишет тут же за столом имя и фамилию счастливчика-получателя и автограф. Говорит она, разумеется, по-французски, в конце же обеда и на других языках. По-английски и по-немецки она говорит плохо до смешного, но и эта плохость выходит у нее милой. Вообще она так мила, что вы надолго забываете, что она – урод.

А он? Он, le mari d'elle[1], сидит от нее за пять стульев, много пьет, много ест, много молчит, катает из хлеба шарики и перечитывает ярлыки на бутылках. Глядя на его фигуру, чувствуется, что ему нечего делать, скучно, лень, надоело…

---

[1] Ее муж *(франц.)*.

Он белокур, с плешью, которая дорожками пробегает по его голове. Женщины, вино, бессонные ночи и таскание по белу свету бороздой проехали по его лицу и оставили глубокие морщины. Ему лет тридцать пять, не больше, но он старше на вид. Лицо как бы вымоченное в квасу. Глаза хорошие, но ленивые... Он когда-то не был уродом, но теперь урод. Ноги дугой, руки землистого цвета, шея волосистая. Благодаря этим кривым ногам и особенной странной походке его дразнят в Европе почему-то «коляской». В своем фраке напоминает он мокрую галку с сухим хвостом. Обедающие его не замечают. Он платит тем же.

Попадите вы на обед, глядите на них, на этих супругов, наблюдайте и скажите мне, что связало и что связывает этих двух людей.

Глядя на них, вы ответите (разумеется, приблизительно) так:

– Она – известная певица, он – только муж известной певицы, или, выражаясь закулисным термином, муж своей жены. Она зарабатывает до восьмидесяти тысяч в год на русские деньги, он ничего не делает, стало быть, у него есть время быть ее слугой. Ей нужен кассир и человек, который возился бы с антрепренерами, контрактами, договорами... Она знается с одной только аплодирующей публикой, до кассы же, до прозаической стороны своей деятельности она не снисходит, ей нет до нее дела. Следовательно, он ей нужен, нужен как прихвостень, слуга... Она прогнала бы его, если бы умела управляться сама. Он же, получая от нее солидное жалованье (она не знает цены деньгам!), как дважды два – четыре, обкрадывает ее заодно с горничными, сорит ее деньгами, кутит напропалую, быть может, даже прячет про черный день – и доволен своим положением, как червяк, забравшийся в хорошее яблоко. Он ушел бы от нее, если бы у нее не было денег.

Так думают и говорят все те, которые рассматривают их во время обедов. Думают так и говорят, потому что, не имея возможности проникнуть в глубь дела, могут судить только поверхностно. На нее глядят, как на диву, от него же сторонятся, как от пигмея, покрытого лягушечьею слизью; а между тем эта европейская дива связана с этим лягушонком завиднейшей, благороднейшей связью.

Вот что пишет он:

«Спрашивают меня, за что я люблю эту мегеру? Правда, эта женщина не стоит любви. Она не стоит и ненависти. Стоит она только того, чтобы на нее не обращали внимания, игнорировали ее существование. Чтобы любить ее, нужно быть или мной, или сумасшедшим, что, впрочем, одно и то же.

Она некрасива. Когда я женился на ней, она была уродом, а теперь и подавно. У нее нет лба; вместо бровей над глазами лежат две едва заметные полоски; вместо глаз у нее две неглубокие щели. В этих щелях ничего не светится: ни ума, ни желаний, ни страсти. Нос – картофелью. Рот мал, красив, зато зубы ужасны. У нее нет груди и талии. Последний недостаток скрашивается, впрочем, ее чертовским уменьем как-то сверхъестественно искусно затягиваться в корсет. Она коротка и полна. Полнота ее обрюзглая. En masse[1], во всем ее теле есть недостаток, который я считаю наиважнейшим, – это полное отсутствие женственности. Бледность кожи и мышечное бессилие я не считаю за женственность и в этом отношении расхожусь во взгляде с очень многими. Она не дама, не барыня, а лавочница с угловатыми манерами: ходит – руками машет, сидит, положив ногу на ногу, покачиваясь взад и вперед всем корпусом, лежит, подняв ноги, и т. д.

Она неряшлива. Особенно характерны в этом отношении ее чемоданы. В них чистое белье перемешано с грязным, манжеты с туфлями и моими сапогами, новые корсеты с изломанными. Мы никогда никого не принимаем, потому что в наших номерах вечно присутствует грязный беспорядок… Ах, да что говорить? Посмотрите на нее в полдень, когда она просыпается и лениво выползает из-под своего одеяла, и вы не узнаете в ней женщину с соловьиным голосом. Непричесанная, с перепутавшимися волосами, с заспанными,

[1] Вообще *(франц.)*.

заплывшими глазами, в сорочке с продранными плечами, босая, косая, окутанная облаком вчерашнего табачного дыма – похожа ли она на соловья?

Она пьет. Пьет она, как гусар, когда угодно и что угодно. Пьет уже давно. Если бы она не пила, она была бы выше Патти и во всяком случае не ниже. Она пропила половину своей карьеры и очень скоро пропьет другую. Негодяи немцы научили ее пить пиво, и она теперь не ложится спать, не выпив на сон грядущий двух-трех бутылок. Если бы она не пила, у нее не было бы катара желудка.

Она невежлива, чему свидетели студенты, которые иногда приглашают ее на свои концерты.

Она любит рекламу. Реклама обходится нам ежегодно в несколько тысяч франков. Я всей душой презираю рекламу. Как бы ни была дорога эта глупая реклама, она всегда будет дешевле ее голоса. Жена любит, чтобы ее гладили по головке, не любит, чтобы о ней говорили правду, не похожую на похвалу. Для нее купленный Иудин поцелуй милее некупленной критики. Полное отсутствие сознания собственного достоинства!

Она умна, но ум ее недовоспитан. Мозги ее давно уже потеряли свою эластичность; они покрылись жиром и спят.

Она капризна, непостоянна, не имеет ни одного прочного убеждения. Вчера она говорила, что деньги – ерунда, что вся суть не в них, сегодня же она дает концерты в четырех местах, потому что пришла к убеждению, что на этом свете нет ничего выше денег. Завтра она скажет то, что говорила вчера. Она не хочет знать отечества, у нее нет политических героев, нет любимой газеты, любимых авторов.

Она богата, но не помогает бедным. Мало того, она часто не доплачивает модисткам и парикмахерам. У нее нет сердца.

Тысячу раз испорченная женщина!

Но поглядите вы на эту мегеру, когда она, намазанная, зализанная, стянутая, приближается к рампе, чтобы начать соперничать с соловьями и жаворонком, приветствующим майскую зарю. Сколько достоинства и сколько прелести в этой лебединой походке! Приглядитесь и будьте, умоляю вас, внимательны. Когда она впервые поднимает руку и раскрывает рот, ее щелочки превращаются в большие глаза и наполняются блеском и страстью… Нигде в другом месте вы не найдете таких чудных глаз. Когда она, моя жена, начинает петь, когда по воздуху пробегают первые трели, когда я начинаю чувствовать, что под влиянием этих чудных звуков стихает моя взбаламученная душа, тогда поглядите на мое лицо и вам откроется тайна моей любви.

– Не правда ли, она прекрасна? – спрашиваю я тогда своих соседей.

Они говорят «да», но мне мало этого. Мне хочется уничтожить того, кто мог бы подумать, что эта необыкновенная женщина не моя жена. Я все забываю, что было раньше, и живу только одним настоящим.

Посмотрите, какая она актриса! Сколько глубокого смысла кроется в каждом ее движении! Она понимает все: и любовь, и ненависть, и человеческую душу… Недаром театр дрожит от аплодисментов.

По окончании последнего акта я веду ее из театра, бледную, изнеможенную, в один вечер пережившую целую жизнь. Я тоже бледен и изнурен. Мы садимся в карету и едем в отель. В отеле она молча, не раздеваясь, бросается в постель. Я молча сажусь на край кровати и целую ее руку. В этот вечер она не гонит меня от себя. Вместе мы и засыпаем, спим до утра и просыпаемся, чтобы послать к черту друг друга и…

Знаете, еще когда я люблю ее? Когда она присутствует на балах или обедах. И здесь я люблю в ней замечательную актрису. Какой, в самом деле, нужно быть актрисой, чтобы уметь перехитрить и пересилить свою природу так, как она умеет… Я не узнаю ее на этих глупых обедах… Из ощипанной утки она делает павлина…»

Это письмо написано пьяным, едва разборчивым почерком. Писано оно по-немецки и испещрено орфографическими ошибками.

Вот что пишет она:

«Вы спрашиваете меня, люблю ли я этого мальчика? Да, иногда… За что? Бог знает…

Правда, он некрасив и несимпатичен. Такие, как он, не рождены для того, чтобы иметь право на взаимную любовь. Такие, как он, могут только покупать любовь, даром же она им не дается. Судите сами.

Он день и ночь пьян как сапожник. Руки его трясутся, что очень некрасиво. Когда он пьян, он брюзжит и дерется. Он бьет и меня. Когда он трезв, он лежит на чем попало и молчит.

Он вечно оборван, хотя и не имеет недостатка в деньгах на платье. Половина моих сборов проскальзывает, неизвестно куда, сквозь его руки.

Никак не соберусь проконтролировать его. У несчастных замужних артисток ужасно дороги кассиры. Мужья получают за свои труды полкассы.

Тратит он не на женщин, я это знаю. Он презирает женщин.

Он – лентяй. Я не видала, чтобы он делал когда-нибудь что-нибудь. Он пьет, ест, спит – и только.

Он нигде не кончил курса. Его исключили из первого курса университета за дерзости.

Он не дворянин и, что ужаснее всего, немец.

Я не люблю господ немцев. На сто немцев приходится девяносто девять идиотов и один гений. Последнее я узнала от одного принца, немца на французской подкладке.

Он курит отвратительный табак.

Но у него есть хорошие стороны. Он более меня любит мое благородное искусство. Когда перед началом спектакля объявляют, что я по болезни петь не могу, т. е. капризничаю, он ходит как убитый и сжимает кулаки.

Он не трус и не боится людей. Это я люблю в людях больше всего. Я расскажу вам маленький эпизодик из моей жизни. Дело было в Париже, год спустя по выходе моем из консерватории. Я была тогда еще очень молода и училась пить. Кутила я каждый вечер, насколько хватало у меня моих молодых сил. Кутила я, разумеется, в компании. В один из таких кутежей, когда я чокалась со своими знатными почитателями, к столу подошел очень некрасивый и не знакомый мне мальчик и, глядя мне прямо в глаза, спросил:

– Для чего вы пьете?

Мы захохотали. Мой мальчик не смутился.

Второй вопрос был более дерзок и вылетел прямо из души:

– Чего вы смеетесь? Негодяи, которые спаивают вас теперь вином, не дадут вам ни гроша, когда вы пропьете голос и станете нищей!

Какова дерзость? Компания моя зашумела. Я же посадила мальчика возле себя и приказала подать ему вина. Оказалось, что поборник трезвости прекрасно пьет вино. A propos[1]: мальчиком я называю его только потому, что у него очень маленькие усы.

За его дерзость я заплатила браком с ним.

Он больше молчит. Чаще всего говорит он одно слово. Это слово говорит он грудным голосом, с дрожью в горле, с судорогой на лице. Это слово случается произносить ему, когда он сидит среди людей, на обеде, на балу... Когда кто-нибудь (кто бы то ни было) скажет ложь, он поднимает голову и, не глядя ни на что, не смущаясь, говорит:

– Неправда!

Это его любимое слово. Какая женщина устоит против блеска глаз, с которым произносится это слово? Я люблю это слово, и этот блеск, и эту судорогу на лице. Не всякий умеет сказать это хорошее, смелое слово, а муж мой произносит его везде и всегда. Я люблю его иногда, и это «иногда», насколько я помню, совпадает с произнесением этого хорошего слова. Впрочем, бог знает, за что я его

[1] Кстати *(франц.)*.

люблю. Я плохой психолог, а в данном случае затронут, кажется, психологический вопрос...»

Это письмо писано по-французски, прекрасным, почти мужским почерком. В нем вы не найдете ни одной грамматической ошибки.

Два скандала

– Стойте, черт вас возьми! Если эти козлы-тенора не перестанут рознить, то я уйду! Глядеть в ноты, рыжая! Вы, рыжая, третья с правой стороны! Я с вами говорю! Если не умеете петь, то за каким чертом вы лезете на сцену со своим вороньим карканьем? Начинайте сначала!

Так кричал он и трещал по партитуре своей дирижерской палочкой. Этим косматым господам дирижерам многое прощается. Да иначе и нельзя. Ведь если он посылает к черту, бранится и рвет на себе волосы, то этим самым он заступается за святое искусство, с которым никто не смеет шутить. Он стоит настороже, а не будь его, кто бы не пускал в воздух этих отвратительных полутонов, которые то и дело расстраивают и убивают гармонию? Он бережет эту гармонию и за нее готов повесить весь свет и сам повеситься. На него нельзя сердиться. Заступайся он за себя, ну тогда другое дело!

Большая часть его желчи, горькой, пенящейся, доставалась на долю рыжей девочки, стоявшей третьей с правого фланга. Он готов был проглотить ее, провалить сквозь землю, поломать и выбросить в окно. Она рознила больше всех, и он ненавидел и презирал ее, рыжую, больше всех на свете. Если б она провалилась сквозь землю, умерла тут же на его глазах, если бы запачканный ламповщик зажег ее вместо лампы или побил ее публично, он захохотал бы от счастья.

– А, черт вас возьми! Поймите же, наконец, что вы столько же смыслите в пении и музыке, как я в китоловстве! Я с вами говорю, рыжая! Растолкуйте ей, что там не «фа диэз», а просто «фа»! Поучите этого неуча нотам! Ну, пойте одна! Начинайте! Вторая скрипка, убирайтесь вы к черту с вашим неподмазанным смычком!

Она, восемнадцатилетняя девочка, стояла, глядела в ноты и дрожала, как струна, которую сильно дернули пальцем. Ее маленькое лицо то и дело вспыхивало, как зарево. На глазах блестели слезы, готовые каждую минуту закапать на музыкальные значки с черными булавочными головками. Если бы шелковые золотистые волосы, которые водопадом падали на ее плечи и спину, скрыли ее лицо от людей, она была бы счастлива.

Ее грудь вздымалась под корсажем, как волна. Там, под корсажем и грудью, происходила страшная возня: тоска, угрызения совести, презрение к самой себе, страх… Бедная девочка чувствовала себя виноватой, и совесть исцарапала все ее внутренности. Она виновата перед искусством, дирижером, товарищами, оркестром и, наверное, будет виновата и перед публикой… Если ее ошикают, то будут тысячу раз правы. Глаза ее боялись глядеть на людей, но она чувствовала, что на нее глядят все с ненавистью и презрением… В особенности он! Он готов швырнуть ее на край света, подальше от своих музыкальных ушей.

«Боже, прикажи мне петь как следует!» – думала она, и в ее сильном дрожащем сопрано слышалась отчаянная нотка.

Он не хотел понять этой нотки, а бранился и хватал себя за длинные волосы. Плевать ему на страдания, если вечером спектакль!

– Это из рук вон! Эта девчонка готова сегодня зарезать меня своим козлиным голосом! Вы не примадонна, а прачка! Возьмите у рыжей ноты!

Она рада бы петь хорошо, не фальшивить… Она и умела не фальшивить, была мастером своего дела. Но разве виновата она была, что ее глаза не повиновались ей? Они, эти красивые, но недобросовестные глаза, которые она будет проклинать до самой смерти, они, вместо того чтобы глядеть в ноты и следить за движениями его палочки, смотрели в волосы и в глаза дирижера… Ее глазам нравились всклокоченные волосы и дирижерские глаза, из которых сыпались на нее искры и в которые страшно смотреть. Бедная девочка без памяти любила лицо, по которому бегали тучи и молнии. Разве виновата она была, что ее маленький ум, вместо того чтобы утонуть в репетиции, думал о посторонних вещах, которые мешают дело делать, жить, быть покойной...

Глаза ее устремлялись в ноты, с нот они перебегали на его палочку, с палочки на его белый галстух, подбородок, усики и так далее...

– Возьмите у нее ноты! Она больна! – крикнул наконец он. – Я не продолжаю!

– Да, я больна, – прошептала покорно она, готовая просить тысячу извинений...

Ее отпустили домой, и ее место в спектакле было занято другой, у которой хуже голос, но которая умеет критически относиться к своему делу, работать честно, добросовестно, не думая о белом галстухе и усиках.

И дома он не давал ей покоя. Приехав из театра, она упала на постель. Спрятав голову под подушку, она видела во мраке своих закрытых глаз его физиономию, искаженную гневом, и ей казалось, что он бьет ее по вискам своей палочкой. Этот дерзкий был ее первою любовью!

И первый блин вышел комом.

На другой день после репетиции к ней приезжали ее товарищи по искусству, чтобы осведомиться об ее здоровье. В газетах и на афишах было напечатано, что она заболела. Приезжал директор театра, режиссер, и каждый засвидетельствовал ей свое почтительное участие. Приезжал и он.

Когда он не стоит во главе оркестра и не глядит на свою партитуру, он совсем другой человек. Тогда он вежлив, любезен и почтителен, как мальчик. По лицу его разлита почтительная, сладенькая улыбочка. Он не только не посылает к черту, но даже боится в присутствии дам курить и класть ногу на ногу. Тогда добрей и порядочней его трудно найти человека.

Он приехал с очень озабоченным лицом и сказал ей, что ее болезнь – большое несчастие для искусства, что все ее товарищи и он сам готовы все отдать для того только, чтобы «notre petit rossignol»[1] был здоров и покоен. О, эти болезни! Они многое отняли у искусства. Нужно сказать директору, что если на сцене будет по-прежнему сквозной ветер, то никто не согласится служить, всякий уйдет. Здоровье дороже всего на свете! Он с чувством пожал ее ручку, искренно вздохнул, попросил позволения побывать у нее еще раз и уехал, проклиная болезни.

Славный малый! Но зато, когда она сказалась здоровой и пожаловала на сцену, он опять послал ее к «самому черному» черту, и опять по лицу его забегали молнии.

В сущности он очень порядочный человек. Она стояла однажды за кулисами и, опершись о розовый куст с деревянными цветами, следила за его движениями. Дух ее захватывало от восторга при виде этого человека. Он стоял за кулисами и, громко хохоча, пил с Мефистофелем и Валентином шампанское. Остроты так и сыпались из его рта, привыкшего посылать к черту. Выпивши три стакана, он отошел от певцов и направился к выходу в оркестр, где уже настраивались скрипки и виолончели. Он прошел мимо нее, улыбаясь, сияя и махая руками. Лицо его горело довольством. Кто осмелится сказать, что он плохой дирижер? Никто! Она покраснела и улыбнулась ему. Он, пьяный, остановился около нее и заговорил:

– Я раскис… – сказал он. – Боже мой! Мне так хорошо сегодня! Ха! ха! Вы сегодня все такие хорошие! У вас чудные волосы! Боже мой, неужели я до сих пор не замечал, что у этого соловья такая чудная грива?

Он нагнулся и поцеловал ее плечо, на котором лежали волосы.

– Я раскис через это проклятое вино… Мой милый соловей, ведь мы не будем больше ошибаться? Будем со вниманием петь?

---

[1] Наш маленький соловей *(франц.)*.

Зачем вы так часто фальшивите? С вами этого не было прежде, золотая головка!

Дирижер совсем раскис и поцеловал ее руку. Она тоже заговорила…

– Не браните меня… Ведь я… я… Вы меня убиваете своей бранью… Я не перенесу… Клянусь вам!

И слезы навернулись на ее глазах. Она, сама того не замечая, оперлась о его локоть и почти повисла на нем.

– Ведь вы не знаете… Вы такой злой. Клянусь вам…

Он сел на куст и чуть не свалился с него… Чтобы не свалиться, он ухватился за ее талию.

– Звонок, моя крошка. До следующего антракта!

После спектакля она ехала домой не одна. С ней ехал пьяный, хохочущий от счастья, раскисший *он* ! Как она счастлива! Боже мой! Она ехала, чувствовала его объятия и не верила своему счастию. Ей казалось, что лжет судьба! Но как бы там ни было, а целую неделю публика читала в афише, что дирижер и его *она* больны… Он не выходил от нее целую неделю, и эта неделя показалась обоим минутой. Девочка отпустила его от себя только тогда, когда уж неловко было скрываться от людей и ничего не делать.

– Нужно проветрить нашу любовь, – сказал дирижер на седьмой день. – Я соскучился без своего оркестра.

На восьмой день он уже махал палочкой и посылал к черту всех, не исключая даже и «рыжей».

Эти женщины любят, как кошки. Моя героиня, сошедшись и начавши жить со своим пугалом, не отказалась от своих глупых привычек. Она по-прежнему, вместо того чтобы глядеть в ноты и на палочку, глядела на его галстух и лицо… На репетициях и во время спектакля она то и дело фальшивила и еще в большей степени, чем прежде. Зато же и бранил он ее! Прежде бранил он ее только на репетициях, теперь же мог это делать и дома, после спектакля, стоя перед ее постелью. Сентиментальная девчонка! Достаточно ей было, когда она пела, взглянуть на любимое лицо, чтобы отстать на целых четверть такта или вздрогнуть голосом. Когда она пела, она глядела на него со сцены, когда же не пела, она стояла за кулисами и не отрывала глаз от его длинной фигуры. Во время антракта они сходились в уборной, где оба пили шампанское и смеялись над ее поклонниками. Когда оркестр играл увертюру, она стояла на сцене и глядела на него в маленькое отверстие в занавесе. В это отверстие актеры смеются над плешью первого ряда и по количеству видимых голов определяют величину сбора.

Отверстие в занавесе погубило ее счастье. Случился скандал.

В одну масленицу, когда театр бывает наименее пуст, давали «Гугенотов». Когда дирижер перед началом пробирался между пюпитрами к своему месту, она стояла уже у занавеса и с жадностью, с замиранием сердца глядела в отверстие.

Он состроил кисло-серьезную физиономию и замахал во все стороны своей палочкой. Заиграли увертюру. Красивое лицо его сначала было относительно покойно... Потом же, когда увертюра близилась к середине, по его правой щеке забегали молнии и правый глаз прищурился. Беспорядок слышался справа: там сфальшивила флейта и не вовремя закашлял фагот. Кашель может помешать начать вовремя. Потом покраснела и задвигалась левая щека. Сколько движения и огня в этом лице! Она глядела на него и чувствовала себя на седьмом небе, наверху блаженства.

– Виолончель к чертям! – пробормотал он сквозь зубы быстро, чуть слышно.

Эта виолончель знает ноты, но не хочет знать души! Можно ли поручать этот нежный и мягкозвучный инструмент людям, не умеющим чувствовать? По всему лицу дирижера забегали судороги, и свободная рука вцепилась в пюпитр, точно пюпитр виноват в том, что толстый виолончелист играет только ради денег, а не потому, что этого хочется его душе!

– Долой со сцены! – послышалось где-то вблизи...

Вдруг лицо дирижера просияло и засветилось счастьем. Губы его улыбнулись. Одно из трудных мест было пройдено первыми скрипками более чем блистательно. Это приятно дирижерскому сердцу. У моей рыжеволосой героини стало на душе тоже приятно, как будто бы она играла на первых скрипках или имела дирижерское сердце. Но это сердце было не дирижерское, хотя и сидел в нем дирижер. «Рыжая чертовка», глядя на улыбающееся лицо, сама заулыбалась… но не время было улыбаться. Случилось нечто сверхъестественное и ужасно глупое…

Отверстие вдруг исчезло перед ее глазом. Куда оно девалось? Наверху что-то зашумело, точно подул ровный ветер… По ее лицу что-то поползло вверх… Что случилось? Она начала глазом искать отверстие, чтобы увидеть любимое лицо, но вместо отверстия она увидала вдруг целую массу света, высокую и глубокую… В массе света замелькало бесчисленное множество огней и голов, и между этими разнообразными головами она увидела дирижерскую голову… Дирижерская голова посмотрела на нее и замерла от изумления… Потом изумление уступило место невыразимому ужасу и отчаянию… Она, сама того не замечая, сделала полшага к рампе… Из второго яруса послышался смех, и скоро весь театр утонул в нескончаемом смехе и шиканье. Черт возьми! На «Гугенотах» будет петь барыня в перчатках, шляпе и платье самого новейшего времени!..

– Ха-ха-ха!

В первом ряду задвигались смеющиеся плеши… Поднялся шум… А его лицо стало старо и морщинисто, как лицо Эзопа! Оно дышало ненавистью, проклятиями… Он топнул ногой и бросил под ноги свою дирижерскую палочку, которую он не променяет на фельдмаршальский жезл. Оркестр секунду понес чепуху и умолк… Она отступила назад и, пошатываясь, поглядела в сторону… В стороне были кулисы, из-за которых смотрели на нее бледные, злобные рыла… Эти звериные рыла шипели…

– Вы губите нас! – шипел антрепренер…

Занавес пополз вниз медленно, волнуясь, нерешительно, точно его спускали не туда, куда нужно... Она зашаталась и оперлась о кулису...

– Вы губите меня, развратная, сумасшедшая... о, чтобы черт тебя забрал, отвратительнейшая гадина!

Это говорил голос, который час тому назад, когда она собиралась в театр, шептал ей: «Тебя нельзя не любить, моя крошка! Ты мой добрый гений! Твой поцелуй стоит магометова рая!» А теперь? Она погибла, честное слово, погибла!

Когда порядок в театре был водворен и взбешенный дирижер принялся во второй раз за увертюру, она была уже у себя дома. Она быстро разделась и прыгнула под одеяло. Лежа не так страшно умирать, как стоя или сидя, а она была уверена, что угрызения совести и тоска убьют ее... Она спрятала голову под подушку и, дрожа, боясь думать и задыхаясь от стыда, завертелась под одеялом... От одеяла пахло сигарами, которые курил *он* ... Что-то он скажет, когда придет?

В третьем часу ночи пришел *он* . Дирижер был пьян. Он напился с горя и от бешенства. Ноги его подгибались, а руки и губы дрожали, как листья при слабом ветре. Он, не скидая шубы и шапки, подошел к постели и постоял минуту молча. Она притаила дыхание.

– Мы можем спать покойно после того, как осрамились на весь свет! – прошипел он. – Мы, истинные артисты, умеем мириться со своею совестью! Истинная артистка! Ха! ха! Ведьма!

Он сдернул с нее одеяло и швырнул его к камину.

– Знаешь, что ты сделала? Ты посмеялась надо мной, чтоб черт забрал тебя! Ты знаешь это? Или ты не знаешь? Вставай!

Он рванул ее за руку. Она села на край кровати и спрятала свое лицо за спутавшимися волосами. Плечи ее дрожали.

– Прости меня!

– Ха! ха! Рыжая!

Он рванул ее за сорочку и увидел белое, как снег, чудное плечо. Но ему было не до плеч.

– Вон из моего дома! Одевайся! Ты отравила мою жизнь, ничтожная!

Она пошла к стулу, на котором беспорядочной кучей лежало ее платье, и начала одеваться. Она отравила его жизнь! Подло и гнусно с ее стороны отравлять жизнь этого великого человека! Она уйдет, чтобы не продолжать этой подлости. И без нее есть кому отравлять жизни…

– Вон отсюда! Сейчас же!

Он бросил ей в лицо кофточку и заскрежетал зубами. Она оделась и встала около двери. Он замолчал. Но недолго продолжалось молчание. Дирижер, покачиваясь, указал ей на дверь. Она вышла в переднюю. Он отворил дверь на улицу.

– Прочь, мерзкая!

И, взяв ее за маленькую спину, он вытолкал ее…

– Прощай! – прошептала она кающимся голосом и исчезла в темноте.

А было туманно и холодно… С неба моросил мелкий дождь…

– К черту! – крикнул ей вослед дирижер и, не прислушиваясь к ее шлепанью по грязи, запер дверь. Выгнав подругу в холодный туман, он улегся в теплую постель и захрапел.

– Так ей и следует! – сказал он утром, проснувшись, но… он лгал! Кошки скребли его музыкальную душу, и тоска по рыжей защемила его сердце. Неделю ходил он, как полупьяный, страдая, поджидая ее и терзаясь неизвестностью. Он думал, что она придет, верил в это… Но она не пришла. Отравление человека, которого она любит больше жизни, не входит в ее программу. Ее вычеркнули из списка артисток театра за «неприличное поведение». Ей не простили скандала. Об отставке ей не было сообщено, потому что никто не знал, куда она исчезла. Не знали ничего, но предполагали многое…

– Она замерзла или утопилась! – предполагал дирижер.

Через полгода забыли о ней. Забыл о ней и дирижер. На совести каждого красивого артиста много женщин, и, чтобы помнить каждую, нужно иметь слишком большую память.

Все наказывается на этом свете, если верить добродетельным и благочестивым людям. Был ли наказан дирижер?

Да, был.

Пять лет спустя дирижер проезжал через город X. В X. прекрасная опера, и он остался в нем на день, чтобы познакомиться с ее составом. Остановился он в лучшем Hôtel'е и в первое же утро после приезда получил письмо, которое ясно показывает, какою популярностью пользовался мой длинноволосый герой. В письме просили его продирижировать «Фауста». Дирижер Н. внезапно заболел, и дирижерская палочка вакантна. Не пожелает ли он, мой герой (просили его в письме), взять на себя труд воспользоваться случаем и угостить своим искусством музыкальнейших обывателей города X.? Мой герой согласился.

Он взялся за палочку, и «чужие» музыканты увидели лицо с молниями и тучами. Молний было много. И немудрено: репетиций не было, и пришлось начинать блистать своим искусством прямо со спектакля.

Первое действие прошло благополучно. То же случилось и со вторым. Но во время третьего произошел маленький скандал. Дирижер не имеет привычки смотреть на сцену или куда бы то ни было. Все его внимание обращено на партитуру.

Когда в третьем действии Маргарита, прекрасное, сильное сопрано, запела за прялкой свою песню, он улыбнулся от удовольствия: барыня пела прелестно. Но когда же эта самая барыня опоздала на осьмую такта, по лицу его пробежали молнии, и он с ненавистью поглядел на сцену. Но шах и мат молниям! Рот широко раскрылся от изумления, и глаза стали большими, как у теленка.

На сцене за прялкой сидела та рыжая, которую он когда-то выгнал из теплой постели и толкнул в темный, холодный туман. За прялкой сидела она, рыжая, но уже не совсем такая, какую он выгнал, а другая. Лицо было прежнее, но голос и тело не те. Тот и другое были изящнее, грациознее и смелее в своих движениях.

Дирижер разинул рот и побледнел. Палочка его нервно задвигалась, беспорядочно заболталась на одном месте и замерла в одном положении...

– Это она! – сказал он вслух и засмеялся.

Удивление, восторг и беспредельная радость овладели его душой. Его рыжая, которую он выгнал, не пропала, а стала великаном. Это приятно для его дирижерского сердца. Одним светилом больше, и искусство в его лице захлебывается от радости!

– Это она! Она!

Палочка замерла в одном положении, и, когда он, желая поправить дело, махнул ею, она выпала из его рук и застучала по полу... Первая скрипка с удивлением поглядела на него и нагнулась за палочкой. Виолончель подумала, что с дирижером дурно, замолкла и опять начала, но невпопад... Звуки завертелись, закружились в воздухе и, ища выхода из беспорядка, затянули возмутительную резь...

Она, рыжая Маргарита, вскочила и гневным взором измерила «этих пьяниц», которые... Она побледнела, и глаза ее забегали по дирижеру...

А публика, которой нет ни до чего дела, которая заплатила свои деньги, затрещала и засвистала...

К довершению скандала Маргарита взвизгнула на весь театр и, подняв вверх руки, подалась всем телом к рампе... Она узнала его и теперь ничего не видела, кроме молний и туч, опять появившихся на его лице.

– А, проклятая гадина! – крикнул он и ударил кулаком по партитуре.

Что сказал бы Гуно, если бы видел, как издеваются над его творением! О, Гуно убил бы его и был бы прав!

Он ошибся первый раз в жизни, и той ошибки, того скандала не простил он себе.

Он выбежал из театра с окровавленной нижней губой и, прибежав к себе в отель, заперся. Запершись, просидел он три дня и три ночи, занимаясь самосозерцанием и самобичеванием.

Музыканты рассказывают, что он поседел в эти трое суток и выдернул из своей головы половину волос…

– Я оскорбил ее! – плачет он теперь, когда бывает пьян. – Я испортил ее партию! Я – не дирижер!

Отчего же он не говорил ничего подобного после того, как выгнал ее?

Барон

Барон – маленький, худенький старикашка лет шестидесяти. Его шея дает с позвоночником тупой угол, который скоро станет прямым. У него большая угловатая голова, кислые глаза, нос шишкой и лиловатый подбородок. По всему лицу его разлита слабая синюха, вероятно, потому, что спирт стоит в том шкафу, который редко запирается бутафором. Впрочем, кроме казенного спирта, барон употребляет иногда и шампанское, которое можно найти очень часто в уборных, на донышках бутылок и стаканов. Его щеки и мешочки под глазами висят и дрожат, как тряпочки, повешенные для просушки. На лысине зеленоватый налет от зеленой подкладки ушастой меховой шапки, которую барон, когда не носит на голове, вешает на испортившийся газовый рожок за третьей кулисой. Голос его дребезжит, как треснувшая кастрюля. А костюм? Если вы смеетесь над этим костюмом, то вы, значит, не признаете авторитетов, что не делает вам чести. Коричневый сюртук без пуговиц, с лоснящимися локтями и подкладкой, обратившейся в бахрому, – замечательный сюртук. Он болтается на узких плечах барона, как на поломанной вешалке, но… что ж из этого следует? Зато он облекал когда-то гениальное тело величайшего из комиков. Бархатная жилетка с голубыми цветами имеет двадцать прорех и бесчисленное множество пятен, но нельзя же бросить ее, если она найдена в том нумере, в котором жил могучий Сальвини! Кто может поручиться, что этой жилетки не носил сам трагик? А найдена она была на другой день после отъезда великана-артиста; следовательно, можно поклясться, что она не фальшивая. Галстух, греющий шею барона, не менее замечательный галстух. Им можно похвастать, хотя и следовало бы его в чисто гигиенических и эстетических видах заменить другим, более прочным и менее засаленным. Он выкроен из останков того великого плаща, которым покрывал когда-то свои плечи Эрнесто Росси, беседуя в «Макбете» с ведьмами.

– От моего галстуха пахнет кровью короля Дункана! – говорит часто барон, ища в своем галстухе паразитов.

Над пестренькими, полосатыми брючками барона можете смеяться сколько вам угодно. Их не носило ранее ни одно авторитетное лицо, хотя актеры и шутят, что эти брючки сшиты из паруса парохода, на котором Сара Бернар ездила в Америку. Они куплены у капельдинера № 16.

Зиму и лето барон ходит в больших калошах, чтобы сапоги были целей и чтобы не простудить своих ревматических ног на сквозном ветру, гуляющем по полу его суфлерской будки.

Барона можно видеть только в трех местах: в кассе, в суфлерской будке и за сценой в мужской уборной. Вне этих мест он не существует и едва ли мыслим. В кассе он ночью ночует, а днем записывает фамилии покупающих ложи и играет с кассиром в шашки. Старый и золотушный кассир – единственный человек, который слушает барона и отвечает на его вопросы. В суфлерской будке барон исполняет свои священные обязанности; там он зарабатывает себе кусок насущного хлеба. Эта будка выкрашена в блестящий, белый цвет только снаружи; внутри же стенки ее покрыты паутиной, щелями и занозами. В ней пахнет сыростью, копченой рыбой и спиртом. В антрактах барон торчит в мужской уборной. Новички, первый раз входящие в эту уборную, увидев барона, хохочут и аплодируют. Они принимают его за актера.

– Браво, браво! – говорят они. – Вы прелестно загримировались! Какая у вас смешная рожица! А где вы достали такой оригинальный костюм?

Бедный барон! Люди не могут допустить, что он имеет собственную физиономию!

В уборной он наслаждается созерцанием светил или же, если нет светил, осмеливается вставлять в чужие речи свои замечания, которых у него очень много. Замечаний его никто не слушает, потому что они всем надоели и попахивают рутиной; их пускают мимо ушей без всяких церемоний. С бароном вообще не любят церемониться. Если он вертится перед носом и мешает, ему говорят: убирайтесь! Если он шепчет из своей будки слишком тихо или слишком громко, его посылают к черту и грозят ему штрафом или отставкой. Он служит мишенью для большинства закулисных острот и каламбуров. На нем смело можно пробовать свое остроумие: он не ответит.

Прошло уже двадцать лет с тех пор, как его начали дразнить «бароном», но за все эти двадцать лет он ни разу не протестовал против этого прозвища.

Заставить его переписать роль и не заплатить ему – тоже можно. Все можно! Он улыбается, извиняется и конфузится, когда наступают ему на ногу. Побейте его публично по морщинистым щекам, и, ручаюсь вам честным словом, он не пойдет с жалобой к мировому. Оторвите от его замечательного, горячо любимого сюртука кусок подкладки, как это сделал недавно jeune premier [1], он только замигает глазками и покраснеет. Такова сила его забитости и смирения! Его никто не уважает. Пока он жив, его выносят, когда же умрет, его забудут немедленно. Жалкое он создание!

---

[1] Первый любовник *(франц.)*.

А между тем было когда-то время, когда он чуть было не сделался товарищем и братом людей, которым он поклонялся и которых любил больше жизни. (Он не мог не любить людей, которые бывают иногда Гамлетами и Францами Моор!) Он сам едва не стал артистом и, наверное, стал бы им, если бы не помешал ему один смешной пустяк. Таланта было много, желания – тоже, была на первых порах и протекция, но не хватило пустяка: смелости. Ему вечно казалось, что *они* , эти головы, которыми усеяны все пять ярусов, низ и верх, захохочут и зашикают, если он позволит себе показаться на сцене. Он бледнел, краснел и немел от ужаса, когда предлагали ему подебютировать.

– Я подожду немного, – говорил он.

И он ждал до тех пор, пока не состарился, не разорился и не попал, по протекции, в суфлерскую будку.

Он стал суфлером, но это не беда. Теперь уж его не выгонят из театра за неимение билета: он должностное лицо. Он сидит впереди первого ряда, видит лучше всех и не платит за свое место ни копейки. Это хорошо. Он счастлив и доволен.

Обязанность свою исполняет он прекрасно. Перед спектаклем он несколько раз прочитывает пьесу, чтобы не ошибиться, а когда бьет первый звонок, он уже сидит в будке и перелистывает свою книжку. Усердней его трудно найти кого-либо во всем театре.

Но все-таки нужно выгнать его из театра.

Беспорядки не должны быть терпимы в театре, а барон производит иногда страшные беспорядки. Он скандалист.

Когда на сцене играют особенно хорошо, он отрывает глаза от своей книжки и перестает шептать. Очень часто он прерывает свое чтение криками: браво! превосходно! – и позволяет себе аплодировать в то время, когда не аплодирует публика. Раз даже он шикал, за что чуть было не потерял места.

Вообще поглядите на него, когда он сидит в своей вонючей будке и шепчет. Он краснеет, бледнеет, жестикулирует руками, шепчет громче, чем следует, задыхается. Иногда бывает его слышно даже в коридорах, где около платья зевают капельдинеры. Он позволяет себе даже браниться из будки и подавать актеру советы.

– Правую руку вверх! – шепчет он часто. – У вас горячие слова, но лицо – лед! Это не ваша роль! Вы молокосос для этой роли! Вы бы поглядели в этой роли Эрнесто Росси! К чему же шарж? О, боже мой! Он все испортил своей мещанской манерой!

И подобные вещи шепчет он, вместо того чтобы шептать по книжке. Напрасно терпят этого чудака. Если бы его выгнали, то публике не пришлось бы быть свидетельницей скандала, который произошел на этих днях.

Скандал состоял в следующем.

Давали «Гамлета». Театр был полон. В наши дни Шекспир слушается так же охотно, как и сто лет тому назад. Когда дают Шекспира, барон находится в самом возбужденном состоянии. Он много пьет, много говорит и не переставая трет кулаками свои виски. За висками кипит жестокая работа. Старческие мозги взбудораживаются бешеной завистью, отчаянием, ненавистью, мечтами… Ему самому следовало бы поиграть Гамлета, хоть Гамлет и плохо вяжется с горбом и со спиртом, который забывает запирать бутафор. Ему, а не этим пигмеям, играющим сегодня лакеев, завтра сводников, послезавтра Гамлета! Сорок лет штудирует он этого датского принца, о котором мечтают все порядочные артисты и который дал лавровый венец не одному только Шекспиру. Сорок лет он штудирует, страдает, сгорает от мечты… Смерть не за горами. Она скоро придет и навсегда возьмет его из театра… Хоть бы раз в жизни ему посчастливилось пройтись по сцене в принцевой куртке, вблизи моря, около скал, где одна пустыня места,

Сама собой, готова довести
К отчаянью, когда
посмотришь в бездну
И слышишь в ней далекий
плеск волны.

Если даже мечты заставляют таять не по дням, а по часам, то каким огнем сгорел бы лысый барон, если бы мечта приняла форму действительности!

В описываемый вечер он готов был проглотить весь свет от зависти и злости. Гамлета дали играть мальчишке, говорящему жидким тенором, а главное – рыжему. Неужели Гамлет был рыж?

Барон сидел в своей будке, как на горячих угольях. Когда Гамлета не было на сцене, он был еще относительно покоен, когда же на сцену появлялся жидкий рыжеволосый тенор, он начинал вертеться, метаться, ныть. Шепот его походил больше на стон, чем на чтение. Руки его тряслись, страницы путались, подсвечники ставились то ближе, то дальше... Он впивался в лицо Гамлета и переставал шептать... Ему страстно хотелось повыщипать из рыжей головы все волосы до единого. Пусть Гамлет будет лучше лыс, чем рыж! Шарж – так шарж, черт возьми!

Во втором действии он уж вовсе не шептал, а злобно хихикал, бранился и шикал. К его счастью, актеры хорошо знали свои роли и не замечали его молчания.

– Хорош Гамлет! – бранился он. – Нечего сказать! Ха-ха! Господа юнкера не знают своего места! Им следует за швейками бегать, а не на сцене играть! Если бы у Гамлета было такое глупое лицо, то едва ли Шекспир написал бы свою трагедию!

Когда ему надоело браниться, он начал учить рыжего актера. Жестикулируя руками и лицом, читая и стуча кулаками о книжку, он потребовал, чтобы актер следовал его советам. Ему нужно было спасти Шекспира от поругания, а для Шекспира он на все готов: хоть на сто тысяч скандалов!

Беседуя с актерами, рыжий Гамлет был ужасен. Он ломался, как тот «дюжий длинноволосый молодец» – актер, о котором сам Гамлет говорит: «Такого актера я в состоянии бы высечь». Когда он начал декламировать, барон не вынес. Задыхаясь и стуча лысиной по потолку будки, он положил левую руку на грудь, а правой зажестикулировал. Старческий, надорванный голос прервал рыжего актера и заставил его оглянуться на будку:

Распаленный гневом,
В крови, засохшей на его доспехах,
С огнем в очах, свирепый ищет Пирр
Отца Приама.

И, высунувшись наполовину из будки, барон кивнул головой первому актеру и прибавил уже не декламирующим, а небрежным, потухшим голосом:

– Продолжай!

Первый актер продолжал, но не тотчас. Минуту он промедлил, и минуту в театре царило глубокое молчание. Это молчание нарушил сам барон, когда, потянувшись назад, стукнулся головой о край будки. Послышался смех.

– Браво, барабанщик! – крикнули из райка.

Думали, что прервал Гамлета не суфлер, а старый барабанщик, дремавший в оркестре. Барабанщик шутовски раскланялся с райком, и весь театр огласился смехом. Публика любит театральные недоразумения, и если бы вместо пьес давали недоразумения, она платила бы вдвое больше.

Первый актер продолжал, и тишина была мало-помалу водворена.

Чудак же барон, услышавши смех, побагровел от стыда и схватил себя за лысину, забыв, вероятно, что на ней уже нет тех волос, в которые влюблялись когда-то красивые женщины. Теперь мало того, что над ним будет смеяться весь город и все юмористические журналы, его еще выгонят из театра! Он горел от стыда, злился на себя, а между тем все члены его дрожали от восторга: он сейчас декламировал!

«Не твое дело, старая, заржавленная щеколда! – думал он. – Твое дело быть только суфлером, если не хочешь, чтобы тебе дали по шее, как последнему лакею. Но это возмутительно, однако! Рыжий мальчишка решительно не хочет играть по-человечески! Разве это место так ведется?»

И, впившись глазами в актера, барон опять начал бормотать советы. Он еще раз не вынес и еще раз заставил смеяться публику. Этот чудак был слишком нервен. Когда актер, читая последний монолог второго действия, сделал маленькую передышку, чтобы молча покачать головой, из будки опять понесся голос, полный желчи, презрения, ненависти, но, увы! уже разбитый временем и бессильный:

Кровавый сластолюбец!
Лицемер!
Бесчувственный, продажный,
подлый изверг!

Помолчав секунд десять, барон глубоко вздохнул и прибавил уже не так громко:

Глупец, глупец! Куда как я
отважен!

Этот голос был бы голосом Гамлета настоящего, не рыжего Гамлета, если бы на земле не было старости. Многое портит и многому мешает старость.

Бедный барон! Впрочем, не он первый, не он и последний.

Теперь его выгонят из театра. Согласитесь, что эта мера необходима.

Месть

Был день бенефиса нашей ingénue[1].

В десятом часу утра у ее двери стоял комик. Он прислушивался и стучал по обеим половинкам двери своими большими кулаками. Ему необходимо было видеть ingénue. Она должна была вылезть из-под своего одеяла во что бы то ни стало, как бы ей ни хотелось спать...

– Отворите же, черт возьми! Долго ли еще мне придется коченеть на этом сквозном ветру? Если б вы знали, что в вашем коридоре двадцать градусов мороза, вы не заставили бы меня ждать так долго! Или, быть может, у вас нет сердца?

В четверть одиннадцатого комик услышал глубокий вздох. За вздохом последовал скачок с кровати, а за скачком шлепанье туфель.

– Что вам угодно? Кто вы?

– Это я...

Комику не нужно было называть себя. Его легко можно было узнать по голосу, шипящему и дребезжащему, как у больного дифтеритом.

– Подождите, я оденусь...

Через три минуты его впустили. Он вошел, поцеловал у ingénue руку и сел на кровать.

– Я к вам по делу, – начал он, закуривая сигару. – Я хожу к людям только по делу, ходить же в гости я предоставляю господам бездельникам. Но к делу... Сегодня я играю в вашей пьесе графа... Вы, конечно, это знаете?

– Да.

– Старого графа. Во втором действии я появляюсь на сцену в халате. Вы, надеюсь, и это знаете... Знаете?

– Да.

---

[1] Инженю *(франц.)*.

– Отлично. Если я буду не в халате, то я согрешу против истины. На сцене же, как и везде, прежде всего – истина! Впрочем, mademoiselle, к чему я говорю это? Ведь, в сущности говоря, человек и создан для того только, чтобы стремиться к истине…

– Да, это правда…

– Итак, после всего сказанного вы видите, что халат мне необходим. Но у меня нет халата, приличного графу. Если я покажусь публике в своем ситцевом халате, то вы много потеряете. На вашем бенефисе будет лежать пятно.

– Я вам могу помочь?

– Да. После *вашего* у вас остался прекрасный голубой халат с бархатным воротником и красными кистями. Прекрасный, чудный халат!

Наша ingénue вспыхнула… Глазки ее покраснели, замигали и заискрились, как стеклянные бусы, вынесенные на солнце.

– Вы мне одолжите этот халат на сегодняшний спектакль…

Ingénue заходила по комнате. Нечесаные волосы ее попадали беспорядочно на лицо и плечи… Она зашевелила губами и пальцами…

– Нет, не могу! – сказала она…

– Это странно… Гм… Можно узнать почему?

– Почему? Ах, боже мой, да ведь это так понятно! Могу ли я? Нет!.. нет! Никогда! *Он* нехорошо поступил со мной, он неправ… Это правда! Он поступил со мной, как последний негодяй… Я согласна с этим! Он бросил меня только потому, что я получаю мало жалованья и не умею обирать мужчин! Он хотел, чтобы я брала у этих господ деньги и носила эти подлые деньги к нему, – он хотел этого! Подло, гадко! На подобные притязания способны одни только бессовестные пошляки!

Ingénue повалилась в кресло, на котором лежала свежевыглаженная сорочка, и закрыла руками лицо. Сквозь ее маленькие пальчики комик увидел блестящие точки: то окно отражалось в слезинках...

– Он ограбил меня! – продолжала она всхлипывая. – Грабь, если хочешь, но зачем же бросать? Зачем? Что я ему сделала? Что я тебе сделала? Что?

Комик встал и подошел к ней.

– Не будем плакать, – сказал он. – Слезы есть малодушие. И к тому же мы можем найти утешение во всякую минуту... Утешьтесь!.. Искусство – самый радикальный утешитель!

Но ничего не поделал радикальный утешитель.

За всхлипыванием последовала истерика.

– Это пройдет! – сказал комик. – Я подожду.

Он в ожидании, пока она придет в себя, походил по комнате, зевнул и лег на кровать. Ее постель женская, но она не так мягка, как те постели, на которых спят ingénue порядочных театров. Комика заколола в бок какая-то пружина, и его лысину зачесали перья, кончики которых робко выглядывали из подушки, сквозь розовую наволочку. Края кровати были холодны, как лед. Но все это не мешало нахалу сладко потянуться. Черт возьми, от этих бабьих кроватей так хорошо пахнет!

Он лежал и потягивался, а плечи ingénue прыгали, из груди ее вылетали отрывистые стоны, пальцы корчились и рвали на груди фланелевую кофточку... Комик напомнил ей самую несчастную страницу одного из несчастнейших романов! Истерика продолжалась минут десять. Очнувшись, ingénue откинула назад волосы, обвела комнату глазами и продолжала говорить.

Когда дама говорит с вами, неловко лежать на кровати. Вежливость прежде всего. Комик крякнул, поднялся и сел.

– Он поступил со мной нечестно, – продолжала она, – но из этого не следует, что я должна отдавать вам халат. Несмотря на его подлый поступок, я еще продолжаю любить его, и халат единственная вещь, оставшаяся у меня после него! Когда я вижу халат, я думаю о нем и… плачу…

– Я ничего не имею против этих похвальных чувств, – сказал комик, – напротив, в наш реальный, чертовски практический век приятно встретить человека с таким сердцем и с такой душой. Если вы дадите мне на один вечер халат, то вы принесете жертву, согласен… Но, подумайте, как приятно жертвовать для искусства!

И, подумав немного, комик вздохнул и прибавил:

– Тем более, что я вам завтра же возвращу его…

– Ни за что!

– Но почему же? Ведь я же не съем его, возвращу! Какая вы, право…

– Нет, нет! Ни за что!

Ingénue забегала по комнате и замахала руками.

– Ни за что! Вы хотите лишить меня единственной дорогой для меня вещи! Я скорей умру, но не отдам! Я еще люблю этого человека!

– Вполне понимаю, но не постигаю только одного, сударыня: как можете вы менять халат на искусство?.. Вы – артистка!

– Ни за что! И не говорите!

Комик покраснел и поцарапал себя по лысине. Он помолчал немного и спросил:

– Не дадите?

– Ни за что!

– Гм… Тэкссс… Это по-товарищески… Так поступают только товарищи!

Комик вздохнул и продолжал:

– Жалко, черт возьми! Очень жаль, что мы товарищи только на словах, а не на деле. Впрочем, несогласие слова с делом очень характерно для нашего времени. Взгляните, например, на литературу! Очень жаль! В частности же нас, артистов, губит отсутствие солидарности, истинного товарищества… Ах, как нас губит это!

Впрочем, нет! Это только показывает, что мы не артисты, не художники! Мы лакеи, а не артисты! Сцена дана нам только для того, чтобы показывать публике свои голые локти и плечи… чтобы глазки делать… щекотать инстинкты райка… Не дадите?

– Ни за какие деньги!

– Это последнее слово?

– Да…

– Прелестно…

Комик надел шапку, церемонно раскланялся и вышел из комнаты ingénue. Красный как рак, дрожащий от гнева, шипящий ругательствами, пошел он по улице, прямо к театру. Он шел и стучал палкой по мерзлой мостовой. С каким наслаждением нанизал бы он своих подлых товарищей на эту сучковатую палку! Еще лучше, если бы он мог проколоть этой артистической палкой насквозь всю землю! Будь он астрономом, он сумел бы доказать, что это худшая из планет!

Театр стоит на конце улицы, в трехстах шагах от острога. Он выкрашен в краску кирпичного цвета. Краска все замазала, кроме зияющих щелей, показывающих, что театр деревянный. Когда-то театр был амбаром, в котором складывались кули с мукой. Амбар был произведен в театры не за какие-либо заслуги, а за то, что он самый высокий сарай в городе.

Комик пошел в кассу. Там, за грязным липовым столом, сидел его друг и приятель, кассир Штамм, немец, выдававший себя за англичанина. Кассир подслеповат, глуп и глух, но все это, однако, не мешает ему с должным вниманием выслушивать своих товарищей.

Комик вошел в кассу, нахмурил брови и остановился перед кассиром в позе боксера, скрестившего на груди руки. Он помолчал немного, покачал головой и воскликнул:

– Как прикажете назвать этих людей, мистер Штамм?!

Комик стукнул кулаком по столу и, негодующий, опустился на деревянную скамью. Не поток, а океан ядовитых, отчаянных, бешеных слов полился из его рта, окруженного давно уже не бритым пространством. Пусть посочувствует ему хоть кассир! Девчонка, сентиментальная кислятина, не уважила просьбы того, без которого рухнул бы этот дрянный сарай! Не сделать одолжения (не говорю уж, оказать услугу) первому комику, которого десять лет тому назад приглашали в столичный театр! Возмутительно!

Но, однако, в этом бедняжке-театре более чем холодно. В собачьей конуре не холодней. Старый кассир умно делает, что сидит в шубе и валяных калошах. На окне – лед, а по полу гуляет ветер, которому позавидовал бы даже Северный полюс. Дверь плохо притворяется, и края ее белы от инея. Черт знает что! И сердиться даже холодно.

– Она будет меня помнить! – закончил свою филиппику комик.

Он положил свои ноги на скамью и прикрыл их полой своей шубы, оставшейся ему в наследство двенадцать лет тому назад от одного приятеля-актера, умершего от чахотки. Он плотнее завернулся в шубу, умолк и начал дышать в шубу себе на грудь.

Язык молчал, но зато действовали мозги. Эти мозги искали способа. Нужно же отмстить этой дерзкой, неуважительной девчонке!

Комик не завернул глаз в шубу, а пустил их на волю: гляди, коли хочешь... Они же, кстати, и не мерзнут.

В кассе нет ничего интересного для глаз. У деревянной перегородки стол, перед столом скамья, на скамье – старый кассир в собачьей шубе и валенках. Все серо, обыденно, старо. И грязь даже старая. На столе лежит еще не початая книга билетов. Покупатели не идут. Они начнут ходить во время обеда. Кроме стола, скамьи, билетов и кучи бумаг в углу – больше ничего нет. Ужасная бедность и ужасная скука!

Впрочем, виноват: в кассе есть один предмет роскоши. Этот предмет валяется под столом вместе с ненужной бумагой, которую не выметают вон только потому, что холодно. Да и веник куда-то запропал.

Под столом валяется большой картонный лист, запыленный и оборванный. Кассир топчет его своими валенками и плюет на него без всякой церемонии. Этот-то лист и есть предмет роскоши. На нем крупными буквами написано: «*На сегодняшний спектакль все билеты распроданы* ». Ему за все время своего существования ни разу еще не приходилось висеть над окошком кассы, и никто из публики не может похвастать тем, что видел его. Хороший, но ехидный лист! Жаль, что он не находит себе употребления. Публика не любит его, но зато в него влюблены все артисты!

Глаза комика, гулявшие по стенам и по полу, не могли не натолкнуться на эту драгоценность. Комик не мастер соображать, но на этот раз он сообразил. Увидев картонный лист, он ударил себя по лбу и воскликнул:

– Идея! Прелестно!

Он нагнулся и потянул к себе повесть о распроданных билетах.

– Прекрасно! Бесподобно! Это обойдется ей дороже голубого халата с красными кистями!

Через десять минут картонный лист первый и последний раз за все время своего существования висел над окошечком и... лгал.

Он лгал, но ему поверили. Вечером наша ingénue лежала у себя в номере и рыдала на всю гостиницу.

– Меня не любит публика! – говорила она.

Один только ветер взял на себя труд посочувствовать ей. Он, этот добрый ветер, плакал в трубе и в вентиляциях, плакал на разные голоса и, вероятно, искренно. Вечером же в портерной сидел комик и пил пиво. Пил пиво и – больше ничего[1].

Трагик

Был бенефис трагика Феногенова.

---

[1] Рассказ «Жены артистов», вошедший в «Сказки Мельпомены», читайте на стр. 32. первоначально был включен в неизданный сборник «Шалость».

Давали «Князя Серебряного». Сам бенефициант играл Вяземского, антрепренер Лимонадов – Дружину Морозова, г-жа Беобахтова – Елену... Спектакль вышел на славу. Трагик делал буквально чудеса. Он похищал Елену одной рукой и держал ее выше головы, когда проносил через сцену. Он кричал, шипел, стучал ногами, рвал у себя на груди кафтан. Отказываясь от поединка с Морозовым, он трясся всем телом, как в действительности никогда не трясутся, и с шумом задыхался. Театр дрожал от аплодисментов. Вызовам не было конца. Феногенову поднесли серебряный портсигар и букет с длинными лентами. Дамы махали платками, заставляли мужчин аплодировать, многие плакали... Но более всех восторгалась игрой и волновалась дочь исправника Сидорецкого, Маша. Она сидела в первом ряду кресел, рядом со своим папашей, не отрывала глаз от сцены даже в антрактах и была в полном восторге. Ее тоненькие ручки и ножки дрожали, глазки были полны слез, лицо становилось все бледней и бледней. И не мудрено: она была в театре первый раз в жизни!

– Как хорошо они представляют! Как отлично! – обращалась она к своему папаше-исправнику всякий раз, когда опускался занавес. – Как хорош Феногенов!

И если бы папаша мог читать на лицах, он прочел бы на бледном личике своей дочки восторг, доходящий до страдания. Она страдала и от игры, и от пьесы, и от обстановки. Когда в антракте полковой оркестр начинал играть свою музыку, она в изнеможении закрывала глаза.

– Папа! – обратилась она к отцу в последнем антракте. – Пойди на сцену и скажи им всем, чтобы приходили к нам завтра обедать!

Исправник пошел за сцену, похвалил там всех за хорошую игру и сказал г-же Беобахтовой комплимент:

– Ваше красивое лицо просится на полотно. О, зачем я не владею кистью!

И шаркнул ногой, потом пригласил артистов к себе на обед.

– Все приходите, кроме женского пола, – шепнул он. – Актрис не надо, потому что у меня дочка.

На другой день у исправника обедали артисты. Пришли только антрепренер Лимонадов, трагик Феногенов и комик Водолазов; остальные сослались на недосуг и не пришли. Обед прошел не скучно. Лимонадов все время уверял исправника, что он его уважает и вообще чтит всякое начальство, Водолазов представлял пьяных купцов и армян, а Феногенов, высокий, плотный малоросс (в паспорте он назывался Кныш) с черными глазами и нахмуренным лбом, продекламировал «У парадного подъезда» и «Быть или не быть?». Лимонадов со слезами на глазах рассказал о свидании своем с бывшим губернатором генералом Канючиным. Исправник слушал, скучал и благодушно улыбался. Несмотря даже на то, что от Лимонадова сильно пахло жжеными перьями, а на Феногенове был чужой фрак и сапоги с кривыми каблуками, он был доволен. Они нравились его дочке, веселили ее, и этого ему было достаточно! А Маша глядела на артистов, не отрывала от них глаз ни на минуту. Никогда ранее она не видала таких умных, необыкновенных людей!

Вечером исправник и Маша опять были в театре. Через неделю артисты опять обедали у начальства и с этого раза стали почти каждый день приходить в дом исправника, то обедать, то ужинать, и Маша еще сильнее привязалась к театру и стала бывать в нем ежедневно.

Она влюбилась в трагика Феногенова. В одно прекрасное утро, когда исправник ездил встречать архиерея, она бежала с труппой Лимонадова и на пути повенчалась со своим возлюбленным. Отпраздновав свадьбу, артисты сочинили длинное, чувствительное письмо и отправили его к исправнику. Сочиняли все разом.

– Ты ему мотивы, мотивы ты ему! – говорил Лимонадов, диктуя Водолазову. – Почтения ему подпусти... Они, чинодралы, любят это. Надбавь чего-нибудь этакого... чтоб прослезился...

Ответ на это письмо был самый неутешительный. Исправник отрекался от дочери, вышедшей, как он писал, «за глупого, праздношатающегося хохла, не имеющего определенных занятий».

И на другой день после того, как пришел этот ответ, Маша писала своему отцу:

«Папа, он бьет меня! Прости нас!»

Он бил ее, бил за кулисами в присутствии Лимонадова, прачки и двух ламповщиков! Он помнил, как за четыре дня до свадьбы, вечером, сидел он со всей труппой в трактире «Лондон»; все говорили о Маше, труппа советовала ему «рискнуть», а Лимонадов убеждал со слезами на глазах:

– Глупо и нерационально отказываться от такого случая! Да ведь за этакие деньги не то что жениться, в Сибирь пойти можно! Женишься, построишь свой собственный театр, и бери меня тогда к себе в труппу. Не я уж тогда владыка, а ты владыка.

Феногенов помнил об этом и теперь бормотал, сжимая кулаки:

– Если он не пришлет денег, так я из нее щепы нащеплю. Я не позволю себя обманывать, черт меня раздери!

Из одного губернского города труппа хотела уехать тайком от Маши, но Маша узнала и прибежала на вокзал после второго звонка, когда актеры уже сидели в вагонах.

– Я оскорблен вашим отцом! – сказал ей трагик. – Между нами все кончено!

А она, несмотря на то, что в вагоне был народ, согнула свои маленькие ножки, стала перед ним на колени и протянула с мольбой руки.

– Я люблю вас! – просила она. – Не гоните меня, Кондратий Иваныч! Я не могу жить без вас!

Вняли ее мольбам и, посоветовавшись, приняли ее в труппу на амплуа «сплошной графини», – так называли маленьких актрис, выходивших на сцену обыкновенно толпой и игравших роли без речей... Сначала Маша играла горничных и пажей, но потом, когда г-жа Беобахтова, цвет лимонадовской труппы, бежала, то ее сделали ingénue. Играла она плохо: сюсюкала, конфузилась.

Скоро, впрочем, привыкла и стала нравиться публике. Феногенов был очень недоволен.

– Разве это актриса? – говорил он. – Ни фигуры, ни манер, а так только... одна глупость...

В одном губернском городе труппа Лимонадова давала «Разбойников» Шиллера. Феногенов изображал Франца, Маша – Амалию. Трагик кричал и трясся, Маша читала свою роль, как хорошо заученный урок, и пьеса сошла бы, как сходят вообще пьесы, если бы не случился маленький скандал. Все шло благополучно до того места в пьесе, где Франц объясняется в любви Амалии, а она хватает его шпагу. Малоросс прокричал, прошипел, затрясся и сжал в своих железных объятиях Машу. А Маша вместо того, чтобы отпихнуть его, крикнуть ему «прочь!», задрожала в его объятиях, как птичка, и не двигалась... Она точно застыла.

– Пожалейте меня! – прошептала она ему на ухо. – О, пожалейте меня! Я так несчастна!

– Роли не знаешь! Суфлера слушай! – прошипел трагик и сунул ей в руки шпагу.

После спектакля Лимонадов и Феногенов сидели в кассе и вели беседу.

– Жена твоя ролей не учит, это ты правильно... – говорил антрепренер. – Функции своей не знает... У всякого человека есть своя функция... Так вот она ее-то не знает...

Феногенов слушал, вздыхал и хмурился, хмурился...

На другой день утром Маша сидела в мелочной лавочке и писала:

«Папа, он бьет меня! Прости нас! Вышли нам денег!»

Из сборника «Пестрые рассказы»

Темною ночью

Ни луны, ни звезд… Ни контуров, ни силуэтов, ни одной маломальски светлой точки… Все утонуло в сплошном, непроницаемом мраке. Глядишь, глядишь и ничего не видишь, точно тебе глаза выкололи… Дождь жарит, как из ведра… Грязь страшная…

По проселочной дороге плетется пара почтовых кляч. В таратайке сидит мужчина в шинели инженера-путейца. Рядом с ним его жена. Оба промокли. Ямщик пьян как стелька. Коренной хромает, фыркает, вздрагивает и плетется еле-еле… Пугливая пристяжная то и дело спотыкается, останавливается и бросается в сторону. Дорога ужасная… Что ни шаг, то колдобина, бугор, размытый мостик. Налево воет волк; направо, говорят, овраг.

– Не сбились ли мы с дороги? – вздыхает инженерша. – Ужасная дорога! Не выворoти нас!

– Зачем выворачивать? Ээ… т! Какая мне надомность вас выворачивать? Эх, по… подлая! Дрожи! Ми… лая!

– Мы, кажется, сбились с дороги, – говорит инженер. – Куда ты везешь, дьявол? Не видишь, что ли? Разве это дорога?

– Стало быть, дорога!..

– Грунт не тот, пьяная морда! Сворачивай! Поворачивай вправо! Ну, погоняй! Где кнут?

– По… потерял, ваше высоко…

– Убью, коли что… Помни! Погоняй, подлец! Стой, куда едешь? Разве там дорога?

Лошади останавливаются. Инженер вскакивает, нависает на ямщицкие плечи, натягивает вожжи и тянет за правую. Коренной шлепает по грязи, круто поворачивает и вдруг, ни с того ни с сего, начинает как-то странно барахтаться… Ямщик сваливается и исчезает, пристяжная цепляется за какой-то утес, и инженер чувствует, что таратайка вместе с пассажирами летит куда-то к черту…

…

Овраг не глубок. Инженер поднимается, берет в охапку жену и выкарабкивается наверх. Наверху, на краю оврага, сидит ямщик и стонет. Путеец подскакивает к нему и, подняв вверх кулаки, готов растерзать, уничтожить, раздавить…

– Убью, рրразбойник! – кричит он.

Кулак размахнулся и уже на половине дороги к ямщицкой физии… Еще секунда и…

– Миша, вспомни Кукуевку! – говорит жена.

Миша вздрагивает и его грозный кулак останавливается на полпути. Ямщик спасен.

На гвозде

По Невскому плелась со службы компания коллежских регистраторов и губернских секретарей. Их вел к себе на именины именинник Стручков.

– Да и пожрем же мы сейчас, братцы! – мечтал вслух именинник. – Страсть как пожрем! Женка пирог приготовила. Сам вчера вечером за мукой бегал. Коньяк есть… воронцовская… Жена, небось, заждалась!

Стручков обитал у черта на куличках. Шли, шли к нему и наконец пришли. Вошли в переднюю. Носы почувствовали запах пирога и жареного гуся.

– Чувствуете? – спросил Стручков и захихикал от удовольствия. – Раздевайтесь, господа! Кладите шубы на сундук! А где Катя? Эй, Катя! Сбор всех частей прикатил! Акулина, поди помоги господам раздеться!

– А это что такое? – спросил один из компании, указывая на стену.

На стене торчал большой гвоздь, а на гвозде висела новая фуражка с сияющим козырьком и кокардой. Чиновники поглядели друг на друга и побледнели.

– Это его фуражка! – прошептали они. – Он... здесь!?!

– Да, он здесь, – пробормотал Стручков. – У Кати... Выйдемте, господа! Посидим где-нибудь в трактире, подождем, пока он уйдет.

Компания застегнула шубы, вышла и лениво поплелась к трактиру.

– Гусем у тебя пахнет, потому что гусь у тебя сидит! – слиберальничал помощник архивариуса. – Черти его принесли! Он скоро уйдет?

– Скоро. Больше двух часов никогда не сидит. Есть хочется! Перво-наперво мы водки выпьем и килечкой закусим... Потом повторим, братцы... После второй сейчас же пирог. Иначе аппетит пропадет... Моя женка хорошо пироги делает. Щи будут...

– А сардин купил?

– Две коробки. Колбаса четырех сортов... Жене, должно быть, тоже есть хочется... Ввалился, черт!

Часа полтора посидели в трактире, выпили для блезиру по стакану чаю и опять пошли к Стручкову. Вошли в переднюю. Пахло сильней прежнего. Сквозь полуотворенную кухонную дверь чиновники увидели гуся и чашку с огурцами. Акулина что-то вынимала из печи.

– Опять неблагополучно, братцы!

– Что такое?

Чиновные желудки сжались от горя: голод не тетка, а на подлом гвозде висела кунья шапка.

– Это Прокатилова шапка, – сказал Стручков. – Выйдемте, господа! Переждем где-нибудь... Этот недолго сидит...

– И у этакого сквернавца такая хорошенькая жена! – послышался сиплый бас из гостиной.

– Дуракам счастье, ваше превосходительство! – аккомпанировал женский голос.

– Выйдемте! – простонал Стручков.

Пошли опять в трактир. Потребовали пива.

– Прокатилов – сила! – начала компания утешать Стручкова. – Час у твоей посидит, да зато тебе... десять лет блаженства. Фортуна, брат! Зачем огорчаться? Огорчаться не надо.

– Я и без вас знаю, что не надо. Не в том дело! Мне обидно, что есть хочется!

Через полтора часа опять пошли к Стручкову. Кунья шапка продолжала еще висеть на гвозде. Пришлось опять ретироваться.

Только в восьмом часу вечера гвоздь был свободен от постоя и можно было приняться за пирог! Пирог был сух, щи теплы, гусь пережарен – все перепортила карьера Стручкова! Ели, впрочем, с аппетитом.

Размазня

На днях я пригласил к себе в кабинет гувернантку моих детей, Юлию Васильевну. Нужно было посчитаться.

– Садитесь, Юлия Васильевна! – сказал я ей. – Давайте посчитаемся. Вам наверное нужны деньги, а вы такая церемонная, что сами не спросите... Ну-с... Договорились мы с вами по тридцати рублей в месяц...

– По сорока...

– Нет, по тридцати... У меня записано... Я всегда платил гувернанткам по тридцати. Ну-с, прожили вы два месяца...

– Два месяца и пять дней...

– Ровно два месяца... У меня так записано. Следует вам, значит, шестьдесят рублей... Вычесть девять воскресений... вы ведь не занимались с Колей по воскресеньям, а гуляли только... да три праздника...

Юлия Васильевна вспыхнула и затеребила оборочку, но... ни слова!..

– Три праздника... Долой, следовательно, двенадцать рублей... Четыре дня Коля был болен и не было занятий... Вы занимались с одной только Варей... Три дня у вас болели зубы, и моя жена позволила вам не заниматься после обеда... Двенадцать и семь – девятнадцать. Вычесть... останется... гм... сорок один рубль... Верно?

Левый глаз Юлии Васильевны покраснел и наполнился влагой. Подбородок ее задрожал. Она нервно закашляла, засморкалась, но – ни слова!..

– Под Новый год вы разбили чайную чашку с блюдечком. Долой два рубля... Чашка стоит дороже, она фамильная, но... бог с вами! Где наше не пропадало? Потом-с, по вашему недосмотру Коля полез на дерево и порвал себе сюртучок... Долой десять... Горничная тоже по вашему недосмотру украла у Вари ботинки.

Вы должны за всем смотреть. Вы жалованье получаете. Итак, значит, долой еще пять... Десятого января вы взяли у меня десять рублей...

– Я не брала, – шепнула Юлия Васильевна.

– Но у меня записано!

– Ну, пусть... хорошо.

– Из сорока одного вычесть двадцать семь – останется четырнадцать...

Оба глаза наполнились слезами... На длинном хорошеньком носике выступил пот. Бедная девочка!

– Я раз только брала, – сказала она дрожащим голосом. – Я у вашей супруги взяла три рубля... Больше не брала...

– Да? Ишь ведь, а у меня и не записано! Долой из четырнадцати три, останется одиннадцать... Вот вам ваши деньги, милейшая! Три... три, три... один и один... Получите-с!

И я подал ей одиннадцать рублей... Она взяла и дрожащими пальчиками сунула их в карман.

– Merci, – прошептала она.

Я вскочил и заходил по комнате. Меня охватила злость.

– За что же merci? – спросил я.

– За деньги...

– Но ведь я же вас обобрал, черт возьми, ограбил! Ведь я украл у вас! За что же merci?

– В других местах мне и вовсе не давали...

– Не давали? И не мудрено! Я пошутил над вами, жестокий урок дал вам... Я отдам вам все ваши восемьдесят! Вон они в конверте для вас приготовлены! Но разве можно быть такой кислятиной? Отчего вы не протестуете? Чего молчите? Разве можно на этом свете не быть зубастой? Разве можно быть такой размазней?

Она кисло улыбнулась, и я прочел на ее лице: «Можно!»

Я попросил у нее прощение за жестокий урок и отдал ей, к великому ее удивлению, все восемьдесят. Она робко замерсикала и вышла... Я поглядел ей вслед и подумал: легко на этом свете быть сильным!

Патриот своего отечества

Маленький немецкий городок. Имя этого городка носит одна из известнейших целебных вод. В нем больше отелей, чем домов, и больше иностранцев, чем немцев.

Хорошее пиво, хорошеньких служанок и чудный вид вы можете найти в отеле, стоящем на краю (левом) города, на высокой горе, в тени прелестнейшего садика.

В один прекрасный вечер на террасе этого отеля, за белым мраморным столиком, сидело двое русских. Они пили пиво и играли в шашки. Оба старательно лезли «в дамки» и беседовали об успехах лечения. Оба приехали сюда лечиться от большого живота и ожирения печени.

Сквозь листву пахучих лип глядела на них немецкая луна... Маленький кокетливый ветерок нежно теребил российские усы и бороды и вдувал в уши русских толстячков чуднейшие звуки. У подножия горы играла музыка. Немцы праздновали годовщину какого-то немецкого события. Мотивы не доносились до вершины горы – далеко! Доносилась одна только мелодия... Мелодия меланхолическая, самая разнемецкая, плакучая, тягучая... Слушаешь ее – и сладко ныть хочется...

Русские лезли «в дамки» и задумчиво внимали. Оба были в блаженнейшем настроении духа. Шепот лип, кокетливый ветерок, мелодия со своей меланхолией – все это, вместе взятое, развезло их русские души.

– При этакой обстановке, Тарас Иваныч, хорошо тово... любить, – сказал один из них. – Влюбиться в какую-нибудь да по темной аллейке пройтись...

– М-да...

И наши русские завели речь о любви, о дружбе... Сладкие мгновения! Кончилось тем, что оба незаметно, бессознательно оставили в покое шашки, подперли свои русские головы кулаками и задумались.

Мелодия становилась все слышнее и слышнее. Скоро она уступила свое место мотиву. Стали слышны не только трубы и контрабасы, но и скрипки.

Русские поглядели вниз и увидели факельную процессию. Процессия двигалась вверх. Скоро сквозь липы блеснули красные огни факелов, послышалось стройное пение, и музыка загремела над самыми ушами русских. Молодые девушки, женщины, солдаты, бурши, старцы в мгновение наполнили длинную стройную аллею, осветили весь сад и страшно загалдели... Сзади несли бочонки с пивом и вином. Сыпали цветы и жгли разноцветные бенгальские огни.

Русские умилились духом. И им захотелось участвовать в процессии. Они взяли свои бутылки и смешались с толпой. Процессия остановилась на полянке за отелем. Вышел на средину какой-то старичок и сказал что-то. Ему аплодировали. Какой-то бурш взобрался на стол и произнес трескучую речь. За ним – другой, третий, четвертый... Говорили, взвизгивали, махали руками...

Петр Фомич умилился. В груди его стало светло, тепло, уютно. При виде говорящей толпы самому хочется говорить. Речь заразительна. Петр Фомич протискался сквозь толпу и остановился около стола. Помахав руками, он взобрался на стол. Еще раз помахал руками. Лицо его побагровело. Он покачнулся и закричал коснеющим, пьяным языком: «Ребята! Не... немцев бить!»

Счастье его, что немцы не понимают по-русски!

Случай из судебной практики

Дело происходило в N...ском окружном суде, в одну из последних его сессий.

На скамье подсудимых заседал N...ский мещанин Сидор Шельмецов, малый лет тридцати, с цыганским подвижным лицом и плутоватыми глазками. Обвиняли его в краже со взломом, мошенничестве и проживательстве по чужому виду. Последнее беззаконие осложнялось еще присвоением не принадлежащих титулов. Обвинял товарищ прокурора. Имя сему товарищу – легион. Особенных примет и качеств, дающих популярность и солидный гонорарий, он за собой ведать не ведает: подобен себе подобным. Говорит в нос, буквы «к» не выговаривает, ежеминутно сморкается.

Защищал же знаменитейший и популярнейший адвокат. Этого адвоката знает весь свет. Чудные речи его цитируются, фамилия его произносится с благоговением...

В плохих романах, оканчивающихся полным оправданием героя и аплодисментами публики, он играет немалую роль. В этих романах фамилию его производят от грома, молнии и других не менее внушительных стихий.

Когда товарищ прокурора сумел доказать, что Шельмецов виновен и не заслуживает снисхождения; когда он уяснил, убедил и сказал: «Я кончил», - поднялся защитник. Все навострили уши. Воцарилась тишина. Адвокат заговорил и... пошли плясать нервы N...ской публики! Он вытянул свою смугловатую шею, склонил набок голову, засверкал глазами, поднял вверх руку, и необъяснимая сладость полилась в напряженные уши. Язык его заиграл на нервах, как на балалайке... После первых же двух-трех фраз его кто-то из публики громко ахнул и вынесли из залы заседания какую-то бледную даму. Через три минуты председатель принужден был уже потянуться к звонку и трижды позвонить. Судебный пристав с красным носиком завертелся на своем стуле и стал угрожающе посматривать на увлеченную публику. Все зрачки расширились, лица побледнели от страстного ожидания последующих фраз, они вытянулись... А что делалось с сердцами?!

- Мы - люди, господа присяжные заседатели, будем же и судить по-человечески! - сказал между прочим защитник. - Прежде чем предстать пред вами, этот человек выстрадал шестимесячное предварительное заключение. В продолжение шести месяцев жена лишена была горячо любимого супруга, глаза детей не высыхали от слез при мысли, что около них нет дорогого отца! О, если бы вы посмотрели на этих детей! Они голодны, потому что их некому кормить, они плачут, потому что они глубоко несчастны... Да поглядите же! Они протягивают к вам свои ручонки, прося вас возвратить им их отца! Их здесь нет, но вы можете себе их представить. (Пауза.) Заключение... Гм... Его посадили рядом с ворами и убийцами... Его! (Пауза.) Надо только представить себе его нравственные муки в этом заключении, вдали от жены и детей, чтобы... Да что говорить?!

В публике послышались всхлипывания... Заплакала какая-то девушка с большой брошкой на груди. Вслед за ней захныкала соседка ее, старушонка.

Защитник говорил и говорил... Факты он миновал, а напирал больше на психологию.

– Знать его душу – значит знать особый, отдельный мир, полный движений. Я изучил этот мир... Изучая его, я, признаюсь, впервые изучил человека. Я понял человека... Каждое движение его души говорит за то, что в своем клиенте я имею честь видеть идеального человека...

Судебный пристав перестал глядеть угрожающе и полез в карман за платком. Вынесли из залы еще двух дам. Председатель оставил в покое звонок и надел очки, чтобы не заметили слезинки, навернувшейся в его правом глазу. Все полезли за платками. Прокурор, этот камень, этот лед, бесчувственнейший из организмов, беспокойно завертелся на кресле, покраснел и стал глядеть под стол... Слезы засверкали сквозь его очки.

«Было б мне отказаться от обвинения! – подумал он. – Ведь этакое фиаско потерпеть! А?»

– Взгляните на его глаза! – продолжал защитник (подбородок его дрожал, голос дрожал, и сквозь глаза глядела страдающая душа). Неужели эти кроткие, нежные глаза могут равнодушно глядеть на преступление? О, нет! Они, эти глаза, плачут! Под этими калмыцкими скулами скрываются тонкие нервы! Под этой грубой, уродливой грудью бьется далеко не преступное сердце! И вы, люди, дерзнете сказать, что он виноват?!

Тут не вынес и сам подсудимый. Пришла и его пора заплакать. Он замигал глазами, заплакал и беспокойно задвигался...

– Виноват! – заговорил он, перебивая защитника. – Виноват! Сознаю свою вину! Украл и мошенства строил! Окаянный я человек! Деньги я из сундука взял, а шубу краденую велел свояченице спрятать... Каюсь! Во всем виноват!

И подсудимый рассказал, как было дело. Его осудили.

Загадочная натура

Купе первого класса.

На диване, обитом малиновым бархатом, полулежит хорошенькая дамочка. Дорогой бахромчатый веер трещит в ее судорожно сжатой руке, pince-nez то и дело спадает с ее хорошенького носика, брошка на груди то поднимается, то опускается, точно ладья среди волн. Она взволнована… Против нее на диванчике сидит губернаторский чиновник особых поручений, молодой начинающий писатель, помещающий в губернских ведомостях небольшие рассказы или, как сам он называет, «новэллы» – из великосветской жизни… Он глядит ей в лицо, глядит в упор, с видом знатока. Он наблюдает, изучает, улавливает эту эксцентрическую, загадочную натуру, понимает ее, постигает… Душа ее, вся ее психология у него как на ладони.

– О, я постигаю вас! – говорит чиновник особых поручений, целуя ее руку около браслета. – Ваша чуткая, отзывчивая душа ищет выхода из лабиринта… Да! Борьба страшная, чудовищная, но… не унывайте! Вы будете победительницей! Да!

– Опишите меня, Вольдемар! – говорит дамочка, грустно улыбаясь. – Жизнь моя так полна, так разнообразна, так пестра… Но главное – я несчастна! Я страдалица во вкусе Достоевского… Покажите миру мою душу, Вольдемар, покажите эту бедную душу! Вы – психолог. Не прошло и часа, как мы сидим в купе и говорим, а вы уже постигли меня всю, всю!

– Говорите! Умоляю вас, говорите!

– Слушайте. Родилась я в бедной чиновничьей семье. Отец добрый малый, умный, но… дух времени и среды… vous comprenez[1], я не виню моего бедного отца. Он пил, играл в карты…

---

[1] Вы понимаете *(франц.)*.

брал взятки… Мать же… Да что говорить! Нужда, борьба за кусок хлеба, сознание ничтожества… Ах, не заставляйте меня вспоминать! Мне нужно было самой пробивать себе путь… Уродливое институтское воспитание, чтение глупых романов, ошибки молодости, первая робкая любовь… А борьба со средой? Ужасно! А сомнения? А муки зарождающегося неверия в жизнь, в себя?.. Ах! Вы писатель и знаете нас, женщин. Вы поймете… К несчастью, я наделена широкой натурой… Я ждала счастья, и какого! Я жаждала быть человеком! Да! Быть человеком – в этом я видела свое счастье!

– Чудная! – лепечет писатель, целуя руку около браслета. – Не вас целую, дивная, а страдание человеческое! Помните Раскольникова? Он так целовал.

– О, Вольдемар! Мне нужна была слава… шум, блеск, как для всякой – к чему скромничать? – недюжинной натуры. Я жаждала чего-то необыкновенного… не женского! И вот… И вот… подвернулся на моем пути богатый старик-генерал… Поймите меня, Вольдемар! Ведь это было самопожертвование, самоотречение, поймите вы! Я не могла поступить иначе. Я обогатила семью, стала путешествовать, делать добро… А как я страдала, как невыносимы, низменно-пошлы были для меня объятия этого генерала, хотя, надо отдать ему справедливость, в свое время он храбро сражался. Бывали минуты… ужасные минуты! Но меня подкрепляла мысль, что старик не сегодня-завтра умрет, что я стану жить, как хотела, отдамся любимому человеку, буду счастлива… А у меня есть такой человек, Вольдемар! Видит бог, есть!

Дамочка усиленно машет веером. Лицо ее принимает плачущее выражение.

– Но вот старик умер… Мне он оставил кое-что, я свободна, как птица. Теперь-то и жить мне счастливо… Не правда ли, Вольдемар? Счастье стучится ко мне в окно. Стоит только впустить его, но… нет! Вольдемар, слушайте, заклинаю вас! Теперь-то и отдаться любимому человеку, сделаться его подругой, помощницей, носительницей его идеалов, быть счастливой… отдохнуть… Но как все пошло, гадко и глупо на этом свете! Как все подло, Вольдемар! Я несчастна, несчастна, несчастна! На моем пути опять стоит препятствие! Опять я чувствую, что счастье мое далеко, далеко! Ах, сколько мук, если б вы знали! Сколько мук!

– Но что же? Что стало на вашем пути? Умоляю вас, говорите! Что же?

– Другой богатый старик…

Изломанный веер закрывает хорошенькое личико. Писатель подпирает кулаком свою многодумную голову, вздыхает и с видом знатока-психолога задумывается. Локомотив свищет и шикает, краснеют от заходящего солнца оконные занавесочки…

Верба

Кто ездил по почтовому тракту между Б. и Т.?

Кто ездил, тот, конечно, помнит и Андреевскую мельницу, одиноко стоящую на берегу речки Козявки. Мельница маленькая, в два постава… Ей больше ста лет, давно уже она не была в работе, и не мудрено поэтому, что она напоминает собой маленькую, сгорбленную, оборванную старушонку, готовую свалиться каждую минуту. И эта старушонка давно бы свалилась, если бы она не облокачивалась о старую, широкую вербу. Верба широкая, не обхватить ее и двоим. Ее лоснящаяся листва спускается на крышу, на плотину; нижние ветви купаются в воде и стелются по земле. Она тоже стара и сгорблена. Ее горбатый ствол обезображен большим темным дуплом. Всуньте руку в дупло, и ваша рука увязнет в черном меду. Дикие пчелы зажужжат около вашей головы и зажалят. Сколько ей лет? Архип, ее приятель, говорит, что она была старой еще и тогда, когда он служил у барина во «французах», а потом у барыни в «неграх»; а это было слишком давно.

Верба подпирает и другую развалину – старика Архипа, который, сидя у ее корня, от зари до зари удит рыбку. Он стар, горбат, как верба, и беззубый рот его похож на дупло. Днем он удит, а ночью сидит у корня и думает. Оба, старуха-верба и Архип, день и ночь шепчут... Оба на своем веку видывали виды. Послушайте их...

Лет тридцать тому назад, в Вербное воскресенье, в день именин старухи-вербы, старик сидел на своем месте, глядел на весну и удил... Кругом было тихо, как всегда... Слышался только шепот стариков, да изредка всплескивала гуляющая рыба. Старик удил и ждал полдня. В полдень он начинал варить уху. Когда тень вербы начинала отходить от того берега, наступал полдень. Время Архип узнавал еще и по почтовым звонкам. Ровно в полдень через плотину проезжала Т-я почта.

И в это воскресенье Архипу послышались звонки. Он оставил удочку и стал глядеть на плотину. Тройка перевалила через бугор, спустилась вниз и шагом поехала к плотине. Почтальон спал. Въехав на плотину, тройка почему-то остановилась. Давно уже не удивлялся Архип, но на этот раз пришлось ему сильно удивиться. Случилось нечто необыкновенное. Ямщик оглянулся, беспокойно задвигался, сдернул с лица почтальона платок и взмахнул кистенем. Почтальон не пошевельнулся. На его белокурой голове зазияло багровое пятно. Ямщик соскочил с телеги и, размахнувшись, нанес другой удар. Через минуту Архип услышал возле себя шаги: с берега спускался ямщик и шел прямо на него... Его загоревшее лицо было бледно, глаза тупо глядели бог знает куда. Трясясь всем телом, он подбежал к вербе и, не замечая Архипа, сунул в дупло почтовую сумку; потом побежал вверх, вскочил на телегу и, странно показалось Архипу, нанес себе по виску удар. Окровавив себе лицо, он ударил по лошадям.

– Караул! Режут! – закричал он.

Ему вторило эхо, и долго Архип слышал это «караул».

Дней через шесть на мельницу приехало следствие. Сняли план мельницы и плотины, измерили для чего-то глубину реки и, пообедав под вербой, уехали, а Архип во все время следствия сидел под колесом, дрожал и глядел в сумку. Там видел он конверты с пятью печатями. День и ночь глядел он на эти печати и думал, а старуха-верба днем молчала, а ночью плакала. «Дура!» – думал Архип, прислушиваясь к ее плачу. Через неделю Архип шел уже с сумкой в город.

– Где здесь присутственное место? – спросил он, войдя за заставу.

Ему указали на большой желтый дом с полосатой будкой у двери. Он вошел и в передней увидел барина со светлыми пуговицами. Барин курил трубку и бранил за что-то сторожа. Архип подошел к нему и, дрожа всем телом, рассказал про эпизод со старухой-вербой. Чиновник взял в руки сумку, расстегнул ремешки, побледнел, покраснел.

– Сейчас! – сказал он и побежал в присутствие. Там окружили его чиновники... Забегали, засуетились, зашептали... Через десять минут чиновник вынес Архипу сумку и сказал:

– Ты не туда, братец, пришел. Ты иди на Нижнюю улицу, там тебе укажут, а здесь казначейство, милый мой! Ты иди в полицию.

Архип взял сумку и вышел.

«А сумка полегче стала! – подумал он. – Наполовину меньше стала!»

На Нижней улице ему указали на другой желтый дом, с двумя будками. Архип вошел. Передней тут не было, и присутствие начиналось прямо с лестницы. Старик подошел к одному из столов и рассказал писцам историю сумки. Те вырвали у него из рук сумку, покричали на него и послали за старшим. Явился толстый усач. После короткого допроса он взял сумку и заперся с ней в другой комнате.

– А деньги же где? – послышалось через минуту из этой комнаты. – Сумка пуста! Скажите, впрочем, старику, что он может идти! Или задержать его! Отведите его к Ивану Марковичу! Нет, впрочем, пусть идет!

Архип поклонился и вышел. Через день караси и окуни опять уже видели его седую бороду...

Дело было глубокою осенью. Старик сидел и удил. Лицо его было так же мрачно, как и пожелтевшая верба: он не любил осени. Лицо его стало еще мрачней, когда он увидел возле себя ямщика. Ямщик, не замечая его, подошел к вербе и сунул в дупло руку. Пчелы, мокрые и ленивые, поползли по его рукаву. Пошарив немного, он побледнел, а через час сидел над рекой и бессмысленно глядел в воду.

– Где *она* ? – спрашивал он Архипа.

Архип сначала молчал и угрюмо сторонился убийцы, но скоро сжалился над ним.

– Я к начальству снес! – сказал он. – Но ты, дурень, не бойся... Я сказал там, что под вербой нашел...

Ямщик вскочил, взревел и набросился на Архипа. Долго он бил его. Избил его старое лицо, повалил на землю, топтал ногами. Побивши старика, он не ушел от него, а остался жить при мельнице, вместе с Архипом.

Днем он спал и молчал, а ночью ходил по плотине. По плотине гуляла тень почтальона, и он беседовал с ней. Наступила весна, а ямщик продолжал еще молчать и гулять. Однажды ночью подошел к нему старик.

– Будет тебе, дурень, слоняться! – сказал он ему, искоса поглядывая на почтальона. – Уходи.

И почтальон то же самое сказал... И верба прошептала то же...

– Не могу! – сказал ямщик. – Пошел бы, да ноги болят, душа болит!

Старик взял под руку ямщика и повел его в город. Он повел его на Нижнюю улицу, в то самое присутствие, куда отдал сумку. Ямщик упал перед «старшим» на колени и покаялся. Усач удивился.

– Чего на себя клепаешь, дурак! – сказал он. – Пьян? Хочешь, чтоб я тебя в холодную засадил? Перебесились все, мерзавцы! Только путают дело... Преступник не найден – ну, и шабаш! Что ж тебе еще нужно? Убирайся!

Когда старик напомнил про сумку, усач захохотал, а писцы удивились. Память, видно, у них плоха… Не нашел ямщик искупления на Нижней улице. Пришлось возвращаться к вербе…

И пришлось бежать от совести в воду, возмутить то именно место, где плавают поплавки Архипа. Утопился ямщик. На плотине видят теперь старик и старуха-верба две тени… Не с ними ли они шепчутся?

Вор

Пробило двенадцать. Федор Степаныч накинул на себя шубу и вышел на двор. Его охватило сыростью ночи… Дул сырой, холодный ветер, с темного неба моросил мелкий дождь. Федор Степаныч перешагнул через полуразрушенный забор и тихо пошел вдоль по улице. А улица широкая, что твоя площадь; редки в Европейской России такие улицы. Ни освещения, ни тротуаров… даже намеков нет на эту роскошь.

У заборов и стен мелькали темные силуэты горожан, спешивших в церковь. Впереди Федора Степаныча шлепали по грязи две фигуры. В одной из них, маленькой и сгорбленной, он узнал здешнего доктора, единственного на весь уезд «образованного человека». Старик-доктор не брезговал знакомством с ним и всегда дружелюбно вздыхал, когда глядел на него. На этот раз старик был в форменной старомодной треуголке, и голова его походила на две утиные головы, склеенные затылками. Из-под фалды его шубенки болталась шпага. Рядом с ним двигался высокий и худой человек, тоже в треуголке.

– Христос воскрес, Гурий Иваныч! – остановил доктора Федор Степаныч.

Доктор молча пожал ему руку и отпахнул кусочек шубы, чтобы похвастать перед *ссыльным* петличкой, в которой болтался «Станислав».

– А я, доктор, после заутрени хочу к вам пробраться, – сказал Федор Степаныч. – Вы уж позвольте мне у вас разговеться... Прошу вас... Я, бывало, *там* в эту ночь всегда в семье разговлялся. Воспоминанием будет...

– Едва ли это будет удобно... – сконфузился доктор. – У меня семейство, знаете ли... жена... Вы хотя и тово... но все-таки не тово... Все-таки предубеждение! Я, впрочем, ничего... Кгм... Кашель...

– А Барабаев? – проговорил Федор Степаныч, кривя рот и желчно ухмыляясь. – Барабаева со мной вместе судили, вместе нас выслали, а между тем он у вас каждый день обедает и чай пьет. Он больше украл, вот что!..

Федор Степаныч остановился и прислонился к мокрому забору: пусть пройдут. Далеко впереди него мелькали огоньки. Потухая и вспыхивая, они двигались по одному направлению.

«Крестный ход, – подумал ссыльный. – Как и *там* , у нас...»

От огоньков несся звон. Колокола-тенора заливались всевозможными голосами и быстро отбивали звуки, точно спешили куда-нибудь.

«Первая Пасха здесь, в этом холоде, – подумал Федор Степаныч, – и... не последняя. Скверно! А *там* теперь, небось...»

И он задумался о «*там* »... Там теперь под ногами не грязный снег, не холодные лужи, а молодая зелень; там ветер не бьет по лицу, как мокрая тряпка, а несет дыхание весны... Небо там темное, но звездное, с белой полосой на востоке... Вместо этого грязного забора зеленый палисадник и его домик с тремя окнами. За окнами светлые, теплые комнаты. В одной из них стол, покрытый белой скатертью, с куличами, закусками, водками...

«Хорошо бы теперь хватить тамошней водки! Здесь дрянная водка, пить нельзя...»

Наутро глубокий, хороший сон, за сном визиты, выпивка... Вспомнил он, разумеется, и Олю с ее кошачьей, плаксивой, хорошенькой рожицей. Теперь она спит, должно быть, и не снится он ей. Эти женщины скоро утешаются. Не будь Оли, не был бы он здесь.

Она подкузьмила его, глупца. Ей нужны были деньги, нужны ужасно, до болезни, как и всякой моднице! Без денег она не могла ни жить, ни любить, ни страдать...

– А если меня в Сибирь сошлют? – спросил он ее. – Пойдешь со мной?

– Разумеется! Хоть на край света!

Он украл, попался и пошел в эту Сибирь, а Оля смалодушествовала, не пошла, разумеется. Теперь ее глупая головка утопает в мягкой кружевной подушке, а ноги далеко от грязного снега.

«На суд разодетой явилась и ни разу не взглянула даже... Смеялась, когда защитник острил... Убить мало...»

И эти воспоминания сильно утомили Федора Степаныча. Он утомился, заболел, точно всем телом думал. Ноги его ослабели, подогнулись, и не хватило сил идти в церковь, к родной заутрене... Он воротился домой и, не снимая шубы и сапог, повалился на постель.

Над его кроватью висела клетка с птицей. Та и другая принадлежали хозяину. Птица какая-то странная, с длинным носом, тощая, ему неизвестная. Крылья у нее подрезаны, на голове повырваны перья. Кормят ее какой-то кислятиной, от которой воняет на всю комнату. Птица беспокойно возилась в клетке, стучала носом о жестянку с водой и пела то скворцом, то иволгой...

«Спать не дает! – подумал Федор Степаныч. – Че-ерт...»

Он поднялся и потряс рукой клетку. Птица замолчала. Ссыльный лег и о край кровати стащил с себя сапоги. Через минуту птица опять завозилась. Кусочек кислятины упал на его голову и повис в волосах.

– Ты не перестанешь? Не замолчишь? Тебя еще недоставало!

Федор Степаныч вскочил, рванул с остервенением клетку и швырнул ее в угол. Птица замолчала.

Но минут через десять она, показалось ссыльному, вышла из угла на средину комнаты и завертела носом в глиняном полу... Нос, как буравчик... Вертела, вертела, и нет конца ее носу. Захлопали крылья, и ссыльному показалось, что он лежит на полу и что по его вискам хлопают крылья... Нос, наконец, поломался, и все ушло в перья... Ссыльный забылся...

– Ты за што это тварь убил, душегубец? – услышал он под утро.

Федор Степаныч раскрыл глаза и увидел пред собой хозяина-раскольника, юродивого старца. Лицо хозяина дрожало от гнева и было покрыто слезами.

– За што ты, окаянный, убил мою пташку? Певунью-то мою за што ты убил, сатана чертова? А? Кого это ты? За што такое? Глаза твои бесстыжие, пес лютый! Уходи из моего дома, и чтоб духу твоего здесь не было! Сею минутою уходи! Сичас!

Федор Степаныч надел шубу и вышел на улицу. Утро было серое, пасмурное... Глядя на свинцовое небо, не верилось, чтобы высоко за ним могло сиять солнце. Дождь продолжал еще моросить...

– Бон-жур! С праздником, мон-шер! – услышал ссыльный, выйдя за ворота.

Мимо ворот на новенькой пролетке катил его земляк Барабаев. Земляк был в цилиндре и под зонтиком.

«Визиты делает! – подумал Федор Степаныч. – И тут, скотина, сумел примазаться... Знакомых имеет... Было б и мне побольше украсть!»

Подходя к церкви, Федор Степаныч услыхал другой голос, на этот раз женский. Навстречу ему ехал почтовый тарантас, набитый чемоданами. Из-за чемоданов выглядывала женская головка.

– Где здесь... Батюшки, Федор Степаныч! Вы ли это? – запищала головка.

Ссыльный подбежал к тарантасу, впился глазами в головку, узнал, схватил за руку...

– Неужели я не сплю?! Что такое? Ко мне?! Надумала, Оля?

– Где здесь Барабаев живет?

– А на что тебе Барабаев?

– Он меня выписал… Две тысячи, вообрази, прислал… По триста в месяц, кроме того, буду получать. Есть здесь театры?..

До самого вечера шатался ссыльный по городу и искал квартиры. Дождь лил весь день, и не показывалось солнце.

«Неужели эти звери могут жить без солнца? – думал он, меся ногами жидкий снег. – Веселы, довольны без солнца! Впрочем, у них свой вкус».

Раз в год

Маленький трехоконный домик княжны имеет праздничный вид. Он помолодел точно. Вокруг него тщательно подметено, ворота открыты, с окон сняты решетчатые жалюзи. Свежевымытые оконные стекла робко заигрывают с весенним солнышком. У парадной двери стоит швейцар Марк, старый и дряхлый, одетый в изъеденную молью ливрею. Его колючий подбородок, над бритьем которого провозились дрожащие руки целое утро, свежевычищенные сапоги и гербовые пуговицы тоже отражают в себе солнце. Марк выполз из своей каморки недаром. Сегодня день именин княжны, и он должен отворять дверь визитерам и выкрикивать их имена. В передней пахнет не кофейной гущей, как обыкновенно, не постным супом, а какими-то духами, напоминающими запах яичного мыла. В комнатах старательно прибрано. Повешены гардины, снята кисея с картин, навощены потертые, занозистые полы. Злая Жулька, кошка с котятами и цыплята заперты до вечера в кухню.

Сама княжна, хозяйка трехоконного домика, сгорбленная и сморщенная старушка, сидит в большом кресле и то и дело поправляет складки своего белого кисейного платья. Одна только роза, приколотая к ее тощей груди, говорит, что на этом свете есть еще молодость! Княжна ожидает визитеров-поздравителей. У нее должны быть: барон Трамб с сыном, князь Халахадзе, камергер Бурластов, кузен генерал Битков и многие другие… человек двадцать! Они приедут и наполнят ее гостиную говором. Князь Халахадзе споет что-нибудь, а генерал Битков два часа будет просить у нее розу... А она знает, как держать себя с этими господами! Неприступность, величавость и грация будут сквозить во всех ее движениях... Приедут, между прочим, купцы Хтулкин и Переулков: для этих господ положены в передней лист бумаги и перо. Каждый сверчок знай свой шесток. Пусть распишутся и уйдут...

Двенадцать часов. Княжна поправляет платье и розу. Она прислушивается: не звонит ли кто? С шумом проезжает экипаж, останавливается. Проходят пять минут.

«Не к нам!» – думает княжна.

Да, не к вам, княжна! Повторяется история прошлых годов. Безжалостная история! В два часа княжна, как и в прошлом году, идет к себе в спальную, нюхает нашатырный спирт и плачет.

– Никто не приехал! Никто!

Около княжны суетится старый Марк. Он не менее огорчен: испортились люди! Прежде валили в гостиную, как мухи, а теперь...

– Никто не приехал! – плачет княжна. – Ни барон, ни князь Халахадзе, ни Жорж Бувицкий... Оставили меня! А ведь не будь меня, что бы из них вышло? Мне обязаны они своим счастьем, своей карьерой – только мне. Без меня из них ничего бы не вышло.

– Не вышло бы-с! – поддакивает Марк.

– Я не прошу благодарности... Не нужна она мне! Мне нужно чувство! Боже мой, как обидно! Даже племянник Жан не приехал. Отчего он не приехал? Что я ему худого сделала? Я заплатила по всем его векселям, выдала замуж его сестру Таню за хорошего человека. Дорого мне стоит этот Жан! Я сдержала слово, данное моему брату, его отцу... Я истратила на него... сам знаешь...

– И родителям их вы, можно сказать, ваше сиятельство, заместо родителей были.

– И вот... вот она благодарность! О люди!

В три часа, как и в прошлом году, с княжной делается истерический припадок. Встревоженный Марк надевает свою шляпу с галунами, долго торгуется с извозчиком и едет к племяннику Жану. К счастью, меблированные комнаты, в которых обитает князь Жан, не слишком далеко… Марк застает князя валяющимся на кровати. Жан только что воротился со вчерашней попойки. Его помятое мордастое лицо багрово, на лбу пот. В голове его шум, в желудке революция. Он рад бы уснуть, да нельзя: мутит. Его скучающие глаза устремлены на рукомойник, наполненный доверху сором и мыльной водой.

Марк входит в грязный номер и, брезгливо пожимаясь, робко подходит к кровати.

– Нехорошо-с, Иван Михалыч! – говорит он, укоризненно покачивая головой. – Нехорошо-с!

– Что нехорошо?

– Почему вы сегодня не пожаловали вашу тетушку с ангелом поздравить? Нешто это хорошо?

– Убирайся к черту! – говорит Жан, не отрывая глаз от мыльной воды.

– Нешто это тетушке не обидно? А? Эх, Иван Михалыч, ваше сиятельство! Чувств у вас никаких нету! Ну с какой стати вы их огорчаете?

– Я не делаю визитов… Так и скажи ей. Этот обычай давно уже устарел… Некогда нам разъезжать. Разъезжайте сами, коли делать вам нечего, а меня оставьте. Ну, проваливай! Спать хочу…

– Спать хочу… Лицо-то небось воротите! Стыдно в глаза глядеть!

– Ну… тсс… Дрянь ты этакая! Паршак!

Продолжительное молчание.

– А уж вы, батюшка, съездите, поздравьте! – говорит Марк ласково. – Оне плачут, мечутся на постельке… Уж вы будьте такие добрые, окажите им свое почтение… Съездите, батюшка!

– Не поеду. Незачем и некогда… Да и что я буду делать у старой девки?

– Съездите, ваше сиятельство! Уважьте, батюшка! Сделайте такую милость! Страсть как огорчены оне вашею, можно сказать, неблагодарностью и бесчувствием!

Марк проводит рукавом по глазам.

– Сделайте милость!

– Гм… А коньяк будет? – говорит Жан.

– Будет, батюшка, ваше сиятельство!

Князь подмигивает глазом.

– Ну, а сто рублей будет? – спрашивает он.

– Никак это невозможно! Самим вам небезызвестно, ваше сиятельство, капиталов у нас уж нет тех, что были… Разорили нас родственники, Иван Михалыч. Когда были у нас деньги, все хаживали, а теперь… Божья воля!

– В прошлом году я за визит с вас… сколько взял? Двести рублей взял. А теперь и ста нет? Шутки шутишь, ворона! Поройся-ка у старухи, найдешь… Впрочем, убирайся. Спать хочу.

– Будьте так благодушны, ваше сиятельство! Стары оне, слабы… Душа в теле еле держится. Пожалейте их, Иван Михалыч, ваше сиятельство!

Жан неумолим. Марк начинает торговаться. В пятом часу Жан сдается, надевает фрак и едет к княжне…

– Ma tante[1], – говорит он, прижимаясь к ее руке.

И, севши на софу, он начинает прошлогодний разговор.

– Мари Крыскина, ma tante, получила письмо из Ниццы… Муженек-то! А? Каков? Очень развязно описывает дуэль, которая была у него с одним англичанином из-за какой-то певицы… забыл ее фамилию…

– Неужели?

---

[1] Тетушка *(франц.)*.

Княжна закатывает глаза, всплескивает руками и с изумлением, смешанным с долею ужаса, повторяет:

– Неужели?

– Да... На дуэлях дерется, за певицами бегает, а тут жена... чахни и сохни по его милости... Не понимаю таких людей, ma tante!

Счастливая княжна поближе подсаживается к Жану, и разговор их затягивается... Подается чай с коньяком.

И в то время как счастливая княжна, слушая Жана, хохочет, ужасается, поражается, старый Марк роется в своих сундучках и собирает кредитные бумажки. Князь Жан сделал большую уступку. Ему нужно заплатить только пятьдесят рублей. Но, чтобы заплатить эти пятьдесят рублей, нужно перерыть не один сундучок!

Герой-барыня

Лидия Егоровна вышла на террасу пить утренний кофе. Время было уже близко к жаркому и душному полудню, однако это не помешало моей героине нарядиться в черное шелковое платье, застегнутое у самого подбородка и тисками сжимавшее талию. Она знала, что этот черный цвет идет к ее золотистым кудряшкам и строгому профилю, и расставалась с ним только ночью. Когда она сделала первый глоток из своей китайской чашечки, к террасе подошел почтальон и подал ей письмо. Письмо было от мужа: «Дядя не дал ни гроша, и твое имение продано. Ничего не поделал...» Лидия Егоровна побледнела, покачнулась на стуле и продолжала читать: «Уезжаю месяца на два в Одессу по важному делу. Целую».

– Разорены! На два месяца в Одессу... – простонала Лидия Егоровна. – К своей, значит, поехал... Боже мой!

Она подкатила глаза, зашаталась, ухватилась рукой за перила и готова уже была упасть, как послышались внизу голоса. На террасу взбирался ее сосед по даче и кузен, отставной генерал Зазубрин, старый, как анекдот о собаке Каквасе, и хилый, как новорожденный котенок. Он ступал еле-еле, осторожно, перебирая палкой ступени, словно боясь за их прочность. За ним семенил маленький бритый старичок, отставной профессор Павел Иванович Кнопка, в большом стародавнем цилиндре с широкими приподнятыми полями. Генерал, по обыкновению, был весь в пуху и крошках, а профессор поражал белизною своих одежд и гладкостью подбородка. Оба сияли.

– А мы к вам, шарманочка! – продребезжал генерал, довольный тем, что сумел по-своему переделать слово «charmante»[1]. – С добрым утром, фея! Фея пьет кофея…

Генерал сострил глупо, но Кнопка и Лидия Егоровна расхохотались. Моя героиня отдернула от перил руку, вытянулась и, бесконечно улыбаясь, протянула к гостям обе руки. Те облобызали и сели.

– Вы, кузен, вечно веселы! – начала кузина гостинный разговор. – Счастливый характер!

– Как, бишь, я сказал? Ах, да! Фея пьет кофея… Ха-ха-ха. А мы с герром профессором уж выкупались, позавтракали и визиты делаем… Беда мне с этим профессором! Жалуюсь вам, фея! Беда! Собираюсь его под суд отдать! Хе-хе-хе… Либерал! Вольтер, можно сказать!

– Что вы?! – улыбнулась Лидия Егоровна и подумала: «В Одессу на два месяца… к той…»

– Честное слово! Такие идеи проповедует… такие идеи! Совсем красный! А знаете ли вы, Павел Иванович, друг мой, кто красному рад? Знаете кто? Ххxе… Ответьте-ка! Вот вам и запятая, либералам!

– Каков генерал? – захохотал Кнопка, кривя свой ученый подбородок. – И мы, ваше превосходительство, сумеем вам, консерваторам, запятую поставить: одни только быки боятся красного! Ха-ха-ха… Что, съели-с?

---

[1] Прелестная *(франц.)*.

– Однако! Что вижу! У вас цветут олеандры! – послышался внизу террасы женский голос, и через минуту на террасу входила княгиня Дромадерова, соседка по даче. – Ах! У вас мужчины, а я такая растрепка! Извините, пожалуйста! О чем вы тут? Продолжайте, генерал, я не помешаю…

– Мы о красном-с! – продолжал Зазубрин. – А вот-с, кстати, о быках… Вы это верно, Павел Иванович, насчет быков! Раз в Грузии, где я баталионом командовал, бык увидал мою красную подкладку, испугался и полетел на меня… рогами прямо… Саблю пришлось обнажить. Честное слово! Спасибо, казак близко был и пикой его, каналью, отогнал… Чего вы смеетесь? Не верите? Ей-богу, отогнал…

Лидия Егоровна изумилась, ахнула и подумала: «В Одессе теперь… развратник!»

Кнопка заговорил о быках и буйволах. Княгиня Дромадерова заявила, что все это скучно. Заговорили о красной подкладке…

– Касательно этой подкладки у меня в памяти случай есть, – сказал Зазубрин, обсасывая сухарик. – Был у меня в баталионе полковничек, некий Конвертов, Петр Петрович… Старичок славный такой, добром его помянуть, простачок, басенник… Из простых солдафонов в высшие чины вышел, за заслуги особенные… В боях был. Любил я его, покойника. Лет ему семьдесят было, когда его в полковники произвели, на лошадь уж не умел садиться и подагрой его ломало во все корки. Вынет, бывало, на маневрах саблю из ножен, а вложить ее уже не может, ординарец вкладывал… Расстегнется, извините, а застегнуться уж и не может… И у этого расслабленника мечта в голове была генералом быть. Стар, слаб, помирать собирается, а мечтает… натура, значит, такая… воин! И в отставку не хотел из-за генеральства… Прослужил лет пять в полковниках, представили его… И что ж вы думаете? А? Вот судьба! Трах его паралич в самый тот раз, когда производство вышло… Отняло ему, сердяге, левую щеку и правую руку, да ноги поослабли сильно… Поневоле пришлось в отставку выйти и не довелось литых погонов носить честолюбцу! Взял отставку и поехал со своей старухой в Тифлис на покой. Едет, плачет и смеется, что его ямщик превосходительством обзывает. Одна щека плачет и смеется, а другая недвижима, как монумент. Одно только утешение осталось ему: красная подкладка. Идет по Тифлису, растопыривает фалды, как крылья, и показывает публике красноту. Знай, мол, кого видишь! Целый день по городу шкандыляет и хвастает подкладкой... Только и было у него, друга, радостей. В баню пойдет и разложит пальто на лавке подкладкой вверх... Утешался, утешался как малый дите, да и ослеп от старости. Наняли ему человека по городу его водить и подкладку показывать... Идет слепенький, седенький, еле-еле телепкается, о воздух спотыкается, а у самого на лице гордыня написана! Зима лютая, холод, а у него пальто нараспашку... Чудачок! Скоро за тем померла у него старушка. Хоронит ее, ноет, в могилку к ней просится и подкладку духовенству показывает. Приставили к нему другую особу, вдовицу какую-то, чтоб поберегла... А вдовица, известное дело, знает свою долю лучше хозяйской. Скопидомка... Сахарку припрячет, чайку там, копеечку... Кругом его ощипала. Щипала-щипала, ерзала-ерзала подлая баба, да и дошла до апофеоза! Взяла, стервоза, да и отпорола его красную подкладку себе на кофту, а вместо красной подкладки серенькую сарпинку подшила. Идет мой Петр Петрович, выворачивает перед публикой свое пальто, а сам, слепенький, и не видит, что у него вместо генеральской подкладки сарпинка с крапушками!..

Дромадерова нашла, что все это очень скучно, и заговорила о сыне-поручике. Перед обедом явились соседки – девицы Клянчины с maman. Они сели за рояль и запели любимую песню Зазубрина. Сели обедать.

– Отличный редис! – заметил профессор. – Где вы такой покупаете?

– Он теперь в Одессе... с этой женщиной! – ответила Лидия Егоровна.

– Что-с?

– Ах... Я не о том! Не знаю, где повар берет... Что это со мной?

И Лидия Егоровна, закинув назад голову, захохотала над своей рассеянностью... После обеда пришла толстая профессорша с детьми. Сели за карты. Вечером приезжали гости из города...

Только в ночь, проводив последнего гостя и простояв неподвижно, пока не перестали слышаться его шаги, Лидия Егоровна могла ухватиться одной рукой за те же перила, покачнуться и зарыдать.

– Мало того, что прокутил! Ему мало этого! Он еще изменил!

Из глаз вырвались на свободу горячие слезы, и бледное лицо исказилось отчаянием. Уж не было нужды в этикете, и она могла рыдать!

Черт знает на что уходит иногда силища!

Смерть чиновника

В один прекрасный вечер не менее прекрасный экзекутор, Иван Дмитрич Червяков, сидел во втором ряду кресел и глядел в бинокль на «Корневильские колокола». Он глядел и чувствовал себя на верху блаженства. Но вдруг... В рассказах часто встречается это «но вдруг». Авторы правы: жизнь так полна внезапностей! Но вдруг лицо его поморщилось, глаза подкатились, дыхание остановилось... он отвел от глаз бинокль, нагнулся и... апчхи!!! Чихнул, как видите. Чихать никому и нигде не возбраняется. Чихают и мужики, и полицеймейстеры, и иногда даже и тайные советники. Все чихают. Червяков нисколько не сконфузился, утерся платочком и, как вежливый человек, поглядел вокруг себя: не обеспокоил ли он кого-нибудь своим чиханьем? Но тут уж пришлось сконфузиться. Он увидел, что старичок, сидевший впереди него, в первом ряду кресел, старательно вытирал свою лысину и шею перчаткой и бормотал что-то. В старичке Червяков узнал статского генерала Бризжалова, служащего по ведомству путей сообщения.

«Я его обрызгал! – подумал Червяков. – Не мой начальник, чужой, но все-таки неловко. Извиниться надо».

Червяков кашлянул, подался туловищем вперед и зашептал генералу на ухо:

– Извините, ваше-ство, я вас обрызгал… я нечаянно…

– Ничего, ничего…

– Ради бога, извините. Я ведь… я не желал!

– Ах, сидите, пожалуйста! Дайте слушать!

Червяков сконфузился, глупо улыбнулся и начал глядеть на сцену. Глядел он, но уж блаженства больше не чувствовал. Его начало помучивать беспокойство. В антракте он подошел к Бризжалову, походил возле него и, поборовши робость, пробормотал:

– Я вас обрызгал, ваше-ство… Простите… Я ведь… не то чтобы…

– Ах, полноте… Я уж забыл, а вы все о том же! – сказал генерал и нетерпеливо шевельнул нижней губой.

«Забыл, а у самого ехидство в глазах, – подумал Червяков, подозрительно поглядывая на генерала. – И говорить не хочет. Надо бы ему объяснить, что я вовсе не желал… что это закон природы, а то подумает, что я плюнуть хотел. Теперь не подумает, так после подумает!..»

Придя домой, Червяков рассказал жене о своем невежестве. Жена, как показалось ему, слишком легкомысленно отнеслась к происшедшему; она только испугалась, а потом, когда узнала, что Бризжалов «чужой», успокоилась.

– А все-таки ты сходи, извинись, – сказала она. – Подумает, что ты себя в публике держать не умеешь!

– То-то вот и есть! Я извинялся, да он как-то странно… Ни одного слова путного не сказал. Да и некогда было разговаривать.

На другой день Червяков надел новый вицмундир, подстригся и пошел к Бризжалову объяснить… Войдя в приемную генерала, он увидел там много просителей, а между просителями и самого генерала, который уже начал прием прошений. Опросив несколько просителей, генерал поднял глаза и на Червякова.

– Вчера в «Аркадии», ежели припомните, ваше-ство, – начал докладывать экзекутор, – я чихнул-с и... нечаянно обрызгал... Изв...

– Какие пустяки... Бог знает что! Вам что угодно? – обратился генерал к следующему просителю.

«Говорить не хочет! – подумал Червяков, бледнея. – Сердится, значит... Нет, этого нельзя так оставить... Я ему объясню...»

Когда генерал кончил беседу с последним просителем и направился во внутренние апартаменты, Червяков шагнул за ним и забормотал:

– Ваше-ство! Ежели я осмеливаюсь беспокоить ваше-ство, то именно из чувства, могу сказать, раскаяния!.. Не нарочно, сами изволите знать-с!

Генерал состроил плаксивое лицо и махнул рукой.

– Да вы просто смеетесь, милостисдарь! – сказал он, скрываясь за дверью.

«Какие же тут насмешки? – подумал Червяков. – Вовсе тут нет никаких насмешек! Генерал, а не может понять! Когда так, не стану же я больше извиняться перед этим фанфароном! Черт с ним! Напишу ему письмо, а ходить не стану! Ей-богу, не стану!»

Так думал Червяков, идя домой. Письма генералу он не написал. Думал, думал, и никак не выдумал этого письма. Пришлось на другой день идти самому объяснять.

– Я вчера приходил беспокоить ваше-ство, – забормотал он, когда генерал поднял на него вопрошающие глаза, – не для того, чтобы смеяться, как вы изволили сказать. Я извинялся за то, что, чихая, брызнул-с... а смеяться я и не думал. Смею ли я смеяться? Ежели мы будем смеяться, так никакого тогда, значит, и уважения к персонам... не будет...

– Пошел вон!! – гаркнул вдруг посиневший и затрясшийся генерал.

– Что-с? – спросил шепотом Червяков, млея от ужаса.

– Пошел вон!! – повторил генерал, затопав ногами.

В животе у Червякова что-то оторвалось. Ничего не видя, ничего не слыша, он попятился к двери, вышел на улицу и поплелся... Придя машинально домой, не снимая вицмундира, он лег на диван и... помер.

Он понял!

Душное июньское утро. В воздухе висит зной, от которого клонится лист и покрывается трещиной земля. Чувствуется тоска за грозой. Хочется, чтобы всплакнула природа и прогнала дождевой слезой свою тоску.

Вероятно, и будет гроза. На западе синеет и хмурится какая-то полоска. Добро пожаловать!

По опушке леса крадется маленький сутуловатый мужичонок, ростом в полтора аршина, в огромнейших серо-коричневых сапогах и синих панталонах с белыми полосками. Голенища сапог спустились до половины. Донельзя изношенные, заплатанные штаны мешками отвисают у колен и болтаются, как фалды. Засаленный веревочный поясок сполз с живота на бедра, а рубаху так и тянет вверх к лопаткам.

В руках мужичонка ружье. Заржавленная трубка в аршин длиною, с прицелом, напоминающим добрый сапожный гвоздь, вделана в белый самоделковый приклад, выточенный очень искусно из ели, с вырезками, полосками и цветами. Не будь этого приклада, ружье не было бы похоже на ружье, да и с ним оно напоминает что-то средневековое, не теперешнее... Курок, коричневый от ржавчины, весь опутан проволокой и нитками. А всего смешнее белый лоснящийся шомпол, только что срезанный с вербы. Он сыр, свеж и много длиннее ствола.

Мужичонок бледен. Его косые, воспаленные глазки беспокойно глядят вверх и по сторонам. Жиденькая, козлиная бородка дрожит, как тряпочка, вместе с нижней губой. Он широко шагает, нагибает туловище вперед и, видимо, спешит. За ним, высунув свой длинный, серый от пыли язык, бежит большая дворняга, худая, как собачий скелет, с всклокоченной шерстью. На ее боках и хвосте висят большие клочья старой, отлинявшей шерсти. Задняя нога повязана тряпочкой: болит, должно быть. Мужичонок то и дело оборачивается к своему спутнику.

– Пшла! – говорит он пугливо.

Дворняга отскакивает назад, оглядывается и, постояв немного, продолжает шествовать за своим хозяином.

Охотник рад бы шмыгнуть в сторону, в лес, но нельзя: по краю стеной тянется густой колючий терновник, а за терновником высокий душный болиголов с крапивой. Но вот, наконец, тропинка. Мужичонок еще раз машет собаке и бросается по тропинке в кусты. Под ногами всхлипывает почва: тут еще не высохло. Пахнет сырьем и менее душно. По сторонам кусты, можжевельник, а до настоящего леса еще далеко, шагов триста.

В стороне что-то издает звук неподмазанного колеса. Мужичонок вздрагивает и косится на молодую ольху. На ольхе усматривает он черное подвижное пятнышко, подходит ближе и узнает в пятнышке молодого скворца. Скворец сидит на ветке и глядит себе под поднятое крылышко. Мужичонок топчется на одном месте, сбрасывает с себя шапку, прижимает к плечу приклад и начинает прицеливаться. Прицелившись, он поднимает курок и придерживает его, чтобы он не опустился раньше, чем следует. Пружина испорчена, собачка не действует, а курок не слушается: ходнем ходит. Скворец опускает крыло и начинает подозрительно поглядывать на стрелка. Еще секунда – и он улетит. Стрелок еще раз прицеливается и отнимает руку от курка. Курок, сверх ожидания, не опускается. Мужичонок разрывает ногтем какую-то ниточку, гнет проволочку и дает курку щелчок. Слышится щелканье, а за щелканьем выстрел. Стрелку сильно отдает в плечо. Видно, что он не пожалел пороха. Бросив наземь ружье, он бежит к ольхе и начинает шарить в траве. Около гнилого, заплесневелого сучка он находит кровяное пятно и пушок, а поискав еще немного, узнает в маленьком, еще горячем трупе, лежащем у самого ствола, свою жертву.

– В голову попал! – говорит он с восторгом дворняге.

Дворняга нюхает скворца и видит, что хозяин попал не в одну только голову. На груди зияет рана, перебита одна ножка, на клюве висит большая кровяная капля...

Мужичонок быстро лезет в карман за новым зарядом, причем из кармана сыплются на траву тряпочки, бумажки, ниточки. Он заряжает ружье и, готовый продолжать свою охоту, идет далее.

Как из земли вырастает перед ним поляк Кржевецкий, господский приказчик. Мужичонок видит его надменно-строгое, рыжеволосое лицо и холодеет от ужаса. Шапка сама собой валится с его головы.

– Вы что же это? Стреляете? – говорит поляк насмешливым голосом. – Очень приятно!

Охотник робко косится в сторону и видит воз с хворостом и около воза мужиков. Увлекшись охотой, он и не заметил, как набрел на людей.

– Как же вы смеете стрелять? – спрашивает Кржевецкий, возвышая голос. – Это, стало быть, ваш лес? Или, быть может, по-вашему, уже прошел Петров день? Вы кто такой?

– Павел Хромой, – еле-еле выговаривает мужичонок, прижимая к себе ружье. – Из Кашиловки.

– Из Кашиловки, черт побрал! Кто же позволял вам стрелять? – продолжает поляк, стараясь не делать ударения на втором слоге от конца. – Дайте сюда ружье!

Хромой подает поляку ружье и думает:

«Лучше б ты меня по морде, чем выкать...»

– И шапку давайте...

Хромой подает и шапку.

– Вот я вам покажу, как стрелять! Черт побрал! Пойдемте!

Кржевецкий поворачивается к нему спиной и шагает за заскрипевшим возом. Павел Хромой, ощупывая в кармане свою дичину, идет за ним.

Через час Кржевецкий и Хромой входят в просторную комнату с низким потолком и синими полинялыми стенами. Это господская контора. В конторе никого нет, но тем не менее сильно пахнет жильем. Посреди конторы – большой дубовый стол. На столе две-три счетные книги, чернильница с песочницей и чайник с отбитым носиком. Все это покрыто серым слоем пыли. В углу стоит большой шкаф, с которого давно уже слезла краска. На шкафу жестянка из-под керосина и бутыль с какою-то смесью. В другом углу маленький образ, затянутый паутиной…

– Надо будет акт составить, – говорит Кржевецкий. – Сейчас барину доложу и за урядником пошлю. Снимайте сапоги!

Хромой садится на пол и молча, дрожащими руками стаскивает с себя сапоги.

– Вы у меня не уйдете, – говорит приказчик, зевая. – А уйдете босиком, хуже будет. Сидите здесь и дожидайтесь, пока урядник придет…

Поляк запирает в шкаф сапоги и ружье и выходит из конторы.

По уходе Кржевецкого Хромой долго и медленно чешет свой маленький затылок, точно решает вопрос – где он. Он вздыхает и пугливо осматривается. Шкаф, стол, чайник без носика и образок глядят на него укоризненно, тоскливо… Мухи, которыми так изобилуют господские конторы, жужжат над его головой так жалобно, что ему делается нестерпимо жутко.

– Дззз… – жужжат мухи. – Попался? Попался?

По окну ползет большая оса. Ей хочется вылететь на воздух, но не пускает стекло. Ее движения полны скуки, тоски… Хромой пятится к двери, становится у косяка и, опустив руки по швам, задумывается...

Проходит час, другой, а он стоит у косяка, ждет и думает.

Глаза его косятся на осу.

«Отчего она, дура, в дверь не летит?» – думает он.

Проходит еще два часа. Кругом все тихо, беззвучно, мертво... Хромому начинает думаться, что про него забыли и что ему не скоро еще вырваться отсюда, как и осе, которая все еще, то и дело, падает со стекла. Оса уснет к ночи, – ну, а ему-то как быть?

– Так вот и люди, – философствует Хромой, глядя на осу. – Так и человек, стало быть... Есть место, где ему на волю выскочить, а он по невежеству и не знает, где оно, место-то это самое...

Наконец где-то хлопают дверью. Слышатся чьи-то поспешные шаги, и через минуту в контору входит маленький, толстенький человечек в широчайших брюках и помочах. Он без сюртука и без жилетки. На спине в уровень с лопатками идет полоса от пота; на груди такая же полоса. Это сам барин, Петр Егорыч Волчков, отставной подполковник. Толстое, красное лицо и вспотевшая лысина говорят, что он дорого бы дал, если бы вместо этой жары пристукнул крещенский мороз. Он страдает от зноя и духоты. По заплывшим, сонным глазам видно, что он только что поднялся со своей ужасно мягкой и душной перины.

Войдя, он прохаживается несколько раз вдоль по комнате, как бы не замечая Хромого, потом останавливается перед пленником и долго, пристально смотрит ему в лицо. Смотрит в упор, с презрением, которое сначала светится чуть заметно в одних только глазках, потом же постепенно разливается по всему жирному лицу. Хромой не выносит этого взгляда и опускает глаза. Ему стыдно...

– Покажи-ка, что ты убил! – шепчет Волчков. – Ну-кася, покажи, молодчик, Вильгельм Тель! Покажи, образина!

Хромой лезет в карман и достает оттуда несчастного скворца. Скворец уже потерял свой птичий образ. Он сильно помят и начинает сохнуть. Волчков презрительно усмехается и пожимает плечами.

– Дурак! – говорит он. – Дурандас ты! Дурында пустоголовая! И тебе не грех? И тебе не стыдно?

– Стыдно, батюшка Петр Егорыч! – говорит Хромой, пересиливая глотательные движения, мешающие ему говорить…

– Мало того, что ты, разбойник-июда, без спроса в моем лесу охотишься, ты смеешь еще идти против государственных законов! Разве тебе не известен закон, возбраняющий несвоевременную охоту? В законе сказано, чтобы никто не смел стрелять до Петрова дня. Тебе это не известно? Подойди-ка сюда!

Волчков подходит к столу; за ним идет к тому же столу и Хромой. Барин раскрывает книгу, долго перелистывает и начинает читать высоким протяжным тенором статью, возбраняющую охоту до Петрова дня.

– Так ты этого не знаешь? – спрашивает барин, окончив чтение.

– Как не знать? Знаем, ваше высокоблагородие. Да нешто мы понимаем? Нешто в нас есть понятие?

– А? Какое же тут понятие, ежели ты безо всякого смысла тварь божию портишь? Птичку вот эту убил. За что ты ее убил? Ты ее нешто можешь воскресить? Можешь, я тебя спрашиваю?

– Не могу, батюшка!

– А убил… И какая из этой птицы корысть, не понимаю! Скворец! Ни мяса, ни перья… Так… Взял себе да сдуру и убил…

Волчков щурит глаза и начинает выпрямлять у скворца перебитую ножку. Ножка отрывается и падает на босую ногу Хромого.

– Анафема ты, анафема! – продолжает Волчков. – Жада ты, хищник! От жадности ты этот поступок сделал! Видит пташку, и ему досадно, что пташка по воле летает, бога прославляет! Дай, мол, ее убью и… сожру… Жадность человеческая! Видеть тебя не могу! Не гляди и ты на меня своими глазами! Косая ты шельма, косая! Ты вот убил ее, а у нее, может быть, маленькие деточки есть… Пищат теперь…

Волчков делает плаксивую гримасу и, опустив руку к земле, показывает, как малы могут быть деточки...

– Не от жадности это я сделал, Петр Егорыч, – оправдывается дрожащим голосом Хромой.

– От чего же? Известно, от жадности!

– Никак нет, Петр Егорыч... Ежели я взял грех на душу, то не от жадности, не из корысти-с, Петр Егорыч! Нечистый попутал...

– Таковский ты, чтоб тебя нечистый попутал! Сам ты нечистого попутать можешь! Все вы, кашиловские, разбойники!

Волчков с сопеньем выпускает из груди струю воздуха, вбирает в себя новую порцию и продолжает, понизив голос:

– Что ж мне теперь с тобой делать? А? Принимая во внимание твое умственное убожество, тебя отпустить бы следовало; соображаясь же с поступком и твоею наглостью, тебе задать надо... Непременно надо... Довольно уж вас баловать... До-воль-но! Послал за урядником... Акт сейчас составим... Послал... Улика налицо... Пеняй на себя... Не я тебя наказываю, а тебя твой грех наказывает... Умел грешить, сумей и наказание претерпеть... Охо-хоххх... Господи, прости нас грешных! Беда с этими... Ну, как у вас яровое?..

– Ничего... милости господни...

– Чего же ты глазами моргаешь?

Хромой конфузливо кашляет в кулак и поправляет поясок.

– Чего глазами моргаешь? – повторяет Волчков. – Ты скворца убил, ты же и плакать собираешься?

– Ваше высокоблагородие! – говорит Хромой дребезжащей фистулой, громко, как бы собравшись с силами. – Вам, по вашему человеколюбию, обидно за то, что я птаху, положим, убил... Укоряете вы меня, это самое, не потому, стало быть, что вы барин есть, а потому, что обидно... по вашему человеколюбию... А мне нешто не обидно? Я человек глупый, хоть и без понятия, а и мне... обидно-с... Разрази господи...

– Так зачем же ты стрелял, ежели тебе обидно?

– Нечистый попутал. Дозвольте мне рассказать, Петр Егорыч! Я чистую правду, как перед богом… Пущай урядник наезжает… Мой грех, я за него и ответчик перед богом и судом, а вам всю сущую правду, как на духу… Дозвольте, ваше высокоблагородие!

– Да что мне позволять? Позволяй там или не позволяй, а все умного не скажешь. Мне что? Не я буду составлять… Говори! Чего же молчишь? Говори, Вильгельм Тель!

Хромой проводит рукавом по дрожащим губам. Глаза его делаются еще косее и мельче…

– Никакого мне антиресу нет от этого скворца, – говорит он. – Будь их, скворцов, хоть тыща, да что с них толку? Ни продашь, ни съешь, так только… пустяк один. Сами можете понимать…

– Нет, не говори… Ты охотник вот, а не понимаешь… Скворец, ежели поджаренный, в каше хорош… И соус можно… Как рябчик – один вкус почти…

И, как бы спохватившись за свой равнодушный тон, Волчков хмурится и добавляет:

– Узнаешь сейчас, какого он вкуса… Увидишь…

– Не разбираем мы вкусов… Был бы хлеб, Петр Егорыч… Самим небезызвестно… А убил скворца от тоски… Тоска прижала…

– Какая тоска?

– А нечистый знает, какая она! Дозвольте вам объяснить. Зачала она мучить меня с самой Святой, тоска-то эта… Дозвольте вам объяснить… Выхожу это я, значит, утром после заутрени, как пасхи освятили, и иду себе… Наши бабы впереди пошли, а я позади иду. Шел, шел да и остановился на плотине… Стою и смотрю на свет божий, как все в нем происходит, как всякая тварь и былинка, можно сказать, свое место знает… Утро рассвело и солнышко всходит… Вижу все это, радуюсь и на пташек гляжу, Петр Егорыч. Вдруг у меня в сердце что-то: ек! Екнуло, стало быть…

– Отчего же это?

– Оттого, что пташек увидал. Сейчас же мне в голову и мысль пришла. Хорошо бы, думаю, пострелять, да жалко, закон не приказывает. А тут еще в поднебесье две уточки пролетели, да куличок прокричал где-тось за речкой. Страсть как охоты захотел! С этаким воображением и домой пришел. Сижу, разговляюсь с бабами, а у самого в глазах пташки. Ем и слышу, как лес шумит и пташка кричит: цвиринь! цвиринь! Ах ты, господи! Хочется мне на охоту, да и шабаш! А водки как выпил, разговлямшись, так и совсем шальной стал. Голоса стал слышать. Слышно мне, как какой-то тоненький, словно как будто андельский, голосочек звенит тебе в ухе и рассказывает: поди, Пашка, постреляй! Наваждение! Могу предположить, ваше высокоблагородие, Петр Егорыч, што это самое чертененок, а не кто другой. И так сладко и тоненько, словно дите. С того утра и взяла меня, это самое, тоска. Сижу на призбе, опущу руки, как дурной, да и думаю себе... Думаю, думаю... И все у меня в воображении братец ваш, покойник, Сергей, стало быть, Егорыч, царство им небесное. Вспоминалось мне, глупому, как я с ними, с покойничком, на охоту хаживал. Я у ихнего высокоблагородия, дай им бог... в наипервейших охотниках состоял. Занимательно и трогательно им было, что я, косой на оба глаза, стрелять был артист! Хотели в город везти докторам показывать мою способность при моем безобразии-с. Удивительно и чувствительно оно было, Петр Егорыч. Выйдем мы, бывалыча, чуть свет, кликнем собак Кару и Ледку, да... аах! Верст тридцать в день проходим! Да что говорить! Петр Егорыч! Батюшка благородный! Истинно вам говорю, что окроме вашего братца во всем свете нет и не было человека настоящего! Жестокий они были человек, грозный, строптивый, но никто супротив него по охотничьей части устоять не мог! Его сиятельство, граф Тирборк, бился-бился со своею охотой, да так и помер завидуючи. Куда ему! И красоты той не было, и ружья такого в руках держать не приходилось, как у вашего братца!

Двустволка, извольте понимать, марсельская, фабрики Лепелье и компании. На двести шагов-с! Утку! Шутка сказать!

Хромой быстро вытирает губы и, мигая косыми глазами, продолжает:

– От них я и тоску эту самую получил. Как нет стрельбы, так и беда – за сердце душит!

– Баловство!

– Никак нет, Петр Егорыч! Всю Святую неделю как шальной ходил, не пил, не ел. На Фоминой почистил ружье, поисправил – отлегло малость. На Преполовенье опять затошнило. Тянет да и тянет на охоту, хоть ты тресни тут. Водку ходил пить – не помогает, еще того хуже. Не баловство-с! После водосвятья напился… Назавтра тоска пуще прежнего… Ломит тебя да из избы гонит… Так и гонит, так и гонит! Сила! Взял я ружье, вышел с ним на огород и давай галок стрелять! Набил их штук с десять, а самому не легче: в лес тянет… к болоту. Да и старуха срамить начала: «Галок нешто можно стрелять? Птица она неблагородная, и перед богом грех: неурожай будет, ежели галку убьешь». Взял, Петр Егорыч, и разбил ружье… Шут с ним! Отлегло…

– Баловство!

– Не баловство-с! Истинно вам говорю, что не баловство, Петр Егорыч! Дозвольте уж вам объяснить… Просыпаюсь вчера ночью. Лежу и думаю… Баба моя спит, и не с кем мне слово вымолвить. «А можно ли мое ружье таперича починить али нет?» – думаю. Встал да и давай починять.

– Ну?

– Ну, и ничего… Починил да выбежал с ним, как оглашенный. Поймался вот… Туда мне и дорога… Птицу эту саму взять да и по морде, чтобы понимал…

– Сейчас урядник придет… Ступай в сени!

– Пойду-с… И на духу каялся… Батюшка, отец Петра, тоже сказывает, что баловство… А по моему глупому предположению, как я это дело понимаю, это не баловство, а болесть… Все одно как запой… Один шут… Ты не хочешь, а тебя за душу тянет. Рад бы не пить, перед образом зарок даешь, а тебя подмывает: выпей! выпей! Пил, знаю...

Красный нос Волчкова делается багровым.

– Запой – другое дело, – говорит он.

– Одинаково-с! Разрази бог, одинаково-с! Истинно вам говорю!

И молчание... Молчат минут пять и друг на друга смотрят.

Багровый нос Волчкова делается темно-синим.

– Одно слово-с – запой... Сами изволите понимать по человеколюбию своему, какая это слабость есть.

Не по человеколюбию понимает подполковник, а по опыту.

– Ступай! – говорит он Хромому.

Хромой не понимает.

– Ступай и больше не попадайся!

– Сапожки пожалуйте-с! – говорит понявший и просиявший мужичонок.

– А где они?

– В шкафе-с...

Хромой получает свою обувь, шапку и ружье. С легкой душою выходит он из конторы, косится вверх, а на небе уж черная, тяжелая туча. Ветер шалит по траве и деревьям. Первые брызги уже застучали по горячей кровле. В душном воздухе делается все легче и легче.

Волчков пихает изнутри окно. Окно с шумом отворяется, и Хромой видит улетающую осу.

Воздух, Хромой и оса празднуют свою свободу.

Добродетельный кабатчик

(Плач оскудевшего)

«- Подай, голубчик, холодненькой закусочки... Ну и... водочки...»
(Надгробная эпитафия)

Сижу теперь, тоскую и мудрствую.

Во время оно в родовой усадьбе моей были куры, гуси, индейки - птица глупая, нерассудительная, но весьма и весьма вкусная. На моем конском заводе плодились и размножались «ах, вы, кони мои, кони...», мельницы не стояли без дела, копи уголь давали, бабы малину собирали. На десятинах преизбыточествовали флора и фауна, хочешь - ешь, хочешь - зоологией и ботаникой занимайся... Можно было и в первом ряду посидеть, и в картишки поиграть, и содержаночкой похвастать...

Теперь не то, совсем не то!

Год тому назад, на Ильин день, сидел я у себя на террасе и тосковал. Передо мной стоял чайник, засыпанный рублевым чаем... На душе кошки скребли, реветь хотелось...

Я тосковал и не заметил, как подошел ко мне Ефим Цуцыков, кабатчик, мой бывший крепостной. Он подошел и почтительно остановился возле стола.

- Вы бы приказали, барин, крышу выкрасить! - сказал он, ставя на стол бутылку водки. - Крыша железная, без краски ржавеет. А ржа, известно, ест... Дыры будут!

- За какие же деньги я выкрашу, Ефимушка? - говорю я. - Сам знаешь...

- Займите-с! Дыры будут, ежели... Да приказали бы еще, барин, сторожа в сад принанять... Деревья воруют!

- Ах, опять-таки нужны деньги!

- Я дам... Все одно, отдадите. Не в первый раз берете-то...

Отвалил мне Цуцыков пятьсот целковых, взял вексель и ушел. По уходе его я подпер голову кулаками и задумался о народе и его свойствах… Хотел даже в «Русь» статью писать…

– Благодетельствует мне, великодушничает… за что? За то, что я его… сек когда-то… Какое отсутствие злопамятности! Учитесь, иностранцы!

Через неделю загорелся у меня во дворе сарайчик. Первым прибежал на пожар Цуцыков. Он собственноручно разнес сарайчик и притащил свои брезенты, чтобы в случае чего укрыть ими мой дом. Он дрожал, был красен, мокр, точно свое добро отстаивал.

– Теперь новый строить нужно, – сказал он мне после пожара. – У меня лесок есть, пришлю… Приказали бы, барин, прудик почистить… Вчерась карасей ловили и весь невод о водоросль разорвали… Триста рублей стоит… Возьмите! Не впервой берете-то…

И так далее… Почистили пруд, выкрасили все крыши, ремонтировали конюшни – и все это на деньги Цуцыкова.

Неделю тому назад приходит ко мне Цуцыков, становится у дверей и почтительно кашляет в кулак.

– И не узнаешь теперь вашей усадьбы-то, – говорит он. – Графу аль князю впору жить… И пруды вычистили, и озимь посеяли, лошадушек завели…

– А все ты, Ефимушка! – говорю я, чуть не плача от умиления.

Встаю и самым искреннейшим образом обнимаю мужика…

– Бог даст, дела поправятся, все отдам, Ефимушка… С процентами. Дай мне еще раз обнять тебя!

– Все починили и благоустроили… Помог бог! Осталось теперь одно только: лисицу отседа выкурить…

– Какую лисицу, Ефимушка?

– Известно какую…

И, помолчав немного, Цуцыков добавляет:

– Судебный пристав там приехал… Вы бутылки приберите-то… Неравно пристав увидит… Подумает, что у меня в имении только и дела, что пьянство… Фатеру прикажете вам в деревне нанять аль в город поедете?

Сижу теперь и мудрствую.

Дочь Альбиона

К дому помещика Грябова подкатила прекрасная коляска с каучуковыми шинами, толстым кучером и бархатным сиденьем. Из коляски выскочил уездный предводитель дворянства Федор Андреич Отцов. В передней встретил его сонный лакей.

– Господа дома? – спросил предводитель.

– Никак нет-с. Барыня с детями в гости поехали, а барин с мамзелью-гувернанткой рыбу ловят-с. С самого утра-с.

Отцов постоял, подумал и пошел к реке искать Грябова. Нашел он его версты за две от дома, подойдя к реке. Поглядев вниз с крутого берега и увидев Грябова, Отцов прыснул… Грябов, большой, толстый человек с очень большой головой, сидел на песочке, поджав под себя по-турецки ноги, и удил. Шляпа у него была на затылке, галстук сполз набок. Возле него стояла высокая, тонкая англичанка с выпуклыми рачьими глазами и большим птичьим носом, похожим скорей на крючок, чем на нос. Одета она была в белое кисейное платье, сквозь которое сильно просвечивали тощие, желтые плечи. На золотом поясе висели золотые часики. Она тоже удила. Вокруг обоих царила гробовая тишина. Оба были неподвижны, как река, на которой плавали их поплавки.

– Охота смертная, да участь горькая! – засмеялся Отцов. – Здравствуй, Иван Кузьмич!

– А… это ты? – спросил Грябов, не отрывая глаз от воды. – Приехал?

– Как видишь… А ты все еще своей ерундой занимаешься! Не отвык еще?

– Кой черт… Весь день ловлю, с утра… Плохо что-то сегодня ловится. Ничего не поймал ни я, ни эта кикимора. Сидим, сидим и хоть бы один черт! Просто хоть караул кричи.

– А ты наплюй. Пойдем водку пить!

– Постой… Может быть, что-нибудь да поймаем. Под вечер рыба клюет лучше… Сижу, брат, здесь с самого утра! Такая скучища, что и выразить тебе не могу. Дернул же меня черт привыкнуть к этой ловле! Знаю, что чепуха, а сижу! Сижу, как подлец какой-нибудь, как каторжный, и на воду гляжу, как дурак какой-нибудь! На покос надо ехать, а я рыбу ловлю. Вчера в Хапоньеве преосвященный служил, а я не поехал, здесь просидел вот с этой стерлядью… с чертовкой с этой…

– Но… ты с ума сошел? – спросил Отцов, конфузливо косясь на англичанку. – Бранишься при даме… и ее же…

– Да черт с ней! Все одно, ни бельмеса по-русски не смыслит. Ты ее хоть хвали, хоть брани – ей все равно! Ты на нос посмотри! От одного носа в обморок упадешь! Сидим по целым дням вместе, и хоть бы одно слово! Стоит, как чучело, и бельмы на воду таращит.

Англичанка зевнула, переменила червячка и закинула удочку.

– Удивляюсь, брат, я немало! – продолжал Грябов. – Живет дурища в России десять лет, и хоть бы одно слово по-русски!.. Наш какой-нибудь аристократишка поедет к ним и живо по-ихнему брехать научится, а они… черт их знает! Ты посмотри на нос! На нос ты посмотри!

– Ну, перестань… Неловко… Что напал на женщину?

– Она не женщина, а девица… О женихах, небось, мечтает, чертова кукла. И пахнет от нее какою-то гнилью… Возненавидел, брат, ее! Видеть равнодушно не могу! Как взглянет на меня своими глазищами, так меня и покоробит всего, словно я локтем о перила ударился. Тоже любит рыбу ловить. Погляди: ловит и священнодействует! С презрением на все смотрит… Стоит, каналья, и сознает, что она человек и что, стало быть, она царь природы. А знаешь, как ее зовут? Уилька Чарльзовна Тфайс! Тьфу!.. и не выговоришь!

Англичанка, услышав свое имя, медленно повела нос в сторону Грябова и измерила его презрительным взглядом. С Грябова подняла она глаза на Отцова и его облила презрением. И все это молча, важно и медленно.

– Видал? – спросил Грябов, хохоча. – Нате, мол, вам! Ах ты, кикимора! Для детей только и держу этого тритона. Не будь детей, я бы ее и за десять верст к своему имению не подпустил... Нос точно у ястреба... А талия? Эта кукла напоминает мне длинный гвоздь. Так, знаешь, взял бы и в землю вбил. Постой... У меня, кажется, клюет...

Грябов вскочил и поднял удилище. Леска натянулась... Грябов дернул еще раз и не вытащил крючка.

– Зацепилась! – сказал он и поморщился. – За камень, должно быть... Черт возьми...

На лице у Грябова выразилось страдание. Вздыхая, беспокойно двигаясь и бормоча проклятья, он начал дергать за лесу. Дерганье ни к чему не привело. Грябов побледнел.

– Экая жалость! В воду лезть надо.

– Да ты брось!

– Нельзя... Под вечер хорошо ловится... Ведь этакая комиссия, прости господи! Придется лезть в воду. Придется! А если бы ты знал, как мне не хочется раздеваться! Англичанку-то турнуть надо... При ней неловко раздеваться. Все-таки ведь дама!

Грябов сбросил шляпу и галстук.

– Мисс... эээ... – обратился он к англичанке. – Мисс Тфайс! Же ву при...[1] Ну, как ей сказать? Ну, как тебе сказать, чтобы ты поняла? Послушайте... туда! Туда уходите! Слышишь?

Мисс Тфайс облила Грябова презрением и издала носовой звук.

---

[1] Я прошу вас (от *франц.* – Je vous prie).

– Что-с? Не понимаете? Ступай, тебе говорят, отсюда! Мне раздеваться нужно, чертова кукла! Туда ступай! Туда!

Грябов дернул мисс за рукав, указал ей на кусты и присел: ступай, мол, за кусты и спрячься там… Англичанка, энергически двигая бровями, быстро проговорила длинную английскую фразу. Помещики прыснули.

– Первый раз в жизни ее голос слышу… Нечего сказать, голосок! Не понимает! Ну, что мне делать с ней?

– Плюнь! Пойдем водки выпьем!

– Нельзя, теперь ловиться должно… Вечер… Ну, что ты прикажешь делать? Вот комиссия! Придется при ней раздеваться…

Грябов сбросил сюртук и жилет и сел на песок снимать сапоги.

– Послушай, Иван Кузьмич, – сказал предводитель, хохоча в кулак. – Это уж, друг мой, глумление, издевательство.

– Ее никто не просит не понимать! Это наука им, иностранцам!

Грябов снял сапоги, панталоны, сбросил с себя белье и очутился в костюме Адама. Отцов ухватился за живот. Он покраснел и от смеха и от конфуза. Англичанка задвигала бровями и замигала глазами… По желтому лицу ее пробежала надменная, презрительная улыбка.

– Надо остынуть, – сказал Грябов, хлопая себя по бедрам. – Скажи на милость, Федор Андреич, отчего это у меня каждое лето сыпь на груди бывает?

– Да полезай скорей в воду или прикройся чем-нибудь! Скотина!

– И хоть бы сконфузилась, подлая! – сказал Грябов, полезая в воду и крестясь. – Брр… холодная вода… Посмотри, как бровями двигает! Не уходит… Выше толпы стоит! Хе-хе-хе… И за людей нас не считает!

Войдя по колена в воду и вытянувшись во весь свой громадный рост, он мигнул глазом и сказал:

– Это, брат, ей не Англия!

Мисс Тфайс хладнокровно переменила червячка, зевнула и закинула удочку. Отцов отвернулся. Грябов отцепил крючок, окунулся и с сопеньем вылез из воды. Через две минуты он сидел уже на песочке и опять удил рыбу.

Краткая анатомия человека

Одного семинариста спросили на экзамене: «Что такое человек?» Он отвечал: «Животное»... И, подумав немного, прибавил: «но... разумное»... Просвещенные экзаменаторы согласились только со второй половиной ответа, за первую же влепили единицу.

Человека как анатомическое данное составляют:

Скелет , или, как говорят фельдшера и классные дамы, «шкилет». Имеет вид смерти. Покрытый простынею, «пужает насмерть», без простыни же – не насмерть.

Голова имеется у всякого, но не всякому нужна. По мнению одних, дана для того, чтобы думать, по мнению других – для того, чтобы носить шляпу. Второе мнение не так рискованно... Иногда содержит в себе мозговое вещество. Один околоточный надзиратель, присутствуя однажды на вскрытии скоропостижно умершего, увидал мозг. «Это что такое?» – спросил он доктора. – «Это то, чем думают», – отвечал доктор. Околоточный презрительно усмехнулся...

Лицо. Зеркало души, но только не у адвокатов. Имеет множество синонимов: морда, физиономия (у духовенства – физиогномия и лице), физия, физиомордия, рожество, образина, рыло, харя и проч.

Лоб. Его функции: стучать о пол при испрошении благ и биться о стену при неполучении этих благ. Очень часто дает реакцию на медь.

Глаза – полицеймейстеры головы. Блюдут и на ус мотают. Слепой подобен городу, из которого выехало начальство. В дни печалей плачут. В нынешние, беспечальные, времена плачут только от умиления.

Нос дан для насморков и обоняния. В политику не вмешивается. Изредка участвует в увеличении табачного акциза, чего ради и может быть причислен к полезным органам. Бывает красен, но не от вольнодумства – так полагают, по крайней мере, сведущие люди.

Язык. По Цицерону: hostis hominum et amicus diaboli feminarumque[1]. С тех пор, как доносы стали писаться на бумаге, остался за штатом. У женщин и змей служит органом приятного времяпрепровождения. Самый лучший язык – вареный.

Затылок нужен одним только мужикам на случай накопления недоимки. Орган для расходившихся рук крайне соблазнительный.

Уши. Любят дверные щели, открытые окна, высокую траву и тонкие заборы.

Руки. Пишут фельетоны, играют на скрипке, ловят, берут, ведут, сажают, бьют... У маленьких служат средством пропитания, у тех, кто побольше, – для отличия правой стороны от левой.

Сердце – вместилище патриотических и многих других чувств. У женщин – постоялый двор: желудочки заняты военными, предсердия – штатскими, верхушка – мужем. Имеет вид червонного туза.

Талия. Ахиллесова пятка читательниц «Модного света», натурщиц, швеек и прапорщиков-идеалистов. Любимое женское место у молодых женихов и у... продавцов корсетов. Второй наступательный пункт при любовно-объяснительной атаке. Первым считается поцелуй.

Брюшко. Орган не врожденный, а благоприобретенный. Начинает расти с чина надворного советника. Статский советник без брюшка – не действительный статский советник. (Каламбур?! Ха, ха!) У чинов ниже надворного советника называется брюхом, у купцов – нутром, у купчих – утробой.

---

[1] Враг людей и друг дьявола и женщин *(лат.)*.

Микитки. Орган в науке не исследованный. По мнению дворников, находится пониже груди, по мнению фельдфебелей - повыше живота.

Ноги растут из того места, ради которого природа березу придумала. В большом употреблении у почталионов, должников, репортеров и посыльных.

Пятки. Местопребывание души у провинившегося мужа, проговорившегося обывателя и воина, бегущего с поля брани.

Шведская спичка

(Уголовный рассказ)

I

Утром, 6 октября 1885 г., в канцелярию станового пристава 2-го участка С-го уезда явился прилично одетый молодой человек и заявил, что его хозяин, отставной гвардии корнет Марк Иванович Кляузов, убит. Заявляя об этом, молодой человек был бледен и крайне взволнован. Руки его дрожали, и глаза были полны ужаса.

- С кем я имею честь говорить? - спросил его становой.

- Псеков, управляющий Кляузова. Агроном и механик.

Становой и понятые, прибывшие вместе с Псековым на место происшествия, нашли следующее. Около флигеля, в котором жил Кляузов, толпилась масса народу. Весть о происшествии с быстротою молнии облетела окрестности, и народ, благодаря праздничному дню, стекался к флигелю со всех окрестных деревень. Стоял шум и говор. Кое-где попадались бледные, заплаканные физиономии. Дверь в спальню Кляузова найдена была запертой. Изнутри торчал ключ.

- Очевидно, злодеи пробрались к нему через окно, - заметил при осмотре двери Псеков.

Пошли в сад, куда выходило окно из спальни. Окно глядело мрачно, зловеще. Оно было занавешено зеленой полинялой занавеской. Один угол занавески был слегка заворочен, что давало возможность заглянуть в спальню.

– Смотрел ли кто-нибудь из вас в окно? – спросил становой.

– Никак нет, ваше высокородие, – сказал садовник Ефрем, маленький седовласый старичок с лицом отставного унтера. – Не до гляденья тут, коли все поджилки трясутся!

– Эх, Марк Иваныч, Марк Иваныч! – вздохнул становой, глядя на окно. – Говорил я тебе, что ты плохим кончишь! Говорил я тебе, сердяге, – не слушался! Распутство не доводит до добра!

– Спасибо Ефрему, – сказал Псеков, – без него мы и не догадались бы. Ему первому пришло на мысль, что здесь что-то не так. Приходит сегодня ко мне утром и говорит: «А отчего это наш барин так долго не просыпается? Целую неделю из спальни не выходит!» Как сказал он мне это, меня точно кто обухом... Мысль сейчас мелькнула... Он не показывался с прошлой субботы, а ведь сегодня воскресенье! Семь дней – шутка сказать!

– Да, бедняга... – вздохнул еще раз становой. – Умный малый, образованный, добрый такой. В компании, можно сказать, первый человек. Но распутник, царствие ему небесное! Я всего ожидал! Степан, – обратился становой к одному из понятых, – съезди сию минуту ко мне и пошли Андрюшку к исправнику, пущай доложит! Скажи: Марка Иваныча убили! Да забеги к уряднику – чего он там прохлаждается? Пущай сюда едет! А сам ты поезжай, как можно скорее, к следователю Николаю Ермолаичу и скажи ему, чтобы ехал сюда! Постой, я ему письмо напишу.

Становой расставил вокруг флигеля сторожей, написал следователю письмо и пошел к управляющему пить чай. Минут через десять он сидел на табурете, осторожно кусал сахар и глотал горячий, как уголь, чай.

– Вот-с... – говорил он Псекову. – Вот-с... Дворянин, богатый человек... любимец богов, можно сказать, как выразился Пушкин, а что из него вышло? Ничего! Пьянствовал, распутничал и... вот-с!.. убили.

Через два часа прикатил следователь. Николай Ермолаевич Чубиков (так зовут следователя), высокий, плотный старик лет шестидесяти, подвизается на своем поприще уже четверть столетия. Известен всему уезду как человек честный, умный, энергичный и любящий свое дело. На место происшествия прибыл с ним и его непременный спутник, помощник и письмоводитель Дюковский, высокий молодой человек лет двадцати шести.

– Неужели, господа? – заговорил Чубиков, входя в комнату Псекова и наскоро пожимая всем руки. – Неужели? Марка Иваныча? Убили? Нет, это невозможно! Не-воз-мож-но!

– Подите же вот... – вздохнул становой.

– Господи ты боже мой! Да ведь я же его в прошлую пятницу на ярмарке в Тарабанькове видел! Я с ним, извините, водку пил!

– Подите же вот... – вздохнул еще раз становой.

Повздыхали, поужасались, выпили по стакану чаю и пошли к флигелю.

– Расступись! – крикнул урядник народу.

Войдя во флигель, следователь занялся прежде всего осмотром двери в спальню. Дверь оказалась сосновою, выкрашенной в желтую краску и неповрежденной. Особых примет, могущих послужить какими-либо указаниями, найдено не было. Приступлено было ко взлому.

– Прошу, господа, лишних удалиться! – сказал следователь, когда после долгого стука и треска дверь уступила топору и долоту. – Прошу это в интересах следствия... Урядник, никого не впускать!

Чубиков, его помощник и становой открыли дверь и нерешительно, один за другим, вошли в спальню. Их глазам представилось следующее зрелище. У единственного окна стояла большая деревянная кровать с огромной пуховой периной. На измятой перине лежало скомканное измятое одеяло. Подушка в ситцевой наволочке, тоже сильно помятая, валялась на полу. На столике перед кроватью лежали серебряные часы и серебряная монета двадцатикопеечного достоинства. Тут же лежали и серные спички. Кроме кровати, столика и единственного стула, другой мебели в спальне не было. Заглянув под кровать, становой увидел десятка два пустых бутылок, старую соломенную шляпу и четверть водки. Под столиком валялся один сапог, покрытый пылью. Окинув взглядом комнату, следователь нахмурился и покраснел.

– Мерзавцы! – пробормотал он, сжимая кулаки.

– А где же Марк Иваныч? – тихо спросил Дюковский.

– Прошу вас не вмешиваться! – грубо сказал ему Чубиков. – Извольте осмотреть пол! Это второй такой случай в моей практике, Евграф Кузьмич, – обратился он к становому, понизив голос. – В 1870 году был у меня тоже такой случай. Да вы, наверное, помните... Убийство купца Портретова. Там тоже так. Мерзавцы убили и вытащили труп через окно...

Чубиков подошел к окну, отдернул в сторону занавеску и осторожно пихнул окно. Окно отворилось.

– Отворяется, значит, не было заперто... Гм!.. Следы на подоконнике. Видите? Вот след от колена... Кто-то лез оттуда... Нужно будет как следует осмотреть окно.

– На полу ничего особенного не заметно, – сказал Дюковский. – Ни пятен, ни царапин. Нашел одну только обгоревшую шведскую спичку. Вот она! Насколько я помню, Марк Иваныч не курил; в общежитии же он употреблял серные спички, отнюдь же не шведские. Эта спичка может служить уликой...

– Ах... замолчите, пожалуйста! – махнул рукой следователь. – Лезет со своей спичкой! Не терплю горячих голов! Чем спички искать, вы бы лучше постель осмотрели!

По осмотре постели Дюковский отрапортовал:

– Ни кровяных, ни каких-либо других пятен... Свежих разрывов также нет. На подушке следы зубов. Одеяло облито жидкостью, имеющею запах пива и вкус его же... Общий вид постели дает право думать, что на ней происходила борьба.

– Без вас знаю, что борьба! Вас не о борьбе спрашивают. Чем борьбу-то искать, вы бы лучше...

– Один сапог здесь, другого же нет налицо.

– Ну, так что же?

– А то, что его задушили, когда он снимал сапоги. Не успел он снять другого сапога, как...

– Понес!.. И почем вы знаете, что его задушили?

– На подушке следы зубов. Сама подушка сильно помята и отброшена от кровати на два с половиной аршина.

– Толкует, пустомеля! Пойдемте-ка лучше в сад. Вы бы лучше в саду посмотрели, чем здесь рыться... Это я и без вас сделаю.

Придя в сад, следствие прежде всего занялось осмотром травы. Трава под окном была помята. Куст репейника под окном у самой стены оказался тоже помятым. Дюковскому удалось найти на нем несколько поломанных веточек и кусочек ваты. На верхних головках были найдены тонкие волоски темно-синей шерсти.

– Какого цвета был его последний костюм? – спросил Дюковский у Псекова.

– Желтый, парусинковый.

– Отлично. Они, значит, были в синем.

Несколько головок репейника было срезано и старательно заворочено в бумагу. В это время приехали исправник Арцыбашев-Свистаковский и доктор Тютюев. Исправник поздоровался и тотчас же принялся удовлетворять свое любопытство; доктор же, высокий и в высшей степени тощий человек со впалыми глазами, длинным носом и острым подбородком, ни с кем не здороваясь и ни о чем не спрашивая, сел на пень, вздохнул и проговорил:

– А сербы опять взбудоражились! Что им нужно, не понимаю! Ах, Австрия, Австрия! Твои это дела!

Осмотр окна снаружи не дал решительно ничего; осмотр же травы и ближайших к окну кустов дал следствию много полезных указаний. Дюковскому удалось, например, проследить на траве длинную темную полосу, состоявшую из пятен и тянувшуюся от окна на несколько сажен в глубь сада. Полоса заканчивалась под одним из сиреневых кустов большим темно-коричневым пятном. Под тем же кустом был найден сапог, который оказался парой сапога, найденного в спальне.

– Это давнишняя кровь! – сказал Дюковский, осматривая пятна.

Доктор при слове «кровь» поднялся и лениво, мельком взглянул на пятна.

– Да, кровь, – пробормотал он.

– Значит, не задушен, коли кровь! – сказал Чубиков, язвительно поглядев на Дюковского.

– В спальне его задушили, здесь же, боясь, чтобы он не ожил, его ударили чем-то острым. Пятно под кустом показывает, что он лежал там относительно долгое время, пока они искали способов, как и на чем вынести его из сада.

– Ну, а сапог?

– Этот сапог еще более подтверждает мою мысль, что его убили, когда он снимал перед сном сапоги. Один сапог он снял, другой же, то есть этот, он успел снять только наполовину. Наполовину снятый сапог во время тряски и падения сам снялся...

– Сообразительность, посмотришь! – усмехнулся Чубиков. – Так и режет, так и режет! И когда вы отучитесь лезть со своими рассуждениями? Чем рассуждать, вы бы лучше взяли для анализа немного травы с кровью!

По осмотре и снятии плана местности следствие отправилось к управляющему писать протокол и завтракать. За завтраком разговорились.

– Часы, деньги и прочее... все цело, – начал разговор Чубиков. – Как дважды два – четыре, убийство совершено не с корыстными целями.

– Совершено человеком интеллигентным, – вставил Дюковский.

– Из чего же это вы заключаете?

– К моим услугам шведская спичка, употребления которой еще не знают здешние крестьяне. Употребляют этакие спички только помещики, и то не все. Убивал, кстати сказать, не один, а минимум трое: двое держали, а третий душил. Кляузов был силен, и убийцы должны были знать это.

– К чему могла послужить ему его сила, ежели он, положим, спал?

– Убийцы застали его за снимание м сапог. Снимал сапоги, значит не спал.

– Нечего выдумывать! Ешьте лучше!

– А по моему понятию, ваше высокоблагородие, – сказал садовник Ефрем, ставя на стол самовар, – пакость эту самую сделал никто другой, как Николашка.

– Весьма возможно, – сказал Псеков.

– А кто этот Николашка?

– Баринов камердинер, ваше высокоблагородие, – отвечал Ефрем. – Кому другому, как не ему? Разбойник, ваше высокоблагородие! Пьяница и распутник такой, что и не приведи царица небесная! Барину он водку завсегда носил, барина он укладывал в постелю... Кому же, как не ему? А еще тоже, смею предположить вашему высокоблагородию, похвалялся раз, шельма, в кабаке, что барина убьет. Из-за Акульки все вышло, из-за бабы... Была у него солдатка такая... Барину она пондравилась, они ее к себе приблизили, ну, а он... известно, осерчал... На кухне пьяный валяется теперь. Плачет... Врет, что барина жалко...

– А действительно, из-за Акульки можно осерчать, – сказал Псеков. – Она солдатка, баба, но... Недаром Марк Иваныч прозвал ее Наной. В ней есть что-то, напоминающее Нану... привлекательное...

– Видал... Знаю... – сказал следователь, сморкаясь в красный платок.

Дюковский покраснел и опустил глаза. Становой забарабанил пальцем по блюдечку. Исправник закашлялся и полез зачем-то в портфель. На одного только доктора, по-видимому, не произвело никакого впечатления напоминание об Акульке и Нане. Следователь приказал привести Николашку. Николашка, молодой долговязый парень с длинным рябым носом и впалой грудью, в пиджаке с барского плеча, вошел в комнату Псекова и поклонился следователю в ноги. Лицо его было сонно и заплакано. Сам он был пьян и еле держался на ногах.

– Где барин? – спросил его Чубиков.

– Убили, ваше высокоблагородие.

Сказав это, Николашка замигал глазами и заплакал.

– Знаем, что убили. А где он теперь? Тело-то его где?

– Сказывают, в окно вытащили и в саду закопали.

– Гм!.. О результатах следствия уже известно на кухне... Скверно. Любезный, где ты был в ту ночь, когда убили барина? В субботу, то есть?

Николашка поднял вверх голову, вытянул шею и задумался.

– Не могу знать, ваше высокоблагородие, – сказал он. – Был выпимши и не помню.

– Alibi! – шепнул Дюковский, усмехаясь и потирая руки.

– Так-с. Ну, а отчего это у барина под окном кровь?

Николашка задрал вверх голову и задумался.

– Скорей думай! – сказал исправник.

– Сичас. Кровь эта от пустяка, ваше высокоблагородие. Курицу я резал. Я ее резал очень просто, как обыкновенно, а она возьми да и вырвись из рук, возьми да побеги... От этого самого и кровь.

Ефрем показал, что, действительно, Николашка каждый вечер режет кур и в разных местах, но никто не видел, чтобы недорезанная курица бегала по саду, чего, впрочем, нельзя отрицать безусловно.

– Alibi, – усмехнулся Дюковский. – И какое дурацкое alibi!

– С Акулькой знавался?

– Был грех.

– А барин у тебя сманил ее?

– Никак нет. У меня Акульку отбили вот они-с, господин Псеков, Иван Михайлыч-с, а у Ивана Михайлыча отбил барин. Так дело было.

Псеков смутился и принялся чесать себе левый глаз. Дюковский впился в него глазами, прочел смущение и вздрогнул. На управляющем увидел он синие панталоны, на которые ранее не обратил внимания. Панталоны напомнили ему о синих волосках, найденных на репейнике. Чубиков, в свою очередь, подозрительно взглянул на Псекова.

– Ступай! – сказал он Николашке. – А теперь позвольте вам задать один вопрос, г. Псеков. Вы, конечно, были в субботу под воскресенье здесь?

– Да, в десять часов я ужинал с Марком Иванычем.

– А потом?

Псеков смутился и встал из-за стола.

– Потом… потом… Право, не помню, – забормотал он. – Я много выпил тогда… Не помню, где и когда уснул… Чего вы на меня все так смотрите? Точно я убил!

– Где вы проснулись?

– Проснулся в людской кухне на печи… Все могут подтвердить. Как я попал на печь, не знаю…

– Вы не волнуйтесь… Акулину вы знали?

– Ничего нет тут особенного…

– От вас она перешла к Кляузову?

– Да... Ефрем, подай еще грибов! Хотите чаю, Евграф Кузьмич?

Наступило молчание – тяжелое, жуткое, длившееся минут пять. Дюковский молчал и не отрывал своих колючих глаз от побледневшего лица Псекова. Молчание нарушил следователь.

– Нужно будет, – сказал он, – сходить в большой дом и поговорить там с сестрой покойного, Марьей Ивановной. Не даст ли она нам каких-либо указаний.

Чубиков и его помощник поблагодарили за завтрак и пошли в барский дом. Сестру Кляузова, Марью Ивановну, сорокапятилетнюю деву, застали они молящейся перед высоким фамильным киотом. Увидев в руках гостей портфели и фуражки с кокардами, она побледнела.

– Приношу, прежде всего, извинение за нарушение, так сказать, вашего молитвенного настроения, – начал, расшаркиваясь, галантный Чубиков. – Мы к вам с просьбой. Вы, конечно, уже слышали... Существует подозрение, что ваш братец, некоторым образом, убит. Божья воля, знаете ли... Смерти не миновать никому, ни царям, ни пахарям. Не можете ли вы помочь нам каким-либо указанием, разъяснением...

– Ах, не спрашивайте меня! – сказала Марья Ивановна, еще более бледнея и закрывая лицо руками. – Ничего я не могу вам сказать! Ничего! Умоляю вас! Я ничего... Что я могу? Ах, нет, нет... ни слова про брата! Умирать буду, не скажу!

Марья Ивановна заплакала и ушла в другую комнату. Следователи переглянулись, пожали плечами и ретировались.

– Чертова баба! – выругался Дюковский, выходя из большого дома. – По-видимому, что-то знает и скрывает. И у горничной что-то на лице написано... Постойте же, черти! Все разберем!

Вечером Чубиков и его помощник, освещенные бледнолицей луной, возвращались к себе домой; они сидели в шарабане и подводили в своих головах итоги минувшего дня. Оба были утомлены и молчали. Чубиков вообще не любил говорить в дороге, болтун же

Дюковский молчал в угоду старику. В конце пути, однако, помощник не вынес молчания и заговорил:

– Что Николашка причастен в этом деле, – сказал он, – non dubitandum est[1]. И по роже его видно, что он за штука... Alibi выдает его с руками и ногами. Нет также сомнения, что в этом деле не он инициатор. Он был только глупым, нанятым орудием. Согласны? Не последнюю также роль в этом деле играет и скромный Псеков. Синие панталоны, смущение, лежанье на печи от страха после убийства, alibi и Акулька.

– Мели, Емеля, твоя неделя. По-вашему, значит, тот и убийца, кто Акульку знал? Эх вы, горячка! Соску бы вам сосать, а не дела разбирать! Вы тоже за Акулькой ухаживали, – значит, и вы участник в этом деле?

– У вас тоже Акулька месяц в кухарках жила, но... я ничего не говорю. В ночь под то воскресенье я играл с вами в карты, видел вас, иначе бы я и к вам придрался. Дело, батенька, не в бабе. Дело в подленьком, гаденьком, скверненьком чувстве... Скромному молодому человеку не понравилось, видите ли, что не он верх взял. Самолюбие, видите ли... Мстить захотелось. Потом-с... Толстые губы его сильно говорят о чувственности. Помните, как он губами причмокивал, когда Акульку с Наной сравнивал? Что он, мерзавец, сгорает страстью – несомненно! Итак: оскорбленное самолюбие и неудовлетворенная страсть. Этого достаточно для того, чтобы совершить убийство. Двое в наших руках; но кто же третий? Николашка и Псеков держали. Кто же душил? Псеков робок, конфузлив, вообще трус. Николашки же не умеют душить подушкой; они действуют топором, обухом... Душил кто-то третий, но кто он?

Дюковский нахлобучил на глаза шляпу и задумался. Молчал он до тех пор, пока шарабан не подъехал к дому следователя.

---

1 Нет сомнения *(лат.)*.

– Эврика! – сказал он, входя в домик и снимая пальто. – Эврика, Николай Ермолаич! Не знаю только, как мне это раньше в голову не пришло. Знаете, кто третий?

– Отстаньте, пожалуйста! Вон ужин готов! Садитесь ужинать!

Следователь и Дюковский сели ужинать. Дюковский налил себе рюмку водки, поднялся, вытянулся и, сверкая глазами, сказал:

– Так знайте же, что третий, действовавший заодно с негодяем Псековым и душивший, – была женщина! Да-с! Я говорю о сестре убитого, Марье Ивановне!

Чубиков поперхнулся водкой и уставил глаза на Дюковского.

– Вы… не тово? Голова у вас… не тово? Не болит?

– Я здоров. Хорошо, пусть я с ума сошел, но чем вы объясните ее смущение при нашем появлении? Как вы объясните ее нежелание давать показания? Допустим, что это пустяки – хорошо! ладно! – так вспомните про их отношения! Она ненавидела своего брата! Она староверка, он развратник, безбожник… Вот где гнездится ненависть! Говорят, что он успел убедить ее в том, что он аггел сатаны. При ней он занимался спиритизмом!

– Ну, так что же?

– Вы не понимаете? Она, староверка, убила его из фанатизма! Мало того, что она убила плевел, развратника, она освободила мир от антихриста – и в этом, мнит она, ее заслуга, ее религиозный подвиг! О, вы не знаете этих старых дев, староверок! Прочитайте-ка Достоевского! А что пишут Лесков, Печерский!.. Она и она, хоть зарежьте! Она душила! О, ехидная баба! Разве не затем только стояла она у икон, когда мы вошли, чтобы отвести нам глаза? Дай, мол, стану и буду молиться, а они подумают, что я покойна, что я не ожидаю их! Это метод всех преступников-новичков. Голубчик, Николай Ермолаич! Родной мой! Отдайте мне это дело! Дайте мне лично довести его до конца! Милый мой! Я начал, я и до конца доведу!

Чубиков замотал головой и нахмурился.

– Мы и сами умеем трудные дела разбирать, – сказал он. – А ваше дело не лезть, куда не следует. Пишите себе под диктовку, когда вам диктуют, – вот ваше дело!

Дюковский вспыхнул, хлопнул дверью и вышел.

– Умница, шельма! – пробормотал, глядя ему вслед, Чубиков. – Бо-ольшая умница! Горяч только некстати. Нужно будет ему на ярмарке портсигар в презент купить…

На другой день утром к следователю был приведен из Кляузовки молодой парень с большой головой и заячьей губой, который, назвавшись пастухом Данилкой, дал очень интересное показание.

– Был я выпимши, – сказал он. – До полночи у кумы просидел. Идучи домой, спьяна полез в реку купаться. Купаюсь я… глядь! Идут по плотине два человека и что-то черное несут. «Тю!» – крикнул я на них. Они испужались и что есть духу давай стрекача к макарьевским огородам. Побей меня бог, коли то не барина волокли!

В тот же день перед вечером Псеков и Николашка были арестованы и отправлены под конвоем в уездный город. В городе они были посажены в тюремный замок.

II

Прошло двенадцать дней.

Было утро. Следователь Николай Ермолаич сидел у себя за зеленым столом и перелистывал «кляузовское» дело; Дюковский беспокойно, как волк в клетке, шагал из угла в угол.

– Вы убеждены в виновности Николашки и Псекова, – говорил он, нервно теребя свою молодую бородку. – Отчего же вы не хотите убедиться в виновности Марьи Ивановны? Вам мало улик, что ли?

– Я не говорю, что я не убежден. Я убежден, но не верится как-то… Улик настоящих нет, а все какая-то философия… Фанатизм, то да се…

– А вам непременно подавай топор, окровавленные простыни!.. Юристы! Так я же вам докажу! Вы перестанете у меня так халатно относиться к психической стороне дела! Быть вашей Марье Ивановне в Сибири! Я докажу! Мало вам философии, так у меня есть нечто вещественное… Оно покажет вам, как права моя философия! Дайте мне только поездить.

– О чем это вы?

– Про шведскую спичку-с… Забыли? А я не забыл! Я узнаю, кто зажигал ее в комнате убитого! Зажигал не Николашка, не Псеков, у которых при обыске спичек не оказалось, а третий, то есть Марья Ивановна. И я докажу!.. Дайте только поездить по уезду, поразузнать…

– Ну, ладно, садитесь… Давайте допрос делать.

Дюковский сел за столик и уткнул свой длинный нос в бумаги.

– Ввести Николая Тетехова! – крикнул следователь.

Ввели Николашку. Николашка был бледен и худ как щепка. Он дрожал.

– Тетехов! – начал Чубиков. – В 1879 г. вы судились у судьи 1-го участка за кражу и были приговорены к тюремному заключению. В 1882 г. вы вторично судились за кражу и вторично попали в тюрьму… Нам все известно…

На лице у Николашки выразилось удивление. Всеведение следователя изумило его. Но скоро удивление сменилось выражением крайней скорби. Он зарыдал и попросил позволения пойти умыться и успокоиться. Его увели.

– Ввести Псекова! – приказал следователь.

Ввели Псекова. Молодой человек за последние дни сильно изменился в лице. Он похудел, побледнел и осунулся. В глазах читалась апатия.

– Садитесь, Псеков, – сказал Чубиков. – Надеюсь, что сегодняшний раз вы будете благоразумны и не станете лгать, как те разы. Во все те дни вы отрицали свое участие в убийстве Кляузова, несмотря на всю массу улик, говорящих против вас. Это неразумно. Сознание облегчает вину. Сегодня я беседую с вами в последний раз. Если сегодня не сознаетесь, то завтра будет уже поздно. Ну, рассказывайте нам…

– Ничего я не знаю… И улик ваших не знаю, – прошептал Псеков.

– Напрасно-с! Ну, так позвольте же мне рассказать вам, как было дело. В субботу вечером вы сидели в спальне Кляузова и пили с ним водку и пиво (Дюковский вонзил свой взгляд в лицо Псекова и не отрывал его в продолжение всего монолога). Вам прислуживал Николай. В первом часу Марк Иванович заявил вам о своем желании ложиться спать. В первом часу он всегда ложился. Когда он снимал сапоги и отдавал вам приказания по хозяйству, вы и Николай, по данному знаку, схватили опьяневшего хозяина и опрокинули его на постель. Один из вас сел ему на ноги, другой на голову. В это время из сеней вошла известная вам женщина в черном платье, которая ранее условилась с вами относительно своего участия в этом преступном деле. Она схватила подушку и стала душить его ею. Во время борьбы потухла свеча. Женщина вынула из кармана коробку со шведскими спичками и зажгла свечу. Не так ли? Я по лицу вашему вижу, что говорю правду. Но далее. Задушив его и убедившись, что он не дышит, вы и Николай вытащили его через окно и положили около репейника. Боясь, чтобы он не ожил, вы ударили его чем-то острым. Затем вы понесли и положили его на некоторое время под сиреневый куст. Отдохнув и подумав, вы понесли его… Перенесли через плетень… Потом пошли по дороге… Далее следует плотина. Около плотины испугал вас какой-то мужик. Но что с вами?

Псеков, бледный как полотно, поднялся и зашатался.

– Мне душно! – сказал он. – Хорошо… пусть… Только я выйду… пожалуйста.

Псекова вывели.

– Наконец-таки сознался! – сладко потянулся Чубиков. – Выдал себя! Как я его ловко, однако! Так и засыпал…

– И женщину в черном не отрицает! – засмеялся Дюковский. – Но, однако, меня ужасно мучит шведская спичка! Не могу долее терпеть! Прощайте! Еду.

Дюковский надел фуражку и уехал. Чубиков начал допрашивать Акульку. Акулька заявила, что она знать ничего не знает…

– Жила я только с вами, а больше ни с кем! – сказала она.

В шестом часу вечера воротился Дюковский. Он был взволнован, как никогда. Руки его дрожали до такой степени, что он был не в состоянии расстегнуть пальто. Щеки его горели. Видно было, что он воротился не без новости.

– Veni, vidi, vici![1] – сказал он, влетая в комнату Чубикова и падая в кресло. – Клянусь вам честью, я начинаю веровать в свою гениальность. Слушайте, черт вас возьми совсем! Слушайте и удивляйтесь, старина! Смешно и грустно! В ваших руках уже есть трое… не так ли? Я нашел четвертого или, вернее – четвертую, ибо и эта есть женщина! И какая женщина! За одно прикосновение к ее плечам я отдал бы десять лет жизни! Но… слушайте… Поехал я в Кляузовку и давай вокруг нее описывать спираль. Посетил я на пути все лавочки, кабачки, погребки, спрашивая всюду шведские спички. Всюду мне говорили «нет». Колесил я до сей поры. Двадцать раз я терял надежду и столько же раз получал ее обратно. Валандался целый день и только час тому назад набрел на искомое. За три версты отсюда. Подают мне пачку из десяти коробочек. Одной коробки нет как нет… Сейчас: «Кто купил эту коробку?» Такая-то… «Пондравилось ей… пшикают». Голубчик мой! Николай Ермолаич! Что может иногда сделать человек, изгнанный из семинарии и начитавшийся Габорио, так уму непостижимо! С сегодняшнего дня начинаю уважать себя!.. Уффф… Ну, едем!

– Куда это?

---

[1] Пришел, увидел, победил! *(лат.)*

– К ней, к четвертой... Поспешить нужно, иначе... иначе я сгорю от нетерпения! Знаете, кто она? Не угадаете! Молоденькая жена нашего станового, старца Евграфа Кузьмича, Ольга Петровна – вот кто! Она купила ту коробку спичек!

– Вы... ты... вы... с ума сошел?

– Очень понятно! Во-первых, она курит. Во-вторых, она по уши была влюблена в Кляузова. Он отверг ее любовь для какой-нибудь Акульки. Месть. Теперь я вспоминаю, как однажды застал их в кухне за ширмой. Она клялась ему, а он курил ее папиросу и пускал ей дым в лицо. Но, однако, поедемте... Скорее, а то уже темнеет... Поедемте!

– Я еще не сошел с ума настолько, чтобы из-за какого-нибудь мальчишки беспокоить ночью благородную, честную женщину!

– Благородная, честная... Тряпка вы после этого, а не следователь! Никогда не осмеливался бранить вас, а теперь вы меня вынуждаете! Тряпка! Халат! Ну, голубчик, Николай Ермолаич! Прошу вас!

Следователь махнул рукой и плюнул.

– Прошу вас! Прошу не для себя, а в интересах правосудия! Умоляю, наконец! Сделайте мне одолжение хоть раз в жизни!

Дюковский стал на колени.

– Николай Ермолаич! Ну, будьте так добры! Назовите меня подлецом, негодяем, если я заблуждаюсь относительно этой женщины! Дело ведь какое! Дело-то! Роман, а не дело! На всю Россию слава пойдет! Следователем по особо важным делам вас сделают! Поймите вы, неразумный старик!

Следователь нахмурился и нерешительно протянул руку к шляпе.

– Ну, черт с тобой! – сказал он. – Едем.

Было уже темно, когда шарабан следователя подкатил к крыльцу станового.

– Какие мы свиньи! – сказал Чубиков, берясь за звонок. – Беспокоим людей.

– Ничего, ничего... Не робейте... Скажем, что у нас рессора лопнула.

Чубикова и Дюковского встретила на пороге высокая полная женщина, лет двадцати трех, с черными, как смоль, бровями и жирными, красными губами. Это была сама Ольга Петровна.

– Ах... очень приятно! – сказала она, улыбаясь во все лицо. – Как раз к ужину поспели. Моего Евграфа Кузьмича нет дома... У попа засиделся... Но мы и без него обойдемся... Садитесь! Вы это со следствия?..

– Да-с... У нас, знаете ли, рессора лопнула, – начал Чубиков, войдя в гостиную и усаживаясь в кресло.

– Вы сразу... ошеломите! – шепнул ему Дюковский. – Ошеломите!

– Рессора... Мм... да... Взяли и заехали.

– Ошеломите, вам говорят! Догадается, коли канителить будете!

– Ну, так делай, как сам знаешь, а меня избавь! – пробормотал Чубиков, вставая и отходя к окну. – Не могу! Ты заварил кашу, ты и расхлебывай!

– Да, рессора... – начал Дюковский, подходя к становихе и морща свой длинный нос. – Мы заехали не для того, чтобы... эээ... ужинать и не к Евграфу Кузьмичу. Мы приехали затем, чтобы спросить вас, милостивая государыня: где находится Марк Иванович, которого вы убили?

– Что? Какой Марк Иваныч? – залепетала становиха, и ее большое лицо вдруг, в один миг, залилось алой краской. – Я... не понимаю.

– Спрашиваю вас именем закона! Где Кляузов? Нам все известно!

– Через кого? – спросила тихо становиха, не вынося взгляда Дюковского.

– Извольте указать нам – где он!?

– Но откуда вы узнали? Кто вам рассказал?

– Нам все известно-с! Я требую именем закона!

Следователь, ободренный замешательством становихи, подошел к ней и сказал:

– Укажите нам, и мы уйдем. Иначе же мы...

– На что он вам?

– К чему эти вопросы, сударыня? Мы вас просим указать! Вы дрожите, смущены... Да, он убит, и, если хотите, убит вами! Сообщники выдали вас!

Становиха побледнела.

– Пойдемте, – сказала она тихо, ломая руки. – Он у меня в бане спрятан. Только, ради бога, не говорите мужу! Умоляю вас! Он не вынесет.

Становиха сняла со стены большой ключ и повела своих гостей через кухню и сени во двор. На дворе было темно. Накрапывал мелкий дождь. Становиха пошла вперед. Чубиков и Дюковский зашагали за ней по высокой траве, вдыхая в себя запахи дикой конопли и помоев, всхлипывавших под ногами. Двор был большой. Скоро кончились помои, и ноги почувствовали вспаханную землю. В темноте показались силуэты деревьев, а между деревьями – маленький домик с покривившеюся трубой.

– Это баня, – сказала становиха. – Но умоляю вас, не говорите никому!

Подойдя к бане, Чубиков и Дюковский увидели на дверях огромнейший висячий замок.

– Приготовьте огарок и спички! – шепнул следователь своему помощнику.

Становиха отперла замок и впустила гостей в баню. Дюковский чиркнул спичкой и осветил предбанник. Среди предбанника стоял стол. На столе рядом с маленьким толстеньким самоваром стоял супник с остывшими щами и блюдо с остатками какого-то соуса.

– Дальше!

Вошли в следующую комнату, в баню. Там тоже стоял стол. На столе большое блюдо с окороком, бутыль с водкой, тарелки, ножи, вилки.

– Но где же… этот? Где убитый? – спросил следователь.

– Он на верхней полочке! – прошептала становиха, все еще бледная и дрожащая.

Дюковский взял в руки огарок и полез на верхнюю полку. Там он увидел длинное человеческое тело, лежавшее неподвижно на большой пуховой перине. Тело издавало легкий храп…

– Нас морочат, черт возьми! – закричал Дюковский.

– Это не он! Здесь лежит какой-то живой болван. Эй, кто вы, черт вас возьми?

Тело потянуло в себя со свистом воздух и задвигалось. Дюковский толкнул его локтем. Оно подняло вверх руки, потянулось и приподняло голову.

– Кто это лезет? – спросил охрипший, тяжелый бас. – Тебе что нужно?

Дюковский поднес к лицу неизвестного огарок и вскрикнул. В багровом носе, взъерошенных, нечесаных волосах, в черных, как смоль, усах, из которых один был ухарски закручен и с нахальством глядел вверх на потолок, он узнал корнета Кляузова.

– Вы… Марк… Иваныч?! Не может быть! – Следователь взглянул наверх и замер…

– Это я, да… А это вы, Дюковский! Какого дьявола вам здесь нужно? А там, внизу, что еще за рожа? Батюшки, следователь! Какими судьбами?

Кляузов сбежал вниз и обнял Чубикова. Ольга Петровна шмыгнула в дверь.

– Какими путями? Выпьем, черт возьми! Тра-та-ти-то-том… Выпьем! Кто вас привел сюда, однако? Откуда вы узнали, что я здесь? Впрочем, все равно! Выпьем!

Кляузов зажег лампу и налил три рюмки водки.

– То есть, я тебя не понимаю, – сказал следователь, разводя руками. – Ты это или не ты?

– Будет тебе... Мораль читать хочешь? Не трудись! Юноша Дюковский, выпивай свою рюмку! Проведемте ж, друзья-я, эту... Чего смотрите? Пейте!

– Все-таки я не могу понять, – сказал следователь, машинально выпивая водку. – Зачем ты здесь?

– Почему же мне не быть здесь, ежели мне здесь хорошо?

Кляузов выпил и закусил ветчиной.

– Живу у становихи, как видишь. В глуши, в дебрях, как домовой какой-нибудь. Пей! Жалко, брат, мне ее стало! Сжалился, ну, и живу здесь, в заброшенной бане, отшельником... Питаюсь. На будущей неделе думаю убраться отсюда... Уж надоело...

– Непостижимо! – сказал Дюковский.

– Что же тут непостижимого?

– Непостижимо! Ради бога, как попал ваш сапог в сад?

– Какой сапог?

– Мы нашли один сапог в спальне, а другой в саду.

– А вам для чего это знать? Не ваше дело... Да пейте же, черт вас возьми. Разбудили, так пейте! Интересная история, братец, с этим сапогом. Я не хотел идти к Оле. Не в духе, знаешь, был, подшофе... Она приходит под окно и начинает ругаться... Знаешь, как бабы... вообще... Я, спьяна, возьми да и пусти в нее сапогом... Ха-ха... Не ругайся, мол. Она влезла в окно, зажгла лампу, да и давай меня мутузить пьяного. Вздула, приволокла сюда и заперла. Питаюсь теперь... Любовь, водка и закуска! Но куда вы? Чубиков, куда ты?

Следователь плюнул и вышел из бани. За ним, повесив голову, вышел Дюковский. Оба молча сели в шарабан и поехали. Никогда в другое время дорога не казалась им такою скучной и длинной, как в этот раз. Оба молчали. Чубиков всю дорогу дрожал от злости, Дюковский прятал свое лицо в воротник, точно боялся, чтобы темнота и моросивший дождь не прочли стыда на его лице.

Приехав домой, следователь застал у себя доктора Тютюева. Доктор сидел за столом и, глубоко вздыхая, перелистывал «Ниву».

– Дела-то какие на белом свете! – сказал он, встречая следователя, с грустной улыбкой. – Опять Австрия того!.. И Гладстон тоже некоторым образом…

Чубиков бросил под стол шляпу и затрясся.

– Скелет чертов! Не лезь ко мне! Тысячу раз говорил я тебе, чтобы ты не лез ко мне со своею политикой! Не до политики тут! А тебе, – обратился Чубиков к Дюковскому, потрясая кулаком, – а тебе… во веки веков не забуду!

– Но… шведская спичка ведь! Мог ли я знать!

– Подавись своей спичкой! Уйди и не раздражай, а то я из тебя черт знает что сделаю! Чтобы и ноги твоей не было!

Дюковский вздохнул, взял шляпу и вышел.

– Пойду запью! – решил он, выйдя за ворота, и побрел печально в трактир.

Становиха, придя из бани домой, нашла мужа в гостиной.

– Зачем следователь приезжал? – спросил муж.

– Приезжал сказать, что Кляузова нашли. Вообрази, нашли его у чужой жены!

– Эх, Марк Иваныч, Марк Иваныч! – вздохнул становой, поднимая вверх глаза. – Говорил я тебе, что распутство не доводит до добра! Говорил я тебе, – не слушался!

Отставной раб

– Наша речка извивалась змейкой, словно зигзага… Бежала она по полю изгибами, вертикулясами этакими, как поломанная… Когда, бывало, на гору взлезешь и вниз посмотришь, то всю ее, как на ладонке, видать. Днем она как зеркало, а ночью ртутью отливает. По бережку камыш стоит и в воду поглядывает... Красота! Тут камыш, там ивнячок, а там вербы...

Так расписывал Никифор Филимоныч, сидя в портерной за столиком и глотая пиво. Говорил он с увлечением, с жаром... Его морщинистое бритое лицо и коричневая шея вздрагивали и подергивались судорогой всякий раз, когда он подчеркивал в своем рассказе какое-либо особенно поэтическое место. Слушала его хорошенькая шестнадцатилетняя сиделица, Таня. Лежа грудью на прилавке и подперев голову кулаками, она, изумляясь, бледнея и не мигая глазами, восторженно ловила каждое слово.

Никифор Филимоныч каждый вечер бывал в портерной и беседовал с Таней. Любил он ее за сиротство и тихую ласковость, которою залито было все ее бледное востроглазое лицо. А кого он любил, тому отдавал все тайны своего прошлого. Начинал он беседы обыкновенно с самого начала – с описания природы. С природы переходил он на охоту, с охоты – на личность покойного барина, князя Свинцова.

– Знаменитый был человек! – рассказывал он про князя. – Славен он был не столько богатством и широтою земель, сколько характером. Он был донжуан-с.

– А что значит донжуан?

– Это обозначает, что он до женского пола большой донжуан был. Любил вашего брата. Все свое состояние на женский пол провалил. Да-с... А когда мы в Москве жили, у нас в грандателе почти весь верхний этаж на наши средства существовал. В Петербурге мы с баронессой фон Туссих большие связи имели и дитятю прижили. Баронесса эта самая в одну ночь все свое состояние в штосс проиграла и руки на себя наложить хотела, а князь не дал ей жизнь прикончить. Красивая была, молодая такая... Год с ним попуталась и померла... А как женщины любили его, Танечка! Как любили! Жить без него не могли!

– Он был красив?

– Какой... Старый был, некрасивый... Вот и вы бы, Танечка, ему понравились... Он любил таких худеньких, бледненьких... Вы не конфузьтесь. Чего конфузиться? Не врал я во веки веков и теперь не вру-с...

Потом Никифор Филимоныч принимался за описание экипажей, лошадей, нарядов... Во всем этом он знал толк. Потом начинал перечислять вина.

– А есть такие вина, что четвертную за бутылку стоит. Выпьешь ты рюмку, а у тебя в животе делается, словно ты от радости помер.

Тане более всего нравилось описание тихих лунных ночей... Летом шумная оргия в зелени, среди цветов, а зимой – в санях с теплой полостью, в санях, которые летят как молния.

– Летят санки-с, а вам кажется, что луна бежит... Чудно-с!

Долго рассказывал таким образом Никифор Филимоныч. Оканчивал он, когда мальчишка тушил над дверью фонарь и вносил в портерную дверную вывеску.

В один зимний вечер Никифор Филимоныч лежал пьяный под забором и простудился. Его свезли в больницу. Выписавшись через месяц из больницы, он уже не нашел в портерной своей слушательницы. Она исчезла.

Через полтора года шел Никифор Филимоныч в Москве по Тверской и продавал поношенное летнее пальто. Ему встретилась его любимица, Таня. Она, набеленная, расфранченная, в шляпе с отчаянно загнутыми полями, шла под руку с каким-то господином в цилиндре и чему-то громко хохотала... Старик поглядел на нее, узнал, проводил глазами и медленно снял шапку. По его лицу пробежало умиление, на глазах сверкнула слезинка.

– Ну, дай бог ей... – прошептал он. – Она хорошая.

И, надевши шапку, он тихо засмеялся.

Осенью

Время было близко к ночи.

В кабаке дяди Тихона сидела компания извозчиков и богомольцев. Их загнал в кабак осенний ливень и неистовый мокрый ветер, хлеставший по лицам, как плетью. Промокшие и уставшие путники сидели у стен на скамьях и, прислушиваясь к ветру, дремали. На лицах была написана скука. У одного извозчика, малого с рябым, исцарапанным лицом, лежала на коленях мокрая гармонийка: играл и машинально перестал.

Над дверью, вокруг тусклого, засаленного фонарика, летали дождевые брызги. Ветер выл волком, визжал и, видимо, старался сорвать с петель кабацкую дверь. Со двора слышалось фырканье лошадей и шлепанье по грязи. Было сыро и холодно.

За прилавком сидел сам дядя Тихон, высокий мордастый мужик с сонными, заплывшими глазками. Перед ним по сю сторону прилавка стоял человек лет сорока, одетый грязно, больше чем дешево, но интеллигентно. На нем было помятое, вымоченное в грязи летнее пальто, сарпинковые брюки и резиновые калоши на босую ногу. Голова, руки, заложенные в карманы, и худые, колючие локти его тряслись, как в лихорадке. Изредка по всему исхудалому телу, начиная с страшно испитого лица и кончая резиновыми калошами, пробегала легкая судорога.

– Дай Христа ради! – просил он Тихона разбитым, дребезжащим тенором. – Рюмочку… вот эту, маленькую. В долг ведь!

– Ладно… Много вас шляется тут, прохвостов!

Прохвост поглядел на Тихона с презрением, с ненавистью. Он убил бы его, если б можно было!

– Пойми ты, дура ты этакая, невежа! Не я прошу, нутро, выражаясь по-твоему, по-мужицкому, просит! Болезнь моя просит! Пойми!

– Нечего нам понимать. Отходи…

– Ведь если я не выпью сейчас, пойми ты это, если я не удовлетворю своей страсти, то я могу преступление совершить! Я бог знает что могу сделать! Видал ты, хам, на своем кабацком веку много пьяного люда; неужели же до сих пор ты не сумел уяснить себе, что это за люди? Это больные! На цепь их посади, бей, режь, а водки дай! Ну, покорнейше прошу! Сделай милость! Унижаюсь... Боже мой, как я унижаюсь!

Прохвост покачал головой и медленно сплюнул.

– Деньги давай, тогда и водка будет! – сказал Тихон.

– Где же мне взять денег? Все пропито! Все дотла! Пальто вот одно только осталось. Его дать тебе не могу, потому что оно на голом теле... Хочешь шапку?

Прохвост подал Тихону свою драповую шапочку, из которой кое-где выглядывала вата. Тихон взял шапку, оглядел ее и отрицательно покачал головой.

– И даром не надо... – сказал он. – Навоз...

– Не нравится? Ну, так в долг дай, ежели не нравится. Буду идти из города обратно, занесу тебе твой пятак. Подавись ты тогда этим пятаком! Подавись!

– Какой такой ты жулик? Что за человек? Зачем пришел?

– Выпить хочу. Не я хочу, болезнь моя хочет! Пойми!

– Чего беспокоишь? Много вас, шельмованных, по большой дороге шатается! Ступай вон проси православных, пущай угощают тебя Христа ради, коли желают, а я Христа ради только хлеб подаю. Сволочь!

– Дери ты с них, бедняков, а я уж... извини! Не мне их обирать! Не мне!

Прохвост вдруг оборвал свою речь, покраснел и обратился к богомольцам:

– А ведь это идея, православные! Пожертвуйте пятачишку! Нутро просит! Болен!

– Водицы выпей, – усмехнулся малый с рябым лицом.

Прохвосту стало совестно. Он закашлялся и умолк. Через минуту он опять умолял Тихона. В конце концов он заплакал и стал предлагать за рюмку водки свое мокрое пальто. В темноте не увидели его слез, а пальто не приняли, потому что в кабаке были богомолки, которые не пожелали видеть мужскую наготу.

– Что же мне теперь делать? – спросил тихо прохвост голосом, полным отчаяния. – Что же делать? Не выпить мне нельзя. Иначе я преступление совершу или на самоубийство решусь... Что же делать?

Он прошелся по кабаку.

Подъехал со звонками почтовый тарантас. Мокрый почтальон вошел в кабак, выпил стакан водки и вышел. Почта поехала дальше.

– Я тебе дам одну золотую вещь, – обратился прохвост к Тихону, ставши вдруг бледным, как полотно. – Изволь, я тебе дам. Так и быть... Хоть это подло, мерзко с моей стороны, но возьми... Я сделаю эту гадость, будучи невменяем... И на суде бы меня оправдали... Возьми, но только с условием: возвратить мне потом, когда обратно пойду. Даю тебе при свидетелях...

Прохвост полез мокрой рукой себе за пазуху и достал оттуда маленький золотой медальон. Он раскрыл его и мельком взглянул на портрет.

– Надо бы портрет вынуть, да некуда мне его положить: я весь мокрый. Черт с тобой, грабь с портретом. Только с условием... Голубчик мой, дорогой... я прошу... Ты пальцами не трогай за это лицо... Умоляю, голубчик! Ты извини меня за грубости, за то, что я с тобой грубо говорил... Я глуп... Не трогай пальцами и не гляди своими глазами на это лицо...

Тихон взял медальон, поглядел на пробу и положил его к себе в карман.

– Краденые часики, – сказал он, наливая стакан. – Ну ладно... пей...

Пьяница взял в руки стакан, сверкнул на него глазами, насколько хватило силы сверкнуть у его пьяных, мутных глаз, и выпил... выпил с чувством, с судорожной расстановкой. Пропив медальон с портретом, он стыдливо опустил глаза и пошел в угол. Там он примостился на скамье возле богомолки, съежился и закрыл глаза.

Прошло полчаса в тишине и безмолвии. Шумел только ветер, напевая в трубе свою осеннюю рапсодию. Богомолки стали молиться богу и бесшумно располагаться под скамьями на ночлег. Тихон раскрыл медальон и загляделся на женскую головку, улыбавшуюся из золотой рамочки кабаку, Тихону, бутылкам.

На дворе скрипнула телега. Послышалось «тпррр» и шлепанье по грязи... В кабак вбежал маленький мужичок в длинном тулупе и с острой бородой. Он был мокр и грязен.

– Ну-кася! – крикнул он, стуча пятаком о прилавок. – Стакан мадеры настоящей! Наливай!

И, ухарски повернувшись на одной ноге, он окинул взглядом всю компанию.

– Растаяли сахарные, тетка ваша подкурятина! Дождя испугались, ахиды! Нежные! А это что за изюмина?

Мужичонок прыгнул к прохвосту и поглядел ему в лицо.

– Вот туды! Барин! – сказал он. – Семен Сергеич! Господа наши! А? С какой такой стати вы в этом кабаке прохлаждаетесь? Нешто вам здесь место? Эх... мученик несчастный!

Барин взглянул на мужичонка и закрылся рукавом. Мужичонок вздохнул, покачал головой, отчаянно махнул обеими руками и пошел к прилавку пить водку.

– Это наш барин, – шепнул он Тихону, кивнув на прохвоста. – Наш помещик, Семен Сергеич. Видал, каков? На какого человека похож теперь? А? То-то вот... пьянство до какой степени...

Выпив водку, мужичонок вытер рукавом губы и продолжал:

– Я из его деревни. За четыреста верст отседа, из Ахтиловки... Крепостными у его отца были... Этакая жалость, брат! Этакая жалость! Славный такой господин был... Вон она, лошадка-то на дворе! Видишь? Это он мне на лошадку дал! Ха-ха! Судьба!

Через десять минут вокруг мужичонка сидели извозчики и богомольцы. Тихим, нервным тенорком, под шумок осени, рассказывал он им повесть. Семен Сергеич сидел в том же углу, закрыв глаза и бормоча. Он тоже слушал.

– Все это из одного малодушества вышло, – рассказывал мужичонок, двигаясь и жестикулируя руками. – С жиру… Господин он был богатый, большой, на всю, значит, губернию… Ешь, пей – не хочу! Сами, небось, видали… Сколько разов тут в коляске мимо этого самого кабака проезжал. Богатый был… Помню, лет пять тому назад едет через Микишкинский паром и заместо пятака рупь выкидывает… Из-за пустяшного предмета разоренье его началось. Первое дело – из-за бабы. Полюбил он, сердешный, одну городскую… Пуще жизни. Полюбилась ворона пуще ясна сокола… Марьей Егоровной, подлая, прозывалась, а фамилия такая чудная, что и не выговоришь. Полюбил и посватался, стало быть, как это по-божецки требуется. А она, известно, согласие дала, потому – барин он не из пустяшных, тверезый и при деньгах… Прохожу я однажды вечерком, помню это, через ихний сад; смотрю, а они сидят на лавочке и друг дружку целуют. Он ее раз, она, змея, его – два. Он ее за белу ручку, а она – вспых! так и жмется к ему, чтоб ей шут!.. Люблю говорит тебя, Сеня… А Сеня, как окаянный человек, ходит везде и счастьем похваляется сдуру… Тому рупь, тому два… Мне вот на лошадь дал… Всем нам долги простил на радостях. Подошло дело к свадьбе… Повенчались, как следовает… В самый раз, когда господам за ужин садиться, она возьми да и убеги в карете… В город к аблакату бежала, к полюбовнику. После венца-то, шкура! А? В самый настоящий момент! А? Очумел с той поры, запил… Вот как, видишь… Ходит, как шальной, и об ней, шкуре, думает. Любит! Должно, идет теперь пешком в город на нее одним глазочком взглянуть… Второе дело, братцы, откуда разоренье пошло, – зять, сестрин муж… Вздумал он за зятя в банковом обчестве поручиться… тысяч на тридцать… Зять, известно, знает, шельма, свою пользу и ухом своим собачьим не ведет, а с нашего взяли все тридцать тысяч… Глупый человек за глупость и муки терпит… Жена со своим аблакатом детей прижила, зять около

Полтавы именье купил, а наш ходит, как дурак, по кабакам да к нашему брату мужику с жалобой лезет: «Потерял я, братцы, веру! Не в кого мне теперь, это самое, верить!» Малодушество! У всякого человека свое горе бывает, так и пить, значит? Вот у нас, к примеру взять, старшина. Жена к себе учителя среди бела дня водит, мужнины деньги на хмель изводит, а старшина ходит себе да усмешки на лице делает... Поосунулся только малость...

– Кому какую бог силу дал... – вздохнул Тихон.

– Сила разная бывает – это правильно.

Долго мужичонок рассказывал. Когда он кончил, воцарилась в кабаке тишина.

– Эй, ты... как вас?.. несчастный человек! Иди, выпей! – сказал Тихон, обращаясь к барину.

Барин подошел к прилавку и с наслаждением выпил милостыню...

– Дай мне на минутку медальон! – шепнул он Тихону. – Посмотрю только и... отдам...

Тихон нахмурился и молча отдал ему медальон. Малый с рябым лицом вздохнул, покрутил головой и потребовал водки.

– Выпей, барин! Эх! Без водки хорошо, а с водкой еще лучше! При водке и горе не горе! Валяй!

Выпив пять стаканов, барин отправился в угол, раскрыл медальон и пьяными, мутными глазами стал искать дорогое лицо... Но лица уже не было... Оно было выцарапано из медальона ногтями добродетельного Тихона.

Фонарь вспыхнул и потух. В углу скороговоркой забредила богомолка. Малый с рябым лицом вслух помолился богу и растянулся на прилавке. Кто-то еще подъехал... А дождь лил и лил... Холод становился все сильней и сильней, и, казалось, конца не будет этой подлой, темной осени. Барин впивался глазами в медальон и все искал женское лицо... Тухла свеча.

Весна, где ты?

Толстый и тонкий

На вокзале Николаевской железной дороги встретились два приятеля: один толстый, другой тонкий. Толстый только что пообедал на вокзале, и губы его, подернутые маслом, лоснились, как спелые вишни. Пахло от него хересом и флер-д'оранжем. Тонкий же только что вышел из вагона и был навьючен чемоданами, узлами и картонками. Пахло от него ветчиной и кофейной гущей. Из-за его спины выглядывала худенькая женщина с длинным подбородком – его жена, и высокий гимназист с прищуренным глазом – его сын.

– Порфирий! – воскликнул толстый, увидев тонкого. – Ты ли это? Голубчик мой! Сколько зим, сколько лет!

– Батюшки! – изумился тонкий. – Миша! Друг детства! Откуда ты взялся?

Приятели троекратно облобызались и устремили друг на друга глаза, полные слез. Оба были приятно ошеломлены.

– Милый мой! – начал тонкий после лобызания. – Вот не ожидал! Вот сюрприз! Ну, да погляди же на меня хорошенько! Такой же красавец, как и был! Такой же душонок и щеголь! Ах ты, господи! Ну, что же ты? Богат? Женат? Я уже женат, как видишь… Это вот моя жена, Луиза, урожденная Ванценбах… лютеранка… А это сын мой, Нафанаил, ученик III класса. Это, Нафаня, друг моего детства! В гимназии вместе учились!

Нафанаил немного подумал и снял шапку.

– В гимназии вместе учились! – продолжал тонкий. – Помнишь, как тебя дразнили? Тебя дразнили Геростратом за то, что ты казенную книжку папироской прожег, а меня Эфиальтом за то, что я ябедничать любил. Хо-хо… Детьми были! Не бойся, Нафаня! Подойди к нему поближе… А это моя жена, урожденная Ванценбах… лютеранка.

Нафанаил немного подумал и спрятался за спину отца.

– Ну, как живешь, друг? – спросил толстый, восторженно глядя на друга. – Служишь где? Дослужился?

– Служу, милый мой! Коллежским асессором уже второй год и Станислава имею. Жалованье плохое… ну, да бог с ним! Жена уроки музыки дает, я портсигары приватно из дерева делаю. Отличные портсигары! По рублю за штуку продаю. Если кто берет десять штук и более, тому, понимаешь, уступка. Пробавляемся кое-как. Служил, знаешь, в департаменте, а теперь сюда переведен столоначальником по тому же ведомству… Здесь буду служить. Ну, а ты как? Небось, уже статский? А?

– Нет, милый мой, поднимай повыше, – сказал толстый. – Я уже до тайного дослужился… Две звезды имею.

Тонкий вдруг побледнел, окаменел, но скоро лицо его искривилось во все стороны широчайшей улыбкой; казалось, что от лица и глаз его посыпались искры. Сам он съежился, сгорбился, сузился… Его чемоданы, узлы и картонки съежились, поморщились… Длинный подбородок жены стал еще длиннее; Нафанаил вытянулся во фрунт и застегнул все пуговки своего мундира…

– Я, ваше превосходительство… Очень приятно-с! Друг, можно сказать, детства и вдруг вышли в такие вельможи-с! Хи-хи-с.

– Ну, полно! – поморщился толстый. – Для чего этот тон? Мы с тобой друзья детства – и к чему тут это чинопочитание!

– Помилуйте… Что вы-с… – захихикал тонкий, еще более съеживаясь. – Милостивое внимание вашего превосходительства… вроде как бы живительной влаги… Это вот, ваше превосходительство, сын мой Нафанаил… жена Луиза, лютеранка, некоторым образом…

Толстый хотел было возразить что-то, но на лице у тонкого было написано столько благоговения, сладости и почтительной кислоты, что тайного советника стошнило. Он отвернулся от тонкого и подал ему на прощанье руку.

Тонкий пожал три пальца, поклонился всем туловищем и захихикал, как китаец: «Хи-хи-хи». Жена улыбнулась. Нафанаил шаркнул ногой и уронил фуражку. Все трое были приятно ошеломлены.

Клевета

Учитель чистописания Сергей Капитоныч Ахинеев выдавал свою дочку Наталью за учителя истории и географии Ивана Петровича Лошадиных. Свадебное веселье текло как по маслу. В зале пели, играли, плясали. По комнатам, как угорелые, сновали взад и вперед взятые напрокат из клуба лакеи в черных фраках и белых запачканных галстуках. Стоял шум и говор. Учитель математики Тарантулов, француз Падекуа и младший ревизор контрольной палаты Егор Венедиктыч Мзда, сидя рядом на диване, спеша и перебивая друг друга, рассказывали гостям случаи погребения заживо и высказывали свое мнение о спиритизме. Все трое не верили в спиритизм, но допускали, что на этом свете есть много такого, чего никогда не постигнет ум человеческий. В другой комнате учитель словесности Додонский объяснял гостям случаи, когда часовой имеет право стрелять в проходящих. Разговоры были, как видите, страшные, но весьма приятные. В окна со двора засматривали люди, по своему социальному положению не имевшие права войти внутрь.

Ровно в полночь хозяин Ахинеев прошел в кухню поглядеть, все ли готово к ужину. В кухне от пола до потолка стоял дым, состоявший из гусиных, утиных и многих других запахов. На двух столах были разложены и расставлены в художественном беспорядке атрибуты закусок и выпивок. Около столов суетилась кухарка Марфа, красная баба с двойным перетянутым животом.

– Покажи-ка мне, матушка, осетра! – сказал Ахинеев, потирая руки и облизываясь. – Запах-то какой, миазма какая! Так бы и съел всю кухню! Ну-кася, покажи осетра!

Марфа подошла к одной из скамей и осторожно приподняла засаленный газетный лист. Под этим листом, на огромнейшем блюде, покоился большой заливной осетр, пестревший каперсами, оливками и морковкой. Ахинеев поглядел на осетра и ахнул. Лицо его просияло, глаза подкатились. Он нагнулся и издал губами звук неподмазанного колеса. Постояв немного, он щелкнул от удовольствия пальцами и еще раз чмокнул губами.

– Ба! Звук горячего поцелуя… Ты с кем это здесь целуешься, Марфуша? – послышался голос из соседней комнаты, и в дверях показалась стриженая голова помощника классных наставников, Ванькина. – С кем это ты? А-а-а… очень приятно! С Сергей Капитонычем! Хорош дед, нечего сказать! С женским полонезом тет-а-тет!

– Я вовсе не целуюсь, – сконфузился Ахинеев, – кто это тебе, дураку, сказал? Это я тово… губами чмокнул в отношении… в рассуждении удовольствия… При виде рыбы…

– Рассказывай!

Голова Ванькина широко улыбнулась и скрылась за дверью. Ахинеев покраснел.

«Черт знает что! – подумал он. – Пойдет теперь, мерзавец, и насплетничает. На весь город осрамит, скотина…»

Ахинеев робко вошел в залу и искоса поглядел в сторону: где Ванькин? Ванькин стоял около фортепиано и, ухарски изогнувшись, шептал что-то смеявшейся свояченице инспектора.

«Это про меня! – подумал Ахинеев. – Про меня, чтоб его разорвало! А та и верит… и верит! Смеется! Боже ты мой! Нет, так нельзя оставить… нет… Нужно будет сделать, чтоб ему не поверили… Поговорю со всеми с ними, и он же у меня в дураках-сплетниках останется».

Ахинеев почесался и, не переставая конфузиться, подошел к Падекуа.

– Сейчас я в кухне был и насчет ужина распоряжался, – сказал он французу. – Вы, я знаю, рыбу любите, а у меня, батенька, осетр, вво! В два аршина! Хе-хе-хе… Да, кстати… чуть было не забыл… В кухне-то сейчас, с осетром с этим – сущий анекдот! Вхожу я сейчас в кухню и хочу кушанья оглядеть… Гляжу на осетра и от удовольствия... от пикантности губами чмок! А в это время вдруг дурак этот Ванькин входит и говорит... ха-ха-ха... и говорит: «А-а-а... вы целуетесь здесь?» С Марфой-то, с кухаркой! Выдумал же, глупый человек! У бабы ни рожи, ни кожи, на всех зверей похожа, а он... целоваться! Чудак!

– Кто чудак? – спросил подошедший Тарантулов.

– Да вон тот. Ванькин! Вхожу, это, я в кухню...

И он рассказал про Ванькина.

– Насмешил, чудак! А по-моему, приятней с барбосом целоваться, чем с Марфой, – прибавил Ахинеев, оглянулся и увидел сзади себя Мзду.

– Мы насчет Ванькина, – сказал он ему. – Чудачина! Входит, это, в кухню, увидел меня рядом с Марфой да и давай штуки разные выдумывать. «Чего, говорит, вы целуетесь?» Спьяна-то ему примерещилось. А я, говорю, скорей с индюком поцелуюсь, чем с Марфой. Да у меня и жена есть, говорю, дурак ты этакий. Насмешил!

– Кто вас насмешил? – спросил подошедший к Ахинееву отец-законоучитель.

– Ванькин. Стою я, знаете, в кухне и на осетра гляжу...

И так далее. Через какие-нибудь полчаса уже все гости знали про историю с осетром и Ванькиным.

«Пусть теперь им рассказывает! – думал Ахинеев, потирая руки. – Пусть! Он начнет рассказывать, а ему сейчас: «Полно тебе, дурак, чепуху городить! Нам все известно!»

И Ахинеев до того успокоился, что выпил от радости лишних четыре рюмки. Проводив после ужина молодых в спальню, он отправился к себе и уснул, как ни в чем не повинный ребенок, а на другой день он уже не помнил истории с осетром. Но, увы! Человек предполагает, а бог располагает. Злой язык сделал свое злое дело, и не помогла Ахинееву его хитрость! Ровно через неделю, а именно в среду после третьего урока, когда Ахинеев стоял среди учительской и толковал о порочных наклонностях ученика Высекина, к нему подошел директор и отозвал его в сторону.

– Вот что, Сергей Капитоныч, – сказал директор. – Вы извините... Не мое это дело, но все-таки я должен дать понять... Моя обязанность... Видите ли, ходят слухи, что вы живете с этой... с кухаркой... Не мое это дело, но... Живите с ней, целуйтесь... что хотите, только, пожалуйста, не так гласно! Прошу вас! Не забывайте, что вы педагог!

Ахинеев озяб и обомлел. Как ужаленный сразу целым роем и как ошпаренный кипятком, он пошел домой. Шел он домой, и ему казалось, что на него весь город глядит, как на вымазанного дегтем... Дома ожидала его новая беда.

– Ты что же это ничего не трескаешь? – спросила его за обедом жена. – О чем задумался? Об амурах думаешь? О Марфушке стосковался? Все мне, махамет, известно! Открыли глаза люди добрые! У-у-у... ввapвap!

И шлеп его по щеке!.. Он встал из-за стола и, не чувствуя под собой земли, без шапки и пальто, побрел к Ванькину. Ванькина он застал дома.

– Подлец ты! – обратился Ахинеев к Ванькину. – За что ты меня перед всем светом в грязи выпачкал? За что ты на меня клевету пустил?

– Какую клевету? Что вы выдумываете!

– А кто насплетничал, будто я с Марфой целовался? Не ты, скажешь? Не ты, разбойник?

Ванькин заморгал и замигал всеми фибрами своего поношенного лица, поднял глаза к образу и проговорил:

– Накажи меня бог! Лопни мои глаза и чтоб я издох, ежели хоть одно слово про вас сказал! Чтоб мне ни дна, ни покрышки! Холеры мало!..

Искренность Ванькина не подлежала сомнению. Очевидно, не он насплетничал.

«Но кто же? Кто? – задумался Ахинеев, перебирая в своей памяти всех своих знакомых и стуча себя по груди. – Кто же?»

– Кто же? – спросим и мы читателя…

В рождественскую ночь

Молодая женщина лет двадцати трех, с страшно бледным лицом, стояла на берегу моря и глядела в даль. От ее маленьких ножек, обутых в бархатные полусапожки, шла вниз к морю ветхая, узкая лесенка с одним очень подвижным перилом.

Женщина глядела в даль, где зиял простор, залитый глубоким, непроницаемым мраком. Не было видно ни звезд, ни моря, покрытого снегом, ни огней. Шел сильный дождь…

«Что там?» – думала женщина, вглядываясь в даль и кутаясь от ветра и дождя в измокшую шубейку и шаль.

Где-то там, в этой непроницаемой тьме, верст за пять – за десять или даже больше, должен быть в это время ее муж, помещик Литвинов, со своею рыболовной артелью. Если метель в последние два дня на море не засыпала снегом Литвинова и его рыбаков, то они спешат теперь к берегу. Море вздулось и, говорят, скоро начнет ломать лед. Лед не может вынести этого ветра. Успеют ли их рыбачьи сани с безобразными крыльями, тяжелые и неповоротливые, достигнуть берега прежде, чем бледная женщина услышит рев проснувшегося моря?

Женщине страстно захотелось спуститься вниз. Перило задвигалось под ее рукой и, мокрое, липкое, выскользнуло из ее рук, как вьюн. Она присела на ступени и стала спускаться на четвереньках, крепко держась руками за холодные грязные ступени. Рванул ветер и распахнул ее шубу. На грудь пахнуло сыростью.

– Святой чудотворец Николай, этой лестнице и конца не будет! – шептала молодая женщина, перебирая ступени.

В лестнице было ровно девяносто ступеней. Она шла не изгибами, а вниз по прямой линии, под острым углом к отвесу. Ветер зло шатал ее из стороны в сторону, и она скрипела, как доска, готовая треснуть.

Через десять минут женщина была уже внизу, у самого моря. И здесь внизу была такая же тьма. Ветер здесь стал еще злее, чем наверху. Дождь лил, и, казалось, конца ему не было.

– Кто идет? – послышался мужской голос.

– Это я, Денис...

Денис, высокий плотный старик с большой седой бородой, стоял на берегу, с большой палкой, и тоже глядел в непроницаемую даль. Он стоял и искал на своей одежде сухого места, чтобы зажечь о него спичку и закурить трубку.

– Это вы, барыня Наталья Сергеевна? – спросил он недоумевающим голосом. – В этакое ненастье?! И что вам тут делать? При вашей комплекцыи после родов простуда – первая гибель. Идите, матушка, домой!

Послышался плач старухи. Плакала мать рыбака Евсея, поехавшего с Литвиновым на ловлю. Денис вздохнул и махнул рукой.

– Жила ты, старуха, – сказал он в пространство, – семьдесят годков на эфтом свете, а словно малый ребенок, без понятия. Ведь на все, дура ты, воля божья! При твоей старческой слабости тебе на печи лежать, а не в сырости сидеть! Иди отсюда с богом!

– Да ведь Евсей мой, Евсей! Один он у меня, Денисушка!

– Божья воля! Ежели ему не суждено, скажем, в море помереть, так пущай море хоть сто раз ломает, а он живой останется. А коли, мать моя, суждено ему в нынешний раз смерть принять, так не нам судить. Не плачь, старуха! Не один Евсей в море! Там и барин Андрей Петрович. Там и Федька, и Кузьма, и Тарасенков Алешка.

– А они живы, Денисушка? – спросила Наталья Сергеевна дрожащим голосом.

– А кто ж их знает, барыня! Ежели вчерась и третьего дня их не занесло метелью, то, стало быть, живы. Море ежели не взломает, то и вовсе живы будут. Ишь ведь, какой ветер. Словно нанялся, бог с ним!

– Кто-то идет по льду! – сказала вдруг молодая женщина неестественно хриплым голосом, словно с испугом, сделав шаг назад.

Денис прищурил глаза и прислушался.

– Нет, барыня, никто нейдет, – сказал он. – Это в лодке дурачок Петруша сидит и веслами двигает. Петруша! – крикнул Денис. – Сидишь?

– Сижу, дед! – послышался слабый, больной голос.

– Больно?

– Больно, дед! Силы моей нету!

На берегу, у самого льда стояла лодка. В лодке на самом дне ее сидел высокий парень с безобразно длинными руками и ногами. Это был дурачок Петруша. Стиснув зубы и дрожа всем телом, он глядел в темную даль и тоже старался разглядеть что-то. Чего-то и он ждал от моря. Длинные руки его держались за весла, а левая нога была подогнута под туловище.

– Болеет наш дурачок! – сказал Денис, подходя к лодке. – Нога у него болит, у сердешного. И рассудок парень потерял от боли. Ты бы, Петруша, в тепло пошел! Здесь еще хуже простудишься…

Петруша молчал. Он дрожал и морщился от боли. Болело левое бедро, задняя сторона его, в том именно месте, где проходит нерв.

– Поди, Петруша! – сказал Денис мягким, отеческим голосом. – Приляг на печку, а бог даст, к утрене и уймется нога!

– Чую! – пробормотал Петруша, разжав челюсти.

– Что ты чуешь, дурачок?

– Лед взломало.

– Откуда ты чуешь?

– Шум такой слышу. Один шум от ветра, другой от воды. И ветер другой стал: помягче. Верст за десять отседа уж ломает.

Старик прислушался. Он долго слушал, но в общем гуле не понял ничего, кроме воя ветра и ровного шума от дождя.

Прошло полчаса в ожидании и молчании. Ветер делал свое дело. Он становился все злее и злее и, казалось, решил во что бы то ни стало взломать лед и отнять у старухи сына Евсея, а у бледной женщины мужа. Дождь между тем становился все слабей и слабей. Скоро он стал так редок, что можно уже было различить в темноте человеческие фигуры, силуэт лодки и белизну снега. Сквозь вой ветра можно было расслышать звон. Это звонили наверху, в рыбачьей деревушке, на ветхой колокольне. Люди, застигнутые в море метелью, а потом дождем, должны были ехать на этот звон, – соломинка, за которую хватается утопающий.

– Дед, вода уж близко! Слышишь?

Дед прислушался. На этот раз он услышал гул, не похожий на вой ветра или шум деревьев. Дурачок был прав. Нельзя уже было сомневаться, что Литвинов со своими рыбаками не воротится на сушу праздновать Рождество.

– Кончено! – сказал Денис. – Ломает!

Старуха взвизгнула и присела к земле. Барыня, мокрая и дрожащая от холода, подошла к лодке и стала слушать. И она услышала зловещий гул.

– Может быть, это ветер! – сказала она. – Ты убежден, Денис, что это лед ломает?

– Божья воля-с!.. За грехи наши, сударыня…

Денис вздохнул и добавил нежным голосом:

– Пожалуйте наверх, сударыня! Вы и так вымокли!

И люди, стоявшие на берегу, услышали тихий смех, смех детский, счастливый… Смеялась бледная женщина. Денис крякнул. Он всегда крякал, когда ему хотелось плакать.

– Тронулась в уме-то! – шепнул он темному силуэту мужика.

В воздухе стало светлей. Выглянула луна. Теперь все было видно: и море с наполовину истаявшими сугробами, и барыню, и

Дениса, и дурачка Петрушу, морщившегося от невыносимой боли. В стороне стояли мужики и держали в руках для чего-то веревки.

Раздался первый явственный треск невдалеке от берега. Скоро раздался другой, третий, и воздух огласился ужасающим треском. Белая бесконечная громада заколыхалась и потемнела. Чудовище проснулось и начало свою бурную жизнь.

Вой ветра, шум деревьев, стоны Петруши и звон – все умолкло за ревом моря.

– Надо уходить наверх! – крикнул Денис. – Сейчас берег зальет и занесет кригами. Да и утреня сейчас начнется, ребята! Пойдите, матушка-барыня! Богу так угодно!

Денис подошел к Наталье Сергеевне и осторожно взял ее под локти…

– Пойдемте, матушка! – сказал он нежно, голосом, полным сострадания.

Барыня отстранила рукой Дениса и, бодро подняв голову, пошла к лестнице. Она уже не была так смертельно бледна; на щеках ее играл здоровый румянец, словно в ее организм налили свежей крови; глаза не глядели уже плачущими, и руки, придерживавшие на груди шаль, не дрожали, как прежде… Она теперь чувствовала, что сама, без посторонней помощи, сумеет пройти высокую лестницу…

Ступив на третью ступень, она остановилась как вкопанная. Перед ней стоял высокий, статный мужчина в больших сапогах и полушубке…

– Это я, Наташа… Не бойся! – сказал мужчина.

Наталья Сергеевна пошатнулась. В высокой мерлушковой шапке, черных усах и черных глазах она узнала своего мужа, помещика Литвинова. Муж поднял ее на руки и поцеловал в щеку, причем обдал ее парами хереса и коньяка. Он был слегка пьян.

– Радуйся, Наташа! – сказал он. – Я не пропал под снегом и не утонул. Во время метели я со своими ребятами добрел до Таганрога, откуда вот и приехал к тебе… и приехал…

Он бормотал, а она, опять бледная и дрожащая, глядела на него недоумевающими, испуганными глазами. Она не верила…

– Как ты измокла, как дрожишь! – прошептал он, прижимая ее к груди…

И по его опьяневшему от счастья и вина лицу разлилась мягкая, детски добрая улыбка… Его ждали на этом холоде, в эту ночную пору! Это ли не любовь? И он засмеялся от счастья…

Пронзительный, душу раздирающий вопль ответил на этот тихий, счастливый смех. Ни рев моря, ни ветер – ничто не было в состоянии заглушить его. С лицом, искаженным отчаянием, молодая женщина не была в силах удержать этот вопль, и он вырвался наружу. В нем слышалось все: и замужество поневоле, и непреоборимая антипатия к мужу, и тоска одиночества, и наконец рухнувшая надежда на свободное вдовство. Вся ее жизнь с ее горем, слезами и болью вылилась в этом вопле, не заглушенном даже трещавшими льдинами. Муж понял этот вопль, да и нельзя было не понять его…

– Тебе горько, что меня не занесло снегом или не раздавило льдом! – пробормотал он.

Нижняя губа его задрожала, и по лицу разлилась горькая улыбка. Он сошел со ступеней и опустил жену наземь.

– Пусть будет по-твоему! – сказал он.

И, отвернувшись от жены, он пошел к лодке. Там дурачок Петруша, стиснув зубы, дрожа и прыгая на одной ноге, тащил лодку в воду.

– Куда ты? – спросил его Литвинов.

– Больно мне, ваше высокоблагородие! Я утонуть хочу… Покойникам не больно…

Литвинов прыгнул в лодку. Дурачок полез за ним.

– Прощай, Наташа! – крикнул помещик. – Пусть будет по-твоему! Получай то, чего ждала, стоя здесь на холоде! С богом!

Дурачок взмахнул веслами, и лодка, толкнувшись о большую льдину, поплыла навстречу высоким волнам.

– Греби, Петруша, греби! – говорил Литвинов. – Дальше, дальше!

Литвинов, держась за края лодки, качался и глядел назад. Исчезла его Наташа, исчезли огоньки от трубок, исчез наконец берег…

– Воротись! – услышал он женский надорванный голос.

И в этом «воротись», казалось ему, слышалось отчаяние.

– Воротись!

У Литвинова забилось сердце… Его звала жена; а тут еще на берегу в церкви зазвонили к рождественской заутрене.

– Воротись! – повторил с мольбой тот же голос.

Эхо повторило это слово. Протрещали это слово льдины, взвизгнул его ветер, да и рождественский звон говорил: «Воротись».

– Едем назад! – сказал Литвинов, дернув дурачка за рукав.

Но дурачок не слышал. Стиснув зубы от боли и глядя с надеждою в даль, он работал своими длинными руками… Ему никто не кричал «воротись», а боль в нерве, начавшаяся сызмальства, делалась все острее и жгучей… Литвинов схватил его за руки и потянул их назад. Но руки были тверды, как камень, и не легко было оторвать их от весел. Да и поздно было. Навстречу лодке неслась громадная льдина. Эта льдина должна была избавить навсегда Петрушу от боли…

До утра простояла бледная женщина на берегу моря. Когда ее, полузамерзшую и изнемогшую от нравственной муки, отнесли домой и уложили в постель, губы ее все еще продолжали шептать: «Воротись!»

В ночь под Рождество она полюбила своего мужа…

Орден

Учитель военной прогимназии, коллежский регистратор Лев Пустяков, обитал рядом с другом своим, поручиком Леденцовым. К последнему он и направил свои стопы в новогоднее утро.

– Видишь ли, в чем дело, Гриша, – сказал он поручику после обычного поздравления с Новым годом. – Я не стал бы тебя беспокоить, если бы не крайняя надобность. Одолжи мне, голубчик, на сегодняшний день твоего Станислава. Сегодня, видишь ли, я обедаю у купца Спичкина. А ты знаешь этого подлеца Спичкина: он страшно любит ордена и чуть ли не мерзавцами считает тех, у кого не болтается что-нибудь на шее или в петлице. И к тому же у него две дочери... Настя, знаешь, и Зина... Говорю, как другу... Ты меня понимаешь, милый мой. Дай, сделай милость!

Все это проговорил Пустяков заикаясь, краснея и робко оглядываясь на дверь. Поручик выругался, но согласился.

В два часа пополудни Пустяков ехал на извозчике к Спичкиным и, распахнувши чуточку шубу, глядел себе на грудь. На груди сверкал золотом и отливал эмалью чужой Станислав.

«Как-то и уважения к себе больше чувствуешь! – думал учитель, покрякивая. – Маленькая штучка, рублей пять, не больше стоит, а какой фурор производит!»

Подъехав к дому Спичкина, он распахнул шубу и стал медленно расплачиваться с извозчиком. Извозчик, как показалось ему, увидев его погоны, пуговицы и Станислава, окаменел. Пустяков самодовольно кашлянул и вошел в дом. Снимая в передней шубу, он заглянул в залу. Там за длинным обеденным столом сидели уже человек пятнадцать и обедали. Слышался говор и звяканье посуды.

– Кто это там звонит? – послышался голос хозяина. – Ба, Лев Николаич! Милости просим. Немножко опоздали, но это не беда... Сейчас только сели.

Пустяков выставил вперед грудь, поднял голову и, потирая руки, вошел в залу. Но тут он увидел нечто ужасное. За столом, рядом с Зиной, сидел его товарищ по службе, учитель французского языка Трамблян. Показать французу орден – значило бы вызвать массу самых неприятных вопросов, значило бы осрамиться навеки, обесславиться… Первою мыслью Пустякова было сорвать орден или бежать назад; но орден был крепко пришит, и отступление было уже невозможно. Быстро прикрыв правой рукой орден, он сгорбился, неловко отдал общий поклон и, никому не подавая руки, тяжело опустился на свободный стул, как раз против сослуживца-француза.

«Выпивши, должно быть!» – подумал Спичкин, поглядев на его сконфуженное лицо.

Перед Пустяковым поставили тарелку супу. Он взял левой рукой ложку, но, вспомнив, что левой рукой не подобает есть в благоустроенном обществе, заявил, что он уже отобедал и есть не хочет.

– Я уже покушал-с… Мерси-с… – пробормотал он. – Был я с визитом у дяди, протоиерея Елеева, и он упросил меня… тово… пообедать.

Душа Пустякова наполнилась щемящей тоской и злобствующей досадой: суп издавал вкусный запах, а от паровой осетрины шел необыкновенно аппетитный дымок. Учитель попробовал освободить правую руку и прикрыть орден левой, но это оказалось неудобным.

«Заметят… И через всю грудь рука будет протянута, точно петь собираюсь. Господи, хоть бы скорее обед кончился! В трактире ужо пообедаю!»

После третьего блюда он робко, одним глазком поглядел на француза. Трамблян, почему-то сильно сконфуженный, глядел на него и тоже ничего не ел. Поглядев друг на друга, оба еще более сконфузились и опустили глаза в пустые тарелки.

«Заметил, подлец! – подумал Пустяков. – По роже вижу, что заметил! А он, мерзавец, кляузник. Завтра же донесет директору!»

Съели хозяева и гости четвертое блюдо, съели, волею судеб, и пятое…

Поднялся какой-то высокий господин с широкими волосистыми ноздрями, горбатым носом и от природы прищуренными глазами. Он погладил себя по голове и провозгласил:

– Э-э-э... эп... эп... эпредлагаю эвыпить за процветание сидящих здесь дам!

Обедающие шумно поднялись и взялись за бокалы. Громкое «ура» пронеслось по всем комнатам. Дамы заулыбались и потянулись чокаться. Пустяков поднялся и взял свою рюмку в левую руку.

– Лев Николаич, потрудитесь передать этот бокал Настасье Тимофеевне! – обратился к нему какой-то мужчина, подавая бокал. – Заставьте ее выпить!

На этот раз Пустяков, к великому своему ужасу, должен был пустить в дело и правую руку. Станислав с помятой красной ленточкой увидел наконец свет и засиял. Учитель побледнел, опустил голову и робко поглядел в сторону француза. Тот глядел на него удивленными, вопрошающими глазами. Губы его хитро улыбались, и с лица медленно сползал конфуз...

– Юлий Августович! – обратился к французу хозяин. – Передайте бутылочку по принадлежности!

Трамблян нерешительно протянул правую руку к бутылке и... о, счастье! Пустяков увидал на его груди орден. И то был не Станислав, а целая Анна! Значит, и француз сжульничал! Пустяков засмеялся от удовольствия, сел на стул и развалился... Теперь уже не было надобности скрывать Станислава! Оба грешны одним грехом, и некому, стало быть, доносить и бесславить...

– А-а-а... гм!.. – промычал Спичкин, увидев на груди учителя орден.

– Да-с! – сказал Пустяков. – Удивительное дело, Юлий Августович! Как было мало у нас перед праздниками представлений! Сколько у нас народу, а получили только вы да я! Уди-ви-тель-ное дело!

Трамблян весело закивал головой и выставил вперед левый лацкан, на котором красовалась Анна 3-й степени.

После обеда Пустяков ходил по всем комнатам и показывал барышням орден. На душе у него было легко, вольготно, хотя и пощипывал под ложечкой голод.

«Знай я такую штуку, – думал он, завистливо поглядывая на Трамбляна, беседовавшего со Спичкиным об орденах, – я бы Владимира нацепил. Эх, не догадался!»

Только эта одна мысль и помучивала его. В остальном же он был совершенно счастлив.

Комик

Комик Иван Акимович Воробьев-Соколов заложил руки в карманы своих широких панталон, повернулся к окну и устремил свои ленивые глаза на окно противоположного дома. Прошло минут пять в молчании…

– Ску-ка! – зевнула ingénue Марья Андреевна. – Что же вы молчите, Иван Акимыч? Коли пришли и помешали зубрить роль, то хоть разговаривайте! Несносный вы, право…

– Гм… Собираюсь сказать вам одну штуку, да как-то неловко… Скажешь вам спроста, без деликатесов… по-мужицки, а вы сейчас и осудите, на смех поднимете… Нет, не скажу лучше! Удержу язык мой от зла…

«О чем же это он собирается говорить? – подумала ingénue. – Возбужден, как-то странно смотрит, переминается с ноги на ногу… Уж не объясниться ли в любви хочет? Гм… Беда с этими сорванцами! Вчера первая скрипка объяснялась, сегодня всю репетицию резонер провздыхал… Перебесились все от скуки!»

Комик отошел от окна и, подойдя к комоду, стал рассматривать ножницы и баночку от губной помады.

– Тэк-ссс… Хочется сказать, а боюсь… неловко… Вам скажешь спроста, по-российски, а вы сейчас: невежа! мужик! то да се… Знаем вас… Лучше уж молчать…

«А что ему сказать, если он в самом деле начнет объясняться в любви? – продолжала думать ingénue. – Он добрый, славный такой, талантливый, но... мне не нравится. Некрасив уж больно... Сгорбившись ходит, и на лице какие-то волдыри... Голос хриплый... И к тому же эти манеры... Нет, никогда!»

Комик молча прошелся по комнате, тяжело опустился в кресло и с шумом потянул к себе со стола газету.

Глаза его забегали по газете, словно ища чего-то, потом остановились на одной букве и задремали.

– Господи... хоть бы мухи были! – проворчал он. – Все-таки веселей...

«Впрочем, у него глаза недурны, – продолжала думать ingénue. – Но что у него лучше всего, так это характер, а у мужчины не так важна красота, как душа, ум... Замуж еще, пожалуй, можно пойти за него, но так жить с ним... ни за что! Как он, однако, сейчас на меня взглянул... Ожег! И чего он робеет, не понимаю!»

Комик тяжело вздохнул и крякнул. Видно было, что ему дорого стоило его молчание. Он стал красен, как рак, и покривил рот в сторону... На лице его выражалось страдание...

«Пожалуй, с ним и так жить можно, – не переставала думать ingénue. – Содержание он получает хорошее... Во всяком случае, с ним лучше жить, чем с каким-нибудь оборвышем капитаном. Право, возьму и скажу ему, что я согласна! Зачем обижать его, бедного, отказом? Ему и так горько живется!»

– Нет! Не могу! – закряхтел комик, поднимаясь и бросая газету. – Ведь этакая у меня разанафемская натура! Не могу себя побороть! Бейте, браните, а уж я скажу, Марья Андреевна!

– Да говорите, говорите. Будет вам юродствовать!

– Матушка! Голубушка! Простите великодушно... ручку целую коленопреклоненно...

На глазах комика выступили слезы с горошину величиной.

– Да говорите... противный! Что такое?

– Нет ли у вас, голубушка... рюмочки водочки? Душа горит! Такие во рту после вчерашнего перепоя окиси, закиси и перекиси, что никакой химик не разберет! Верите ли? Душу воротит! Жить не могу!

Ingénue покраснела, нахмурилась, но потом спохватилась и выдала комику рюмку водки... Тот выпил, ожил и принялся рассказывать анекдоты.

Репетитор

Гимназист VII класса Егор Зиберов милостиво подает Пете Удодову руку. Петя, двенадцатилетний мальчуган в сером костюмчике, пухлый и краснощекий, с маленьким лбом и щетинистыми волосами, расшаркивается и лезет в шкап за тетрадками. Занятие начинается.

Согласно условию, заключенному с отцом Удодовым, Зиберов должен заниматься с Петей по два часа ежедневно, за что и получает шесть рублей в месяц. Готовит он его во II класс гимназии. (В прошлом году он готовил его в I класс, но Петя порезался.)

– Ну-с... – начинает Зиберов, закуривая папиросу. – Вам задано четвертое склонение. Склоняйте fructus!

Петя начинает склонять.

– Опять вы не выучили! – говорит Зиберов, вставая. – В шестой раз задаю вам четвертое склонение, и вы ни в зуб толкануть! Когда же, наконец, вы начнете учить уроки?

– Опять не выучил? – слышится за дверями кашляющий голос, и в комнату входит Петин папаша, отставной губернский секретарь Удодов. – Опять? Почему же ты не выучил? Ах ты, свинья, свинья! Верите ли, Егор Алексеич? Ведь и вчерась порол!

И, тяжело вздохнув, Удодов садится около сына и засматривает в истрепанного Кюнера. Зиберов начинает экзаменовать Петю при отце. Пусть глупый отец узнает, как глуп его сын! Гимназист входит в экзаменаторский азарт, ненавидит, презирает маленького краснощекого тупицу, готов побить его. Ему даже досадно делается, когда мальчуган отвечает впопад – так опротивел ему этот Петя!

– Вы даже второго склонения не знаете! Не знаете вы и первого! Вот вы как учитесь! Ну, скажите мне, как будет звательный падеж от meus filius?[1]

– От meus filius? Meus filius будет… это будет…

Петя долго глядит в потолок, долго шевелит губами, но не дает ответа.

– А как будет дательный множественного от dea?[2]

– Deabus… filiabus! – отчеканивает Петя.

Старик Удодов одобрительно кивает головой. Гимназист, не ожидавший удачного ответа, чувствует досаду.

– А еще какое существительное имеет в дательном abus? – спрашивает он.

Оказывается, что и «anima – душа» имеет в дательном abus, чего нет в Кюнере.

– Звучный язык латинский! – замечает Удодов. – Алон… трон… бонус… антропос… Премудрость! И все ведь это нужно! – говорит он со вздохом.

«Мешает, скотина, заниматься… – думает Зиберов. – Сидит над душой тут и надзирает. Терпеть не могу контроля!» – Ну-с, – обращается он к Пете. – К следующему разу по латыни возьмете то же самое. Теперь по арифметике… Берите доску. Какая следующая задача?

Петя плюет на доску и стирает рукавом. Учитель берет задачник и диктует:

---

[1] Мой сын *(лат.)*.

[2] Богиня *(лат.)*.

– «Купец купил 138 арш. черного и синего сукна за 540 руб. Спрашивается, сколько аршин купил он того и другого, если синее стоило 5 руб. за аршин, а черное 3 руб.?» Повторите задачу.

Петя повторяет задачу и тотчас же, ни слова не говоря, начинает делить 540 на 138.

– Для чего же это вы делите? Постойте! Впрочем, так... продолжайте. Остаток получается? Здесь не может быть остатка. Дайте-ка я разделю!

Зиберов делит, получает 3 с остатком и быстро стирает.

«Странно... – думает он, ероша волосы и краснея. – Как же она решается? Гм!.. Это задача на неопределенные уравнения, а вовсе не арифметическая»...

Учитель глядит в ответы и видит 75 и 63.

«Гм!.. странно... Сложить 5 и 3, а потом делить 540 на 8? Так, что ли? Нет, не то».

– Решайте же! – говорит он Пете.

– Ну, чего думаешь? Задача-то ведь пустяковая! – говорит Удодов Пете. – Экий ты дурак, братец! Решите уж вы ему, Егор Алексеич.

Егор Алексеич берет в руки грифель и начинает решать. Он заикается, краснеет, бледнеет.

– Эта задача, собственно говоря, алгебраическая, – говорит он. – Ее с иксом и игреком решить можно. Впрочем, можно и так решить. Я, вот, разделил... понимаете? Теперь, вот, надо вычесть... понимаете? Или, вот что... Решите мне эту задачу сами к завтраму... Подумайте...

Петя ехидно улыбается. Удодов тоже улыбается. Оба они понимают замешательство учителя. Ученик VII класса еще пуще конфузится, встает и начинает ходить из угла в угол.

– И без алгебры решить можно, – говорит Удодов, протягивая руку к счетам и вздыхая. – Вот, извольте видеть...

Он щелкает на счетах, и у него получается 75 и 63, что и нужно было.

– Вот-с… по-нашему, по-неученому.

Учителю становится нестерпимо жутко. С замиранием сердца поглядывает он на часы и видит, что до конца урока остается еще час с четвертью – целая вечность!

– Теперь диктант.

После диктанта – география, за географией – закон божий, потом русский язык, – много на этом свете наук! Но вот, наконец, кончается двухчасовой урок. Зиберов берется за шапку, милостиво подает Пете руку и прощается с Удодовым.

– Не можете ли вы сегодня дать мне немного денег? – просит он робко. – Завтра мне нужно взносить плату за учение. Вы должны мне за шесть месяцев.

– Я? Ах, да, да… – бормочет Удодов, не глядя на Зиберова. – С удовольствием! Только у меня сейчас нету, а я вам через недельку… или через две…

Зиберов соглашается и, надев свои тяжелые, грязные калоши, идет на другой урок.

Певчие

С легкой руки мирового, получившего письмо из Питера, разнеслись слухи, что скоро в Ефремово прибудет барин, граф Владимир Иваныч. Когда он прибудет, – неизвестно.

– Яко тать в нощи, – говорит отец Кузьма, маленький, седенький попик в лиловой ряске. – А ежели он приедет, то и прохода здесь не будет от дворянства и прочего высшего сословия. Все соседи съедутся. Уж ты тово… постарайся, Алексей Алексеич… Сердечно прошу…

– Мне-то что! – говорит Алексей Алексеич, хмурясь. – Я свое дело сделаю. Лишь бы только мой враг ектению в тон читал. А то ведь он назло...

– Ну, ну... я умолю дьякона... умолю...

Алексей Алексеич состоит псаломщиком при ефремовской Трехсвятительской церкви. В то же время он обучает школьных мальчиков церковному и светскому пению, за что получает от графской конторы шестьдесят рублей в год. Школьные же мальчики за свое обучение обязаны петь в церкви. Алексей Алексеич – высокий, плотный мужчина с солидною походкой и бритым жирным лицом, похожим на коровье вымя. Своею статностью и двухэтажным подбородком он более похож на человека, занимающего не последнюю ступень в высшей светской иерархии, чем на дьячка. Странно было глядеть, как он, статный и солидный, бухал владыке земные поклоны и как однажды, после одной слишком громкой распри с дьяконом Евлампием Авдиесовым, стоял два часа на коленях, по приказу отца благочинного. Величие более прилично его фигуре, чем унижение.

Ввиду слухов о приезде графа, он делает спевки каждый день утром и вечером. Спевки производятся в школе. Школьным занятиям они мало мешают. Во время пения учитель Сергей Макарыч задает ученикам чистописание и сам присоединяется к тенорам, как любитель.

Вот как производятся спевки. В классную комнату, хлопая дверью, входит сморкающийся Алексей Алексеич. Из-за ученических столов с шумом выползают дисканты и альты. Со двора, стуча ногами, как лошади, входят давно уже ожидающие тенора и басы. Все становятся на свои места. Алексей Алексеич вытягивается, делает знак, чтобы молчали, и издает камертоном звук.

– То-то-ти-то-том... До-ми-соль-до!

– Аааа-минь!

– Адажьо... адажьо... Еще раз...

После «аминь» следует «Господи помилуй» великой ектении. Все это давно уже выучено, тысячу раз пето, пережевано и поется только так, для проформы. Поется лениво, бессознательно. Алексей Алексеич покойно машет рукой и подпевает то тенором, то басом. Все тихо, ничего интересного… Но перед «Херувимской» весь хор вдруг начинает сморкаться, кашлять и усиленно перелистывать ноты. Регент отворачивается от хора и с таинственным выражением лица начинает настраивать скрипку. Минуты две длятся приготовления.

– Становитесь. Глядите в ноты получше… Басы, не напирайте… помягче…

Выбирается «Херувимская» Бортнянского, № 7. По данному знаку наступает тишина. Глаза устремляются в ноты, и дисканты раскрывают рты. Алексей Алексеич тихо опускает руку.

– Пиано… пиано… Ведь там «пиано» написано… Легче, легче!

– …ви-ти-мы…

Когда нужно петь piano, на лице Алексея Алексеича разлита доброта, ласковость, словно он хорошую закуску во сне видит.

– Форте… форте! Напирайте!

И когда нужно петь forte, жирное лицо регента выражает сильный испуг и даже ужас.

«Херувимская» поется хорошо, так хорошо, что школьники оставляют свое чистописание и начинают следить за движениями Алексея Алексеича. Под окнами останавливается народ. Входит в класс сторож Василий, в фартуке, со столовым ножом в руке, и заслушивается. Как из земли вырастает отец Кузьма с озабоченным лицом… После «отложим попечение» Алексей Алексеич вытирает со лба пот и в волнении подходит к отцу Кузьме.

– Недоумеваю, отец Кузьма! – говорит он, пожимая плечами. – Отчего это в русском народе понимания нет? Недоумеваю, накажи меня бог! Такой необразованный народ, что никак не разберешь, что у него там в горле: глотка или другая какая внутренность? Подавился ты, что ли? – обращается он к басу Геннадию Семичеву, брату кабатчика.

– А что?

– На что у тебя голос похож? Трещит, словно кастрюля. Опять, небось, вчерась трахнул за галстук? Так и есть! Изо рта, как из кабака… Эээх! Мужик, братец, ты! Невежа ты! Какой же ты певчий, ежели ты с мужиками в кабаке компанию водишь? Эх, ты осел, братец!

– Грех, брат, грех… – бормочет отец Кузьма. – Бог все видит… насквозь…

– Оттого ты и пения нисколько не понимаешь, что у тебя в мыслях водка, а не божественное, дурак ты этакой.

– Не раздражайся, не раздражайся… – говорит отец Кузьма. – Не сердись… Я его умолю.

Отец Кузьма подходит к Геннадию Семичеву и начинает его умолять:

– Зачем же ты? Ты, тово, пойми у себя в уме. Человек, который поет, должен себя воздерживать, потому что глотка у него тово… нежная.

Геннадий чешет себе шею и косится на окно, точно не к нему речь.

После «Херувимской» поют «Верую», потом «Достойно и праведно», поют чувствительно, гладенько – и так до «Отче наш».

– А по-моему, отец Кузьма, – говорит регент, – простое «Отче наш» лучше нотного. Его бы и спеть при графе.

– Нет, нет… Пой нотное. Потому граф в столицах, к обедне ходючи, окроме нотного ничего… Небось, там в капеллах… Там, брат, еще и не такие ноты!..

После «Отче наш» опять кашель, сморканье и перелистыванье нот. Предстоит исполнить самое трудное: концерт. Алексей Алексеич изучает две вещи: «Кто бог велий» и «Всемирную славу». Что лучше выучат, то и будут петь при графе. Во время концерта регент входит в азарт. Выражение доброты то и дело сменяется испугом. Он машет руками, шевелит пальцами, дергает плечами…

– Форте! – бормочет он. – Анданте! Разжимайте… разжимайте! Пой, идол! Тенора, не доносите! То-то-ти-то-том… Соль… си… соль, дурья твоя голова! Велий! Басы, ве… ве… лий…

Его смычок гуляет по головам и плечам фальшивящих дискантов и альтов. Левая рука то и дело хватает за уши маленьких певцов. Раз даже, увлекшись, он согнутым большим пальцем бьет под подбородок баса Геннадия. Но певчие не плачут и не сердятся на побои: они сознают всю важность исполняемой задачи.

После концерта проходит минута в молчании. Алексей Алексеич, вспотевший, красный, изнеможенный, садится на подоконник и окидывает присутствующих мутным, отяжелевшим, но победным взглядом. В толпе слушателей он, к великому своему неудовольствию, усматривает диакона Авдиесова. Диакон, высокий, плотный мужчина, с красным рябым лицом и с соломой в волосах, стоит, облокотившись о печь, и презрительно ухмыляется.

– Ладно, пой! Выводи ноты! – бормочет он густым басом. – Очень нужно грахву твое пение! Ему хоть по нотам пой, хоть без нот… Потому – атеист…

Отец Кузьма испуганно озирается и шевелит пальцами.

– Ну, ну… – шепчет он. – Молчи, диакон. Молю…

После концерта поют «Да исполнятся уста наша», и спевка кончается. Певчие расходятся, чтобы сойтись вечером для новой спевки. И так каждый день.

Проходит месяц, другой…

Уже и управляющий получил уведомление о скором приезде графа. Но вот наконец с господских окон снимаются запыленные жалюзи и Ефремово слышит звуки разбитого, расстроенного рояля. Отец Кузьма чахнет и сам не знает, отчего он чахнет: от восторга ли, от испуга ли… Диакон ходит и ухмыляется.

В ближайший субботний вечер отец Кузьма входит в квартиру регента. Лицо его бледно, плечи осунулись, блеск лиловой рясы померк.

– Был сейчас у его сиятельства, – говорит он, заикаясь, регенту. – Образованный господин, с деликатными понятиями... Но, тово... обидно, брат... В каком часу, говорю, ваше сиятельство, прикажете завтра к литургии ударить? А они мне: «Когда знаете... Только нельзя ли как-нибудь поскорее, покороче... без певчих». Без певчих! Тово, понимаешь... без певчих...

Алексей Алексеич багровеет. Легче ему еще раз простоять два часа на коленях, чем этакие слова слышать! Всю ночь не спит он. Не так обидно ему, что пропали его труды, как то, что Авдиесов не даст ему теперь прохода своими насмешками. Авдиесов рад его горю. На другой день всю обедню он презрительно косится на клирос, где один, как перст, басит Алексей Алексеич. Проходя с кадилом мимо клироса, он бормочет:

– Выводи ноты, выводи! Старайся! Грахв красненькую на хор даст!

После обедни регент, уничтоженный и больной от обиды, идет домой. У ворот догоняет его красный Авдиесов.

– Постой, Алеша, – говорит диакон. – Постой, дура, не сердись! Не ты один, и я, брат, в накладе! Подходит сейчас после обедни к грахву отец Кузьма и спрашивает: «А какого вы понятия о голосе диакона, ваше сиятельство? Не правда ли, совершеннейшая октава?» А грахв-то, знаешь, что выразил? Конплимент! «Кричать, говорит, всякий может. Не так, говорит, важен в человеке голос, как ум». Питерский дока! Атеист и есть атеист! Пойдем, брат сирота, с обиды тарарахнем точию по единой!

И враги, взявшись под руки, идут в ворота...

Трифон

«И не жаль мне прошлого ничуть».
Лермонтов.

У Григория Семеновича Щеглова заломило в пояснице. Он проснулся и заворочался в постели.

– Настюша! – зашептал он, – возьми-ка, мать, спиртику и натри-ка мне спинозу!

Ответа не последовало. Щеглов зашарил около себя руками и не нашел никого. Постель, если не считать самого Щеглова, была пуста.

«Где же она?» – подумал он. – Настя! Настенька!

И на этот раз не последовало ответа. Послышалось только стучанье сторожа в колотушку да треск тухнувшей лампадки. Щеглов, предчувствуя недоброе, вытер на лбу холодный пот и вскочил с постели. Было три часа ночи – время, в которое Настя спала обыкновенно крепким сном ребенка. Не спать могли заставить ее только особенные причины. Щеглов быстро оделся и вышел на двор.

Луна, полная и солидная, как генеральская экономка, плыла по небу и заливала своим хорошим светом небо, двор с бесконечными постройками, сад, темневший по обе стороны дома. Свет мягкий, ровный, ласкающий... На земле и на деревьях не было ни одного зеленого листка, сад глядел черно и сурово, но во всем чувствовался конец марта, начало весны. Щеглов окинул глазами двор. На большом пространстве не было видно никого, кроме теленка, который, запутавши одну ногу в веревку, неистово прыгал. Щеглов пошел в сад. Там было тихо, светло. От темных кустов веяло сырьем, как из погреба.

«А вдруг она в деревню ушла! – думал Григорий Семеныч, дрожа от беспокойства и холода. – Ежели ее в беседке нет, то придется в деревню посылать».

Щеглов знал за Настей две слабости: она часто с тоски уходила от него к родным в деревню и имела также привычку уходить ночью в беседку, где сидела в темноте и пела грустные песни.

«Я старый, дряхлый... – думал Григорий Семеныч. – Ей не сахар со мной...»

Подойдя к беседке, он услышал женский голос. Но этот голос не пел, а говорил... Говорил он что-то быстро, не останавливаясь, без запинки, словно жаловался...

– Брось ты этого старого черта! – перебил женскую речь грубый мужской голос. – Сделай милость! В шелку только ходишь да с тарелки хрустальной ешь, а оно, того, дура, не понимаешь, грех ведь выходит... Эххх... Шалишь, Настюха! Бить бы тебя, да некому!

– Беспонятный ты, Триша! Коли б одна голова, ушла бы я от него за сто верст, а то ведь... тятька, вон, избу строить хочет... да брат на службе. Табаку послать или что...

Послышались всхлипыванья, затем поцелуи. По спине Щеглова от затылка до пяток пробежал мороз. В мужчине узнал он своего объездчика Трифона.

«Которую я из грязи вытащил, к себе приблизил и, можно сказать, облагодетельствовал, – ужаснулся он, – заместо как бы жены, и вдруг – с Тришкой, с хамом! А? В шелку водил, с собой за один стол, как барыню, а она... с Тришкой!»

У старика от гнева и с горя подогнулись колени. Он послушал еще немного и, больной, ошеломленный, поплелся к себе в дом.

«А мне наплевать! – думал он, ложась в постель. – Она воображает, может быть, что я без нее жить не могу! Ну, нет... Завтра же ее выгоню. Пусть себе там со своими мужиками мякину жует. А Тришку-подлеца... чтоб и духу не было! Утром же расчет...»

Он укрылся одеялом и стал думать. Думы были мучительные, скверные, а когда воротилась из сада Настя и, как ни в чем не бывало, улеглась спать, его от мыслей бросило в лихорадку.

«Завтра же его прогоню... Впрочем, нет... не прогоню... Его прогонишь, а он на другое место – и ничего себе, словно и не виноват... Его бы наказать, чтоб всю жизнь помнил... Выпороть бы, как прежде... Разложить бы в конюшне и этак... в десять рук, семо и овамо... Ты его порешь, а он просит и молит, а ты стоишь около и только руки потираешь: «Так его! шибче! шибче!» Ее около поставить и смотреть, как у ней на лице: – Ну, что, матушка? Ааа... то-то!»

Утром Настя, по обыкновению, разливала чай. Он сидел и наблюдал за ней. Лицо ее было покойно, глаза глядели ясно, бесхитростно.

«Я ей ничего не скажу, – думал он. – Пусть сама поймет... Я ее нравственно... нравственно страдать заставлю! Не буду с ней разговаривать, сердиться на нее буду, а она и поймет... Ну, а что, ежели она послушает подлеца Тришку и в самом деле уйдет?»

Была минута, когда последняя мысль до того испугала его, что он побледнел и сказал:

– Настенька, что ж ты, душенька, кренделечка не кушаешь? Для тебя ведь куплено!

В девятом часу приходил с докладом объездчик Трифон. Щеглову показалось, что мужик глядит на него с ненавистью, презрением, с каким-то победным нахальством.

«Мало прогнать... – подумал он, измеряя его взглядом. – Выпороть бы». – Ничего я тут не пойму! – начал он придираться, пробегая квитанции, поданные Трифоном. – Это какая цифра? 75 или 15? Дубина ты этакая! Закорючку не можешь даже, как следует, над семью поставить! Семь похоже на кочергу, а один – на кнутик с коротким хвостиком. Этого не знаешь? Ду-би-на... За это самое вашего брата прежде на конюшне драли!

– Мало ли чего прежде не было... – проворчал Трифон, глядя в потолок.

Щеглов искоса поглядел на Трифона. Мужик, показалось ему, ехидно улыбался и глядел еще с большим нахальством...

– Пошел вон!! – взвизгнул Щеглов, не вынося трифоновской физиономии.

До вечера Щеглов ходил по двору и придумывал план наказания и мести. Многие планы перебывали в его голове, но что он ни придумывал, все подходило под ту или другую статью уложения о наказаниях. После долгого, мучительного размышления оказалось, что он ничего не смел…

В третьем часу ночи, стоя возле беседки, он услышал разговор хуже вчерашнего. Трифон со смехом передавал Насте беседу свою с барином:

– Взять бы его, знаешь, за ворот, потрясти маленько этак – и душа вон.

Щеглов не вынес.

– Кого это, прохвост? – взвизгнул он. – Чья душа вон?

В беседке вдруг умолкли. Трифон конфузливо крякнул. Через минуту он нерешительно вышел из беседки и уперся плечом в косяк.

– Кто здесь кричит? Кто таков? А, это вы!.. – сказал он, увидев барина. – Вот кто!

Минута прошла в молчании…

– За это прежде нашего брата на конюшне пороли, а теперь не знаю, что будет… – сказал Трифон, усмехаясь и глядя на луну. – Чай, расчет дадут… Боязно!

Засмеялся и пошел по аллее к дому. Щеглов засеменил рядом с ним.

– Трифон! – забормотал он, хватая его за рукав, когда оба они подошли к садовой калитке. – Триша! Я тебе одно только слово скажу… Постой! Я ведь ничего… Слово одно только… Послушай! Прошу и умоляю тебя, подлеца, на старости лет! Голубчик!

– Ну?

– Видишь ли… Я тебе четвертную дам и даже, ежели желаешь, жалованья прибавлю… Тридцать рублей дам, а ты… дай я тебя выпорю! Разик! Разик выпорю и больше ничего!

Трифон подумал немного, взглянул на луну и махнул рукой.

– Не согласен! – сказал он и поплелся в людскую…

Дачница

Леля NN, хорошенькая двадцатилетняя блондинка, стоит у палисадника дачи и, положив подбородок на перекладину, глядит вдаль. Все далекое поле, клочковатые облака на небе, темнеющая вдали железнодорожная станция и речка, бегущая в десяти шагах от палисадника, залиты светом багровой, поднимающейся из-за кургана луны. Ветерок от нечего делать весело рябит речку и шуршит травкой… Кругом тишина… Леля думает… Хорошенькое лицо ее так грустно, в глазах темнеет столько тоски, что, право, неделикатно и жестоко не поделиться с ней ее горем.

Она сравнивает настоящее с прошлым. В прошлом году, в этом же самом душистом и поэтическом мае, она была в институте и держала выпускные экзамены. Ей припоминается, как классная дама m-lle Morceau, забитое, больное и ужасно недалекое созданье с вечно испуганным лицом и большим, вспотевшим носом, водила выпускных в фотографию сниматься.

– Ах, умоляю вас, – просила она конторщицу в фотографии, – не показывайте им карточек мужчин!

Просила она со слезами на глазах. Эта бедная ящерица, никогда не знавшая мужчин, приходила в священный ужас при виде мужской физиономии. В усах и бороде каждого «демона» она умела читать райское блаженство, неминуемо ведущее к неведомой, страшной пропасти, из которой нет выхода. Институтки смеялись над глупой Morceau, но, пропитанные насквозь «идеалами», они не могли не разделять ее священного ужаса. Они веровали, что там, за институтскими стенами, если не считать катарального папаши и братцев-вольноопределяющихся, кишат косматые поэты, бледные певцы, желчные сатирики, отчаянные патриоты, неизмеримые миллионеры, красноречивые до слез, ужасно интересные защитники... Гляди на эту кишащую толпу и выбирай!

В частности, Леля была убеждена, что, выйдя из института, она неминуемо столкнется с тургеневскими и иными героями, бойцами за правду и прогресс, о которых вперегонку трактуют все романы и даже все учебники по истории – древней, средней и новой...

В этом мае Леля уже замужем. Муж ее красив, богат, молод, образован, всеми уважаем, но, несмотря на все это, он (совестно сознаться перед поэтическим маем!) груб, неотесан и нелеп, как сорок тысяч нелепых братьев.

Просыпается он ровно в десять часов утра и, надевши халат, садится бриться. Бреется он с озабоченным лицом, с чувством, с толком, словно телефон выдумывает. После бритья пьет какие-то воды, тоже с озабоченным лицом. Затем, одевшись во все тщательно вычищенное и выглаженное, целует женину руку и в собственном экипаже едет на службу в «Страховое общество». Что он делает в этом «обществе», Леля не знает. Переписывает ли он только бумаги, сочиняет ли умные проекты или, быть может, даже вращает судьбами «общества» – неизвестно. В четвертом часу приезжает он со службы и, жалуясь на утомление и испарину, переменяет белье. Затем садится обедать. За обедом он много ест и разговаривает. Говорит все больше о высоких материях. Решает женский и финансовый вопросы, бранит за что-то Англию, хвалит Бисмарка. Достается от него газетам, медицине, актерам, студентам... «Молодежь ужжасно измельчала!» За один обед успеет сотню вопросов решить. Но, что ужаснее всего, обедающие гости слушают этого тяжелого человека и поддакивают. Он, говорящий нелепости и пошлости, оказывается умнее всех гостей и может служить авторитетом.

– Нет у нас теперь хороших писателей! – вздыхает он за каждым обедом, и это убеждение вынес он не из книг. Он никогда ничего не читает – ни книг, ни газет. Тургенева смешивает с Достоевским, карикатур не понимает, шуток тоже, а прочитав однажды, по совету Лели, Щедрина, нашел, что Щедрин «туманно» пишет.

– Пушкин, ma chère [1] , лучше… У Пушкина есть очень смешные вещи! Я читал… помню…

После обеда он идет на террасу, садится в мягкое кресло и, полузакрыв глаза, задумывается. Думает долго, сосредоточенно, хмурясь и морщась… О чем он думает, неведомо Леле. Она знает только, что после двухчасовой думы он нисколько не умнеет и несет все ту же чушь. Вечером игра в карты. Играет он аккуратно. Над каждым ходом долго думает и, в случае ошибки партнера, ровным, отчеканивающим голосом излагает правила карточной игры. После карт, по уходе гостей, он пьет те же воды и с озабоченным лицом ложится спать. Во сне он покоен, как лежачее бревно. Изредка только бредит, но и бред его нелеп.

– Извозчик! Извозчик! – услышала от него Леля на вторую ночь после свадьбы.

Всю ночь он бурчит. Бурчит у него в носу, в груди, животе…

Больше ничего не может сказать о нем Леля. Она стоит теперь у палисадника, думает о нем, сравнивает его со всеми знакомыми ей мужчинами и находит, что он лучше всех; но ей не легче от этого. Священный ужас m-lle Morceau обещал ей больше.

Русский уголь

(Правдивая история)

В одно прекрасное апрельское утро русский le comte[2] Тулупов ехал на немецком пароходе вниз по Рейну и от нечего делать

---

[1] Моя дорогая *(франц.)*.

[2] Граф *(франц.)*.

беседовал с «колбасником». Его собеседник, молодой сухопарый немец, весь состоящий из надменно-ученой физиономии, собственного достоинства и туго накрахмаленных воротничков, отрекомендовался горным мастером Артуром Имбс и упорно не сворачивал с начатого и уже надоевшего графу разговора о русском каменном угле.

– Судьба нашего угля весьма плачевна, – сказал, между прочим, граф, испустив вздох ученого знатока. – Вы не можете себе представить: Петербург и Москва живут английским углем, Россия жжет в печах свои роскошные, девственные леса, а между тем недра нашего юга содержат неисчерпаемые богатства!

Имбс печально покачал головой, досадливо крякнул и потребовал карту России.

Когда лакей принес карту, граф провел ногтем мизинца по берегу Азовского моря, поцарапал тем же ногтем возле Харькова и проговорил:

– Вот здесь… вообще… Понимаете? Весь юг!!.

Имбсу хотелось точнее узнать те именно места, где залегает наш уголь, но граф не сказал ничего определенного; он беспорядочно тыкал своим ногтем по всей России и раз даже, желая показать богатую углем Донскую область, ткнул на Ставропольскую губернию. Русский граф, по-видимому, плохо знал географию своей родины. Он ужасно удивился и даже изобразил на своем лице недоверие, когда Имбс сказал ему, что в России есть Карпатские горы.

– У меня у самого, знаете ли, есть в Донской области имение, – сказал граф. – Восемь тысяч десятин земли. Прекрасное имение! Угля в нем, представьте себе… eine zahllose… eine oceanische Menge![1] Миллионы в земле зарыты… пропадают даром… Давно уже мечтаю заняться этим вопросом… Подыскиваю случая… подходящего человека. У нас в России нет ведь специалистов! Полное безлюдье!

---

[1] Бесчисленная… океанская масса! *(нем.)*

Заговорили вообще о специалистах. Говорили много и долго... Кончилось тем, что граф вскочил вдруг, как ужаленный, хлопнул себя по лбу и сказал:

– Знаете что? Я очень рад, что с вами встретился. Не хотите ли ехать ко мне в имение? А? Что вам здесь делать, в Германии? Здесь ученых немцев и без вас много, а у меня вы дело сделаете! И какое дело!.. Хотите? Соглашайтесь скорей!

Имбс нахмурился, походил по каюте из угла в угол и, рассудив и взвесив, дал согласие.

Граф пожал ему руку и крикнул шампанского...

– Ну, теперь я покоен, – сказал он. – У меня будет уголь...

Через неделю Имбс, нагруженный книгами, чертежами и надеждами, ехал уже в Россию, нецеломудренно мечтая о русских рублях. В Москве граф дал ему двести рублей, адрес имения и приказал ехать на юг.

– Езжайте себе и начинайте там... Я, может быть, осенью приеду. Пишите, как и что...

Прибыв в имение Тулупова, Имбс поселился во флигеле и на другой же день после приезда занялся «снабжением России углем». Через три недели он послал графу первое письмо. «Я уже ознакомился с углем вашей земли, – писал он после длинного робкого вступления, – и нашел, что, благодаря своему низкому качеству, он не сто́ит того, чтобы его выкапывали из земли. Если бы он был втрое лучше, то и тогда бы не следовало трогать его. Помимо качества угля, меня поражает также полное отсутствие спроса. У вашего соседа, углепромышленника Алпатова, заготовлено пятнадцать миллионов пудов, а между тем нет никого, кто бы дал ему хотя бы по копейке за пуд. Донецкая Каменноугольная дорога, идущая через ваше имение, построена специально для перевозки каменного угля, но, как оказывается, ей за все время своего существования не удалось провезти еще ни одного пуда. Нужно быть нечестным или слишком легкомысленным, чтобы подать вам хотя бы каплю надежды на успех. Осмелюсь также добавить, что ваше хозяйство до того расстроено и распущено, что добывание угля и вообще какие бы то ни было нововведения являются роскошью». В конце концов немец просил графа порекомендовать его другим русским «Fürsten oder Grafen»[1] или же выслать ему «ein wenig»[2] на обратный путь в Германию. В ожидании милостивого ответа Имбс занялся уженьем карасей и ловлей перепелов на дудочку.

Ответ на это письмо получил не Имбс, а управляющий, поляк Дзержинский. «А немцу скажите, что он ни черта не понимает, – писал граф в постскриптуме. – Я показывал его письмо одному горному инженеру (тайному советнику Млееву), и оно возбудило смех. Впрочем, я его не держу. Пусть себе уезжает. Деньги же на дорогу у него есть. Я дал ему 200 руб. Если он потратил на дорогу 50, то и тогда останется у него 150 руб.». Узнав о таком ответе, Имбс ужасно испугался. Он сел и покрыл своим немецким, расплывающимся почерком два листа почтовой бумаги. Он умолял графа простить его великодушно за то, что он скрыл от него в первом письме многое «очень важное». Со слезами на глазах и угрызаемый совестью он писал, что оставшиеся после дороги из Москвы 172 рубля он имел неосторожность проиграть в карты Дзержинскому. «Впоследствии я выиграл с него 250 р., но он не отдает мне их, хотя и получил с меня весь мой проигрыш, а потому осмеливаюсь прибегать к вашему всемогуществу, заставьте уважаемого господина Дзержинского уплатить мне хоть половину, чтобы я мог оставить Россию и не есть даром вашего хлеба». Много воды утекло в море и много карасей и перепелов поймал Имбс, пока получил ответ на это второе письмо. Однажды, в конце июля, в его комнату вошел поляк и, севши на кровать, принялся припоминать вслух все ругательства, имеющиеся на немецком языке.

---

1 «Князьям или графам» *(нем.)*.

2 «Немного» *(нем.)*.

– Удивительный осел этот граф! – сказал он, хлопая фуражкой о край стола. – Пишет мне, что уезжает на днях в Италию, а не дает никаких распоряжений относительно вас. Куда мне вас девать? Водку вами закусывать, что ли? И на чертей ему дался этот уголь! Уголь ему нужен так же, как мне ваша физиономия, черт его возьми! И вы тоже хороши, нечего сказать! Глупый, объевшийся баловень наболтал вам от нечего делать, а вы ему поверили!

– Граф уезжает в Италию? – удивился Имбс, бледнея. – А денег мне прислал? Нет?! Как же я уеду отсюда? Ведь у меня ни копейки!.. Послушайте меня, уважаемый господин Дзержинский… Если вы не можете отдать мне вашего проигрыша, то не купите ли вы моих книг и чертежей? В России вы сбудете их за очень большую сумму!

– В России не нужны ваши книги и чертежи.

Имбс сел и задумался. Пока поляк наполнял воздух своею желчью, немец решал свой шкурный вопрос и чувствовал всеми своими немецкими чувствами, как у него портилась в эти минуты кровь. Он похудел, обрюзг, и выражение надменной учености на лице уступило место выражению боли, безнадежности… Сознание безвыходного плена, вдали от рейнских волн и компании горных мастеров, заставило его плакать… Вечером он сидел у окна и глядел на луну… Кругом была тишина. Где-то вдали пиликала гармонийка и ныла жалобная русская песенка. Эти звуки защемили Имбса за сердце… Его охватила такая тоска по родине, по праву и справедливости, что он отдал бы всю жизнь за то только, чтобы очутиться в эту ночь дома…

«И здесь светит эта луна, и там она светит, а какая разница!» – думал он.

Всю ночь тосковал Имбс. Под утро он не вынес тоски и порешил уйти. Сложив свои «ненужные в России» книги и чертежи в котомку, он выпил натощак воды и ровно в четыре часа утра поплелся пешечком к северу. Он порешил идти в тот самый Харьков, который еще так недавно граф поцарапал на карте своим розовым ногтем. В Харькове надеялся он встретить немцев, которые могли бы дать ему денег на дорогу.

– Дорогой стащили с меня, сонного, сапоги, – рассказывал Имбс своим приятелям, сидя через месяц на том же пароходе. – Такова «русская честность»! Но в конце концов нужно отдать ей справедливость: от Славянска до Харькова русский кондуктор провез меня за сорок копеек – деньги, вырученные мною за мою пенковую трубку. Это нечестно, но зато очень дешево!

Брожение умов

(Из летописи одного города)

Земля изображала из себя пекло. Послеобеденное солнце жгло с таким усердием, что даже Реомюр, висевший в кабинете акцизного, потерялся: дошел до 35,8° и в нерешимости остановился... С обывателей лил пот, как с заезженных лошадей, и на них же засыхал; лень было вытирать.

По большой базарной площади, ввиду домов с наглухо закрытыми ставнями, шли два обывателя: казначей Почешихин и ходатай по делам (он же и старинный корреспондент «Сына отечества») Оптимов. Оба шли и по случаю жары молчали. Оптимову хотелось осудить управу за пыль и нечистоту базарной площади, но, зная миролюбивый нрав и умеренное направление спутника, он молчал.

На середине площади Почешихин вдруг остановился и стал глядеть на небо.

– Что вы смотрите, Евпл Серапионыч?

– Скворцы полетели. Гляжу, куда сядут. Туча тучей! Ежели, положим, из ружья выпалить, да ежели потом собрать... да ежели... В саду отца протоиерея сели!

– Нисколько, Евпл Серапионыч. Не у отца протоиерея, а у отца дьякона Вратоадова. Если с этого места выпалить, то ничего не убьешь. Дробь мелкая и, покуда долетит, ослабнет. Да и за что их, посудите, убивать? Птица насчет ягод вредная, это верно, но все-таки тварь, всякое дыхание. Скворец, скажем, поет... А для чего он, спрашивается, поет? Для хвалы поет. Всякое дыхание да хвалит господа. Ой, нет! Кажется, у отца протоиерея сели!

Мимо беседующих бесшумно прошли три старые богомолки с котомками и в лапотках. Поглядев вопросительно на Почешихина и Оптимова, которые всматривались почему-то в дом отца протоиерея, они пошли тише и, отойдя немного, остановились и еще раз взглянули на друзей и потом сами стали смотреть на дом отца протоиерея.

– Да, вы правду сказали, они у отца протоиерея сели, – продолжал Оптимов. – У него теперь вишня поспела, так вот они и полетели клевать.

Из протопоповой калитки вышел сам отец протоиерей Восьмистишиев и с ним дьячок Евстигней. Увидев обращенное в его сторону внимание и не понимая, на что это смотрят люди, он остановился и, вместе с дьячком, стал тоже глядеть вверх, чтобы понять.

– Отец Паисий, надо полагать, на требу идет, – сказал Почешихин. – Помогай ему бог!

В пространстве между друзьями и отцом протоиереем прошли только что выкупавшиеся в реке фабричные купца Пурова. Увидев отца Паисия, напрягавшего свое внимание на высь поднебесную, и богомолок, которые стояли неподвижно и тоже смотрели вверх, они остановились и стали глядеть туда же. То же самое сделал и мальчик, ведший нищего-слепца, и мужик, несший для свалки на площади бочонок испортившихся сельдей.

– Что-то случилось, надо думать, – сказал Почешихин. – Пожар, что ли? Да нет, не видать дыму! Эй, Кузьма! – крикнул он остановившемуся мужику. – Что там случилось?

Мужик что-то ответил, но Почешихин и Оптимов ничего не расслышали. У всех лавочных дверей показались сонные приказчики. Штукатуры, мазавшие лабаз купца Фертикулина, оставили свои лестницы и присоединились к фабричным. Пожарный, описывавший босыми ногами круги на каланче, остановился и, поглядев немного, спустился вниз. Каланча осиротела. Это показалось подозрительным.

– Уж не пожар ли где-нибудь? Да вы не толкайтесь! Черт свинячий!

– Где вы видите пожар? Какой пожар? Господа, разойдитесь! Вас честью просят!

– Должно, внутри загорелось!

– Честью просит, а сам руками тычет. Не махайте руками! Вы хоть и господин начальник, а вы не имеете никакого полного права рукам волю давать!

– На мозоль наступил! А, чтоб тебя раздавило!

– Кого раздавило? Ребята, человека задавили!

– Почему такая толпа? За какой надобностью?

– Человека, ваше выскблаародие, задавило!

– Где? Рразойдитесь! Господа, честью прошу! Честью просят тебя, дубина!

– Мужиков толкай, а благородных не смей трогать! Не прикасайся!

– Нешто это люди? Нешто их, чертей, проймешь добрым словом? Сидоров, сбегай-ка за Акимом Данилычем! Живо! Господа, ведь вам же плохо будет! Придет Аким Данилыч, и вам же достанется! И ты тут, Парфен?! А еще тоже слепец, святой старец! Ничего не видит, а туда же, куда и люди, не повинуется! Смирнов, запиши Парфена!

– Слушаю! И пуровских прикажете записать? Вот этот самый, который щека распухши, – это пуровский!

– Пуровских не записывай покуда... Пуров завтра именинник!

Скворцы темной тучей поднялись над садом отца протоиерея, но Почешихин и Оптимов уже не видели их; они стояли и все глядели вверх, стараясь понять, зачем собралась такая толпа и куда она смотрит. Показался Аким Данилыч. Что-то жуя и вытирая губы, он взревел и врезался в толпу.

– Пожжаррные, приготовьсь! Рразойдитесь! Господин Оптимов, разойдитесь, ведь вам же плохо будет! Чем в газеты на порядочных людей писать разные критики, вы бы лучше сами старались вести себя посущественней! Добру-то не научат газеты!

– Прошу вас не касаться гласности! – вспылил Оптимов. – Я литератор и не дозволю вам касаться гласности, хотя, по долгу гражданина, и почитаю вас, как отца и благодетеля!

– Пожарные, лей!

– Воды нет, ваше высокоблаародие!

– Не рразговаривать! Поезжайте за водой! Живааа!

– Не на чем ехать, ваше высокоблагородие. Майор на пожарных лошадях поехали ихнюю тетеньку провожать!

– Разойдитесь! Сдай назад, чтоб тебя черти взяли… Съел? Запиши-ка его, черта!

– Карандаш потерялся, ваше высокоблаародие…

Толпа все увеличивалась и увеличивалась… Бог знает, до каких бы размеров она выросла, если бы в трактире Грешкина не вздумали пробовать полученный на днях из Москвы новый орган. Заслышав «Стрелочка», толпа ахнула и повалила к трактиру. Так никто и не узнал, почему собралась толпа, а Оптимов и Почешихин уже забыли о скворцах, истинных виновниках происшествия. Через час город был уже недвижим и тих, и виден был только один-единственный человек – это пожарный, ходивший на каланче…

Вечером того же дня Аким Данилыч сидел в бакалейной лавке Фертикулина, пил лимонад-газес с коньяком и писал: «Кроме официальной бумаги, смею добавить, ваше-ство, и от себя некоторое присовокупление. Отец и благодетель! Именно только молитвами вашей добродетельной супруги, живущей в благорастворенной даче близ нашего города, дело не дошло до крайних пределов! Столько я вынес за сей день, что и описать не могу. Распорядительность Крушенского и пожарного майора Портупеева не находит себе подходящего названия. Горжусь сими достойными слугами отечества! Я же сделал все, что может сделать слабый человек, кроме добра ближнему ничего не желающий, и, сидя теперь среди домашнего очага своего, благодарю со слезами Того, кто не допустил до кровопролития. Виновные, за недостатком улик, сидят пока взаперти, но думаю их выпустить через недельку. От невежества преступили заповедь!»

Экзамен на чин

– Учитель географии Галкин на меня злобу имеет и, верьте-с, я у него не выдержу сегодня экзамента, – говорил, нервно потирая руки и потея, приемщик Х-го почтового отделения Ефим Захарыч Фендриков, седой, бородатый человек с почтенной лысиной и солидным животом. – Не выдержу… Это как бог свят… А злится он на меня совсем из-за пустяков-с. Приходит ко мне однажды с заказным письмом и сквозь всю публику лезет, чтоб я, видите ли, принял сперва его письмо, а потом уж прочие. Это не годится… Хоть он и образованного класса, а все-таки соблюдай порядок и жди. Я ему сделал приличное замечание. «Дожидайтесь, – говорю, – очереди, милостивый государь». Он вспыхнул и с той поры восстает на меня, аки Саул. Сынишке моему Егорушке единицы выводит, а про меня разные названия по городу распускает. Иду я однажды-с мимо трактира Кухтина, а он высунулся с бильярдным кием из окна и кричит в пьяном виде на всю площадь: «Господа, поглядите: марка, бывшая в употреблении, идет!»

Учитель русского языка Пивомедов, стоявший в передней Х-го уездного училища вместе с Фендриковым и снисходительно куривший его папиросу, пожал плечами и успокоил:

– Не волнуйтесь. У нас и примера не было, чтоб вашего брата на экзаменах резали. Проформа!

Фендриков успокоился, но ненадолго. Через переднюю прошел Галкин, молодой человек с жидкой, словно оборванной бородкой, в парусинковых брюках и новом синем фраке. Он строго посмотрел на Фендрикова и прошел дальше.

Затем разнесся слух, что инспектор едет. Фендриков похолодел и стал ждать с тем страхом, который так хорошо известен всем подсудимым и экзаменующимся впервые. Через переднюю пробежал на улицу штатный смотритель уездного училища Хамов. За ним спешил навстречу к инспектору законоучитель Змиежалов в камилавке и с наперстным крестом. Туда же стремились и прочие учителя. Инспектор народных училищ Ахахов громко поздоровался, выразил свое неудовольствие на пыль и вошел в училище. Через пять минут приступили к экзаменам.

Проэкзаменовали двух поповичей на сельского учителя. Один выдержал, другой же не выдержал. Провалившийся высморкался в красный платок, постоял немного, подумал и ушел. Проэкзаменовали двух вольноопределяющихся третьего разряда. После этого пробил час Фендрикова...

– Вы где служите? – обратился к нему инспектор.

– Приемщиком в здешнем почтовом отделении, ваше высокородие, – проговорил он, выпрямляясь и стараясь скрыть от публики дрожание своих рук. – Прослужил двадцать один год, ваше высокородие, а ныне потребованы сведения для представления меня к чину коллежского регистратора, для чего и осмеливаюсь подвергнуться испытанию на первый классный чин.

– Так-с... Напишите диктант.

Пивомедов поднялся, кашлянул и начал диктовать густым, пронзительным басом, стараясь уловить экзаменующегося на словах, которые пишутся не так, как выговариваются: «Хараша халодная вада, кагда хочица пить» и проч.

Но как ни изощрялся хитроумный Пивомедов, диктант удался. Будущий коллежский регистратор сделал немного ошибок, хотя и напирал больше на красоту букв, чем на грамматику. В слове «чрезвычайно» он написал два «н», слово «лучше» написал «лутше», а словами «новое поприще» вызвал на лице инспектора улыбку, так как написал «новое подприще»; но ведь все это не грубые ошибки.

– Диктант удовлетворителен, – сказал инспектор.

– Осмелюсь довести до сведения вашего высокородия, – сказал подбодренный Фендриков, искоса поглядывая на врага своего Галкина, – осмелюсь доложить, что геометрию я учил из книги Давыдова, отчасти же обучался ей у племянника Варсонофия, приезжавшего на каникулах из Троице-Сергиевской, Вифанской тож, семинарии. И планиметрию, учил и стереометрию... все как есть...

– Стереометрии по программе не полагается.

– Не полагается? А я месяц над ней сидел... Этакая жалость! – вздохнул Фендриков.

– Но оставим пока геометрию. Обратимся к науке, которую вы, как чиновник почтового ведомства, вероятно, любите. География – наука почтальонов.

Все учителя почтительно улыбнулись. Фендриков был не согласен с тем, что география есть наука почтальонов (об этом нигде не было написано ни в почтовых правилах, ни в приказах по округу), но из почтительности сказал: «Точно так». Он нервно кашлянул и с ужасом стал ждать вопросов. Его враг Галкин откинулся на спинку стула и, не глядя на него, спросил протяжно:

– Э... скажите мне, какое правление в Турции?

– Известно какое... Турецкое...

– Гм!.. турецкое... Это понятие растяжимое. Там правление конституционное. А какие вы знаете притоки Ганга?

– Я географию Смирнова учил и, извините, не отчетливо выучил... Ганг, это которая река в Индии текет... река эта текет в океан.

– Я вас не про это спрашиваю. Какие притоки имеет Ганг? Не знаете? А где течет Аракс? И этого не знаете? Странно... Какой губернии Житомир?

– Тракт 18, место 121.

На лбу у Фендрикова выступил холодный пот. Он замигал глазами и сделал такое глотательное движение, что показалось, будто он проглотил свой язык.

– Как перед истинным богом, ваше высокородие, – забормотал он. – Даже отец протоиерей могут подтвердить... Двадцать один год прослужил и теперь это самое, которое... Век буду бога молить...

– Хорошо, оставим географию. Что вы из арифметики приготовили?

– И арифметику не отчетливо... Даже отец протоиерей могут подтвердить... Век буду бога молить... С самого Покрова учусь, учусь и... ничего толку... Постарел для умственности... Будьте столь милостивы, ваше высокородие, заставьте вечно бога молить.

На ресницах у Фендрикова повисли слезы.

– Прослужил честно и беспорочно... Говею ежегодно... Даже отец протоиерей могут подтвердить... Будьте великодушны, ваше высокородие.

– Ничего не приготовили?

– Все приготовил-с, но ничего не помню-с... Скоро шестьдесят стукнет, ваше высокородие, где уж тут за науками угоняться? Сделайте милость!

– Уж и шапку с кокардой себе заказал... – сказал протоиерей Змиежалов и усмехнулся.

– Хорошо, ступайте!.. – сказал инспектор.

Через полчаса Фендриков шел с учителями в трактир Кухтина пить чай и торжествовал. Лицо у него сияло, в глазах светилось счастье, но ежеминутное почесывание затылка показывало, что его терзала какая-то мысль.

– Экая жалость! – бормотал он. – Ведь этакая, скажи на милость, глупость с моей стороны!

– Да что такое? – спросил Пивомедов.

– Зачем я стереометрию учил, ежели ее в программе нет? Ведь целый месяц над ней, подлой, сидел. Этакая жалость!

Хирургия

Земская больница. За отсутствием доктора, уехавшего жениться, больных принимает фельдшер Курятин, толстый человек лет сорока, в поношенной чечунчовой жакетке и в истрепанных триковых брюках. На лице выражение чувства долга и приятности. Между указательным и средним пальцами левой руки – сигара, распространяющая зловоние.

В приемную входит дьячок Вонмигласов, высокий коренастый старик в коричневой рясе и с широким кожаным поясом. Правый глаз с бельмом и полузакрыт, на носу бородавка, похожая издали на большую муху. Секунду дьячок ищет глазами икону и, не найдя таковой, крестится на бутыль с карболовым раствором, потом вынимает из красного платочка просфору и с поклоном кладет ее перед фельдшером.

– А-а-а… мое вам! – зевает фельдшер. – С чем пожаловали?

– С воскресным днем вас, Сергей Кузьмич… К вашей милости… Истинно и правдиво в Псалтыри сказано, извините: «Питие мое с плачем растворях». Сел намедни со старухой чай пить и – ни боже мой, ни капельки, ни синь-порох, хоть ложись да помирай… Хлебнешь чуточку – и силы моей нету! А кроме того, что в самом зубе, но и всю эту сторону… Так и ломит, так и ломит! В ухо отдает, извините, словно в нем гвоздик или другой какой предмет: так и стреляет, так и стреляет! Согрешихом и беззаконновахом… Студными бо окалях душу грехми и в лености житие мое иждих… За грехи, Сергей Кузьмич, за грехи! Отец иерей после литургии упрекает:

«Косноязычен ты, Ефим, и гугнив стал. Поешь, и ничего у тебя не разберешь». А какое, судите, тут пение, ежели рта раскрыть нельзя, все распухши, извините, и ночь не спавши…

– М-да… Садитесь… Раскройте рот!

Вонмигласов садится и раскрывает рот.

Курятин хмурится, глядит в рот и среди пожелтевших от времени и табаку зубов усматривает один зуб, украшенный зияющим дуплом.

– Отец диакон велели водку с хреном прикладывать – не помогло. Гликерия Анисимовна, дай бог им здоровья, дали на руку ниточку носить с Афонской горы да велели теплым молоком зуб полоскать, а я, признаться, ниточку-то надел, а в отношении молока не соблюл: бога боюсь, пост…

– Предрассудок… (Пауза.) Вырвать его нужно, Ефим Михеич!

– Вам лучше знать, Сергей Кузьмич. На то вы и обучены, чтоб это дело понимать как оно есть, что вырвать, а что каплями или прочим чем… На то вы, благодетели, и поставлены, дай бог вам здоровья, чтоб мы за вас денно и нощно, отцы родные… по гроб жизни…

– Пустяки… – скромничает фельдшер, подходя к шкапу и роясь в инструментах. – Хирургия – пустяки… Тут во всем привычка, твердость руки… Раз плюнуть… Намедни тоже, вот как и вы, приезжает в больницу помещик Александр Иваныч Египетский… Тоже с зубом… Человек образованный, обо всем расспрашивает, во все входит, как и что. Руку пожимает, по имени и отчеству… В Петербурге семь лет жил, всех профессоров перенюхал… Долго мы с ним тут… Христом-богом молит: вырвите вы мне его, Сергей Кузьмич! Отчего же не вырвать? Вырвать можно. Только тут понимать надо, без понятия нельзя… Зубы разные бывают. Один рвешь щипцами, другой козьей ножкой, третий ключом… Кому как.

Фельдшер берет козью ножку, минуту смотрит на нее вопросительно, потом кладет и берет щипцы.

– Ну-с, раскройте рот пошире... – говорит он, подходя с щипцами к дьячку. – Сейчас мы его... тово... Раз плюнуть... Десну подрезать только... тракцию сделать по вертикальной оси... и все... (подрезывает десну) и все...

– Благодетели вы наши... Нам, дуракам, и невдомек, а вас господь просветил...

– Не рассуждайте, ежели у вас рот раскрыт... Этот легко рвать, а бывает так, что одни только корешки... Этот – раз плюнуть... (Накладывает щипцы.) Постойте, не дергайтесь... Сидите неподвижно... В мгновение ока... (Делает тракцию.) Главное, чтоб поглубже взять (тянет)... чтоб коронка не сломалась...

– Отцы наши... Мать пресвятая... Ввв...

– Не тово... не тово... как его? Не хватайте руками! Пустите руки! (Тянет.) Сейчас... Вот, вот... Дело-то ведь не легкое...

– Отцы... радетели... (Кричит.) Ангелы! Ого-го... Да дергай же, дергай! Чего пять лет тянешь?

– Дело-то ведь... хирургия... Сразу нельзя... Вот, вот...

Вонмигласов поднимает колени до локтей, шевелит пальцами, выпучивает глаза, прерывисто дышит... На багровом лице его выступает пот, на глазах слезы. Курятин сопит, топчется перед дьячком и тянет... Проходят мучительнейшие полминуты – и щипцы срываются с зуба. Дьячок вскакивает и лезет пальцами в рот. Во рту нащупывает он зуб на старом месте.

– Тянул! – говорит он плачущим и в то же время насмешливым голосом. – Чтоб тебя так на том свете потянуло! Благодарим покорно! Коли не умеешь рвать, так не берись! Света божьего не вижу...

– А ты зачем руками хватаешь? – сердится фельдшер. – Я тяну, а ты мне под руку толкаешь и разные глупые слова... Дура!

– Сам ты дура!

– Ты думаешь, мужик, легко зуб-то рвать? Возьмись-ка! Это не то, что на колокольню полез да в колокола отбарабанил! (Дразнит.)

«Не умеешь, не умеешь!» Скажи, какой указчик нашелся! Ишь ты... Господину Египетскому, Александру Иванычу, рвал, да и тот ничего, никаких слов... Человек почище тебя, а не хватал руками... Садись! Садись, тебе говорю!

– Света не вижу... Дай дух перевести... Ох! (Садится.) Не тяни только долго, а дергай. Ты не тяни, а дергай... Сразу!

– Учи ученого! Экий, господи, народ необразованный! Живи вот с этакими... очумеешь! Раскрой рот... (Накладывает щипцы.) Хирургия, брат, не шутка... Это не на клиросе читать... (Делает тракцию.) Не дергайся... Зуб, выходит, застарелый, глубоко корни пустил... (Тянет.)

Не шевелись... Так... так... Не шевелись... Ну, ну... (Слышен хрустящий звук.) Так и знал!

Вонмигласов сидит минуту неподвижно, словно без чувств. Он ошеломлен... Глаза его тупо глядят в пространство, на бледном лице пот.

– Было б мне козьей ножкой... – бормочет фельдшер. – Этакая оказия!

Придя в себя, дьячок сует в рот пальцы и на месте больного зуба находит два торчащих выступа.

– Парршивый черт... – выговаривает он. – Насажали вас здесь, иродов, на нашу погибель!

– Поругайся мне еще тут... – бормочет фельдшер, кладя в шкап щипцы. – Невежа... Мало тебя в бурсе березой потчевали... Господин Египетский, Александр Иваныч, в Петербурге лет семь жил... образованность... один костюм рублей сто стоит... да и то не ругался... А ты что за пава такая? Ништо тебе, не околеешь!

Дьячок берет со стола свою просфору и, придерживая щеку рукой, уходит восвояси...

Хамелеон

Через базарную площадь идет полицейский надзиратель Очумелов в новой шинели и с узелком в руке. За ним шагает рыжий городовой с решетом, доверху наполненным конфискованным крыжовником. Кругом тишина... На площади ни души... Открытые двери лавок и кабаков глядят на свет божий уныло, как голодные пасти; около них нет даже нищих.

– Так ты кусаться, окаянная? – слышит вдруг Очумелов. – Ребята, не пущай ее! Нынче не велено кусаться! Держи! А... а!

Слышен собачий визг. Очумелов глядит в сторону и видит: из дровяного склада купца Пичугина, прыгая на трех ногах и оглядываясь, бежит собака. За ней гонится человек в ситцевой крахмальной рубахе и расстегнутой жилетке. Он бежит за ней и, подавшись туловищем вперед, падает на землю и хватает собаку за задние лапы. Слышен вторично собачий визг и крик: «Не пущай!» Из лавок высовываются сонные физиономии, и скоро около дровяного склада, словно из земли выросши, собирается толпа.

– Никак беспорядок, ваше благородие!.. – говорит городовой.

Очумелов делает полуоборот налево и шагает к сборищу. Около самых ворот склада, видит он, стоит вышеписанный человек в расстегнутой жилетке и, подняв вверх правую руку, показывает толпе окровавленный палец. На полупьяном лице его как бы написано: «Ужо я сорву с тебя, шельма!» – да и самый палец имеет вид знамения победы. В этом человеке Очумелов узнает золотых дел мастера Хрюкина. В центре толпы, растопырив передние ноги и дрожа всем телом, сидит на земле сам виновник скандала – белый борзой щенок с острой мордой и желтым пятном на спине. В слезящихся глазах его выражение тоски и ужаса.

– По какому это случаю тут? – спрашивает Очумелов, врезываясь в толпу. – Почему тут? Это ты зачем палец?.. Кто кричал?

– Иду я, ваше благородие, никого не трогаю... – начинает Хрюкин, кашляя в кулак. – Насчет дров с Митрий Митричем, – и вдруг эта подлая ни с того ни с сего за палец... Вы меня извините, я человек, который работающий... Работа у меня мелкая. Пущай мне заплатят, потому – я этим пальцем, может, неделю не пошевельну... Этого, ваше благородие, и в законе нет, чтоб от твари терпеть... Ежели каждый будет кусаться, то лучше и не жить на свете...

– Гм!.. Хорошо... – говорит Очумелов строго, кашляя и шевеля бровями. – Хорошо... Чья собака? Я этого так не оставлю. Я покажу вам, как собак распускать! Пора обратить внимание на подобных господ, не желающих подчиняться постановлениям! Как оштрафуют его, мерзавца, так он узнает у меня, что значит собака и прочий бродячий скот! Я ему покажу Кузькину мать!.. Елдырин, – обращается надзиратель к городовому, – узнай, чья это собака, и составляй протокол! А собаку истребить надо. Немедля! Она, наверное, бешеная... Чья это собака, спрашиваю?

– Это, кажись, генерала Жигалова! – говорит кто-то из толпы.

– Генерала Жигалова? Гм!.. Сними-ка, Елдырин, с меня пальто... Ужас как жарко! Должно полагать, перед дождем... Одного только я не понимаю: как она могла тебя укусить? – обращается Очумелов к Хрюкину. – Нешто она достанет до пальца? Она маленькая, а ты ведь вон какой здоровила! Ты, должно быть, расковырял палец гвоздиком, а потом и пришла в твою голову идея, чтоб сорвать. Ты ведь... известный народ! Знаю вас, чертей!

– Он, ваше благородие, цыгаркой ей в харю для смеха, а она – не будь дура и тяпни... Вздорный человек, ваше благородие!

– Врешь, кривой! Не видал, так, стало быть, зачем врать? Их благородие умный господин и понимают, ежели кто врет, а кто по совести, как перед богом... А ежели я вру, так пущай мировой рассудит. У него в законе сказано... Нынче все равны... У меня у самого брат в жандарах... ежели хотите знать...

– Не рассуждать!

– Нет, это не генеральская... – глубокомысленно замечает городовой. – У генерала таких нет. У него все больше легавые...

– Ты это верно знаешь?

– Верно, ваше благородие…

– Я и сам знаю. У генерала собаки дорогие, породистые, а эта – черт знает что! Ни шерсти, ни вида… подлость одна только… И этакую собаку держать?!. Где же у вас ум? Попадись этакая собака в Петербурге или Москве, то знаете, что было бы? Там не посмотрели бы в закон, а моментально – не дыши! Ты, Хрюкин, пострадал и дела этого так не оставляй… Нужно проучить! Пора…

– А может быть, и генеральская… – думает вслух городовой. – На морде у ней не написано… Намедни во дворе у него такую видел.

– Вестимо, генеральская! – говорит голос из толпы.

– Гм!.. Надень-ка, брат Елдырин, на меня пальто… Что-то ветром подуло… Знобит… Ты отведешь ее к генералу и спросишь там. Скажешь, что я нашел и прислал… И скажи, чтобы ее не выпускали на улицу… Она, может быть, дорогая, а ежели каждый свинья будет ей в нос сигаркой тыкать, то долго ли испортить. Собака – нежная тварь… А ты, болван, опусти руку! Нечего свой дурацкий палец выставлять! Сам виноват!..

– Повар генеральский идет, его спросим… Эй, Прохор! Поди-ка, милый, сюда! Погляди на собаку… Ваша?

– Выдумал! Этаких у нас отродясь не бывало!

– И спрашивать тут долго нечего, – говорит Очумелов. – Она бродячая! Нечего тут долго разговаривать… Ежели сказал, что бродячая, стало быть и бродячая… Истребить, вот и все.

– Это не наша, – продолжает Прохор. – Это генералова брата, что намеднись приехал. Наш не охотник до борзых. Брат ихний охоч…

– Да разве братец ихний приехали? Владимир Иваныч? – спрашивает Очумелов, и все лицо его заливается улыбкой умиления. – Ишь ты, господи! А я и не знал! Погостить приехали?

– В гости…

– Ишь ты, господи… Соскучились по братце… А я ведь и не знал! Так это ихняя собачка? Очень рад… Возьми ее… Собачонка ничего себе... Шустрая такая... Цап этого за палец! Ха-ха-ха... Ну, чего дрожишь? Ррр... Рр... Сердится, шельма... цуцык этакий...

Прохор зовет собаку и идет с ней от дровяного склада... Толпа хохочет над Хрюкиным.

– Я еще доберусь до тебя! – грозит ему Очумелов и, запахиваясь в шинель, продолжает свой путь по базарной площади.

Надлежащие меры

Маленький, заштатный городок, которого, по выражению местного тюремного смотрителя, на географической карте даже под телескопом не увидишь, освещен полуденным солнцем. Тишина и спокойствие. По направлению от Думы к торговым рядам медленно подвигается санитарная комиссия, состоящая из городового врача, полицейского надзирателя, двух уполномоченных от думы и одного торгового депутата. Сзади почтительно шагают городовые... Путь комиссии, как путь в ад, усыпан благими намерениями. Санитары идут и, размахивая руками, толкуют о нечистоте, вони, надлежащих мерах и прочих холерных материях. Разговоры до того умные, что идущий впереди всех полицейский надзиратель вдруг приходит в восторг и, обернувшись, заявляет:

– Вот так бы нам, господа, почаще собираться да рассуждать! И приятно, и в обществе себя чувствуешь, а то только и знаем, что ссоримся. Да ей-богу!

– С кого бы нам начать? – обращается торговый депутат к врачу тоном палача, выбирающего жертву. – Не начать ли нам, Аникита Николаич, с лавки Ошейникова? Мошенник, во-первых, и... во-вторых, пора уж до него добраться. Намедни приносят мне от него гречневую крупу, а в ней, извините, крысиный помет... Жена так и не ела!

– Ну что ж? С Ошейникова начинать, так с Ошейникова, – говорит безучастно врач.

Санитары входят в «Магазин чаю, сахару и кофию и прочих колоннеальных товаров А. М. Ошейникова» и тотчас же, без длинных предисловий, приступают к ревизии.

– М-да-с… – говорит врач, рассматривая красиво сложенные пирамиды из казанского мыла. – Каких ты у себя здесь из мыла вавилонов настроил! Изобретательность, подумаешь! Э… э… э! Это что же такое? Поглядите, господа! Демьян Гаврилыч изволит мыло и хлеб одним и тем же ножом резать!

– От этого холеры не выйдет-с, Аникита Николаич! – резонно замечает хозяин.

– Оно-то так, но ведь противно! Ведь и я у тебя хлеб покупаю.

– Для кого поблагородней, мы особый нож держим. Будьте покойны-с… Что вы-с…

Полицейский надзиратель щурит свои близорукие глаза на окорок, долго царапает его ногтем, громко нюхает, затем, пощелкав по окороку пальцем, спрашивает:

– А он у тебя, бывает, не с стрихнинами?

– Что вы-с… Помилуйте-с… Нешто можно-с!

Надзиратель конфузится, отходит от окорока и щурит глаза на прейскурант Асмолова и К°. Торговый депутат запускает руку в бочонок с гречневой крупой и ощущает там что-то мягкое, бархатистое… Он глядит туда, и по лицу его разливается нежность.

– Кисаньки… кисаньки! Манюнечки мои! – лепечет он. – Лежат в крупе и мордочки подняли… нежатся… Ты бы, Демьян Гаврилыч, прислал мне одного котеночка!

– Это можно-с… А вот, господа, закуски, ежели желаете осмотреть… Селедки вот, сыр… балык, изволите видеть… Балык в четверг получил, самый лучшшш… Мишка, дай-ка сюда ножик!

Санитары отрезывают по куску балыка и, понюхав, пробуют.

– Закушу уж и я кстати… – говорит как бы про себя хозяин лавки Демьян Гаврилыч. – Там где-то у меня бутылочка валялась.

Пойти перед балыком выпить... Другой вкус тогда... Мишка, дай-ка сюда бутылочку.

Мишка, надув щеки и выпучив глаза, раскупоривает бутылку и со звоном ставит ее на прилавок.

– Пить натощак... – говорит полицейский надзиратель, в нерешимости почесывая затылок. – Впрочем, ежели по одной... Только ты поскорей, Демьян Гаврилыч, нам некогда с твоей водкой!

Через четверть часа санитары, вытирая губы и ковыряя спичками в зубах, идут к лавке Голорыбенко.

Тут, как назло, пройти негде... Человек пять молодцов, с красными, вспотевшими физиономиями, катят из лавки бочонок с маслом.

– Держи вправо!.. Тяни за край... тяни, тяни! Брусок подложи... а, черт! Отойдите, ваше благородие, ноги отдавим!

Бочонок застревает в дверях и – ни с места... Молодцы налегают на него и прут изо всех сил, испуская громкое сопенье и бранясь на всю площадь. После таких усилий, когда от долгих сопений воздух значительно изменяет свою чистоту, бочонок, наконец, выкатывается и почему-то, вопреки законам природы, катится назад и опять застревает в дверях. Сопенье начинается снова.

– Тьфу! – плюет надзиратель. – Пойдемте к Шибукину. Эти черти до вечера будут пыхтеть.

Шибукинскую лавку санитары находят запертой.

– Да ведь она же была отперта! – удивляются санитары, переглядываясь. – Когда мы к Ошейникову входили, Шибукин стоял на пороге и медный чайник полоскал. Где он? – обращаются они к нищему, стоящему около запертой лавки.

– Подайте милостыньку, Христа ради, – сипит нищий, – убогому калеке, что милость ваша, господа благодетели... родителям вашим...

Санитары машут руками и идут дальше, за исключением одного только уполномоченного от думы, Плюнина. Этот подает нищему копейку и, словно чего-то испугавшись, быстро крестится и бежит вдогонку за компанией.

Часа через два комиссия идет обратно. Вид у санитаров утомленный, замученный. Ходили они не даром: один из городовых, торжественно шагая, несет лоток, наполненный гнилыми яблоками.

– Теперь, после трудов праведных, недурно бы дрызнуть, – говорит надзиратель, косясь на вывеску «Ренсковый погреб вин и водок». – Подкрепиться бы.

– М-да, не мешает. Зайдемте, если хотите!

Санитары спускаются в погреб и садятся вокруг круглого стола с погнувшимися ножками. Надзиратель кивает сидельцу, и на столе появляется бутылка.

– Жаль, что закусить нечем, – говорит торговый депутат, выпивая и морщась. – Огурчика дал бы, что ли… Впрочем…

Депутат поворачивается к городовому с лотком, выбирает наиболее сохранившееся яблоко и закусывает.

– Ах… тут есть и не очень гнилые! – как бы удивляется надзиратель. – Дай-ка и я себе выберу! Да ты поставь здесь лоток… Какие лучше – мы выберем, почистим, а остальные можешь уничтожить. Аникита Николаич, наливайте! Вот так почаще бы нам собираться да рассуждать. А то живешь-живешь в этой глуши, никакого образования, ни клуба, ни общества – Австралия, да и только! Наливайте, господа! Доктор, яблочек! Самолично для вас очистил!

– Ваше благородие, куда лоток девать прикажете? – спрашивает городовой надзирателя, выходящего с компанией из погреба.

– Ло… лоток? Который лоток? П-понимаю! Уничтожь вместе с яблоками… потому – зараза!

– Яблоки вы изволили скушать!

– А-а… очень приятно! Послушш… поди ко мне домой и скажи Марье Власьевне, чтоб не сердилась… Я только на часок… к Плюнину спать... Понимаешь? Спать... объятия Морфея. Шпрехен зи деич, Иван Андреич.

И, подняв к небу глаза, надзиратель горько качает головой, растопыривает руки и говорит:

– Так и вся жизнь наша!

Винт

В одну скверную осеннюю ночь Андрей Степанович Пересолин ехал из театра. Ехал он и размышлял о той пользе, какую приносили бы театры, если бы в них давались пьесы нравственного содержания. Проезжая мимо правления, он бросил думать о пользе и стал глядеть на окна дома, в котором он, выражаясь языком поэтов и шкиперов, управлял рулем. Два окна, выходившие из дежурной комнаты, были ярко освещены.

«Неужели они до сих пор с отчетом возятся? – подумал Пересолин. – Четыре их там дурака, и до сих пор еще не кончили! Чего доброго, люди подумают, что я им и ночью покоя не даю. Пойду подгоню их...» – Остановись, Гурий!

Пересолин вылез из экипажа и пошел в правление. Парадная дверь была заперта, задний же ход, имевший одну только испортившуюся задвижку, был настежь. Пересолин воспользовался последним и через какую-нибудь минуту стоял уже у дверей дежурной комнаты. Дверь была слегка отворена, и Пересолин, взглянув в нее, увидел нечто необычайное. За столом, заваленным большими счетными листами, при свете двух ламп, сидели четыре чиновника и играли в карты. Сосредоточенные, неподвижные, с лицами, окрашенными в зеленый цвет от абажуров, они напоминали сказочных гномов или, чего боже избави, фальшивых монетчиков... Еще более таинственности придавала им их игра. Судя по их манерам и карточным терминам, которые они изредка выкрикивали, то был винт; судя же по всему тому, что услышал Пересолин, эту игру нельзя было назвать ни винтом, ни даже игрой в карты. То было нечто неслыханное, странное и таинственное... В чиновниках Пересолин узнал Серафима Звиздулина, Степана Кулакевича, Еремея Недоехова и Ивана Писулина.

– Как же ты это ходишь, черт голландский, – рассердился Звиздулин, с остервенением глядя на своего партнера vis-à-vis. – Разве так можно ходить? У меня на руках был Дорофеев сам-друг, Шепелев с женой да Степка Ерлаков, а ты ходишь с Кофейкина. Вот мы и без двух! А тебе бы, садовая голова, с Поганкина ходить!

– Ну, и что ж тогда б вышло? – окрысился партнер. – Я пошел бы с Поганкина, а у Ивана Андреича Пересолин на руках.

«Мою фамилию к чему-то приплели... – пожал плечами Пересолин. – Не понимаю!»

Писулин сдал снова, и чиновники продолжали:

– Государственный банк...

– Два – казенная палата...

– Без козыря...

– Ты без козыря?? Гм!.. Губернское правленье – два... Погибать – так погибать, шут возьми! Тот раз на народном просвещении без одной остался, сейчас на губернском правлении нарвусь. Плевать!

– Маленький шлем на народном просвещении!

«Не понимаю!» – прошептал Пересолин.

– Хожу со статского... Бросай, Ваня, какого-нибудь титуляшку или губернского.

– Зачем нам титуляшку? Мы и Пересолиным хватим...

– А мы твоего Пересолина по зубам... по зубам... У нас Рыбников есть. Быть вам без трех! Показывайте Пересолиху! Нечего вам ее, каналью, за обшлаг прятать!

«Мою жену затрогали... – подумал Пересолин. – Не понимаю».

И, не желая долее оставаться в недоумении, Пересолин открыл дверь и вошел в дежурную. Если бы перед чиновниками явился сам черт с рогами и с хвостом, то он не удивил бы и не испугал так, как испугал и удивил их начальник. Явись перед ними умерший в прошлом году экзекутор, проговори он им гробовым голосом: «Идите за мной, аггелы, в место, уготованное канальям», и дыхни он на них холодом могилы, они не побледнели бы так, как побледнели, узнав Пересолина. У Недоехова от перепугу даже кровь из носа пошла, а у Кулакевича забарабанило в правом ухе и сам собою развязался галстук. Чиновники побросали карты, медленно поднялись и, переглянувшись, устремили свои взоры на пол. Минуту в дежурной царила тишина…

– Хорошо же вы отчет переписываете! – начал Пересолин. – Теперь понятно, почему вы так любите с отчетом возиться… Что вы сейчас делали?

– Мы только на минутку, ваше-ство… – прошептал Звиздулин. – Карточки рассматривали… Отдыхали…

Пересолин подошел к столу и медленно пожал плечами. На столе лежали не карты, а фотографические карточки обыкновенного формата, снятые с картона и наклеенные на игральные карты. Карточек было много. Рассматривая их, Пересолин увидел себя, свою жену, много своих подчиненных, знакомых…

– Какая чепуха… Как же вы это играете?

– Это не мы, ваше-ство, выдумали… Сохрани бог… Это мы только пример взяли…

– Объясни-ка, Звиздулин! Как вы играли? Я все видел и слышал, как вы меня Рыбниковым били… Ну, чего мнешься? Ведь я тебя не ем? Рассказывай!

Звиздулин долго стеснялся и трусил. Наконец, когда Пересолин стал сердиться, фыркать и краснеть от нетерпения, он послушался. Собрав карточки и перетасовав, он разложил их по столу и начал объяснять:

– Каждый портрет, ваше-ство, как и каждая карта, свою суть имеет… значение. Как и в колоде, так и здесь 52 карты и четыре масти… Чиновники казенной палаты – черви, губернское правление –

трефы, служащие по министерству народного просвещения – бубны, а пиками будет отделение государственного банка. Ну-с... Действительные статские советники у нас тузы, статские советники – короли, супруги особ IV и V класса – дамы, коллежские советники – валеты, надворные советники – десятки, и так далее. Я, например, – вот моя карточка, – тройка, так как, будучи губернский секретарь...

– Ишь ты... Я, стало быть, туз?

– Трефовый-с, а ее превосходительство – дама-с...

– Гм!.. Это оригинально... А ну-ка, давайте сыграем! Посмотрю...

Пересолин снял пальто и, недоверчиво улыбаясь, сел за стол. Чиновники тоже сели по его приказанию, и игра началась...

Сторож Назар, пришедший в семь часов утра мести дежурную комнату, был поражен. Картина, которую увидел он, войдя со щеткой, была так поразительна, что он помнит ее теперь даже тогда, когда, напившись пьян, лежит в беспамятстве. Пересолин, бледный, сонный и непричесанный, стоял перед Недоеховым и, держа его за пуговицу, говорил:

– Пойми же, что ты не мог с Шепелева ходить, если знал, что у меня на руках я сам-четверт. У Звиздулина Рыбников с женой, три учителя гимназии да моя жена, у Недоехова банковцы и три маленьких из губернской управы. Тебе бы нужно было с Крышкина ходить! Ты не гляди, что они с казенной палаты ходят! Они себе на уме!

– Я, ваше-ство, пошел с титулярного, потому, думал, что у них действительный.

– Ах, голубчик, да ведь так нельзя думать! Это не игра! Так играют одни только сапожники. Ты рассуждай!.. Когда Кулакевич пошел с надворного губернского правления, ты должен был бросать Ивана Ивановича Гренландского, потому что знал, что у него Наталья Дмитриевна сам-третей с Егор Егорычем... Ты все испортил! Я тебе сейчас докажу. Садитесь, господа, еще один роббер сыграем!

И, уславши удивленного Назара, чиновники уселись и продолжали игру.

Брак по расчету

(Роман в двух частях)

Часть первая

В доме вдовы Мымриной, что в Пятисобачьем переулке, свадебный ужин. Ужинает 23 человека, из коих восемь ничего не едят, клюют носом и жалуются, что их «мутит». Свечи, лампы и хромая люстра, взятая напрокат из трактира, горят до того ярко, что один из гостей, сидящих за столом, телеграфист, кокетливо щурит глаза и то и дело заговаривает об электрическом освещении – ни к селу ни к городу. Этому освещению и вообще электричеству он пророчит блестящую будущность, но тем не менее ужинающие слушают его с некоторым пренебрежением.

– Электричество… – бормочет посаженый отец, тупо глядя в свою тарелку. – А по моему взгляду, электрическое освещение одно только жульничество. Всунут туда уголек и думают глаза отвести! Нет, брат, уж ежели ты даешь мне освещение, то ты давай не уголек, а что-нибудь существенное, этакое что-нибудь зажигательное, чтобы было за что взяться! Ты давай огня – понимаешь? – огня, который натуральный, а не умственный.

– Ежели бы вы видели электрическую батарею, из чего она составлена, – говорит телеграфист, рисуясь, – то вы иначе бы рассуждали.

– И не желаю видеть. Жульничество… Народ простой надувают… Соки последние выжимают. Знаем мы их, этих самых… А вы, господин молодой человек, – не имею чести знать вашего имениотчества, – чем за жульничество вступаться, лучше бы выпили и другим налили.

– Я с вами, папаша, вполне согласен, – говорит хриплым тенором жених Апломбов, молодой человек с длинной шеей и щетинистыми волосами. – К чему заводить ученые разговоры? Я не прочь и сам поговорить о всевозможных открытиях в научном смысле, но ведь на это есть другое время! Ты какого мнения, машер?[1] – обращается жених к сидящей рядом невесте.

Невеста Дашенька, у которой на лице написаны все добродетели, кроме одной – способности мыслить, вспыхивает и говорит:

– Они хочут свою образованность показать и всегда говорят о непонятном.

– Слава богу, прожили век без образования и вот уж, благодарить бога, третью дочку за хорошего человека выдаем, – говорит с другого конца стола мать Дашеньки, вздыхая и обращаясь к телеграфисту: – А ежели мы, по-вашему, выходим необразованные, то зачем вы к нам ходите? Шли бы к своим образованным!

Наступает молчание. Телеграфист сконфужен. Он никак не ожидал, что разговор об электричестве примет такой странный оборот. Наступившее молчание имеет характер враждебный, кажется ему симптомом всеобщего неудовольствия, и он находит нужным оправдаться.

– Я, Татьяна Петровна, всегда уважал ваше семейство, – говорит он, – а ежели я насчет электрического освещения, так это еще не значит, что я из гордости. Даже вот выпить могу… Я всегда от всех чувств желал Дарье Ивановне хорошего жениха. В наше время, Татьяна Петровна, трудно выйти за хорошего человека. Нынче каждый норовит вступить в брак из-за интереса, из-за денег…

– Это намек! – говорит жених, багровея и мигая глазами.

---

[1] Дорогая (от *франц.* – ma chère).

– И никакого тут нет намека, – говорит телеграфист, несколько струсив. – Я не говорю о присутствующих. Это я так... вообще... Помилуйте!.. Все знают, что вы из любви... Приданое пустяшное...

– Нет, не пустяшное! – обижается Дашенькина мать. – Ты говори, сударь, да не заговаривайся! Кроме того, что мы тысячу рублей, мы три салопа даем, постелю и вот эту всю мебель! Поди-кась найди в другом месте такое приданое!

– Я ничего... Мебель, действительно, хорошая... но я в том смысле, что вот они обижаются, будто я намекнул...

– А вы не намекайте, – говорит невестина мать. – Мы вас по вашим родителям почитаем и на свадьбу пригласили, а вы разные слова... А ежели вы знали, что Егор Федорыч из интереса женится, то что же вы раньше молчали? Пришли бы да и сказали по-родственному: так и так, мол, на интерес польстился... А тебе, батюшка, грех! – обращается вдруг невестина мать к жениху, слезливо мигая глазами. – Я ее, может, вскормила, вспоила... берегла пуще алмаза изумрудного, деточку мою, а ты... ты из интереса...

– И вы поверили клевете? – говорит Апломбов, вставая из-за стола и нервно теребя свои щетинистые волосы. – Покорнейше вас благодарю! Мерси за такое мнение! А вы, господин Блинчиков, – обращается он к телеграфисту, – вы хоть и знакомый мне, но я не позволю вам такие безобразия строить в чужом доме! Позвольте вам выйти вон!

– То есть как?

– Позвольте вам выйти вон! Желаю, чтобы и вы были таким честным человеком, как я! Одним словом, позвольте вам выйти вон!

– Да оставь! Будет тебе! – осаживают жениха его приятели. – Ну, стоит ли? Садись! Оставь!

– Нет, я желаю показать, что он не имеет никакой полной правы! Я по любви вступил в законный брак. Чего же вы сидите, не понимаю! Позвольте вам выйти вон!

– Я ничего... Я ведь... – говорит ошеломленный телеграфист, поднимаясь из-за стола. – Не понимаю даже... Извольте, я уйду... Только вы отдайте мне сначала три рубля, что вы у меня на пикейную жилетку заняли. Выпью вот еще и... уйду, только вы сначала долг отдайте.

Жених долго шепчется со своими приятелями. Те по мелочам дают ему три рубля, он с негодованием бросает их телеграфисту, и последний, после долгих поисков своей форменной фуражки, раскланивается и уходит.

Так иногда может кончиться невинный разговор об электричестве! Но вот кончается ужин... Наступает ночь. Благовоспитанный автор надевает на свою фантазию крепкую узду и накидывает на текущие события темную вуаль таинственности.

Розоперстая Аврора застает еще Гименея в Пятисобачьем переулке, но вот настает серое утро и дает автору богатый материал для

Части второй и последней

Серое осеннее утро. Еще нет и восьми часов, а в Пятисобачьем переулке необычайное движение. По тротуарам бегают встревоженные городовые и дворники; у ворот толпятся озябшие кухарки с выражением крайнего недоумения на лицах... Во все окна глядят обыватели. Из открытого окна прачечной, нажимая друг друга висками и подбородками, глядят женские головы.

– Не то снег, не то... и не разберешь, что оно такое, – слышатся голоса.

В воздухе от земли до крыш кружится что-то белое, очень похожее на снег. Мостовая бела, уличные фонари, крыши, дворницкие скамьи у ворот, плечи и шапки прохожих – все бело.

– Что случилось? – спрашивают прачки у бегущих дворников.

Те в ответ машут руками и бегут дальше... Они и сами не знают, в чем дело. Но вот наконец медленно проходит один дворник и, беседуя сам с собой, жестикулирует руками. Очевидно, он побывал на месте происшествия и знает все.

– Что, родименький, случилось? – спрашивают у него прачки из окна.

– Неудовольствие, – отвечает он. – В доме Мымриной, что вчерась была свадьба, жениха обсчитали. Вместо тысячи – девятьсот дали.

– Ну, а он что?

– Осерчал. Я, говорит, того, говорит... Распорол в сердцах перину и выпустил пух в окно... Ишь, сколько пуху! Снег словно!

– Ведут! Ведут! – слышатся голоса. – Ведут!

От дома вдовы Мымриной движется процессия. Впереди идут два городовых с озабоченными лицами... Сзади них шагает Апломбов в триковом пальто и в цилиндре.

На лице у него написано: «Я честный человек, но надувать себя не позволю!»

– Ужо правосудие покажет вам, что я за человек! – бормочет он, то и дело оборачиваясь.

За ним идут плачущие Татьяна Петровна и Дашенька. Шествие замыкается дворником с книгой и толпой мальчишек.

– О чем плачешь, молодуха? – обращаются прачки к Дашеньке.

– Перины жалко! – отвечает за нее мать. – Три пуда, голубчики! И пух-то ведь какой! Пушинка к пушинке – ни одного перышка! Наказал бог на старости лет!

Процессия поворачивает за угол, и Пятисобачий переулок успокаивается. Пух летает до вечера.

Господа обыватели

(Пьеса в двух действиях)

Действие первое

Городская управа. Заседание.

Городской голова *(почавкав губами и медленно поковыряв у себя в ухе).* В таком разе не угодно ли вам будет, господа, выслушать мнение брандмейстера Семена Вавилыча, который по этой части специалист? Пускай объяснит, а там мы рассудим!

Брандмейстер. Я так понимаю... *(Сморкается в клетчатый платок.)* Десять тысяч, ассигнованные на пожарную часть, может быть, и большие деньги, но... *(вытирает лысину)* это одна только видимость. Это не деньги, а мечта, атмосфера. Конечно, и за десять тысяч можно иметь пожарную команду, но какую? Один смех только! Видите ли... Самое важное в жизни человеческой – это каланча, и всякий ученый вам это скажет. Наша же городская каланча, рассуждая категорически, совсем не годится, потому что мала. Дома высокие *(поднимает вверх руку),* они кругом загораживают каланчу, и не только что пожар, но дай бог хоть небо увидеть. Я взыскиваю с пожарных, но разве они виноваты, что им не видно? Потом в отношении лошадином и в рассуждении бочек... *(Расстегивает жилетку, вздыхает и продолжает речь в том же духе.)*

Гласные *(единогласно).* Прибавить сверх сметы еще две тысячи!

Городской голова делает минутный перерыв для вывода из залы заседания корреспондента.

Брандмейстер. Хорошо-с. Теперь, стало быть, вы рассуждаете, чтобы каланча была возвышена на два аршина... Хорошо. Но ежели взглянуть с той точки и в том смысле, что тут заинтересованы общественные, так сказать, государственные интересы, то я должен заметить, господа гласные, что если за это дело возьмется подрядчик, то я должен вам иметь в виду, что это обойдется городу вдвое дороже, так как подрядчик будет соблюдать тут свой интерес, а не общественный. Если же строить хозяйственным способом, не спеша, то ежели... кирпич, положим, по пятнадцати рублей за тысячу и доставка на пожарных лошадях и ежели *(поднимает глаза к потолку, как бы мысленно считая)* и ежели пятьдесят двенадцатиаршинных бревен в пять вершков... *(Считает.)*

Гласные *(подавляющим большинством голосов).* Поручить ремонт каланчи Семену Вавилычу, для каковой цели ассигновать на первый раз тысячу пятьсот двадцать три рубля сорок четыре копейки!

Брандмейстерша *(сидит среди публики и шепчет соседке).* Не знаю, зачем это мой Сеня берет на себя столько хлопот! С его ли здоровьем заниматься постройками? Тоже, это весело – целый день рабочих по зубам бить! Наживет на ремонте какой-нибудь пустяк, рублей пятьсот, а здоровья себе испортит на тысячу. Губит его, дурака, доброта!

Брандмейстер. Хорошо-с. Теперь будем говорить о служебном персонале. Конечно, я, как лицо, можно сказать, заинтересованное *(конфузится),* могу только заметить, что мне... мне все равно... Я человек уже не молодой, больной, не сегодня-завтра могу умереть. Доктор сказал, что у меня во внутренностях затвердение и что если я не буду оберегать своего здоровья, то внутри во мне лопнет жила и я помру без покаяния...

Шепот в публике. Собаке собачья и смерть.

Брандмейстер. Но я о себе не хлопочу. Пожил я, и слава богу. Ничего мне не нужно... Только мне удивительно и... и даже обидно... *(Машет безнадежно рукой.)* Служишь за одно только жалованье, честно, беспорочно... ни днем, ни ночью покою, не щадишь здоровья и... и не знаешь, к чему все это? Для чего хлопочу? Какой интерес? Я не про себя рассуждаю, а вообще... Другой не станет жить при таком иждивении... Пьяница пойдет на эту должность, а человек дельный, солидный скорей с голоду помрет, чем за такое жалованье станет тут хлопотать с лошадьми да с пожарными... *(Пожав плечами.)* Какой интерес? Если бы увидели иностранцы, какие у нас порядки, то, я думаю, досталось бы нам на орехи во всех заграничных газетах. В Западной Европе, взять хоть, например, Париж, на каждой улице по каланче, и брандмейстерам каждогодно выдают пособие в размере годового жалованья. Там можно служить!

Гласные. Выдать Семену Вавилычу в виде единовременного пособия за долголетнюю службу двести рублей!

Брандмейстерша *(шепчет соседке).* Это хорошо, что он выпросил… Умник. Намедни мы были у отца протопопа, проиграли у него в стуколку сто рублей и теперь, знаете ли, так жалко! *(Зевает.)* Ах, так жалко! Пора бы уж домой идти, чай пить.

Действие второе

Сцена у каланчи. Стража.

Часовой на каланче *(кричит вниз).* Эй! На лесопильном дворе горит! Бей тревогу!

Часовой внизу. А ты только сейчас увидел? Народ уж полчаса как бежит, а ты, чудак, только сейчас спохватился? *(Глубокомысленно.)* Дурака хоть наверху поставь, хоть внизу – все равно. *(Бьет тревогу.)*

Через три минуты в окне своей квартиры, находящейся против каланчи, показывается брандмейстер в дезабилье и с заспанными глазами.

Брандмейстер. Где горит, Денис?

Часовой внизу *(вытягивается и делает под козырек).* На лесопильном дворе, вашескородие!

Брандмейстер *(покачивает головой).* Упаси бог! Ветер дует, сушь такая… *(Машет рукой.)* И не дай бог! Горе да и только с этими несчастьями!.. *(Погладив себя по лицу.)* Вот что, Денис… Скажи им, братец ты мой, чтоб запрягали и ехали себе, а я сейчас… немного погодя приеду… Оденься надо, то да се…

Часовой внизу. Да некому ехать, вашескородие! Все поуходили, один Андрей дома.

Брандмейстер *(испуганно).* Где же они, мерзавцы?

Часовой внизу. Макар новые подметки ставил, теперь сапоги понес в слободку, к дьякону. Михайлу, ваше высокородие, вы сами изволили послать овес продавать… Егор на пожарных лошадях повез за реку надзирателеву свояченицу, Никита выпивши.

Брандмейстер. А Алексей?

Часовой внизу. Алексей пошел раков ловить, потому вы изволили ему давеча приказать, говорили, что завтра у вас к обеду гости будут.

Брандмейстер *(презрительно покачав головой).* Изволь вот служить с таким народом! Невежество, необразованность… пьянство… Если бы увидели иностранцы, то досталось бы нам в заграничных журналах! Там, взять хоть Париж, пожарная команда все время скачет по улице, народ давит; есть пожар или нет, а ты скачи! Тут же горит лесопильный двор, опасность, а их никого дома нет, словно… черт их слопал! Нет, далеко еще нам до Европы! *(Поворачивается лицом в комнату, нежно.)* Машенька, приготовь мне мундир!

Устрицы

Мне не нужно слишком напрягать память, чтобы во всех подробностях вспомнить дождливые осенние сумерки, когда я стою с отцом на одной из многолюдных московских улиц и чувствую, как мною постепенно овладевает странная болезнь. Боли нет никакой, но ноги мои подгибаются, слова останавливаются поперек горла, голова бессильно склоняется набок… По-видимому, я сейчас должен упасть и потерять сознание.

Попади я в эти минуты в больницу, доктора должны были бы написать на моей доске: Fames [1] – болезнь, которой нет в медицинских учебниках.

Возле меня на тротуаре стоит мой родной отец в поношенном летнем пальто и триковой шапочке, из которой торчит белеющий кусочек ваты. На его ногах большие, тяжелые калоши. Суетный человек, боясь, чтобы люди не увидели, что он носит калоши на босую ногу, натянул на голени старые голенища.

Этот бедный, глуповатый чудак, которого я люблю тем сильнее, чем оборваннее и грязнее делается его летнее франтоватое пальто, пять месяцев тому назад прибыл в столицу искать должности по письменной части. Все пять месяцев он шатался по городу, просил дела и только сегодня решился выйти на улицу просить милостыню…

Против нас большой трехэтажный дом с синей вывеской: «Трактир». Голова моя слабо откинута назад и набок, и я поневоле гляжу вверх, на освещенные окна трактира. В окнах мелькают человеческие фигуры. Виден правый бок оркестриона, две олеографии, висячие лампы… Вглядываясь в одно из окон, я усматриваю белеющее пятно. Пятно это неподвижно и своими прямолинейными контурами резко выделяется из общего темно-коричневого фона. Я напрягаю зрение и в пятне узнаю белую стенную вывеску. На ней что-то написано, но что именно – не видно…

Полчаса я не отрываю глаз от вывески. Своею белизною она притягивает мои глаза и словно гипнотизирует мой мозг. Я стараюсь прочесть, но старания мои тщетны.

Наконец странная болезнь вступает в свои права.

Шум экипажей начинает казаться мне громом, в уличной вони различаю я тысячи запахов, глаза мои в трактирных лампах и уличных фонарях видят ослепительные молнии. Мои пять чувств

---

[1] Голод *(лат.)*.

напряжены и хватают через норму. Я начинаю видеть то, чего не видел ранее.

– Устрицы... – разбираю я на вывеске.

Странное слово! Прожил я на земле ровно восемь лет и три месяца, но ни разу не слыхал этого слова. Что оно значит? Не есть ли это фамилия хозяина трактира? Но ведь вывески с фамилиями вешаются на дверях, а не на стенах!

– Папа, что значит устрицы? – спрашиваю я хриплым голосом, силясь повернуть лицо в сторону отца.

Отец мой не слышит. Он всматривается в движения толпы и провожает глазами каждого прохожего... По его глазам я вижу, что он хочет сказать что-то прохожим, но роковое слово тяжелой гирей висит на его дрожащих губах и никак не может сорваться. За одним прохожим он даже шагнул и тронул его за рукав, но когда тот обернулся, он сказал «виноват», сконфузился и попятился назад.

– Папа, что значит устрицы? – повторяю я.

– Это такое животное... Живет в море...

Я мигом представляю себе это неведомое морское животное. Оно должно быть чем-то средним между рыбой и раком. Так как оно морское, то из него приготовляют, конечно, очень вкусную горячую уху с душистым перцем и лавровым листом, кисловатую селянку с хрящиками, раковый соус, холодное с хреном... Я живо воображаю себе, как приносят с рынка это животное, быстро чистят его, быстро суют в горшок... быстро, быстро, потому что всем есть хочется... ужасно хочется! Из кухни несется запах рыбного жаркого и ракового супа.

Я чувствую, как этот запах щекочет мое нёбо, ноздри, как он постепенно овладевает всем моим телом... Трактир, отец, белая вывеска, мои рукава – все пахнет этим запахом, пахнет до того сильно, что я начинаю жевать. Я жую и делаю глотки, словно и в самом деле в моем рту лежит кусок морского животного...

Ноги мои гнутся от наслаждения, которое я чувствую, и я, чтобы не упасть, хватаю отца за рукав и припадаю к его мокрому летнему пальто. Отец дрожит и жмется. Ему холодно…

– Папа, устрицы постные или скоромные? – спрашиваю я.

– Их едят живыми… – говорит отец. – Они в раковинах, как черепахи, но… из двух половинок.

Вкусный запах мгновенно перестает щекотать мое тело, и иллюзия пропадает… Теперь я все понимаю!

– Какая гадость, – шепчу я, – какая гадость!

Так вот что значит устрицы! Я воображаю себе животное, похожее на лягушку. Лягушка сидит в раковине, глядит оттуда большими блестящими глазами и играет своими отвратительными челюстями. Я представляю себе, как приносят с рынка это животное в раковине, с клешнями, блестящими глазами и со склизкой кожей… Дети все прячутся, а кухарка, брезгливо морщась, берет животное за клешню, кладет его на тарелку и несет в столовую. Взрослые берут его и едят… едят живьем, с глазами, с зубами, с лапками! А оно пищит и старается укусить за губу…

Я морщусь, но… но зачем же зубы мои начинают жевать? Животное мерзко, отвратительно, страшно, но я ем его, ем с жадностью, боясь разгадать его вкус и запах. Одно животное съедено, а я уже вижу блестящие глаза другого, третьего… Я ем и этих… Наконец, ем салфетку, тарелку, калоши отца, белую вывеску… Ем все, что только попадется мне на глаза, потому что я чувствую, что только от еды пройдет моя болезнь. Устрицы страшно глядят глазами и отвратительны, я дрожу от мысли о них, но я хочу есть! Есть!

– Дайте устриц! Дайте мне устриц! – вырывается из моей груди крик, и я протягиваю вперед руки.

– Помогите, господа! – слышу я в это время глухой, придушенный голос отца. – Совестно просить, но – боже мой! – сил не хватает!

– Дайте устриц! – кричу я, теребя отца за фалды.

– А ты разве ешь устриц? Такой маленький! – слышу я возле себя смех.

Перед нами стоят два господина в цилиндрах и со смехом глядят мне в лицо.

– Ты, мальчуган, ешь устриц? В самом деле? Это интересно! Как же ты их ешь?

Помню, чья-то сильная рука тащит меня к освещенному трактиру. Через минуту собирается вокруг толпа и глядит на меня с любопытством и смехом. Я сижу за столом и ем что-то склизкое, соленое, отдающее сыростью и плесенью. Я ем с жадностью, не жуя, не глядя и не осведомляясь, что я ем. Мне кажется, что если я открою глаза, то непременно увижу блестящие глаза, клешни и острые зубы…

Я вдруг начинаю жевать что-то твердое. Слышится хрустенье.

– Ха-ха! Он раковины ест! – смеется толпа. – Дурачок, разве это можно есть?

Засим я помню страшную жажду. Я лежу на своей постели и не могу уснуть от изжоги и странного вкуса, который я чувствую в своем горячем рту. Отец мой ходит из угла в угол и жестикулирует руками.

– Я, кажется, простудился, – бормочет он. – Что-то такое чувствую в голове… Словно сидит в ней кто-то… А может быть, это оттого, что я не… тово… не ел сегодня… Я, право, странный какой-то, глупый… Вижу, что эти господа платят за устриц десять рублей, отчего бы мне не подойти и не попросить у них несколько… взаймы? Наверное бы дали.

К утру я засыпаю, и мне снится лягушка с клешнями, сидящая в раковине и играющая глазами. В полдень просыпаюсь от жажды и ищу глазами отца: он все еще ходит и жестикулирует…

Капитанский мундир

Восходящее солнце хмурилось на уездный город, петухи еще только потягивались, а между тем в кабаке дяди Рылкина уже были посетители. Их было трое: портной Меркулов, городовой Жратва и казначейский рассыльный Смехунов. Все трое были выпивши.

– Не говори! И не говори! – рассуждал Меркулов, держа городового за пуговицу. – Чин гражданского ведомства, ежели взять которого повыше, в портняжном смысле завсегда утрет нос генералу. Взять таперича хотя камергера… Что это за человек? Какого звания? А ты считай… Четыре аршина сукна наилучшего фабрики Прюнделя с сыновьями, пуговки, золотой воротник, штаны белые с золотым лампасом, все груди в золоте, на вороте, на рукавах и на клапанах блеск! Таперича ежели шить на господ гофмейстеров, шталмейстеров, церемониймейстеров и прочих министерий… Ты как понимаешь? Помню это, шили мы на гофмейстера графа Андрея Семеныча Вонляревского. Мундир – не подходи! Берешься за него руками, а в жилках пульса – цик! цик! Настоящие господа ежели шьют, то не смей их беспокоить. Снял мерку и шей, а ходить примеривать да прифасониваться никак невозможно. Ежели ты стоющий портной, то сразу по мерке сделай… С колокольни спрыгни, в сапоги попади – во как! А около нас был, братец ты мой, как теперь помню, жандармский корпус… Хозяин наш Осип Яклич и выбирал из жандармов, которые подходящие, чтоб заказчику под корпус подходили, для примерки. Ну-с, это самое… выбрали мы, братец ты мой, для графского мундира одного подходящего жандармика. Позвали… Надевай, харя, и чувствуй!.. Потеха! Надел он, это самое, мундир таперя, поглядел на груди – и что ж! Обомлел, знаешь, затрепетал, без чувств…

– А на исправников шили? – осведомился Смехунов.

– Эко-ся, важная птица! В Петербурге исправников этих, как собак нерезаных… Тут перед ними шапку ломают, а там – «посторонись, чево прешь!». Шили мы на господ военных да на особ первых четырех классов. Особа особе рознь… Ежели ты, положим, пятого класса, то ты – пустяки… Приходи через неделю и все готово – потому, окромя воротника и нарукавников, ничего… А ежели который четвертого класса, или третьего, или, положим, второго, тут уж хозяин всем в зубы, и беги в жандармский корпус. Шили мы раз, братец ты мой, на персидского консула. Нашили мы ему на грудях и на спине золотых кренделей на полторы тыщи. Думали, что не отдаст; ан нет, заплатил… В Петербурге даже и в татарах благородство есть.

Долго рассказывал Меркулов. В девятом часу он, под влиянием воспоминаний, заплакал и стал горько жаловаться на судьбу, загнавшую его в городишко, наполненный одними только купцами и мещанами. Городовой отвел уже двоих в полицию, рассыльный уходил два раза на почту и в казначейство и опять приходил, а он все жаловался. В полдень он стоял перед дьячком, бил себя кулаком по груди и роптал:

– Не желаю я на хамов шить! Не согласен! В Петербурге я самолично на барона Шпуцеля и на господ офицеров шил! Отойди от меня, длиннополая кутья, чтоб я тебя не видел своими глазами! Отойди!

– Возмечтали вы о себе высоко, Трифон Пантелеич, – убеждал портного дьячок. – Хоть вы и артист в своем цехе, но бога и религию не должны забывать. Арий возмечтал, вроде как вы, и помер поносной смертью. Ой, помрете и вы!

– И помру! Пущай лучше помру, чем зипуны шить!

– Мой анафема здесь? – послышался вдруг за дверью бабий голос, и в кабак вошла жена Меркулова Аксинья, пожилая баба с подсученными рукавами и перетянутым животом. – Где он, идол? – окинула она негодующим взором посетителей. – Иди домой, чтоб тебя разорвало, там тебя какой-то офицер спрашивает!

– Какой офицер? – удивился Меркулов.

– А шут его знает! Сказывает, заказать пришел.

Меркулов почесал всей пятерней свой большой нос, что он делал всякий раз, когда хотел выразить крайнее изумление, и пробормотал:

– Белены баба объелась... Пятнадцать годов не видал лица благородного и вдруг нынче, в постный день – офицер с заказом! Гм!.. Пойти поглядеть...

Меркулов вышел из кабака и, спотыкаясь, побрел домой... Жена не обманула его. У порога своей избы он увидел капитана Урчаева, делопроизводителя местного воинского начальника.

– Ты где это шатаешься? – встретил его капитан. – Целый час жду... Можешь мне мундир сшить?

– Ваше благор... Господи! – забормотал Меркулов, захлебываясь и срывая со своей головы шапку вместе с клочком волос. – Ваше благородие! Да нешто впервóй мне это самое? Ах, господи! На барона Шпуцеля шил... Эдуарда Карлыча... Господин подпоручик Зембулатов до сей поры мне десять рублей должен. Ах! Жена, да дай же его благородию стульчик, побей меня бог... Прикажете мерочку снять или дозволите шить на глазомер?

– Ну-с... Твое сукно и чтоб через неделю было готово... Сколько возьмешь?

– Помилуйте, ваше благородие... Что вы-с, – усмехнулся Меркулов. – Я не купец какой-нибудь. Мы ведь понимаем, как с господами... Когда на консула персидского шили, и то без слов...

Снявши с капитана мерку и проводив его, Меркулов целый час стоял посреди избы и с отупением глядел на жену. Ему не верилось...

– Ведь этакая, скажи на милость, оказия! – проворчал он наконец. – Где же я денег возьму на сукно? Аксинья, дай-ка, братец ты мой, мне в кредит те деньги, что за корову выручили!

Аксинья показала ему кукиш и плюнула. Немного погодя она работала кочергой, била на мужниной голове горшки, таскала его за бороду, выбегала на улицу и кричала: «Ратуйте, кто в бога верует! Убил!..» – но ни к чему не привели эти протесты. На другое утро она лежала в постели и прятала от подмастерий свои синяки, а Меркулов ходил по лавкам и, ругаясь с купцами, выбирал подходящее сукно.

Для портного наступила новая эра. Просыпаясь утром и обводя мутными глазами свой маленький мирок, он уже не плевал с остервенением… А что диковиннее всего, он перестал ходить в кабак и занялся работой. Тихо помолившись, он надевал большие стальные очки, хмурился и священнодейственно раскладывал на столе сукно.

Через неделю мундир был готов. Выгладив его, Меркулов вышел на улицу, повесил на плетень и занялся чисткой; снимет пушинку, отойдет на сажень, щурится долго на мундир и опять снимет пушинку – и этак часа два.

– Беда с этими господами! – говорил он прохожим. – Нет уж больше моей возможности, замучился! Образованные, деликатные – поди-кась угоди!

На другой день после чистки Меркулов помазал голову маслом, причесался, завернул мундир в новый коленкор и отправился к капитану.

– Некогда мне с тобой, остолопом, разговаривать! – останавливал он каждого встречного. – Нешто не видишь, что мундир к капитану несу?

Через полчаса он воротился от капитана.

– С получением вас, Трифон Пантелеич! – встретила его Аксинья, широко ухмыляясь и застыдившись.

– Ну и дура! – ответил ей муж. – Нешто настоящие господа платят сразу? Это не купец какой-нибудь – взял да тебе сразу и вывалил! Дура…

Два дня Меркулов лежал на печи, не пил, не ел и предавался чувству самоудовлетворения, точь-в-точь как Геркулес по совершении всех своих подвигов. На третий он отправился за получкой.

– Их благородие вставши? – прошептал он, вползая в переднюю и обращаясь к денщику.

И, получив отрицательный ответ, он стал столбом у косяка и принялся ждать.

– Гони в шею! Скажи, что в субботу! – услышал он, после продолжительного ожидания, хрипенье капитана.

То же самое услышал он в субботу, в одну, потом в другую... Целый месяц ходил он к капитану, высиживал долгие часы в передней и вместо денег получал приглашение убираться к черту и прийти в субботу. Но он не унывал, не роптал, а напротив... Он даже пополнел. Ему нравилось долгое ожидание в передней, «гони в шею» звучало в его ушах сладкой мелодией.

– Сейчас узнаешь благородного! – восторгался он всякий раз, возвращаясь от капитана домой. – У нас в Питере все такие были...

До конца дней своих согласился бы Меркулов ходить к капитану и ждать в передней, если бы не Аксинья, требовавшая обратно деньги, вырученные за корову.

– Принес деньги? – встречала она его каждый раз. – Нет? Что же ты со мной делаешь, пес лютый? А?.. Митька, где кочерга?

Однажды под вечер Меркулов шел с рынка и тащил на спине куль с углем. За ним торопилась Аксинья.

– Ужо будет тебе дома на орехи! Погоди! – бормотала она, думая о деньгах, вырученных за корову.

Вдруг Меркулов остановился как вкопанный и радостно вскрикнул. Из трактира «Веселие», мимо которого они шли, опрометью выбежал какой-то господин в цилиндре, с красным лицом и пьяными глазами. За ним гнался капитан Урчаев с кием в руке, без шапки, растрепанный, разлохмаченный. Новый мундир его был весь в мелу, одна погона глядела в сторону.

– Я заставлю тебя играть, шулер! – кричал капитан, неистово махая кием и утирая со лба пот. – Я научу тебя, протобестия, как играть с порядочными людьми!

– Погляди-кась, дура! – зашептал Меркулов, толкая жену под локоть и хихикая. – Сейчас видать благородного. Купец ежели что сошьет для своего мужицкого рыла, так и сносу нет, лет десять таскает, а этот уж истрепал мундир! Хоть новый шей!

– Поди попроси у него деньги! – сказала Аксинья. – Поди!

– Что ты, дура! На улице? И ни-ни...

Как ни противился Меркулов, но жена заставила его подойти к рассвирепевшему капитану и заговорить о деньгах.

– Пошел вон! – ответил ему капитан. – Ты мне надоел!

– Я, ваше благородие, понимаю-с... Я ничего-с... но жена... неразумная тварь... Сами знаете, какой ум в голове у ихнего бабьего звания...

– Ты мне надоел, говорят тебе! – взревел капитан, таращa на него пьяные, мутные глаза. – Пошел прочь!

– Понимаю, ваше благородие! Но я касательно бабы, потому, изволите знать, деньги-то коровьи... Отцу Иуде корову продали...

– Ааа... ты еще разговаривать, тля!

Капитан размахнулся и – трах! Со спины Меркулова посыпался уголь, из глаз – искры, из рук выпала шапка... Аксинья обомлела. Минуту стояла она неподвижно, как Лотова жена, обращенная в соляной столб, потом зашла вперед и робко взглянула на лицо мужа... К ее великому удивлению, на лице Меркулова плавала блаженная улыбка, на смеющихся глазах блестели слезы...

– Сейчас видать настоящих господ! – бормотал он. – Люди деликатные, образованные... Точь-в-точь, бывало... по самому этому месту, когда носил шубу к барону Шпуцелю, Эдуарду Карлычу... Размахнулись и – трах! И господин подпоручик Зембулатов тоже... Пришел к ним, а они вскочили и изо всей мочи... Эх, прошло, жена, мое время! Не понимаешь ты ничего! Прошло мое время!

Меркулов махнул рукой и, собрав уголь, побрел домой.

У предводительши

Первого февраля каждого года, в день св. мученика Трифона, в имении вдовы бывшего уездного предводителя Трифона Львовича Завзятова бывает необычайное движение. В этот день вдова предводителя Любовь Петровна служит по усопшем имениннике панихиду, а после панихиды – благодарственное господу богу молебствие. На панихиду съезжается весь уезд. Тут вы увидите теперешнего предводителя Хрумова, председателя земской управы Марфуткина, непременного члена Потрашкова, обоих участковых мировых, исправника Кринолинова, двух становых, земского врача Дворнягина, пахнущего иодоформом, всех помещиков, больших и малых, и проч. Всего набирается человек около пятидесяти.

Ровно в 12 часов дня гости, вытянув физиономии, пробираются из всех комнат в залу. На полу ковры, и шаги бесшумны, но торжественность случая заставляет инстинктивно подниматься на цыпочки и балансировать при ходьбе руками. В зале уже все готово. Отец Евмений, маленький старичок, в высокой полинявшей камилавке, надевает черные ризы. Диакон Конкордиев, красный как рак и уже облаченный, бесшумно перелистывает требник и закладывает в него бумажки. У двери, ведущей в переднюю, дьячок Лука, надув широко щеки и выпучив глаза, раздувает кадило. Зала постепенно наполняется синеватым, прозрачным дымком и запахом ладана. Народный учитель Геликонский, молодой человек, в новом мешковатом сюртуке и с большими угрями на испуганном лице, разносит на мельхиоровом подносе восковые свечи. Хозяйка Любовь Петровна стоит впереди около столика с кутьей и заранее прикладывает к лицу платок. Кругом тишина, изредка прерываемая вздохами. Лица у всех натянутые, торжественные…

Панихида начинается. Из кадила струится синий дымок и играет в косом солнечном луче, зажженные свечи слабо потрескивают. Пение, сначала резкое и оглушительное, вскоре, когда певчие мало-помалу приспособляются к акустическим условиям комнат, делается тихим, стройным… Мотивы все печальные, заунывные… Гости мало-помалу настраиваются на меланхолический лад и задумываются. В головы их лезут мысли о краткости жизни человеческой, о бренности, суете мирской… Припоминается покойный Завзятов, плотный, краснощекий, выпивавший залпом бутылку шампанского и разбивавший лбом зеркала. А когда поют «Со святыми упокой» и слышатся всхлипыванья хозяйки, гости начинают тоскливо переминаться с ноги на ногу. У более чувствительных начинает почесываться в горле и около век. Председатель земской управы Марфуткин, желая заглушить неприятное чувство, нагибается к уху исправника и шепчет:

– Вчера я был у Ивана Федорыча... С Петром Петровичем большой шлем на без козырях взяли... Ей-богу... Ольга Андреевна до того взбеленилась, что у нее изо рта искусственный зуб выпал.

Но вот поется «Вечная память». Геликонский почтительно отбирает свечи, и панихида кончается. За сим следуют минутная суматоха, перемена риз и молебен. После молебна, пока отец Евмений разоблачается, гости потирают руки и кашляют, а хозяйка рассказывает о доброте покойного Трифона Львовича.

– Прошу, господа, закусить! – оканчивает она свой рассказ, вздыхая.

Гости, стараясь не толкаться и не наступать друг другу на ноги, спешат в столовую... Тут ожидает их завтрак. Этот завтрак до того роскошен, что дьякон Конкордиев ежегодно, при взгляде на него, считает своею обязанностью развести руками, покачать в изумлении головой и сказать:

– Сверхъестественно! Это, отец Евмений, не столько похоже на пищу человеков, сколько на жертвы, приносимые богам.

Завтрак действительно необыкновенен. На столе есть все, что только могут дать флора и фауна, сверхъестественного же в нем разве только одно: на столе есть все, кроме... спиртных напитков. Любовь Петровна дала обет не держать в доме карт и спиртных напитков – двух вещей, погубивших ее мужа. И на столе стоят только бутылки с уксусом и маслом, словно на смех и в наказание завтракающим, всплошную состоящим из отчаянных пропойц и выпивох.

– Кушайте, господа! – приглашает предводительша. – Только, извините, водки у меня нет... Не держу...

Гости приближаются к столу и нерешительно приступают к пирогу. Но еда не клеится. В тыканье вилками, в резанье, в жевании видна какая-то лень, апатия... Видимо, чего-то не хватает.

– Чувствую, словно потерял что-то... – шепчет один мировой другому. – Такое же чувство было у меня, когда жена с инженером бежала... Не могу есть!

Марфуткин, прежде чем начать есть, долго роется в карманах и ищет носовой платок.

– Да ведь платок в шубе! А я-то ищу, – вспоминает он громогласно и идет в переднюю, где повешены шубы.

Из передней возвращается он с маслеными глазками и тотчас же аппетитно набрасывается на пирог.

– Что, небось, противно всухомятку трескать? – шепчет он отцу Евмению. – Ступай, батя, в переднюю, там у меня в шубе бутылка есть... Только смотри, поосторожней, бутылкой не звякни!

Отец Евмений вспоминает, что ему нужно приказать что-то Луке, и семенит в переднюю.

– Батюшка! два слова... по секрету! – догоняет его Дворнягин.

– А какую я себе шубу купил, господа, по случаю! – хвастает Хрумов. – Стоит тысячу, а я дал... вы не поверите... двести пятьдесят! Только!

Во всякое другое время гости встретили бы это известие равнодушно, но теперь они выражают удивление и не верят. В конце концов все валят толпой в переднюю глядеть на шубу и глядят до тех пор, пока докторский Микешка не выносит тайком из передней пять пустых бутылок... Когда подают разварного осетра, Марфуткин вспоминает, что он забыл свой портсигар в санях, и идет в конюшню. Чтобы одному не скучно было идти, он берет с собою диакона, которому кстати же нужно поглядеть на лошадь...

Вечером того же дня Любовь Петровна сидит у себя в кабинете и пишет старинной петербургской подруге письмо:

«Сегодня, по примеру прошлых лет, – пишет она между прочим, – у меня была панихида по покойном. Были на панихиде все мои соседи. Народ грубый, простой, но какие сердца! Угостила я их на славу, но, конечно, как и в те годы, горячих напитков – ни капли. С тех пор, как он умер от излишества, я дала себе клятву водворить в нашем уезде трезвость и этим самым искупить его грехи. Проповедь трезвости я начала со своего дома. Отец Евмений в восторге от моей задачи и помогает мне словом и делом. Ах, ma chère[1], если б ты знала, как любят меня мои медведи! Председатель земской управы Марфуткин после завтрака припал к моей руке, долго держал ее у своих губ и, смешно замотав головой, заплакал: много чувства, но нет слов! Отец Евмений, этот чудный старикашечка, подсел ко мне и, слезливо глядя на меня, лепетал долго что-то, как дитя. Я не поняла его слов, но понять искреннее чувство я умею. Исправник, тот красивый мужчина, о котором я тебе писала, стал передо мной на колени, хотел прочесть стихи своего сочинения (он у нас поэт), но... не хватило сил... покачнулся и упал... С великаном сделалась истерика... Можешь представить мой восторг! Не обошлось, впрочем, и без неприятностей. Бедный председатель мирового съезда Алалыкин, человек полный и апоплексический, почувствовал себя дурно и пролежал на диване в бессознательном состоянии два часа. Пришлось отливать его водой... Спасибо доктору Дворнягину: принес из своей аптеки бутылку коньяку и помочил ему виски, отчего тот скоро пришел в себя и был увезен...»

Живая хронология

Гостиная статского советника Шарамыкина окутана приятным полумраком. Большая бронзовая лампа с зеленым абажуром красит в зелень à la «украинская ночь» стены, мебель, лица... Изредка в потухающем камине вспыхивает тлеющее полено и на мгновение заливает лица цветом пожарного зарева; но это не портит общей световой гармонии. Общий тон, как говорят художники, выдержан.

---

[1] Моя дорогая *(франц.)*.

Перед камином в кресле, в позе только что пообедавшего человека, сидит сам Шарамыкин, пожилой господин с седыми чиновничьими бакенами и с кроткими голубыми глазами. По лицу его разлита нежность, губы сложены в грустную улыбку. У его ног, протянув к камину ноги и лениво потягиваясь, сидит на скамеечке вице-губернатор Лопнев, бравый мужчина лет сорока. Около пианино возятся дети Шарамыкина: Нина, Коля, Надя и Ваня. Из слегка отворенной двери, ведущей в кабинет г-жи Шарамыкиной, робко пробивается свет. Там за дверью, за своим письменным столом сидит жена Шарамыкина, Анна Павловна, председательница местного дамского комитета, живая и пикантная дамочка лет тридцати с хвостиком. Ее черные бойкие глазки бегают сквозь пенсне по страницам французского романа. Под романом лежит растрепанный комитетский отчет за прошлый год.

– Прежде наш город в этом отношении был счастливее, – говорит Шарамыкин, щуря свои кроткие глаза на тлеющие уголья. – Ни одной зимы не проходило без того, чтобы не приезжала какая-нибудь звезда. Бывали и знаменитые актеры и певцы, а нынче… черт знает что! – кроме фокусников да шарманщиков, никто не наезжает. Никакого эстетического удовольствия… Живем, как в лесу. Да-с… А помните, ваше превосходительство, того итальянского трагика… как его?.. еще такой брюнет, высокий… Дай бог память… Ах да! Луиджи Эрнесто де Руджиеро… Талант замечательный… Сила! Одно слово скажет, бывало, и театр ходором ходит. Моя Анюточка принимала большое участие в его таланте. Она ему и театр выхлопотала, и билеты на десять спектаклей распродала… Он ее за это декламации и мимике учил. Душа человек! Приезжал он сюда… чтоб не соврать… лет двенадцать тому назад… Нет, вру… Меньше, лет десять… Анюточка, сколько нашей Нине лет?

– Десятый год! – кричит из своего кабинета Анна Павловна. – А что?

– Ничего, мамочка, это я так… И певцы хорошие приезжали, бывало… Помните вы tenore di grazia[1] Прилипчина? Что за душа человек! Что за наружность! Блондин… лицо этакое выразительное, манеры парижские… А что за голос, ваше превосходительство! Одна только беда: некоторые ноты желудком пел и «ре» фистулой брал, а то все хорошо. У Тамберлика, говорил, учился… Мы с Анюточкой выхлопотали ему залу в общественном собрании, и в благодарность за это он, бывало, нам целые дни и ночи распевал… Анюточку петь учил… Приезжал он, как теперь помню, в Великом посту, лет… лет двенадцать тому назад. Нет, больше… Вот память, прости господи! Анюточка, сколько нашей Надечке лет?

– Двенадцать!

– Двенадцать… ежели прибавить десять месяцев… Ну, так и есть… тринадцать!.. Прежде у нас в городе как-то и жизни больше было… Взять к примеру хоть благотворительные вечера. Какие прекрасные бывали у нас прежде вечера. Что за прелесть! И поют, и играют, и читают… После войны, помню, когда здесь пленные турки стояли, Анюточка делала вечер в пользу раненых. Собрали тысячу сто рублей… Турки-офицеры, помню, без ума были от Анюточкина голоса, и все ей руку целовали. Хе, хе… Хоть и азиаты, а признательная нация. Вечер до того удался, что я, верите ли, в дневник записал. Это было, как теперь помню, в… семьдесят шестом… нет! в семьдесят седьмом… Нет! Позвольте, когда у нас турки стояли? Анюточка, сколько нашему Колечке лет?

– Мне, папа, семь лет! – говорит Коля, черномазый мальчуган с смуглым лицом и черными, как уголь, волосами.

– Да, постарели, и энергии той уж нет!.. – соглашается Лопнев, вздыхая. – Вот где причина… Старость, батенька! Новых инициаторов нет, а старые состарились… Нет уж того огня. Я, когда был помоложе, не любил, чтоб общество скучало… Я был первым помощником вашей Анны Павловны… Вечер ли с благотворительною целью устроить,

---

[1] Лирический тенор *(итал.)*.

лотерею ли, приезжую ли знаменитость поддержать – все бросал и начинал хлопотать. Одну зиму, помню, я до того захлопотался и набегался, что даже заболел... Не забыть мне этой зимы!.. Помните, какой спектакль сочинили мы с вашей Анной Павловной в пользу погорельцев?

– Да это в каком году было?

– Не очень давно... В семьдесят девятом... Нет, в восьмидесятом, кажется! Позвольте, сколько вашему Ване лет?

– Пять! – кричит из кабинета Анна Павловна.

– Ну, стало быть, это было шесть лет тому назад... Да-с, батенька, были дела! Теперь уж не то! Нет того огня!

Лопнев и Шарамыкин задумываются. Тлеющее полено вспыхивает в последний раз и подергивается пеплом.

Разговор человека с собакой

Была лунная морозная ночь. Алексей Иваныч Романсов сбил с рукава зеленого чертика, отворил осторожно калитку и вошел во двор.

– Человек, – философствовал он, обходя помойную яму и балансируя, – есть прах, мираж, пепел... Павел Николаич губернатор, но и он пепел. Видимое величие его – мечта, дым... Дунуть раз и – нет его!

– Рррр... – донеслось до ушей философа.

Романсов взглянул в сторону и в двух шагах от себя увидел громадную черную собаку из породы степных овчарок и ростом с доброго волка. Она сидела около дворницкой будки и позвякивала цепью. Романсов поглядел на нее, подумал и изобразил на своем лице удивление. Затем он пожал плечами, покачал головой и грустно улыбнулся.

– Рррр... – повторила собака.

– Нне понимаю! – развел руками Романсов. – И ты... ты можешь рычать на человека? А? Первый раз в жизни слышу. Побей бог... Да нешто тебе не известно, что человек есть венец мироздания? Ты погляди... Я подойду к тебе... Гляди вот... Ведь я человек? Как, по-твоему? Человек я или не человек? Объясняй!

– Рррр... Гав!

– Лапу! – протянул Романсов собаке руку. – Ллапу! Не даете? Не желаете? И не нужно. Так и запишем. А пока позвольте вас по морде... Я любя...

– Гав! Гав! Ррр... гав! Авав!

– Аааа... ты кусаться? Очень хорошо, ладно. Так и будем помнить. Значит, тебе плевать на то, что человек есть венец мироздания... царь животных? Значит, из этого следует, что и Павла Николаича ты укусить можешь? Да? Перед Павлом Николаичем все ниц падают, а тебе что он, что другой предмет – все равно? Так ли я тебя понимаю? Ааа... Так, стало быть, ты социалист? Постой, ты мне отвечай... Ты социалист?

– Ррр... гав! гав!

– Постой, не кусайся... О чем бишь я?.. Ах да, насчет пепла. Дунуть и – нет его! Пфф! А для чего живем, спрашивается? Родимся в болезнях матери, едим, пьем, науки проходим, помираем... а для чего все это? Пепел! Ничего не стоит человек! Ты вот собака и ничего не понимаешь, а ежели бы ты могла... залезть в душу! Ежели бы ты могла в психологию проникнуть!

Романсов покрутил головой и сплюнул.

– Грязь... Тебе кажется, что я, Романсов, коллежский секретарь... царь природы... Ошибаешься! Я тунеядец, взяточник, лицемер!.. Я гад!

Алексей Иваныч ударил кулаком себя по груди и заплакал.

– Наушник, шептун... Ты думаешь, что Егорку Корнюшкина не через меня прогнали? А? А кто, позвольте вас спросить, комитетские двести рублей зажилил да на Сургучова свалил? Нешто не я? Гад, фарисей… Иуда! Подлипала, лихоимец… сволочь!

Романсов вытер рукавом слезы и зарыдал.

– Кусай! Ешь! Никто отродясь мне путного слова не сказал… Все только в душе подлецом считают, а в глаза кроме хвалений да улыбок – ни-ни! Хоть бы раз кто по морде съездил да выругал! Ешь, пес! Кусай! Рррви анафему! Лопай предателя!

Романсов покачнулся и упал на собаку.

– Так, именно так! Рви мордализацию! Не жалко! Хоть и больно, а не щади. На, и руки кусай! Ага, кровь течет! Так тебе и нужно, шмерцу! Так! Мерси, Жучка… или как тебя? Мерси… Рви и шубу. Все одно, взятка… Продал ближнего и купил на вырученные деньги шубу… И фуражка с кокардой тоже… Однако о чем бишь я?.. Пора идти… Прощай, собачечка… шельмочка…

– Рррр.

Романсов погладил собаку и, дав ей еще раз укусить себя за икру, запахнулся в шубу и, пошатываясь, побрел к своей двери…

Проснувшись на другой день в полдень, Романсов увидел нечто необычайное. Голова, руки и ноги его были в повязках. Около кровати стояли заплаканная жена и озабоченный доктор.

Оба лучше

– Непременно же, mes enfants [1], заезжайте к баронессе Шепплинг (через два «п»)… – повторила в десятый раз теща, усаживая меня и мою молодую жену в карету. – Баронесса моя старинная приятельница… Навестите, кстати, и генеральшу Жеребчикову… Она обидится, если вы не сделаете ей визита…

---

[1] Мои дети *(франц.)*.

Мы сели в карету и поехали делать послесвадебные визиты. Физиономия моей жены, казалось мне, приняла торжественное выражение, я же повесил нос и впал в меланхолию... Много несходств было между мной и женой, но ни одно из них не причиняло мне столько душевных терзаний, как несходство наших знакомств и связей. В списке жениных знакомых пестрели полковницы, генеральши, баронесса Шепплинг (через два «п»), граф Дерзай-Чертовщинов и целая куча институтских подруг-аристократок; с моей же стороны было одно сплошное моветонство: дядюшка, отставной тюремный смотритель, кузина, содержащая модную мастерскую, чиновники-сослуживцы – все горькие пьяницы и забулдыги, из которых ни один не был выше титулярного, купец Плевков и проч. Мне было совестно... Чтобы избегнуть срама, следовало бы вовсе не ехать к моим знакомым, но не поехать значило бы навлечь на себя множество нареканий и неприятностей. Кузину еще, пожалуй, можно было похерить, визиты же к дяде и Плевкову были неизбежны. У дяди я брал деньги на свадебные расходы, Плевкову был должен за мебель.

– Сейчас, душончик, – стал я подъезжать к своей супруге, – мы приедем к моему дяде Пупкину. Человек старинного, дворянского рода... дядя у него викарием в какой-то епархии, но оригинал и живет по-свински; т. е. не викарий живет по-свински, а он сам, Пупкин... Везу тебя, чтобы дать тебе случай посмеяться... Болван ужасный...

Карета остановилась около маленького, трехоконного домика с серыми, заржавленными ставнями. Мы вышли из кареты и позвонили... Послышался громкий собачий лай, за лаем внушительное «цыц, проклятая!», визг, возня за дверью... После долгой возни дверь отворилась, и мы вошли в переднюю... Нас встретила моя кузина Маша, маленькая девочка в материнской кофте и с запачканным носом. Я сделал вид, что не узнал ее, и пошел к вешалке, на которой рядом с дядюшкиной лисьей шубой висели чьи-то панталоны и накрахмаленная юбка. Снимая калоши, я робко заглянул в залу. Там за столом сидел мой дядюшка в халате и в туфлях на босую ногу. Надежда не застать его дома обратилась во прах… Прищурив глаза и сопя на весь дом, он вынимал проволокой из водочного графина апельсиновые корки. Вид имел он озабоченный и сосредоточенный, словно телефон выдумывал. Мы вошли… Увидав нас, Пупкин застыдился, выронил из рук проволоку и, подобрав полы халата, опрометью выбежал из залы…

– Я сейчас! – крикнул он.

– Ударился в бегство… – засмеялся я, сгорая со стыда и боясь взглянуть на жену. – Не правда ли, Соня, смешно? Оригинал страшный… А погляди, какая мебель! Стол о трех ножках, паралличное фортепиано, часы с кукушкой… Можно подумать, что здесь не люди живут, а мамонты…

– Это что нарисовано? – спросила жена, рассматривая картины, висевшие вперемежку с фотографическими карточками.

– Это старец Серафим в Саровской пустыни медведя кормит… А это портрет викария, когда он еще был инспектором семинарии… Видишь, «Анну» имеет… Личность почтенная… Я… (я высморкался).

Но ничего мне не было так совестно, как запаха… Пахло водкой, прокисшими апельсинами, скипидаром, которым дядя спасался от моли, кофейной гущей, что в общем давало пронзительную кислятину… Вошел мой кузен Митя, маленький гимназистик с большими оттопыренными ушами, и шаркнул ножкой… Подобрав апельсинные корки, он взял с дивана подушку, смахнул рукавом пыль с фортепиано и вышел… Очевидно, его прислали «прибрать»…

– А вот и я! – заговорил наконец дядя, входя и застегивая жилетку. – А вот и я! Очень рад… весьма! Садитесь, пожалуйста! Только не садитесь на диван: задняя ножка сломана. Садись, Сеня!

Мы сели… Наступило молчание, во время которого Пупкин поглаживал себя по колену, а я старался не глядеть на жену и конфузился.

– Мда… – начал дядя, закуривая сигару (при гостях он всегда курит сигары). – Женился ты, стало быть… Так-с… С одной стороны, это хорошо… Милое существо около, любовь, романсы; с другой же стороны, как пойдут дети, так пуще волка взвоешь! Одному сапоги, другому штанишки, за третьего в гимназию платить надо... и не приведи бог! У меня, слава богу, жена половину мертвых рожала.

– Как ваше здоровье? – спросил я, желая переменить разговор.

– Плохо, брат! Намедни весь день провалялся... Грудь ломит, озноб, жар... Жена говорит: прими хинины и не раздражайся... А как тут не раздражаться? С утра приказал почистить снег у крыльца, и хоть бы тебе кто! Ни одна шельма ни с места... Не могу же я сам чистить! Я человек болезненный, слабый... Во мне скрытый геморрой ходит.

Я сконфузился и начал громко сморкаться.

– Или, может быть, у меня это от бани... – продолжал дядя, задумчиво глядя на окно. – Может быть! Был я, знаешь, в четверг в бане... часа три парился. А от пару геморрой еще пуще разыгрывается... Доктора говорят, что баня для здоровья нехорошо... Это, сударыня, неправильно... Я сызмальства привык, потому – у меня отец в Киеве на Крещатике баню держал... Бывало, целый день паришься... Благо не платить...

Мне стало невыносимо совестно. Я поднялся и, заикаясь, начал прощаться.

– Куда же это так? – удивился дядя, хватая меня за рукав. – Сейчас тетка выйдет! Закусим, чем бог послал, наливочки выпьем!.. Солонинка есть, Митя за колбасой побежал... Экие вы, право, церемонные! Загордился, Сеня! Нехорошо! Венчальное платье не у Глаши заказал! Моя дочь, сударыня, белошвейную держит... Шила вам, я знаю, мадам Степанид, да нешто Степанидка с нами сравняется! Мы бы и дешевле взяли...

Не помню, как я простился с дядей, как добрался до кареты... Я чувствовал, что я уничтожен, оплеван, и ждал каждое мгновение услышать презрительный смех институтки-жены...

«А какой мове-жанр ждет нас у Плевкова! – думал я, леденея от ужаса. – Хоть бы скорее отделаться, черт бы их взял совсем! И на мое несчастье – ни одного знакомого генерала! Есть один знакомый полковник в отставке, да и тот портерную держит! Ведь этакий я несчастный!» – Ты, Сонечка, – обратился я к жене плачущим голосом, – извини, что я возил тебя сейчас в тот хлев... Думал дать тебе случай посмеяться, понаблюдать типы... Не моя вина, что вышло так пошло, мерзко... Извиняюсь...

Я робко взглянул на жену и увидал больше, чем мог ожидать при всей моей мнительности. Глаза жены были налиты слезами, на щеках горел румянец не то стыда, не то гнева, руки судорожно щипали бахрому у каретного окна... Меня бросило в жар и передернуло...

«Ну, начинается мой срам!» – подумал я, чувствуя, как наливаются свинцом мои руки и ноги. – Но не виноват же я, Соня! – вырвался у меня вопль. – Как, право, глупо с твоей стороны! Свиньи они, моветоны, но ведь не я же произвел их в свои родичи!

– Если тебе не нравятся твои простяки, – всхлипнула Соня, глядя на меня умоляющими глазами, – то мои и подавно не понравятся... Мне совестно, и я никак не решусь тебе высказать... Голубчик, миленький... Сейчас баронесса Шепплинг начнет тебе рассказывать, что мама служила у нее в экономках и что мы с мамой неблагодарные, не благодарим ее за прошлые благодеяния теперь, когда она впала в бедность... Но ты не верь ей, пожалуйста! Эта нахалка любит врать... Клянусь тебе, что к каждому празднику мы посылаем ей голову сахару и фунт чаю!

– Да ты шутишь, Соня! – удивился я, чувствуя, как свинец оставляет мои члены и как по всему телу разливается живительная легкость. – Баронессе голову сахару и фунт чаю!.. Ах!

– А когда увидишь генеральшу Жеребчикову, то не смейся над ней, голубчик! Она такая несчастная! Если она постоянно плачет и заговаривается, то это оттого, что ее обобрал граф Дерзай-Чертовщинов. Она будет жаловаться на свою судьбу и попросит у тебя взаймы; но ты... тово... не давай... Хорошо бы, если б она на себя потратила, а то все равно графу отдаст!

– Мамочка… ангел! – принялся я от восторга обнимать жену. – Зюмбумбунчик мой! Да ведь это сюрприз! Скажи ты мне, что твоя баронесса Шепплинг (через два «п») нагишом по улице ходит, то ты бы меня еще больше разодолжила! Ручку!

И мне вдруг стало жаль, что я отказался у дяди от солонины, не побренчал на его параличном фортепиано, не выпил наливочки… Но тут мне вспомнилось, что у Плевкова подают хороший коньяк и поросенка с хреном.

– Валяй к Плевкову! – крикнул я во все горло вознице.

Мелюзга

«Милостивый государь, отец и благодетель! – сочинял начерно чиновник Невыразимов поздравительное письмо. – Желаю как сей Светлый день, так и многие предбудущие провести в добром здравии и благополучии. А также и семейству жел…»

Лампа, в которой керосин был уже на исходе, коптила и воняла гарью. По столу, около пишущей руки Невыразимова, бегал встревоженно заблудившийся таракан. Через две комнаты от дежурной швейцар Парамон чистил уже в третий раз свои парадные сапоги, и с такой энергией, что его плевки и шум ваксельной щетки были слышны во всех комнатах.

«Что бы еще такое ему, подлецу, написать?» – задумался Невыразимов, поднимая глаза на закопченный потолок.

На потолке увидел он темный круг – тень от абажура. Ниже были запыленные карнизы, еще ниже – стены, выкрашенные во время оно в сине-бурую краску. И дежурная комната показалась ему такой пустыней, что стало жалко не только себя, но даже таракана…

«Я-то отдежурю и выйду отсюда, а он весь свой тараканий век здесь продежурит, – подумал он, потягиваясь. – Тоска! Сапоги себе почистить, что ли?»

И, еще раз потянувшись, Невыразимов лениво поплелся в швейцарскую. Парамон уже не чистил сапог… Держа в одной руке щетку, а другой крестясь, он стоял у открытой форточки и слушал…

– Звонют-с! – шепнул он Невыразимову, глядя на него неподвижными, широко раскрытыми глазами. – Уже-с!

Невыразимов подставил ухо к форточке и прислушался. В форточку, вместе со свежим весенним воздухом, рвался в комнату пасхальный звон. Рев колоколов мешался с шумом экипажей, и из звукового хаоса выделялся только бойкий теноровый звон ближайшей церкви да чей-то громкий, визгливый смех.

– Народу-то сколько! – вздохнул Невыразимов, поглядев вниз на улицу, где около зажженных плошек мелькали одна за другой человеческие тени. – Все к заутрене бегут… Наши-то теперь, небось, выпили и по городу шатаются. Смеху-то этого сколько, разговору! Один только я несчастный такой, что должен здесь сидеть в этакий день. И каждый год мне это приходится!

– А кто вам велит наниматься? Ведь вы не дежурный сегодня, а Заступов вас за себя нанял. Как людям гулять, так вы и нанимаетесь… Жадность!

– Какой черт жадность? Не из чего и жадничать: всего два рубля денег да галстук на придачу… Нужда, а не жадность! А хорошо бы теперь, знаешь, пойти с компанией к заутрене, а потом разговляться… Выпить бы этак, закусить, да и спать завалиться… Сидишь ты за столом, свяченый кулич, а тут самовар шипит и сбоку какая-нибудь этакая обжешка…[1] Рюмочку выпил и за подбородочек подержал, а оно и чувствительно… человеком себя чувствуешь… Эхх… пропала жизнь! Вон какая-то шельма в коляске проехала, а ты тут сиди да мысли думай…

– Всякому свое, Иван Данилыч. Бог даст, и вы дослужитесь, в колясках ездить будете.

---

[1] Предмет (*от франц.* – objet).

– Я-то? Ну, нет, брат, шалишь. Мне дальше титулярного не пойти, хоть тресни... Я необразованный.

– Наш генерал тоже без всякого образования, одначе...

– Ну, генерал, прежде чем этого достигнуть, сто тысяч украл. И осанка, брат, у него не та, что у меня... С моей осанкой недалеко уйдешь! И фамилия преподлейшая: Невыразимов! Одним словом, брат, положение безвыходное. Хочешь – так живи, а не хочешь – вешайся...

Невыразимов отошел от форточки и в тоске зашагал по комнатам. Рев колоколов становился все сильнее и сильнее. Чтобы слышать его, не было уже надобности стоять у окна. И чем явственнее слышался звон, чем громче стучали экипажи, тем темнее казались бурые стены и закопченные карнизы, тем сильнее коптила лампа.

«Нешто удрать с дежурства?» – подумал Невыразимов.

Но бегство это не обещало ничего путного... Выйдя из правления и пошатавшись по городу, Невыразимов отправился бы к себе на квартиру, а на квартире у него было еще серее и хуже, чем в дежурной комнате... Допустим, что этот день он провел бы хорошо, с комфортом, но что же дальше? Все те же серые стены, все те же дежурства по найму и поздравительные письма...

Невыразимов остановился посреди дежурной комнаты и задумался.

Потребность новой, лучшей жизни невыносимо больно защемила его за сердце. Ему страстно захотелось очутиться вдруг на улице, слиться с живой толпой, быть участником торжества, ради которого ревели все эти колокола и гремели экипажи. Ему захотелось того, что переживал он когда-то в детстве: семейный кружок, торжественные физиономии близких, белая скатерть, свет, тепло... Вспомнил он коляску, в которой только что проехала барыня, пальто, в котором щеголяет экзекутор, золотую цепочку, украшающую грудь секретаря... Вспомнил теплую постель, Станислава, новые сапоги, виц-мундир без протертых локтей... вспомнил потому, что всего этого у него не было...

«Украсть нешто? – подумал он. – Украсть-то, положим, не трудно, но вот спрятать-то мудрено... В Америку, говорят, с краденым бегают, а черт ее знает, где эта самая Америка! Для того, чтобы украсть, тоже ведь надо образование иметь».

Звон утих. Слышался только отдаленный шум экипажей да кашель Парамона, а грусть и злоба Невыразимова становились все сильнее, невыносимей. В присутствии часы пробили половину первого.

«Донос написать, что ли? Прошкин донес и в гору пошел...»

Невыразимов сел за свой стол и задумался. Лампа, в которой керосин совсем уже выгорел, сильно коптила и грозила потухнуть. Заблудившийся таракан все еще сновал по столу и не находил пристанища...

«Донести-то можно, да как его сочинишь! Надо со всеми экивоками, с подходцами, как Прошкин... А куда мне! Такое сочиню, что мне же потом и влетит. Бестолочь, черт возьми меня совсем!»

И Невыразимов, ломая голову над способами, как выйти из безвыходного положения, уставился на написанное им черновое письмо. Письмо это было писано к человеку, которого он ненавидел всей душой и боялся, от которого десять лет уже добивался перевода с шестнадцатирублевого места на восемнадцатирублевое...

– А... бегаешь тут, черт! – хлопнул он со злобой ладонью по таракану, имевшему несчастье попасться ему на глаза. – Гадость этакая!

Таракан упал на спину и отчаянно замотал ногами... Невыразимов взял его за одну ножку и бросил в стекло. В стекле вспыхнуло и затрещало...

И Невыразимову стало легче.

Упразднили!

Недавно, во время половодья, помещик, отставной прапорщик Вывертов, угощал заехавшего к нему землемера Катавасова. Выпивали, закусывали и говорили о новостях. Катавасов, как городской житель, обо всем знал: о холере, о войне и даже об увеличении акциза в размере одной копейки на градус. Он говорил, а Вывертов слушал, ахал и каждую новость встречал восклицаниями: «Скажите, однако! Ишь ты ведь! Ааа...»

– А отчего вы нынче без погончиков, Семен Антипыч? – полюбопытствовал он между прочим.

Землемер не сразу ответил. Он помолчал, выпил рюмку водки, махнул рукой и тогда уже сказал:

– Упразднили!

– Ишь ты! Ааа... Я газет-то не читаю и ничего про это не знаю. Стало быть, нынче гражданское ведомство не носит уже погонов? Скажите, однако! А это, знаете ли, отчасти хорошо: солдатики не будут вас с господами офицерами смешивать и честь вам отдавать. Отчасти же, признаться, и нехорошо. Нет уже у вас того вида, сановитости! Нет того благородства!

– Ну, да что! – сказал землемер и махнул рукой. – Внешний вид наружности не составляет важного предмета. В погонах ты или без погонов – это все равно, было бы в тебе звание сохранено. Мы нисколько не обижаемся. А вот вас так действительно обидели, Павел Игнатьич! Могу посочувствовать.

– То есть как-с? – спросил Вывертов. – Кто же меня может обидеть?

– Я насчет того факта, что вас упразднили. Прапорщик хоть и маленький чин, хоть и ни то ни се, но все же он слуга отечества, офицер... кровь проливал... За что его упразднять?

– То есть... извините, я вас не совсем понимаю-с... – залепетал Вывертов, бледнея и делая большие глаза. – Кто же меня упразднял?

– Да разве вы не слыхали? Был такой указ, чтоб прапорщиков вовсе не было. Чтоб ни одного прапорщика! Чтоб и духу их не было! Да разве вы не слыхали? Всех служащих прапорщиков велено в подпоручики произвести, а вы, отставные, как знаете. Хотите, будьте прапорщиками, а не хотите, так и не надо.

– Гм... Кто же я теперь такой есть?

– А бог вас знает, кто вы. Вы теперь – ничего, недоумение, эфир! Теперь вы и сами не разберете, кто вы такой.

Вывертов хотел спросить что-то, но не смог. Под ложечкой у него похолодело, колени подогнулись, язык не поворачивался. Как жевал колбасу, так она и осталась у него во рту не разжеванной.

– Нехорошо с вами поступили, что и говорить! – сказал землемер и вздохнул. – Все хорошо, но этого мероприятия одобрить не могу. То-то, небось, теперь в иностранных газетах! А?

– Опять-таки я не понимаю... – выговорил Вывертов. – Ежели я теперь не прапорщик, то кто же я такой? Никто? Нуль? Стало быть, ежели я вас понимаю, мне может теперь всякий сгрубить, может на меня тыкнуть?

– Этого уж я не знаю. Нас же принимают теперь за кондукторов! Намедни начальник движения на здешней дороге идет, знаете ли, в своей инженерной шинели, по-нынешнему без погонов, а какой-то генерал и кричит: «Кондуктор, скоро ли поезд пойдет?» Вцепились! Скандал! Об этом в газетах нельзя писать, но ведь... всем известно! Шила в мешке не утаишь!

Вывертов, ошеломленный новостью, уж больше не пил и не ел. Раз попробовал он выпить холодного квасу, чтобы прийти в чувство, но квас остановился поперек горла и – назад.

Проводив землемера, упраздненный прапорщик заходил по всем комнатам и стал думать. Думал, думал и ничего не надумал. Ночью он лежал в постели, вздыхал и тоже думал.

– Да будет тебе мурлыкать! – сказала жена Арина Матвеевна и толкнула его локтем. – Стонет, словно родить собирается! Может быть, это еще и неправда. Ты завтра съезди к кому-нибудь и спроси. Тряпка!

– А вот как останешься без звания и титула, тогда тебе и будет тряпка. Развалилась тут, как белуга, и – тряпка! Не ты, небось, кровь проливала!

На другой день, утром, всю ночь не спавший Вывертов запряг своего каурого в бричку и поехал наводить справки. Решил он заехать к кому-нибудь из соседей, а ежели представится надобность, то и к самому предводителю. Проезжая через Ипатьево, он встретился там с протоиереем Пафнутием Амаликитянским. Отец протоиерей шел от церкви к дому и, сердито помахивая жезлом, то и дело оборачивался к шедшему за ним дьячку и бормотал: «Да и дурак же ты, братец! Вот дурак!»

Вывертов вылез из брички и подошел под благословение.

– С праздником вас, отец протоиерей! – поздравил он, целуя руку. – Обедню изволили служить-с?

– Да, литургию.

– Так-с... У всякого свое дело! Вы стадо духовное пасете, мы землю удобряем по мере сил... А отчего вы сегодня без орденов?

Батюшка вместо ответа нахмурился, махнул рукой и зашагал дальше.

– Им запретили! – пояснил дьячок шепотом.

Вывертов проводил глазами сердито шагавшего протоиерея, и сердце его сжалось от горького предчувствия: сообщение, сделанное землемером, казалось теперь близким к истине!

Прежде всего заехал он к соседу майору Ижице, и, когда его бричка въезжала в майорский двор, он увидел картину. Ижица в халате и турецкой феске стоял посреди двора, сердито топал ногами и размахивал руками. Мимо него взад и вперед кучер Филька водил хромавшую лошадь.

– Негодяй! – кипятился майор. – Мошенник! Каналья! Повесить тебя мало, анафему! Афганец! Ах, мое вам почтение! – сказал он, увидев Вывертова. – Очень рад вас видеть. Как вам это нравится? Неделя уж, как ссадил лошади ногу, и молчит, мошенник!

Ни слова! Не догляди я сам, пропало бы к черту копыто! А? Каков народец? И его не бить по морде? Не бить? Не бить, я вас спрашиваю?

– Лошадка славная, – сказал Вывертов, подходя к Ижице. – Жалко! Вы, майор, за коновалом пошлите. У меня, майор, на деревне есть отличный коновал!

– Майор... – проворчал Ижица, презрительно улыбаясь. – Майор!.. Не до шуток мне! У меня лошадь заболела, а вы: майор! майор! Точно галка: крр!.. крр!

– Я вас, майор, не понимаю. Нешто можно благородного человека с галкой сравнивать?

– Да какой же я майор? Нешто я майор?

– Кто же вы?

– А черт меня знает, кто я! – сказал Ижица. – Уж больше года, как майоров нет. Да вы что же это? Вчера только родились, что ли?

Вывертов с ужасом поглядел на Ижицу и стал отирать с лица пот, предчувствуя что-то очень недоброе.

– Однако позвольте же... – сказал он. – Я вас все-таки не понимаю... Майор ведь чин значительный!

– Да-с!!

– Так как же это? И вы... ничего?

Майор только махнул рукой и начал рассказывать ему, как подлец Филька сшиб лошади копыто, рассказывал длинно и в конце концов даже к самому лицу его поднес больное копыто с гноящейся ссадиной и навозным пластырем, но Вывертов не понимал, не чувствовал и глядел на все, как сквозь решетку. Бессознательно он простился, влез в свою бричку и крикнул с отчаянием:

– К предводителю! Живо! Лупи кнутом!

Предводитель, действительный статский советник Ягодышев, жил недалеко. Через какой-нибудь час Вывертов входил к нему в кабинет и кланялся. Предводитель сидел на софе и читал «Новое время». Увидев входящего, он кивнул головой и указал на кресло.

– Я, ваше превосходительство, – начал Вывертов, – должен был сначала представиться вам, но, находясь в неведении касательно своего звания, осмеливаюсь прибегнуть к вашему превосходительству за разъяснением…

– Позвольте-с, почтеннейший, – перебил его предводитель. – Прежде всего не называйте меня превосходительством. Прошу-с!

– Что вы-с… Мы люди маленькие…

– Не в том дело-с! Пишут вот… (предводитель ткнул в «Новое время» и проткнул его пальцем) пишут вот, что мы, действительные статские советники, не будем уж более превосходительствами. За достоверное сообщают-с! Что ж? И не нужно, милостивый государь! Не нужно! Не называйте! И не надо!

Ягодышев встал и гордо прошелся по кабинету… Вывертов испустил вздох и уронил на пол фуражку.

«Уж ежели до них добрались, – подумал он, – то о прапорщиках да о майорах и спрашивать нечего. Уйду лучше…»

Вывертов пробормотал что-то и вышел, забыв в кабинете предводителя фуражку. Через два часа он приехал к себе домой бледный, без шапки, с тупым выражением ужаса на лице. Вылезая из брички, он робко взглянул на небо: не упразднили ли уж и солнца? Жена, пораженная его видом, забросала его вопросами, но на все вопросы он отвечал только маханием руки…

Неделю он не пил, не ел, не спал, а как шальной ходил из угла в угол и думал. Лицо его осунулось, взоры потускнели… Ни с кем он не заговаривал, ни к кому ни за чем не обращался, а когда Арина Матвеевна приставала к нему с вопросами, он только отмахивался рукой и – ни звука… Уж чего только с ним не делали, чтобы привести его в чувство! Поили его бузиной, давали «на внутрь» масла из лампадки, сажали на горячий кирпич, но ничто не помогало, он хирел и отмахивался. Позвали наконец для вразумления отца Пафнутия. Протоиерей полдня бился, объясняя ему, что все теперь клонится не к уничижению, а к возвеличению, но доброе семя его упало на неблагодарную почву. Взял пятерку за труды, да так и уехал, ничего не добившись.

Помолчав неделю, Вывертов как будто бы заговорил.

– Что ж ты молчишь, харя? – набросился он внезапно на казачка Илюшку. – Груби! Издевайся! Тыкай на уничтоженного! Торжествуй!

Сказал это, заплакал и опять замолчал на неделю. Арина Матвеевна решила пустить ему кровь. Приехал фельдшер, выпустил из него две тарелки крови, и от этого словно бы полегчало. На другой день после кровопролития Вывертов подошел к кровати, на которой лежала жена, и сказал:

– Я, Арина, этого так не оставлю. Теперь я на все решился... Чин я свой заслужил, и никто не имеет полного права на него посягать. Я вот что надумал: напишу какому-нибудь высокопоставленному лицу прошение и подпишусь: прапорщик такой-то... пра-пор-щик... Понимаешь? Назло! Пра-пор-щик... Пускай! Назло!

И эта мысль так понравилась Вывертову, что он просиял и даже попросил есть. Теперь он, озаренный новым решением, ходит по комнатам, язвительно улыбается и мечтает:

– Пра-пор-щик... Назло!

Канитель

На клиросе стоит дьячок Отлукавин и держит между вытянутыми жирными пальцами огрызенное гусиное перо. Маленький лоб его собрался в морщины, на носу играют пятна всех цветов, начиная от розового и кончая темно-синим. Перед ним на рыжем переплете Цветной триоди лежат две бумажки. На одной из них написано «о здравии», на другой – «за упокой», и под обоими заглавиями по ряду имен... Около клироса стоит маленькая старушонка с озабоченным лицом и с котомкой на спине. Она задумалась.

– Дальше кого? – спрашивает дьячок, лениво почесывая за ухом. – Скорей, убогая, думай, а то мне некогда. Сейчас часы читать стану.

– Сейчас, батюшка… Ну, пиши… О здравии рабов божиих: Андрея и Дарьи со чады… Митрия, опять Андрея, Антипа, Марьи…

– Постой, не шибко… Не за зайцем скачешь, успеешь.

– Написал Марию? Ну, таперя Кирилла, Гордея, младенца новопреставленного Герасима, Пантелея… Записал усопшего Пантелея?

– Постой… Пантелей помер?

– Помер… – вздыхает старуха.

– Так как же ты велишь о здравии записывать? – сердится дьячок, зачеркивая Пантелея и перенося его на другую бумажку. – Вот тоже еще… Ты говори толком, а не путай. Кого еще за упокой?

– За упокой? Сейчас… постой… Ну, пиши… Ивана, Авдотью, еще Дарью, Егора… Запиши… воина Захара… Как пошел на службу в четвертом годе, так с той поры и не слыхать…

– Стало быть, он помер?

– А кто ж его знает? Может, помер, а может, и жив… Ты пиши…

– Куда же я его запишу? Ежели, скажем, помер, то за упокой, коли жив, то о здравии… Пойми вот вашего брата!

– Гм!.. Ты, родименький, его на обе записочки запиши, а там видно будет. Да ему все равно, как его ни записывай: непутящий человек… пропащий… Записал? Таперя за упокой Марка, Левонтия, Арину… ну, и Кузьму с Анной… болящую Федосью…

– Болящую-то Федосью за упокой? Тю!

– Это меня-то за упокой? Ошалел, что ли?

– Тьфу! Ты, кочерыжка, меня запутала! Не померла еще, так и говори, что не померла, а нечего в за упокой лезть! Путаешь тут! Изволь вот теперь Федосью херить и в другое место писать… всю бумагу изгадил! Ну, слушай, я тебе прочту… О здравии Андрея, Дарьи со чады, паки Андрея, Антипия, Марии, Кирилла, новопреставленного младенца Гер... Постой, как же сюда этот Герасим попал? Новопреставленный, и вдруг – о здравии! Нет, запутала ты меня, убогая! Бог с тобой, совсем запутала!

Дьячок крутит головой, зачеркивает Герасима и переносит его в заупокойный отдел.

– Слушай! О здравии Марии, Кирилла, воина Захарии... Кого еще?

– Авдотью записал?

– Авдотью? Гм... Авдотью... Евдокию... – пересматривает дьячок обе бумажки. – Помню, записывал ее, а теперь шут ее знает... никак не найдешь... Вот она! За упокой записана!

– Авдотью-то за упокой? – удивляется старуха. – Году еще нет, как замуж вышла, а ты на нее уж смерть накликаешь!.. Сам вот, сердешный, путаешь, а на меня злобишься. Ты с молитвой пиши, а коли будешь в сердце злобу иметь, то бесу радость. Это тебя бес хороводит да путает...

– Постой, не мешай...

Дьячок хмурится и, подумав, медленно зачеркивает на заупокойном листе Авдотью. Перо на букве «д» взвизгивает и дает большую кляксу. Дьячок конфузится и чешет затылок.

– Авдотью, стало быть, долой отсюда... – бормочет он смущенно, – а записать ее туда... Так? Постой... Ежели ее туда, то будет о здравии, ежели же сюда, то за упокой... Совсем запутала баба! И этот еще воин Захария встрял сюда... Шут его принес... Ничего не разберу! Надо сызнова...

Дьячок лезет в шкапчик и достает оттуда осьмушку чистой бумаги.

– Выкинь Захарию, коли так... – говорит старуха. – Уж бог с ним, выкинь...

– Молчи!

Дьячок макает медленно перо и списывает с обеих бумажек имена на новый листок.

– Я их всех гуртом запишу, – говорит он, – а ты неси к отцу дьякону… Пущай дьякон разберет, кто здесь живой, кто мертвый; он в семинарии обучался, а я этих самых делов… хоть убей, ничего не понимаю.

Старуха берет бумажку, подает дьячку старинные полторы копейки и семенит к алтарю.

Последняя могиканша

Я и помещик отставной штаб-ротмистр Докукин, у которого я гостил весною, сидели в одно прекрасное весеннее утро в бабушкиных креслах и лениво глядели в окно. Скука была ужасная.

– Тьфу! – бормотал Докукин. – Такая тоска, что судебному приставу рад будешь!

«Спать улечься, что ли?» – думал я.

И думали мы на тему о скуке долго, очень долго, до тех пор, пока сквозь давно не мытые, отливавшие радугой оконные стекла не заметили маленькой перемены, происшедшей в круговороте вселенной: петух, стоявший около ворот на куче прошлогодней листвы и поднимавший то одну ногу, то другую (ему хотелось поднять обе ноги разом), вдруг встрепенулся и, как ужаленный, бросился от ворот в сторону.

– Кто-то идет или едет… – улыбнулся Докукин. – Хоть бы гостей нелегкая принесла. Все-таки повеселее бы…

Петух не обманул нас. В воротах показалась сначала лошадиная голова с зеленой дугой, затем целая лошадь, и, наконец, темная, тяжелая бричка с большими безобразными крыльями, напоминавшими крылья жука, когда последний собирается лететь. Бричка въехала во двор, неуклюже повернула налево и с визгом и тарахтением покатила к конюшне. В ней сидели две человеческие фигуры: одна женская, другая, поменьше, – мужская.

– Черт возьми... – пробормотал Докукин, глядя на меня испуганными глазами и почесывая висок. – Не было печали, так вот черти накачали. Недаром я сегодня во сне печь видел.

– А что? Кто это приехал?

– Сестрица с мужем, чтоб их...

Докукин поднялся и нервно прошелся по комнате.

– Даже под сердцем похолодело... – проворчал он. – Грешно не иметь к родной сестре родственных чувств, но – верите ли? – легче мне с разбойничьим атаманом в лесу встретиться, чем с нею. Не спрятаться ли нам? Пусть Тимошка соврет, что мы на съезд уехали.

Докукин стал громко звать Тимошку. Но поздно было лгать и прятаться. Через минуту в передней послышалось шушуканье: женский бас шептался с мужским тенорком.

– Поправь мне внизу оборку! – говорил женский бас. – Опять ты не те брюки надел!

– Синие брюки вы дяденьке Василию Антипычу отдали-с, а пестрые приказали мне до зимы спрятать, – оправдывался тенорок. – Шаль за вами нести или тут прикажете оставить?

Дверь наконец отворилась, и в комнату вошла дама лет сорока, высокая, полная, рассыпчатая, в шелковом голубом платье. На ее краснощеком весноватом лице было написано столько тупой важности, что я сразу как-то почувствовал, почему ее так не любит Докукин. Вслед за полной дамой семенил маленький, худенький человечек в пестром сюртучке, широких панталонах и бархатной жилетке, – узкоплечий, бритый, с красным носиком. На его жилетке болталась золотая цепочка, похожая на цепь от лампадки. В его одежде, движениях, носике, во всей его нескладной фигуре сквозило что-то рабски приниженное, пришибленное... Барыня вошла и, как бы не замечая нас, направилась к иконам и стала креститься.

– Крестись! – обернулась она к мужу.

Человечек с красным носиком вздрогнул и начал креститься.

– Здравствуй, сестра! – сказал Докукин, обращаясь к даме, когда та кончила молиться, и вздохнул.

Дама солидно улыбнулась и потянула свои губы к губам Докукина.

Человечек тоже полез целоваться.

– Позвольте представить... Моя сестра Олимпиада Егоровна Хлыкина... Ее муж Досифей Андреич. А это мой хороший знакомый...

– Очень рада, – сказала протяжно Олимпиада Егоровна, не подавая мне руки. – Очень рада...

Мы сели и минуту помолчали.

– Чай, не ждал гостей? – начала Олимпиада Егоровна, обращаясь к Докукину. – Я и сама не думала быть у тебя, братец, да вот к предводителю еду, так мимоездом...

– А зачем к предводителю едешь? – спросил Докукин.

– Зачем? Да вот на него жаловаться! – кивнула дама на своего мужа.

Досифей Андреич потупил глазки, поджал ноги под стул и конфузливо кашлянул в кулак.

– За что же на него жаловаться?

Олимпиада Егоровна вздохнула.

– Звание свое забывает! – сказала она. – Что ж? Жалилась я и тебе, братец, и его родителям, и к отцу Григорию его возила, чтоб наставление ему прочел, и сама всякие меры принимала, ничего же не вышло! Поневоле приходится господина предводителя беспокоить...

– Но что же он сделал такое?

– Ничего не сделал, а звания своего не помнит! Он, положим, не пьющий, смиренный, уважительный, но что с того толку, ежели он не помнит своего звания! Погляди-ка, сгорбившись сидит, словно проситель какой или разночинец. Нешто дворяне так сидят? Сиди как следует! Слышишь?

Досифей Андреич вытянул шею, поднял вверх подбородок, вероятно для того, чтобы сесть как следует, и пугливо, исподлобья поглядел на жену. Так глядят маленькие дети, когда бывают виноваты. Видя, что разговор принимает характер интимный, семейный, я поднялся, чтобы выйти. Хлыкина заметила мое движение.

– Ничего, сидите! – остановила она меня. – Молодым людям полезно это слушать. Хоть мы и не ученые, но больше вас пожили. Дай бог всем так пожить, как мы жили... А мы, братец, уж у вас и пообедаем заодно, – повернулась Хлыкина к брату. – Но небось сегодня у вас скоромное готовили. Чай, ты и не помнишь, что нынче среда... – Она вздохнула. – Нам уж прикажи постное изготовить. Скоромного мы есть не станем, это как тебе угодно, братец.

Докукин позвал Тимошку и заказал постный обед.

– Пообедаем, и к предводителю... – продолжала Хлыкина. – Буду его молить, чтоб он обратил внимание. Его дело глядеть, чтоб дворяне с панталыку не сбивались...

– Да нешто Досифей сбился? – спросил Докукин.

– Словно ты в первый раз слышишь, – нахмурилась Хлыкина. – И то, правду сказать, тебе все равно... Ты-то и сам не слишком свое звание помнишь... А вот мы господина молодого человека спросим. Молодой человек, – обратилась она ко мне, – по-вашему, это хорошо, ежели благородный человек со всякою шушвалью компанию водит?

– Смотря с кем... – замялся я.

– Да хоть бы с купцом Гусевым. Я этого Гусева и к порогу не допускаю, а он с ним в шашки играет да закусывать к нему ходит. Нешто прилично ему с писарем на охоту ходить? О чем он может с писарем разговаривать? Писарь не только что разговаривать, пискнуть при нем не смей, – ежели желаете знать, милостивый государь!

– Характер у меня слабый... – прошептал Досифей Андреич.

– А вот я покажу тебе характер! – погрозила ему жена, сердито стуча перстнем о спинку стула. – Я не дозволю тебе нашу фамилию конфузить! Хоть ты и муж мне, а я тебя осрамлю! Ты должен понимать! Я тебя в люди вывела! Ихний род Хлыкиных, сударь, захудалый род, и ежели я, Докукина урожденная, вышла за него, так он это ценить должен и чувствовать! Он мне, сударь, не дешево стоит, ежели желаете знать! Что мне стоило его на службу определить! Спросите-ка у него! Ежели желаете знать, так мне один только его экзамен на первый чин триста рубликов стоил! А из-за чего хлопочу! Ты думаешь, тетеря, я из-за тебя хлопочу? Не думай! Мне фамилия рода нашего дорога! Ежели б не фамилия, так ты у меня давно бы на кухне сгнил, ежели желаешь знать!

Бедный Досифей Андреич слушал, молчал и только пожимался, не знаю, отчего – от страха или срама. И за обедом не оставляла его в покое строгая супруга. Она не спускала с него глаз и следила за каждым его движением.

– Посоли себе суп! Не так ложку держишь! Отодвинь от себя салатник, а то рукавом зацепишь! Не мигай глазами!

А он торопливо ел и ежился под ее взглядом, как кролик под взглядом удава. Ел он с женою постное и то и дело взглядывал с вожделением на наши котлетки.

– Молись! – сказала ему жена после обеда. – Благодари братца.

Пообедав, Хлыкина пошла в спальню отдохнуть. По уходе ее Докукин схватил себя за волосы и заходил по комнате.

– Ну, да и несчастный же ты, братец, человек! – сказал он Досифею, тяжело переводя дух. – Я час посидел с ней – замучился; каково же тебе-то с ней дни и ночи... ах! Мученик ты, мученик несчастный! Младенец ты вифлеемский, Иродом убиенный!

Досифей замигал глазками и проговорил:

– Строги они, это действительно-с, но должен я за них денно и нощно бога молить, потому, кроме благодеяний и любви, я от них ничего не вижу.

– Пропащий человек! – махнул рукой Докукин. – А когда-то речи в собраниях говорил, новую сеялку изобретал! Заездила ведьма человека! Эхх!

– Досифей! – послышался женский бас. – Где же ты? Поди сюда, мух от меня отгоняй!

Досифей Андреич вздрогнул и на цыпочках побежал в спальню…

– Тьфу! – плюнул ему вслед Докукин.

Симулянты

Генеральша Марфа Петровна Печонкина, или, как ее зовут мужики, Печончиха, десять лет уже практикующая на поприще гомеопатии, в один из майских вторников принимает у себя в кабинете больных. Перед ней на столе гомеопатическая аптечка, лечебник и счета гомеопатической аптеки. На стене в золотых рамках под стеклом висят письма какого-то петербургского гомеопата, по мнению Марфы Петровны, очень знаменитого и даже великого, и висит портрет отца Аристарха, которому генеральша обязана своим спасением: отречением от зловредной аллопатии и знанием истины. В передней сидят и ждут пациенты, все больше мужики. Все они, кроме двух-трех, босы, так как генеральша велит оставлять вонючие сапоги на дворе.

Марфа Петровна приняла уже десять человек и вызывает одиннадцатого:

– Гаврила Груздь!

Дверь отворяется и, вместо Гаврилы Груздя, в кабинет входит Замухришин, генеральшин сосед, помещик из оскудевших, маленький старичок с кислыми глазками и с дворянской фуражкой под мышкой. Он ставит палку в угол, подходит к генеральше и молча становится перед ней на одно колено.

– Что вы! Что вы, Кузьма Кузьмич! – ужасается генеральша, вся вспыхивая. – Бога ради!

– Покуда жив буду, не встану! – говорит Замухришин, прижимаясь к ручке. – Пусть весь народ видит мое коленопреклонение, ангел-хранитель наш, благодетельница рода человеческого! Пусть! Которая благодетельная фея даровала мне жизнь, указала мне путь истинный и просветила мудрование мое скептическое, перед тою согласен стоять не только на коленях, но и в огне, целительница наша чудесная, мать сирых и вдовых! Выздоровел! Воскрес, волшебница!

– Я… я очень рада… – бормочет генеральша, краснея от удовольствия. – Это так приятно слышать… Садитесь, пожалуйста! А ведь вы в тот вторник были так тяжело больны!

– Да ведь как болен! Вспомнить страшно! – говорит Замухришин, садясь. – Во всех частях и органах ревматизм стоял. Восемь лет мучился, покою себе не знал… Ни днем ни ночью, благодетельница моя! Лечился я и у докторов, и к профессорам в Казань ездил, и грязями разными лечился, и воды лил, и чего только я не перепробовал! Состояние свое пролечил, матушка-красавица. Доктора эти, кроме вреда, ничего мне не принесли. Они болезнь мою вовнутрь мне вогнали. Вогнать-то вогнали, а выгнать – наука ихняя не дошла… Только деньги любят брать, разбойники, а ежели касательно пользы человечества, то им и горя мало. Пропишет какой-нибудь хиромантии, а ты пей. Душегубцы, одним словом. Если бы не вы, ангел наш, быть бы мне в могиле! Прихожу от вас в тот вторник, гляжу на крупинки, что вы дали тогда, и думаю: «Ну, какой в них толк? Нешто эти песчинки, еле видимые, могут излечить мою громадную застарелую болезнь?» Думаю, маловер, и улыбаюсь, а как принял крупинку – моментально! словно и болен не был или рукой сняло. Жена глядит на меня выпученными глазами и не верит: «Да ты ли это, Кузя?» – «Я», говорю. И стали мы с ней перед образом на коленки и давай молиться за ангела нашего: «Пошли ты ей, господи, всего, что мы только чувствуем!»

Замухришин вытирает рукавом глаза, поднимается со стула и выказывает намерение снова стать на одно колено, но генеральша останавливает и усаживает его.

– Не меня благодарите! – говорит она, красная от волнения и глядя восторженно на портрет отца Аристарха. – Не меня! Я тут только послушное орудие... Действительно, чудеса! Застарелый, восьмилетний ревматизм от одной крупинки скрофулозо!

– Изволили вы дать мне три крупинки. Из них одну принял я в обед – и моментально! Другую вечером, а третью на другой день, – и с той поры хоть бы тебе что! Хоть бы кольнуло где! А ведь помирать уже собрался, сыну в Москву написал, чтоб приехал! Умудрил вас господь, целительница! Теперь вот хожу, и словно в раю... В тот вторник, когда у вас был, хромал, а теперь хоть за зайцем готов... Хоть еще сто лет жить. Одна только беда – недостатки наши. И здоров, а для чего здоровье, если жить не на что? Нужда одолела пуще болезни... К примеру взять хоть бы такое дело... Теперь время овес сеять, а как его посеешь, ежели семенов нет? Нужно бы купить, а денег... известно, какие у нас деньги...

– Я вам дам овса, Кузьма Кузьмич... Сидите, сидите! Вы так меня порадовали, такое удовольствие мне доставили, что не вы, а я должна вас благодарить!

– Радость вы наша! Создаст же господь такую доброту! Радуйтесь, матушка, на свои добрые дела глядючи! А вот нам, грешным, и порадоваться у себя не на что... Люди мы маленькие, малодушные, бесполезные... мелкота... Одно звание только, что дворяне, а в материальном смысле те же мужики, даже хуже... Живем в домах каменных, а выходит один мираж, потому – крыша течет... Не на что тесу купить.

– Я дам вам тесу, Кузьма Кузьмич.

Замухришин выпрашивает еще корову, рекомендательное письмо для дочки, которую намерен везти в институт, и... тронутый щедротами генеральши, от наплыва чувств всхлипывает, перекашивает рот и лезет в карман за платком... Генеральша видит, как вместе с платком из кармана его вылезает какая-то красная бумажка и бесшумно падает на пол.

– Во веки веков не забуду… – бормочет он. – И детям закажу помнить, и внукам… в род и род… Вот, дети, та, которая спасла меня от гроба, которая…

Проводив своего пациента, генеральша минуту глазами, полными слез, глядит на отца Аристарха, потом ласкающим, благоговеющим взором обводит аптечку, лечебники, счета, кресло, в котором только что сидел спасенный ею от смерти человек, и взор ее падает на оброненную пациентом бумажку. Генеральша поднимает бумажку, разворачивает ее и видит в ней три крупинки, те самые крупинки, которые она дала в прошлый вторник Замухришину.

– Это те самые… – недоумевает она. – Даже бумажка та самая… Он и не разворачивал даже! Что же он принимал, в таком случае? Странно… Не станет же он меня обманывать!

И в душу генеральши, в первый раз за все десять лет практики, западает сомнение… Она вызывает следующих больных и, говоря с ними о болезнях, замечает то, что прежде незаметным образом проскальзывало мимо ее ушей. Больные, все до единого, словно сговорившись, сначала славословят ее за чудесное исцеление, восхищаются ее медицинскою мудростью, бранят докторов-аллопатов, потом же, когда она становится красной от волнения, приступают к изложению своих нужд. Один просит землицы для запашки, другой дровец, третий позволения охотиться в ее лесах и т. д. Она глядит на широкую, благодушную физиономию отца Аристарха, открывшего ей истину, и новая истина начинает сосать ее за душу. Истина нехорошая, тяжелая…

Лукав человек!

Налим

Летнее утро. В воздухе тишина; только поскрипывает на берегу кузнечик да где-то робко мурлыкает орличка. На небе неподвижно стоят перистые облака, похожие на рассыпанный снег… Около строящейся купальни, под зелеными ветвями ивняка, барахтается в воде плотник Герасим, высокий, тощий мужик с рыжей курчавой головой и с лицом, поросшим волосами. Он пыхтит, отдувается и, сильно мигая глазами, старается достать что-то из-под корней ивняка. Лицо его покрыто потом. На сажень от Герасима, по горло в воде, стоит плотник Любим, молодой горбатый мужик с треугольным лицом и с узкими, китайскими глазками. Как Герасим, так и Любим, оба в рубахах и портах. Оба посинели от холода, потому что уж больше часа сидят в воде...

– Да что ты все рукой тычешь? – кричит горбатый Любим, дрожа как в лихорадке. – Голова ты садовая! Ты держи его, держи, а то уйдет, анафема! Держи, говорю!

– Не уйдет... Куда ему уйтить? Он под корягу забился... – говорит Герасим охрипшим, глухим басом, идущим не из гортани, а из глубины живота. – Скользкий, шут, и ухватить не за что.

– Ты за зебры хватай, за зебры!

– Не видать жабров-то... Постой, ухватил за что-то... За губу ухватил... Кусается, шут!

– Не тащи за губу, не тащи – выпустишь! За зебры хватай его, за зебры хватай! Опять почал рукой тыкать! Да и беспонятный же мужик, прости царица небесная! Хватай!

– «Хватай»... – дразнит Герасим. – Командер какой нашелся... Шел бы да и хватал бы сам, горбатый черт... Чего стоишь?

– Ухватил бы я, коли б можно было... Нешто при моей низкой комплекцыи можно под берегом стоять? Там глыбоко!

– Ничего, что глыбоко... Ты вплавь...

Горбач взмахивает руками, подплывает к Герасиму и хватается за ветки. При первой же попытке стать на ноги, он погружается с головой и пускает пузыри.

– Говорил же, что глыбоко! – говорит он, сердито вращая белками. – На шею тебе сяду, что ли?

– А ты на корягу стань... Коряг много, словно лестница...

Горбач нащупывает пяткой корягу и, крепко ухватившись сразу за несколько веток, становится на нее... Совладавши с равновесием и укрепившись на новой позиции, он изгибается и, стараясь не набрать в рот воды, начинает правой рукой шарить между корягами. Путаясь в водорослях, скользя по мху, покрывающему коряги, рука его наскакивает на колючие клешни рака...

– Тебя еще тут, черта, не видали! – говорит Любим и со злобой выбрасывает на берег рака.

Наконец рука его нащупывает руку Герасима и, спускаясь по ней, доходит до чего-то склизкого, холодного.

– Во-от он!.. – улыбается Любим. – Зда-аровый, шут... Оттопырь-ка пальцы, я его сичас... за зебры... Постой, не толкай локтем... я его сичас... сичас, дай только взяться... Далече, шут, под корягу забился, не за что и ухватиться... Не доберешься до головы... Пузо одно только и слыхать... Убей мне на шее комара – жжет! Я сичас... под зебры его... Заходи сбоку, пхай его, пхай! Шпыняй его пальцем!

Горбач, надув щеки, притаив дыхание, вытаращивает глаза и, по-видимому, уже залезает пальцами «под зебры», но тут ветки, за которые цепляется его левая рука, обрываются, и он, потеряв равновесие, – бултых в воду! Словно испуганные, бегут от берега волнистые круги, и на месте падения вскакивают пузыри. Горбач выплывает и, фыркая, хватается за ветки.

– Утонешь еще, черт, отвечать за тебя придется!.. – хрипит Герасим. – Вылазь, ну тя к лешему! Я сам вытащу!

Начинается ругань... А солнце печет и печет. Тени становятся короче и уходят в самих себя, как рога улитки... Высокая трава, пригретая солнцем, начинает испускать из себя густой, приторно-медовый запах. Уж скоро полдень, а Герасим и Любим все еще барахтаются под ивняком. Хриплый бас и озябший, визгливый тенор неугомонно нарушают тишину летнего дня.

– Тащи его за зебры, тащи! Постой, я его выпихну! Да куда суешься-то с кулачищем? Ты пальцем, а не кулаком – рыло! Заходи сбоку! Слева заходи, слева, а то вправе колдобина! Угодишь к лешему на ужин! Тяни за губу!

Слышится хлопанье бича... По отлогому берегу к водопою лениво плетется стадо, гонимое пастухом Ефимом. Пастух, дряхлый старик с одним глазом и покривившимся ртом, идет, понуря голову, и глядит себе под ноги. Первыми подходят к воде овцы, за ними лошади, за лошадьми коровы.

– Потолкай его из-под низу! – слышит он голос Любима. – Просунь палец! Да ты глухой, че-ерт, что ли? Тьфу!

– Кого это вы, братцы? – кричит Ефим.

– Налима! Никак не вытащим! Под корягу забился! Заходи сбоку! Заходи, заходи!

Ефим минуту щурит свой глаз на рыболовов, затем снимает лапти, сбрасывает с плеч мешочек и снимает рубаху. Сбросить порты не хватает у него терпения, и он, перекрестясь, балансируя худыми, темными руками, лезет в портах в воду... Шагов пятьдесят он проходит по илистому дну, но затем пускается вплавь.

– Постой, ребятушки! – кричит он. – Постой! Не вытаскивайте его зря, упустите. Надо умеючи!..

Ефим присоединяется к плотникам, и все трое, толкая друг друга локтями и коленями, пыхтя и ругаясь, толкутся на одном месте... Горбатый Любим захлебывается, и воздух оглашается резким, судорожным кашлем.

– Где пастух? – слышится с берега крик. – Ефи-им! Пастух! Где ты? Стадо в сад полезло! Гони, гони из саду! Гони! Да где ж он, старый разбойник?

Слышатся мужские голоса, затем женский... Из-за решетки барского сада показывается барин Андрей Андреич в халате из персидской шали и с газетой в руке...

Он смотрит вопросительно по направлению криков, несущихся с реки, и потом быстро семенит к купальне...

– Что здесь? Кто орет? – спрашивает он строго, увидав сквозь ветви ивняка три мокрые головы рыболовов. – Что вы здесь копошитесь?

– Ры... рыбку ловим... – лепечет Ефим, не поднимая головы.

– А вот я тебе задам рыбку! Стадо в сад полезло, а он рыбку!.. Когда же купальня будет готова, черти? Два дня как работаете, а где ваша работа?

– Бу... будет готова... – кряхтит Герасим. – Лето велико, успеешь еще, вашескородие, помыться... Пфррр... Никак вот тут с налимом не управимся... Забрался под корягу и словно в норе: ни туда ни сюда...

– Налим? – спрашивает барин и глаза его подергиваются лаком. – Так тащите его скорей!

– Ужо дашь полтинничек... Удружим ежели... Здоровенный налим, что твоя купчиха... Стоит, вашескородие, полтинник... за труды... Не мни его, Любим, не мни, а то замучишь! Подпирай снизу! Тащи-ка корягу кверху, добрый человек... как тебя? Кверху, а не книзу, дьявол! Не болтайте ногами!

Проходит пять минут, десять... Барину становится невтерпеж.

– Василий! – кричит он, повернувшись к усадьбе. – Васька! Позовите ко мне Василия!

Прибегает кучер Василий. Он что-то жует и тяжело дышит.

– Полезай в воду, – приказывает ему барин, – помоги им вытащить налима... Налима не вытащат!

Василий быстро раздевается и лезет в воду.

– Я сичас... – бормочет он. – Где налим? Я сичас... Мы это мигом! А ты бы ушел, Ефим! Нечего тебе тут, старому человеку, не в свое дело мешаться! Который тут налим? Я его сичас... Вот он! Пустите руки!

– Да чего пустите руки? Сами знаем: пустите руки! А ты вытащи!

– Да нешто его так вытащишь? Надо за голову!

– А голова под корягой! Знамо дело, дурак!

– Ну, не лай, а то влетит! Сволочь!

– При господине барине и такие слова... – лепечет Ефим. – Не вытащите вы, братцы! Уж больно ловко он засел туда!

– Погодите, я сейчас... – говорит барин и начинает торопливо раздеваться. – Четыре вас дурака, и налима вытащить не можете!

Раздевшись, Андрей Андреич дает себе остынуть и лезет в воду. Но и его вмешательство не ведет ни к чему.

– Подрубить корягу надо! – решает наконец Любим. – Герасим, сходи за топором! Топор подайте!

– Пальцев-то себе не отрубите! – говорит барин, когда слышатся подводные удары топора о корягу. – Ефим, пошел вон отсюда! Постойте, я налима вытащу... Вы не тово...

Коряга подрублена. Ее слегка надламывают, и Андрей Андреич, к великому своему удовольствию, чувствует, как его пальцы лезут налиму под жабры.

– Тащу, братцы! Не толпитесь... стойте... тащу!

На поверхности показывается большая налимья голова и за нею черное аршинное тело. Налим тяжело ворочает хвостом и старается вырваться.

– Шалишь... Дудки, брат. Попался? Ага!

По всем лицам разливается медовая улыбка. Минута проходит в молчаливом созерцании.

– Знатный налим! – лепечет Ефим, почесывая под ключицами. – Чай, фунтов десять будет...

– Н-да... – соглашается барин. – Печенка-то так и отдувается. Так и прет ее из нутра. А... ах!

Налим вдруг неожиданно делает резкое движение хвостом вверх, и рыболовы слышат сильный плеск... Все растопыривают руки, но уже поздно; налим – поминай как звали.

В аптеке

Был поздний вечер. Домашний учитель Егор Алексеич Свойкин, чтобы не терять попусту времени, от доктора отправился прямо в аптеку.

«Словно к богатой содержанке идешь или к железнодорожнику, – думал он, забираясь по аптечной лестнице, лоснящейся и устланной дорогими коврами. – Ступить страшно!»

Войдя в аптеку, Свойкин был охвачен запахом, присущим всем аптекам в свете. Наука и лекарства с годами меняются, но аптечный запах вечен, как материя. Его нюхали наши деды, будут нюхать и внуки. Публики, благодаря позднему часу, в аптеке не было. За желтой, лоснящейся конторкой, уставленной вазочками с сигнатурами, стоял высокий господин с солидно закинутой назад головой, строгим лицом и с выхоленными бакенами – по всем видимостям, провизор. Начиная с маленькой плеши на голове и кончая длинными розовыми ногтями, все на этом человеке было старательно выутюжено, вычищено и словно вылизано, хоть под венец ступай. Нахмуренные глаза его глядели свысока вниз, на газету, лежавшую на конторке. Он читал. В стороне за проволочной решеткой сидел кассир и лениво считал мелочь. По ту сторону прилавка, отделяющего латинскую кухню от толпы, в полумраке копошились две темные фигуры. Свойкин подошел к конторке и подал выутюженному господину рецепт. Тот, не глядя на него, взял рецепт, дочитал в газете до точки и, сделавши легкий полуоборот головы направо, пробормотал:

– Calomedi grana duo, sacchari albi grana quinque, numero decem![1]

– Ja![2] – послышался из глубины аптеки резкий, металлический голос.

Провизор продиктовал тем же глухим, мерным голосом микстуру.

– Ja! – послышалось из другого угла.

Провизор написал что-то на рецепте, нахмурился и, закинув назад голову, опустил глаза на газету.

– Через час будет готово, – процедил он сквозь зубы, ища глазами точку, на которой остановился.

– Нельзя ли поскорее? – пробормотал Свойкин. – Мне решительно невозможно ждать.

Провизор не ответил. Свойкин опустился на диван и принялся ждать. Кассир кончил считать мелочь, глубоко вздохнул и щелкнул ключом. В глубине одна из темных фигур завозилась около мраморной ступки. Другая фигура что-то болтала в синей склянке. Где-то мерно и осторожно стучали часы.

Свойкин был болен. Во рту у него горело, в ногах и руках стояли тянущие боли, в отяжелевшей голове бродили туманные образы, похожие на облака и закутанные человеческие фигуры. Провизора, полки с банками, газовые рожки, этажерки он видел сквозь флер, а однообразный стук о мраморную ступку и медленное тиканье часов, казалось ему, происходили не вне, а в самой его голове… Разбитость и головной туман овладевали его телом все больше и больше, так что, подождав немного и чувствуя, что его тошнит от стука мраморной ступки, он, чтоб подбодрить себя, решил заговорить с провизором…

---

[1] Каломели два грана, сахару пять гран, десять порошков! *(лат.)*

[2] Да! (*нем.)*

– Должно быть, у меня горячка начинается, – сказал он. – Доктор сказал, что еще трудно решить, какая у меня болезнь, но уж больно я ослаб... Еще счастье мое, что я в столице заболел, а не дай бог этакую напасть в деревне, где нет докторов и аптек!

Провизор стоял неподвижно и, закинув назад голову, читал. На обращение к нему Свойкину он не ответил ни словом, ни движением, словно не слышал... Кассир громко зевнул и чиркнул о панталоны спичкой... Стук мраморной ступки становился все громче и звонче. Видя, что его не слушают, Свойкин поднял глаза на полки с банками и принялся читать надписи... Перед ним замелькали сначала всевозможные «радиксы»: генциана, пимпинелла, торментилла, зедоариа и проч. За радиксами замелькали тинктуры, oleum'ы, semen'ы, с названиями одно другого мудренее и допотопнее.

«Сколько, должно быть, здесь ненужного балласта! – подумал Свойкин. – Сколько рутины в этих банках, стоящих тут только по традиции, и в то же время как все это солидно и внушительно!»

С полок Свойкин перевел глаза на стоявшую около него стеклянную этажерку. Тут увидел он резиновые кружочки, шарики, спринцовки, баночки с зубной пастой, капли Пьерро, капли Адельгейма, косметические мыла, мазь для ращения волос...

В аптеку вошел мальчик в грязном фартуке и попросил на 10 коп. бычачьей желчи.

– Скажите, пожалуйста, для чего употребляется бычачья желчь? – обратился учитель к провизору, обрадовавшись теме для разговора.

Не получив ответа на свой вопрос, Свойкин принялся рассматривать строгую, надменно-ученую физиономию провизора.

«Странные люди, ей-богу! – подумал он. – Чего ради они напускают на свои лица ученый колер? Дерут с ближнего втридорога, продают мази для ращения волос, а глядя на их лица, можно подумать, что они и в самом деле жрецы науки. Пишут по-латыни, говорят по-немецки... Средневековое из себя что-то корчат... В здоровом состоянии не замечаешь этих сухих, черствых физиономий, а вот как заболеешь, как я теперь, то и ужаснешься, что святое дело попало в руки этой бесчувственной утюжной фигуры...»

Рассматривая неподвижную физиономию провизора, Свойкин вдруг почувствовал желание лечь во что бы то ни стало, подальше от света, ученой физиономии и стука мраморной ступки... Болезненное утомление овладело всем его существом... Он подошел к прилавку и, состроив умоляющую гримасу, попросил:

– Будьте так любезны, отпустите меня! Я... я болен...

– Сейчас... Пожалуйста, не облокачивайтесь!

Учитель сел на диван и, гоняя из головы туманные образы, стал смотреть, как курит кассир.

«Полчаса еще только прошло, – подумал он. – Еще осталось столько же... Невыносимо!»

Но вот, наконец, к провизору подошел маленький, черненький фармацевт и положил около него коробку с порошками и склянку с розовой жидкостью... Провизор дочитал до точки, медленно отошел от конторки и, взяв склянку в руки, поболтал ее перед глазами... Засим он написал сигнатуру, привязал ее к горлышку склянки и потянулся за печаткой...

«Ну, к чему эти церемонии? – подумал Свойкин. – Трата времени, да и деньги лишние за это возьмут».

Завернув, связав и запечатав микстуру, провизор стал проделывать то же самое и с порошками.

– Получите! – проговорил он наконец, не глядя на Свойкина. – Взнесите в кассу рубль шесть копеек!

Свойкин полез в карман за деньгами, достал рубль и тут же вспомнил, что у него, кроме этого рубля, нет больше ни копейки...

– Рубль шесть копеек? – забормотал он, конфузясь. – А у меня только всего один рубль... Думал, что рубля хватит... Как же быть-то?

– Не знаю! – отчеканил провизор, принимаясь за газету.

– В таком случае уж вы извините… Шесть копеек я вам завтра занесу или пришлю…

– Этого нельзя… У нас кредита нет…

– Как же мне быть-то?

– Сходите домой, принесите шесть копеек, тогда и лекарства получите.

– Пожалуй, но… мне тяжело ходить, а прислать некого…

– Не знаю… Не мое дело…

– Гм… – задумался учитель. – Хорошо, я схожу домой…

Свойкин вышел из аптеки и отправился к себе домой… Пока он добрался до своего номера, то садился отдыхать раз пять… Придя к себе и найдя в столе несколько медных монет, он присел на кровать отдохнуть… Какая-то сила потянула его голову к подушке… Он прилег, как бы на минутку… Туманные образы в виде облаков и закутанных фигур стали заволакивать сознание… Долго он помнил, что ему нужно идти в аптеку, долго заставлял себя встать, но болезнь взяла свое. Медяки высыпались из кулака, и больному стало сниться, что он уже пошел в аптеку и вновь беседует там с провизором.

Не судьба!

Часу в десятом утра два помещика, Гадюкин и Шилохвостов, ехали на выборы участкового мирового судьи. Погода стояла великолепная. Дорога, по которой ехали приятели, зеленела на всем своем протяжении. Старые березы, насаженные по краям ее, тихо шептались молодой листвой. Направо и налево тянулись богатые луга, оглашаемые криками перепелов, чибисов и куличков. На горизонте там и сям белели в синеющей дали церкви и барские усадьбы с зелеными крышами.

– Взять бы сюда нашего председателя и носом его потыкать… – проворчал Гадюкин, толстый седовласый барин в грязной соломенной шляпе и с развязавшимся пестрым галстуком, когда бричка, подпрыгивая и звякая всеми своими суставами, объезжала мостик. – Наши земские мосты для того только и строятся, чтобы их объезжали. Правду сказал на прошлом земском собрании граф Дублеве, что земские мосты построены для испытания умственных способностей: ежели человек объехал мост, то, стало быть, он умный, ежели же взъехал на мостик и, как водится, шею сломал, то дурак. А все председатель виноват. Будь у нас председателем другой кто-нибудь, а не пьяница, не соня, не размазня, не было бы таких мостов. Тут нужен человек с понятием, энергический, зубастый, как ты, например… Нелегкая тебя несет в мировые судьи! Баллотировался бы, право, в председатели!

– А вот погоди, как прокатят сегодня на вороных, – скромно заметил Шилохвостов, высокий рыжий человек в новой дворянской фуражке, – то поневоле придется баллотироваться в председатели.

– Не прокатят… – зевнул Гадюкин. – Нам нужны образованные люди, а университетских-то у нас в уезде всего-навсего один – ты! Кого же и выбирать, как не тебя? Так уж и решили… Только напрасно ты в мировые лезешь… В председателях ты нужнее был бы…

– Все равно, друг… И мировой получает 2400, и председатель 2400. Мировой знай сиди себе дома, а председатель то и дело трясись в бричке в управу… Мировому не в пример легче, и к тому же…

Шилохвостов не договорил… Он вдруг беспокойно задвигался и вперил взор вперед на дорогу. Затем он побагровел, плюнул и откинулся на задок.

– Так и знал! Чуяло мое сердце! – пробормотал он, снимая фуражку и вытирая со лба пот. – Опять не выберут!

– Что такое? Почему?

– Да нешто не видишь, что отец Онисим навстречу едет? Уж это как пить дать… Встретится тебе на дороге этакая фигура, можешь назад воротиться, потому – ни черта не выйдет. Это уж я знаю! Митька, поворачивай назад! Господи, нарочно пораньше выехал, чтоб с этим иезуитом не встречаться, так нет, пронюхал, что еду! Чутье у него такое!

– Да полно, будет тебе! Выдумываешь, ей-богу!

– Не выдумываю! Ежели священник на дороге встретится, то быть беде, а он каждый раз, как я еду на выборы, всегда норовит мне навстречу выехать. Старый, чуть живой, помирать собирается, а такая злоба, что не приведи создатель! Недаром уж двадцать лет за штатом сидит! И за что мстит-то? За образ мыслей! Мысли мои ему не нравятся! Были мы, знаешь, однажды у Ульева. После обеда, выпивши, конечно, сел я за фортепианы и давай без всякой, знаешь, задней мысли петь «Настоечка травная» да «Грянем в хороводе при всем честном народе», а он услыхал и говорит: «Не подобает судии быть с таким образом мыслей касательно иерархии. Не допущу до избрания!» И с той поры каждый раз навстречу ездит… Уж я и ругался с ним и дороги менял – ничего не помогает! Чутьем слышит, когда я выезжаю… Что ж? Теперь надо ворочаться! Все равно не выберут! Это уж как пить дать… В прошлые разы не выбирали, – а почему? По его милости!

– Ну, полно, образованный человек, в университете кончил, а в бабьи предрассудки веришь…

– Не верю я в предрассудки, но у меня примета: как только начну что-нибудь 13-го числа или встречусь с этой фигурой, то всегда кончаю плохо. Все это, конечно, чепуха, вздор, нельзя этому верить, но… объясни, почему всегда так случается, как приметы говорят? Не объяснишь же вот! По-моему, верить не нужно, но на всякий случай не мешает подчиняться этим проклятым приметам… Вернемся! Ни меня, ни тебя, брат, не выберут, и вдобавок еще ось сломается или проиграемся… Вот увидишь!

С бричкой поравнялась крестьянская телега, в которой сидел маленький, дряхленький иерей в широкополом, позеленевшем от времени цилиндре и в парусинковой ряске. Поравнявшись с бричкой, он снял цилиндр и поклонился.

– Так нехорошо делать, батюшка! – замахал ему рукой Шилохвостов. – Такие ехидные поступки неприличны вашему сану! Да-с! За это вы ответ должны дать на страшном судилище!.. Воротимся! – обратился он к Гадюкину. – Даром только едем…

Но Гадюкин не согласился вернуться…

Вечером того же дня приятели ехали обратно домой… Оба были багровы и сумрачны, как вечерняя заря перед плохой погодой.

– Говорил ведь я тебе, что нужно было вернуться! – ворчал Шилохвостов. – Говорил ведь. Отчего не послушался? Вот тебе и предрассудки! Будешь теперь не верить! Мало того, что на вороных, подлецы, прокатили, но еще и на смех подняли, анафемы! «Кабак, говорят, на своей земле держишь!» Ну, и держу! Кому какое дело? Держу, да!

– Ничего, через месяц в председатели будешь баллотироваться… – успокоил Гадюкин. – Тебя нарочно сегодня прокатили, чтоб в председатели тебя выбрать…

– Пой соловьем! Всегда ты меня, ехида, утешаешь, а сам первый норовишь черняков набросать! Сегодня ни одного белого не было, все черняки, стало быть, и ты, друг, черняка положил… Мерси…

Через месяц приятели по той же дороге ехали на выборы председателя земской управы, но уже ехали не в десятом часу утра, а в седьмом. Шилохвостов ерзал в бричке и беспокойно поглядывал на дорогу…

– Он не ожидает, что мы так рано выедем, – говорил он, – но все-таки надо спешить… Черт его знает, может быть, у него шпионы есть! Гони, Митька! Шибче!.. Вчера, брат, – обратился он к Гадюкину, – я послал отцу Онисиму два мешка овса и фунт чаю… Думал его лаской умилостивить, а он взял подарки и говорит Федору: «Кланяйся барину и поблагодари его за дар совершен, но, говорит, скажи ему, что я неподкупен. Не токмо овсом, но и золотом он не поколеблет моих мыслей». Каков? Погоди же… Поедешь и черта пухлого встретишь… Гони, Митька!

Бричка въехала в деревню, где жил отец Онисим... Проезжая мимо его двора, приятели заглянули в ворота... Отец Онисим суетился около телеги и торопился запрячь лошадь. Одной рукой он застегивал себе пояс, другой рукой и зубами надевал на лошадь шлею...

– Опоздал! – захохотал Шилохвостов. – Донесли шпионы, да поздно! Ха, ха! На-кося выкуси! Что, съел? Вот тебе и неподкупен! Ха, ха!

Бричка выехала из деревни, и Шилохвостов почувствовал себя вне опасности. Он заликовал.

– Ну, у меня, брат, таких мостов не будет! – начал бравировать будущий председатель, подмигивая глазом. – Я их подтяну, этих подрядчиков! У меня, брат, не такие школы будут! Чуть замечу, что который из учителей пьяница или социалист – айда, брат! Чтоб и духу твоего не было! У меня, брат, земские доктора не посмеют в красных рубахах ходить! Я, брат... ты, брат... Гони, Митька, чтоб другой какой поп не встретился!.. Ну, кажись, благополучно доеха... Ай!

Шилохвостов вдруг побледнел и вскочил, как ужаленный.

– Заяц! Заяц! – закричал он. – Заяц дорогу перебежал! Аа... черт подери, чтоб его разорвало!

Шилохвостов махнул рукой и опустил голову. Он помолчал немного, подумал и, проведя рукой по бледному, вспотевшему лбу, прошептал:

– Не судьба, знать, мне 2400 получать... Ворочай назад, Митька! Не судьба!

Мыслитель

Знойный полдень. В воздухе ни звуков, ни движений... Вся природа похожа на одну очень большую, забытую богом и людьми, усадьбу. Под опустившейся листвой старой липы, стоящей около квартиры тюремного смотрителя Яшкина, за маленьким треногим столом сидят сам Яшкин и его гость, штатный смотритель уездного училища Пимфов. Оба без сюртуков; жилетки их расстегнуты; лица потны, красны, неподвижны; способность их выражать что-нибудь парализована зноем... Лицо Пимфова совсем скисло и заплыло ленью, глаза его посоловели, нижняя губа отвисла. В глазах же и на лбу у Яшкина еще заметна кое-какая деятельность; по-видимому, он о чем-то думает... Оба глядят друг на друга, молчат и выражают свои мучения пыхтеньем и хлопаньем ладонями по мухам. На столе графин с водкой, мочалистая вареная говядина и коробка из-под сардин с серой солью. Выпиты уже первая, вторая, третья...

– Да-с! – издает вдруг Яшкин, и так неожиданно, что собака, дремлющая недалеко от стола, вздрагивает и, поджав хвост, бежит в сторону. – Да-с! Что ни говорите, Филипп Максимыч, а в русском языке очень много лишних знаков препинания!

– То есть, почему же-с? – скромно вопрошает Пимфов, вынимая из рюмки крылышко мухи. – Хотя и много знаков, но каждый из них имеет свое значение и место.

– Уж это вы оставьте! Никакого значения не имеют ваши знаки. Одно только мудрование... Наставит десяток запятых в одной строчке и думает, что он умный. Например, товарищ прокурора Меринов после каждого слова запятую ставит. Для чего это? Милостивый государь – запятая, посетив тюрьму такого-то числа – запятая, я заметил – запятая, что арестанты – запятая... тьфу! В глазах рябит! Да и в книгах то же самое... Точка с запятой, двоеточие, кавычки разные. Противно читать даже. А иной франт, мало ему одной точки, возьмет и натыкает их целый ряд... Для чего это?

– Наука того требует... – вздыхает Пимфов.

– Наука... Умопомрачение, а не наука... Для форсу выдумали... пыль в глаза пущать... Например, ни в одном иностранном языке нет этого ять, а в России есть... Для чего он, спрашивается? Напиши ты хлеб с ятем или без ятя, нешто не все равно?

– Бог знает что вы говорите, Илья Мартыныч! – обижается Пимфов. – Как же это можно хлеб через *е* писать? Такое говорят, что слушать даже неприятно.

Пимфов выпивает рюмку и, обиженно моргая глазами, отворачивает лицо в сторону.

– Да и секли же меня за этот ять! – продолжает Яшкин. – Помню это, вызывает меня раз учитель к черной доске и диктует: «Лекарь уехал в город». Я взял и написал *лекарь* с *е* . Выпорол. Через неделю опять к доске, опять пиши: «Лекарь уехал в город». Пишу на этот раз с ятем. Опять пороть. За что же, Иван Фомич? Помилуйте, сами же вы говорили, что тут ять нужно! «Тогда, говорит, я заблуждался, прочитав же вчера сочинение некоего академика о ять в слове *лекарь* , соглашаюсь с академией наук. Порю же я тебя по долгу присяги...» Ну, и порол. Да и у моего Васютки всегда ухо вспухши от этого ять... Будь я министром, запретил бы я вашему брату ятем людей морочить.

– Прощайте, – вздыхает Пимфов, моргая глазами и надевая сюртук. – Не могу я слышать, ежели про науки...

– Ну, ну, ну... уж и обиделся! – говорит Яшкин, хватая Пимфова за рукав. – Я ведь это так, для разговора только... Ну, сядем, выпьем!

Оскорбленный Пимфов садится, выпивает и отворачивает лицо в сторону. Наступает тишина. Мимо пьющих кухарка Феона проносит лохань с помоями. Слышится помойный плеск и визг облитой собаки. Безжизненное лицо Пимфова раскисает еще больше; вот-вот растает от жары и потечет вниз на жилетку. На лбу Яшкина собираются морщинки. Он сосредоточенно глядит на мочалистую говядину и думает... Подходит к столу инвалид, угрюмо косится на графин и, увидев, что он пуст, приносит новую порцию... Еще выпивают.

– Да-с! – говорит вдруг Яшкин.

Пимфов вздрагивает и с испугом глядит на Яшкина. Он ждет от него новых ересей.

– Да-с! – повторяет Яшкин, задумчиво глядя на графин. – По моему мнению, и наук много лишних!

– То есть, как же это-с? – тихо спрашивает Пимфов. – Какие науки вы находите лишними?

– Всякие… Чем больше наук знает человек, тем больше он мечтает о себе. Гордости больше… Я бы перевешал все эти… науки… Ну, ну… уж и обиделся! Экий какой, ей-богу, обидчивый, слова сказать нельзя! Сядем, выпьем!

Подходит Феона и, сердито тыкая в стороны своими пухлыми локтями, ставит перед приятелями зеленые щи в миске. Начинается громкое хлебание и чавканье. Словно из земли вырастают три собаки и кошка. Они стоят перед столом и умильно поглядывают на жующие рты. За щами следует молочная каша, которую Феона ставит с такой злобой, что со стола сыплются ложки и корки. Перед кашей приятели молча выпивают.

– Все на этом свете лишнее! – замечает вдруг Яшкин.

Пимфов роняет на колени ложку, испуганно глядит на Яшкина, хочет протестовать, но язык ослабел от хмеля и запутался в густой каше… Вместо обычного «то есть, как же это-с?» получается одно только мычание.

– Все лишнее… – продолжает Яшкин. – И науки, и люди… и тюремные заведения, и мухи… и каша… И вы лишний… Хоть вы и хороший человек, и в бога веруете, но и вы лишний…

– Прощайте, Илья Мартыныч! – лепечет Пимфов, силясь надеть сюртук и никак не попадая в рукава.

– Сейчас вот мы натрескались, налопались, – а для чего это? Так… Все это лишнее… Едим и сами не знаем, для чего… Ну, ну… уж и обиделся! Я ведь это так только… для разговора! И куда вам идти? Посидим, потолкуем… выпьем!

Наступает тишина, изредка только прерываемая звяканьем рюмок да пьяным покрякиваньем… Солнце начинает уже клониться к западу, и тень липы все растет и растет. Приходит Феона и, фыркая, резко махая руками, расстилает окола стола коврик. Приятели молча выпивают по последней, располагаются на ковре и, повернувшись друг к другу спинами, начинают засыпать...

«Слава богу, – думает Пимфов, – сегодня не дошел до сотворения мира и иерархии, а то бы волосы дыбом, хоть святых выноси...»

Заблудшие

Дачная местность, окутанная ночным мраком. На деревенской колокольне бьет час. Присяжные поверенные Козявкин и Лаев, оба в отменном настроении и слегка пошатываясь, выходят из лесу и направляются к дачам.

– Ну, слава создателю, пришли... – говорит Козявкин, переводя дух. – В нашем положении пройти пехтурой пять верст от полустанка – подвиг. Страшно умаялся! И, как назло, ни одного извозчика...

– Голубчик, Петя... не могу! Если через пять минут я не буду в постели, то умру, кажется...

– В по-сте-ли? Ну, это шалишь, брат! Мы сначала поужинаем, выпьем красненького, а потом уж и в постель. Мы с Верочкой не дадим тебе спать... А хорошо, братец ты мой, быть женатым! Ты не понимаешь этого, черствая душа! Приду я сейчас к себе домой утомленный, замученный... меня встретит любящая жена, попоит чайком, даст поесть и, в благодарность за мой труд, за любовь, взглянет на меня своими черненькими глазенками так ласково и приветливо, что забуду я, братец ты мой, и усталость, и кражу со взломом, и судебную палату, и кассационный департамент... Хорроошо!

– Но... у меня, кажется, ноги отломались... Я едва иду... Пить страшно хочется...

– Ну, вот мы и дома.

Приятели подходят к одной из дач и останавливаются перед крайним окном.

– Дачка славная, – говорит Козявкин. – Вот завтра увидишь, какие здесь виды! Темно в окнах. Стало быть, Верочка уже легла, не захотела дожидаться. Лежит и, должно быть, мучится, что меня до сих пор нет… (пихает тростью окно, которое отворяется). Этакая ведь бесстрашная, ложится в постель и не запирает окон (снимает крылатку и бросает ее вместе с портфелем в окно). Жарко! Давай-ка затянем серенаду, посмешим ее… (поет): «Месяц плывет по ночным небесам… Ветерочек чуть-чуть дышит… ветерочек чуть колышет»… Пой, Алеша! Верочка, спеть тебе серенаду Шуберта? (поет): «Пе-еснь моя-я-я… лети-ит с мольбо-о-о-ю»… (голос обрывается судорожным кашлем). Тьфу! Верочка, скажи-ка Аксинье, чтобы она отперла нам калитку! (пауза). Верочка! Не ленись же, встань, милая! (становится на камень и глядит в окно). Верунчик, мумочка моя, веревьюнчик… ангелочек, жена моя бесподобная, встань и скажи Аксинье, чтобы она отперла нам калитку! Ведь не спишь же! Мамочка, ей-богу, мы так утомлены и обессилены, что нам вовсе не до шуток. Ведь мы пешком от станции шли! Да ты слышишь или нет? А, черт возьми! (делает попытку влезть в окно и срывается). Может быть, гостю неприятны эти шутки! Ты, я вижу, Вера, такая же институтка, как была, все бы тебе шалить…

– А может быть, Вера Степановна спит! – говорит Лаев.

– Не спит! Ей, вероятно, хочется, чтобы я поднял шум и взбудоражил всех соседей! Я уже начинаю сердиться, Вера! А, черт возьми! Подсади меня, Алеша, я влезу! Девчонка ты, школьница и больше ничего!.. Подсади!

Лаев с пыхтеньем подсаживает Козявкина. Тот влезает в окно и исчезает во мраке комнаты.

– Верка! – слышит через минуту Лаев. – Где ты? Черррт… Тьфу, во что-то руку выпачкал! Тьфу!

Слышится шорох, хлопанье крыльев и отчаянный крик курицы.

– Вот те на! – слышит Лаев. – Вера, откуда у нас куры? Черт возьми, да тут их пропасть! Плетушка с индейкой… Клюется, п-подлая!

Из окна с шумом вылетают две курицы и, крича во все горло, мчатся по улице.

– Алеша, да мы не туда попали! – говорит Козявкин плачущим голосом. – Тут куры какие-то... Я, должно быть, обознался... Да ну вас к черту, разлетались тут, анафемы!

– Так ты выходи поскорей! Понимаешь? Умираю от жажды!

– Сейчас... Найду вот крылатку и портфель...

– Ты спичку зажги!

– Спички в крылатке... Угораздило же меня сюда забраться! Все дачи одинаковые, сам черт не различит их в потемках. Ой, индейка в щеку клюнула! П-подлая...

– Выходи поскорее, а то подумают, что мы кур воруем!

– Сейчас... Крылатки никак не найду. Тряпья здесь валяется много, и не разберешь, где тут крылатка. Брось-ка мне спички!

– У меня нет спичек!

– Положение, нечего сказать! Как же быть-то? Без крылатки и портфеля никак нельзя. Надо отыскать их.

– Не понимаю, как это можно не узнать своей собственной дачи, – возмущается Лаев. – Пьяная рожа... Если б я знал, что будет такая история, ни за что бы не поехал с тобой. Теперь бы я был дома, спал безмятежно, а тут изволь вот мучиться... Страшно утомлен, пить хочется... голова кружится!

– Сейчас, сейчас... не умрешь...

Через голову Лаева с криком пролетает большой петух. Лаев глубоко вздыхает и, безнадежно махнув рукой, садится на камень. Душа у него горит от жажды, глаза слипаются, голову клонит вниз... Проходит минут пять, десять, наконец, двадцать, а Козявкин все еще возится с курами.

– Петр, скоро ли ты?

– Сейчас. Нашел было портфель, да опять потерял.

Лаев подпирает голову кулаками и закрывает глаза. Куриный крик становится все громче. Обитательницы пустой дачи вылетают из окна и, кажется ему, как совы кружатся во тьме над его головой. От их крика в ушах его стоит звон, душой овладевает ужас.

«Сскотина!.. – думает он. – Пригласил в гости, обещал угостить вином да простоквашей, а вместо того заставил пройтись от станции пешком и этих кур слушать...»

Возмущаясь, Лаев сует подбородок в воротник, кладет голову на свой портфель и мало-помалу успокаивается. Утомление берет свое, и он начинает засыпать.

– Нашел портфель! – слышит он торжествующий крик Козявкина. – Найду сейчас крылатку и – баста, идем!

Но вот сквозь сон слышит он собачий лай. Лает сначала одна собака, потом другая, третья... и собачий лай, мешаясь с куриным кудахтаньем, дает какую-то дикую музыку. Кто-то подходит к Лаеву и спрашивает о чем-то. Засим слышит он, что через его голову лезут в окно, стучат, кричат... Женщина в красном фартуке стоит около него с фонарем в руке и о чем-то спрашивает.

– Вы не имеете права говорить это! – слышит он голос Козявкина. – Я присяжный поверенный, кандидат прав Козявкин. Вот вам моя визитная карточка!

– На что мне ваша карточка! – говорит кто-то хриплым басом. – Вы у меня всех кур поразгоняли, вы подавили яйца! Поглядите, что вы наделали! Не сегодня-завтра индюшата должны были вылупиться, а вы подавили. На что же, сударь, сдалась мне ваша карточка?

– Вы не смеете меня удерживать! Да-с! Я не позволю!

«Пить хочется»... – думает Лаев, стараясь открыть глаза и чувствуя, как через его голову кто-то лезет из окна.

– Я – Козявкин! Тут моя дача, меня тут все знают!

– Никакого Козявкина мы не знаем!

– Что ты мне рассказываешь? Позвать старосту! Он меня знает!

– Не горячитесь, сейчас урядник приедет... Всех дачников тутошних мы знаем, а вас отродясь не видели.

– Я уж пятый год в Гнилых Выселках на даче живу!

– Эва! Нешто это Выселки? Здесь Хилово, а Гнилые Выселки правее будут, за спичечной фабрикой. Версты за четыре отсюда.

– Черт меня возьми! Это, значит, я не той дорогой пошел!

Человеческие и птичьи крики мешаются с собачьим лаем, и из смеси звукового хаоса выделяется голос Козявкина:

– Вы не смеете! Я заплачу! Вы узнаете, с кем имеете дело!

Наконец, голоса мало-помалу стихают. Лаев чувствует, что его треплют за плечо.

Егерь

Знойный и душный полдень. На небе ни облачка… Выжженная солнцем трава глядит уныло, безнадежно: хоть и будет дождь, но уж не зеленеть ей… Лес стоит молча, неподвижно, словно всматривается куда-то своими верхушками или ждет чего-то.

По краю сечи лениво, вразвалку, плетется высокий узкоплечий мужчина лет сорока, в красной рубахе, латаных господских штанах и в больших сапогах. Плетется он по дороге. Направо зеленеет сеча, налево, до самого горизонта, тянется золотистое море поспевшей ржи… Он красен и вспотел. На его красивой белокурой голове ухарски сидит белый картузик с прямым, жокейским козырьком, очевидно подарок какого-нибудь расщедрившегося барича. Через плечо перекинут ягдташ, в котором лежит скомканный петух-тетерев. Мужчина держит в руках двустволку со взведенными курками и щурит глаза на своего старого, тощего пса, который бежит впереди и обнюхивает кустарник. Кругом тихо, ни звука… Все живое попряталось от зноя.

– Егор Власыч! – слышит вдруг охотник тихий голос.

Он вздрагивает и, оглядевшись, хмурит брови. Возле него, словно из земли выросши, стоит бледнолицая баба лет тридцати, с серпом в руке. Она старается заглянуть в его лицо и застенчиво улыбается.

– А, это ты, Пелагея! – говорит охотник, останавливаясь и медленно спуская курки. – Гм!.. Как же это ты сюда попала?

– Тут из нашей деревни бабы работают, так вот и я с ими... В работницах, Егор Власыч.

– Тэк... – мычит Егор Власыч и медленно идет дальше.

Пелагея за ним. Проходят молча шагов двадцать.

– Давно уж я вас не видала, Егор Власыч... – говорит Пелагея, нежно глядя на двигающиеся плечи и лопатки охотника. – Как заходили вы на Святой в нашу избу воды напиться, так с той поры вас и не видали... На Святой на минутку зашли, да и то бог знает как... в пьяном виде... Побранили, побили и ушли... Уж я ждала, ждала... глаза все проглядела, вас поджидаючи... Эх, Егор Власыч, Егор Власыч! Хоть бы разочек зашли!

– Что ж мне у тебя делать-то?

– Оно, конечно, делать нечего, да так... все-таки ж хозяйство... Поглядеть, как и что... Вы хозяин... Ишь ты, тетерьку подстрелили. Егор Власыч! Да вы бы сели, отдохнули...

Говоря все это, Пелагея смеется, как дурочка, и глядит вверх на лицо Егора... От лица ее так и дышит счастьем...

– Посидеть? Пожалуй... – говорит равнодушным тоном Егор и выбирает местечко между двумя рядом растущими елками. – Что ж ты стоишь? Садись и ты!

Пелагея садится поодаль на припеке и, стыдясь своей радости, закрывает рукой улыбающийся рот. Минуты две проходят в молчании.

– Хоть бы разочек зашли, – говорит тихо Пелагея.

– Зачем? – вздыхает Егор, снимая свой картузик и вытирая рукавом красный лоб. – Нет никакой надобности. Зайти на час-другой – канитель одна, только тебя взбаламутишь, а постоянно жить в деревне – душа не терпит... Сама знаешь, человек я балованный... Мне чтоб и кровать была, и чай хороший, и разговоры деликатные... чтоб все степени мне были, а у тебя там на деревне беднота, копоть... Я и дня не выживу. Ежели б указ такой, положим, вышел, чтоб беспременно мне у тебя жить, так я бы или избу сжег, или руки бы на себя наложил. Сызмалетства во мне это баловство сидит, ничего не поделаешь.

– Таперя вы где живете?

– У барина, Дмитрия Иваныча, в охотниках. К его столу дичь поставляю, а больше так... из-за удовольствия меня держит.

– Не степенное ваше дело, Егор Власыч... Для людей это баловство, а у вас оно словно как бы и ремесло... занятие настоящее...

– Не понимаешь ты, глупая, – говорит Егор, мечтательно глядя на небо. – Ты отродясь не понимала и век тебе не понять, что я за человек... По-твоему, я шальной заблудящий человек, а который понимающий, для того я что ни на есть лучший стрелок во всем уезде. Господа это чувствуют и даже в журнале про меня печатали. Ни один человек не сравняется со мной по охотницкой части... А что я вашим деревенским занятием брезгаю, так это не из баловства, не из гордости. С самого младенчества, знаешь, я окромя ружья и собак никакого занятия не знал. Ружье отнимают, я за удочку, удочку отнимают, я руками промышляю. Ну, и по лошадиной части барышничал, по ярмаркам рыскал, когда деньги водились, а сама знаешь, что ежели который мужик записался в охотники или в лошадники, то прощай соха. Раз сядет в человека вольный дух, то ничем его не выковыришь. Тоже вот ежели который барин пойдет в ахтеры или по другим каким художествам, то не быть ему ни в чиновниках, ни в помещиках. Ты баба, не понимаешь, а это понимать надо.

– Я понимаю, Егор Власыч.

– Стало быть, не понимаешь, коли плакать собираешься...

– Я… я не плачу… – говорит Пелагея, отворачиваясь. – Грех, Егор Власыч! Хоть бы денек со мной, несчастной, пожили. Уж двенадцать лет, как я за вас вышла, а… а промеж нас ни разу любови не было!.. Я… я не плачу…

– Любови… – бормочет Егор, почесывая руку. – Никакой любови не может быть. Одно только звание, что мы муж и жена, а нешто это так и есть? Я для тебя дикий человек есть, ты для меня простая баба, не понимающая. Нешто мы пара? Я вольный, балованный, гулящий, а ты работница, лапотница, в грязи живешь, спины не разгибаешь. О себе я так понимаю, что я по охотницкой части первый человек, а ты с жалостью на меня глядишь… Где же тут пара?

– Да ведь венчаны, Егор Власыч! – всхлипывает Пелагея.

– Не волей венчаны… Нешто забыла? Графа Сергея Павлыча благодари… и себя. Граф из зависти, что я лучше его стреляю, месяц целый вином меня спаивал, а пьяного не токмо что перевенчать, но и в другую веру совратить можно. Взял и в отместку пьяного на тебе женил… Егеря на скотнице! Ты видала, что я пьяный, зачем выходила? Не крепостная ведь, могла супротив пойти! Оно, конечно, скотнице счастье за егеря выйти, да ведь надо рассуждение иметь. Ну, вот теперь и мучайся, плачь. Графу смешки, а ты плачь… бейся об стену…

Наступает молчание. Над сечей пролетают три дикие утки. Егор глядит на них и провожает их глазами до тех пор, пока они, превратившись в три едва видные точки, не опускаются далеко за лесом.

– Чем живешь? – спрашивает он, переводя глаза с уток на Пелагею.

– Таперя на работу хожу, а зимой ребеночка из воспитательного дома беру, кормлю соской. Полтора рубля в месяц дают.

– Тэк…

Опять молчание. С сжатой полосы несется тихая песня, которая обрывается в самом начале. Жарко петь…

– Сказывают, что вы Акулине новую избу поставили, – говорит Пелагея.

Егор молчит.

– Стало быть, она вам по сердцу...

– Счастье уж твое такое, судьба! – говорит охотник, потягиваясь. – Терпи, сирота. Но, одначе, прощай, заболтался... К вечеру мне в Болтово поспеть нужно...

Егор поднимается, потягивается и перекидывает ружье через плечо. Пелагея встает.

– А когда же в деревню придете? – спрашивает она тихо.

– Незачем. Тверезый никогда не приду, а от пьяного тебе мало корысти. Злоблюсь я пьяный... Прощай!

– Прощайте, Егор Власыч...

Егор надевает картуз на затылок и, чмокнув собаке, продолжает свой путь. Пелагея стоит на месте и глядит ему вслед... Она видит его двигающиеся лопатки, молодецкий затылок, ленивую, небрежную поступь, и глаза ее наполняются грустью и нежной лаской... Взгляд ее бегает по тощей, высокой фигуре мужа и ласкает, нежит его... Он, словно чувствуя этот взгляд, останавливается и оглядывается... Молчит он, но по его лицу, по приподнятым плечам Пелагее видно, что он хочет ей сказать что-то. Она робко подходит к нему и глядит на него умоляющими глазами.

– На тебе! – говорит он, отворачиваясь.

Он подает ей истрепанный рубль и быстро отходит.

– Прощайте, Егор Власыч! – говорит она, машинально принимая рубль.

Он идет по длинной, прямой, как вытянутый ремень, дороге... Она, бледная, неподвижная, как статуя, стоит и ловит взглядом каждый его шаг. Но вот красный цвет его рубахи сливается с темным цветом брюк, шаги не видимы, собаку не отличишь от сапог. Виден только один картузик, но... вдруг Егор круто поворачивает направо в сечу, и картузик исчезает в зелени.

– Прощайте, Егор Власыч! – шепчет Пелагея и поднимается на цыпочки, чтобы хоть еще раз увидать белый картузик.

Злоумышленник

Перед судебным следователем стоит маленький, чрезвычайно тощий мужичонко в пестрядинной рубахе и латаных портах. Его обросшее волосами и изъеденное рябинами лицо и глаза, едва видные из-за густых, нависших бровей, имеют выражение угрюмой суровости. На голове целая шапка давно уже нечесанных, путаных волос, что придает ему еще большую, паучью суровость. Он бос.

– Денис Григорьев! – начинает следователь. – Подойди поближе и отвечай на мои вопросы. Седьмого числа сего июля железнодорожный сторож Иван Семенов Акинфов, проходя утром по линии, на 141-й версте, застал тебя за отвинчиванием гайки, коей рельсы прикрепляются к шпалам. Вот она, эта гайка!.. С каковою гайкой он и задержал тебя. Так ли это было?

– Чаво?

– Так ли все это было, как объясняет Акинфов?

– Знамо, было.

– Хорошо; ну, а для чего ты отвинчивал гайку?

– Чаво?

– Ты это свое «чаво» брось, а отвечай на вопрос: для чего ты отвинчивал гайку?

– Коли б не нужна была, не отвинчивал бы, – хрипит Денис, косясь на потолок.

– Для чего же тебе понадобилась эта гайка?

– Гайка-то? Мы из гаек грузила делаем…

– Кто это – мы?

– Мы, народ… Климовские мужики, то есть.

– Послушай, братец, не прикидывайся ты мне идиотом, а говори толком. Нечего тут про грузила врать!

– Отродясь не врал, а тут вру... – бормочет Денис, мигая глазами. – Да нешто, ваше благородие, можно без грузила? Ежели ты живца или выползка на крючок сажаешь, то нешто он пойдет ко дну без грузила? Вру... – усмехается Денис. – Черт ли в нем, в живце-то, ежели поверху плавать будет! Окунь, щука, налим завсегда на донную идет, а которая ежели поверху плавает, то ту разве только шилишпер схватит, да и то редко... В нашей реке не живет шилишпер... Эта рыба простор любит.

– Для чего ты мне про шилишпера рассказываешь?

– Чаво? Да ведь вы сами спрашиваете! У нас и господа так ловят. Самый последний мальчишка не станет тебе без грузила ловить. Конечно, который непонимающий, ну, тот и без грузила пойдет ловить. Дураку закон не писан...

– Так ты говоришь, что ты отвинтил эту гайку для того, чтобы сделать из нее грузило?

– А то что же? Не в бабки ж играть!

– Но для грузила ты мог взять свинец, пулю... гвоздик какой-нибудь...

– Свинец на дороге не найдешь, купить надо, а гвоздик не годится. Лучше гайки и не найтить... И тяжелая, и дыра есть.

– Дураком каким прикидывается! Точно вчера родился или с неба упал. Разве ты не понимаешь, глупая голова, к чему ведет это отвинчивание? Не догляди сторож, так ведь поезд мог бы сойти с рельсов, людей бы убило! Ты людей убил бы!

– Избави господи, ваше благородие! Зачем убивать? Нешто мы некрещеные или злодеи какие? Слава те господи, господин хороший, век свой прожили и не токмо что убивать, но и мыслей таких в голове не было... Спаси и помилуй, царица небесная... Что вы-с!

– А отчего, по-твоему, происходят крушения поездов? Отвинти две-три гайки, вот тебе и крушение!

Денис усмехается и недоверчиво щурит на следователя глаза.

– Ну! Уж сколько лет всей деревней гайки отвинчиваем и хранил господь, а тут крушение… людей убил… Ежели б я рельсу унес или, положим, бревно поперек ейного пути положил, ну, тогды, пожалуй, своротило бы поезд, а то… тьфу! гайка!

– Да пойми же, гайками прикрепляется рельса к шпалам!

– Это мы понимаем… Мы ведь не все отвинчиваем… оставляем… Не без ума делаем… понимаем…

Денис зевает и крестит рот.

– В прошлом году здесь сошел поезд с рельсов, – говорит следователь. – Теперь понятно, почему…

– Чего изволите?

– Теперь, говорю, понятно, отчего в прошлом году сошел поезд с рельсов… Я понимаю!

– На то вы и образованные, чтобы понимать, милостивцы наши… Господь знал, кому понятие давал… Вы вот и рассудили, как и что, а сторож тот же мужик, без всякого понятия, хватает за шиворот и тащит… Ты рассуди, а потом и тащи! Сказано – мужик, мужицкий и ум… Запишите также, ваше благородие, что он меня два раза по зубам ударил и в груди.

– Когда у тебя делали обыск, то нашли еще одну гайку… Эту в каком месте ты отвинтил и когда?

– Это вы про ту гайку, что под красным сундучком лежала?

– Не знаю, где она у тебя лежала, но только нашли ее. Когда ты ее отвинтил?

– Я ее не отвинчивал, ее мне Игнашка, Семена кривого сын, дал. Это я про ту, что под сундучком, а ту, что на дворе в санях, мы вместе с Митрофаном вывинтили.

– С каким Митрофаном?

– С Митрофаном Петровым… Нешто не слыхали? Невода у нас делает и господам продает. Ему много этих самых гаек требуется. На каждый невод, почитай, штук десять…

– Послушай… 1081 статья уложения о наказаниях говорит, что за всякое с умыслом учиненное повреждение железной дороги, когда оно может подвергнуть опасности следующий по сей дороге транспорт и виновный знал, что последствием сего должно быть несчастье… понимаешь? знал! А ты не мог не знать, к чему ведет это отвинчивание… он приговаривается к ссылке в каторжные работы.

– Конечно, вы лучше знаете… Мы люди темные… нешто мы понимаем?

– Все ты понимаешь! Это ты врешь, прикидываешься!

– Зачем врать? Спросите на деревне, коли не верите… Без грузила только уклейку ловят, а на что хуже пескаря, да и тот не пойдет тебе без грузила.

– Ты еще про шилишпера расскажи! – улыбается следователь.

– Шилишпер у нас не водится… Пущаем леску без грузила поверх воды на бабочку, идет голавль, да и то редко.

– Ну, молчи…

Наступает молчание. Денис переминается с ноги на ногу, глядит на стол с зеленым сукном и усиленно мигает глазами, словно видит перед собой не сукно, а солнце. Следователь быстро пишет.

– Мне идтить? – спрашивает Денис после некоторого молчания.

– Нет. Я должен взять тебя под стражу и отослать в тюрьму.

Денис перестает мигать и, приподняв свои густые брови, вопросительно глядит на чиновника.

– То есть, как же в тюрьму? Ваше благородие! Мне некогда, мне надо на ярмарку; с Егора три рубля за сало получить…

– Молчи, не мешай.

– В тюрьму… Было б за что, пошел бы, а то так… здорово живешь… За что? И не крал, кажись, и не дрался… А ежели вы насчет недоимки сомневаетесь, ваше благородие, то не верьте старосте… Вы господина непременного члена спросите… Креста на нем нет, на старосте-то…

– Молчи!

– Я и так молчу... – бормочет Денис. – А что староста набрехал в учете, это я хоть под присягой... Нас три брата: Кузьма Григорьев, стало быть, Егор Григорьев и я, Денис Григорьев...

– Ты мне мешаешь... Эй, Семен! – кричит следователь. – Увести его!

– Нас три брата, – бормочет Денис, когда два дюжих солдата берут и ведут его из камеры. – Брат за брата не ответчик... Кузьма не платит, а ты, Денис, отвечай... Судьи! Помер покойник барин-генерал, царство небесное, а то показал бы он вам, судьям... Надо судить умеючи, не зря... Хоть и высеки, но чтоб за дело, по совести...

Конь и трепетная лань

Третий час ночи. Супруги Фибровы не спят. Он ворочается с боку на бок и то и дело сплевывает, она, маленькая худощавая брюнеточка, лежит неподвижно и задумчиво смотрит на открытое окно, в которое нелюдимо и сурово глядится рассвет...

– Не спится! – вздыхает она. – Тебя мутит?

– Да, немножко.

– Не понимаю, Вася, как тебе не надоест каждый день являться домой в таком виде! Не проходит ночи, чтоб ты не был болен. Стыдно!

– Ну, извини... Я это нечаянно. Выпил в редакции бутылку пива, да в «Аркадии» немножко перепустил. Извини.

– Да что извинять? Самому тебе должно быть противно и гадко. Плюет, икает... Бог знает на что похож. И ведь это каждую ночь, каждую ночь! Я не помню, когда ты являлся домой трезвым.

– Я не хочу пить, да оно как-то само собой пьется. Должность такая анафемская. Целый день по городу рыскаешь. Там рюмку выпьешь, в другом месте пива, а там, глядь, приятель пьющий встретился... нельзя не выпить. А иной раз и сведения не получишь без того, чтоб с какой-нибудь свиньей бутылку водки не стрескать. Сегодня, например, на пожаре нельзя было с агентом не выпить.

– Да, проклятая должность! – вздыхает брюнетка. – Бросил бы ты ее, Вася!

– Бросить? Как можно!

– Очень можно. Добро бы ты писатель настоящий был, писал бы хорошие стихи или повести, а то так, репортер какой-то, про кражи да пожары пишешь. Такие пустяки пишешь, что иной раз и читать совестно. Хорошо бы еще, пожалуй, если б зарабатывал много, этак рублей двести-триста в месяц, а то получаешь какие-то несчастные пятьдесят рублей, да и то неаккуратно. Живем мы бедно, грязно. Квартира прачечной пропахла, кругом все мастеровые да развратные женщины живут. Целый день только и слышишь неприличные слова и песни. Ни мебели у нас, ни белья. Ты одет неприлично, бедно, так что хозяйка на тебя тыкает, я хуже модистки всякой. Едим мы хуже всяких поденщиков… Ты где-то на стороне в трактирах какую-то дрянь ешь, и то, вероятно, не на свой счет, я… одному только богу известно, что я ем. Ну, будь мы какие-нибудь плебеи, необразованные, тогда бы помирилась я с этим житьем, а то ведь ты дворянин, в университете кончил, по-французски говоришь. Я в институте кончила, избалована.

– Погоди, Катюша, пригласят меня в «Куриную слепоту» отдел хроники вести, тогда иначе заживем. Я номер тогда возьму.

– Это уж ты мне третий год обещаешь. Да что толку, если и пригласят? Сколько бы ты ни получал, все равно пропьешь. Не перестанешь же водить компанию со своими писателями и актерами! А знаешь что, Вася? Написала бы я к дяде Дмитрию Федорычу в Тулу. Нашел бы он тебе прекрасное место где-нибудь в банке или казенном учреждении. Хорошо, Вася? Ходил бы ты, как люди, на службу, получал бы каждое 20-е число жалованье – и горя мало! Наняли бы мы себе дом-особнячок с двором, с сараями, с сенником. Там за двести рублей в год отличный дом можно нанять. Купили бы мебели, посуды, скатертей, наняли бы кухарку и обедали бы каждый день. Пришел бы ты со службы в три часа, взглянул на стол, а на нем чистенькие приборы, редиска, закуска разная. Завели бы мы себе кур, уток, голубей, купили бы корову. В провинции, если не роскошно жить и не пропивать, все это можно иметь за тысячу рублей в год. И дети бы наши не умирали от сырости, как теперь, и мне бы не приходилось таскаться то и дело в больницу. Вася, богом молю тебя, поедем жить в провинцию!

– Там с дикарями от скуки подохнешь.

– А здесь разве весело? Ни общества у нас, ни знакомства… С чистенькими, мало-мальски порядочными людьми у тебя только деловое знакомство, а семейно ни с кем ты не знаком. Кто у нас бывает? Ну, кто? Эта Клеопатра Сергеевна. По-твоему, она знаменитость, фельетоны музыкальные пишет, а по-моему, – она содержанка, распущенная женщина. Ну, можно ли женщине пить водку и при мужчинах корсет снимать? Пишет статьи, говорит постоянно о честности, а как взяла в прошлом году у меня рубль взаймы, так до сих пор не отдает. Потом, ходит к тебе этот твой любимый поэт. Ты гордишься, что знаком с такой знаменитостью, а рассуди ты по совести: сто́ит ли он этого?

– Честнейший человек!

– Но веселого в нем очень мало. Приходит к нам для того только, чтобы напиться… Пьет и рассказывает неприличные анекдоты. Третьего дня, например, нализался и проспал здесь на полу целую ночь. А актеры! Когда я была девушкой, то боготворила этих знаменитостей, с тех пор же, как вышла за тебя, я не могу на театр глядеть равнодушно. Вечно пьяны, грубы, не умеют держать себя в женском обществе, надменны, ходят в грязных ботфортах. Ужасно тяжелый народ! Не понимаю, что веселого ты находишь в их анекдотах, которые они рассказывают с громким, хриплым смехом! И глядишь ты на них как-то заискивающе, словно одолжение делают тебе эти знаменитости, что знакомы с тобой… Фи!

– Оставь, пожалуйста!

– А там, в провинции, ходили бы к нам чиновники, учителя гимназии, офицеры. Народ все воспитанный, мягкий, без претензий. Напьются чаю, выпьют по рюмке, если подашь, и уйдут. Ни шуму, ни анекдотов, все так степенно, деликатно. Сидят, знаешь, на креслах и на диване и рассуждают о разных разностях, а тут горничная разносит им чай с вареньем и с сухариками. После чаю играют на рояле, поют, пляшут. Хорошо, Вася! Часу в двенадцатом легонькая закуска: колбаса, сыр, жаркое, что от обеда осталось... После ужина ты идешь дам провожать, а я остаюсь дома и прибираю.

– Скучно, Катюша!

– Если дома скучно, то ступай в клуб или на гулянье... Здесь на гуляньях души знакомой не встретишь, поневоле запьешь, а там кого ни встретил, всякий тебе знаком. С кем хочешь, с тем и беседуй... Учителя, юристы, доктора – есть с кем умное слово сказать... Образованными там очень интересуются, Вася! Ты бы там одним из первых был...

И долго мечтает вслух Катюша... Серо-свинцовый свет за окном постепенно переходит в белый... Тишина ночи незаметно уступает свое место утреннему оживлению. Репортер не спит, слушает и то и дело приподнимает свою тяжелую голову, чтобы сплюнуть... Вдруг, неожиданно для Катюши, он делает резкое движение и вскакивает с постели... Лицо его бледно, на лбу пот...

– Чертовски меня мутит, – перебивает он мечтания Катюши. – Постой, я сейчас...

Накинув на плечи одеяло, он быстро выбегает из комнаты. С ним происходит неприятный казус, так знакомый по своим утренним посещениям пьющим людям. Минуты через две он возвращается бледный, томный... Его пошатывает... На лице его выражение омерзения, отчаяния, почти ужаса, словно он сейчас только понял всю внешнюю неприглядность своего житья-бытья. Дневной свет освещает перед ним бедность и грязь его комнаты, и выражение безнадежности на его лице становится еще живее.

– Катюша, напиши дяде! – бормочет он.

– Да? Ты согласен? – торжествует брюнетка. – Завтра же напишу и даю тебе честное слово, что ты получишь прекрасное место! Вася, ты это… не нарочно?

– Катюша, прошу… ради бога…

И Катюша опять начинает мечтать вслух. Под звук своего голоса и засыпает она. Снится ей дом-особнячок, двор, по которому солидно шагают ее собственные куры и утки. Она видит, как из слухового окна глядят на нее голуби, и слышит, как мычит корова. Кругом все тихо: ни соседей-жильцов, ни хриплого смеха, не слышно даже этого ненавистного, спешащего скрипа перьев. Вася чинно и благородно шагает около палисадника к калитке. Это идет он на службу. И душу ее наполняет чувство покоя, когда ничего не желается, мало думается…

К полудню просыпается она в прекраснейшем настроении духа. Сон благотворно повлиял на нее. Но вот, протерев глаза, она глядит на то место, где так недавно ворочался Вася, и обхватывавшее ее чувство радости сваливается с нее, как тяжелая пуля. Вася ушел, чтобы возвратиться поздно ночью в нетрезвом виде, как возвращался он вчера, третьего дня… всегда… Опять она будет мечтать, опять на лице его мелькнет омерзение.

– Незачем писать дяде! – вздыхает она.

Свистуны

Алексей Федорович Восьмеркин водил по своей усадьбе приехавшего к нему погостить брата-магистра и показывал ему свое хозяйство. Оба только что позавтракали и были слегка навеселе.

– Это, братец ты мой, кузница… – пояснял Восьмеркин. – На этой виселице лошадей подковывают… А вот это, братец ты мой, баня… Тут в бане длинный диван стоит, а под диваном индейки сидят в решетах на яйцах… Как взглянешь на диван, так и вспомнишь толикая многая… Баню только зимой топлю… Важная, брат, штукенция! Только русский человек и мог выдумать баню! За один час на верхней полочке столько переживешь, чего итальянцу или немцу в сто лет не пережить… Лежишь, как в пекле, а тут Авдотья тебя веником, веником, чики-чики… чики-чики… Встанешь, выпьешь холодного квасу и опять чики-чики… Слезешь потом с полки, как сатана красный… А вот это людская… Тут мои вольнонаемники… Зайдем?

Помещик и магистр нагнулись и вошли в похилившуюся, нештукатуренную развалюшку с продавленной крышей и разбитым окном. При входе их обдало запахом варева. В людской обедали… Мужики и бабы сидели за длинным столом и большими ложками ели гороховую похлебку. Увидев господ, они перестали жевать и поднялись.

– Вот они, мои… – начал Восьмеркин, окидывая глазами обедающих. – Хлеб да соль, ребята!

– Алалаблблбл…

– Вот они! Русь, братец ты мой! Настоящая Русь! Народ на подбор! И что за народ! Какому, прости господи, скоту немцу или французу сравняться? Супротив нашего народа все то свиньи, тля!

– Ну не говори… – залепетал магистр, закуривая для чистоты воздуха сигару. – У всякого народа свое историческое прошлое… свое будущее…

– Ты западник! Разве ты понимаешь? Вот то-то и жаль, что вы, ученые, чужое выучили, а своего знать не хотите! Вы презираете, чуждаетесь! А я читал и согласен: интеллигенция протухла, а ежели в ком еще можно искать идеалов, так только вот в них, вот в этих лодырях… Взять хоть бы Фильку…

Восьмеркин подошел к пастуху Фильке и потряс его за плечо. Филька ухмыльнулся и издал звук «гы-ы»…

– Взять хоть бы этого Фильку… Ну, чего, дурак, смеешься? Я серьезно говорю, а ты смеешься… Взять хоть этого дурня… Погляди, магистр! В плечах – косая сажень! Грудища, словно у слона! С места, анафему, не сдвинешь! А сколько в нем силы-то этой нравственной таится! Сколько таится! Этой силы на десяток вас, интеллигентов, хватит… Дерзай, Филька! Бди! Не отступай от своего! Крепко держись! Ежели кто будет говорить тебе что-нибудь, совращать, то плюй, не слушай… Ты сильнее, лучше! Мы тебе подражать должны!

– Господа наши милостивые! – замигал глазами степенный кучер Антип. – Нешто он это чувствует? Нешто понимает господскую ласку? Ты в ножки, простофиля, поклонись и ручку поцелуй… Милостивцы вы наши! На что хуже человека, как Филька, да и то вы ему прощаете, а ежели человек чверезый, не баловник, так такому не жисть, а рай… дай бог всякому… И награждаете и взыскиваете.

– Ввво! Самая суть заговорила! Патриарх лесов! Понимаешь, магистр! «И награждаете и взыскиваете»… В простых словах идея справедливости!.. Преклоняюсь, брат! Веришь ли? Учусь у них! Учусь!

– Это верно-с… – заметил Антип.

– Что верно?

– Насчет ученья-с…

– Какого ученья? Что ты мелешь?

– Я насчет ваших слов-с… насчет учения-с… На то вы и господа, чтоб всякие учения постигать… Мы темень! Видим, что вывеска написана, а что она, какой смысл обозначает, нам и невдомек… Носом больше понимаем… Ежели водкой пахнет, то значит – кабак, ежели дегтем, то – лавка…

– Магистр, а? Что скажешь? Каков народ? Что ни слово, то с закорючкой, что ни фраза, то глубокая истина! Гнездо, брат, правды в Антипкиной голове! А погляди-ка на Дуняшку! Дуняшка, пошла сюда!

Скотница Дуняша, весноватая, с вздернутым носом, застыдилась и зацарапала стол ногтем.

– Дуняшка, тебе говорят, пошла сюда! Чего, дура, стыдишься? Не укусим!

Дуняша вышла из-за стола и остановилась перед барином.

– Какова? Так и дышит силищей! Видал ты таких у себя там, в Питере? Там у вас спички, жилы да кости, а эта, гляди, кровь с молоком! Простота, ширь! Улыбку погляди, румянец щек! Все это натура, правда, действительность, не так, как у вас там! Что это у тебя за щеками набито?

Дуняша пожевала и проглотила что-то...

– А погляди-ка, братец ты мой, на плечищи, на ножищи! – продолжал Восьмеркин. – Небось, как бултыхнет этим кулачищем в спинищу своего любезного, так звон пойдет, словно из бочки... Что, все еще с Андрюшкой валандаешься? Смотри мне, Андрюшка, задам я тебе пфеферу. Смейся, смейся... Магистр, а? Формы-то, формы...

Восьмеркин нагнулся к уху магистра и зашептал... Дворня стала смеяться.

– Вот и дождалась, что тебя на смех подняли, непутящая... – заметил Антип, глядя с укоризной на Дуняшу. – Что, красней рака стала? Про путную девку не стали бы так рассказывать...

– Теперь, магистр, на Любку посмотри! – продолжал Восьмеркин. – Эта у нас первая запевала... Ты там ездишь меж своих чухонцев и собираешь плоды народного творчества... Нет, ты наших послушай! Пусть тебе наши споют, так слюной истечешь! Ну-кося, ребята! Ну-кося! Любка, начинай! Да ну же, свиньи! Слушаться!

Люба стыдливо кашлянула в кулак и резким, сиплым голосом затянула песню. Ей вторили остальные... Восьмеркин замахал руками, замигал глазами и, стараясь прочесть на лице магистра восторг, закудахтал.

Магистр нахмурился, стиснул губы и с видом глубокого знатока стал слушать.

– М-да... – сказал он. – Вариант этой песни имеется у Киреевского, выпуск седьмой, разряд третий, песнь одиннадцатая... М-да... Надо записать...

Магистр вынул из кармана книжку и, еще больше нахмурившись, стал записывать... Пропев одну песню, «люди» начали другую... А похлебка между тем простыла, и каша, которую вынули из печи, перестала уже испускать из себя дымок.

– Так его! – притопывал Восьмеркин. – Так его! Важно! Преклоняюсь!

Дело, вероятно, дошло бы и до танцев, если бы не вошел в людскую лакей Петр и не доложил господам, что кушать подано.

– А мы, отщепенцы, отбросы, осмеливаемся еще считать себя выше и лучше! – негодовал плаксивым голосом Восьмеркин, выходя с братом из людской. – Что мы? Кто мы? Ни идеалов, ни науки, ни труда… Ты слышишь, они хохочут? Это они над нами!.. И они правы! Чуют фальшь! Тысячу раз правы и… и… А видал Дуняшку? Ше-ельма девчонка! Ужо, погоди, после обеда я позову ее…

За обедом оба брата все время рассказывали о самобытности, нетронутости и целости, бранили себя и искали смысла в слове «интеллигент».

После обеда легли спать. Выспавшись, вышли на крыльцо, приказали подать себе зельтерской и опять начали о том же…

– Петька! – крикнул Восьмеркин лакею. – Поди позови сюда Дуняшку, Любку и прочих! Скажи, хороводы водить! Да чтоб скорей! Живо у меня!

Отец семейства

Это случается обыкновенно после хорошего проигрыша или после попойки, когда разыгрывается катар. Степан Степаныч Жилин просыпается в необычайно пасмурном настроении. Вид у него кислый, помятый, разлохмаченный; на сером лице выражение недовольства: не то он обиделся, не то брезгает чем-то. Он медленно одевается, медленно пьет свое виши и начинает ходить по всем комнатам.

– Желал бы я знать, какая с-с-скотина ходит здесь и не затворяет дверей? – ворчит он сердито, запахиваясь в халат и громко отплевываясь. – Убрать эту бумагу! Зачем она здесь валяется? Держим двадцать прислуг, а порядка меньше, чем в корчме. Кто там звонил? Кого принесло?

– Это бабушка Анфиса, что нашего Федю принимала, – отвечает жена.

– Шляются тут… дармоеды!

– Тебя не поймешь, Степан Степаныч. Сам приглашал ее, а теперь бранишься.

– Я не бранюсь, а говорю. Занялась бы чем-нибудь, матушка, чем сидеть этак, сложа руки, и на спор лезть! Не понимаю этих женщин, клянусь честью! Не по-ни-маю! Как они могут проводить целые дни без дела? Муж работает, трудится, как вол, как с-с-скотина, а жена, подруга жизни, сидит, как цацочка, ничего не делает и ждет только случая, как бы побраниться от скуки с мужем. Пора, матушка, оставить эти институтские привычки! Ты теперь уже не институтка, не барышня, а мать, жена! Отворачиваешься? Ага! Неприятно слушать горькие истины?

– Странно, что горькие истины ты говоришь, только когда у тебя печень болит.

– Да, начинай сцены, начинай…

– Ты вчера был за городом? Или играл у кого-нибудь?

– А хотя бы и так? Кому какое дело? Разве я обязан отдавать кому-нибудь отчет? Разве я проигрываю не свои деньги? То, что я сам трачу, и то, что тратится в этом доме, принадлежит мне! Слышите ли? Мне!

И так далее, все в таком роде. Но ни в какое другое время Степан Степаныч не бывает так рассудителен, добродетелен, строг и справедлив, как за обедом, когда около него сидят все его домочадцы. Начинается обыкновенно с супа. Проглотив первую ложку, Жилин вдруг морщится и перестает есть.

– Черт знает что… – бормочет он. – Придется, должно быть, в трактире обедать.

– А что? – тревожится жена. – Разве суп не хорош?

– Не знаю, какой нужно иметь свинский вкус, чтобы есть эту бурду! Пересолен, тряпкой воняет… клопы какие-то вместо лука…

Просто возмутительно, Анфиса Ивановна! – обращается он к гостье-бабушке. – Каждый день даешь прорву денег на провизию… во всем себе отказываешь, и вот тебя чем кормят! Они, вероятно, хотят, чтобы я оставил службу и сам пошел в кухню стряпать.

– Суп сегодня хорош… – робко замечает гувернантка.

– Да? Вы находите? – говорит Жилин, сердито щурясь на нее. – Впрочем, у всякого свой вкус. Вообще, надо сознаться, мы с вами сильно расходимся во вкусах, Варвара Васильевна. Вам, например, нравится поведение этого мальчишки (Жилин трагическим жестом указывает на своего сына Федю), вы в восторге от него, а я… я возмущаюсь. Да-с!

Федя, семилетний мальчик с бледным, болезненным лицом, перестает есть и опускает глаза. Лицо его еще больше бледнеет.

– Да-с, вы в восторге, а я возмущаюсь… Кто из нас прав, не знаю, но смею думать, что я, как отец, лучше знаю своего сына, чем вы. Поглядите, как он сидит! Разве так сидят воспитанные дети? Сядь хорошенько!

Федя поднимает вверх подбородок и вытягивает шею, и ему кажется, что он сидит ровнее. На глазах у него навертываются слезы.

– Ешь! Держи ложку как следует! Погоди, доберусь я до тебя, скверный мальчишка! Не сметь плакать! Гляди на меня прямо!

Федя старается глядеть прямо, но лицо его дрожит, и глаза переполняются слезами.

– Ааа… ты плакать! Ты виноват, ты же и плачешь? Пошел, стань в угол, скотина!

– Но… пусть он сначала пообедает! – вступается жена.

– Без обеда! Такие мерз… такие шалуны не имеют права обедать!

Федя, кривя лицо и подергивая всем телом, сползает со стула и идет в угол.

– Не то еще тебе будет! – продолжает родитель. – Если никто не желает заняться твоим воспитанием, то, так и быть, начну я… У меня, брат, не будешь шалить да плакать за обедом! Болван! Дело нужно делать! Понимаешь? Дело делать! Отец твой работает, и ты работай! Никто не должен даром есть хлеба! Нужно быть человеком! Че-ло-ве-ком!

– Перестань, ради бога! – просит жена по-французски. – Хоть при посторонних не ешь нас... Старуха все слышит, и теперь, благодаря ей, всему городу будет известно...

– Я не боюсь посторонних, – отвечает Жилин по-русски. – Анфиса Ивановна видит, что я справедливо говорю. Что ж, по-твоему, я должен быть доволен этим мальчишкой? Ты знаешь, сколько он мне стоит? Ты знаешь, мерзкий мальчишка, сколько ты мне стоишь? Или ты думаешь, что я деньги фабрикую, что мне достаются они даром? Не реветь! Молчать! Да ты слышишь меня или нет? Хочешь, чтоб я тебя, подлеца этакого, высек?

Федя громко взвизгивает и начинает рыдать.

– Это, наконец, невыносимо! – говорит его мать, вставая из-за стола и бросая салфетку. – Никогда не даст покойно пообедать! Вот где у меня твой кусок сидит!

Она показывает на затылок и, приложив платок к глазам, выходит из столовой.

– Оне обиделись... – ворчит Жилин, насильно улыбаясь. – Нежно воспитаны... Так-то, Анфиса Ивановна, не любят нынче слушать правду... Мы же и виноваты!

Проходит несколько минут в молчании. Жилин обводит глазами тарелки и, заметив, что к супу еще никто не прикасался, глубоко вздыхает и глядит в упор на покрасневшее, полное тревоги лицо гувернантки.

– Что же вы не едите, Варвара Васильевна? – спрашивает он. – Обиделись, стало быть? Тэк-с... Не нравится правда. Ну, извините-с, такая у меня натура, не могу лицемерить... Всегда режу правду-матку (вздох). Однако я замечаю, что присутствие мое неприятно. При мне не могут ни говорить, ни кушать... Что ж? Сказали бы мне, я бы ушел... Я и уйду.

Жилин поднимается и с достоинством идет к двери. Проходя мимо плачущего Феди, он останавливается.

– После всего, что здесь произошло, вы с-с-свободны! – говорит он Феде, с достоинством закидывая назад голову. – Я больше в ваше воспитание не вмешиваюсь. Умываю руки! Прошу извинения, что, искренно, как отец, желая вам добра, обеспокоил вас и ваших руководительниц. Вместе с тем раз навсегда слагаю с себя ответственность за вашу судьбу…

Федя взвизгивает и рыдает еще громче. Жилин с достоинством поворачивает к двери и уходит к себе в спальную.

Выспавшись после обеда, Жилин начинает чувствовать угрызения совести. Ему совестно жены, сына, Анфисы Ивановны и даже становится невыносимо жутко при воспоминании о том, что было за обедом, но самолюбие слишком велико, не хватает мужества быть искренним, и он продолжает дуться и ворчать…

Проснувшись на другой день утром, он чувствует себя в отличном настроении и, умываясь, весело посвистывает. Придя в столовую пить кофе, он застает там Федю, который при виде отца поднимается и глядит на него растерянно.

– Ну, что, молодой человек? – спрашивает весело Жилин, садясь за стол. – Что у вас нового, молодой человек? Живешь? Ну, иди, бутуз, поцелуй своего отца.

Федя, бледный, с серьезным лицом, подходит к отцу и касается дрожащими губами его щеки, потом отходит и молча садится на свое место.

Мертвое тело

Тихая августовская ночь. С поля медленно поднимается туман и матовой пеленой застилает все, доступное для глаза. Освещенный луною, этот туман дает впечатление то спокойного, беспредельного моря, то громадной белой стены. В воздухе сыро и холодно. Утро еще далеко. На шаг от проселочной дороги, идущей по опушке леса, светится огонек. Тут, под молодым дубом, лежит мертвое тело, покрытое с головы до ног новой белой холстиной. На груди большой деревянный образок. Возле трупа, почти у самой дороги, сидит «очередь» – два мужика, исполняющих одну из самых тяжелых и неприглядных крестьянских повинностей. Один – молодой высокий парень с едва заметными усами и с густыми черными бровями, в рваном полушубке и лаптях, сидит на мокрой траве, протянув вперед ноги, и старается скоротать время работой. Он нагнул свою длинную шею и, громко сопя, делает из большой угловатой деревяшки ложку. Другой – маленький мужичонко со старческим лицом, тощий, рябой, с жидкими усами и козлиной бородкой, свесил на колени руки и, не двигаясь, глядит безучастно на огонь. Между обоими лениво догорает небольшой костер и освещает их лица в красный цвет. Тишина. Слышно только, как скрипит под ножом деревяшка и потрескивают в костре сырые бревнышки.

– А ты, Сема, не спи… – говорит молодой.

– Я… не сплю… – заикается козлиная бородка.

– То-то… Одному сидеть жутко, страх берет. Рассказал бы что-нибудь, Сема!

– Не… не умею…

– Чудной ты человек, Семушка! Другие люди и посмеются, и небылицу какую расскажут, и песню споют, а ты – бог тебя знает, какой. Сидишь, как пугало огородное, и глаза на огонь таращишь. Слова путем сказать не умеешь… Говоришь и будто боишься. Чай, уж годов пятьдесят есть, а рассудка меньше, чем в дите… И тебе не жалко, что ты дурачок?

– Жалко… – угрюмо отвечает козлиная бородка.

– А нам нешто не жалко глядеть на твою глупость? Мужик ты добрый, тверезый, одно только горе – ума в голове нету. А ты бы, ежели господь тебя обидел, рассудка не дал, сам бы ума набирался… Ты понатужься, Сема… Где что хорошее скажут, ты и вникай, бери себе в толк, да все думай, думай… Ежели какое слово тебе непонятно, ты понатужься и рассуди в голове, в каких смыслах это самое слово. Понял? Понатужься! А ежели сам до ума доходить не будешь, то так и помрешь дурачком, последним человеком.

Вдруг в лесу раздается протяжный, стонущий звук. Что-то, как будто сорвавшись с самой верхушки дерева, шелестит листвой и падает на землю. Всему этому глухо вторит эхо. Молодой вздрагивает и вопросительно глядит на своего товарища.

– Это сова пташек забижает, – говорит угрюмо Сема.

– А что, Сема, ведь уж время птицам лететь в теплые края!

– Знамо, время.

– Холодные нынче зори стали. Х-холодно! Журавль зябкая тварь, нежная. Для него такой холод – смерть. Вот я не журавль, а замерз... Подложи-ка дровец!

Сема поднимается и исчезает в темной чаще. Пока он возится за кустами и ломает сухие сучья, его товарищ закрывает руками глаза и вздрагивает от каждого звука. Сема приносит охапку хворосту и кладет ее на костер. Огонь нерешительно облизывает язычками черные сучья, потом вдруг, словно по команде, охватывает их и освещает в багровый цвет лица, дорогу, белую холстину с ее рельефами от рук и ног мертвеца, образок... «Очередь» молчит. Молодой еще ниже нагибает шею и еще нервнее принимается за работу. Козлиная бородка сидит по-прежнему неподвижно и не сводит глаз с огня...

– «Ненавидящие Сиона... посрамистеся от господа...» – слышится вдруг в ночной тишине поющая фистула, потом слышатся тихие шаги, и на дороге в багровых лучах костра вырастает темная человеческая фигура в короткой монашеской ряске, широкополой шляпе и с котомкой за плечами.

– Господи, твоя воля! Мать честная! – говорит эта фигура сиплым дискантом. – Увидал огонь во тьме кромешной и взыгрался духом... Сначала думал – ночное, потом же и думаю: какое же это ночное, ежели коней не видать? Не тати ли сие, думаю, не разбойники ли, богатого Лазаря поджидающие? Не цыганская ли это нация, жертвы идолам приносящая? И взыграся дух мой… Иди, говорю себе, раб Феодосий, и приими венец мученический! И понесло меня на огонь, как мотыля легкокрылого. Теперь стою перед вами и по наружным физиогномиям вашим сужу о душах ваших: не тати вы и не язычники. Мир вам!

– Здорово.

– Православные, не знаете ли вы, как тут пройтить до Макухинских кирпичных заводов?

– Близко. Вот это, стало быть, пойдете прямо по дороге; версты две пройдете, там будет Ананово, наша деревня. От деревни, батюшка, возьмешь вправо, берегом, и дойдешь до заводов. От Ананова версты три будет.

– Дай бог здоровья. А вы чего тут сидите?

– Понятыми сидим. Вишь, мертвое тело…

– Что? Какое тело? Мать честная!

Странник видит белую холстину с образком и вздрагивает так сильно, что его ноги делают легкий прыжок. Это неожиданное зрелище действует на него подавляюще. Он весь съеживается и, раскрыв рот, выпуча глаза, стоит, как вкопанный… Минуты три он молчит, словно не верит глазам своим, потом начинает бормотать:

– Господи! Мать честная!! Шел себе, никого не трогал, и вдруг этакое наказание…

– Вы из каких будете? – спрашивает парень. – Из духовенства?

– Не… нет… Я по монастырям хожу… Знаешь Ми… Михайлу Поликарпыча, заводского управляющего? Так вот, я ихний племянник… Господи, твоя воля! Зачем же вы тут?

– Сторожим… Велят.

– Так, так… – бормочет ряска, поводя рукой по глазам. – А откуда покойник-то?

– Прохожий.

– Жизнь наша! Одначе, братцы, я тово… пойду… Оторопь берет. Боюсь мертвецов пуще всего, родимые мои… Ведь вот, скажи на милость! Покеда этот человек жив был, не замечали его, теперь же, когда он мертв и тлену предается, мы трепещем перед ним, как перед каким-нибудь славным полководцем или преосвященным владыкою... Жизнь наша! Что ж, его убили, что ли?

– Христос его знает! Может, убили, а может, и сам помер.

– Так, так... Кто знает, братцы, может, душа его теперь сладости райские вкушает!

– Душа его еще здесь около тела ходит... – говорит парень. – Она три дня от тела не идет.

– М-да... Холода какие нынче! Зуб на зуб не попадет... Так, стало быть, идти все прямо и прямо...

– Покеда в деревню не упрешься, а там возьмешь вправо берегом.

– Берегом... Так... Что же это я стою? Идти надо... Прощайте, братцы!

Ряска делает шагов пять по дороге и останавливается.

– Забыл копеечку на погребение положить, – говорит она. – Православные, можно монетку положить?

– Тебе это лучше знать, ты по монастырям ходишь. Ежели настоящей смертью он помер, то пойдет за душу, ежели самоубивец, то грех.

– Верно... Может, и в самом деле самоубийца! Так уж лучше я свою монетку при себе оставлю. Ох, грехи, грехи! Дай мне тыщу рублей, и то б не согласился тут сидеть... Прощайте, братцы!

Ряска медленно отходит и опять останавливается.

– Ума не приложу, как мне быть... – бормочет она. – Тут около огня остаться, рассвета подождать... страшно. Идти тоже страшно. Всю дорогу в потемках покойник будет мерещиться... Вот наказал господь! Пятьсот верст пешком прошел, и ничего, а к дому стал подходить, и горе... Не могу идти!

– Это правда, что страшно...

– Не боюсь ни волков, ни татей, ни тьмы, а покойников боюсь. Боюсь, да и шабаш! Братцы православные, молю вас коленопреклоненно, проводите меня до деревни!

– Нам не велено от тела отходить.

– Никто не увидит, братцы! Ей-же-ей, не увидит! Господь вам сторицею воздаст! Борода, проводи, сделай милость! Борода! Что ты все молчишь?

– Он у нас дурачок... – говорит парень.

– Проводи, друг! Пятачок дам!

– За пятачок бы можно, – говорит парень, почесывая затылок, – да не велено... Ежели вот Сема, дурачок-то, один посидит, то провожу. Сема, посидишь тут один?

– Посижу... – соглашается дурачок.

– Ну и ладно. Пойдем!

Парень поднимается и идет с ряской. Через минуту их шаги и говор смолкают. Сема закрывает глаза и тихо дремлет. Костер начинает тухнуть, и на мертвое тело ложится большая черная тень...

Кухарка женится

Гриша, маленький, семилетний карапузик, стоял около кухонной двери, подслушивал и заглядывал в замочную скважину. В кухне происходило нечто, по его мнению, необыкновенное, доселе невиданное. За кухонным столом, на котором обыкновенно рубят мясо и крошат лук, сидел большой, плотный мужик в извозчичьем кафтане, рыжий, бородатый, с большой каплей пота на носу. Он держал на пяти пальцах правой руки блюдечко и пил чай, причем так громко кусал сахар, что Гришину спину подирал мороз. Против него на грязном табурете сидела старуха нянька Аксинья Степановна и тоже пила чай. Лицо у няньки было серьезно и в то же время сияло каким-то торжеством. Кухарка Пелагея возилась около печки и, видимо, старалась спрятать куда-нибудь подальше свое лицо. А на ее лице Гриша видел целую иллюминацию: оно горело и переливало всеми цветами, начиная с красно-багрового и кончая смертельно-бледным. Она, не переставая, хваталась дрожащими руками за ножи, вилки, дрова, тряпки, двигалась, ворчала, стучала, но в сущности ничего не делала. На стол, за которым пили чай, она ни разу не взглянула, а на вопросы, задаваемые нянькой, отвечала отрывисто, сурово, не поворачивая лица.

– Кушайте, Данило Семеныч! – угощала нянька извозчика. – Да что вы все чай да чай? Вы бы водочки выкушали!

И нянька придвигала к гостю сороковушку и рюмку, причем лицо ее принимало ехиднейшее выражение.

– Не потребляю-с... нет-с... – отнекивался извозчик. – Не невольте, Аксинья Степановна.

– Какой же вы... Извозчики, а не пьете... Холостому человеку невозможно, чтоб не пить. Выкушайте!

Извозчик косился на водку, потом на ехидное лицо няньки, и лицо его самого принимало не менее ехидное выражение: нет, мол, не поймаешь, старая ведьма!

– Не пью-с, увольте-с... При нашем деле не годится это малодушество. Мастеровой человек может пить, потому он на одном месте сидит, наш же брат завсегда на виду в публике. Не так ли-с? Пойдешь в кабак, а тут лошадь ушла; напьешься ежели – еще хуже: того и гляди, уснешь или с козел свалишься. Дело такое.

– А вы сколько в день выручаете, Данило Семеныч?

– Какой день. В иной день на зелененькую выездишь, а в другой раз так и без гроша ко двору поедешь. Дни разные бывают-с. Ноничe наше дело совсем ничего не стоит. Извозчиков, сами знаете, хоть пруд пруди, сено дорогое, а седок пустяковый, норовит все на конке проехать. А все ж, благодарить бога, не на что жалиться. И сыты, и одеты, и... можем даже другого кого осчастливить... (извозчик покосился на Пелагею)... ежели им по сердцу.

Что дальше говорилось, Гриша не слышал. Подошла к двери мамаша и послала его в детскую учиться.

– Ступай учиться. Не твое дело тут слушать!

Придя к себе в детскую, Гриша положил перед собой «Родное слово», но ему не читалось. Все только что виденное и слышанное вызвало в его голове массу вопросов.

«Кухарка женится… – думал он. – Странно. Не понимаю, зачем это жениться? Мамаша женилась на папаше, кузина Верочка – на Павле Андреиче. Но на папе и Павле Андреиче, так и быть уж, можно жениться: у них есть золотые цепочки, хорошие костюмы, у них всегда сапоги вычищенные; но жениться на этом страшном извозчике с красным носом, в валенках… фи! И почему это няньке хочется, чтоб бедная Пелагея женилась?»

Когда из кухни ушел гость, Пелагея явилась в комнаты и занялась уборкой. Волнение еще не оставило ее. Лицо ее было красно и словно испуганно. Она едва касалась веником пола и по пяти раз мела каждый угол. Долго она не выходила из той комнаты, где сидела мамаша. Ее, очевидно, тяготило одиночество, и ей хотелось высказаться, поделиться с кем-нибудь впечатлениями, излить душу.

– Ушел! – проворчала она, видя, что мамаша не начинает разговора.

– А он, заметно, хороший человек, – сказала мамаша, не отрывая глаз от вышиванья. – Трезвый такой, степенный.

– Ей-богу, барыня, не выйду! – крикнула вдруг Пелагея, вся вспыхнув. – Ей-богу, не выйду!

– Ты не дури, не маленькая. Это шаг серьезный, нужно обдумать хорошенько, а так, зря, нечего кричать. Он тебе нравится?

– Выдумываете, барыня! – застыдилась Пелагея. – Такое скажут, что… ей-богу…

«Сказала бы: не нравится!» – подумал Гриша.

– Какая ты, однако, ломака… Нравится?

– Да он, барыня, старый! Гы-ы!

– Выдумывай еще! – окрысилась на Пелагею из другой комнаты нянька. – Сорока годов еще не исполнилось. Да на что тебе молодой? С лица, дура, воды не пить... Выходи, вот и все!

– Ей-богу, не выйду! – взвизгнула Пелагея.

– Блажишь! Какого лешего тебе еще нужно? Другая бы в ножки поклонилась, а ты – не выйду! Тебе бы все с почтальонами да лепетиторами перемигиваться! К Гришеньке лепетитор ходит, барыня, так она об него все свои глазищи обмозолила. У, бесстыжая!

– Ты этого Данилу раньше видала? – спросила барыня Пелагею.

– Где мне его видеть? Первый раз сегодня вижу. Аксинья откуда-то привела... черта окаянного... И откуда он взялся на мою голову!

За обедом, когда Пелагея подавала кушанья, все обедающие засматривали ей в лицо и дразнили ее извозчиком. Она страшно краснела и принужденно хихикала.

«Должно быть, совестно жениться... – думал Гриша. – Ужасно совестно!»

Все кушанья были пересолены, из недожаренных цыплят сочилась кровь, и, в довершение всего, во время обеда из рук Пелагеи сыпались тарелки и ножи, как с похилившейся полки, но никто не сказал ей ни слова упрека, так как все понимали состояние ее духа. Раз только папаша с сердцем швырнул салфетку и сказал мамаше:

– Что у тебя за охота всех женить да замуж выдавать! Какое тебе дело? Пусть сами женятся, как хотят.

После обеда в кухне замелькали соседские кухарки и горничные, и до самого вечера слышалось шушуканье. Откуда они пронюхали о сватовстве – бог весть. Проснувшись в полночь, Гриша слышал, как в детской за занавеской шушукались нянька и кухарка. Нянька убеждала, а кухарка то всхлипывала, то хихикала. Заснувши после этого, Гриша видел во сне похищение Пелагеи Черномором и ведьмой...

С другого дня наступило затишье. Кухонная жизнь пошла своим чередом, словно извозчика и на свете не было. Изредка только нянька одевалась в новую шаль, принимала торжественно-суровое выражение и уходила куда-то часа на два, очевидно, для переговоров... Пелагея с извозчиком не видалась, и, когда ей напоминали о нем, она вспыхивала и кричала:

– Да будь он трижды проклят, чтоб я о нем думала! Тьфу!

Однажды вечером в кухню, когда там Пелагея и нянька что-то усердно кроили, вошла мамаша и сказала:

– Выходить за него ты, конечно, можешь, твое это дело, но, Пелагея, знай, что он не может здесь жить... Ты знаешь, я не люблю, если кто в кухне сидит. Смотри же, помни... И тебя я не буду отпускать на ночь.

– И бог знает что выдумываете, барыня! – взвизгнула кухарка. – Да что вы меня им попрекаете? Пущай он сбесится! Вот еще навязался на мою голову, чтоб ему...

Заглянув в одно воскресное утро в кухню, Гриша замер от удивления. Кухня битком была набита народом. Тут были кухарки со всего двора, дворник, два городовых, унтер с нашивками, мальчик Филька... Этот Филька обыкновенно трется около прачешной и играет с собаками, теперь же он был причесан, умыт и держал икону в фольговой ризе. Посреди кухни стояла Пелагея в новом ситцевом платье и с цветком на голове. Рядом с нею стоял извозчик. Оба молодые были красны, потны и усиленно моргали глазами.

– Ну-с... кажись, время... – начал унтер после долгого молчания.

Пелагея заморгала всем лицом и заревела... Унтер взял со стола большой хлеб, стал рядом с нянькой и начал благословлять. Извозчик подошел к унтеру, бухнул перед ним поклон и чмокнул его в руку. То же самое сделал он и перед Аксиньей. Пелагея машинально следовала за ним и тоже бухала поклоны. Наконец отворилась наружная дверь, в кухню пахнул белый туман, и вся публика с шумом двинулась из кухни на двор.

«Бедная, бедная! – думал Гриша, прислушиваясь к рыданьям кухарки. – Куда ее повели? Отчего папа и мама не заступятся?»

После венца до самого вечера в прачешной пели и играли на гармонике. Мамаша все время сердилась, что от няньки пахнет водкой и что из-за этих свадеб некому поставить самовар. Когда Гриша ложился спать, Пелагея еще не возвращалась.

«Бедная, плачет теперь где-нибудь в потемках! – думал он. – А извозчик на нее: цыц! цыц!»

На другой день утром кухарка была уже в кухне. Заходил на минуту извозчик. Он поблагодарил мамашу и, взглянув сурово на Пелагею, сказал:

– Вы же, барыня, поглядывайте за ней. Будьте заместо отца-матери. И вы тоже, Аксинья Степанна, не оставьте, посматривайте, чтоб все благородно… без шалостев… А также, барыня, дозвольте рубликов пять в счет ейного жалованья. Хомут надо купить новый.

Опять задача для Гриши: жила Пелагея на воле, как хотела, не отдавая никому отчета, и вдруг, ни с того ни с сего, явился какой-то чужой, который откуда-то получил право на ее поведение и собственность! Грише стало горько. Ему страстно, до слез захотелось приласкать эту, как он думал, жертву человеческого насилия. Выбрав в кладовой самое большое яблоко, он прокрался на кухню, сунул его в руку Пелагее и опрометью бросился назад.

Стена

…люди, кончившие курс в специальных заведениях, сидят без дела или же занимают должности, не имеющие ничего общего с их специальностью, и таким образом высшее техническое образование является у нас пока непроизводительным…

(Из передовой статьи)

– Тут, ваше превосходительство, по два раза на день ходит какой-то Маслов, вас спрашивает… – говорил камердинер Иван, брея своего барина Букина. – И сегодня приходил, сказывал, что в управляющие хочет наниматься… Обещался сегодня в час прийти… Чудной человек!

– Что такое?

– Сидит в передней и все бормочет. Я, говорит, не лакей и не проситель, чтоб в передней по два часа тереться. Я, говорит, человек образованный… Хоть, говорит, твой барин и генерал, а скажи ему, что это невежливо людей в передней морить…

– И он бесконечно прав! – нахмурился Букин. – Как ты, братец, иногда бываешь нетактичен! Видишь, что человек порядочный, из чистеньких, ну и пригласил бы его куда-нибудь… к себе в комнату, что ли…

– Не важная птица! – усмехнулся Иван. – Не в генералы пришел наниматься, и в передней посидишь. Сидят люди и почище твоего носа, и то не обижаются… Коли ежели ты управляющий, слуга своему господину, то и будь управляющим, а нечего выдумки выдумывать, в образованные лезть… Тоже, поди ты, в гостиную захотел… харя немытая… Уж оченно много нониче смешных людей развелось, ваше превосходительство!

– Если сегодня еще раз придет этот Маслов, то проси…

Ровно в час явился Маслов. Иван повел его в кабинет.

– Вас граф ко мне прислал? – встретил его Букин. – Очень приятно познакомиться! Садитесь! Вот сюда садитесь, молодой человек, тут помягче будет… Вы уж тут были… мне говорили об этом, но, pardon[1], я вечно или в отлучке, или занят. Курите, милейший… Да, действительно, мне нужен управляющий… С прежним мы

---

[1] Извините *(франц.)*.

немножко не поладили... Я ему не уважил, он мне не потрафил, пошли, знаете ли, контры... Хе-хе-хе... Вы ранее управляли где-нибудь именьем?

– Да, я у Киршмахера год служил младшим управляющим... Именье было продано с аукциона, и мне поневоле пришлось ретироваться... Опыта у меня, конечно, почти нет, но я кончил в Петровской земледельческой академии, где изучал агрономию... Думаю, что мои науки хоть немного заменят мне практику...

– Какие же там, батенька, науки? Глядеть за рабочими, за лесниками... хлеб продавать, отчетность раз в год представлять... никаких тут наук не нужно! Тут нужны глаз острый, рот зубастый, голосина... Впрочем, знания не мешают... – вздохнул Букин. – Ну-с, именье мое находится в Орловской губернии. Как, что и почему, узнаете вы вот из этих планов и отчетов, сам же я в имении никогда не бываю, в дела не вмешиваюсь, и от меня, как от Расплюева, ничего не добьетесь, кроме того, что земля черная, лес зеленый. Условия, я думаю, останутся прежние, то есть тысяча жалованья, квартира, провизия, экипаж и полнейшая свобода действий!

«Да он душка!» – подумал Маслов.

– Только вот что, батенька... Простите, но лучше заранее уговориться, чем потом ссориться. Делайте там что хотите, но да хранит вас бог от нововведений, не сбивайте с толку мужиков и, что главнее всего, хапайте не более тысячи в год...

– Простите, я не расслышал последней фразы... – пробормотал Маслов.

– Хапайте не больше тысячи в год... Конечно, без хапанья нельзя обойтись, но, милый мой, мера, мера! Ваш предшественник увлекся и на одной шерсти стилиснул пять тысяч, и... и мы разошлись. Конечно, по-своему он прав... человек ищет, где лучше, и своя рубашка ближе к телу, но, согласитесь, для меня это тяжеленько. Так вот помните же: тысячу можно... ну, так и быть уж – две, но не дальше!

– Вы говорите со мной, словно с мошенником! – вспыхнул Маслов, поднимаясь. – Извините, я к таким беседам не привык…

– Да? Как угодно-с… Не смею удерживать…

Маслов взял шапку и быстро вышел.

– Что, папа, нанял управляющего? – спросила Букина его дочь по уходе Маслова.

– Нет… Уж больно малый… тово… честен…

– Что ж, и отлично! Чего же тебе еще нужно?

– Нет, спаси господи и помилуй от честных людей… Если честен, то, наверное, или дела своего не знает, или же авантюрист, пустомеля… дурак. Избави бог… Честный не крадет, не крадет, да уж зато как царапнет залпом за один раз, так только рот разинешь… Нет, душечка, спаси бог от этих честных…

Букин подумал и сказал:

– Пять человек являлось, и все такие, как этот… Черт знает счастье какое! Придется, вероятно, прежнего управляющего пригласить…

Два газетчика

(Неправдоподобный рассказ)

Рыбкин, сотрудник газеты «Начихать вам на головы!», человек обрюзглый, сырой и тусклый, стоял посреди своего номера и любовно поглядывал на потолок, где торчал крючок, приспособленный для лампы. В руках у него болталась веревка.

«Выдержит или не выдержит? – думал он. – Оборвется, чего доброго, и крючком по голове… Жизнь анафемская! Даже повеситься путем негде!»

Не знаю, чем кончились бы размышления безумца, если бы не отворилась дверь и не вошел в номер приятель Рыбкина, Шлепкин, сотрудник газеты «Иуда предатель», живой, веселый, розовый.

– Здорово, Вася! – начал он, садясь. – Я за тобой… Едем! В Выборгской покушение на убийство, строк на тридцать… Какая-то шельма резала и не дорезала. Резал бы уж на целых сто строк, подлец! Часто, брат, я думаю и даже хочу об этом писать: если бы человечество было гуманно и знало, как нам жрать хочется, то оно вешалось бы, горело и судилось во сто раз чаще. Ба! Это что такое? – развел он руками, увидев веревку. – Уж не вешаться ли вздумал?

– Да, брат… – вздохнул Рыбкин. – Шабаш… прощай! Опротивела жизнь! Пора уж…

– Ну, не идиотство ли? Чем же могла тебе жизнь опротиветь?

– Да так, всем… Туман какой-то кругом, неопределенность… безызвестность… писать не о чем. От одной мысли можно десять раз повеситься: кругом друг друга едят, грабят, топят, друг другу в морды плюют, а писать не о чем! Жизнь кипит, трещит, шипит, а писать не о чем! Дуализм проклятый какой-то…

– Как же не о чем писать? Будь у тебя десять рук, и на все бы десять работы хватило.

– Нет, не о чем писать! Кончена моя жизнь! Ну, о чем прикажешь писать? О кассирах писали, об аптеках писали, про восточный вопрос писали… до того писали, что все перепутали и ни черта в этом вопросе не поймешь. Писали о неверии, тещах, о юбилеях, о пожарах, женских шляпках, падении нравов, о Цукки… Всю вселенную перебрали, и ничего не осталось. Ты вот сейчас про убийство говоришь: человека зарезали… Эка невидаль! Я знаю такое убийство, что человека повесили, зарезали, керосином облили и сожгли – все это сразу, и то я молчу. Наплевать мне! Все это уже было, и ничего тут нет необыкновенного. Допустим, что ты двести тысяч украл или что Невский с двух концов поджег, – наплевать и на это! Все это обыкновенно, и писали уж об этом. Прощай!

– Не понимаю! Такая масса вопросов… такое разнообразие явлений! В собаку камень бросишь, а в вопрос или явление попадешь…

– Ничего не стоят ни вопросы, ни явления... Например, вот я вешаюсь сейчас... По-твоему, это вопрос, событие; а по-моему, пять строк петита – и больше ничего. И писать незачем. Околевали, околевают и будут околевать – ничего тут нет нового... Все эти, брат, разнообразия, кипения, шипения очень уж однообразны... И самому писать тошно, да и читателя жалко: за что его, бедного, в меланхолию вгонять?

Рыбкин вздохнул, покачал головой и горько улыбнулся.

– А вот если бы, – сказал он, – случилось что-нибудь особенное, этакое, знаешь, зашибательное, что-нибудь мерзейшее, распереподлое, такое, чтоб черти с перепугу передохли, ну, тогда ожил бы я! Прошла бы земля сквозь хвост кометы, что ли, Бисмарк бы в магометанскую веру перешел, или турки Калугу приступом взяли бы... или, знаешь, Нотовича в тайные советники произвели бы... одним словом, что-нибудь зажигательное, отчаянное, – ах, как бы я зажил тогда!

– Любишь ты широко глядеть, а ты попробуй помельче плавать. Вглядись в былинку, в песчинку, в щелочку... всюду жизнь, драма, трагедия! В каждой щепке, в каждой свинье драма!

– Благо у тебя натура такая, что ты и про выеденное яйцо можешь писать, а я... нет!

– А что ж? – окрысился Шлепкин. – Чем, по-твоему, плохо выеденное яйцо? Масса вопросов! Во-первых, когда ты видишь перед собой выеденное яйцо, тебя охватывает негодование, ты возмущен!! Яйцо, предназначенное природою для воспроизведения жизни индивидуума... понимаешь! жизни!.. жизни, которая в свою очередь дала бы жизнь целому поколению, а это поколение тысячам будущих поколений, вдруг съедено, стало жертвою чревоугодия, прихоти! Это яйцо дало бы курицу, курица в течение всей своей жизни снесла бы тысячу яиц... – вот тебе, как на ладони, подрыв экономического строя, заедание будущего! Во-вторых, глядя на выеденное яйцо, ты радуешься: если яйцо съедено, то, значит, на Руси хорошо питаются... В-третьих, тебе приходит на мысль, что яичной скорлупой удобряют землю, и ты советуешь читателю дорожить отбросами. В-четвертых, выеденное яйцо наводит тебя на мысль о бренности всего земного: жило и нет его! В-пятых... Да что я считаю? На сто нумеров хватит!

– Нет, куда мне! Да и веру я в себя потерял, в уныние впал... Ну его, все к черту!

Рыбкин стал на табурет и прицепил веревку к крючку.

– Напрасно, ей-богу, напрасно! – убеждал Шлепкин. – Ты погляди: двадцать у нас газет и все полны! Стало быть, есть о чем писать! Даже провинциальные газеты, и те полны!

– Нет... Спящие гласные, кассиры... – забормотал Рыбкин, как бы ища за что ухватиться, – дворянский банк, паспортная система... упразднение чинов, Румелия... Бог с ними!

– Ну, как знаешь...

Рыбкин накинул себе петлю на шею и с удовольствием повесился. Шлепкин сел за стол и в один миг написал: заметку о самоубийстве, некролог Рыбкина, фельетон по поводу частых самоубийств, передовую об усилении кары, налагаемой на самоубийц, и еще несколько других статей на ту же тему. Написав все это, он положил в карман и весело побежал в редакцию, где его ждали мзда, слава и читатели.

На чужбине

Воскресный полдень. Помещик Камышев сидит у себя в столовой за роскошно сервированным столом и медленно завтракает. С ним разделяет трапезу чистенький, гладко выбритый старик французик, m-r Шампунь. Этот Шампунь был когда-то у Камышева гувернером, учил его детей манерам, хорошему произношению и танцам, потом же, когда дети Камышева выросли и стали поручиками, Шампунь остался чем-то вроде бонны мужского пола. Обязанности бывшего гувернера не сложны. Он должен прилично одеваться, пахнуть духами, выслушивать праздную болтовню Камышева, есть, пить, спать – и больше, кажется, ничего. За это он получает стол, комнату и неопределенное жалованье.

Камышев ест и, по обыкновению, празднословит.

– Смерть! – говорит он, вытирая слезы, выступившие после куска ветчины, густо вымазанного горчицей. – Уф! В голову и во все суставы ударило. А вот от вашей французской горчицы не будет этого, хоть всю банку съешь.

– Кто любит французскую, а кто русскую... – кротко заявляет Шампунь.

– Никто не любит французской, разве только одни французы. А французу что ни подай – все съест: и лягушку, и крысу, и тараканов... брр! Вам, например, эта ветчина не нравится, потому что она русская, а подай вам жареное стекло и скажи, что оно французское, вы станете есть и причмокивать... По-вашему, все русское скверно.

– Я этого не говорю.

– Все русское скверно, а французское – о, сэ трэ жоли![1] По-вашему, лучше и страны нет, как Франция, а по-моему... ну, что такое Франция, говоря по совести? Кусочек земли! Пошли туда нашего исправника, так он через месяц же перевода запросит: повернуться негде! Вашу Францию всю в один день объездить можно, а у нас выйдешь за ворота – конца-краю не видно! Едешь, едешь...

– Да, monsieur, Россия громадная страна.

– То-то вот и есть! По-вашему, лучше французов и людей нет. Ученый, умный народ. Цивилизация! Согласен, французы все ученые, манерные... это верно... Француз никогда не позволит себе невежества: вовремя даме стул подаст, раков не станет есть вилкой, не плюнет на пол, но... нет того духу! Духу того в нем нет! Я не могу только вам объяснить, но, как бы это выразиться, во французе не хватает чего-то такого, этакого (говорящий шевелит пальцами), чего-

---

[1] Это очень мило! (от *франц* . – c'est très joli).

то такого… юридического. Я, помню, читал где-то, что у вас у всех ум приобретенный, из книг, а у нас ум врожденный. Если русского обучить как следует наукам, то никакой ваш профессор не сравняется.

– Может быть… – как бы нехотя говорит Шампунь.

– Нет, не может быть, а верно! Нечего морщиться, правду говорю! Русский ум – изобретательный ум! Только, конечно, ходу ему не дают, да и хвастать он не умеет… Изобретет что-нибудь и поломает или же детишкам отдаст поиграть, а ваш француз изобретет какую-нибудь чепуху и на весь свет кричит. Намедни кучер Иона сделал из дерева человечка: дернешь этого человечка за ниточку, а он и сделает непристойность. Однако же Иона не хвастает. Вообще… не нравятся мне французы! Я про вас не говорю, а вообще… Безнравственный народ! Наружностью словно как бы и на людей походят, а живут как собаки… Взять хоть, например, брак. У нас коли женился, так прилепись к жене и никаких разговоров, а у вас черт знает что. Муж целый день в кафе сидит, а жена напустит полный дом французов и давай с ними канканировать.

– Это неправда! – не выдерживает Шампунь, вспыхивая. – Во Франции семейный принцип стоит очень высоко!

– Знаем мы этот принцип! А вам стыдно защищать. Надо беспристрастно: свиньи, так и есть свиньи… Спасибо немцам за то, что побили… Ей-богу, спасибо. Дай бог им здоровья…

– В таком случае, monsieur, я не понимаю, – говорит француз, вскакивая и сверкая глазами, – если вы ненавидите французов, то зачем вы меня держите?

– Куда же мне вас девать?

– Отпустите меня, и я уеду во Францию!

– Что-о-о? Да нешто вас пустят теперь во Францию? Ведь вы изменник своему отечеству! То у вас Наполеон великий человек, то Гамбетта… сам черт вас не разберет!

– Monsieur, – говорит по-французски Шампунь, брызжа и комкая в руках салфетку. – Выше оскорбления, которое вы нанесли сейчас моему чувству, не мог бы придумать и враг мой! Все кончено!!

И, сделав рукой трагический жест, француз манерно бросает на стол салфетку и с достоинством выходит.

Часа через три на столе переменяется сервировка и прислуга подает обед. Камышев садится за обед один. После предобеденной рюмки у него является жажда празднословия. Поболтать хочется, а слушателя нет…

– Что делает Альфонс Людовикович? – спрашивает он лакея.

– Чемодан укладывают-с.

– Экая дуррында, прости господи!.. – говорит Камышев и идет к французу.

Шампунь сидит у себя на полу среди комнаты и дрожащими руками укладывает в чемодан белье, флаконы из-под духов, молитвенники, помочи, галстуки… Вся его приличная фигура, чемодан, кровать и стол так и дышат изяществом и женственностью. Из его больших голубых глаз капают в чемодан крупные слезы.

– Куда же это вы? – спрашивает Камышев, постояв немного.

Француз молчит.

– Уезжать хотите? – продолжает Камышев. – Что ж, как знаете… Не смею удерживать… Только вот что странно: как это вы без паспорта поедете? Удивляюсь! Вы знаете, я ведь потерял ваш паспорт. Сунул его куда-то между бумаг, он и потерялся… А у нас насчет паспортов строго. Не успеете и пяти верст проехать, как вас сцарапают.

Шампунь поднимает голову и недоверчиво глядит на Камышева.

– Да… Вот увидите! Заметят по лицу, что вы без паспорта, и сейчас: кто таков? Альфонс Шампунь! Знаем мы этих Альфонсов Шампуней! А не угодно ли вам по этапу в не столь отдаленные!

– Вы это шутите?

– С какой стати мне шутить! Очень мне нужно! Только смотрите, условие: не извольте потом хныкать и письма писать. И пальцем не пошевельну, когда вас мимо в кандалах проведут!

Шампунь вскакивает и, бледный, широкоглазый, начинает шагать по комнате.

– Что вы со мной делаете?! – говорит он, в отчаянии хватая себя за голову. – Боже мой! О, будь проклят тот час, когда мне пришла в голову пагубная мысль оставить отечество!

– Ну, ну, ну... я пошутил! – говорит Камышев, понизив тон. – Чудак какой, шуток не понимает! Слова сказать нельзя!

– Дорогой мой! – взвизгивает Шампунь, успокоенный тоном Камышева. – Клянусь вам, я привязан к России, к вам и к вашим детям... Оставить вас для меня так же тяжело, как умереть! Но каждое ваше слово режет мне сердце!

– Ах, чудак! Если я французов ругаю, так вам-то с какой стати обижаться? Мало ли кого мы ругаем, так всем и обижаться? Чудак, право! Берите пример вот с Лазаря Исакича, арендатора... Я его и так, и этак, и жидом, и пархом, и свинячье ухо из полы делаю, и за пейсы хватаю... не обижается же!

– Но то ведь раб! Из-за копейки он готов на всякую низость!

– Ну, ну, ну... будет! Пойдем обедать! Мир и согласие!

Шампунь пудрит свое заплаканное лицо и идет с Камышевым в столовую. Первое блюдо съедается молча, после второго начинается та же история, и таким образом страдания Шампуня не имеют конца.

Циник

Полдень. Управляющий «Зверинца братьев Пихнау», отставной портупей-юнкер Егор Сюсин, здоровеннейший парень с обрюзглым, испитым лицом, в грязной сорочке и в засаленном фраке, уже пьян. Перед публикой вертится он, как черт перед заутреней: бегает, изгибается, хихикает, играет глазами и словно кокетничает своими угловатыми манерами и расстегнутыми пуговками. Когда его большая стриженая голова бывает наполнена винными парами, публика любит его. В это время он «объясняет» зверей не просто, а по новому, ему одному только принадлежащему способу.

– Как объяснять? – спрашивает он публику, подмигивая глазом. – Просто или с психологией и тенденцией?

– С психологией и тенденцией!

– Bene! [1] Начинаю! Африканский лев! – говорит он, покачиваясь и насмешливо глядя на льва, сидящего в углу клетки и кротко мигающего глазами. – Синоним могущества, соединенного с грацией, краса и гордость фауны! Когда-то, в дни молодости, пленял своею мощью и ревом наводил ужас на окрестности, а теперь… Хо-хо-хо… а теперь, болван этакий, сидит в клетке… Что, братец лев? Сидишь? Философствуешь? А небось, как по лесам рыскал, так – куда тебе! – думал, что сильнее и зверя нет, что и черт тебе не брат, – ан и вышло, что дура судьба сильнее… хоть и дура она, а сильнее… Хо-хо-хо! Ишь ведь, куда черти занесли из Африки! Чай, и не снилось, что сюда попадешь! Меня тоже, братец ты мой, ух как черти носили! Был я и в гимназии, и в канцелярии, и в землемерах, и на телеграфе, и на военной, и на макаронной фабрике… и черт меня знает, где я только не был! В конце концов в зверинец попал… в вонь… Хо-хо-хо!

И публика, зараженная искренним смехом пьяного Сюсина, сама гогочет.

– Чай, хочется на свободу! – мигает глазом на льва малый, пахнущий краской и покрытый разноцветными жирными пятнами.

– Куда ему! Выпусти его, так он опять в клетку придет. Примирился. Хо-хо-хо… Помирать, лев, пора, вот что! Что уж тут, брат, тово… канителить? Взял бы да издох! Ждать ведь нечего! Что глядишь? Верно говорю!

Сюсин подводит публику к следующей клетке, где мечется и бьется о решетку дикая кошка.

---

[1] Хорошо! *(лат.)*

– Дикая кошка! Прародитель наших васек и марусек! Еще и трех месяцев нет, как поймана и посажена в клетку. Шипит, мечется, сверкает глазами, не позволяет подойти близко. День и ночь царапает решетку: выхода ищет! Миллион, полжизни, детей отдала бы теперь, чтобы только домой попасть. Хо-хо-хо... Ну, что мечешься, дура? Что снуешь? Ведь не выйдешь отсюда! Издохнешь, не выйдешь! Да еще привыкнешь, примиришься! Мало того, что привыкнешь, но еще нам, мучителям твоим, руки лизать будешь! Хо-хо-хо... Тут, брат, тот же дантовский ад: оставьте всякую надежду!

Цинизм Сюсина начинает мало-помалу раздражать публику.

– Не понимаю, что тут смешного! – замечает чей-то бас.

– Скалит зубы и сам не знает, с какой радости... – говорит красильщик.

– Это обезьяна! – продолжает Сюсин, подходя к следующей клетке. – Дрянь животное! Знаю, что вот ненавидит нас, рада бы, кажется, в клочки изорвать, а улыбается, лижет руку! Холуйская натура! Хо-хо-хо... За кусочек сахару своему мучителю и в ножки поклонится, и шута разыграет... Не люблю таких!.. А вот это, рекомендую, газель! – говорит Сюсин, подводя публику к клетке, где сидит маленькая, тощая газель с большими заплаканными глазами. – Эта уже готова! Не успела попасть в клетку, как уже готова развязка: в последнем градусе чахотки! Хо-хо-хо... Поглядите: глаза совсем человечьи – плачут! Оно и понятно. Молодая, красивая... жить хочется! Ей бы теперь на воле скакать да с красавцами нюхаться, а она тут на грязной соломе, где воняет псиной да конюшней. Странно: умирает, а в глазах все-таки надежда! Что значит молодость! А? Потеха с вами, с молодыми! Это ты напрасно надеешься, матушка! Так со своей надеждой и протянешь ножки. Хо-хо-хо...

– Ты, брат, тово... не донимай ее словами... – говорит красильщик, хмурясь. – Жутко!

Публика уже не смеется. Хохочет и фыркает один только Сюсин. Чем угрюмее становится публика, тем громче и резче его смех. И все почему-то начинают замечать, что он безобразен, грязен, циничен, во всех глазах появляется ненависть, злоба.

– А вот это сам журавль! – не унимается Сюсин, подходя к журавлю, стоящему около одной из клеток. – Родился в России, бывал перелетом на Ниле, где с крокодилами и тиграми разговаривал. Прошлое самое блестящее... Глядите: задумался, сосредоточен! Так занят мыслями, что ничего не замечает... Мечты, мечты! Хо-хо-хо... «Вот, думает, продолблю всем головы, вылечу в окошко и – айда в синеву, в лазурь небесную! А в синеве-то теперь вереницы журавлей в теплые края летят и крл... крл... крл...» О, глядите: перья дыбом стали! Это, значит, в самый разгар мечтаний вспомнил, что у него крылья подрезаны, и... ужас охватил его, отчаяние. Хо-хо-хо... Натура непримиримая. Вечно этак перья будут дыбом торчать, до самой дохлой смерти. Непримиримый, гордый! А нам, тре-журавле, плевать на то, что ты непримиримый! Ты гордый, непримиримый, а я вот захочу и поведу тебя при публике за нос. Хо-хо-хо...

Сюсин берет журавля за клюв и ведет его.

– Не издеваться! – слышатся голоса. – Оставить! Черт знает что! Где хозяин? Как это позволяют пьяному... мучить животных!

– Хо-хо-хо... Да чем же я их мучу?..

– Тем... вот этим, разными этими... шутками... Не надо!

– Да ведь вы сами просили, чтоб я с психологией!.. Хо-хо-хо...

Публика вспоминает, что только за «психологией» и пришла она в зверинец, что она с нетерпением ждала, когда выйдет из своей каморки пьяный Сюсин и начнет объяснения, и, чтобы хоть чем-нибудь мотивировать свою злобу, она начинает придираться к плохой кормежке, тесноте клеток и проч.

– Мы их кормим, – говорит Сюсин, насмешливо щуря глаза на публику. – Даже сейчас будет кормление... помилуйте!

Пожав плечами, он лезет под прилавок и достает из нагретых одеял маленького удава.

– Мы их кормим… Нельзя! Те же актеры: не корми – околеют! Господин кролик, вене иси![1] Пожалуйте!

На сцену появляется белый, красноглазый кролик.

– Мое почтение-с! – говорит Сюсин, жестикулируя перед его мордочкой пальцами. – Честь имею представиться! Рекомендую господина удава, который желает вас скушать! Хо-хо-хо… Неприятно, брат? Морщишься? Что ж, ничего не поделаешь! Не моя тут вина! Не сегодня, так завтра… не я, так другой… все равно. Философия, брат кролик! Сейчас вот ты жив, воздух нюхаешь, мыслишь, а через минуту ты – бесформенная масса! Пожалуйте. А жизнь, брат, так хороша! Боже, как хороша!

– Не нужно кормления! – слышатся голоса. – Довольно! Не надо!

– Обидно! – продолжает Сюсин, как бы не слыша ропота публики. – Личность, индивидуум, целая жизнь… имеет самочку, деточек и… и вдруг сейчас – гам! Пожалуйте! Как ни жаль, но что делать!

Сюсин берет кролика и со смехом ставит его против пасти удава. Но не успевает кролик окаменеть от ужаса, как его хватают десятки рук. Слышны восклицания публики по адресу общества покровительства животным. Галдят, машут руками, стучат. Сюсин со смехом убегает в свою каморку.

Публика выходит из зверинца злая. Ее тошнит, как от проглоченной мухи. Но проходит день-другой, и успокоенных завсегдатаев зверинца начинает потягивать к Сюсину, как к водке или табаку. Им опять хочется его задирательного, дерущего холодом вдоль спины цинизма.

Сонная одурь

---

[1] Идите сюда (от *франц* . – venez ici).

В зале окружного суда идет заседание. На скамье подсудимых господин средних лет, с испитым лицом, обвиняемый в растрате и подлогах. Тощий, узкогрудый секретарь читает тихим тенорком обвинительный акт. Он не признает ни точек, ни запятых, и его монотонное чтение похоже на жужжание пчел или журчанье ручейка. Под такое чтение хорошо мечтать, вспоминать, спать... Судьи, присяжные и публика нахохлились от скуки... Тишина. Изредка только донесутся чьи-нибудь мерные шаги из судейского коридора или осторожно кашлянет в кулак зевающий присяжный...

Защитник подпер свою кудрявую голову кулаком и тихо дремлет. Под влиянием жужжания секретаря мысли его потеряли всякий порядок и бродят.

«Какой, однако, длинный нос у этого судебного пристава, – думает он, моргая отяжелевшими веками. – Нужно же было природе так изгадить умное лицо! Если бы у людей были носы подлиннее, этак сажени две-три, то, пожалуй, было бы тесно жить и пришлось бы делать дома попросторнее...»

Защитник встряхивает головой, как лошадь, которую укусила муха, и продолжает думать:

«Что-то теперь у меня дома делается? В эту пору обыкновенно все бывают дома: и жена, и теща, и дети... Детишки Колька и Зинка, наверное, теперь в моем кабинете... Колька стоит на кресле, уперся грудью о край стола и рисует что-нибудь на моих бумагах. Нарисовал уже лошадь с острой мордой и с точкой вместо глаза, человека с протянутой рукой, кривой домик; а Зина стоит тут же, около стола, вытягивает шею и старается увидеть, что нарисовал ее брат... «Нарисуй папу!» – просит она. Колька принимается за меня. Человечек у него уже есть, остается только пририсовать черную бороду – и папа готов. Потом Колька начинает искать в Своде законов картинок, а Зина хозяйничает на столе. Попалась на глаза сонетка – звонят; видят чернильницу – нужно палец обмакнуть; если ящик в столе не заперт, то это значит, что нужно порыться в нем. В конце концов обоих осеняет мысль, что оба они индейцы и что под моим столом они могут отлично прятаться от врагов. Оба лезут под стол, кричат, визжат и возятся там до тех пор, пока со стола не падает лампа или вазочка... Ох! А в гостиной теперь, наверное, солидно прогуливается мамка с третьим произведением... Произведение ревет, ревет... без конца ревет!»

– По текущим счетам Копелова, – жужжит секретарь, – Ачкасова, Зимаковского и Чикиной проценты выданы не были, сумма же 1425 рублей 41 копейка была приписана к остатку 1883 года...

«А может быть, у нас уже обедают! – плывут мысли у защитника. – За столом сидят теща, жена Надя, брат жены Вася, дети... У тещи по обыкновению на лице тупая озабоченность и выражение достоинства. Надя, худая, уже блекнущая, но все еще с идеально белой, прозрачной кожицей на лице, сидит за столом с таким выражением, будто ее заставили насильно сидеть; она ничего не ест и делает вид, что больна. По лицу у нее, как у тещи, разлита озабоченность. Еще бы! У нее на руках дети, кухня, белье мужа, гости, моль в шубах, прием гостей, игра на пианино! Как много обязанностей и как мало работы! Надя и ее мать не делают решительно ничего. Если от скуки польют цветы или побранятся с кухаркой, то потом два дня стонут от утомления и говорят о каторге... Брат жены, Вася, тихо жует и угрюмо молчит, так как получил сегодня по латинскому языку единицу. Малый тихий, услужливый, признательный, но изнашивает такую массу сапог, брюк и книг, что просто беда... Детишки, конечно, капризничают. Требуют уксусу и перцу, жалуются друг на друга, то и дело роняют ложки. Даже при воспоминании голова кружится! Жена и теща зорко блюдут хороший тон... Храни бог положить локоть на стол, взять нож во весь кулак, или есть с ножа, или, подавая кушанье, подойти справа, а не слева. Все кушанья, даже ветчина с горошком, пахнут пудрой и монпансье. Все невкусно, приторно, мизерно... Нет и тени добрых щей и каши, которые я ел, когда был холостяком. Теща и жена все время говорят по-французски, но когда речь заходит обо мне, то теща начинает говорить по-русски, ибо такой бесчувственный, бессердечный, бесстыдный, грубый человек, как я, недостоин, чтобы о нем говорили на нежном французском языке... «Бедный Мишель, вероятно, проголодался, – говорит жена. – Выпил утром стакан чаю без хлеба, так и побежал в суд...» – «Не беспокойся, матушка! – злорадствует теща. – Такой не проголодается! Небось, уж пять раз в буфет бегал. Устроили себе в суде буфет и каждые пять минут просят у председателя, нельзя ли перерыв сделать». После обеда теща и жена толкуют о сокращении расходов... Считают, записывают и находят в конце концов, что расходы безобразно велики. Приглашается кухарка, начинают считать с ней вместе, попрекают ее, поднимается брань из-за пятака... Слезы, ядовитые слова... Потом уборка комнат, перестановка мебели – и все от нечего делать».

– Коллежский асессор Черепков показал, – жужжит секретарь, – что хотя ему и была прислана квитанция № 811, но, тем не менее, следуемые ему 46 р. 2 к. он не получал, о чем и заявил тогда же...

«Как подумаешь, да рассудишь, да взвесишь все обстоятельства, – продолжает думать защитник, – и, право, махнешь на все рукой и все пошлешь к черту... Как истомишься, ошалеешь, угоришь за весь день в этом чаду скуки и пошлости, то поневоле захочешь дать своей душе хоть одну светлую минуту отдыха. Заберешься к Наташе или, когда деньги есть, к цыганам – и все забудешь... честное слово, все забудешь! Черт его знает где, далеко за городом, в отдельном кабинете, развалишься на софе, азиаты поют, скачут, галдят, и чувствуешь, как всю душу твою переворачивает голос этой обаятельной, этой страшной, бешеной цыганки Глаши... Глаша! Милая, славная, чудесная Глаша! Что за зубы, глаза... спина!»

А секретарь жужжит, жужжит, жужжит... В глазах защитника начинает все сливаться и прыгать. Судьи и присяжные уходят в самих себя, публика рябит, потолок то опускается, то поднимается... Мысли тоже прыгают и наконец обрываются... Надя, теща, длинный нос судебного пристава, подсудимый, Глаша – все это прыгает, вертится и уходит далеко, далеко, далеко...

«Хорошо… – тихо шепчет защитник, засыпая. – Хорошо… Лежишь на софе, а кругом уютно… тепло… Глаша поет…»

– Господин защитник! – раздается резкий оклик.

«Хорошо… тепло… Нет ни тещи, ни кормилицы… ни супа, от которого пахнет пудрой… Глаша добрая, хорошая…»

– Господин защитник! – раздается тот же резкий голос.

Защитник вздрагивает и открывает глаза. Прямо, в упор, на него глядят черные глаза цыганки Глаши, улыбаются сочные губы, сияет смуглое, красивое лицо. Ошеломленный, еще не совсем проснувшийся, полагая, что это сон или привидение, он медленно поднимается и, разинув рот, смотрит на цыганку.

– Господин защитник, не желаете ли спросить что-нибудь у свидетельницы? – спрашивает председатель.

– Ах… да! Это свидетельница… Нет, не… не желаю. Ничего не имею.

Защитник встряхивает головой и окончательно просыпается. Теперь ему понятно, что это в самом деле стоит цыганка Глаша, что она вызвана сюда в качестве свидетельницы.

– Впрочем, виноват, я имею кое-что спросить, – говорит он громко. – Свидетельница, – обращается он к Глаше, – вы служите в цыганском хоре Кузьмичова, скажите, как часто в вашем ресторане кутил обвиняемый? Так-с… А не помните ли, сам ли он за себя платил всякий раз или же случалось, что и другие платили за него? Благодарю вас… достаточно.

Он выпивает два стакана воды, и сонная одурь проходит совсем…

Тапер

Второй час ночи. Я сижу у себя в номере и пишу заказанный мне фельетон в стихах. Вдруг отворяется дверь, и в номер совсем неожиданно входит мой сожитель, бывший ученик М-ой консерватории, Петр Рублев. В цилиндре, в шубе нараспашку, он напоминает мне на первых порах Репетилова; потом же, когда я всматриваюсь в его бледное лицо и необыкновенно острые, словно воспаленные глаза, сходство с Репетиловым исчезает.

– Отчего ты так рано? – спрашиваю я. – Ведь еще только два часа! Разве свадьба уже кончилась?

Сожитель не отвечает. Он молча уходит за перегородку, быстро раздевается и с сопением ложится на свою кровать.

– Спи же, с-скотина! – слышу я через десять минут его шепот. – Лег, ну и спи! А не хочешь спать, так… ну тебя к черту!

– Не спится, Петя? – спрашиваю я.

– Да черт его знает… не спится что-то… Смех разбирает… Не дает смех уснуть! Ха-ха!

– Что же тебе смешно?

– История смешная случилась. Нужно же было случиться этой анафемской истории!

Рублев выходит из-за перегородки и со смехом садится около меня.

– Смешно и… совестно… – говорит он, ероша свою прическу. – Отродясь, братец ты мой, не испытывал еще таких пассажей… Ха-ха… Скандал – первый сорт! Великосветский скандал!

Рублев бьет себя кулаком по колену, вскакивает и начинает шагать босиком по холодному полу.

– В шею дали! – говорит он. – Оттого и пришел рано.

– Полно, что врать-то!

– Ей-богу… В шею дали – буквально!

Я гляжу на Рублева… Лицо у него испитое и поношенное, но во всей его внешности уцелело еще столько порядочности, барской изнеженности и приличия, что это грубое «дали в шею» совсем не вяжется с его интеллигентной фигурой.

– Скандал первостатейный… Шел домой и всю дорогу хохотал. Ах, да брось ты свою ерунду писать! Выскажусь, вылью все из души, может, не так… смешно будет!.. Брось! История интересная… Ну, слушай же… На Арбате живет некий Присвистов, отставной подполковник, женатый на побочной дочери графа фон Крах… Аристократ, стало быть… Выдает он дочку за купеческого сына Ескимосова… Этот Ескимосов парвеню[1] и мовежанр[2], свинья в ермолке и моветон, но папаше с дочкой манже и буар[3] хочется, так что тут некогда рассуждать о мовежанрах. Отправляюсь я сегодня в девятом часу к Присвистову таперствовать. На улицах грязища, дождь, туман… На душе, по обыкновению, гнусно.

– Ты покороче, – говорю я Рублеву. – Без психологии…

– Ладно… Прихожу к Присвистову… Молодые и гости после венца фрукты трескают. В ожидании танцев иду к своему посту – роялю – и сажусь.

– А, а… вы пришли! – увидел меня хозяин. – Так вы уж, любезный, смотрите: играть как следует, и главное – не напиваться…

– Я, брат, привык к таким приветствиям, не обижаюсь… Ха-ха… Назвался груздем – полезай в кузов… Не так ли? Что я такое? Тапер, прислуга… официант, умеющий играть!.. У купцов тыкают и на чай дают – и нисколько не обидно! Ну-с, от нечего делать, до танцев начинаю побринкивать этак слегка, чтоб, знаешь, пальцы разошлись. Играю и слышу немного погодя, братец ты мой, что сзади меня кто-то подпевает. Оглядываюсь – барышня! Стоит, бестия, сзади меня и на клавиши умильно глядит. «Я, говорю, m-lle, и не знал, что меня слушают!» А она вздыхает и говорит: «Хорошая вещь!» – «Да, говорю, хорошая… А вы нешто любите музыку?» И завязался разговор… Барышня оказалась разговорчивая. Я ее за язык не тянул, сама разболталась. «Как, говорит, жаль, что нынешняя молодежь не

---

1 Выскочка (от *франц* . – parvenu).

2 Невежа (от *франц* . – mauvais genre).

3 Есть и пить (от *франц* . – manger et boire).

занимается серьезной музыкой». Я, дуррак, болван, рад, что на меня обратили внимание... осталось еще это гнусное самолюбие!.. Принимаю, знаешь, этакую позу и объясняю ей индифферентизм молодежи отсутствием в нашем обществе эстетических потребностей... Зафилософствовался!

– В чем же скандал? – спрашиваю я Рублева. – Влюбился, что ли?

– Выдумал! Любовь – это скандал личного свойства, а тут, брат, произошло нечто всеобщее, великосветское... да! Беседую я с барышней и вдруг начинаю замечать что-то неладное: за моей спиной сидят какие-то фигуры и шепчутся... Слышу слово «тапер», хихиканье... Про меня, значит, говорят... Что за оказия? Не галстук ли у меня развязался? Пробую галстук – ничего... Не обращаю, конечно, внимания и продолжаю разговор... А барышня горячится, спорит, раскраснелась вся... Так и чешет! Такую критику пустила на композиторов, что держись шапка! В «Демоне» оркестровка хороша, а мотивов нет, Римский-Корсаков барабанщик, Варламов не мог создать ничего цельного и проч. Нынешние мальчики и девочки едва гаммы играют, платят по четвертаку за урок, а уж не прочь музыкальные рецензии писать... Так и моя барышня... Я слушаю и не оспариваю... Люблю, когда молодое, зеленое дуется, мозгами шевелит... Ну, а сзади-то все бормочут, бормочут... И что же? Вдруг к моей барышне подплывает толстая пава, из породы маменек или тетенек, солидная, багровая, в пять обхватов... не глядит на меня и что-то шепчет ей на ухо... Слушай же... Барышня вспыхивает, хватается за щеки и, как ужаленная, отскакивает от рояля... Что за оказия? Мудрый Эдип, разреши! Ну, думаю, наверное, или фрак у меня на спине лопнул, или у девочки в туалете какой-нибудь грех приключился, иначе трудно понять этот казус. На всякий случай иду минут через десять в переднюю оглядеть свою фигуру... оглядываю галстук, фрак, тралала... все на месте, ничего не лопнуло! На мое счастье, братец, в передней стояла какая-то старушонка с узлом. Все мне объяснила... Не будь ее, я так бы и остался в счастливом неведении. «Наша барышня не может без того, чтоб характера своего не показать, –

рассказывает она какому-то лакею. – Увидала около фортепьянов молодца и давай с ним балясы точить, словно с настоящим каким… ахи да смехи, а молодец-то этот, выходит, не гость, а тапер… из музыкантов… Вот тебе и поговорила! Спасибо Марфе Степановне, шепнула ей, а то бы она, чего доброго, и под ручку с ним бы прошлась… Теперь и совестно, да уж поздно: слов не воротишь»… А? Каково?

– И девчонка глупа, – говорю я Рублеву, – и старуха глупа. Не стоит и внимания обращать…

– Я и не обратил внимания… Только смешно и больше ничего. Я давно уж привык к таким пассажам… Прежде, действительно, больно было, а теперь – плевать! Девчонка глупая, молодая… ее же жалко! Сажусь я и начинаю играть танцы… Серьезного там ничего не нужно… Знай себе закатываю вальсы, кадрили-монстры да гремучие марши… Коли тошно твоей музыкальной душе, то пойди рюмочку выпей, и сам же взыграешься от Боккачио.

– Но в чем собственно скандал?

– Трещу я на клавишах и… не думаю о девочке… Смеюсь и больше ничего, но… ковыряет у меня что-то под сердцем! Точно сидит у меня под ложечкой мышь и казенные сухари грызет… Отчего мне грустно и гнусно, сам не пойму… Убеждаю себя, браню, смеюсь… подпеваю своей музыке, но саднит мою душу, да как-то особенно саднит… Повернет этак в груди, ковырнет, погрызет и вдруг к горлу подкатит, этак… точно ком… Стиснешь зубы, переждешь, а оно и оттянет, потом же опять сначала… Что за комиссия! И, как нарочно, в голове самые что ни на есть подлые мысли… Вспоминается мне, какая из меня дрянь вышла… Ехал в Москву за две тысячи верст, метил в композиторы и пианисты, а попал в таперы… В сущности, ведь это естественно… даже смешно, а меня тошнит… Вспомнился мне и ты… Думаю, сидит теперь мой сожитель и строчит… Описывает, бедняга, спящих гласных, булочных тараканов, осеннюю непогоду… описывает именно то, что давным-давно уже описано, изжевано и переварено… Думаю я и почему-то жалко мне тебя… до слез жалко!.. Малый ты славный, с душой, а нет в тебе этого, знаешь, огня, желчи, силы… нет азарта, и почему ты не аптекарь, не сапожник, а писатель, Христос тебя знает! Вспомнились все мои приятели-неудачники, все эти певцы, художники, любители… Все это когда-то кипело, копошилось, парило в поднебесье, а теперь… черт знает что! Почему мне лезли в голову именно такие мысли, не понимаю! Гоню из головы *себя* , приятели лезут; приятелей гоню, девчонка лезет… Над девчонкой я смеюсь, ставлю ее ни в грош, но не дает она мне покоя… И что это, думаю, за черта у русского человека! Пока ты свободен, учишься или без дела шатаешься, ты можешь с ним и выпить, и по животу его похлопать, и с дочкой его полюбезничать, но как только ты стал в мало-мальски подчиненные отношения, ты уже сверчок, который должен знать свой шесток… Кое-как, знаешь, заглушаю мысль, а к горлу все-таки подкатывает… Подкатит, сожмет и этак… сдавит… В конце концов чувствую на своих глазах жидкость, Боккачио мой обрывается и… все к черту. Благородная зала оглашается другими звуками… Истерика…

– Врешь!

– Ей-богу… – говорит Рублев, краснея и стараясь засмеяться. – Каков скандал? Засим чувствую, что меня влекут в переднюю… надевают шубу… Слышу голос хозяина: «Кто напоил тапера? Кто смел дать ему водки?» В заключение… в шею… Каков пассаж? Ха-ха… Тогда не до смеха было, а теперь ужасно смешно… ужасно! Здоровила… верзила, с пожарную каланчу ростом, и вдруг – истерика! Ха-ха-ха!

– Что же тут смешного? – спрашиваю я, глядя, как плечи и голова Рублева трясутся от смеха. – Петя, ради бога… что тут смешного? Петя! Голубчик!

Но Петя хохочет, и в его хохоте я легко узнаю истерику. Начинаю возиться с ним и бранюсь, что в московских номерах не имеют привычки ставить на ночь воду.

Пересолил

Землемер Глеб Гаврилович Смирнов приехал на станцию Гнилушки. До усадьбы, куда он был вызван для межевания, оставалось еще проехать на лошадях верст тридцать-сорок. (Ежели возница не пьян и лошади не клячи, то и тридцати верст не будет, а коли возница с мухой да кони наморены, то целых пятьдесят наберется.)

– Скажите, пожалуйста, где я могу найти здесь почтовых лошадей? – обратился землемер к станционному жандарму.

– Которых? Почтовых? Тут за сто верст путевой собаки не сыщешь, а не то что почтовых… Да вам куда ехать?

– В Девкино, имение генерала Хохотова.

– Что ж? – зевнул жандарм. – Ступайте за станцию, там на дворе иногда бывают мужики, возят пассажиров.

Землемер вздохнул и поплелся за станцию. Там, после долгих поисков, разговоров и колебаний, он нашел здоровеннейшего мужика, угрюмого, рябого, одетого в рваную сермягу и лапти.

– Черт знает какая у тебя телега! – поморщился землемер, влезая в телегу. – Не разберешь, где у нее зад, где перед…

– Что ж тут разбирать-то? Где лошадиный хвост, там перед, а где сидит ваша милость, там зад…

Лошаденка была молодая, но тощая, с растопыренными ногами и покусанными ушами. Когда возница приподнялся и стегнул ее веревочным кнутом, она только замотала головой, когда же он выбранился и стегнул ее еще раз, то телега взвизгнула и задрожала, как в лихорадке. После третьего удара телега покачнулась, после же четвертого она тронулась с места.

– Этак мы всю дорогу поедем? – спросил землемер, чувствуя сильную тряску и удивляясь способности русских возниц соединять тихую, черепашью езду с душу выворачивающей тряской.

– До-о-едем! – успокоил возница. – Кобылка молодая, шустрая… Дай ей только разбежаться, так потом и не остановишь… Но-о-о, прокля… тая!

Когда телега выехала со станции, были сумерки. Направо от землемера тянулась темная, замерзшая равнина, без конца и краю… Поедешь по ней, так, наверно, заедешь к черту на кулички. На горизонте, где она исчезала и сливалась с небом, лениво догорала холодная осенняя заря… Налево от дороги в темнеющем воздухе высились какие-то бугры, не то прошлогодние стоги, не то деревня. Что было впереди, землемер не видел, ибо с этой стороны все поле зрения застилала широкая, неуклюжая спина возницы. Было тихо, но холодно, морозно.

«Какая, однако, здесь глушь! – думал землемер, стараясь прикрыть свои уши воротником от шинели. – Ни кола ни двора. Не ровен час – нападут и ограбят, так никто и не узнает, хоть из пушек пали… Да и возница ненадежный… Ишь какая спиница! Этакое дитя природы пальцем тронет, так душа вон! И морда у него зверская, подозрительная».

– Эй, милый, – спросил землемер, – как тебя зовут?

– Меня-то? Клим.

– Что, Клим, как у вас здесь? Не опасно? Не шалят?

– Ничего, бог миловал… Кому ж шалить?

– Это хорошо, что не шалят… Но на всякий случай все-таки я взял с собой три револьвера, – соврал землемер. – А с револьвером, знаешь, шутки плохи. С десятью разбойниками можно справиться…

Стемнело. Телега вдруг заскрипела, завизжала, задрожала и, словно нехотя, повернула налево.

«Куда же это он меня повез? – подумал землемер. – Ехал все прямо и вдруг налево. Чего доброго, завезет, подлец, в какую-нибудь трущобу и… и… Бывают ведь случаи!»

– Послушай, – обратился он к вознице. – Так ты говоришь, что здесь не опасно? Это жаль… Я люблю с разбойниками драться… На вид-то я худой, болезненный, а силы у меня, словно у быка… Однажды напало на меня три разбойника… Так что ж ты думаешь? Одного я так трахнул, что… что, понимаешь, богу душу отдал, а два другие из-за меня в Сибирь пошли на каторгу. И откуда у меня сила берется, не знаю… Возьмешь одной рукой какого-нибудь здоровилу, вроде тебя, и… и сковырнешь.

Клим оглянулся на землемера, заморгал всем лицом и стегнул по лошаденке.

– Да, брат… – продолжал землемер. – Не дай бог со мной связаться. Мало того, что разбойник без рук, без ног останется, но еще и перед судом ответит… Мне все судьи и исправники знакомы. Человек я казенный, нужный… Я вот еду, а начальству известно… так и глядят, чтоб мне кто-нибудь худа не сделал. Везде по дороге за кустиками урядники да сотские понатыканы… По… по… постой! – заорал вдруг землемер. – Куда же это ты въехал? Куда ты меня везешь?

– Да нешто не видите? Лес!

«Действительно, лес… – подумал землемер. – А я-то испугался! Однако, не нужно выдавать своего волнения… Он уже заметил, что я трушу. Отчего это он стал так часто на меня оглядываться? Наверное, замышляет что-нибудь… Раньше ехал еле-еле, нога за ногу, а теперь ишь как мчится!»

– Послушай, Клим, зачем ты так гонишь лошадь?

– Я ее не гоню. Сама разбежалась… Уж как разбежится, так никаким средствием ее не остановишь… И сама она не рада, что у ней ноги такие.

– Врешь, брат! Вижу, что врешь! Только я тебе не советую так быстро ехать. Попридержи-ка лошадь… Слышишь? Попридержи!

– Зачем?

– А затем... затем, что за мной со станции должны выехать четыре товарища. Надо, чтоб они нас догнали... Они обещали догнать меня в этом лесу... С ними веселей будет ехать... Народ здоровый, коренастый... у каждого по пистолету... Что это ты все оглядываешься и движешься, как на иголках? а? Я, брат, тово... брат... На меня нечего оглядываться... интересного во мне ничего нет... Разве вот револьверы только... Изволь, если хочешь, я их выну, покажу... Изволь...

Землемер сделал вид, что роется в карманах, и в это время случилось то, чего он не мог ожидать при всей своей трусости. Клим вдруг вывалился из телеги и на четвереньках побежал к чаще.

– Караул! – заголосил он. – Караул! Бери, окаянный, и лошадь и телегу, только не губи ты моей души! Караул!

Послышались скорые, удаляющиеся шаги, треск хвороста – и все смолкло... Землемер, не ожидавший такого реприманда, первым делом остановил лошадь, потом уселся поудобней на телеге и стал думать.

«Убежал... испугался, дурак... Ну, как теперь быть? Самому продолжать путь нельзя, потому что дороги не знаю, да и могут подумать, что я у него лошадь украл... Как быть?» – Клим! Клим!

– Клим!.. – ответило эхо.

От мысли, что ему всю ночь придется просидеть в темном лесу на холоде и слышать только волков, эхо да фырканье тощей кобылки, землемера стало коробить вдоль спины, словно холодным терпугом.

– Климушка! – закричал он. – Голубчик! Где ты, Климушка?

Часа два кричал землемер, и только после того, как он охрип и помирился с мыслью о ночевке в лесу, слабый ветерок донес до него чей-то стон.

– Клим! Это ты, голубчик? Поедем!

– У... убьешь!

– Да я пошутил, голубчик! Накажи меня господь, пошутил! Какие у меня револьверы! Это я от страха врал! Сделай милость, поедем! Мерзну!

Клим, сообразив, вероятно, что настоящий разбойник давно бы уж исчез с лошадью и телегой, вышел из лесу и нерешительно подошел к своему пассажиру.

– Ну, чего, дура, испугался? Я... я пошутил, а ты испугался... Садись!

– Бог с тобой, барин, – проворчал Клим, влезая в телегу. – Если б знал, и за сто целковых не повез бы. Чуть я не помер от страха...

Клим стегнул по лошаденке. Телега задрожала. Клим стегнул еще раз, и телега покачнулась. После четвертого удара, когда телега тронулась с места, землемер закрыл уши воротником и задумался. Дорога и Клим ему уже не казались опасными.

Старость

Архитектор, статский советник Узелков, приехал в свой родной город, куда он был вызван для реставрации кладбищенской церкви. В этом городе он родился, учился, вырос и женился, но, вылезши из вагона, он едва узнал его. Все изменилось... Восемнадцать лет тому назад, когда он переселился в Питер, на том, например, месте, где теперь стоит вокзал, мальчуганы ловили сусликов; теперь при въезде на главную улицу высится четырехэтажная «Вена с номерами», тогда же тут тянулся безобразный серый забор. Но ни заборы, ни дома – ничто так не изменилось, как люди. Из допроса номерного лакея Узелков узнал, что больше чем половина тех людей, которых он помнил, вымерло, обедняло, забыто.

– А Узелкова ты помнишь? – спросил он про себя у старика лакея. – Узелкова, архитектора, что с женой разводился... У него еще дом был на Свиребеевской улице... Наверное, помнишь!

– Не помню-с...

– Ну, как не помнить! Громкое было дело, даже извозчики все знали. Припомни-ка! Разводил его с женой стряпчий Шапкин, мошенник... известный шулер, тот самый, которого в клубе высекли...

– Иван Николаич?

– Ну да, да... Что, он жив? Умер?

– Живы-с, слава богу-с. Они теперь нотариусом, контору держат. Хорошо живут. Два дома на Кирпичной улице. Недавно дочь замуж выдали...

Узелков пошагал из угла в угол, подумал и решил, скуки ради, повидаться с Шапкиным. Когда он вышел из гостиницы и тихо поплелся на Кирпичную улицу, был полдень. Шапкина он застал в конторе и еле узнал его. Из когда-то стройного, ловкого стряпчего с подвижной, нахальной, вечно пьяной физиономией Шапкин превратился в скромного, седовласого, хилого старца.

– Вы меня не узнаете, забыли... – начал Узелков. – Я ваш давнишний клиент, Узелков...

– Узелков? Какой Узелков? Ах!

Шапкин вспомнил, узнал и обомлел. Посыпались восклицания, расспросы, воспоминания.

– Вот не ожидал! Вот не думал! – кудахтал Шапкин. – Угощать-то чем? Шампанского хотите? Может, устриц желаете? Голубушка моя, столько я от вас деньжищ перебрал в свое время, что и угощения не подберу...

– Пожалуйста, не беспокойтесь, – сказал Узелков. – Мне некогда. Сейчас нужно мне на кладбище ехать, церковь осматривать. Я заказ взял.

– И отлично! Закусим, выпьем и поедем вместе. У меня отличные лошади! И свезу вас, и со старостой познакомлю... все устрою... Да что вы, ангел, словно сторонитесь меня, боитесь? Сядьте поближе! Теперь уж нечего бояться... Хе-хе... Прежде, действительно, ловкий парень был, жох мужчина... никто не подходи близко, а теперь тише воды, ниже травы; постарел, семейным стал... дети есть. Умирать пора!

Приятели закусили, выпили и на паре поехали за город, на кладбище.

– Да, было времечко! – вспоминал Шапкин, сидя в санях. – Вспоминаешь и просто не веришь. А помните, как вы с вашей супругой разводились? Уж почти двадцать лет прошло, и, небось, вы все забыли, а я помню, словно вчера разводил вас. Господи, сколько я крови тогда испортил! Парень я был ловкий, казуист, крючок, отчаянная голова... Так, бывало, и рвусь ухватиться за какое-нибудь казусное дело, особливо ежели гонорарий хороший, как, например, в вашем процессе. Что вы мне тогда заплатили? Пять-шесть тысяч! Ну, как тут крови не испортить? Вы тогда уехали в Петербург и все дело мне на руки бросили: делай как знаешь! А покойница супруга ваша, Софья Михайловна, была хоть и из купеческого дома, но гордая, самолюбивая. Подкупить ее, чтоб она на себя вину приняла, было трудно... ужасно трудно! Прихожу к ней, бывало, для переговоров, а она завидит мена и кричит горничной: «Маша, ведь я приказала тебе не принимать подлецов!» Уж я и так, и этак... и письма ей пишу, и нечаянно норовлю встретиться – не берет! Пришлось через третье лицо действовать. Долго я возился с ней, и только тогда, когда вы десять тысяч согласились дать ей, поддалась... Десяти тысяч не выдержала, не устояла... Заплакала, в лицо мне плюнула, но согласилась, приняла вину!

– Кажется, она взяла с меня не десять, а пятнадцать тысяч, – сказал Узелков.

– Да, да... пятнадцать, ошибся! – смутился Шапкин. – Впрочем, дело прошлое, нечего греха таить. Ей я десять дал, а остальные пять я у вас на свою долю выторговал. Обоих вас обманул... Дело прошлое, стыдиться нечего... Да и с кого же мне было брать, Борис Петрович, ежели не с вас, судите сами... Человек вы были богатый, сытый... С жиру вы женились, с жиру разводились.

Наживали вы пропасть… Помню, с одного подряда дерябнули двадцать тысяч. С кого же и тянуть, как не с вас? Да и, признаться, зависть мучила… Вы ежели хапнете, перед вами шапки ломают, меня же, бывало, за рубли и секут, и в клубе по щекам бьют… Ну, да что вспоминать! Забыть пора.

– Скажите, пожалуйста, как потом жила Софья Михайловна?

– С десятью тысячами-то? Плохиссиме… Бог ее знает, азарт ли на нее такой напал, или совесть и гордость стали мучить, что себя за деньги продала, или, может быть, любила вас, только, знаете ли, запила… Получила деньги и давай на тройках с офицерами разъезжать. Пьянство, гульба, беспутство… Заедет с офицерами в трактир и не то, чтобы портвейнцу или чего-нибудь полегче, а норовит коньячищу хватить, чтоб жгло, в одурь бросало.

– Да, она эксцентричная была… Натерпелся я от нее. Бывало, обидится на что-нибудь и начнет нервничать… А потом что было?

– Проходит неделя, другая… Сижу я у себя дома и что-то строчу. Вдруг отворяется дверь и входит она… пьяная. «Возьмите, говорит, назад проклятые ваши деньги!» – и бросила мне в лицо пачку. Не выдержала, значит! Я подобрал деньги, сосчитал… Пятисот не хватало. Только пятьсот и успела прокутить.

– Куда же вы девали деньги?

– Дело прошлое… таиться незачем… Конечно, себе! Что вы на меня так поглядели? Погодите, что еще дальше будет… Роман целый, психиатрия! Этак месяца через два прихожу я однажды ночью к себе домой пьяный, скверный… Зажигаю огонь, гляжу, а у меня на диване сидит Софья Михайловна, и тоже пьяная, в растрепанных чувствах, дикая какая-то, словно из Бедлама бежала… «Давайте, говорит, мне назад мои деньги, я раздумала. Падать, так уж падать, как следует, взасос! Поворачивайтесь же, подлец, давайте деньги!» Безобразие!

– И вы… дали?

– Дал, помню, десять рублей…

– Ах! ну можно ли? – поморщился Узелков. – Если вы сами не могли или не хотели дать ей, то написали бы мне, что ли… И я не знал! А? И я не знал!

– Голубчик мой, да зачем мне писать, если она сама вам писала, когда потом в больнице лежала?

– Впрочем, я так был занят тогда новым браком, так кружился, что мне не до писем было… Но вы, частный человек, вы антипатии к Софье не чувствовали… отчего не подали ей руки?

– На теперешний аршин нельзя мерить, Борис Петрович. Теперь мы так думаем, а тогда совсем иначе думали… Теперь я ей, может быть, и тысячу рублей дал бы, а тогда и те десять… не задаром отдал. Скверная история! Забыть надо… Но вот и приехали…

Сани остановились у кладбищенских ворот. Узелков и Шапкин вылезли из саней, вошли в ворота и направились по длинной, широкой аллее. Оголенные вишневые деревья и акации, серые кресты и памятники серебрились инеем. В каждой снежинке отражался ясный солнечный день. Пахло, как вообще пахнет на всех кладбищах: ладаном и свежевскопанной землей…

– Хорошенькое у нас кладбище, – сказал Узелков. – Совсем сад!

– Да, но жалко, воры памятники воруют… А вон за тем чугунным памятником, что направо, Софья Михайловна похоронена. Хотите посмотреть?

Приятели повернули направо и по глубокому снегу направились к чугунному памятнику.

– Вот тут… – сказал Шапкин, указывая на маленький памятник из белого мрамора. – Прапорщик какой-то памятник на ее могилке поставил.

Узелков медленно снял шапку и показал солнцу свою плешь. Шапкин, глядя на него, тоже снял шапку, и другая плешь заблестела на солнце. Тишина кругом была могильная, точно и воздух был мертв. Приятели глядели на памятник, молчали и думали.

– Спит себе! – прервал молчание Шапкин. – И горя ей мало, что вину она на себя приняла и коньяк пила. Сознайтесь, Борис Петрович!

– В чем? – угрюмо спросил Узелков.

– А в том… Как ни противно прошлое, но оно лучше, чем это.

И Шапкин указал на свои седины.

– Бывало, и не думал о смертном часе… Встреться со смертью, так, кажется, десять очков вперед дал бы ей, а теперь… Ну, да что!

Узелковым овладела грусть. Ему вдруг захотелось плакать, страстно, как когда-то хотелось любви… И он чувствовал, что плач этот вышел бы у него вкусный, освежающий. На глазах выступила влага, и уже к горлу подкатил ком, но… рядом стоял Шапкин, и Узелков устыдился малодушествовать при свидетеле. Он круто повернул назад и пошел к церкви.

Только часа два спустя, переговорив со старостой и осмотрев церковь, он улучил минутку, когда Шапкин заговорился со священником, и побежал плакать… Подкрался он к памятнику тайком, воровски, ежеминутно оглядываясь. Маленький белый памятник глядел на него задумчиво, грустно и так невинно, словно под ним лежала девочка, а не распутная, разведенная жена.

«Плакать, плакать!» – думал Узелков.

Но момент для плача был уже упущен. Как ни мигал глазами старик, как ни настраивал себя, а слезы не текли и ком не подступал к горлу… Постояв минут десять, Узелков махнул рукой и пошел искать Шапкина.

Горе

Токарь Григорий Петров, издавна известный за великолепного мастера и в то же время за самого непутевого мужика во всей Галчинской волости, везет свою больную старуху в земскую больницу. Нужно ему проехать верст тридцать, а между тем дорога ужасная, с которой не справиться казенному почтарю, а не то что такому лежебоке, как токарь Григорий. Прямо навстречу бьет резкий, холодный ветер. В воздухе, куда ни взглянешь, кружатся целые облака снежинок, так что не разберешь, идет ли снег с неба, или с земли. За снежным туманом не видно ни поля, ни телеграфных столбов, ни леса, а когда на Григория налетает особенно сильный порыв ветра, тогда не бывает видно даже дуги. Дряхлая, слабосильная кобылка плетется еле-еле. Вся энергия ее ушла на вытаскивание ног из глубокого снега и подергиванье головой. Токарь торопится. Он беспокойно прыгает на облучке и то и дело хлещет по лошадиной спине.

– Ты, Матрена, не плачь... – бормочет он. – Потерпи малость. В больницу, бог даст, приедем и мигом у тебя, это самое... Даст тебе Павел Иваныч капелек, или кровь пустить прикажет, или, может, милости его угодно будет спиртиком каким тебя растереть, оно и тово... оттянет от бока. Павел Иваныч постарается... Покричит, ногами потопочет, а уж постарается... Славный господин, обходительный, дай бог ему здоровья... Сейчас, как приедем, перво-наперво выскочит из своей фатеры и начнет чертей перебирать. «Как? Почему такое? – закричит. – Почему не вовремя приехал? Нешто я собака какая, чтоб цельный день с вами, чертями, возиться? Почему утром не приехал? Вон! Чтоб и духу твоего не было. Завтра приезжай!» А я и скажу: «Господин доктор! Павел Иваныч! Ваше высокоблагородие!» Да поезжай же ты, чтоб тебе пусто было, черт! Но!

Токарь хлещет по лошаденке и, не глядя на старуху, продолжает бормотать себе под нос:

– «Ваше высокоблагородие! Истинно, как перед богом... вот вам крест, выехал я чуть свет. Где ж тут к сроку поспеть, ежели господь... матерь божия... прогневался и метель такую послал? Сами изволите видеть... Какая лошадь поблагороднее, и та не выедет, а у меня, сами изволите видеть, не лошадь, а срамота!» А Павел Иваныч нахмурится и закричит: «Знаем вас! Завсегда оправдание найдете! Особливо ты, Гришка! Давно тебя знаю! Небось, раз пять в кабак заезжал!» А я ему: «Ваше высокоблагородие! Да нешто я злодей какой или нехристь? Старуха душу богу отдает, помирает, а я стану по кабакам бегать! Что вы, помилуйте! Чтоб им пусто было, кабакам этим!» Тогда Павел Иваныч прикажет тебя в больницу снесть. А я в ноги... «Павел Иваныч! Ваше высокоблагородие! Благодарим вас всепокорно! Простите нас, дураков, анафемов, не обессудьте нас, мужиков! Нас бы в три шеи надо, а вы изволите беспокоиться, ножки свои в снег марать!» А Павел Иваныч взглянет этак, словно ударить захочет, и скажет: «Чем в ноги-то бухать, ты бы лучше, дурак, водки не лопал да старуху жалел. Пороть тебя надо!» – «Истинно пороть, Павел Иваныч, побей меня бог, пороть! А как же нам в ноги не кланяться, ежели благодетели вы наши, отцы родные? Ваше высокоблагородие! Верно слово... вот как перед богом... плюньте тогда в глаза, ежели обману: как только моя Матрена, это самое, выздоровеет, станет на свою настоящую точку, то все, что соизволите приказать, все для вашей милости сделаю! Портсигарчик, ежели желаете, из карельской березы... шары для крокета, кегли могу выточить самые заграничные... все для вас сделаю! Ни копейки с вас не возьму! В Москве бы с вас за такой портсигарчик четыре рубля взяли, а я ни копейки». Доктор засмеется и скажет: «Ну, ладно, ладно... Чувствую! Только жалко, что ты пьяница...» Я, брат старуха, понимаю, как с господами надо. Нет того господина, чтоб я с ним не сумел поговорить. Только привел бы бог с дороги не сбиться. Ишь метет! Все глаза заворошило.

И токарь бормочет без конца. Болтает он языком машинально, чтоб хоть немного заглушить свое тяжелое чувство. Слов на языке много, но мыслей и вопросов в голове еще больше. Горе застало токаря врасплох, нежданно-негаданно, и теперь он никак не может очнуться, прийти в себя, сообразить. Жил доселе безмятежно, ровно, в пьяном полузабытьи, не зная ни горя, ни радостей, и вдруг чувствует теперь в душе ужасную боль. Беспечный лежебока и пьянчужка очутился ни с того ни с сего в положении человека занятого, озабоченного, спешащего и даже борющегося с природой.

Токарь помнит, что горе началось со вчерашнего вечера. Когда вчера вечером воротился он домой, по обыкновению пьяненьким, и по застарелой привычке начал браниться и махать кулаками, старуха взглянула на своего буяна так, как раньше никогда не глядела. Обыкновенно выражение ее старческих глаз было мученическое, кроткое, как у собак, которых много бьют и плохо кормят, теперь же она глядела сурово и неподвижно, как глядят святые на иконах или умирающие. С этих, странных, нехороших глаз и началось горе. Ошалевший токарь выпросил у соседа лошаденку и теперь везет старуху в больницу, в надежде, что Павел Иваныч порошками и мазями возвратит старухе ее прежний взгляд.

– Ты же, Матрена, тово... – бормочет он. – Ежели Павел Иваныч спросит, бил я тебя или нет, говори: никак нет! А я тебя не буду больше бить. Вот те крест. Да нешто я бил тебя по злобе? Бил так, зря. Я тебя жалею. Другому бы и горя мало, а я вот везу... стараюсь. А метет-то, метет! Господи, твоя воля! Привел бы только бог с дороги не сбиться... Что, болит бок? Матрена, что ж ты молчишь? Я тебя спрашиваю: болит бок?

Странно ему кажется, что на лице у старухи не тает снег, странно, что само лицо как-то особенно вытянулось, приняло бледно-серый, грязно-восковой цвет и стало строгим, серьезным.

– Ну и дура! – бормочет токарь. – Я тебе по совести, как перед богом... а ты, тово... Ну и дура! Возьму вот и не повезу к Павлу Иванычу!

Токарь опускает вожжи и задумывается. Оглянуться на старуху он не решается: страшно! Задать ей вопрос и не получить ответа тоже страшно. Наконец, чтоб покончить с неизвестностью, он, не оглядываясь на старуху, нащупывает ее холодную руку. Поднятая рука падает как плеть.

– Померла, стало быть! Комиссия!

И токарь плачет. Ему не так жалко, как досадно. Он думает: как на этом свете все быстро делается! Не успело еще начаться его горе, как уж готова развязка. Не успел он пожить со старухой, высказать ей, пожалеть ее, как она уже умерла. Жил он с нею сорок лет, но ведь эти сорок лет прошли, словно в тумане. За пьянством, драками и нуждой не чувствовалась жизнь. И, как назло, старуха умерла как раз в то самое время, когда он почувствовал, что жалеет ее, жить без нее не может, страшно виноват перед ней.

– А ведь она по миру ходила! – вспоминает он. – Сам я посылал ее хлеба у людей просить, комиссия! Ей бы, дуре, еще лет десяток прожить, а то, небось, думает, что я и взаправду такой. Мать пресвятая, да куда же к лешему я это еду? Теперь не лечить надо, а хоронить. Поворачивай!

Токарь поворачивает назад и изо всей силы бьет по лошадке. Путь с каждым часом становится все хуже и хуже. Теперь уже дуги совсем не видно. Изредка сани наедут на молодую елку, темный предмет оцарапает руки токаря, мелькнет перед его глазами, и поле зрения опять становится белым, кружащимся.

«Жить бы сызнова...» – думает токарь.

Вспоминает он, что Матрена лет сорок тому назад была молодой, красивой, веселой, из богатого двора. Выдали ее за него замуж потому, что польстились на его мастерство. Все данные были для хорошего житья, но беда в том, что он как напился после свадьбы, завалился на печку, так словно и до сих пор не просыпался. Свадьбу он помнит, а что было после свадьбы – хоть убей, ничего не помнит, кроме разве того, что пил, лежал, дрался. Так и пропали сорок лет.

Белые снежные облака начинают мало-помалу сереть. Наступают сумерки.

– Куда ж я еду? – спохватывается вдруг токарь. – Хоронить надо, а я в больницу... Ошалел словно!

Токарь опять поворачивает назад и опять бьет по лошади. Кобылка напрягает все свои силы и, фыркая, бежит мелкой рысцой. Токарь раз за разом хлещет ее по спине... Сзади слышится какой-то стук, и он, хоть не оглядывается, но знает, что это стучит голова покойницы о сани. А воздух все темнеет и темнеет, ветер становится холоднее и резче...

«Сызнова бы жить... – думает токарь. – Инструмент бы новый завесть, заказы брать... деньги бы старухе отдавать... да!»

И вот он роняет вожжи. Ищет их, хочет поднять и никак не поднимет; руки не действуют...

«Все равно... – думает он, – сама лошадь пойдет, знает дорогу. Поспать бы теперь... Покеда там похороны или панихида, прилечь бы».

Токарь закрывает глаза и дремлет. Немного погодя, он слышит, что лошадь остановилась. Он открывает глаза и видит перед собой что-то темное, похожее на избу или скирду...

Ему бы вылезти из саней и узнать, в чем дело, но во всем теле стоит такая лень, что лучше замерзнуть, чем двинуться с места... И он безмятежно засыпает.

Просыпается он в большой комнате с крашеными стенами. Из окон льет яркий солнечный свет. Токарь видит перед собой людей и первым делом хочет показать себя степенным, с понятием.

– Панихидку бы, братцы, по старухе! – говорит он. – Батюшке бы сказать...

– Ну, ладно, ладно! Лежи уж! – обрывает его чей-то голос.

– Батюшка! Павел Иваныч! – удивляется токарь, видя перед собой доктора. – Вашескородие! Благодетель!

Хочет он вскочить и бухнуть перед медициной в ноги, но чувствует, что руки и ноги его не слушаются.

– Ваше высокородие! Ноги же мои где? Где руки?

– Прощайся с руками и ногами... Отморозил! Ну, ну... чего же ты плачешь? Пожил, и слава богу! Небось, шесть десятков прожил – будет с тебя!

– Горе!.. Вашескородие, горе ведь! Простите великодушно! Еще бы годочков пять-шесть...

– Зачем?

– Лошадь-то чужая, отдать надо… Старуху хоронить… И как на этом свете все скоро делается! Ваше высокородие! Павел Иваныч! Портсигарик из карельской березы наилучший! Крокетик выточу…

Доктор машет рукой и выходит из палаты. Токарю – аминь!

Ну, публика!

– Шабаш, не буду больше пить!.. Ни… ни за что! Пора уж за ум взяться. Надо работать, трудиться… Любишь жалованье получать, так работай честно, усердно, по совести, пренебрегая покоем и сном. Баловство брось… Привык, брат, задаром жалованье получать, а это вот и нехорошо… и нехорошо…

Прочитав себе несколько подобных нравоучений, обер-кондуктор Подтягин начинает чувствовать непреодолимое стремление к труду. Уже второй час ночи, но, несмотря на это, он будит кондукторов и вместе с ними идет по вагонам контролировать билеты.

– Вашш… билеты! – выкрикивает он, весело пощелкивая щипчиками.

Сонные фигуры, окутанные вагонным полумраком, вздрагивают, встряхивают головами и подают свои билеты.

– Вашш… билеты! – обращается Подтягин к пассажиру II класса, тощему, жилистому человеку, окутанному в шубу и одеяло и окруженному подушками. – Вашш… билеты!

Жилистый человек не отвечает. Он погружен в сон. Обер-кондуктор трогает его за плечо и нетерпеливо повторяет:

– Вашш… билеты!

Пассажир вздрагивает, открывает глаза и с ужасом глядит на Подтягина.

– Что? Кто? а?

– Вам говорят по-челаэчески: вашш… билеты! Па-а-трудитесь!

– Боже мой! – стонет жилистый человек, делая плачущее лицо. – Господи, боже мой! Я страдаю ревматизмом… три ночи не спал, нарочно морфию принял, чтоб уснуть, а вы… с билетом! Ведь это безжалостно, бесчеловечно! Если бы вы знали, как трудно мне уснуть, то не стали бы беспокоить меня такой чепухой… Безжалостно, нелепо! И на что вам мой билет понадобился? Глупо даже!

Подтягин думает, обидеться ему или нет, – и решает обидеться.

– Вы здесь не кричите! Здесь не кабак! – говорит он.

– Да в кабаке люди человечней… – кашляет пассажир. – Изволь я теперь уснуть во второй раз! И удивительное дело: всю заграницу объездил, и никто у меня там билета не спрашивал, а тут, словно черт их под локоть толкает, то и дело, то и дело!..

– Ну, и поезжайте за границу, ежели вам нравится!

– Глупо, сударь! Да! Мало того, что морят пассажиров угаром, духотой и сквозняком, так хотят еще, черт ее подери, формалистикой добить. Билет ему понадобился! Скажите, какое усердие! Добро бы это для контроля делалось, а то ведь половина поезда без билетов едет!

– Послушайте, господин! – вспыхивает Подтягин. – Вы извольте подтвердить ваши доводы! И ежели вы не перестанете кричать и беспокоить публику, то я принужден буду высадить вас на станции и составить акт об этом факте!

– Это возмутительно! – негодует публика. – Пристает к больному человеку! Послушайте, да имейте же сожаление!

– Да ведь они сами ругаются! – трусит Подтягин. – Хорошо, я не возьму билета… Как угодно… Только ведь, сами знаете, служба моя этого требует… Ежели б не служба, то, конечно… Можете даже начальника станции спросить… Кого угодно спросите…

Подтягин пожимает плечами в отходит от больного. Сначала он чувствует себя обиженным и несколько третированным, потом же, пройдя вагона два-три, он начинает ощущать в своей обер-кондукторской груди некоторое беспокойство, похожее на угрызения совести.

«Действительно, не нужно было будить больного, – думает он. – Впрочем, я не виноват… Они там думают, что это я с жиру, от нечего делать, а того не знают, что этого служба требует… Ежели они не верят, так я могу к ним начальника станции привести».

Станция. Поезд стоит пять минут. Перед третьим звонком в описанный вагон II класса входит Подтягин. За ним шествует начальник станции, в красной фуражке.

– Вот этот господин, – начинает Подтягин, – говорят, что я не имею полного права спрашивать с них билет, и… и обижаются. Прошу вас, господин начальник станции, объяснить им – по службе я требую билет или зря? Господин, – обращается Подтягин к жилистому человеку. – Господин! Можете вот начальника станции спросить, ежели мне не верите.

Больной вздрагивает, словно ужаленный, открывает глаза и, сделав плачущее лицо, откидывается на спинку дивана.

– Боже мой! Принял другой порошок и только что задремал, как он опять!.. Умоляю вас, имейте вы сожаление!

– Вы можете поговорить вот с господином начальником станции… Имею я полное право билет спрашивать или нет?

– Это невыносимо! Нате вам ваш билет! Нате! Я куплю еще пять билетов, только дайте мне умереть спокойно! Неужели вы сами никогда не были больны? Бесчувственный народ!

– Это просто издевательство! – негодует какой-то господин в военной форме. – Иначе я не могу понять этого приставанья!

– Оставьте… – морщится начальник станции, дергая Подтягина за рукав.

Подтягин пожимает плечами и медленно уходит за начальником станции.

«Изволь тут угодить! – недоумевает он. – Я для него же позвал начальника станции, чтоб он понимал, успокоился, а он… ругается».

Другая станция. Поезд стоит десять минут. Перед вторым звонком, когда Подтягин стоит около буфета и пьет сельтерскую воду, к нему подходят два господина, один в форме инженера, другой в военном пальто.

– Послушайте, г. обер-кондуктор! – обращается инженер к Подтягину. – Ваше поведение по отношению к больному пассажиру возмутило всех очевидцев. Я инженер Пузицкий, это вот… господин полковник. Если вы не извинитесь перед пассажиром, то мы подадим жалобу начальнику движения, нашему общему знакомому.

– Господа, да ведь я… да ведь вы… – оторопел Подтягин.

– Объяснений нам не надо. Но предупреждаем, если не извинитесь, то мы берем пассажира под свою защиту.

– Хорошо, я… я, пожалуй, извинюсь… Извольте…

Через полчаса Подтягин, придумав извинительную фразу, которая бы удовлетворила пассажира и не умалила его достоинства, входит в вагон.

– Господин! – обращается он к больному. – Послушайте, господин!

Больной вздрагивает и вскакивает.

– Что?

– Я тово… как его?.. Вы не обижайтесь…

– Ох… воды… – задыхается больной, хватаясь за сердце. – Третий порошок морфия принял, задремал и… опять! Боже, когда же, наконец, кончится эта пытка!

– Я тово… Вы извините…

– Слушайте… Высадите меня на следующей станции… Более терпеть я не в состоянии. Я… я умираю…

– Это подло, гадко! – возмущается публика. – Убирайтесь вон отсюда! Вы поплатитесь за подобное издевательство! Вон!

Подтягин машет рукой, вздыхает и выходит из вагона. Идет он в служебный вагон, садится изнеможенный за стол и жалуется:

«Ну, публика! Извольте вот ей угодить! Извольте вот служить, трудиться! Поневоле плюнешь на все и запьешь… Ничего не делаешь – сердятся, начнешь делать – тоже сердятся… Выпить!»

Подтягин выпивает сразу полбутылки и больше уже не думает о труде, долге и честности.

Шило в мешке

На обывательской тройке, проселочными путями, соблюдая строжайшее инкогнито, спешил Петр Павлович Посудин в уездный городишко N., куда вызывало его полученное им анонимное письмо.

«Накрыть… Как снег на голову… – мечтал он, пряча лицо свое в воротник. – Натворили мерзостей, пакостники, и торжествуют, небось, воображают, что концы в воду спрятали… Ха-ха… Воображаю их ужас и удивление, когда в разгар торжества послышится: «А подать сюда Тяпкина-Ляпкина!» То-то переполох будет! Ха-ха…»

Намечтавшись вдоволь, Посудин вступил в разговор со своим возницей. Как человек, алчущий популярности, он прежде всего спросил о себе самом:

– А Посудина ты знаешь?

– Как не знать! – ухмыльнулся возница. – Знаем мы его!

– Что же ты смеешься?

– Чудное дело! Каждого последнего писаря знаешь, а чтоб Посудина не знать! На то он здесь и поставлен, чтоб его все знали.

– Это так… Ну, что? Как он, по-твоему? Хорош?

– Ничего… – зевнул возница. – Господин хороший, знает свое дело… Двух годов еще нет, как его сюда прислали, а уж наделал делов.

– Что же он такое особенное сделал?

– Много добра сделал, дай бог ему здоровья. Железную дорогу выхлопотал, Хохрюкова в нашем уезде увольнил… Конца-краю не было этому Хохрюкову… Шельма был, выжига, все прежние его руку держали, а приехал Посудин – и загудел Хохрюков к черту, словно его и не было... Во, брат! Посудина, брат, не подкупишь, не-ет! Дай ты ему хоть сто, хоть тыщу, а он не станет тебе приймать грех на душу... Не-ет!

«Слава богу, хоть с этой стороны меня поняли, – подумал Посудин, ликуя. – Это хорошо».

– Образованный господин... – продолжал возница, – не гордый... Наши ездили к нему жалиться, так он словно с господами: всех за ручку, «вы, садитесь»... Горячий такой, быстрый... Слова тебе путем не скажет, а все – фырк! фырк! Чтоб он тебе шагом ходил или как – ни боже мой, а норовит все бегом, все бегом! Наши ему и слова сказать не успели, как он: «Лошадей!!» – да прямо сюда... Приехал и все обделал... ни копейки не взял. Куда лучше прежнего! Конечно, и прежний хорош был. Видный такой, важный, звончее его во всей губернии никто не кричал... Бывало, едет, так за десять верст слыхать; но ежели по наружной части или внутренним делам, то нынешний куда ловчее! У нынешнего в голове этой самой мозги во сто раз больше... Одно только горе... Всем хорош человек, но одна беда: пьяница!

«Вот так клюква!» – подумал Посудин.

– Откуда же ты знаешь, – спросил он, – что я... что он пьяница?

– Оно, конечно, ваше благородие, сам я не видал его пьяного, не стану врать, но люди сказывали. И люди-то его пьяным не видали, а слава такая про него ходит... При публике, или куда в гости пойдет, на бал, это, или в обчество, никогда не пьет. Дома хлещет... Встанет утром, протрет глаза и первым делом – водки! Камердин принесет ему стакан, а он уж другого просит... Так цельный день и глушит. И скажи ты на милость: пьет, и ни в одном глазе! Стало быть, соблюдать себя может. Бывало, как наш Хохрюков запьет, так не то что люди, даже собаки воют. Посудин же – хоть бы тебе нос у него покраснел! Запрется у себя в кабинете и лакает... Чтоб люди не приметили, он себе в столе ящик такой приспособил, с трубочкой. Всегда в этом ящике водка... Нагнешься к трубочке, пососешь, и пьян... В карете тоже, в портфеле...

«Откуда они знают? – ужаснулся Посудин. – Боже мой, даже это известно! Какая мерзость...»

– А вот тоже насчет женского пола... Шельма! (Возница засмеялся и покрутил головой.) Безобразие, да и только! Штук десять у него этих самых... вертефлюх... Две у него в доме живут... Одна у него, эта Настасья Ивановна, как бы заместо распорядительши, другая – как ее, черт? – Людмила Семеновна, на манер писарши... Главнее всех Настасья. Эта что захочет, он все делает... Так и вертит им, словно лиса хвостом. Большая власть ей дадена. И его так не боятся, как ее... Ха-ха... А третья вертуха на Качальной улице живет... Срамота!

«Даже по именам знает, – подумал Посудин, краснея. – И кто же знает? Мужик, ямщик... который и в городе-то никогда не бывал!.. Какая мерзость... гадость... пошлость!»

– Откуда же ты все это знаешь? – спросил он раздраженным голосом.

– Люди сказывали... Сам я не видал, но от людей слыхивал. Да узнать нешто трудно? Камердину или кучеру языка не отрежешь... Да, чай, и сама Настасья ходит по всем переулкам да счастьем своим бабьим похваляется. От людского глаза не скроешься... Вот тоже взял манеру этот Посудин потихоньку на следствия ездить... Прежний, бывало, как захочет куда ехать, так за месяц дает знать, а когда едет, так шуму этого, грому, звону и... не приведи создатель! И спереди его скачут, и сзади скачут, и с боков скачут. Приедет к месту, выспится, наестся, напьется и давай по служебной части глотку драть. Подерет глотку, потопочет ногами, опять выспится и тем же порядком назад... А нынешний, как прослышит что, норовит съездить потихоньку, быстро, чтоб никто не видал и не знал... Па-а-теха! Выйдет неприметно из дому, чтоб чиновники не видали, и на машину... Доедет до какой ему нужно станции и не то что почтовых или что поблагородней, а норовит мужика нанять. Закутается весь, как баба, и всю дорогу хрипит, как старый пес, чтоб голоса его не узнали. Просто кишки порвешь со смеху, когда люди рассказывают… Едет, дурень, и думает, что его узнать нельзя. А узнать его, ежели которому понимающему человеку – тьфу! раз плюнуть…

– Как же его узнают?

– Оченно просто. Прежде, как наш Хохрюков потихоньку ездил, так мы его по тяжелым рукам узнавали. Ежели седок бьет по зубам, то это, значит, и есть Хохрюков. А Посудина сразу увидать можно… Простой пассажир просто себя и держит, а Посудин не таковский, чтоб простоту соблюдать. Приедет, скажем, хоть на почтовую станцию, и начнет!.. Ему и воняет, и душно, и холодно… Ему и цыплят подавай, и фрухтов, и вареньев всяких… Так на станциях и знают: ежели кто зимой спрашивает цыплят и фрухтов, то это и есть Посудин. Ежели кто говорит смотрителю «милейший мой» и гоняет народ за разными пустяками, то и божиться можно, что это Посудин. И пахнет от него не так, как от людей, и ложится спать на свой манер… Ляжет на станции на диване, попрыщет около себя духами и велит около подушки три свечки поставить. Лежит и бумаги читает… Уж тут не то что смотритель, но и кошка разберет, что это за человек такой…

«Правда, правда… – подумал Посудин. – И как я этого раньше не знал!»

– А кому есть надобность, то и без фрухтов и без цыплят узнает. По телеграфу все известно… Как там ни кутай рыла, как ни прячься, а уж тут знают, что едешь. Ждут… Посудин еще у себя из дому не выходил, а тут уж – сделай одолжение, все готово! Приедет он, чтоб их на месте накрыть, под суд отдать или сменить кого, а они над ним же и посмеются. Хоть ты, скажут, ваше сиятельство, и потихоньку приехал, а гляди: у нас все чисто!.. Он повертится, повертится да с тем и уедет, с чем приехал… Да еще похвалит, руки пожмет им всем, извинения за беспокойство попросит… Вот как! А ты думал как? Хо-хо, ваше благородие! Народ тут ловкий, ловкач на ловкаче!.. Глядеть любо, что за черти! Да вот, хоть нынешний случай взять… Еду я сегодня утром порожнем, а навстречу со станции летит жид-буфетчик.

«Куда, спрашиваю, ваше жидовское благородие, едешь?» А он и говорит: «В город N. вино и закуску везу. Там нынче Посудина ждут». Ловко? Посудин, может, еще только собирается ехать или кутает лицо, чтоб его не узнали. Может, уж едет и думает, что знать никто не знает, что он едет, а уж для него, скажи пожалуйста, готово и вино, и семга, и сыр, и закуска разная… А? Едет он и думает: «Крышка вам, ребята!» – а ребятам и горя мало! Пущай едет! У них давно уж все спрятано!

– Назад! – прохрипел Посудин. – Поезжай назад, с-с-скотина!

И удивленный возница повернул назад.

Восклицательный знак

(Святочный рассказ)

В ночь под Рождество Ефим Фомич Перекладин, коллежский секретарь, лег спать обиженный и даже оскорбленный.

– Отвяжись ты, нечистая сила! – рявкнул он со злобой на жену, когда та спросила, отчего он такой хмурый.

Дело в том, что он только что вернулся из гостей, где сказано было много неприятных и обидных для него вещей. Сначала заговорили о пользе образования вообще, потом же незаметно перешли к образовательному цензу служащей братии, причем было высказано много сожалений, упреков и даже насмешек по поводу низкого уровня. И тут, как это водится во всех российских компаниях, с общих материй перешли к личностям.

– Взять, например, хоть вас, Ефим Фомич, – обратился к Перекладину один юноша. – Вы занимаете приличное место… а какое образование вы получили?

– Никакого-с. Да у нас образование и не требуется, – кротко ответил Перекладин. – Пиши правильно, вот и все…

– Где же это вы правильно писать-то научились?

– Привык-с... За сорок лет службы можно руку набить-с... Оно, конечно, спервоначалу трудно было, делывал ошибки, но потом привык-с... и ничего...

– А знаки препинания?

– И знаки препинания ничего... Правильно ставлю.

– Гм!.. – сконфузился юноша. – Но привычка совсем не то, что образование. Мало того, что вы знаки препинания правильно ставите... мало-с! Нужно сознательно ставить! Вы ставите запятую и должны сознавать, для чего ее ставите... да-с! А это ваше бессознательное... рефлекторное правописание и гроша не стоит. Это машинное производство и больше ничего.

Перекладин смолчал и даже кротко улыбнулся (юноша был сын статского советника и сам имел право на чин X класса), но теперь, ложась спать, он весь обратился в негодование и злобу.

«Сорок лет служил, – думал он, – и никто меня дураком не назвал, а тут, поди ты, какие критики нашлись! «Бессознательно!.. Лефректорно! Машинное производство...» Ах ты, черт тебя возьми! Да я еще, может быть, больше тебя понимаю, даром что в твоих университетах не был!»

Излив мысленно по адресу критика все известные ему ругательства и согревшись под одеялом, Перекладин стал успокаиваться.

«Я знаю... понимаю... – думал он, засыпая. – Не поставлю там двоеточия, где запятую нужно, стало быть, сознаю, понимаю. Да... Так-то, молодой человек... Сначала пожить нужно, послужить, а потом уж стариков судить...»

В закрытых глазах засыпавшего Перекладина сквозь толпу темных, улыбавшихся облаков метеором пролетела огненная запятая. За ней другая, третья, и скоро весь безграничный темный фон, расстилавшийся перед его воображением, покрылся густыми толпами летавших запятых...

«Хоть эти запятые взять... – думал Перекладин, чувствуя, как его члены сладко немеют от наступавшего сна. – Я их отлично понимаю... Для каждой могу место найти, ежели хочешь... и... и сознательно, а не зря... Экзаменуй, и увидишь... Запятые ставятся в разных местах, где надо, где и не надо. Чем путаннее бумага выходит, тем больше запятых нужно. Ставятся они перед «который» и перед «что». Ежели в бумаге перечислять чиновников, то каждого из них надо запятой отделять... Знаю!»

Золотые запятые завертелись и унеслись в сторону. На их место прилетели огненные точки...

«А точка в конце бумаги ставится... Где нужно большую передышку сделать и на слушателя взглянуть, там тоже точка. После всех длинных мест нужно точку, чтоб секретарь, когда будет читать, слюной не истек. Больше же нигде точка не ставится...»

Опять налетают запятые... Они мешаются с точками, кружатся – и Перекладин видит целое сонмище точек с запятой и двоеточий...

«И этих знаю... – думает он. – Где запятой мало, а точки много, там надо точку с запятой. Перед «но» и «следственно» всегда ставлю точку с запятой... Ну-с, а двоеточие? Двоеточие ставится после слов «постановили», «решили»...»

Точки с запятой и двоеточия потухли. Наступила очередь вопросительных знаков. Эти выскочили из облаков и заканканировали...

«Эка невидаль: знак вопросительный! Да хоть тысяча их, всем место найду. Ставятся они всегда, когда запрос нужно делать или, положим, о бумаге справиться... «Куда отнесен остаток сумм за такой-то год?» или: «Не найдет ли Полицейское управление возможным оную Иванову и проч.?»...»

Вопросительные знаки одобрительно закивали своими крючками и моментально, словно по команде, вытянулись в знаки восклицательные...

«Гм!.. Этот знак препинания в письмах часто ставится. «Милостивый государь мой!» или «Ваше превосходительство, отец и благодетель!..» А в бумагах когда?»

Восклицательные знаки еще больше вытянулись и остановились в ожидании…

«В бумагах они ставятся, когда… тово… этого… как его? Гм!.. В самом деле, когда же их в бумагах ставят? Постой… дай бог память… Гм!..»

Перекладин открыл глаза и повернулся на другой бок. Но не успел он вновь закрыть глаза, как на темном фоне опять появились восклицательные знаки.

«Черт их возьми… Когда же их ставить нужно? – подумал он, стараясь выгнать из своего воображения непрошенных гостей. – Неужели забыл? Или забыл, или же… никогда их не ставил…»

Перекладин стал припоминать содержание всех бумаг, которые он написал за сорок лет своего служения; но как он ни думал, как ни морщил лоб, в своем прошлом он не нашел ни одного восклицательного знака.

«Что за оказия! Сорок лет писал и ни разу восклицательного знака не поставил… Гм!.. Но когда же он, черт длинный, ставится?»

Из-за ряда огненных восклицательных знаков показалась ехидно смеющаяся рожа юноши-критика. Сами знаки улыбнулись и слились в один большой восклицательный знак.

Перекладин встряхнул головой и открыл глаза.

«Черт знает что… – подумал он. – Завтра к утрени вставать надо, а у меня это чертобесие из головы не выходит… Тьфу! Но… когда же он ставится? Вот тебе и привычка! Вот тебе и набил руку! За сорок лет ни одного восклицательного! А?»

Перекладин перекрестился и закрыл глаза, но тотчас же открыл их; на темном фоне все еще стоял большой знак…

«Тьфу! Этак всю ночь не уснешь». – Марфуша! – обратился он к своей жене, которая часто хвасталась тем, что кончила курс в пансионе. – Ты не знаешь ли, душенька, когда в бумагах ставится восклицательный знак?

– Еще бы не знать! Недаром в пансионе семь лет училась. Наизусть всю грамматику помню. Этот знак ставится при обращениях, восклицаниях и при выражениях восторга, негодования, радости, гнева и прочих чувств.

«Тэк-с... – подумал Перекладин. – Восторг, негодование, радость, гнев и прочие чувства...»

Коллежский секретарь задумался... Сорок лет писал он бумаги, написал он их тысячи, десятки тысяч, но не помнит ни одной строки, которая выражала бы восторг, негодование или что-нибудь в этом роде...

«И прочие чувства... – думал он. – Да нешто в бумагах нужны чувства? Их и бесчувственный писать может...»

Рожа юноши-критика опять выглянула из-за огненного знака и ехидно улыбнулась. Перекладин поднялся и сел на кровати. Голова его болела, на лбу выступил холодный пот... В углу ласково теплилась лампадка, мебель глядела празднично, чистенько, от всего так и веяло теплом и присутствием женской руки, но бедному чиноше было холодно, неуютно, точно он заболел тифом. Знак восклицательный стоял уже не в закрытых глазах, а перед ним, в комнате, около женина туалета и насмешливо мигал ему...

– Пишущая машина! Машина! – шептало привидение, дуя на чиновника сухим холодом. – Деревяшка бесчувственная!

Чиновник укрылся одеялом, но и под одеялом он увидел привидение, прильнул лицом к женину плечу и из-за плеча торчало то же самое... Всю ночь промучился бедный Перекладин, но и днем не оставило его привидение. Он видел его всюду: в надеваемых сапогах, в блюдечке с чаем, в Станиславе...

«И прочие чувства... – думал он. – Это правда, что никаких чувств не было... Пойду сейчас к начальству расписываться... а разве это с чувствами делается? Так, зря... Поздравительная машина...»

Когда Перекладин вышел на улицу и крикнул извозчика, то ему показалось, что вместо извозчика подкатил восклицательный знак.

Придя в переднюю начальника, он вместо швейцара увидел тот же знак... И все это говорило ему о восторге, негодовании, гневе... Ручка с пером тоже глядела восклицательным знаком. Перекладин взял ее, обмакнул перо в чернила и расписался:

«Коллежский секретарь Ефим Перекладин!!!»

И, ставя эти три знака, он восторгался, негодовал, радовался, кипел гневом.

– На́ тебе! На́ тебе! – бормотал он, надавливая на перо.

Огненный знак удовлетворился и исчез.

Зеркало

Подновогодний вечер. Нелли, молодая и хорошенькая дочь помещика-генерала, день и ночь мечтающая о замужестве, сидит у себя в комнате и утомленными, полузакрытыми глазами глядит в зеркало. Она бледна, напряжена и неподвижна, как зеркало.

Несуществующая, но видимая перспектива, похожая на узкий, бесконечный коридор, ряд бесчисленных свечей, отражение ее лица, рук, зеркальной рамы – все это давно уже заволоклось туманом и слилось в одно беспредельное серое море. Море колеблется, мигает, изредка вспыхивает заревом...

Глядя на неподвижные глаза и открытый рот Нелли, трудно понять, спит она или бодрствует, но, тем не менее, она видит. Сначала видит она только улыбку и мягкое, полное прелести выражение чьих-то глаз, потом же на колеблющемся сером фоне постепенно проясняются контуры головы, лицо, брови, борода. Это он, суженый, предмет долгих мечтаний и надежд. Суженый для Нелли составляет все: смысл жизни, личное счастье, карьеру, судьбу. Вне его, как и на сером фоне, мрак, пустота, бессмыслица. И немудрено поэтому, что, видя перед собою красивую, кротко улыбающуюся голову, она чувствует наслаждение, невыразимо сладкий кошмар, который не передашь ни на словах, ни на бумаге. Далее она слышит его голос, видит, как живет с ним под одной кровлей, как ее жизнь постепенно сливается с его жизнью. На сером фоне бегут месяцы, годы… и Нелли отчетливо, во всех подробностях, видит свое будущее.

На сером фоне мелькают картина за картиной. Вот видит Нелли, как она в холодную зимнюю ночь стучится к уездному врачу Степану Лукичу. За воротами лениво и хрипло лает старый пес. В докторских окнах потемки. Кругом тишина.

– Ради бога… ради бога! – шепчет Нелли.

Но вот наконец скрипит калитка, и Нелли видит перед собой докторскую кухарку.

– Доктор дома?

– Спят-с… – шепчет кухарка в рукав, словно боясь разбудить своего барина. – Только что с эпидемии приехали. Не велено будить-с.

Но Нелли не слышит кухарки. Отстранив ее рукой, она, как сумасшедшая, бежит в докторскую квартиру. Пробежав несколько темных и душных комнат, свалив на пути два-три стула, она, наконец, находит докторскую спальню. Степан Лукич лежит у себя в постели одетый, но без сюртука и, вытянув губы, дышит себе на ладонь. Около него слабо светит ночничок. Нелли, не говоря ни слова, садится на стул и начинает плакать. Плачет она горько, вздрагивая всем телом.

– Му… муж болен! – выговаривает она.

Степан Лукич молчит. Он медленно поднимается, подпирает голову кулаком и глядит на гостью сонными, неподвижными глазами.

– Муж болен! – продолжает Нелли, сдерживая рыдания. – Ради бога, поедемте… Скорее… как можно скорее!

– А? – мычит доктор, дуя на ладонь.

– Поедемте! И сию минуту! Иначе… иначе… страшно выговорить… Ради бога!

И бледная, измученная Нелли, глотая слезы и задыхаясь, начинает описывать доктору внезапную болезнь мужа и свой невыразимый страх. Страдания ее способны тронуть камень, но доктор глядит на нее, дует себе на ладонь и – ни с места.

– Завтра приеду... – бормочет он.

– Это невозможно! – пугается Нелли. – Я знаю, у мужа... тиф! Сейчас... сию минуту вы нужны!

– Я тово... только что приехал... – бормочет доктор. – Три дня на эпидемию ездил. И утомлен, и сам болен... Абсолютно не могу! Абсолютно! Я... я сам заразился... Вот!

И доктор сует к глазам Нелли максимальный термометр.

– Температура к сорока идет... Абсолютно не могу! Я... я даже сидеть не в состоянии. Простите: лягу...

Доктор ложится.

– Но я прошу вас, доктор! – стонет в отчаянии Нелли. – Умоляю! Помогите мне, ради бога. Соберите все ваши силы и поедемте... Я заплачу вам, доктор!

– Боже мой... да ведь я уже сказал вам! Ах!

Нелли вскакивает и нервно ходит по спальне. Ей хочется объяснить доктору, втолковать... Думается ей, что если бы он знал, как дорог для нее муж и как она несчастна, то забыл бы и утомление и свою болезнь. Но где взять красноречия?

– Поезжайте к земскому доктору... – слышит она голос Степана Лукича.

– Это невозможно!.. Он живет за двадцать пять верст отсюда, а время дорого. И лошадей не хватит: от нас сюда сорок верст да отсюда к земскому доктору почти столько... Нет, это невозможно! Поедемте, Степан Лукич! Я подвига прошу. Ну, совершите вы подвиг! Сжальтесь!

– Черт знает что... Тут жар... дурь в голове, а она не понимает. Не могу! Отстаньте.

– Но вы обязаны ехать! И не можете вы не ехать! Это эгоизм! Человек для ближнего должен жертвовать жизнью, а вы... вы отказываетесь поехать!.. Я в суд на вас подам!

Нелли чувствует, что говорит обидную и незаслуженную ложь, но для спасения мужа она способна забыть и логику, и такт, и сострадание к людям... В ответ на ее угрозу доктор с жадностью выпивает стакан холодной воды. Нелли начинает опять умолять, взывать к состраданию, как самая последняя нищая... Наконец доктор сдается. Он медленно поднимается, отдувается, кряхтит и ищет свой сюртук.

– Вот он, сюртук! – помогает ему Нелли. – Позвольте, я его на вас надену... Вот так. Едемте. Я вам заплачу... всю жизнь буду признательна...

Но что за мука! Надевши сюртук, доктор опять ложится. Нелли поднимает его и тащит в переднюю... В передней долгая, мучительная возня с калошами, шубой... Пропала шапка... Но вот, наконец, Нелли сидит в экипаже. Возле нее доктор. Теперь остается только проехать сорок верст, и у ее мужа будет медицинская помощь. Над землей висит тьма: зги не видно... Дует холодный зимний ветер. Под колесами мерзлые кочки. Кучер то и дело останавливается и раздумывает, какой дорогой ехать...

Нелли и доктор всю дорогу молчат. Их трясет ужасно, но они не чувствуют ни холода, ни тряски.

– Гони! Гони! – просит Нелли кучера.

К пяти часам утра замученные лошади въезжают во двор. Нелли видит знакомые ворота, колодезь с журавлем, длинный ряд конюшен и сараев... Наконец она дома.

– Погодите, я сейчас... – говорит она Степану Лукичу, сажая его в столовой на диван. – Остыньте, а я пойду посмотрю, что с ним.

Вернувшись через минуту от мужа, Нелли застает доктора лежащим. Он лежит на диване и что-то бормочет.

– Пожалуйте, доктор... Доктор!

– А? Спросите у Домны... – бормочет Степан Лукич.

– Что?

– На съезде говорили... Власов говорил... Кого? Что?

И Нелли, к великому своему ужасу, видит, что у доктора такой же бред, как и у ее мужа. Что делать?

– К земскому врачу! – решает она.

Засим следуют опять потемки, резкий, холодный ветер, мерзлые кочки. Страдает она и душою и телом, и, чтобы уплатить за эти страдания, у обманщицы-природы не хватит никаких средств, никаких обманов...

Видит далее она на сером фоне, как муж ее каждую весну ищет денег, чтобы уплатить проценты в банк, где заложено имение. Не спит он, не спит она, и оба до боли в мозгу думают, как бы избежать визита судебного пристава.

Видит она детей. Тут вечный страх перед простудой, скарлатиной, дифтеритом, единицами, разлукой. Из пяти-шести карапузов, наверное, умрет один.

Серый фон не свободен от смертей. Оно и понятно. Муж и жена не могут умереть в одно время. Один из двух, во что бы то ни стало, должен пережить похороны другого. И Нелли видит, как умирает ее муж. Это страшное несчастие представляется ей во всех своих подробностях. Она видит гроб, свечи, дьячка и даже следы, которые оставил в передней гробовщик.

– К чему это? Для чего? – спрашивает она, тупо глядя в лицо мертвого мужа.

И вся предыдущая жизнь с мужем кажется ей только глупым, ненужным предисловием к этой смерти.

Что-то падает из рук Нелли и стучит о пол. Она вздрагивает, вскакивает и широко раскрывает глаза. Одно зеркало, видит она, лежит у ее ног, другое стоит по-прежнему на столе. Она смотрится в зеркало и видит бледное, заплаканное лицо. Серого фона уже нет.

«Я, кажется, уснула...» – думает она, легко вздыхая.

Детвора

Папы, мамы и тети Нади нет дома. Они уехали на крестины к тому старому офицеру, который ездит на маленькой серой лошади. В ожидании их возвращения Гриша, Аня, Алеша, Соня и кухаркин сын Андрей сидят в столовой за обеденным столом и играют в лото. Говоря по совести, им пора уже спать; но разве можно уснуть, не узнав от мамы, какой на крестинах был ребеночек и что подавали за ужином? Стол, освещаемый висячей лампой, пестрит цифрами, ореховой скорлупой, бумажками и стеклышками. Перед каждым из играющих лежат по две карты и по кучке стеклышек для покрышки цифр. Посреди стола белеет блюдечко с пятью копеечными монетами. Возле блюдечка недоеденное яблоко, ножницы и тарелка, в которую приказано класть ореховую скорлупу. Играют дети на деньги. Ставка – копейка. Условие: если кто смошенничает, того немедленно вон. В столовой, кроме играющих, нет никого. Няня Агафья Ивановна сидит внизу в кухне и учит там кухарку кроить, а старший брат, Вася, ученик V класса, лежит в гостиной на диване и скучает.

Играют с азартом. Самый большой азарт написан на лице у Гриши. Это маленький, девятилетний мальчик с догола остриженной головой, пухлыми щеками и с жирными, как у негра, губами. Он уже учится в приготовительном классе, а потому считается большим и самым умным. Играет он исключительно из-за денег. Не будь на блюдечке копеек, он давно бы уже спал. Его карие глазки беспокойно и ревниво бегают по картам партнеров. Страх, что он может не выиграть, зависть и финансовые соображения, наполняющие его стриженую голову, не дают ему сидеть покойно, сосредоточиться. Вертится он, как на иголках. Выиграв, он с жадностью хватает деньги и тотчас же прячет их в карман. Сестра его Аня, девочка лет восьми, с острым подбородком и умными блестящими глазами, тоже боится, чтобы кто-нибудь не выиграл. Она краснеет, бледнеет и зорко следит за игроками. Копейки ее не интересуют. Счастье в игре для нее вопрос самолюбия. Другая сестра, Соня, девочка шести лет, с кудрявой головкой и с цветом лица, какой бывает только у очень здоровых детей, у дорогих кукол и на бонбоньерках, играет в лото ради процесса игры. По лицу ее разлито умиление. Кто бы ни выиграл, она одинаково хохочет и хлопает в ладоши. Алеша, пухлый, шаровидный карапузик, пыхтит, сопит и пучит глаза на карты. У него ни корыстолюбия, ни самолюбия. Не гонят из-за стола, не укладывают спать – и на том спасибо. По виду он флегма, но в душе порядочная бестия. Сел он не столько для лото, сколько ради недоразумений, которые неизбежны при игре. Ужасно ему приятно, если кто ударит или обругает кого. Ему давно уже нужно кое-куда сбегать, но он не выходит из-за стола ни на минуту, боясь, чтоб без него не похитили его стеклышек и копеек. Так как он знает одни только единицы и те числа, которые оканчиваются нулями, то за него покрывает цифры Аня. Пятый партнер, кухаркин сын Андрей, черномазый болезненный мальчик, в ситцевой рубашке и с медным крестиком на груди, стоит неподвижно и мечтательно глядит на цифры. К выигрышу и к чужим успехам он относится безучастно, потому что весь погружен в арифметику игры, в ее несложную философию: сколько на этом свете разных цифр и как это они не перепутаются!

Выкрикивают числа все по очереди, кроме Сони и Алеши. Ввиду однообразия чисел, практика выработала много терминов и смехотворных прозвищ. Так, семь у игроков называется кочергой, одиннадцать – палочками, семьдесят семь – Семен Семенычем, девяносто – дедушкой и т. д. Игра идет бойко.

– Тридцать два! – кричит Гриша, вытаскивая из отцовской шапки желтые цилиндрики. – Семнадцать! Кочерга! Двадцать восемь – сено косим!

Аня видит, что Андрей прозевал 28. В другое время она указала бы ему на это, теперь же, когда на блюдечке вместе с копейкой лежит ее самолюбие, она торжествует.

– Двадцать три! – продолжает Гриша. – Семен Семеныч! Девять!

– Прусак, прусак! – вскрикивает Соня, указывая на прусака, бегущего через стол. – Ай!

– Не бей его, – говорит басом Алеша. – У него, может быть, есть дети…

Соня провожает глазами прусака и думает о его детях: какие это, должно быть, маленькие прусачата!

– Сорок три! Один! – продолжает Гриша, страдая от мысли, что у Ани уже две катерны. – Шесть!

– Партия! У меня партия! – кричит Соня, кокетливо закатывая глаза и хохоча.

У партнеров вытягиваются физиономии.

– Проверить! – говорит Гриша, с ненавистью глядя на Соню.

На правах большого и самого умного, Гриша забрал себе решающий голос. Что он хочет, то и делают. Долго и тщательно проверяют Соню, и к величайшему сожалению ее партнеров оказывается, что она не смошенничала. Начинается следующая партия.

– А что я вчера видела! – говорит Аня как бы про себя. – Филипп Филиппыч заворотил как-то веки, и у него сделались глаза красные, страшные, как у нечистого духа.

– Я тоже видел, – говорит Гриша. – Восемь! А у нас ученик умеет ушами двигать. Двадцать семь!

Андрей поднимает глаза на Гришу, думает и говорит:

– И я умею ушами шевелить...

– А ну-ка, пошевели!

Андрей шевелит глазами, губами и пальцами, и ему кажется, что его уши приходят в движение. Всеобщий смех.

– Нехороший человек этот Филипп Филиппыч, – вздыхает Соня. – Вчера входит к нам в детскую, а я в одной сорочке... И мне стало так неприлично!

– Партия! – вскрикивает вдруг Гриша, хватая с блюдечка деньги. – У меня партия! Проверяйте, если хотите!

Кухаркин сын поднимает глаза и бледнеет.

– Мне, значит, уж больше нельзя играть, – шепчет он.

– Почему?

– Потому что... потому что у меня больше денег нет.

– Без денег нельзя! – говорит Гриша.

Андрей на всякий случай еще раз роется в карманах. Не найдя в них ничего, кроме крошек и искусанного карандашика, он кривит рот и начинает страдальчески мигать глазами. Сейчас он заплачет...

– Я за тебя поставлю! – говорит Соня, не вынося его мученического взгляда. – Только смотри, отдашь после.

Деньги взносятся, и игра продолжается.

– Кажется, где-то звонят, – говорит Аня, делая большие глаза.

Все перестают играть и, раскрыв рты, глядят на темное окно. За темнотой мелькает отражение лампы.

– Это послышалось.

– Ночью только на кладбище звонят... – говорит Андрей.

– А зачем там звонят?

– Чтоб разбойники в церковь не забрались. Звона они боятся.

– А для чего разбойникам в церковь забираться? – спрашивает Соня.

– Известно для чего: сторожей поубивать!

Проходит минута в молчании. Все переглядываются, вздрагивают и продолжают игру. На этот раз выигрывает Андрей.

– Он смошенничал, – басит ни с того ни с сего Алеша.

– Врешь, я не смошенничал!

Андрей бледнеет, кривит рот и хлоп Алешу по голове! Алеша злобно таращит глаза, вскакивает, становится одним коленом на стол и, в свою очередь, – хлоп Андрея по щеке! Оба дают друг другу еще по одной пощечине и ревут. Соня, не выносящая таких ужасов, тоже начинает плакать, и столовая оглашается разноголосым ревом. Но не думайте, что игра от этого кончилась. Не проходит и пяти минут, как дети опять хохочут и мирно беседуют. Лица заплаканы, но это не мешает им улыбаться. Алеша даже счастлив: недоразумение было!

В столовую входит Вася, ученик V класса. Вид у него заспанный, разочарованный.

«Это возмутительно! – думает он, глядя, как Гриша ощупывает карман, в котором звякают копейки. – Разве можно давать детям деньги? И разве можно позволять им играть в азартные игры? Хороша педагогия, нечего сказать. Возмутительно!»

Но дети играют так вкусно, что у него самого является охота присоседиться к ним и попытать счастья.

– Погодите, и я сяду играть, – говорит он.

– Ставь копейку!

– Сейчас, – говорит он, роясь в карманах. – У меня копейки нет, но вот есть рубль. Я ставлю рубль.

– Нет, нет, нет... копейку ставь!

– Дураки вы. Ведь рубль во всяком случае дороже копейки, – объясняет гимназист. – Кто выиграет, тот мне сдачи сдаст.

– Нет, пожалуйста! Уходи!

Ученик V класса пожимает плечами и идет в кухню взять у прислуги мелочи. В кухне не оказывается ни копейки.

– В таком случае разменяй мне, – пристает он к Грише, придя из кухни. – Я тебе промен заплачу. Не хочешь? Ну продай мне за рубль десять копеек.

Гриша подозрительно косится на Васю: не подвох ли это какой-нибудь, не жульничество ли?

– Не хочу, – говорит он, держась за карман.

Вася начинает выходить из себя, бранится, называя игроков болванами и чугунными мозгами.

– Вася, да я за тебя поставлю! – говорит Соня. – Садись!

Гимназист садится и кладет перед собой две карты. Аня начинает читать числа.

– Копейку уронил! – заявляет вдруг Гриша взволнованным голосом. – Постойте!

Снимают лампу и лезут под стол искать копейку. Хватают руками плевки, ореховую скорлупу, стукаются головами, но копейки не находят. Начинают искать снова и ищут до тех пор, пока Вася не вырывает из рук Гриши лампу и не ставит ее на место. Гриша продолжает искать в потемках.

Но вот наконец копейка найдена. Игроки садятся за стол и хотят продолжать игру.

– Соня спит! – заявляет Алеша.

Соня, положив кудрявую голову на руки, спит сладко, безмятежно и крепко, словно она уснула час тому назад. Уснула она нечаянно, пока другие искали копейку.

– Поди на мамину постель ложись! – говорит Аня, уводя ее из столовой. – Иди!

Ее ведут все гурьбой, и через какие-нибудь пять минут мамина постель представляет собой любопытное зрелище. Спит Соня. Возле нее похрапывает Алеша. Положив на их ноги голову, спят Гриша и Аня. Тут же, кстати, заодно примостился и кухаркин сын Андрей. Возле них валяются копейки, потерявшие свою силу впредь до новой игры. Спокойной ночи!

Тоска

Кому повем печаль мою?..

Вечерние сумерки. Крупный мокрый снег лениво кружится около только что зажженных фонарей и тонким мягким пластом ложится на крыши, лошадиные спины, плечи, шапки. Извозчик Иона Потапов весь бел, как привидение. Он согнулся, насколько только возможно согнуться живому телу, сидит на козлах и не шевельнется. Упади на него целый сугроб, то и тогда бы, кажется, он не нашел нужным стряхивать с себя снег... Его лошаденка тоже бела и неподвижна. Своею неподвижностью, угловатостью форм и палкообразной прямизною ног она даже вблизи похожа на копеечную пряничную лошадку. Она, по всей вероятности, погружена в мысль. Кого оторвали от плуга, от привычных серых картин и бросили сюда в этот омут, полный чудовищных огней, неугомонного треска и бегущих людей, тому нельзя не думать...

Иона и его лошаденка не двигаются с места уже давно. Выехали они со двора еще до обеда, а почина все нет и нет. Но вот на город спускается вечерняя мгла. Бледность фонарных огней уступает свое место живой краске, и уличная суматоха становится шумнее.

– Извозчик, на Выборгскую! – слышит Иона.

Иона вздрагивает и сквозь ресницы, облепленные снегом, видит военного в шинели с капюшоном.

– На Выборгскую! – повторяет военный. – Да ты спишь, что ли? На Выборгскую!

В знак согласия Иона дергает вожжи, отчего со спины лошади и с его плеч сыплются пласты снега... Военный садится в сани. Извозчик чмокает губами, вытягивает по-лебединому шею, приподнимается и больше по привычке, чем по нужде, машет кнутом. Лошаденка тоже вытягивает шею, кривит свои палкообразные ноги и нерешительно двигается с места...

– Куда прешь, леший! – на первых же порах слышит Иона возгласы из темной, движущейся взад и вперед массы. – Куда черти несут? Пррава держи!

– Ты ездить не умеешь! Права держи! – сердится военный.

Бранится кучер с кареты, злобно глядит и стряхивает с рукава снег прохожий, перебегавший дорогу и налетевший плечом на морду лошаденки. Иона ерзает на козлах, как на иголках, тыкает в стороны локтями и водит глазами, как угорелый, словно не понимает, где он и зачем он здесь.

– Какие все подлецы! – острит военный. – Так и норовят столкнуться с тобой или под лошадь попасть. Это они сговорились.

Иона оглядывается на седока и шевелит губами... Хочет он, по-видимому, что-то сказать, но из горла не выходит ничего, кроме сипенья.

– Что? – спрашивает военный.

Иона кривит улыбкой рот, напрягает свое горло и сипит:

– А у меня, барин, тово... сын на этой неделе помер.

– Гм!.. Отчего же он умер?

Иона оборачивается всем туловищем к седоку и говорит:

– А кто ж его знает! Должно, от горячки... Три дня полежал в больнице и помер... Божья воля.

– Сворачивай, дьявол! – раздается в потемках. – Повылазило, что ли, старый пес? Гляди глазами!

– Поезжай, поезжай... – говорит седок. – Этак мы и до завтра не доедем. Подгони-ка!

Извозчик опять вытягивает шею, приподнимается и с тяжелой грацией взмахивает кнутом. Несколько раз потом оглядывается он на седока, но тот закрыл глаза и, по-видимому, не расположен слушать. Высадив его на Выборгской, он останавливается у трактира, сгибается на козлах и опять не шевельнется... Мокрый снег опять красит набело его и лошаденку. Проходит час, другой...

По тротуару, громко стуча калошами и перебраниваясь, проходят трое молодых людей: двое из них высоки и тонки, третий мал и горбат.

– Извозчик, к Полицейскому мосту! – кричит дребезжащим голосом горбач. – Троих... двугривенный!

Иона дергает вожжами и чмокает. Двугривенный цена не сходная, но ему не до цены... Что рубль, что пятак – для него теперь все равно, были бы только седоки... Молодые люди, толкаясь и сквернословя, подходят к саням и все трое сразу лезут на сиденье. Начинается решение вопроса: кому двум сидеть, а кому третьему стоять? После долгой перебранки, капризничанья и попреков приходят к решению, что стоять должен горбач, как самый маленький.

– Ну, погоняй! – дребезжит горбач, устанавливаясь и дыша в затылок Ионы. – Лупи! Да и шапка же у тебя, братец! Хуже во всем Петербурге не найти...

– Гы-ы... гы-ы... – хохочет Иона. – Какая есть...

– Ну ты, какая есть, погоняй! Этак ты всю дорогу будешь ехать? Да? А по шее?..

– Голова трещит... – говорит один из длинных. – Вчера у Дукмасовых мы вдвоем с Васькой четыре бутылки коньяку выпили.

– Не понимаю, зачем врать! – сердится другой длинный. – Врет, как скотина.

– Накажи меня бог, правда...

– Это такая же правда, как то, что вошь кашляет.

– Гы-ы! – ухмыляется Иона. – Ве-еселые господа!

– Тьфу, чтоб тебя черти!.. – возмущается горбач. – Поедешь ты, старая холера, или нет? Разве так ездят? Хлобысни-ка ее кнутом! Но, черт! Но! Хорошенько ее!

Иона чувствует за своей спиной вертящееся тело и голосовую дрожь горбача. Он слышит обращенную к нему ругань, видит людей, и чувство одиночества начинает мало-помалу отлегать от груди. Горбач бранится до тех пор, пока не давится вычурным, шестиэтажным ругательством и не разражается кашлем. Длинные начинают говорить о какой-то Надежде Петровне. Иона оглядывается на них. Дождавшись короткой паузы, он оглядывается еще раз и бормочет:

– А у меня на этой неделе... тово... сын помер!

– Все помрем... – вздыхает горбач, вытирая после кашля губы. – Ну, погоняй, погоняй! Господа, я решительно не могу дальше так ехать! Когда он нас довезет?

– А ты его легонечко подбодри... в шею!

– Старая холера, слышишь? Ведь шею накостыляю!.. С вашим братом церемониться, так пешком ходить!.. Ты слышишь, Змей Горыныч? Или тебе плевать на наши слова?

И Иона больше слышит, чем чувствует, звуки подзатыльника.

– Гы-ы... – смеется он. – Веселые господа... дай бог здоровья!

– Извозчик, ты женат? – спрашивает длинный.

– Я-то? Гы-ы… ве-еселые господа! Таперя у меня одна жена – сырая земля… Хи-хо-хо… Могила, то есть!.. Сын-то вот помер, а я жив… Чудное дело, смерть дверью обозналась… Заместо того, чтоб ко мне идтить, она к сыну…

И Иона оборачивается, чтобы рассказать, как умер его сын, но тут горбач легко вздыхает и заявляет, что, слава богу, они, наконец, приехали. Получив двугривенный, Иона долго глядит вслед гулякам, исчезающим в темном подъезде. Опять он одинок, и опять наступает для него тишина… Утихшая ненадолго тоска появляется вновь и распирает грудь еще с большей силой. Глаза Ионы тревожно и мученически бегают по толпам, снующим по обе стороны улицы: не найдется ли из этих тысяч людей хоть один, который выслушал бы его? Но толпы бегут, не замечая ни его, ни тоски… Тоска громадная, не знающая границ. Лопни грудь Ионы и вылейся из нее тоска, так она бы, кажется, весь свет залила, но, тем не менее, ее не видно. Она сумела поместиться в такую ничтожную скорлупу, что ее не увидишь днем с огнем…

Иона видит дворника с кульком и решает заговорить с ним.

– Милый, который теперь час будет? – спрашивает он.

– Десятый… Чего же стал здесь? Проезжай!

Иона отъезжает на несколько шагов, изгибается и отдается тоске… Обращаться к людям он считает уже бесполезным. Но не проходит и пяти минут, как он выпрямляется, встряхивает головой, словно почувствовал острую боль, и дергает вожжи… Ему невмоготу.

«Ко двору, – думает он. – Ко двору!»

И лошаденка, точно поняв его мысль, начинает бежать рысцой. Спустя часа полтора, Иона сидит уже около большой грязной печи. На печи, на полу, на скамьях храпит народ. В воздухе «спираль» и духота… Иона глядит на спящих, почесывается и жалеет, что так рано вернулся домой…

«И на овес не выездил, – думает он. – Оттого-то вот и тоска. Человек, который знающий свое дело… который и сам сыт, и лошадь сыта, завсегда покоен…»

В одном из углов поднимается молодой извозчик, сонно крякает и тянется к ведру с водой.

– Пить захотел? – спрашивает Иона.

– Стало быть, пить!

– Так… На здоровье… А у меня, брат, сын помер… Слыхал? На этой неделе в больнице… История!

Иона смотрит, какой эффект произвели его слова, но не видит ничего. Молодой укрылся с головой и уже спит. Старик вздыхает и чешется… Как молодому хотелось пить, так ему хочется говорить. Скоро будет неделя, как умер сын, а он еще путем не говорил ни с кем… Нужно поговорить с толком, с расстановкой… Надо рассказать, как заболел сын, как он мучился, что говорил перед смертью, как умер… Нужно описать похороны и поездку в больницу за одеждой покойника. В деревне осталась дочка Анисья… И про нее нужно поговорить… Да мало ли о чем он может теперь поговорить? Слушатель должен охать, вздыхать, причитывать… А с бабами говорить еще лучше. Те хоть и дуры, но ревут от двух слов.

«Пойти лошадь поглядеть, – думает Иона. – Спать всегда успеешь… Небось, выспишься…»

Он одевается и идет в конюшню, где стоит его лошадь. Думает он об овсе, сене, о погоде… Про сына, когда один, думать он не может… Поговорить с кем-нибудь о нем можно, но самому думать и рисовать себе его образ невыносимо жутко…

– Жуешь? – спрашивает Иона свою лошадь, видя ее блестящие глаза. – Ну, жуй, жуй… Коли на овес не выездили, сено есть будем… Да… Стар уж стал я ездить… Сыну бы ездить, а не мне… То настоящий извозчик был… Жить бы только…

Иона молчит некоторое время и продолжает:

– Так-то, брат кобылочка… Нету Кузьмы Ионыча… Приказал долго жить… Взял и помер зря… Таперя, скажем, у тебя жеребеночек, и ты этому жеребеночку родная мать… И вдруг, скажем, этот самый жеребеночек приказал долго жить… Ведь жалко?

Лошаденка жует, слушает и дышит на руки своего хозяина...

Иона увлекается и рассказывает ей все...

Анюта

В самом дешевом номерке меблированных комнат «Лиссабон» из угла в угол ходил студент-медик 3-го курса, Степан Клочков, и усердно зубрил свою медицину. От неустанной, напряженной зубрячки у него пересохло во рту и выступил на лбу пот.

У окна, подернутого у краев ледяными узорами, сидела на табурете его жилица, Анюта, маленькая, худенькая брюнетка лет 25, очень бледная, с кроткими серыми глазами. Согнувши спину, она вышивала красными нитками по воротнику мужской сорочки. Работа была спешная... Коридорные часы сипло пробили два пополудни, а в номерке еще не было убрано. Скомканное одеяло, разбросанные подушки, книги, платье, большой грязный таз, наполненный мыльными помоями, в которых плавали окурки, сор на полу – все, казалось, было свалено в одну кучу, нарочно перемешано, скомкано...

– Правое легкое состоит из трех долей... – зубрил Клочков. – Границы! Верхняя доля на передней стенке груди достигает до 4-5 ребер, на боковой поверхности до четвертого ребра... назади до spina scapulae[1]...

Клочков, силясь представить себе только что прочитанное, поднял глаза к потолку. Не получив ясного представления, он стал прощупывать у себя сквозь жилетку верхние ребра.

– Эти ребра похожи на рояльные клавиши, – сказал он. – Чтобы не спутаться в счете, к ним непременно нужно привыкнуть. Придется поштудировать на скелете и на живом человеке... А ну-ка, Анюта, дай-ка я ориентируюсь!

---

[1] До ости лопатки *(лат.)*.

Анюта оставила вышиванье, сняла кофточку и выпрямилась. Клочков сел против нее, нахмурился и стал считать ее ребра.

– Гм... Первое ребро не прощупывается... Оно за ключицей... Вот это будет второе ребро... Так-с... Это вот третье... Это вот четвертое... Гм... Так-с... Что ты жмешься?

– У вас пальцы холодные!

– Ну, ну... не умрешь, не вертись... Стало быть, это третье ребро, а это четвертое... Тощая ты такая на вид, а ребра едва прощупываются. Это второе... это третье... Нет, этак спутаешься и не представишь себе ясно... Придется нарисовать. Где мой уголек?

Клочков взял уголек и начертил им на груди у Анюты несколько параллельных линий, соответствующих ребрам.

– Превосходно. Все, как на ладони... Ну-с, а теперь и постучать можно. Встань-ка!

Анюта встала и подняла подбородок. Клочков занялся выстукиванием и так погрузился в это занятие, что не заметил, как губы, нос и пальцы у Анюты посинели от холода. Анюта дрожала и боялась, что медик, заметив ее дрожь, перестанет чертить углем и стучать и потом, пожалуй, дурно сдаст экзамен.

– Теперь все ясно, – сказал Клочков, перестав стучать. – Ты сиди так и не стирай угля, а я пока подзубрю еще немножко.

И медик опять стал ходить и зубрить. Анюта, точно татуированная, с черными полосами на груди, съежившись от холода, сидела и думала. Она говорила вообще очень мало, всегда молчала и все думала, думала...

За все шесть-семь лет ее шатания по меблированным комнатам таких, как Клочков, знала она человек пять. Теперь все они уже покончали курсы, вышли в люди и, конечно, как порядочные люди, давно уже забыли ее. Один из них живет в Париже, два докторами, четвертый художник, а пятый даже, говорят, уже профессор. Клочков – шестой... Скоро и этот кончит курс, выйдет в люди. Несомненно, будущее прекрасно, и из Клочкова, вероятно, выйдет большой человек, но настоящее совсем плохо: у Клочкова нет табаку, нет чаю, и сахару осталось четыре кусочка. Нужно как можно скорее оканчивать вышиванье, нести к заказчице и потом купить на полученный четвертак и чаю и табаку.

– Можно войти? – послышалось за дверью.

Анюта быстро накинула себе на плечи шерстяной платок. Вошел художник Фетисов.

– А я к вам с просьбой, – начал он, обращаясь к Клочкову и зверски глядя из-под нависших на лоб волос. – Сделайте одолжение, одолжите мне вашу прекрасную девицу часика на два! Пишу, видите ли, картину, а без натурщицы никак нельзя!

– Ах, с удовольствием! – согласился Клочков. – Ступай, Анюта.

– Чего я там не видела! – тихо проговорила Анюта.

– Ну, полно! Человек для искусства просит, а не для пустяков каких-нибудь. Отчего не помочь, если можешь?

Анюта стала одеваться.

– А что вы пишете? – спросил Клочков.

– Психею. Хороший сюжет, да все как-то не выходит; приходится все с разных натурщиц писать. Вчера писал одну с синими ногами. Почему, спрашиваю, у тебя синие ноги? Это, говорит, чулки линяют. А вы все зубрите! Счастливый человек, терпение есть.

– Медицина такая штука, что никак нельзя без зубрячки.

– Гм... Извините, Клочков, но вы ужасно по-свински живете! Черт знает как живете!

– То есть как? Иначе нельзя жить... От батьки я получаю только двенадцать в месяц, а на эти деньги мудрено жить порядочно.

– Так-то так... – сказал художник и брезгливо поморщился, – но можно все-таки лучше жить... Развитой человек обязательно должен быть эстетиком. Не правда ли? А у вас тут черт знает что! Постель не прибрана, помои, сор... вчерашняя каша на тарелке... тьфу!

– Это правда, – сказал медик и сконфузился, – но Анюте некогда было сегодня убрать. Все время занята.

Когда художник и Анюта вышли, Клочков лег на диван и стал зубрить лежа, потом нечаянно уснул и, проснувшись через час, подпер голову кулаками и мрачно задумался. Ему вспомнились слова художника о том, что развитой человек обязательно должен быть эстетиком, и его обстановка в самом деле казалась ему теперь противной, отталкивающей. Он точно бы провидел умственным оком то свое будущее, когда он будет принимать своих больных в кабинете, пить чай в просторной столовой, в обществе жены, порядочной женщины, – и теперь этот таз с помоями, в котором плавали окурки, имел вид до невероятия гадкий. Анюта тоже представлялась некрасивой, неряшливой, жалкой… И он решил расстаться с ней, немедля, во что бы то ни стало.

Когда она, вернувшись от художника, снимала шубу, он поднялся и сказал ей серьезно:

– Вот что, моя милая… Садись и выслушай. Нам нужно расстаться! Одним словом, жить с тобою я больше не желаю.

Анюта вернулась от художника такая утомленная, изнеможенная. Лицо у нее от долгого стояния на натуре осунулось, похудело, и подбородок стал острей. В ответ на слова медика она ничего не сказала, и только губы у нее задрожали.

– Согласись, что рано или поздно нам все равно пришлось бы расстаться, – сказал медик. – Ты хорошая, добрая, и ты не глупая, ты поймешь…

Анюта опять надела шубу, молча завернула свое вышиванье в бумагу, собрала нитки, иголки; сверток с четырьмя кусочками сахару нашла на окне и положила на столе возле книг.

– Это ваше… сахар… – тихо сказала она и отвернулась, чтобы скрыть слезы.

– Ну, что же ты плачешь? – спросил Клочков.

Он прошелся по комнате в смущении и сказал:

– Странная ты, право… Сама ведь знаешь, что нам необходимо расстаться. Не век же нам быть вместе.

Она уже забрала все свои узелки и уже повернулась к нему, чтобы проститься, и ему стало жаль ее.

«Разве пусть еще одну неделю поживет здесь? – подумал он. – В самом деле, пусть еще поживет, а через неделю я велю ей уйти».

И, досадуя на свою бесхарактерность, он крикнул ей сурово:

– Ну, что же стоишь? Уходить, так уходить, а не хочешь, так снимай шубу и оставайся! Оставайся!

Анюта сняла шубу, молча, потихоньку, потом высморкалась, тоже потихоньку, вздохнула и бесшумно направилась к своей постоянной позиции – к табурету у окна.

Студент потянул к себе учебник и опять заходил из угла в угол.

– Правое легкое состоит из трех долей... – зубрил он. – Верхняя доля на передней стенке груди достигает до 4–5 ребер...

А в коридоре кто-то кричал во все горло:

– Гррригорий, самовар!

Актерская гибель

Благородный отец и простак Щипцов, высокий, плотный старик, славившийся не столько сценическими дарованиями, сколько своей необычайной физической силой, «вдрызг» поругался во время спектакля с антрепренером и в самый разгар руготни вдруг почувствовал, что у него в груди что-то оборвалось. Антрепренер Жуков обыкновенно в конце каждого горячего объяснения начинал истерически хохотать и падал в обморок, но Щипцов на сей раз не стал дожидаться такого конца и поспешил восвояси. Брань и ощущение разрыва в груди так взволновали его, что, уходя из театра, он забыл смыть с лица грим и только сорвал бороду.

Придя к себе в номер, Щипцов долго шагал из угла в угол, потом сел на кровать, подпер голову кулаками и задумался. Не шевелясь и не издав ни одного звука, просидел он таким образом до двух часов другого дня, когда в его номер вошел комик Сигаев.

– Ты что же это, Шут Иванович, на репетицию не приходил? – набросился на него комик, пересиливая одышку и наполняя номер запахом винного перегара. – Где ты был?

Щипцов ничего не ответил и только взглянул на комика мутными, подкрашенными глазами.

– Хоть бы рожу-то вымыл! – продолжал Сигаев. – Стыдно глядеть! Ты натрескался или… болен, что ли? Да что ты молчишь? Я тебя спрашиваю: ты болен?

Щипцов молчал. Как ни была опачкана его физиономия, но комик, вглядевшись попристальнее, не мог не заметить поразительной бледности, пота и дрожания губ. Руки и ноги тоже дрожали, да и все громадное тело верзилы-простака казалось помятым, приплюснутым. Комик быстро оглядел номер, но не увидел ни штофов, ни бутылок, ни другой какой-либо подозрительной посуды.

– Знаешь, Мишутка, а ведь ты болен! – встревожился он. – Накажи меня бог, ты болен! На тебе лица нет!

Щипцов молчал и уныло глядел в пол.

– Это ты простудился! – продолжал Сигаев, беря его за руку. – Ишь какие руки горячие! Что у тебя болит?

– До… домой хочу, – пробормотал Щипцов.

– А ты нешто сейчас не дома?

– Нет… в Вязьму…

– Эва, куда захотел! До твоей Вязьмы и в три года не доскачешь… Что, к папашеньке и мамашеньке захотелось? Чай, давно уж они у тебя сгнили и могилок их не сыщешь…

– У меня там ро… родина…

– Ну, нечего, нечего мерлехлюндию распускать. Эта психопатия чувств, брат, последнее дело… Выздоравливай, да завтра тебе нужно в «Князе Серебряном» Митьку играть. Больше ведь некому. Выпей-ка чего-нибудь горячего да касторки прими. Есть у тебя деньги на касторку? Или постой, я сбегаю и куплю.

Комик пошарил у себя в карманах, нашел пятиалтынный и побежал в аптеку. Через четверть часа он вернулся.

– На, пей! – сказал он, поднося ко рту благородного отца склянку. – Пей прямо из пузырька... Разом! Вот так... На, теперь гвоздичкой закуси, чтоб душа этой дрянью не провоняла.

Комик посидел еще немного у больного, потом нежно поцеловал его и ушел. К вечеру забегал к Щипцову jeune-premier[1] Брама-Глинский. Даровитый артист был в прюнелевых полусапожках, имел на левой руке перчатку, курил сигару и даже издавал запах гелиотропа, но, тем не менее, все-таки сильно напоминал путешественника, заброшенного в страну, где нет ни бань, ни прачек, ни портных...

– Ты, я слышал, заболел? – обратился он к Щипцову, перевернувшись на каблуке. – Что с тобой? Ей-богу, что с тобой?..

Щипцов молчал и не шевелился.

– Что же ты молчишь? Дурнота в голове, что ли? Ну, молчи, не стану приставать... молчи...

Брама-Глинский (так он зовется по театру, в паспорте же он значится Гуськовым) отошел к окну, заложил руки в карманы и стал глядеть на улицу. Перед его глазами расстилалась громадная пустошь, огороженная серым забором, вдоль которого тянулся целый лес прошлогоднего репейника. За пустошью темнела чья-то заброшенная фабрика с наглухо забитыми окнами. Около трубы кружилась запоздавшая галка. Вся эта скучная, безжизненная картина начинала уже подергиваться вечерними сумерками.

– Домой надо! – услышал jeune-premier.

– Куда это домой?

– В Вязьму... на родину...

– До Вязьмы, брат, тысяча пятьсот верст... – вздохнул Брама-Глинский, барабаня по стеклу. – А зачем тебе в Вязьму?

---

[1] Первый любовник *(франц.)*.

– Там бы помереть...

– Ну, вот еще, выдумал! Помереть... Заболел первый раз в жизни и уж воображает, что смерть пришла... Нет, брат, такого буйвола, как ты, никакая холера не проберет. До ста лет проживешь... Что у тебя болит?

– Ничего не болит, но я... чувствую...

– Ничего ты не чувствуешь, а все это у тебя от лишнего здоровья. Силы в тебе бушуют. Тебе бы теперь дербалызнуть хорошенечко, выпить этак, знаешь, чтоб во всем теле пертурбация произошла. Пьянство отлично освежает... Помнишь, как ты в Ростове-на-Дону насвистался? Господи, даже вспомнить страшно! Бочонок с вином мы с Сашкой вдвоем еле-еле донесли, а ты его один выпил да потом еще за ромом послал... Допился до того, что чертей мешком ловил и газовый фонарь с корнем вырвал. Помнишь? Тогда еще ты ходил греков бить...

Под влиянием таких приятных воспоминаний лицо Щипцова несколько прояснилось и глаза заблестели.

– А помнишь, как я антрепренера Савойкина бил? – забормотал он, поднимая голову. – Да что говорить! Бил я на своем веку тридцать трех антрепренеров, а что меньшей братии, то и не упомню. И каких антрепренеров-то бил! Таких, что и ветрам не позволяли до себя касаться! Двух знаменитых писателей бил, одного художника!

– Что ж ты плачешь?

– В Херсоне лошадь кулаком убил. А в Таганроге напали раз на меня ночью жулики, человек пятнадцать. Я поснимал с них шапки, а они идут за мной да просят: «Дяденька, отдай шапку!» Такие-то дела.

– Что ж ты, дурило, плачешь?

– А теперь шабаш... чувствую. В Вязьму бы ехать!

Наступила пауза. После молчания Щипцов вдруг вскочил и схватился за шапку. Вид у него был расстроенный.

– Прощай! В Вязьму еду! – проговорил он покачиваясь.

– А деньги на дорогу?

– Гм!.. Я пешком пойду!

– Ты ошалел…

Оба взглянули друг на друга, вероятно, потому, что у обоих мелькнула в голове одна и та же мысль – о необозримых полях, нескончаемых лесах, болотах.

– Нет, ты, я вижу, спятил! – решил jeune-premier. – Вот что, брат… Первым делом ложись, потом выпей коньяку с чаем, чтоб в пот ударило. Ну, и касторки, конечно. Постой, где бы коньяку взять?

Брама-Глинский подумал и решил сходить к купчихе Цитринниковой, попытать ее насчет кредита: авось, баба сжалится – отпустит в долг! Jeune-premier отправился и через полчаса вернулся с бутылкой коньяку и с касторкой. Щипцов по-прежнему сидел неподвижно на кровати, молчал и глядел в пол. Предложенную товарищем касторку он выпил, как автомат, без участия сознания. Как автомат, сидел он потом за столом и пил чай с коньяком; машинально выпил всю бутылку и дал товарищу уложить себя в постель. Jeune-premier укрыл его одеялом и пальто, посоветовал пропотеть и ушел.

Наступила ночь. Коньяку было выпито много, но Щипцов не спал. Он лежал неподвижно под одеялом и глядел на темный потолок, потом, увидев луну, глядевшую в окно, он перевел глаза с потолка на спутника земли и так пролежал с открытыми глазами до самого утра. Утром, часов в девять, прибежал антрепренер Жуков.

– Что это вы, ангел, хворать вздумали? – закудахтал он, морща нос. – Ай, ай! Нешто при вашей комплекции можно хворать? Стыдно, стыдно! А я, знаете, испугался! Ну, неужели, думаю, на него наш разговор подействовал? Душенька моя, надеюсь, что вы не от меня заболели! Ведь и вы меня, тово… И к тому же между товарищами не может быть без этого. Вы меня там и ругали и… с кулаками даже лезли, а я вас люблю! Ей-богу, люблю! Уважаю и люблю! Ну, вот объясните, ангел, за что я вас так люблю? Не родня вы мне, не сват, не жена, а как узнал, что вы прихворнули, – словно кто ножом резанул.

Жуков долго объяснялся в любви, потом полез целоваться и в конце концов так расчувствовался, что начал истерически хохотать и хотел даже упасть в обморок, но, спохватившись, вероятно, что он не у себя дома и не в театре, отложил обморок до более удобного случая и уехал.

Вскоре после него явился трагик Адабашев, личность тусклая, подслеповатая и говорящая в нос… Он долго глядел на Щипцова, долго думал и вдруг сделал открытие:

– Знаешь что, Мифа? – спросил он, произнося в нос вместо *ш* – *ф* и придавая своему лицу таинственное выражение. – Знаешь что?! Тебе нужно выпить касторки!!

Щипцов молчал. Молчал он и немного погодя, когда трагик вливал ему в рот противное масло. Часа через два после Адабашева пришел в номер театральный парикмахер Евлампий, или, как называли его почему-то актеры, Риголетто. Он тоже, как и трагик, долго глядел на Щипцова, потом вздохнул, как паровоз, и медленно, с расстановкой начал развязывать принесенный им узел. В узле было десятка два банок и несколько пузырьков.

– Послали б за мной, и я б вам давно банки поставил! – сказал он нежно, обнажая грудь Щипцова. – Запустить болезнь не трудно!

Засим Риголетто погладил ладонью широкую грудь благородного отца и покрыл ее кровососными банками.

– Да-с… – говорил он, увязывая после этой операции свои орудия, обагренные кровью Щипцова. – Прислали бы за мной, я и пришел бы… Насчет денег беспокоиться нечего… Я из жалости… Где вам взять, ежели тот идол платить не хочет? Таперя вот извольте капель этих принять. Вкусные капли! А таперя извольте маслица выпить. Касторка самая настоящая. Вот так! На здоровье! Ну, а таперя прощайте-с…

Риголетто взял свой узел и, довольный, что помог ближнему, удалился.

Утром следующего дня комик Сигаев, зайдя к Щипцову, застал его в ужаснейшем состоянии. Он лежал под пальто, тяжело дышал и водил блуждающими глазами по потолку. В руках он судорожно мял скомканное одеяло.

– В Вязьму! – зашептал он, увидав комика. – В Вязьму!

– Вот это, брат, уж мне и не нравится! – развел руками комик. – Вот… вот… вот это, брат, и нехорошо! Извини, но… даже, брат, глупо…

– В Вязьму надо! Ей-богу, в Вязьму!

– Не… не ожидал от тебя!.. – бормотал совсем растерявшийся комик. – Черт знает! Чего ради раскрасился! Э… э… э… и нехорошо! Верзила, с каланчу ростом, а плачешь. Нешто актеру можно плакать?

– Ни жены, ни детей, – бормотал Щипцов. – Не идти бы в актеры, а в Вязьме жить! Пропала, Семен, жизнь! Ох, в Вязьму бы!

– Э… э… э… и нехорошо! Вот и глупо… подло даже!

Успокоившись и приведя свои чувства в порядок, Сигаев стал утешать Щипцова, врать ему, что товарищи порешили его на общий счет в Крым отправить и проч., но тот не слушал и все бормотал про Вязьму… Наконец, комик махнул рукой и, чтобы утешить больного, сам стал говорить про Вязьму.

– Хороший город! – утешал он. – Отличный, брат, город! Пряниками прославился. Пряники классические, но – между нами говоря – того… подгуляли. После них у меня целую неделю потом был того… Но что там хорошо, так это купец! Всем купцам купец. Уж коли угостит тебя, так угостит!

Комик говорил, а Щипцов молчал, слушал и одобрительно кивал головой.

К вечеру он умер.

Иван Матвеич

Шестой час вечера. Один из достаточно известных русских ученых – будем называть его просто ученым – сидит у себя в кабинете и нервно кусает ногти.

– Это просто возмутительно! – говорит он, то и дело посматривая на часы. – Это верх неуважения к чужому времени и труду. В Англии такой субъект не заработал бы ни гроша, умер бы с голода! Ну, погоди же, придешь ты…

И, чувствуя потребность излить на чем-нибудь свой гнев и нетерпение, ученый подходит к двери, ведущей в женину комнату, и стучится.

– Послушай, Катя, – говорит он негодующим голосом. – Если увидишь Петра Данилыча, то передай ему, что порядочные люди так не делают! Это мерзость! Рекомендует переписчика и не знает, кого он рекомендует! Мальчишка аккуратнейшим образом опаздывает каждый день на два, на три часа. Ну, разве это переписчик? Для меня эти два-три часа дороже, чем для другого два-три года! Придет он, я его изругаю, как собаку, денег ему не заплачу и вышвырну вон! С такими людьми нельзя церемониться!

– Ты каждый день это говоришь, а между тем он все ходит и ходит.

– А сегодня я решил. Достаточно уж я из-за него потерял. Ты извини, но я с ним ругаться буду, извозчицки ругаться!

Но вот наконец слышится звонок. Ученый делает серьезное лицо, выпрямляется и, закинув назад голову, идет в переднюю. Там, около вешалки, уже стоит его переписчик Иван Матвеич, молодой человек лет восемнадцати, с овальным, как яйцо, безусым лицом, в поношенном, облезлом пальто и без калош. Он запыхался и старательно вытирает свои большие, неуклюжие сапоги о подстилку, причем старается скрыть от горничной дыру на сапоге, из которой выглядывает белый чулок. Увидев ученого, он улыбается той продолжительной, широкой, немножко глуповатой улыбкой, какая бывает на лицах только у детей и очень простодушных людей.

– А, здравствуйте, – говорит он, протягивая большую мокрую руку. – Что, прошло у вас горло?

– Иван Матвеич! – говорит ученый дрогнувшим голосом, отступая назад и складывая вместе пальцы обеих рук. – Иван Матвеич!

Затем он подскакивает к переписчику, хватает его за плечо и начинает слабо трясти.

– Что вы со мной делаете? – говорит он с отчаянием. – Ужасный, гадкий вы человек, что вы делаете со мной! Вы надо мной смеетесь, издеваетесь? Да?

Иван Матвеич, судя по улыбке, которая еще не совсем сползла с его лица, ожидал совсем другого приема, а потому, увидев дышащее негодованием лицо ученого, он еще больше вытягивает в длину свою овальную физиономию и в изумлении открывает рот.

– Что… что такое? – спрашивает он.

– И вы еще спрашиваете! – всплескивает руками ученый. – Знаете, как дорого для меня время, и так опаздываете! Вы опоздали на два часа!.. Бога вы не боитесь!

– Я ведь сейчас не из дому, – бормочет Иван Матвеич, нерешительно развязывая шарф. – Я у тетки на именинах был, а тетка верст за шесть отсюда живет… Если бы я прямо из дому шел, ну, тогда другое дело.

– Ну, сообразите, Иван Матвеич, есть ли логика в ваших поступках? Тут дело нужно делать, дело срочное, а вы по именинам да по теткам шляетесь! Ах, да развязывайте поскорее ваш ужасный шарф! Это, наконец, невыносимо!

Ученый опять подскакивает к переписчику и помогает ему распутать шарф.

– Какая вы баба… Ну, идите!.. Скорей, пожалуйста!

Сморкаясь в грязный, скомканный платочек и поправляя свой серенький пиджачок, Иван Матвеич идет через залу и гостиную в кабинет. Тут для него давно уже готово и место, и бумага, и даже папиросы.

– Садитесь, садитесь, – подгоняет ученый, нетерпеливо потирая руки. – Несносный вы человек… Знаете, что работа срочная, и так опаздываете. Поневоле браниться станешь. Ну, пишите… На чем мы остановились?

Иван Матвеич приглаживает свои щетинистые, неровно остриженные волосы и берется за перо. Ученый прохаживается из угла в угол, сосредоточивается и начинает диктовать:

– Суть в том… запятая… что некоторые, так сказать, основные формы… написали? – формы единственно обусловливаются самой сущностью тех начал… запятая… которые находят в них свое выражение и могут воплотиться только в них… С новой строки… Там, конечно, точка… Наиболее самостоятельности представляют… представляют… те формы, которые имеют не столько политический… запятая… сколько социальный характер…

– Теперь у гимназистов другая форма… серая… – говорит Иван Матвеич. – Когда я учился, при мне лучше было: мундиры носили…

– Ах, да пишите, пожалуйста! – сердится ученый. – Характер… написали? Говоря же о преобразованиях, относящихся к устройству… государственных функций, а не регулированию народного быта… запятая… нельзя сказать, что они отличаются национальностью своих форм… последние три слова в кавычках… Э-э… тово… Так что вы хотели сказать про гимназию?

– Что при мне другую форму носили.

– Ага… так… А вы давно оставили гимназию?

– Да я же вам говорил вчера! Я уж года три как не учусь… Я из четвертого класса вышел.

– А зачем вы гимназию бросили? – спрашивает ученый, заглядывая в писанье Ивана Матвеича.

– Так, по домашним обстоятельствам.

– Опять вам говорить, Иван Матвеич! Когда, наконец, вы бросите вашу привычку растягивать строки? В строке не должно быть меньше сорока букв!

– Что ж, вы думаете, я это нарочно? – обижается Иван Матвеич. – Зато в других строках больше сорока букв... Вы сочтите. А ежели вам кажется, что я натягиваю, то вы можете мне плату убавить.

– Ах, да не в том дело! Какой вы неделикатный, право... Чуть что, сейчас вы о деньгах. Главное – аккуратность, Иван Матвеич, аккуратность главное! Вы должны приучать себя к аккуратности.

Горничная вносит в кабинет на подносе два стакана чаю и корзинку с сухарями... Иван Матвеич неловко, обеими руками берет свой стакан и тотчас же начинает пить. Чай слишком горяч. Чтобы не ожечь губ, Иван Матвеич старается делать маленькие глотки. Он съедает один сухарь, потом другой, третий и, конфузливо покосившись на ученого, робко тянется за четвертым... Его громкие глотки, аппетитное чавканье и выражение голодной жадности в приподнятых бровях раздражают ученого.

– Кончайте скорей... Время дорого.

– Вы диктуйте. Я могу в одно время и пить и писать... Я, признаться, проголодался.

– Еще бы, пешком ходите!

– Да... А какая нехорошая погода! В наших краях в это время уж весной пахнет... Везде лужи, снег тает.

– Вы ведь, кажется, южанин?

– Из Донской области... А в марте у нас совсем уж весна. Тут мороз, все в шубах ходят, а там травка... везде сухо и тарантулов даже ловить можно.

– А зачем ловить тарантулов?

– Так... от нечего делать... – говорит Иван Матвеич и вздыхает. – Их ловить забавно. Нацепишь на нитку кусочек смолы, опустишь смолку в норку и начнешь смолкой бить тарантула по спине, а он, проклятый, рассердится, схватит лапками за смолу и увязнет... А что мы с ними делали! Накидаем их, бывало, полный тазик и пустим к ним бихорку.

– Какого бихорку?

– Это такой паук есть, вроде тоже как бы тарантула. В драке он один может сто тарантулов убить.

– М-да… Однако будем писать… На чем мы остановились?

Ученый диктует еще строк двадцать, потом садится и погружается в размышление.

Иван Матвеич в ожидании, пока тот надумает, сидит и, вытягивая шею, старается привести в порядок воротничок своей сорочки. Галстук сидит не плотно, запонки выскочили, и воротник то и дело расходится.

– М-да… – говорит ученый. – Так-с… Что, не нашли еще себе места, Иван Матвеич?

– Нет. Да где его найдешь? Я, знаете ли, надумал в вольноопределяющиеся идти. А отец советует в аптеку поступить.

– М-да… А лучше, если бы в университет поступили. Экзамен трудный, но при терпении и усидчивом труде можно выдержать. Занимайтесь, читайте побольше… Вы много читаете?

– Признаться, мало… – говорит Иван Матвеич, закуривая.

– Тургенева читали?

– Н-нет…

– А Гоголя?

– Гоголя? Гм!.. Гоголя… Нет, не читал!

– Иван Матвеич! И вам не совестно? Ай-ай! Такой хороший вы малый, так много в вас оригинального, и вдруг… даже Гоголя не читали! Извольте прочесть! Я вам дам! Обязательно прочтите! Иначе мы рассоримся!

Опять наступает молчание. Ученый полулежит на мягкой кушетке и думает, а Иван Матвеич, оставив в покое воротнички, все свое внимание обращает на сапоги. Он и не заметил, как под ногами от растаявшего снега образовались две большие лужи. Ему совестно.

– Что-то не клеится сегодня... – бормочет ученый. – Иван Матвеич, вы, кажется, и птиц любите ловить?

– Это осенью... Здесь я не ловлю, а там, дома, всегда ловил.

– Так-с... хорошо-с. А писать все-таки нужно.

Ученый решительно встает и начинает диктовать, но через десять строк опять садится на кушетку.

– Нет уж, вероятно, отложим до завтрашнего утра, – говорит он. – Приходите завтра утром, только пораньше, часам к девяти. Храни вас бог опоздать.

Иван Матвеич кладет перо, встает из-за стола и садится на другой стул. Проходит минут пять в молчании, и он начинает чувствовать, что ему пора уходить, что он лишний, но в кабинете ученого так уютно, светло и тепло, и еще настолько свежо впечатление от сдобных сухарей и сладкого чая, что у него сжимается сердце от одной только мысли о доме. Дома – бедность, голод, холод, ворчун-отец, попреки, а тут так безмятежно, тихо и даже интересуются его тарантулами и птицами.

Ученый смотрит на часы и берется за книгу.

– Так вы дадите мне Гоголя? – спрашивает Иван Матвеич, поднимаясь.

– Дам, дам. Только куда же вы спешите, голубчик? Посидите, расскажите что-нибудь...

Иван Матвеич садится и широко улыбается. Почти каждый вечер сидит он в этом кабинете и всякий раз чувствует в голосе и во взгляде ученого что-то необыкновенно мягкое, притягательное, словно родное. Бывают даже минуты, когда ему кажется, что ученый привязался к нему, привык, и если бранит его за опаздывания, то только потому, что скучает по его болтовне о тарантулах и о том, как на Дону ловят щеглят.

Нахлебники

Мещанин Михаил Петров Зотов, старик лет семидесяти, дряхлый и одинокий, проснулся от холода и старческой ломоты во всем теле. В комнате было темно, но лампадка перед образом уже не горела. Зотов приподнял занавеску и поглядел в окно. Облака, облегавшие небо, начинали уже подергиваться белизной, и воздух становился прозрачным, – стало быть, был пятый час, не больше.

Зотов покрякал, покашлял и, пожимаясь от холода, встал с постели. По давнишней привычке, он долго стоял перед образом и молился. Прочел «Отче наш», «Богородицу», «Верую» и помянул длинный ряд имен. Кому принадлежат эти имена, он давно уже забыл и поминал только по привычке. По той же привычке он подмел комнату и сени и поставил свой толстенький четырехногий самоварчик из красной меди. Не будь у Зотова этих привычек, он не знал бы, чем наполнить свою старость.

Поставленный самоварчик медленно разгорался и вдруг неожиданно загудел дрожащим басом.

– Ну, загудел! – проворчал Зотов. – Гуди на свою голову!

Тут же кстати старик вспомнил, что в истекшую ночь ему снилась печь, а видеть во сне печь означает печаль.

Сны и приметы составляли единственное, что еще могло возбуждать его к размышлениям. И на этот раз он с особенною любовью погрузился в решение вопросов: к чему гудит самовар, какую печаль пророчит печь? Сон на первых же порах оказался в руку: когда Зотов выполоскал чайник и захотел заварить чай, то у него в коробочке не нашлось ни одной чаинки.

– Жизнь каторжная! – ворчал он, перекатывая языком во рту крохи черного хлеба. – Экая доля собачья!

Чаю нету! Добро бы, простой мужик был, а то ведь мещанин, домовладелец. Срамота!

Ворча и разговаривая с самим собой, Зотов надел свое похожее на кринолин пальто, сунул ноги в громадные неуклюжие калоши (сшитые сапожником Прохорычем в 1867 г.) и вышел на двор. Воздух был сер, холоден и угрюмо покоен. Большой двор, кудрявый от репейника и усыпанный желтыми листьями, слегка серебрился осеннею изморозью. Ни ветра, ни звуков. Старик сел на ступени своего покосившегося крылечка, и тотчас же произошло то, что происходит аккуратно каждое утро: к нему подошла его собака Лыска, большой дворовый пес, белый с черными пятнами, облезлый, полудохлый, с закрытым правым глазом. Подходила Лыска робко, трусливо изгибаясь, точно ее лапы касались не земли, а раскаленной плиты, и все ее дряхлое тело выражало крайнюю забитость. Зотов сделал вид, что не обращает на нее внимания; но когда она, слабо шевеля хвостом и по-прежнему изгибаясь, лизнула ему калошу, то он сердито топнул ногой.

– Пшла, чтоб ты издохла! – крикнул он. – Про-кля-та-я!

Лыска отошла в сторону, села и уставилась своим единственным глазом на хозяина.

– Черти! – продолжал Зотов. – Вас еще недоставало, иродов, на мою голову!

И он с ненавистью поглядел на свой сарай с кривой поросшей крышей; там из двери сарайчика глядела на него большая лошадиная голова. Вероятно, польщенная вниманием хозяина, голова задвигалась, подалась вперед, и из сарая показалась целая лошадь, такая же дряхлая, как Лыска, такая же робкая и забитая, тонконогая, седая, с втянутым животом и костистой спиною. Она вышла из сарая и в нерешительности остановилась, точно сконфузилась.

– Провала на вас нет... – продолжал Зотов. – Не сгинули вы еще с глаз моих, фараоны каторжные... Небось, кушать желаете! – усмехнулся он, кривя свое злое лицо презрительной улыбкой. – Извольте, сию минуту! Для такого стоящего рысака овса самолучшего сколько угодно! Кушайте! Сию минуту! И великолепную дорогую собаку есть чем покормить! Ежели такая дорогая собака, как вы, хлеба не желаете, то говядинки можно.

Зотов ворчал с полчаса, раздражаясь все больше и больше; под конец он, не вынося накипевшей в нем злобы, вскочил, затопал калошами и забрюзжал на весь двор:

– Не обязан я кормить вас, дармоеды! Я не миллионщик какой, чтоб вы меня объедали и опивали! Мне самому есть нечего, одры поганые, чтоб вас холера забрала! Ни радости мне от вас, ни корысти, а одно только горе и разоренье! Почему вы не околеваете? Что вы за такие персоны, что вас даже и смерть не берет? Живите, черт с вами, но не желаю вас кормить! Довольно с меня! Не желаю!

Зотов возмущался, негодовал, а лошадь и собака слушали. Понимали ли эти два нахлебника, что их попрекают куском хлеба, – не знаю, но животы их еще более втянулись и фигуры съежились, потускнели и стали забитее... Их смиренный вид еще более раздражил Зотова.

– Вон! – закричал он, охваченный каким-то вдохновением. – Вон из моего дома! Чтоб и глаза мои вас не видели! Не обязан я у себя на дворе всякую дрянь держать! Вон!

Старик засеменил к воротам, отворил их и, подняв с земли палку, стал выгонять со двора своих нахлебников. Лошадь мотнула головой, задвигала лопатками и захромала в ворота; собака за ней. Обе вышли на улицу и, пройдя шагов двадцать, остановились у забора.

– Я вас! – пригрозил им Зотов.

Выгнав нахлебников, он успокоился и начал мести двор. Изредка он выглядывал на улицу: лошадь и собака, как вкопанные, стояли у забора и уныло глядели на ворота.

– Поживите-ка без меня! – ворчал старик, чувствуя, как у него от сердца отлегает злоба. – Пущай-ка кто другой поглядит теперь за вами! Я и скупой и злой... со мной скверно жить, так поживите с другим... Да...

Насладившись угнетенным видом нахлебников и досыта наворчавшись, Зотов вышел за ворота и, придав своему лицу свирепое выражение, крикнул:

– Ну, чего стоите? Кого ждете? Стали поперек дороги и мешают публике ходить! Пошли во двор!

Лошадь и собака понурили головы и с видом виноватых направились к воротам. Лыска, вероятно, чувствуя, что она не заслуживает прощения, жалобно завизжала.

– Жить живите, а уж насчет корма – на-кося, выкуси! – сказал Зотов, впуская их. – Хоть околевайте.

Между тем сквозь утреннюю мглу стало пробиваться солнце; его косые лучи заскользили по осенней изморози. Послышались голоса и шаги. Зотов поставил на место метлу и пошел со двора к своему куму и соседу Марку Иванычу, торговавшему в бакалейной лавочке. Придя к куму, он сел на складной стул, степенно вздохнул, погладил бороду и заговорил о погоде. С погоды кумовья перешли на нового диакона, с диакона на певчих, – и беседа затянулась. Незаметно было за разговором, как шло время, а когда мальчишка-лавочник притащил большой чайник с кипятком и кумовья принялись пить чай, то время полетело быстро, как птица. Зотов согрелся, повеселел.

– А у меня к тебе просьба, Марк Иваныч, – начал он после шестого стакана, стуча пальцами по прилавку. – Уж ты того... будь милостив, дай и сегодня мне осьмушку овса.

Из-за большого чайного ящика, за которым сидел Марк Иваныч, послышался глубокий вздох.

– Дай, сделай милость, – продолжал Зотов. – Чаю, уж так и быть, не давай нынче, а овса дай... Конфузно просить, одолел уж я тебя своей бедностью, но... лошадь голодная.

– Дать-то можно, – вздохнул кум. – Отчего не дать? Но на кой леший, скажи на милость, ты этих одров держишь? Добро бы лошадь путевая была, а то – тьфу! глядеть совестно... А собака – чистый шкилет! На кой черт ты их кормишь?

– Куда же мне их девать?

– Известно куда. Сведи их к Игнату на живодерню – вот и вся музыка. Давно пора им там быть. Настоящее место.

– Так-то оно так!.. Оно пожалуй…

– Живешь Христа ради, а скотов держишь, – продолжал кум. – Мне овса не жалко… Бог с тобою, но уж больше, брат, того… начетисто каждый день давать. Конца-края нет твоей бедности! Даешь, даешь и не знаешь, когда всему этому конец придет.

Кум вздохнул и погладил себя по красному лицу.

– Помирал бы ты, что ли! – сказал он. – Живешь и сам не знаешь, для чего… Да ей-богу! А то, коли господь смерти не дает, шел бы ты куда ни на есть в богадельню или странноприютный дом.

– Зачем? У меня родня есть… У меня внучка…

И Зотов начал длинно рассказывать о том, что где-то на хуторе живет внучка Глаша, дочь племянницы Катерины.

– Она обязана меня кормить! – сказал он. – Ей мой дом останется, пущай же и кормит! Возьму и пойду к ней. Это, стало быть, понимаешь, Глаша… Катина дочка, а Катя, понимаешь, брата моего Пантелея падчерица… понял? Ей дом достанется… Пущай меня кормит!

– А что ж? Чем так, Христа ради жить, давно бы пошел к ней.

– И пойду! Накажи меня бог, пойду. Обязана!

Когда час спустя кумовья выпили по рюмочке, Зотов стоял посреди лавки и говорил с воодушевлением:

– Я давно к ней собираюсь! Сегодня же пойду!

– Оно конечно! Чем так шалтай-балтай ходить и с голоду околевать, давно бы на хутора пошел.

– Сейчас пойду! Приду и скажу: бери себе мой дом, а меня корми и почитай. Обязана! Коли не желаешь, так нет тебе ни дома, ни моего благословения! Прощай, Иваныч!

Зотов выпил еще рюмку и, вдохновленный новой мыслью, поспешил к себе домой… От водки его развезло, голова кружилась, но он не лег, а собрал в узел всю свою одежду, помолился, взял палку и пошел со двора. Без оглядки, бормоча и стуча о камни палкой, он прошел всю улицу и очутился в поле. До хутора было верст 10–12. Он шел по сухой дороге, глядел на городское стадо, лениво жевавшее желтую траву, и думал о резком перевороте в своей жизни, который он только что так решительно совершил. Думал он и о своих нахлебниках. Уходя из дома, он ворот не запер и таким образом дал им волю идти куда угодно.

Не прошел он по полю и версты, как позади послышались шаги. Он оглянулся и сердито всплеснул руками: за ним, понурив головы и поджав хвосты, тихо шли лошадь и Лыска.

– Пошли назад! – махнул он им.

Те остановились, переглянулись, поглядели на него. Он пошел дальше, они за ним. Тогда он остановился и стал размышлять. К полузнакомой внучке Глаше идти с этими тварями было невозможно, ворочаться назад и запереть их не хотелось, да и нельзя запереть, потому что ворота никуда не годятся.

«В сарае издохнут, – думал Зотов. – Нешто и впрямь к Игнату?»

Изба Игната стояла на выгоне, в шагах ста от шлагбаума. Зотов, еще не решивший окончательно и не зная, что делать, направился к ней. У него кружилась голова и темнело в глазах…

Мало он помнит из того, что произошло во дворе живодера Игната. Ему помнится противный тяжелый запах кожи, вкусный пар от щей, которые хлебал Игнат, когда он вошел к нему. Точно во сне он видел, как Игнат, заставив его прождать часа два, долго приготовлял что-то, переодевался, говорил с какой-то бабой о сулеме; помнится, что лошадь была поставлена в станок, после чего послышались два глухих удара: один по черепу, другой от падения большого тела. Когда Лыска, видя смерть своего друга, с визгом набросилась на Игната, то послышался еще третий удар, резко оборвавший визг. Далее Зотов помнит, что он, сдуру и спьяна, увидев два трупа, подошел к станку и подставил свой собственный лоб…

Потом до самого вечера его глаза заволакивало мутной пеленой, и он не мог разглядеть даже своих пальцев.

ОГЛАВЛЕНИЕ

Шалость **5**

Письмо к ученому соседу 5

За двумя зайцами погонишься, ни одного не поймаешь 9

Папаша 14

Тысяча одна страсть, или Страшная ночь 21

Перед свадьбой 25

Жены артистов 29

Петров день 44

Темпераменты 59

В вагоне 63

Грешник из Толедо 69

Исповедь, или Оля, Женя, Зоя 75

Летающие острова 82

Сказки Мельпомены **90**

Он и она 90

Два скандала 99

Барон 110

Месть 118

Трагик 124

Из сборника «Пестрые рассказы» **129**

Темною ночью 129

На гвозде 130

Размазня 132

Патриот своего отечества 134

Случай из судебной практики 136

Загадочная натура 139

Верба 141

Вор 145

Раз в год 149

Герой-барыня 153

Смерть чиновника 157

Он понял! 160

Добродетельный кабатчик 170

Дочь Альбиона 173

Краткая анатомия человека 177

Шведская спичка 179

Отставной раб 200

Осенью 203

Толстый и тонкий 209

Клевета 211

В рождественскую ночь 215

Орден 222

Комик 225

Репетитор 227

Певчие....230
Трифон....236
Дачница....240
Русский уголь....242
Брожение умов....247
Экзамен на чин....251
Хирургия....255
Хамелеон....259
Надлежащие меры....262
Винт....266
Брак по расчету....270
Господа обыватели....275
Устрицы....278
Капитанский мундир....283
У предводительши....288
Живая хронология....292
Разговор человека с собакой....295
Оба лучше....297
Мелюзга....302
Упразднили!....305
Канитель....311
Последняя могиканша....314
Симулянты....319
Налим....322
В аптеке....328

Не судьба! ... 332

Мыслитель ... 336

Заблудшие ... 340

Егерь ... 344

Злоумышленник ... 349

Конь и трепетная лань ... 353

Свистуны ... 357

Отец семейства ... 361

Мертвое тело ... 365

Кухарка женится ... 370

Стена ... 375

Два газетчика ... 378

На чужбине ... 381

Циник ... 385

Сонная одурь ... 389

Тапер ... 393

Пересолил ... 399

Старость ... 403

Горе ... 408

Ну, публика! ... 414

Шило в мешке ... 418

Восклицательный знак ... 422

Зеркало ... 427

Детвора ... 431

Тоска ... 437

Анюта 443

Актерская гибель 447

Иван Матвеич 453

Нахлебники 460

www.ingramcontent.com/pod-product-compliance
Lightning Source LLC
Chambersburg PA
CBHW070611310726
48982CB00001B/50

* 9 7 8 1 7 6 3 7 4 7 9 0 6 *